Halldor Laxness
Die Islandglocke

Halldor Laxness

Die Islandglocke

Aus dem Isländischen
von Hubert Seelow

Büchergilde Gutenberg
Frankfurt am Main

Erster Teil · Die Glocke Islands

Erstes Kapitel

Es gab eine Zeit, heißt es in alten Büchern, da das isländische Volk nur ein gemeinsames Eigentum besaß, das einen gewissen Geldwert hatte. Das war eine Glocke. Diese Glocke hing am Giebel des Gerichtsgebäudes in Thingvellir an der Öxara, an einem Balken oben unter dem First befestigt. Sie wurde zu Gerichtsverhandlungen und vor Hinrichtungen geläutet. So alt war die Glocke, daß keiner mehr mit Sicherheit ihr Alter kannte. Doch zu der Zeit, als unsere Geschichte beginnt, hatte diese Glocke schon seit langem einen Sprung, und die ältesten Leute glaubten sich daran zu erinnern, daß ihr Klang reiner gewesen war. Trotzdem liebten alte Leute diese Glocke noch immer. In Anwesenheit des Landvogts, des Richters und des Henkers und eines Mannes, der geköpft, und einer Frau, die ertränkt werden sollte, konnte man oft an einem stillen Tag um die Mittsommerzeit, in der Brise von den Sulur und dem Duft des Birkengestrüpps aus den Blaskogar, hören, wie sich der Klang der Glocke mit dem Rauschen der Öxara mischte.

Doch in dem Jahr, als das Reskript ins Land kam, daß die Bevölkerung alles Kupfer und Messing an den König abliefern müsse, denn Kopenhagen mußte wiederaufgebaut werden nach dem Krieg, da wurden auch Männer geschickt, um die alte Glocke in Thingvellir an der Öxara abzuholen.

Wenige Tage nach dem Ende des Things reiten zwei Männer mit einigen Packpferden von Westen her den Weg am See entlang, den Hang gegenüber der Mündung herunter und durch die Furt. Sie stiegen am Rand des Lavafeldes beim Gerichtsgebäude ab, der eine ein blasser Mann mit feisten Backen und kleinen Augen, der die Arme angewinkelt hielt, wie Kinder, wenn sie vornehme Leute spielen, und einen verschlissenen Rock trug, der ihm viel zu klein war, der andere ein schwarzer, zerlumpter, häßlicher Mensch.

Ein alter Mann kommt mit seinem Hund aus dem Lavafeld und geht zu den Männern mit den Packpferden hin:

Und wer seid ihr?
Der Dicke antwortet: Ich bin seiner Majestät Inspektor und Profos.
Ah, so, murmelte der Alte heiser wie eine Stimme aus der Ferne. Trotzdem ist der Schöpfer der, der lenkt.
Ich habe es mit Brief und Siegel, sagte der Inspektor des Königs.
Oh, das weiß ich, sagte der alte Mann. Die Briefe werden immer mehr. Und es gibt vielerlei Briefe.
Willst du behaupten, daß ich lüge, alter Teufel, fragte der Inspektor des Königs.
Da wagte sich der Greis nicht näher an die Reisenden heran, sondern setzte sich auf die verfallene Umzäunung des Gerichtsgebäudes und betrachtete die beiden. Er unterschied sich durch nichts von anderen alten Männern: grauer Bart, gerötete Augen, Zipfelmütze, krumme Beine, die blauen Hände um den Stock geklammert, über den er sich mit zittrigem Kopf vorbeugte. Sein Hund lief hinter die Umzäunung und beschnupperte die Männer, ohne zu bellen, wie es heimtückische Hunde zu tun pflegen.
In der alten Zeit gab es keine Briefe, brummte der Greis vor sich hin.
Da rief der Schwarze, der Begleiter des Blassen:
Recht hast du, Kamerad. Gunnar von Hlidarendi hatte keinen Brief.
Wer bist du? fragte der Greis.
Ach, das ist ein Schnurdieb aus Akranes, er liegt schon seit Ostern in der Sklavenkiste in Bessastadir, antwortete der Inspektor des Königs und trat zornig nach dem Hund.
Der Schwarze begann zu sprechen und grinste dabei, daß seine weißen Zähne leuchteten:
Der da ist der Königshenker von Bessastadir. Den brunzen alle Hunde an.
Der Greis auf der Umzäunung sagte nichts, und auch seine Miene drückte nichts aus, aber er sah die beiden unverwandt an und zwinkerte ein wenig mit den Augen; sein Kopf zitterte.

Steig dort auf das Dach, Jon Hreggvidsson, du elender Sklave, sagte der Henker des Königs, und schlag das Seil durch, das die Glocke hält. Es freut mich, daß an dem Tag, an dem mein allergnädigster Herr mir befiehlt, dir hier an diesem Ort die Schlinge um den Hals zu legen, keine Glocke mehr läuten wird.

Führt keine lästerliche Rede, gute Leute, sagte da der Greis. Das ist eine alte Glocke.

Wenn du ein Knecht des Pfarrers bist, sagte der Henker des Königs, dann richte ihm aus von mir, daß hier alles Weh und Ach nichts nützt. Wir haben Brief und Siegel auf achtzehn Glocken und diese neunzehnte. Wir zerschlagen sie und schaffen sie auf das Schiff in Holmur. Ich bin keinem Rechenschaft schuldig außer dem König.

Er steckte sich das Schnupftabakshorn in die Nase, ohne seinem Begleiter eine Prise anzubieten.

Gott segne den König, sagte der alte Mann. Alle die Kirchenglocken, die früher dem Papst gehörten, gehören jetzt dem König. Aber das ist keine Kirchenglocke. Das ist die Glocke des Landes. Ich bin hier in der Blaskogaheidi geboren.

Hast du Tabak? fragte der Schwarze. Der verdammte Henker ist zu geizig, einem eine Prise zu geben.

Nein, sagte der Greis. In meiner Familie hat es noch nie Tabak gegeben. Es war ein hartes Jahr. Meine beiden Enkel starben im Frühjahr. Ich bin schon ein alter Mann. Die Glocke dort hat immer dem Land gehört.

Wer hat Brief und Siegel darauf? sagte der Henker.

Mein Vater wurde hier in der Blaskogaheidi geboren, sagte der alte Mann.

Keinem gehört etwas, auf das er nicht Brief und Siegel hat, sagte der Henker des Königs.

Ich glaube, es steht in alten Büchern, sagte der Greis, daß die Norweger, als sie hierher in dieses menschenleere Land kamen, diese Glocke in einer Höhle am Meer gefunden haben, samt einem Kreuz, das verlorengegangen ist.

Mein Brief ist vom König, sage ich, sagte der Henker. Und

scher dich aufs Dach hinauf, Jon Hreggvidsson, du schwarzer Dieb.
Diese Glocke darf man nicht zerschlagen, sagte der alte Mann und war aufgestanden. Man darf sie nicht auf das Schiff in Holmur schaffen. Sie gehört zum Althing an der Öxara, seitdem es gegründet wurde – lang vor den Tagen des Königs; manche sagen, vor den Tagen des Papstes.
Das ist mir einerlei, sagte der Henker des Königs. Kopenhagen muß wiederaufgebaut werden. Es hat Krieg gewütet, und die Schwedischen, die verteufelte Schurken sind und ein widerwärtiges Volk, haben die Stadt bombardiert.
Mein Großvater wohnte in Fiflavellir, hier weiter drinnen in der Blaskogaheidi, sagte der alte Mann, als ob er eine lange Geschichte anfangen wollte. Doch er kam nicht weiter.

Nicht wird der Fürst mit starkem Arm umfassen
eine Jungfrau engelsgleich
eine Jungfrau engelsgleich –

Der schwarze Dieb Jon Hreggvidsson hatte sich aufs Dach gesetzt, ließ die Beine über den Giebel herabhängen und sang die älteren Pontus-Rimur. Die Glocke war mit einem dicken Seil an dem Balken befestigt, und er schlug mit der Axt das Seil durch, so daß die Glocke hinunterfiel auf das Steinpflaster vor dem Eingang des Hauses:

eine Jungfrau engelsgleich
– außer sie ist jung und re-e-e-ei-ch,

und jetzt soll sich mein allergnädigster Erbkönig die dritte Kebse genommen haben, rief er noch vom Dach herunter, als wolle er dem alten Mann eine Neuigkeit berichten, während er die Schneide der Axt betrachtete: Und die soll die dickste sein von allen. Das ist etwas anderes als bei Sigurdur Snorrason und mir.
Der alte Mann antwortete nicht.

Diese Worte werden dich teuer zu stehen kommen, Jon Hreggvidsson, sagte der Henker.
Gunnar von Hlidarendi wäre wohl kaum vor einem blassen Fettwanst aus Alftanes davongelaufen, sagte Jon Hreggvidsson.
Der blasse Inspektor nahm einen Vorschlaghammer aus ihrem Gepäck, legte die alte Glocke Islands auf die Steinplatte vor der Tür des Gerichtsgebäudes, holte weit aus und versetzte ihr einen Hieb. Doch sie wich unter der Wucht des Hammers nur mit einem schwachen Klagelaut ein wenig zur Seite. Jon Hreggvidsson rief vom Dach herab:
Selten bricht ein Knochen ohne Unterlage, guter Mann, sagte Axlar-Björn, als er gerädert wurde.
Doch als der Henker des Königs die Glocke so hingelegt hatte, daß er auf die Innenseite schlagen konnte, mit der Steinplatte als Unterlage, brach sie an dem Sprung auseinander. Der Greis hatte sich wieder auf die Umzäunung gesetzt. Er starrte mit zitterndem Kopf ins Leere, seine mageren Hände umklammerten den Stock.
Der Henker nahm wieder eine Prise. Man konnte die Fußsohlen Jon Hreggvidssons droben auf dem Dach sehen.
Willst du den ganzen Tag auf dem Dach herumreiten? rief der Henker dem Dieb zu.
Jon Hreggvidsson sang auf dem Dach des Gerichtsgebäudes:

Nie werde ich mit starkem Arm umfassen
eine Jungfrau engelsgleich
eine Jungfrau engelsgleich
außer sie ist dick und re-e-e-eich.

Sie packten die zerschlagene Glocke in einen Sack, den sie dann auf ein Packpferd hoben, mit dem Vorschlaghammer und der Axt als Gegengewicht. Dann stiegen sie auf. Der Schwarze führte die Packpferde. Der Blasse ritt allein neben den Packpferden her, wie es sich für einen vornehmen Herrn gebührt.

Leb wohl, alter Blaskoga-Teufel, sagte er. Und richte dem Pfarrer von Thingvellir Gottes Gruß und meinen aus und sag ihm, daß seiner königlichen Majestät Inspektor und Profos, Sigurdur Snorrason, hiergewesen sei.
Jon Hreggvidsson sang:

Vorwärts wollen mit den Knappen
der Fürst und seine Damen reisen
der Fürst und seine Damen reisen
der Fürst und seine Damen reisen
– Zuchthengste in die Trense be-e-eißen.

Sie ritten mit ihren Packpferden denselben Weg zurück, den sie gekommen waren, durch die Furt in der Öxara, den Hang gegenüber der Mündung hinauf und den Weg nach Westen am See entlang in Richtung Mosfellsheidi.

Zweites Kapitel

Zwar hatte man Jon Hreggvidsson auch diesmal wieder nichts nachweisen können, er wurde aber trotzdem dafür verantwortlich gemacht, wie immer. Im übrigen versuchte in einem harten Frühjahr jeder nach besten Kräften, aus den Vorratsschuppen der Fischerbauern in Akranes alles zu stehlen, was sich stehlen ließ, die einen Fisch, die anderen Schnüre für Angelleinen. Alle Frühjahre waren hart. Doch in Bessastadir brauchte man immer viele Arbeitskräfte, und der Vogt war froh, wenn ihm die Amtleute Diebe für die Knechtestube, die auch Sklavenkiste genannt wurde, schickten, und des Diebstahls Verdächtigte waren an diesem Ort genauso willkommen wie des Diebstahls Überführte. Zu Beginn der Heuernte schickte jedoch die Obrigkeit im Borgarfjördur dem Vogt die Nachricht, er solle den Schelm Jon Hreggvidsson wieder heim nach Rein in Akranes schicken, denn seine Familie war ohne Ernährer dem Hungertod ausgeliefert.

Der Hof stand dort unter dem Berg, wo die Gefahr von Geröll- und Schneelawinen am größten war. Das Gehöft mit einem lebenden Inventar von sechs Kühen oder sechsunddreißig Schafen gehörte Christus. Ein Bischof von Skalholt hatte es vor langer Zeit durch eine Stiftung diesem Grundherrn übereignet, zugunsten einer frommen und ehrbaren kinderreichen Witwe in der Gemeinde Akranes, und wenn in dieser Gemeinde keine solche zu finden sei, sollte sie in der Gemeinde Skorradalur gesucht werden. Nun hatte es schon seit langem keine solche Witwe mehr in diesen beiden Gemeinden gegeben, so daß Jon Hreggvidsson der Pächter des Hofeigentümers Jesus geworden war.

Der Zustand daheim war so, wie es nicht anders zu erwarten war, da die Bewohner des Hofes entweder aussätzig oder geistesschwach waren oder sogar beides auf einmal. Jon Hreggvidsson war ziemlich betrunken, als er nach Hause kam, und fing gleich an, seine Frau und seinen schwachsinnigen Sohn zu schlagen. Seine vierzehnjährige Tochter, die über ihn lachte, schlug er fast gar nicht und auch nicht seine betagte Mutter, die ihn unter Tränen umarmte. Seine Schwester und seine Base, die beide aussätzig waren, die eine glatt und mit abfaulenden Gliedern, die andere voller Beulen und Wunden, hockten mit schwarzen Kopftüchern neben einem Haufen getrockneten Schafdüngers, hielten sich an den Händen und lobten Gott.

Am nächsten Morgen dengelte der Bauer seine Sense und begann dann zu mähen. Er sang aus vollem Hals die Pontus-Rimur. Die beiden mit den schwarzen Kopftüchern humpelten zum Rand der Wiese hinaus und fingen an, mit dem Rechen zu hantieren. Der Schwachsinnige und der Hund saßen auf einem Grashöcker. Die Tochter kam barfuß in einem zerrissenen Unterrock zum Hauseingang, um den Geruch des frischen Heus einzuatmen; schwarz und weiß und schmal. Aus dem Rauchloch rauchte es.

So vergingen einige Tage.

Da geschieht es, daß ein junger Bursche auf einem guten Pferd und recht großspurig nach Rein geritten kommt und Jon Hreggvidsson die Nachricht überbringt, er solle sich in einer Woche beim Amtmann draußen in Akranes vor Gericht einfinden. Am festgesetzten Tag sattelte Jon seine Mähre und ritt hinaus nach Akranes. Dort war schon der Henker Sigurdur Snorrason. Sie bekamen saure Molke. Das Gericht trat in der Stube des Amtmanns zusammen; Jon Hreggvidsson wurde angeklagt, in Thingvellir an der Öxara unsere allerhöchste, verehrungswürdige Majestät, unseren allergnädigsten Erbkönig und Herrn und Herzog in Holstein mit ungebührlichen Spottreden beleidigt zu haben, des Inhalts, daß dieser unser Herr sich jetzt drei Kebsen außerhalb seiner Ehe genommen habe. Jon Hreggvidsson stritt entschieden ab, jemals solche Worte über seinen geliebten Erbkönig und allergnädigsten Herrn und Herzog in Holstein, seine verehrungswürdige Majestät geäußert zu haben, und fragte nach Zeugen. Da schwor Sigurdur Snorrason, Jon Hreggvidsson habe diese Worte gesagt. Jon Hreggvidsson bat, das Gegenteil beschwören zu dürfen, doch sich widersprechende Eide in ein und derselben Sache waren nicht erlaubt. Als dem Bauern die Erlaubnis zum Eid verweigert worden war, sagte er, es stimmte zwar, daß er die Worte gesprochen habe, und diese Geschichte sei allen in der Sklavenkiste in Bessastadir bestens bekannt; aber er habe damit keinesfalls seinen König beleidigen wollen, ganz im Gegenteil, er habe die Vortrefflichkeit des Königs rühmen wollen, der außer der Königin noch drei Kebsen auf einmal bedienen konnte; außerdem habe er sich einen Spaß erlaubt mit seinem guten Freund Sigurdur Snorrason, der noch nie ein Frauenzimmer angerührt hatte, soweit bekannt war. Und obwohl er nun also diese Worte über seinen allergnädigsten Erbkönig geäußert hatte, hoffte er, daß die Majestät einem armen Dummkopf und törichten Bettler ein solch unsinniges Gefasel huldvoll verzeihen werde. Dann wurde die Gerichtsverhandlung beendet und das Urteil gefällt, daß Jon Hreggvidsson innerhalb eines Monats dreißig Reichstaler an den König bezahlen solle, bei Nichtentrichten der Summe werde die Geldbuße

in eine Körperstrafe umgewandelt. In der Urteilsbegründung hieß es, das Urteil »sei nicht so sehr nach der Zahl der Zeugen, sondern nach dem schwerwiegenden Inhalt der Zeugenaussage gefällt worden«. Daraufhin ritt Jon Hreggvidsson wieder nach Hause. Sonst ereignete sich nichts Besonderes während der Heuernte. Und der Bauer dachte nicht daran, seine Geldstrafe an den König zu entrichten.
Im Herbst wurde im Kjalardalur Thing gehalten. Jon Hreggvidsson wurde zum Thing geladen, und es kamen zwei Bauern, die ihn im Auftrag des Amtmanns dorthin mitnehmen sollten. Die Mutter des Bauern flickte seine Schuhe, ehe er sich aufmachte. Die Stute des Bauern von Rein lahmte, und sie waren lange unterwegs; sie kamen erst spät am Tag, als das Thing schon fast zu Ende war, nach Kjalardalur. Da stellte sich heraus, daß Jon Hreggvidsson auf dem Thing mit vierundzwanzig Rutenhieben gestäupt werden sollte. Sigurdur Snorrason war bereits da mit seinen Peitschen und dem Henkersmantel. Viele Bauern waren schon vom Thing weggeritten, doch einige junge Leute von den Höfen in der Nachbarschaft waren eigens gekommen, um sich die Auspeitschung zum Spaß anzusehen. Auspeitschungen wurden in einem Pferch vorgenommen, in dem im Sommer Schafe gemolken wurden; in seiner Mitte verlief eine Trennwand, und der Delinquent wurde quer über diese Trennwand gelegt, während der Gerechtigkeit Genüge getan wurde. Die angeseheneren Männer standen währenddessen zu beiden Seiten der Trennwand im Pferch, Kinder, Hunde und Landstreicher dagegen auf den Umfassungsmauern.
Eine kleine Gruppe von Menschen hatte sich hier versammelt, als Jon Hreggvidsson in den Pferch geführt wurde. Sigurdur Snorrason trug den Henkersmantel bis zum Hals zugeknöpft und hatte bereits das Vaterunser aufgesagt, das Glaubensbekenntnis sagte er nur auf, wenn er jemanden köpfte. Er holte seine Peitschen aus einem Sack, strich mit Würde und Sorgfalt darüber und prüfte gewissenhaft die Stiele, während man auf den Amtmann und die Thingzeugen wartete – er hatte dicke,

blaue, schuppige Hände mit blutunterlaufenen Nägeln. Die beiden Bauern hielten Jon Hreggvidsson zwischen sich, während Sigurdur Snorrason die Peitschen befühlte. Es regnete. Die Leute sahen geistesabwesend aus, wie so oft, wenn es regnet, und die durchnäßten jungen Leute stierten vor sich hin; die Hunde waren wild vor Läufigkeit. Schließlich wurde es Jon Hreggvidsson langweilig:

Die Kebsen machen Sigurdur Snorrason und mir wieder einmal zu schaffen, sagte er.

Einige wenige Gesichter verzogen sich langsam zu einem müden Lächeln.

Ich habe bereits das Vaterunser aufgesagt, sagte der Henker ruhig.

Laß uns auch das Glaubensbekenntnis hören, Lieber, sagte Jon Hreggvidsson.

Nicht heute, sagte Sigurdur Snorrason und lächelte. Später.

Er strich vorsichtig und sanft und ganz langsam über die Peitschen. Du solltest wenigstens einen Knoten in die Peitschenschnur machen, lieber Siggi, sagte Jon Hreggvidsson – und wäre es auch nur wegen der Königin.

Der Henker sagte nichts.

Kaum wird ein so vortrefflicher Königsmann wie Sigurdur Snorrason eine solche Herausforderung aus dem Munde Jon Hreggvidssons auf sich sitzen lassen, sagte ein Landstreicher auf der Umfassungsmauer im Sagastil.

Unser heißgeliebter König, sagte Jon Hreggvidsson.

Sigurdur Snorrason biß sich auf die Lippen und machte einen Knoten in die Peitschenschnur.

Jon Hreggvidsson lachte mit funkelnden Augen und seine weißen Zähne blitzten in dem schwarzen Bart – jetzt hat er für die erste Kebse einen Knoten gemacht, sagte er. Er ist wahrhaftig kein Feigling. Mach noch einen Knoten, mein Lieber.

Nun begann Leben in die Zuschauer zu kommen, wie wenn die Leute Spielern zusehen, die um hohe Einsätze spielen.

Oh, Diener seiner königlichen Majestät, gedenke unseres Herrn! sagte die Stimme, die zuvor im Sagastil gesprochen hatte, jetzt in erbaulichem Ton von der Mauer herunter, und der Henker glaubte zu spüren, daß alle an diesem Ort zu ihm und zum König hielten, und blickte lächelnd von einer Mauer zur andern, während er einen zweiten Knoten in die Peitschenschnur machte; er hatte kleine, weit auseinanderstehende Zähne, und man sah viel von seinem Zahnfleisch.

Tja, und jetzt kommt die dritte an die Reihe – die dickste, sagte Jon Hreggvidsson. Schon mancher gute Mann hat für etwas büßen müssen, kaum daß er wußte, wo der Knoten steckt.

In dem Augenblick kam der Amtmann mit den beiden Gerichtszeugen, angesehenen Bauern; sie schoben die Leute zur Seite und traten in den Pferch. Sie sahen, daß der Henker Knoten in die Peitschenschnüre machte, und mit der Begründung, hier solle Gerechtigkeit geübt und kein Spott getrieben werden, wies ihn der Amtmann an, die Knoten zu lösen. Dann befahl er, man solle sich an die Arbeit machen.

Der Bauer mußte seine Kleider aufmachen, und über die Trennwand wurde ein Stück Wollstoff gelegt. Dann wurde der Mann der Länge nach bäuchlings auf diese Bank gelegt, und Sigurdur Snorrason zog ihm die Hosen herunter und das Hemd über den Kopf vor. Der Bauer hatte einen mageren, aber wohlgeformten Körper, seine gewölbten Muskeln zogen sich bei jeder Bewegung lebhaft zusammen, auf seinen festen Hinterbacken und bis zu den Kniekehlen hinab wuchs ein wenig schwarzer Flaum, sonst war sein Körper weiß.

Sigurdur Snorrason bekreuzigte sich, spuckte in die Hände und machte sich an die Arbeit.

Bei den ersten Hieben rührte sich Jon Hreggvidsson nicht, doch beim vierten und fünften Hieb zog sich sein Körper krampfartig zusammen, so daß beide Enden nach oben gingen; Beine, Gesicht und der obere Teil der Brust hoben sich, und das Gewicht des Mannes ruhte auf dem gespannten Bauch, die Hände wurden zu Fäusten, die Füße streckten sich in den Knöcheln, die Gelenke versteiften sich, die Muskeln wurden hart; man konnte die Fußsohlen des Mannes sehen und daß er frisch geflickte Schuhe trug. Die Hunde kamen an den Rand der Mauer vor und bellten in den Pferch hinunter. Als acht Hiebe gefallen waren, sagte der Amtmann, daß man jetzt einen Augenblick innehalten solle, der Delinquent hatte Anrecht auf eine Ruhepause. Dabei fing sein Rücken eben erst an, rot zu werden. Doch Jon Hreggvidsson wollte nichts von einer Ruhepause wissen, sondern rief mit dem Hemd über dem Kopf:

Weiter, in Teufels Namen, Mann.

Da wurde die Arbeit unverzüglich fortgesetzt.

Als zwölf Hiebe gefallen waren, hatte Jon Hreggvidssons Rücken bereits viele rote Striemen, und beim sechzehnten Hieb begann die Haut auf den Schulterblättern und über den Lenden aufzuplatzen. Die Hunde auf der Mauer bellten wie toll, aber der Mann lag stocksteif da und rührte sich nicht.

Beim sechzehnten Hieb sagte der Amtmann, daß der Delinquent nun wieder Anrecht auf eine Ruhepause hätte.

Da hörte man Jon Hreggvidsson rufen:

In drei Teufels Namen.

Der Henker des Königs spuckte wieder in die Hände und packte den Peitschenschaft.

Jetzt kommt er zu der letzten – der dicksten, sagte der Mann auf der Mauer und lachte unentwegt.

Sigurdur Snorrason trat mit dem linken Fuß vor und versuchte, mit dem rechten Fuß einen möglichst festen Halt auf dem glatten Boden des Pferchs zu bekommen; er biß sich auf die Lippen, während er zum Schlag ausholte. Das Funkeln seiner zusammengekniffenen Augen verriet, daß er sich ganz seiner Arbeit hingab; er wurde blau im Gesicht. Die Hunde waren außer Rand und Band. Beim zwanzigsten Hieb quoll fast überall auf dem Rücken des Bauern das Blut hervor, und die Peitschenschnur war feucht und glatt geworden; zum Schluß spritzte es nach allen Seiten und manchmal den Leuten ins Gesicht, die Peitsche war heiß und triefte, der Rücken des Mannes war eine einzige, blutende Wunde. Als die Obrigkeit das Zeichen zum Aufhören gab, war der Bauer trotz allem noch so bei Kräften, daß er sich von niemandem beim Hochziehen der Hosen helfen lassen wollte; er lachte mit funkelnden Augen zu den Leuten, Hunden und Kindern auf der Mauer hinauf, und seine weißen Zähne leuchteten in dem schwarzen Bart. Während er seine Hose zuknöpfte, sang er aus voller Kehle diese Strophe aus den älteren Pontus-Rimur:

Der Papst lud hohe Gäste ein zum Feste,
der Kaiser und die Könige begannen
froh zu trinken mit den hehren Mannen.

Es war schon Abend, als sich die letzten vom Thing auf den Heimweg machten, jede der Gruppen in eine andere Richtung. In der letzten Gruppe ritt der Amtmann und die beiden Thingzeugen: die Großbauern Sivert Magnussen und Bendix Jonsson und einige Bauern aus Akranes, außerdem der Henker Sigurdur Snorrason und, nicht zu vergessen, Jon Hreggvidsson von Rein.

Bendix Jonsson wohnte in Galtarholt, und da die Leute aus Akranes noch einen weiten Weg vor sich hatten, lud er die Gesellschaft ein, bei ihm zu Hause eine Stärkung zu sich zu nehmen, bevor sie weiterritten. Bendix hatte ein Faß Branntwein in seinem Vorratshaus stehen, denn er war ein großer Herr und Signor. Er bot Jon Hreggvidsson an, ihm eine Angelleine zu leihen, was ein hochherziges Anerbieten war bei dem Mangel an Fischergerät und der Hungersnot, unter denen die Bevölkerung jetzt zu leiden hatte.

Im hinteren Teil des Vorratshauses war eine durch eine Holzwand abgetrennte Kammer, und dort hinein führte der Großbauer den Amtmann, den Henker des Königs und Monsieur Sivert Magnussen; den drei geringeren Bauern und dem Gestäupten wurden im vorderen Teil des Vorratshauses auf Sattelkissen und Mehlkisten Plätze angewiesen. Bendix schenkte den Männern fleißig ein, und nun begann in dem Vorratshaus ein großes, allgemeines Fest. Bald wurde jegliche Trennung zwischen Kammer und vorderem Teil des Hauses unnötig. Die Männer setzten sich in einer Runde im vorderen Teil des Hauses hin und fingen an, Geschichten von Heldentaten zu erzählen, Streitgespräche zu führen, Gedichte vorzutragen und sich auf andere Weise zu unterhalten. Bald waren die täglichen Widerwärtigkeiten vergessen, die Männer schlossen alle miteinander Brüderschaft, schüttelten sich die Hände und umarmten sich. Der Henker des Königs legte sich auf den Boden und küßte Jon Hreggvidsson weinend die Füße, während der Bauer singend den Becher schwang. Signor Bendix war als einziger in der Gesellschaft nüchtern, wie es sich für einen klugen Gastgeber gehört.

Es war finstere Nacht, als die Männer von Galtarholt wegritten, und alle waren gehörig betrunken. Da ihnen der Alkohol die Sinne benebelte, kamen sie vom Weg ab, kaum daß sie die Einzäunung der Hofwiese hinter sich gelassen hatten, und gerieten plötzlich in ein bodenloses Moor mit tiefen Schlammpfützen, Wasserlöchern, Tümpeln und Torfgräben. Diese Gegend schien kein Ende nehmen zu wollen, und die Reisenden irrten den größten Teil der Nacht in diesem Vorhof zur Hölle umher. Monsieur Sivert Magnussen ritt in einen Torfgraben und flehte Gott an, ihm beizustehen. In Gewässern dieser Art werden häufig Hunde ertränkt, und tatsächlich gelang es den Reisegefährten erst nach längerer Zeit, den Großbauern herauszufischen, weil es schwierig war, sich klarzumachen, was ein lebender Mensch war und was ein toter Hund. Schließlich gelang es ihnen mit Gottes Hilfe, den Mann ans Ufer zu ziehen, und dort schlief er ein. Das letzte, an das sich Jon Hreggvidsson erinnerte, war, daß er versuchte, auf seine Stute zu steigen, nachdem er Monsieur Sivert Magnussen aus dem Graben herausgezogen hatte. Doch sein Sattel hatte keine Steigbügel, ganz abgesehen davon, daß das Pferd bedeutend höher geworden zu sein schien und außerdem dauernd nach hinten ausschlug. Doch ob er auf das Pferd gelangte oder etwas anderes geschah, das ihn in der Finsternis dieser Herbstnacht an der Ausführung seines Vorhabens hinderte, daran konnte er sich später nicht mehr genau erinnern.

Bei Tagesanbruch weckte er die Leute in Galtarholt. Er war übel zugerichtet, dreckig und naß, und seine Zähne klapperten, als er nach Signor Bendix fragte. Er ritt das Pferd des Henkers und hatte die Mütze des Henkers auf dem Kopf. Bendix half dem Mann vom Pferd, führte ihn ins Haus, zog ihn aus und legte ihn ins Bett; der Bauer war sehr mitgenommen und legte sich auf den Bauch, denn sein Rücken war geschwollen; er schlief sogleich ein.
Als er gegen neun Uhr vormittags wieder aufwachte, bat er Bendix, mit ihm ins Moor zu gehen, denn er hatte seinen Hut und seine Handschuhe, seine Reitgerte, die Angelleine und seine Stute verloren.
Die Stute stand nicht weit weg bei einigen anderen Pferden, mit dem Sattel unter dem Bauch. Das Moor war nicht so groß, wie es in der Nacht gewesen war. Sie suchten eine Weile nach den verlorenen Sachen am Ufer eines schmalen Moorbaches, wo Jon Hreggvidsson glaubte, in der Nacht gelegen zu haben, was auch stimmte, denn sie fanden sein Lager am Bachufer; dort lag die Reitgerte zwischen den Fingern des einen Handschuhs und daneben die Angelleine. Einige Schritte weiter unten fanden sie den toten Henker. Er lag auf den Knien, eingeklemmt zwischen die Ufer, im Bach, der so schmal war, daß die Leiche des Mannes ausgereicht hatte, ihn aufzustauen. Es hatte sich ein kleiner See oberhalb der Leiche gebildet, und das Wasser, das sonst nur gut knietief war, reichte ihr bis zu den Achselhöhlen. Augen und Mund der Leiche waren geschlossen. Bendix betrachtete dies eine Weile, sah dann Jon Hreggvidsson an und sagte:
Weshalb hast du seine Mütze auf dem Kopf?
Ich wachte barhäuptig auf, sagte Jon Hreggvidsson. Und als ich ein paar Schritte weit gegangen war, da fand ich diese Mütze. Dann rief ich laut hallo, hallo, aber keiner antwortete, also setzte ich sie auf.
Warum sind seine Augen und der Mund geschlossen? fragte Signor Bendix.
Das weiß der Teufel, sagte Jon Hreggvidsson. Ich habe sie ihm nicht zugedrückt.

Er wollte seine Reitgerte und seinen Handschuh aufheben und die Angelleine, doch Bendix hinderte ihn daran und sagte: An deiner Stelle würde ich zuerst sechs Zeugen herbeirufen, damit sie sich alles ansehen können.
Dies war an einem Sonntag. Sie kamen überein, daß Jon Hreggvidsson nach Saurbaer reiten sollte, um dort einige von den Kirchgängern zu holen, damit sie die Leiche des Henkers Sigurdur Snorrason in der Stellung sehen konnten, in der man sie gefunden hatte. Aus Neugierde ritten viele Leute mit hinaus, den toten Henker zu untersuchen, und sechs erklärten sich bereit, einen Eid darauf abzulegen, daß man keine Wunden an der Leiche sehen konnte und auch keine sonstigen Zeichen dessen, daß Hand an den Mann gelegt worden sei, abgesehen davon, daß Augen, Nase und Mund geschlossen waren. Die Leiche des Henkers wurde nach Galtarholt geschafft, und danach ritten alle wieder zu sich nach Hause.

Drittes Kapitel

Am folgenden Tag war das Wetter klar und windstill, und die Menschen verrichteten verschiedene Arbeiten zu Lande und zu Wasser; Jon Hreggvidsson jedoch lag bäuchlings im Bett, verfluchte seine Frau und bat den Herrn mit Ächzen und Stöhnen, ihm Tabak und Branntwein und drei Kebsen zu geben. Der Schwachsinnige saß auf dem Boden und zupfte Wolle und lachte unaufhörlich. Der durchdringende Gestank des Aussatzes war stärker als die anderen Gerüche in der Stube.
Da springt plötzlich der Hund mit lautem Gebell auf das Dach des Hauses und gleichzeitig dröhnt draußen der Hufschlag vieler Pferde. Bald hört man das Klirren von Trensen und den Klang menschlicher Stimmen vor dem Eingang; eine gebieterische Stimme erteilt den Reitknechten Befehle. Jon Hreggvidsson rührte sich nicht. Die Frau kam atemlos in die Stube gelaufen und sagte:

Herr Jesus sei mir gnädig, es sind vornehme Leute da.
Vornehme Leute, sagte Jon Hreggvidsson. Haben sie mir nicht schon die Haut abgezogen? Was wollen sie denn noch?
Aber es blieb keine Zeit für lange Plaudereien; raschelnde Kleider, Schritte und menschliche Stimmen kamen den Gang entlang. Die Gäste warteten nicht, bis sie hereingebeten wurden. Als erster trat über Jon Hreggvidssons Schwelle ein stämmiger, rotwangiger Herr in einem weiten Mantel, mit einem unter dem Kinn festgebundenen Hut, einem schweren, goldenen Ring, einem Silberkreuz an einer Kette und einer kostbaren Reitgerte. Nach ihm kam eine Frau mit einem hohen, gelben Hut, in einem bodenlangen, dunklen Reitumhang und mit einem roten Seidentuch, noch kaum mittleren Alters und mit frischer Hautfarbe, obwohl die Geschmeidigkeit der Jugend in ihren Bewegungen schon nachließ, ihre Figur fülliger wurde und ihr Gesichtsausdruck immer stärker von Weltlichkeit geprägt wurde. Ihr folgte eine zweite, ganz junge Frau. Sie war insofern ein lyrisches Gegenstück zu der vorigen, als sie weniger von den Dingen gekostet hatte, die eine Frau zur Frau machen; sie war barhäuptig, und ihr offen herabfallendes Haar strahlte. Die Biegsamkeit ihres schlanken Körpers war wie die eines Kindes, ihre Augen so unwirklich wie das Blau des Himmels. Sie hatte bisher nur die Schönheit der Dinge kennengelernt, nicht aber ihren Nutzen, und deshalb hatte ihr Lächeln nichts mit dem menschlichen Leben gemein, als sie dieses Haus betrat. Ihr Mantel war indigoblau, mit einer Silberspange am Halsausschnitt, und eng anliegend über der Taille, und sie raffte ihn mit ihren zierlichen Händen; sie trug rote, gerippte Strümpfe über den Schuhen.
Als letzter in dieser vornehmen Gesellschaft kam ein gemessen auftretender, nachdenklicher und in sich gekehrter Herr. Dieser Mann war von angenehmem Äußeren, und es war schwierig, sein Alter zu bestimmen; sein Gesicht war glatt, seine Nase gerade, um seinen Mund lag ein weicher und melancholischer Zug, fast weiblich, doch ohne Wankelmut. Die gesetzten Bewegungen zeugten von langer Übung. Und ob-

wohl sein Blick fest und ruhig war, waren seine Augen voller Empfänglichkeit, groß und klar, und es hatte den Anschein, als sei ihr Blickfeld größer als das anderer Menschen, so daß ihnen weniger verborgen blieb. Diese Augen, die alles wahrnahmen, aber wie ein stiller See mehr aus natürlicher Veranlagung als aus Neugierde, mehr durch Begabung als durch Anstrengung, sie waren der Adel dieses Mannes. In Wirklichkeit glich der Gast seinem Auftreten nach mehr einem klugen Mann aus dem Volk als einem vornehmen Herrn, dessen Stellung dadurch gekennzeichnet ist, daß er über andere herrscht, hätte nicht seine Kleidung den Ausschlag gegeben. Eine gewöhnliche Standesperson erkennt man an ihrem Auftreten, dieser Mann zeichnete sich durch seinen unauffälligen, sorgfältigen Geschmack aus. Aus jeder Naht, jeder Falte, jeder Proportion im Schnitt seiner Kleider sprach der Ästhet; die Stiefel waren aus feinem englischen Leder. Die Perücke, die er selbst bei Bauerntölpeln und Bettlern unter seinem breitkrempigen Hut trug, war von guter Qualität und sauber gekämmt, als ginge er zur Audienz beim König.

Mit einigem Abstand zu dieser eleganten Gesellschaft kam der Seelsorger Jon Hreggvidssons, der Gemeindepfarrer von Gardar, samt seinem Hütehund, der einen geringelten Schwanz hatte und alles beschnupperte. Es war eng in der Stube für die vielen vornehmen Leute, und Jon Hreggvidssons Frau zog den Schwachsinnigen auf ein Bett, damit die Herrschaften Platz hätten.

Nun, mein lieber Jon Hreggvidsson von Rein, daß dir das vorherbestimmt war, sagte der Pfarrer: Hier ist der Bischof von Skalholt gekommen und seine Madame Jorunn und ihre Schwester, die Blüte aller Jungfrauen, Fräulein Snaefridur, die Töchter des Richters Eydalin; und schließlich der Vertraute unseres allergnädigsten Herrn und Erbkönigs, Assessor Arnas Arnaeus, Professor an der Universität zu Kopenhagen – hierher zu dir in deine Stube.

Jon Hreggvidsson gab nur ein leichtes Schnauben von sich, sonst nichts.

Ist der Bauer krank? fragte der Bischof, der ihm als einziger der Gäste die Hand mit dem schweren Goldring reichte.
Das kann ich eigentlich nicht behaupten, sagte Jon Hreggvidsson. Ich wurde gestern ausgepeitscht.
Das ist gelogen, ausgepeitscht wurde er vorgestern. Dagegen hat er gestern einen Mann umgebracht, der arme Tropf, sagte die Frau plötzlich mit durchdringender Stimme und schlüpfte, so schnell sie konnte, hinter dem Rücken der Gäste zur Tür hinaus.
Da sagte Jon Hreggvidsson: Ich bitte meine wohlgeborenen Herrschaften, dieses Frauenzimmer nicht ernst zu nehmen, denn wer sie ist, kann man am besten an ihrer Nachkommenschaft dort auf dem Bett sehen, und scher dich hinaus, Dummkopf, und zeig dich nicht vor ordentlichen Leuten. Gunna, kleine Gunna! Wo ist meine Gunna, die wenigstens die Augen von mir hat?
Aber das Mädchen kam nicht, obwohl er rief, und der Bischof wandte sich an den Pfarrer und fragte, ob diesem armen Menschen kein Beneficium zuteil geworden sei; er bekam zur Antwort, daß niemand darum nachgesucht habe. Die Frau des Bischofs umfaßte den Arm ihres Gatten und lehnte sich an ihn. Snaefridur Eydalin blickte ihren ruhigen Begleiter an, ihr natürliches Lächeln erstarb allmählich, bis es zu einem Ausdruck der Angst geworden war.
Der Bischof bat den Pfarrer Thorsteinn, das Anliegen des Assessors vorzutragen und dann alle Bewohner des Hofes herbeizurufen, denn er wollte ihnen seinen Segen erteilen.
Da fing der Pfarrer Thorsteinn an zu sprechen und wiederholte ausdrücklich, daß hier ein hochgelehrter Mann aus der großen Stadt Kopenhagen gekommen sei, Arnas Arnaeus, der Freund des Königs, der Amtsbruder von Grafen und Baronen und eine rechte Zierde dieses unseres armen Landes bei anderen Völkern. Er wollte alle beschriebenen Fetzen aus alter Zeit kaufen, sowohl aus Pergament als auch aus Papier, Schwarten, Scharteken und alles an Briefen oder Büchern, was jetzt dem raschen Verfall preisgegeben war im Besitz der armen und

notleidenden Bewohner dieses elenden Landes, da diese kein Verständnis mehr dafür hätten, als Folge von Hunger und anderer Strafe Gottes, die unbußfertige Menschen trifft und die, die undankbar gegenüber Christo sind. Diese alten Bücher, sagte der Pfarrer, werde er dann in sein großes Schloß in der Stadt Kopenhagen bringen, um sie dort für ewige Zeiten aufzubewahren, so daß die Gelehrten der Welt sich davon überzeugen könnten, daß in Island einst große Helden, wie Gunnar von Hlidarendi und der Bauer Njall und seine Söhne, gelebt hätten. Hierauf legte der Pfarrer Thorsteinn dar, daß sein Herr die Eingebung gehabt habe, aufgrund der prophetischen Veranlagung, welche nur hochgelehrten Zeugen göttlicher Gaben zuteil wird, daß der unwissende Jon Hreggvidsson von Rein im Besitz einiger alter Pergamentfetzen mit Schrift aus papistischer Zeit sei, und deshalb habe nun diese hohe Gesellschaft, die sich auf der Reise von Eydalur im Westland nach Skalholt befinde, einen Umweg hierher nach Akranes gemacht, um mit diesem armen Pächter Christi zu sprechen, der hier frisch gestäupt auf seinem Bett lag. Der Assessor habe das große Verlangen, diese Fetzen zu sehen, wenn sie noch vorhanden seien, und sie ausleihen zu dürfen, wenn sie ausgeliehen werden könnten, oder sie zu kaufen, wenn sie verkäuflich seien.

Jon Hreggvidsson wußte nichts davon, daß sich in seinem Besitz irgendwelche Pergamentfetzen, Bücher oder Scharteken befanden, welche die Erinnerung an die alten Helden wachhielten, leider, und er fand es bedauerlich, daß eine so vornehme Gesellschaft umsonst einen so weiten Weg gemacht hatte. In diesem Haus gab es keine Bücher, abgesehen von einem zerfledderten Graduale und den schlecht gereimten Kirchenliedern des Pfarrers Halldor von Prestholar, und Gunnar von Hlidarendi hätte wohl kaum solche Kirchenlieder gedichtet. Richtig lesen könne hier auf dem Hof keiner außer Jon Hreggvidssons Mutter, was daher kam, daß ihr Vater Buchbinder beim seligen Pfarrer Gudmundur von Holt im Westland gewesen war und bis zu seinem Tod immer mit Büchern zu tun gehabt hatte. Jon Hreggvidsson sagte, er selber lese nur gezwungenermaßen, doch habe er von seiner Mutter alle notwendigen Sagas und Rimur nebst den alten Geschlechtsregistern gelernt, er meinte, er stamme in direkter Linie vom Dänenkönig Harald Kampfzahn ab. Er sagte, er werde nie so berühmte Helden der Vorzeit wie Gunnar von Hlidarendi, König Pontus und Örvar-Oddur vergessen, die zwölf Ellen groß waren und dreihundert Jahre alt wurden, wenn ihnen nichts zustieß, und hätte er ein solches Buch, würde er es unverzüglich dem König und den Grafen schicken und zum Geschenk machen, zum Beweis dafür, daß es hier in Island tatsächlich einmal richtige Menschen gegeben hat. Allerdings glaube er nicht, daß Unbußfertigkeit der Grund dafür sei, daß die Isländer jetzt ins Elend geraten waren, denn wann sei Gunnar von Hlidarendi bußfertig gewesen? Nie. Er sagte, seine Mutter singe unentwegt die Bußlieder des Pfarrers Halldor von Prestholar, aber es nütze nichts. Hingegen, sagte er, sei der Mangel an Fischereigerät sehr viel schädlicher für die Isländer als der Mangel an Bußfertigkeit, und der Beginn seines Unglücks sei gewesen, daß er sich von einem Stück Schnur habe verlocken lassen. Dennoch dürfe niemand glauben, und vor allem nicht mein Herr Bischof, daß er Christus gegenüber undankbar sei oder jemals sein lebendes Inventar aufessen würde, ganz im Gegenteil, es sagte, dieser Grundherr und himmlische Bauer sei immer mild und nachsichtig zu seinem armen Pächter gewesen, und sie seien auch immer gut miteinander ausgekommen.

Während der Hausherr sprach, kamen die Leute herein, um den Segen des Bischofs von Skalholt entgegenzunehmen; die Base mit den Beulen und den entblößten Fingerknochen und die Schwester mit den Wunden und dem abgefaulten Gesicht gaben keine Ruhe, bis sie dicht vor den Gästen standen, der Herrlichkeit der Welt von Angesicht zu Angesicht gegenüber. Krüppel, und insbesondere Aussätzige, nutzen jede Gelegenheit, um ihre Gebresten zur Schau zu stellen, vor allem denen gegenüber, die Macht und Einfluß haben, oft mit einem trotzigen Stolz, der selbst den Mutigsten entwaffnet und den Schönsten in seinen eigenen Augen lächerlich macht: Sieh, dies hat der Herr mir in seiner Gnade verliehen, hier ist meine Rechtfertigung vor Gott, sagen diese Menschen und fragen gleichzeitig: Was ist deine Rechtfertigung, wessen hat Gott dich für wert erachtet? Oder sogar: Der Herr hat mich für dich mit diesen Gebresten geschlagen.

Der Schwachsinnige war stets eifersüchtig auf die beiden Aussätzigen und konnte es nicht ertragen, daß sie in der Nähe waren, wenn etwas von Bedeutung geschah; er ärgerte und plagte sie auf jede erdenkliche Weise, versetzte ihnen Fußtritte, kniff sie und spuckte sie an, und Jon Hreggvidsson mußte ihm immer wieder befehlen, sich zu packen. Der Hund des Pfarrers Thorsteinn zog den Schwanz ein und schlich hinaus. Die Frau des Bischofs versuchte, den beiden Aussätzigen, die ihre schwarzen Gesichter zu ihr emporhoben, freundlich zuzulächeln, doch Fräulein Snaefridur wandte sich mit einem Aufschrei von diesem Anblick ab, legte unwillkürlich Arnaeus, der neben ihr stand, die Arme auf die Schultern, barg mit hastiger Bewegung den Kopf an seiner Brust, riß sich wieder von ihm los und versuchte, sich zu beherrschen, und sagte dann mit leiser, etwas dumpfer Stimme:

Mein Freund, warum zerrst du mich in dieses fürchterliche Haus?

Nun hatten sich auch die übrigen Bewohner des Hofes eingefunden, um den Segen zu empfangen, die Mutter, die Tochter und die Frau. Die alte Mutter fiel vor dem Bischof auf die Knie und küßte nach alter Sitte seinen Ring, und der Herr Bischof half ihr, wieder aufzustehen. Die dunklen, ängstlichen Augen des Mädchens, rund und funkelnd, waren die Zierde des Hauses. Die Frau stand wieder in der Tür, mit spitzer Nase und durchdringender Stimme, bereit, sich sofort aus dem Staub zu machen, sollte etwas Unvorhergesehenes geschehen.

Es trifft also zu, was ich immer wieder meinem Herrn gegenüber betont habe, nämlich daß hier keine großen Schätze zu finden seien, sagte der Pfarrer Thorsteinn. Selbst die Barmherzigkeit Gottes ist von diesem Hause weiter entfernt als von anderen Häusern in der Pfarrgemeinde.

Es gab nur einen in dieser vornehmen Gesellschaft, der sich von keinem Abscheu anfechten ließ, den nichts überraschen konnte, weder an diesem Ort noch anderswo, und dessen weltmännische Selbstbeherrschung nicht ins Wanken gebracht werden konnte. Nichts in der Miene Arnae Arnaei deutete darauf hin, daß er sich in diesem Haus nicht äußerst wohl fühlte. Er hatte jetzt ein Gespräch mit der alten Frau begonnen; er sprach langsam, bescheiden und ruhig, wie ein Mann aus einem abgelegenen Tal, der in der Einsamkeit über vieles nachgedacht hat. Die Weichheit seiner tiefen Stimme war mehr mit Samt als mit Daunen verwandt. Und das Sonderbare geschah, daß er, der Vertraute des Königs, der Tischgenosse der Grafen und unsere Zierde bei anderen Völkern, dieser ferne Weltmann, den man kaum einen Isländer nennen konnte, es sei denn im Traum und im Märchen, daß er ganz genau Bescheid wußte über die Familie und Herkunft dieser einfachen alten Frau, ihre Verwandten im Westland kannte und mit ruhigem Lächeln sagte, er habe schon öfter als einmal Bücher in der Hand gehabt, die ihr Vater für einen Pfarrer namens Gudmundur, der vor hundert Jahren gestorben war, gebunden hatte.

Leider, fügte er hinzu und sah den Bischof an – leider hatte der selige Pfarrer Gudmundur von Holt die Angewohnheit, alte Pergamentbücher mit berühmten Sagas auseinanderreißen zu lassen, von denen jedes Blatt, und war es auch nur ein halbes Blatt oder ein winziger Fetzen, auro carius war, und manche davon wären mit einem Herrenhof für jedes einzelne von ihnen nicht zu teuer bezahlt gewesen. Dann ließ er diese Pergamentblätter zu Einbänden und Involucris für Gebetbücher und Kirchenlieder verarbeiten, die er ungebunden von der Druckerei in Holar bekam und gegen Fische an seine Pfarrkinder verkaufte.

Hierauf richtete er seine Worte wieder an die alte Frau:

Jetzt möchte ich gerne fragen, ob diese meine alte Mutter mir nicht eine Stelle unter einem Bett, draußen in der Küche, im Vorratsraum oder auf dem Boden des Vorratshauses zeigen kann, wo manchmal die Fetzen oft geflickter Lederhosen oder abgetragene Schuhe in den Ecken herumliegen, oder einen Winkel unter dem Dach in einem Stall, wo man bisweilen im Winter unbrauchbare Lumpen in eine Ritze stopft, damit es nicht hereinschneit, gar nicht davon zu reden, daß es vielleicht einen alten Sack oder eine Kiste mit Plunder gibt, in dem ich ein wenig herumkramen darf, es könnte ja sein, daß ich wenigstens ein kleines Stückchen von einem Bucheinband aus der Zeit des Pfarrers Gudmundur von Holt finde.
Doch in diesem Haushalt gab es keinen Sack und keine Kiste mit Plunder und auch kein Vorratshaus mit einem Dachboden. Der Assessor machte aber trotzdem keine Miene, aufzubrechen, und obwohl der Bischof ein wenig unruhig geworden war und gerne die Segenerteilung hinter sich gebracht hätte, lächelte der Freund des Königs die Leute weiterhin freundlich an.
Mir fällt nichts ein, es sei denn die Bettlade meiner Mutter, sagte Jon Hreggvidsson.
Aber ja, ganz recht, worauf liegen nicht unsere edlen alten Frauen, sagte der Assessor, zog seinen Schnupftabak heraus und bot allen eine Prise an, auch dem Schwachsinnigen und den beiden Aussätzigen.
Als Jon Hreggvidsson eine Prise von diesem ausgezeichneten Tabak genommen hatte, fiel ihm wieder ein, daß irgendwo noch die alten Pergamentfetzen sein mußten, die sie damals als Flicken für seine Hose hatten nehmen wollen, wofür sie aber nicht getaugt hatten.
Staub und Gestank stiegen auf, als man anfing, im Bett der Alten herumzustöbern, denn das Heu in der Bettlade war alt und völlig verschimmelt. Doch zwischen dem Heu lag ein Durcheinander von allerhand Gerümpel, wie alte Schuhe ohne Sohlen, Schuhflicken, alte Beinlinge, vermoderte Wollfetzen, Stücke von Schnüren und Seilen, Teile von Hufeisen,

Hörner, Knochen, Walbarten, steinharte Fischschwänze, abgebrochene Riegel und andere Holzabfälle, Webgewichte, Muscheln, Schnecken und Seesterne. Doch es war nicht völlig ausgeschlossen, darunter auch nützliche und sogar interessante Dinge zu finden, wie Gurtschnallen aus Messing, Meerbohnen, Peitschenbeschläge, uralte Kupfermünzen.
Jon Hreggvidsson war selber aufgestanden, um dem Professor antiquitatum beim Stöbern im Bett der Alten zu helfen. Die Schönen waren ins Freie hinausgegangen; die Aussätzigen blieben zurück beim Bischof. Die alte Frau stand ein Stück abseits, und ihre runzligen Wangen wurden rot, als sie zu wühlen begannen, und ihre Pupillen weiteten sich, und je länger sie wühlten, und je mehr Dinge sie berührten, desto mehr Nerven wurden in ihr selbst berührt, bis sie zu zittern anfing. Schließlich hob sie den Rock an die Augen und weinte leise.
Der Bischof von Skalholt hatte daneben gestanden und das Vorgehen des Assessors mißtrauisch beobachtet, doch als er sah, daß die alte Frau zu weinen begonnen hatte, streichelte er ihr mit christlicher Milde die nasse, verhutzelte Wange und versuchte, sie davon zu überzeugen, daß sie ihr nichts wegnehmen würden, was für sie von Wert sei.
Nach langer und sorgfältiger Suche zog der vornehme Gast schließlich aus dem schimmligen Heu ein paar zusammengerollte Pergamentfetzen, die so zerknittert, eingeschrumpft und hart vor Alter waren, daß es unmöglich war, sie zu glätten.
Das höfliche, um Nachsicht bittende Lächeln in den Augen des bedächtigen vornehmen Herrn, während er in diesem Gerümpel gesucht hatte, verwandelte sich plötzlich in eine selbstvergessene, ernste Amtsmiene, als er seinen Fund gegen das weiche Licht der Fensteröffnung emporhielt, und das Lächeln war verschwunden. Bald blies er auf das Pergament, bald starrte er es an; dann zog er ein seidenes Tuch aus seiner Brusttasche und wischte oder staubte es damit ab.
Membranum, sagte er schließlich und blickte rasch zu seinem Freund, dem Bischof, hinüber, und sie untersuchten beide den Fund: einige gefaltete und geheftete Blätter aus Kalbshaut, der

Faden der Heftung schon längst verschlissen oder vermodert; und obwohl die Oberfläche des Pergaments schwarz und sehr stark verschmutzt war, konnte man ohne Schwierigkeit einen Text in gotischer Schrift darauf erkennen. Ihr Eifer war beinahe andächtig, sie berührten diese vertrockneten Fetzen genauso vorsichtig wie eine hautlose Leibesfrucht und murmelten lateinische Wörter wie pretiosissima, thesaurus und cimelium vor sich hin.
Die Schrift ist aus der Zeit um dreizehnhundert, sagte Arnas Arnaeus. Soweit ich sehen kann, sind das tatsächlich Blätter aus der Skalda.
Dann wandte er sich zu der alten Frau, sagte, daß hier sechs Blätter aus einer alten Handschrift seien, und fragte, wie viele es ursprünglich gewesen sein mochten.
Die alte Frau hörte auf zu weinen, als sie sah, daß sie es auf nichts Wertvolleres aus ihrer Bettlade abgesehen hatten, und antwortete, es seien nie mehr als noch eines gewesen, sie konnte sich undeutlich daran erinnern, daß sie einmal vor langer Zeit diese Hautfetzen aufgeweicht und ein Blatt herausgerissen hatte, um damit die Hose ihres Jon zu flicken, doch es taugte überhaupt nicht dazu und ließ sich nicht nähen; und als der Gast fragte, was aus diesem Blatt geworden sein mochte, antwortete die Frau zuerst, daß es bislang noch nie bei ihr Brauch gewesen sei, etwas das sich noch verwenden ließ, wegzuwerfen, und schon gar nicht etwas aus Haut, bei dem Mangel an Schuhwerk, den sie ihr Leben lang hatte erdulden müssen, mit diesen vielen Füßen: Es war ein schlechter Hautfetzen, der nicht zu etwas nütze war in einem harten Jahr, wenn viele ihre Schuhe essen müssen, und ist es auch nur ein Stück Riemen, wird er Kindern in den Mund gesteckt, damit sie daran lutschen können. Meine Herren durften nicht glauben, es habe nicht seinen guten Grund, daß sie diese Fetzen zu nichts habe verwenden können.
Sie betrachteten beide die alte Frau, die sich schluchzend die Tränen abwischte. Dann sagte Arnas Arnaeus leise zum Bischof:

Ich habe jetzt sieben Jahre lang gesucht und im ganzen Land nachforschen lassen, ob es nicht irgendwo ein Bruchstück, und seien es auch nur minutissima particula, von den vierzehn Blättern gäbe, die mir von der Skalda fehlen, denn in dieser einzigartigen Handschrift sind die schönsten Gedichte des Nordens aufgezeichnet worden. Hier sind sechs gefunden, zwar zusammengeknüllt und schlecht lesbar, aber dennoch sine exemplo.
Der Bischof beglückwünschte seinen Freund mit einem Händedruck.
Nun sprach Arnas Arnaeus wieder lauter und wandte sich an die alte Frau: Ich nehme diese unseligen Fetzen mit, sagte er. Man kann damit sowieso weder eine Hose flicken noch Schuhe sohlen; und es ist ziemlich ausgeschlossen, daß Island jemals ein solches Mißjahr erlebt, daß man sie als eßbar ansehen wird. Doch du sollst einen Silbertaler von mir bekommen für deine Mühe, gute Frau.
Er wickelte die Pergamentfetzen in das Seidentuch und steckte sie unter seinen Rock; dabei sagte er zu dem Pfarrer Thorsteinn in jenem munteren, nachlässigen Ton, den man anzuschlagen pflegt, wenn man eine kameradschaftliche Unterhaltung führen will mit einem dienstbeflissenen Begleiter, mit dem man im übrigen nichts gemeinsam hat:
Es ist nun einmal so gekommen, lieber Pfarrer Thorsteinn, daß dieses Volk, das die bedeutendsten litteras in Europa seit antiqui besessen hat, jetzt lieber auf Kalbshaut geht und Kalbshaut ißt, anstatt alte Schriften auf Kalbshaut zu lesen.
Darauf erteilte der Bischof den Leuten auf dem Hof seinen Segen.
Die vornehmen Damen hatten draußen in der Abendröte auf ihre Kavaliere gewartet und gingen ihnen jetzt lächelnd entgegen. Dutzende von Pferden liefen herum und weideten eifrig und schnaubend auf der kleinen Hauswiese. Die Pferdeknechte führten vier von ihnen auf den Hofplatz. Dann stiegen die Herrschaften auf und ritten schnell über die steinigen Wege davon, daß die Funken von den Hufen stoben.

Viertes Kapitel

Wenige Tage später ritt Jon Hreggvidsson nach Akranes hinaus, um Fuchssteuern einzutreiben, denn er rottete die Füchse aus für die Leute in der Gegend. Er bekam die Steuer mit Fisch bezahlt, wie es üblich war, aber es herrschte ein Mangel an Schnüren, wie immer, deshalb hatte er den Einfall, beim Amtmann vorbeizureiten und sich von ihm ein Stück Schnur auszuleihen, um damit die Fische zusammenzubinden. Der Amtmann stand mit ein paar Bauern aus Akranes vor der Haustür, als Jon Hreggvidsson mit seinen Fischen auf den Hofplatz ritt.

Guten Tag, sagte Jon Hreggvidsson.

Man antwortete kaum.

Ich wollte eigentlich die Obrigkeit bitten, mir ein kleines Stück Schnur zu leihen, sagte Jon Hreggvidsson.

Du wirst ganz sicher ein Stück Schnur bekommen, Jon Hreggvidsson, sagte der Amtmann und wandte sich mit folgenden Worten an seine Leute: Und jetzt packt ihn, in Jesu Namen.

Es waren drei außer dem Amtmann, alles gute Bekannte Jons. Zwei wollten ihn festnehmen, einer stand daneben. Jon setzte sich sofort zur Wehr, ging abwechselnd auf die Bauern los, schlug sie und stieß sie und warf sie in den Kot, so daß sie in größten Schwierigkeiten waren, bis ihnen der Amtmann, der ein richtiger Hüne war, zu Hilfe kam. Da gelang es ihnen nach kurzer Zeit, den Bauern zu überwältigen, doch die Fische waren während des Kampfes von den Füßen der Männer in den Dreck getreten worden. Dann holte der Amtmann Fesseln und legte sie dem Bauern an und sagte währenddessen zu ihm, daß er sich in Zukunft nicht mehr selbst um eine Wohnung zu kümmern brauche. Der Gefangene wurde in den Vorraum der Gesindestube des Amtmannssitzes gebracht, wo die Leute den ganzen Tag aus und ein gingen, und dort mit Ketten an den Füßen zwei Wochen lang bewacht. Er mußte Roßhaar zupfen oder Korn mahlen, und die Knechte mußten ihn ab-

wechselnd bewachen. Nachts durfte er auf einer Kiste liegen. Junge Burschen und Mädchen verspotteten und verhöhnten ihn, wenn sie durch die Tür gingen, und eine alte Frau leerte einen Nachttopf über ihn, denn er sang nachts die Pontus-Rimur und brachte die Leute um ihren Schlaf. Aber eine arme Witwe und ihre beiden Kinder hatten Mitleid mit ihm und gaben ihm warmes Schmalz und Grieben.
Schließlich ritt man mit dem Bauern nach Kjalardalur und hielt Gericht in der Sache. Dort stellte der Amtmann fest, daß er zu Recht festgenommen worden sei. Er wurde angeklagt, den Henker Sigurdur Snorrason ermordet zu haben, und sollte sich von dieser Anklage durch einen Zwölf-Männer-Eid reinigen; die Zeugen mußte er selbst beibringen. Die sechs Kirchgänger aus Saurbaer jedoch schworen, daß Augen, Nase und Mund der Leiche Sigurdur Snorrasons geschlossen waren, als sie sie im Bach vorfanden. Monsieur Sivert Magnussen, den man aus einer Torfgrube gezogen hatte, schwor, daß der Henker und Jon Hreggvidsson am besagten Abend gemeinsam von den anderen weg ins Dunkel geritten seien. Zugunsten von Jon Hreggvidsson wollte keiner einen Eid ablegen. Nach zweitägiger Gerichtsverhandlung wurde er für den Mord an Sigurdur Snorrason zum Tode verurteilt. Es wurde ihm gestattet, gegen das Urteil des Bezirksgerichts beim Gericht auf dem Althing Berufung einzulegen.
Das war im Spätherbst, auf den Wegen lag schon verharschter Schnee, und man kam gut vorwärts; außer dem Amtmann und seinem Schreiber gingen alle zu Fuß. Auf dem Heimweg nach Akranes hinaus ritt der Amtmann in Rein vorbei, und der Gefangene mußte gefesselt und bewacht vor seiner Hofwiese stehen bleiben, während der Amtmann ins Haus ging.
Die Leute auf dem Hof ahnten, wer gekommen war, und die Mutter Jon Hreggvidssons melkte die Kuh und brachte dem Bauern die warme Milch in einer Holzschüssel. Als er getrunken hatte, strich sie dem Mann die Haare aus der Stirn. Das Mädchen, seine Tochter, kam auch heraus und stand bei dem Mann und sah ihn an.

Der Amtmann betrat, ohne anzuklopfen, die Stube in Rein.
Dein Mann ist wegen Mordes verurteilt worden, sagte der Amtmann.
Ja, er ist ein schlimmer Mensch, sagte die Frau. Das habe ich immer gesagt.
Wo ist sein Gewehr, fragte der Amtmann. In diesem Haus sind Mordwaffen überflüssig.
Ja, es ist ein Wunder, daß er uns alle nicht schon längst mehrmals umgebracht hat mit diesem Gewehr, sagte die Frau und gab ihm das Gewehr.
Darauf nahm sie ein neues, ordentlich zusammengefaltetes Wollhemd, reichte es dem Amtmann und sagte:
Ich bin, wie alle sehen, hochschwanger und außerdem ein kranker Mensch und sehe sehr schlecht aus, und er macht sich ja wohl auch nicht viel daraus, mich zu sehen. Aber ich möchte den Amtmann bitten, ihm dieses Hemd zu geben, das ist warm, falls er lange fortbleibt.
Der Amtmann packte das Hemd, schlug ihr damit ins Gesicht und sagte, indem er es von sich warf:
Ich bin nicht der Diener des Gesindels in Rein.
Der Junge lachte laut, denn er freute sich immer, wenn man seiner Mutter Böses antat, gleichgültig, wer es war. Die Aussätzigen saßen nebeneinander auf einem Bett, die eine voller Beulen, die andere voller Wunden, hielten sich zitternd bei den Händen und lobten Gott.
Da es bereits Winter war und man eine endgültige Entscheidung in der Angelegenheit Jon Hreggvidssons erst auf dem Althing erwarten konnte, wurde bestimmt, daß der Gefangene nach Bessastadir gebracht werden sollte, denn anderswo war es kaum möglich, Leute längere Zeit gefangenzuhalten. Man schickte Männer mit einem Boot nach Alftanes hinüber; der Gefangene saß im Heck. Es war kalt und bisweilen schlugen Wellen über das Boot herein. Die Männer hielten sich durch Rudern und Wasserschöpfen warm. Jon Hreggvidsson sang die älteren Pontus-Rimur. Wenn sie ihn ansahen, hörte er für eine kurze Weile mit dem Singen auf, seine Augen began-

nen zu funkeln, und er lachte die Männer herausfordernd an, so daß die weißen Zähne in dem schwarzen Bart blitzten; dann sang er weiter.

In Bessastadir nahmen den Gefangenen der Verwalter des Landvogts, der Schreiber und zwei dänische Diener in Empfang. Diesmal wurde der Bauer nicht in der Sklavenkiste untergebracht, sondern er wurde gleich in das Schwarze Loch gesteckt. Eine Erdhütte, die wie ein Brunnenhaus aussah, war mit schweren Luken verschlossen und durch einen Riegel mit mächtigen Schlössern gesichert; darunter befand sich ein tiefes Verlies mit gekalkten Mauern. Man ließ eine Strickleiter hinab, und Jon Hreggvidsson mußte an ihr hinunterklettern, bis er auf dem Grund angekommen war; dann kletterten die Diener des Landvogts auch hinunter, um ihn in Eisen zu legen. Es gab dort keine anderen Bequemlichkeiten als eine schmale Pritsche mit einem Schaffell, einen Latrinenkübel und einen Richtblock; auf dem Richtblock lag ein großes Beil und daneben stand ein irdener Krug mit Wasser. Die Laterne des Verwalters beleuchtete einen Augenblick lang dieses Bild, den Richtblock, das Beil und den irdenen Krug, als die Männer wieder weggingen. Sie kletterten wieder nach oben, zogen die Strickleiter hinter sich hinauf, schlossen die Luken und schoben den Riegel vor, drehten den Schlüssel im Schloß um. Dann war alles still. Es war stockfinster, man sah die Hand nicht vor den Augen. Jon Hreggvidsson sang:

> Der Schwerter Brecher unbewegt
> ein Weib zu sich aufs Lager legt
> dem Starken wuchs die Liebesglut
> dem Starken wuchs die Liebesglut:
> – nicht gleich war sie dem Recken gut.

In diesem Gefängnis sang Jon Hreggvidsson den ganzen Winter über und bis zum Sommer die älteren Pontus-Rimur.

Die Zeit verging nicht in Stunden an diesem Ort, und schon gar nicht in Tagen, es gab keinen Unterschied zwischen Tag

und Nacht, und er durfte nichts tun, um sich die Zeit zu vertreiben; einmal am Tag, manchmal zweimal, wurde das Essen in einem Korb zu ihm heruntergelassen. Gesellschaft hatte er nur wenig und selten.
In Wirklichkeit hatte er bereits vergessen, was Menschen sind, als die ersten Gäste zu ihm heruntergelassen wurden, so daß er sie freudig begrüßte. Es waren zwei, und beide waren sehr niedergeschlagen und erwiderten kaum seinen Gruß. Er fragte, wie sie hießen und woher sie kämen, doch sie wollten nicht antworten. Zuletzt bekam er aus ihnen heraus, daß der eine von Seltjarnarnes kam und Asbjörn Joakimsson hieß, der andere von Hraun, Holmfastur Gudmundsson.
Tja, sagte Jon Hreggvidsson. Die Leute von Hraun waren schon immer verfluchte Strolche. Aber ich hatte geglaubt, die Leute von Seltjarnarnes seien anständige Leute.
Die Männer warteten beide darauf, ausgepeitscht zu werden. Es war leicht zu erkennen, sowohl daran, wie zögernd sie antworteten und wie vorsichtig sie sprachen, als auch daran, mit welchem Ernst sie ihr Schicksal betrachteten, daß dies angesehene Männer waren. Jon Hreggvidsson fragte und schwatzte weiter. Es kam heraus, daß dieser Asbjörn Joakimsson sich geweigert hatte, den Abgesandten des Landvogts über den Skerjafjördur zu rudern. Holmfastur Gudmundsson wurde zur Staupe verurteilt, weil er vier Fische für ein Stück Schnur in Hafnarfjördur verkauft hatte, statt die Fische beim Kaufmann in Keflavik abzuliefern; zu diesem Handelsbezirk gehörte nämlich sein Hof gemäß der neuen Verordnung des Königs, durch die der Handel in Bezirke eingeteilt wurde.
Hättest du die Fische nicht genausogut in dem Bezirk abliefern können, in dem dir von meinem allergnädigsten Herrn befohlen wurde, Handel zu treiben? fragte Jon Hreggvidsson.
Der Mann sagte, daß es bei dem Kaufmann, dem der König Keflavik zugeteilt hatte, keine Schnur gegeben habe – übrigens auch nicht beim Kaufmann in Hafnarfjördur, doch ein wohlwollender Mann im Laden hatte ihm ein kleines Stück

für die vier Fische gegeben. Und das mußte mir, Holmfastur Gudmundsson, passieren, sagte der Mann zum Schluß.
Du hättest dich lieber aufhängen sollen mit der Schnur, sagte Jon Hreggvidsson.
Asbjörn Joakimsson war noch wortkarger als sein Staupbruder.
Ich bin müde, sagte er. Kann man sich nirgends hinsetzen?
Nein, sagte Jon Hreggvidsson. Das ist keine gute Stube. Diese Pritsche ist nur für mich, und ich gebe sie nicht her. Und hör auf, dich dort am Richtblock herumzutreiben, du könntest mir meinen irdenen Krug mit meinem Wasser umwerfen.
Dann war wieder Schweigen, bis man in der Dunkelheit ein schweres Seufzen hörte:
Und ich, der ich Holmfastur Gudmundsson heiße.
Na und, sagte der andere. Habe ich nicht auch einen Namen? Haben wir nicht alle einen Namen? Ich glaube, es ist gleichgültig, wie wir heißen.
Wann hat man je in alten Büchern gehört, daß die Dänen einen Mann meines Namens in seinem eigenen Land hier in Island zum Auspeitschen verurteilt haben?
Die Dänen haben sogar den Bischof Jon Arason geköpft, sagte Asbjörn Joakimsson.
Wenn hier jemand meinen Erbkönig beschimpfen will, dann bin ich sein Erbdiener, sagte Jon Hreggvidsson.
Darauf war lange Zeit Schweigen. Dann hörte man, wie der Mann aus Hraun in der Dunkelheit wieder seinen Namen vor sich hinmurmelte:
Holmfastur Gudmundsson.
Und er wiederholte ihn, beinahe lautlos, als ob es ein schwer verständlicher Orakelspruch sei: Holmfastur Gudmundsson.
Dann war wieder Schweigen.
Wer hat gesagt, die Dänen hätten den Bischof Jon Arason geköpft? fragte Holmfastur Gudmundsson dann.
Ich, sagte Asbjörn Joakimsson. Und nachdem sie Jon Arason geköpft haben, ist es da nicht gleichgültig, wenn der König Bauern wie uns auspeitschen läßt?

Es ist eine Ehre, geköpft zu werden, sagte Holmfastur Gudmundsson. Selbst ein unbedeutender Mensch wird zu einem Mann, wenn er geköpft wird. Ein unbedeutender Mensch kann eine Strophe sprechen, während er zum Richtblock geführt wird, wie Thorir Jökull, der eine Strophe sprach und geköpft wurde, und sein Name wird leben, solange das Land bewohnt ist. Dagegen wird jeder Mann unbedeutend, wenn er ausgepeitscht wird. Es gibt keinen Mann, der so vornehm ist, daß er nicht lächerlich würde, wenn man ihn auspeitscht.
Er fügte mit leiser Stimme hinzu: Holmfastur Gudmundsson, hat man je einen isländischeren Namen gehört? Und mit diesem isländischen Namen soll jahrhundertelang die Erinnerung an eine dänische Peitsche verknüpft sein, im Gedächtnis eines Volkes, das alles in Bücher schreibt und nie etwas vergessen kann.
Ich wurde nicht unbedeutender dadurch, daß man mich ausgepeitscht hat, sagte Jon Hreggvidsson. Und keiner lachte mich aus. Ich war der einzige, der lachte.
Einem Menschen, einem selber, schadet es nicht, ausgepeitscht zu werden, sagte Asbjörn Joakimsson. Doch ich kann nicht leugnen, daß es ein klein wenig unangenehmer für die Kinder der Leute sein kann, zu erfahren, daß ihr Vater ausgepeitscht worden ist, wenn sie größer werden. Andere Kinder zeigen auf sie und sagen: Dein Papa wurde ausgepeitscht. Ich habe drei kleine Mädchen. Im dritten und vierten Glied ist es vergessen – zumindest bilde ich mir nicht ein, Asbjörn Joakimsson sei ein so bemerkenswerter Name, daß er in Bücher geschrieben und jahrhundertelang gelesen werden könnte, ganz im Gegenteil, ich bin wie jeder andere namenlose Mann, verbraucht, bald tot. Dagegen wird das isländische Volk viele Jahrhunderte lang leben, wenn es nicht nachgibt, was auch kommen mag. Ich habe mich geweigert, den Knecht des Königs über den Skerjafjördur zu bringen, das ist wahr. Weder lebendig noch tot, sagte ich. Ich werde ausgepeitscht, und das ist gut so. Aber wenn ich nachgegeben hätte, und sei es auch nur in dieser Sache, und wenn alle immer und überall nachgäben, dem Kaufmann und dem Vogt nachgäben, Gespenstern und dem Teufel nachgäben, der Pest

und den Pocken nachgäben, dem König und dem Henker nachgäben – wo hätte dieses Volk dann seine Heimat? Selbst die Hölle wäre zu gut für ein solches Volk.
Holmfastur antwortete nicht, sondern sprach nur immer wieder leise seinen Namen vor sich hin. Jon Hreggvidsson war entschlossen, sie nicht zu sich auf die Pritsche zu lassen. Nach einer Weile hörte das Klirren seiner Ketten auf, und das erste Schnarchen begann mit ängstlichem Schnaufen an der Oberfläche der Sinne, um dann allmählich tiefer und regelmäßiger zu werden.
Im Laufe des Winters kam es oft vor, daß Diebe, manchmal mehrere auf einmal, zu Jon Hreggvidsson hinuntergeworfen wurden; sie wurden dort die Nacht über verwahrt, bevor man sie brandmarkte oder ihnen die Hand abhackte. Er saß wie auf glühenden Kohlen, weil er fürchtete, sie könnten den irdenen Krug oder sogar das Beil stehlen. Und immer wieder wurden andere Männer, die auf ihre Bestrafung warteten, vorübergehend zu ihm heruntergeworfen, vor allem Leute aus dem Gullbringa-Bezirk. Ein Pächter hatte sich geweigert, dem Landvogt sein Pferd zu leihen, und zwar mit der Bemerkung, daß Männer, die sich ohne neunzig Reitpferde keinen Schritt fortbewegen könnten und selber kein einziges besäßen, am besten zu Hause bleiben sollten; nie hatte Gunnar von Hlidarendi jemanden gebeten, ihm ein Pferd zu leihen – ein anderer, Halldor Finnbogason von Myrar, hatte sich geweigert, die Sakramente zu empfangen und war als öffentlicher Gotteslästerer und Schänder des Heiligtums angeklagt worden; beiden sollte zur Strafe die Zunge herausgeschnitten werden. Der letztere fluchte und wetterte die ganze Nacht, bevor ihm die Zunge herausgeschnitten wurde, unter anderem verwünschte er seinen Vater und seine Mutter; Jon Hreggvidsson wurde um seine Nachtruhe gebracht und war schließlich so wütend, daß er sagte, jeder der nicht zum Abendmahl ginge, sei ein Dummkopf, und anfing, die Jesu-Rimur zu singen, obwohl er sie nicht richtig konnte. Abgesehen von Dieben waren die meisten der Gäste Leute, die sich irgendwelcher Verbrechen

gegen den königlichen Handel schuldig gemacht hatten. Einer war mit englischem Tabak erwischt worden. Ein anderer hatte seine Wolle mit Sand schwerer gemacht. Einige hatten heimlich Mehl in Eyrarbakki gekauft, weil das Mehl in Keflavik schimmlig und voller Würmer war. Ein paar hatten ihren Kaufmann einen Dieb genannt. So ging es weiter ohne Ende, und alle wurden gestäupt. Die Peitsche des Königs tanzte lustig und ohne Unterlaß über ausgemergelte isländische Leiber, die man auf den Boden gelegt hatte. Schließlich wurden auch einige verstockte Verbrecher von der gleichen Art wie Jon Hreggvidsson selber hergebracht und einlogiert, Männer, die entweder hingerichtet oder nach Bremerholm in Dänemark geschickt werden sollten, an jenen Ort, den die einfachen Leute in Island besser kannten als alle anderen Orte in diesem entfernten Land.

Nie bekam Jon Hreggvidsson während dieser vierundzwanzig Wochen das Tageslicht zu sehen, abgesehen von einem kleinen Schimmer an Weihnachten und Ostern, als er in die Kirche geführt wurde, um Gottes Wort zu hören. An diesen beiden Festtagen kamen die Knechte des Vogts zu ihm in den Kerker herunter, zogen ihm einen Sack über den Kopf, lösten seine Fesseln und führten ihn in die Kirche, wo er auf die hinterste Bank zwischen zwei bärenstarke Männer gesetzt wurde, um sich mit dem Sack über dem Kopf erbauen zu lassen. Die Schnur um seinen Hals war jedoch nur so fest zugezogen, daß er mit etwas Geschick die Umrisse seiner Hand erkennen konnte, als er dort im Gotteshaus saß. Etwas anderes sah er in diesem Winter nicht.

Um die Osterzeit wurde zum Bauern ein Mann aus dem Ostland hinuntergelassen, der nach Bremerholm verschickt werden sollte, für eines der schändlichsten Verbrechen, das man in Island begehen konnte: er war auf ein holländisches Doggerboot hinausgegangen und hatte Nähzwirn gekauft. Seine Sache war im Herbst vor Gericht verhandelt worden, und er sollte im Frühjahr mit einem Schiff, das auf den Sudurnes überwinterte, ins Ausland gebracht werden. Er war den Win-

ter über von einem Amtmann zum andern durch das ganze Land geschickt worden, bis er hier gelandet war.
Nein, sagte Guttormur Guttormsson. Es ist ihnen nie gelungen, mir etwas anderes nachzuweisen als diese eine Rolle. Dagegen hatten die Sklaven des Kaufmanns Wind davon bekommen, daß ich auf den Dogger hinausfuhr. In meiner Gegend fahren alle auf die Dogger hinaus. Ein Mann, der nie einen holländischen Golddukaten gesehen hat, weiß nicht, was es heißt zu leben.
Es war ein Mann mit warmer Stimme, der immer vor Rührung nach Luft schnappte, wenn er von holländischen Geldstücken sprach.
Sie sind so groß, sagte er, faßte Jon Hreggvidsson bei der Schulter und machte ihm in der Dunkelheit einen Kreis auf die Stirn.
Nie würde mir einfallen, meinen Erbkönig und Herrn für einen solchen Judaspfennig zu verraten, sagte Jon Hreggvidsson.
Die Holländer sind ein Goldvolk, sagte er. Wenn ich in der Nacht aufwache und nicht einschlafen kann, dann denke ich an diese gesegneten, großen Geldstücke, und dann geht es mir wieder so gut. So eine Größe. So ein Gewicht. So ein Glanz.
Hast du viele davon? fragte Jon Hreggvidsson.
Viele? sagte Guttormur Guttormsson. Ob ich viele oder wenige davon habe, und das geht dich nichts an, Freundchen, so weiß ich, was es heißt zu leben. Ich habe viele glückliche Tage erlebt. Ihr auf den Sudurnes erlebt nie einen glücklichen Tag.
Das ist gelogen, sagte Jon Hreggvidsson. Wir lieben und ehren unseren König.
Wir in den Ostfjorden sind nie Sklavenpack gewesen, sagte Guttormur Guttormsson.
Als sie einander besser kennengelernt hatten, entschlüpfte es dem Mann aus dem Ostland nach und nach, daß er – obwohl er kein anderes Verbrechen begangen hatte, als eine Rolle Zwirn von den Leuten auf dem Dogger zu kaufen, denn ein Verbrechen ist nur das, was herauskommt – jahrelang mit den

Holländern Handel getrieben und gute Geschäfte gemacht hatte. Seine Frau strickte im Winter Wollsachen für sie, im Sommer brachte er ihnen Butter und Käse, Kälber, Lämmer und Kinder. Er bekam von ihnen feinstes Mehl, Seilwerk, Roheisen, Angelhaken, Tabak, Schnupftücher, Rotwein, Kornbranntwein; und Golddukaten für Kinder.
Kinder, sagte Jon Hreggvidsson.
Ja, einen Dukaten für ein Mädchen, zwei Dukaten für einen Jungen, sagte Guttormur Guttormsson.
Im Ostland war es schon seit fast hundert Jahren üblich, Kinder an die Leute auf den Doggern zu verkaufen; deshalb gab es in den Ostfjorden auch weniger Kindsmorde als anderswo im Land. Guttormur Guttormsson hatte zwei Kinder an die Leute auf den Doggern verkauft, einen siebenjährigen Jungen und ein blondes fünfjähriges Mädchen.
Du hast also nur drei Dukaten, sagte Jon Hreggvidsson.
Wie viele Dukaten hast du, sagte Guttormur Guttormsson.
Zwei, sagte Jon Hreggvidsson. Ich habe zwei Dukaten daheim in Rein auf Akranes – zwei lebende Dukaten, die mich ansehen.
Wofür hast du sie bekommen? fragte der Mann aus dem Ostland.
Wenn du glaubst, ich hätte sie für Fischköder bekommen, dann irrst du dich, Freundchen, sagte Jon Hreggvidsson.
Aus den Papieren des Mannes ging hervor, daß er ein hervorragender Handwerker war; deshalb wurde er nach kurzem Aufenthalt aus dem Schwarzen Loch heraufgezogen und in die Sklavenkiste gebracht, damit er sich nützlich machen konnte, während er auf das Schiff nach Bremerholm wartete, so daß Jon Hreggvidsson nichts mehr von diesem vortrefflichen Mann sah oder hörte.
Dafür bekam er später im Frühjahr einen neuen Gefährten, der blieb. Das war ein Zauberer aus den Westfjorden namens Jon Theofilusson. Er war ein ziemlich großer, dürrer Mann in den Vierzigern, der mit seiner alten Schwester einen kleinen Hof in einem abgelegenen Tal bewirtschaftet hatte. Er hatte

wenig Glück bei den Frauen gehabt, vor allem, weil er so wenig Schafe besaß, und hatte diesem doppelten Mangel mit Zauberei abhelfen wollen, wie es in den Westfjorden seit langem üblich war, allerdings mit unterschiedlichem Erfolg. Ein anderer Mann, ein tüchtiger Schafzüchter, hatte das Herz jener Pfarrerstochter errungen, auf die es Jon Theofilusson abgesehen hatte, und er hatte versucht, diesem Mann einen bösen Geist auf den Hals zu schicken. Aber unglücklicherweise war der böse Geist in die Kuh des Pfarrers gefahren und hatte sie getötet. Einige Zeit danach ertrank das Pferd des Nebenbuhlers in einem unerklärlichen Pfuhl. Da war Jon Theofilusson festgenommen worden, und man fand bei ihm einen Windgaffer und eine Leichenhosenrune. Während die Sache untersucht wurde, erkrankte der Bruder des Nebenbuhlers und starb. Der Teufel, den der Zauberer den Leibhaftigen nannte, erschien diesem Mann auf dem Sterbebett und erklärte, daß Jon Theofilusson ihm seine Seele verpfändet und die eingetretenen Unglücksfälle von Kuh und Pferd sowie die Krankheit des Bruders verursacht habe. Diese Erscheinung bekräftigte der Mann an seinem Sterbetag mit einem Eid. Auf diese Weise war der Teufel zum Hauptzeugen in der Sache Jon Theofilussons geworden, und diese Zeugenaussage brachte den Mann zu Fall.

Jon Theofilusson hatte große Angst davor, verbrannt zu werden, und sprach oft flüsternd darüber; er wollte gerne geköpft werden.

Weshalb haben sie dich hierher in den Süden gebracht, warum verbrennen sie einen Teufelsbraten wie dich nicht in den Westfjorden, sagte Jon Hreggvidsson.

Die Leute im Thorskafjördur wollten kein Reisig hergeben, sagte der Mann.

Das ist mir neu, daß sie hier im Süden Brennholz übrig haben für andere Landesviertel, sagte Jon Hreggvidsson. Du solltest darum bitten, daß du mit mir geköpft wirst, und am besten auf diesem Richtblock hier, denn ich bin sicher, daß es im Land keinen besseren Richtblock gibt. Ich habe mir im Winter die Langeweile damit vertrieben, daß ich ausprobiert habe, ob mein Hals in seine Kerbe paßt.

Ich habe den ganzen Winter hindurch Gott gebeten, daß ich geköpft werde, anstatt verbrannt zu werden, sagte der Mann.

Weshalb rufst du nicht den Teufel an, Mensch, sagte Jon Hreggvidsson.

Er hat mich betrogen, sagte der Mann schluchzend. Wenn einen der Leibhaftige betrogen hat, dann fängt man an, Gott zu bitten.

Ich glaube, du bist ein Feigling, sagte Jon Hreggvidsson. Hör mit diesem Heulen auf und versuche lieber, mir eine Zauberrune zu zeigen.

Nein, sagte der Mann weinend.

Du kannst mir doch wenigstens beibringen, wie man den Teufel beschwört, sagte Jon Hreggvidsson.

Das ist mir selber gar nie gelungen, sagte der Mann. Und selbst wenn der Leibhaftige das behauptet und mich damit vor Gericht zu Fall gebracht hat, so ist das eine Lüge. Dagegen habe ich mir einen Windgaffer besorgt und es ein wenig damit versucht, wegen eines Mädchens. Außerdem hatte ich eine Leichenhosenrune.

Was, sagte Jon Hreggvidsson. Einen Windgaffer? Wegen eines Mädchens?

Ja, sagte der Mann. Aber es ging schief.

Hast du so einen Windgaffer dabei? fragte Jon Hreggvidsson. Man soll nie gleich nach dem ersten Versuch aufgeben. Wer weiß, vielleicht können wir ein Weibsbild zu uns herhexen. Oft bestand Bedarf, doch jetzt besteht Notwendigkeit.

Aber die Obrigkeit hatte dem Mann den Windgaffer weggenommen.

Können wir uns nicht einen Windgaffer bauen, sagte Jon Hreggvidsson. Können wir das verfluchte Runenzeichen nicht mit der Spitze des Beils in den Richtblock ritzen und gleich heute nacht ein schönes, dralles Frauenzimmer hier zu uns hereinhexen, am besten gleich drei.

Doch es war nicht so einfach, eine solche Zauberrune herzustellen, dazu brauchte man viel freieren Zugang zum Tierreich und zu den Naturkräften, als das an diesem Ort möglich war; der Windgaffer wird mit Rabengalle auf die Innenseite des Fells einer braunen Hündin gezeichnet, und dann wird die Rune mit dem Blut eines schwarzen Katers, dem eine unberührte Jungfrau bei Vollmond die Kehle durchgeschnitten hat, ausgemalt.
Wie konntest du eine unberührte Jungfrau dazu bringen, einem schwarzen Kater die Kehle durchzuschneiden? fragte Jon Hreggvidsson.
Meine Schwester hat es gemacht, sagte der Mann. Wir brauchten drei Jahre, um die Rabengalle zu beschaffen. Doch in der ersten Nacht, als ich den Windgaffer auf dem Dach über der Schlafkammer der Pfarrerstochter hochhielt und die Beschwörungsformel hersagte, wurde ich entdeckt, und da war die Kuh schon tot.
Und das Mädchen, fragte Jon Hreggvidsson.
Die hatte einen Mann bei sich im Bett, sagte Jon Theofilusson weinend.
Jon Hreggvidsson schüttelte den Kopf.
Was ich noch sagen wollte, hast du nicht etwas von einer Leichenhose gesagt: Ich verstehe nicht ganz, wie du in solche Schwierigkeiten geraten konntest, wenn du eine Leichenhose hattest, denn ich habe gehört, daß immer Geld darin sein soll, wenn man richtig nachsieht.
Ich hatte mir die Leichenhosenrune besorgt und Geld von einer Witwe gestohlen, um es hineinzutun. Aber die Leichenhose selber habe ich nie bekommen, denn der Mann, mit dem ich ausgemacht hatte, daß ich ihm die Haut abziehen würde, ist immer noch nicht tot und schon fast neunzig. Außerdem war schon alles zu spät, denn die Kuh war tot, und das Fohlen lag in dem Pfuhl. Und kurz darauf erschien dem seligen Sigurdur auf dem Sterbebett der Leibhaftige und legte Zeugnis ab gegen mich.
Jetzt herrschte eine Zeitlang Schweigen, man hörte nur den

Zauberer im Dunkeln schluchzen. Nach einer ganzen Weile sagte Jon Hreggvidsson ruhig:
Du wirst ganz sicher verbrannt.
Der Zauberer weinte weiter.

Fünftes Kapitel

Eine alte Frau will eine Reise machen.
Morgens, wenn die Fischer aufs Meer hinausfahren, sitzt sie am Strand. Sie spricht einen nach dem andern an und sagt, sie müsse nach Süden. Und obwohl sie heute keiner mitnehmen will, ist sie morgen doch wieder da. Sie trägt neue Schuhe, hat ein braunes Umschlagtuch so um den Kopf gebunden, daß man nur ihre Nasenspitze sieht, hat einen Lederbeutel und einen Stab dabei und ihre Röcke geschürzt, wie es Frauen auf Reisen zu tun pflegen:
Es kann wohl kaum viel Unglück bringen, einen armen Menschen auf dem Boot mitfahren zu lassen und ihn irgendwo an einer Landzunge abzusetzen.
Es gibt genug Landstreicher auf den Sudurnes, sagen sie.
Die Zeit vergeht, es ist schon Ende Mai. Und immer noch humpelt die Frau am Morgen zum Strand hinunter und will eine Reise machen. Schließlich gibt einer der Bootsführer auf, nimmt sie widerwillig in seinem Boot mit und setzt sie in der Nähe der Grotta an Land; dann rudern sie wieder weg. Sie klettert über tangbewachsene Klippen und vom Meer gepeitschte Steine, bis sie auf grünem Gras steht.
Tja, jetzt war sie über das Meer gekommen. Die Berge ihrer Heimat, Akrafjall und Skardsheidi, blauten in der Ferne.
Sie ging von der Spitze der Landzunge aus landeinwärts. Der Frühlingstag war hell und windstill, und sie stieg auf die Anhöhe in der Mitte der Halbinsel, um sich umzusehen. Die Hütten duckten sich zwischen dem Tang unten am Strand. Auf der anderen Seite des Fjords südlich der Halbinsel leuchtete das weiße Haus von Bessastadir in der Sonne, wo die Die-

ner des Königs herrschten; auf der Nordseite der Halbinsel sah man langgestreckte Gebäude auf flachen Felsen im Meer und Handelsschiffe auf der Reede: der Handelsplatz auf dem Holmur. Weiter landeinwärts bildeten ferne, blaue, hohe Berge einen Kreis um dunkle, niedrige Berge, an denen sich grüne Zwickel hinaufzogen.
Sie ging einen großen Teil des Tages am Ufer entlang landeinwärts, über steinige Hügel und feuchte Moore, bis sie zu einem Fluß kam, der in zwei reißenden Armen in eine Bucht mündete; die Strömung leuchtete weiß und blau. Sie hatte kaum Hoffnung, aus eigener Kraft hinüberzugelangen. Ein Mensch im besten Alter, der gut zu Fuß war, hätte vielleicht die Strümpfe ausgezogen und wäre durchgewatet, aber sie war eine alte Frau. Sie beschloß, sich hinzusetzen und ein Bußlied des Pfarrers Halldor von Prestholar aufzusagen. Sie zog einen Fischschwanz aus ihrem Sack und kaute darauf herum, während sie das Lied aufsagte, und trank das Wasser des Flusses aus ihrer hohlen Hand, während sie überlegte, welche Strophe als nächste kam, denn der Herr erhört ein Gebet nur dann, wenn die Strophen in der richtigen Reihenfolge stehen. Sie gab auch darauf acht, das Lied im richtigen Ton herzusagen, dehnte jede zweite Zeile und senkte am Schluß jeder Strophe traurig die Stimme, wie wenn ein Finger über eine klingende Saite rutscht.
Als sie das Lied hergesagt hatte, kamen von Osten her Männer mit Packpferden, und sie bat sie unter Tränen in Jesu Namen, einen bedauernswerten alten Menschen auf das Ostufer des Flusses zu bringen, doch sie antworteten, es gäbe genug alte Landstreicherinnen auf der anderen Seite. Als sie weitergezogen waren, hörte sie auf zu weinen und fing wieder an, das Bußlied herzusagen. Dann kamen von Westen her Leute, die auf ihren Packpferden Stockfisch transportierten. Sie bat sie unter Tränen, einer armen alten Frau zu helfen, aber sie waren vom Branntwein gehörig betrunken und sagten, sie würden sie mit der Peitsche windelweich schlagen, wenn sie nicht dorthin zurückginge, wo sie herkäme. Das Wasser spritzte in hohem

Bogen auf die Frau, als sie mit ihren Pferden durch den Fluß ritten. Sie hörte auf zu weinen und sagte noch ein Bußlied her. Gegen Abend kam ein Hirtenmädchen von einem der Höfe am Westufer des Flusses und wollte zu den Schafen auf der Insel zwischen den Flußarmen hinüberreiten. Die alte Frau versprach, sie werde Gott bitten, das Mädchen zu segnen, wenn es ihr hinüberhelfen wolle. Das Mädchen sagte nichts, hielt aber ihr Pferd neben einem zum Aufsitzen geeigneten Grashöcker an. Dann ritt das Mädchen mit der Frau hinter sich über beide Flußarme, hielt das Pferd neben einem Grashöcker auf der anderen Seite an und wartete, bis die Frau heruntergeklettert war. Die Frau verabschiedete sich von dem Mädchen mit einem Kuß und bat Gott, es und alle seine Nachkommen zu segnen.

Es war Abend geworden.

Auf den Höfen westlich des Gebirges gab es überall eine Menge Leute, vor allem Männer mit Packpferden, die Stockfisch von den Sudurnes holten, manche weit aus dem Osten, und ohne Lastpferde reitende Großbauern mit Geld, die etwas in Bessastadir oder beim Kaufmann auf dem Holmur hatten erledigen müssen; sie hatten Vorrang bei der Übernachtung. Außerdem waren hier viele andere Leute, vor allem Leute, die das Pech haben, daß der Fisch, den sie suchen, immer auf der anderen Seite des Gebirges ist, und deshalb ist ihr Leben eine ununterbrochene Wanderschaft; zu dieser Gruppe gehörten Aussätzige und andere Gebrechliche, Dichter, gebrandmarkte Diebe, Sonderlinge, Geistesschwache, leichte Mädchen, Messenleser, Krüppel, Fiedelspieler und Verrückte. Eine Familie kam von Osten von den Rangarvellir, ein Ehepaar mit fünf Kindern; sie hatten ihr lebendes Inventar aufgegessen und wollten nach Süden zu ihren Verwandten in Leira, wo sie hofften, Fisch zu bekommen. Eines der Kinder lag im Sterben. Sie berichteten, daß überall im Osten die Leichen fremder Landstreicher vor den Türen der Leute lägen. Neunzehn Diebe wurden in diesem Winter auf den Rangarvellir gebrandmarkt und einer gehenkt.

Die Männer mit den Packpferden mußten nachts bei ihren Stockfischlasten Wache halten. Die Landstreicher saßen auf gepflasterten Wegen, Umzäunungen und Mauern und boten denen, die sich unterhalten wollten, Unterhaltung verschiedener Art, und die Aussätzigen streckten ihre abgefaulten Hände aus und lobten Gott. Ein Schwachsinniger stand auf dem Giebel eines Hauses und führte seine erbärmliche Kunst vor, die er Donner-Rimur-Furzen nannte, das kostete einen Schilling. Der Messenleser ließ sich den Reitmantel einer Frau umlegen und las mit der Stimme des Bischofs von Skalholt für ein paar getrocknete Dorschkiemen das sogenannte Evangelium des Markus von Midhus an seine Schwiegersöhne, über zwei Töchter und zwei Waltranfässer: Wer aber meine Töchter schändet an Weihnachten, der wird nicht sehen können ihre Herrlichkeit an O-stern. Dann las er mit der Stimme des Bischofs von Holar, die Maus lief auf den Altar und biß in die Kerze mit langem Schwanz und dunkelroten Schu-u-hen. Und mit seiner eigenen Stimme:

Vesenis tesenis tere
Zwitter zu sein ich begehre,
hallara stallara stoten
Eistaucher pfeift mit den Pfo-o-ote-e-en.

Niemand wollte den Fiedler sehen oder hören, und außerdem waren die Saiten auf seiner Fiedel gerissen.

Schließlich fragte die alte Frau nach dem Weg ostwärts über das Gebirge und sagte, sie wolle sich noch in der Nacht aufmachen.

Wohin willst du? fragten die Leute.

Sie sagte, sie habe ein kleines Anliegen an die Frau des Bischofs in Skalholt.

Die Leute sahen sie gleichgültig an. Einer sagte:

Sind nicht jetzt im Frühjahr in der Osternacht zwei alte Landstreicherinnen auf der Hellisheidi umgekommen?

Ein anderer sagte: Die Amtleute haben verboten, daß noch mehr Bettler nach Osten über die großen Flüsse gebracht werden.

Ein dritter, der selber ein Bettler zu sein schien: Die Geizhälse im Osten würden am liebsten alle umbringen, Alte.
Im Laufe des Abends zogen Wolken auf, und es begann zu regnen. Der Frau taten die Füße weh. Die Vögel zwitscherten froh und lebhaft in der hellen Nacht, und das warme Moos zwischen der Lava war so strahlend grün, daß es im Nebel leuchtete. Schließlich war die Frau so lange gegangen, daß ihre Füße nicht mehr weh taten, doch dafür fingen sie an einzuschlafen. Sie kroch unter einen überhängenden Felsen am Weg und versuchte, sie durch Reiben und Kneten wieder aufzuwecken; dann aß sie etwas getrockneten Fisch und sagte ein Bußlied auf.
Tjaja, schon möglich, daß sie in der Osternacht umgekommen sind, die beiden Alten, ojeoje, murmelte sie zwischen den Strophen vor sich hin. So etwas, nein, wirklich, die armen alten Frauen, oje.
Nach einer Weile war sie eingeschlafen, mit dem Kinn auf den Knien.
Doch als sie tags darauf gegen Abend nach Osten an die Ölfusa kam, erwies sich alles, was sie auf der anderen Seite des Gebirges gehört hatte, als richtig: Von verdächtigen Personen wurde an der Fähre ein Paß verlangt. In einem Schwarm von Seeschwalben warteten auf einer Sandbank am Fluß sechs Landstreicher, darunter eine Leiche. Der Fährmann sagte nein. Einer der Landstreicher sagte, er habe versucht, auf dem nächsten Hof um Milch zu bitten, und zur Antwort bekommen, die Lachse melkten die Kühe. Dieser Mann sagte, er habe sich erboten, Geschichten zu erzählen, denn er war Dichter und kannte mehr als tausend Geschichten, aber niemand glaubte, in diesen schweren Zeiten eine Schale Magermilch entbehren zu können, ganz gleich, was ihm dafür angeboten wurde.
Was hätte Gunnar von Hlidarendi gesagt, wenn er ein solches Volk gesehen hätte? sagte der Dichter. Oder Egill Skallagrimsson?
Es gab eine Zeit, da schmiedete ich Silber für vornehme Herr-

schaften, sagte ein alter, blinder Mann, der einen blauäugigen Jungen an der Hand hielt. Jetzt bitte ich um eine Flosse.
Diese Bemerkung paßte nicht richtig zum Thema der Unterhaltung, wie das meiste, was Blinde sagen, und der Gesprächsfaden, falls es einen gegeben hatte, riß ab. Die Bettler schauten lange schweigend auf das trübe Gletscherwasser des vorüberströmenden Flusses.
Die Leiche war die eines jungen Mädchens, und man hatte sie sorgsam auf die Sandbank hingelegt, doch keiner kümmerte sich um sie. Es hieß, sie sei verrückt gewesen, als sie noch lebte. Wenn man ihr das Haar aus der Stirn strich, konnte man sehen, daß sie gebrandmarkt war.
Zwei Raben fliegen schon seit längerem drüben am Ostufer des Flusses herum, sagte der blauäugige Junge, der den Blinden führte.
Der Rabe ist der Vogel aller Götter, sagte der Dichter. Er war der Vogel Odins, und er ist der Vogel Jesu Christi. Er wird auch der Vogel des noch nicht geborenen Gottes Skandilan sein. Wer von einem Raben zerhackt wird, erlangt ewiges Seelenheil.
Und die Seeschwalbe, sagte der Junge.
Manchen Vögeln schenkte der Herr die ganze Erde und den Himmel, sagte der Dichter. Lege dich flach hin wie ich, junger Mann, lies den Flug der Vögel nur für dich, und sage nichts.
Der Gletscherfluß strömte unaufhörlich vorüber.
Ein aufgedunsener Bettler, wahrscheinlich mit Blasenwürmern, hatte mit ausgestreckten Beinen auf der Sandbank gesessen und vor sich auf den Boden gestiert; jetzt schlug er seine Schafsaugen auf und sagte:
Warum Silber? Warum nicht Gold?
Der Blinde antwortete: Ich habe auch Gold geschmiedet.
Warum hast du dann nicht Gold gesagt? fragte der Aufgedunsene.
Ich mag Silber lieber als Gold, sagte der Blinde.
Ich mag Gold lieber, sagte der Aufgedunsene.
Ich habe bemerkt, daß die wenigsten Gold um seiner selbst

willen mögen, sagte der Blinde. Ich mag Silber um seiner selbst willen.
Der Aufgedunsene wandte sich an den Dichter und fragte: Wann ist in der Dichtung von Silber die Rede?
Wenn du ein unverheiratetes Mädchen wärst, sagte der Dichter, würdest du dann lieber einen Mann oder dreißig Wale heiraten?
Soll das ein Rätsel sein, oder was? fragte der dicke Bettler.
Mein Mädchen hat dreißig Wale geheiratet, sagte der Dichter.
Vor böser Menschen Umgang parsenobis domine, sagte eine alte Frau, die nicht viel von Neuerungen in Glaubensdingen hielt; sie kehrte den Leuten den Rücken zu und murmelte vor sich hin.
Sie wollte mich nicht, sagte der Dichter. Und dabei war ich damals in den besten Jahren. Es war während einer Hungersnot, wie jetzt. Im gleichen Frühjahr wurden am Strand eines siebzigjährigen Witwers in unserer Gegend dreißig Wale angetrieben.
Das Gold ist nicht so kostbar, weil es ein besseres Metall ist als das Silber, sagte der Blinde. Das Gold ist so kostbar, weil es der Sonne ähnlich ist. Das Silber hat das Licht des Mondes.
Zwei vornehme Männer, die von Osten über den Fluß kamen, verbürgten sich für den Blinden und seinen Jungen, und sie wurden übergesetzt. Ein Mann verbürgte sich für die papistische Alte, und sogar der Aufgedunsene hatte einen aussätzigen Bruder in Kaldadarnes. Für den Dichter wollte sich keiner verbürgen, und auch nicht für die Leiche und für die zuletzt angekommene Frau aus Akranes. Sie weinte eine Weile und beschwor die Bauern bei Jesu Namen, doch es nützte alles nichts; sie stiegen auf die Fähre, und der Fährmann tauchte die Ruder ins Wasser; drei blieben zurück, zwei Lebende, ein Toter.
Der Dichter sagte: Du gehst noch nicht lange betteln, gute Frau, wenn du glaubst, daß Gottes Barmherzigkeit noch lebt.

Gottes Barmherzigkeit ist das erste, was in einem schlechten Jahr stirbt. Wenn man mit Tränen etwas erreichen könnte in Island, würden die Bettler nicht nur mit Rudern über die Flüsse gebracht werden, sondern auf Flügeln über die Meere schweben.
Die alte Frau antwortete nichts. Sie nahm ihren Stock und ihren Beutel und begann, am Fluß entlang aufwärts zu gehen; irgendwo muß es eine Stelle geben, wo der reißende Strom nur ein kleines Rinnsal ist und ein Kind trockenen Fußes hinüberkommt.
Zurück blieb der Dichter und die Leiche.

Sechstes Kapitel

Das Ziel der Reise, Skalholt, Sitz des Bischofs und der gelehrten Schule, macht mit seinen vielen Grassodenhäusern keinen einladenden Eindruck auf den fremden Reisenden. Es war schon so spät im Frühjahr, daß der Morast getrocknet war. Die Leute kümmerten sich nicht um Fremde und gaben einem unbedeutenden Gast keine Antwort, sondern glitten vorbei wie Schatten oder stumme Traumgestalten, ohne nach Neuigkeiten zu fragen. Dennoch war es erfrischend, die Luft an diesem Ort einzuatmen, ein Gemisch aus Küchenrauch, Fischgeruch, Ausdünstung von Mist und Gestank von Abfall. Es waren sicher Hunderte von Grassodenhütten, manche windschief, mit schadhaftem Dach und baufällig, andere knubbelig, mit Rauch aus dem Rauchloch und grasbewachsenen Dächern, beinahe jung. Die Domkirche ragte aus dieser Ansammlung von Erdhütten empor, ein geteertes Holzgebäude mit Glockenturm und hohen, spitz zulaufenden Fenstern.
Sie fragte sich bis zum Haus des Bischofs durch. Das war ein großes Gebäude mit zwei Stockwerken, auch aus Grassoden; nur die Front, die zur Kirche hinübersah, war aus weißgekalktem Holz; sie hatte eine Reihe von Fenstern mit je vier Scheiben in Hüfthöhe über dem sorgfältig gepflasterten Hofplatz.

Man konnte vom Hof aus in die Stuben hineinschauen. Da leuchteten Kannen und Humpen aus Silber, Zinn und Kupfer, buntbemalte Truhen und schönes Schnitzwerk, aber man sah dort drinnen keinen Menschen. Vor dem Eingang war eine doppelte Tür; die äußere Tür stand halb offen und war arg mitgenommen von Wind und Wetter, aber die innere Tür war aus edlem Holz gefertigt und mit Drachenschnitzereien geschmückt und hatte am Schloß einen kupfernen Ring. Die oberen Fenster, im Dachgeschoß, konnte man vom Erdboden mit den Händen erreichen; sie hatten nur je zwei Scheiben, hinter denen helle Gardinen hingen, welche oben in der Mitte des Fensters zusammenstießen, unten aber zur Seite gezogen waren.
Jetzt, als die von weither Gekommene endlich das Ziel ihrer Reise erreicht hatte und auf dem Hofplatz vor dem Haus des Bischofs in Skalholt stand und nur noch anzuklopfen brauchte, da war es, als ob sie unschlüssig würde; sie setzte sich vor den Fenstern des Bischofs auf den Hofplatz und ließ die von Gicht gekrümmten Beine über den Rand des Steinpflasters hinunterhängen; der Kopf sank auf die Brust herab. Sie war müde. Als sie eine Weile so gesessen hatte, ging eine Frau über den Hofplatz und fragte, was sie wolle. Die alte Frau blickte langsam auf, streckte die Hand aus und wollte grüßen.
Hier ist kein Platz für Landstreicher, sagte die andere.
Die alte Frau machte sich daran, mühsam aufzustehen, und fragte nach der Frau des Bischofs.
Bettler müssen sich an den Verwalter des Bischofs wenden, sagte die Frau aus dem bischöflichen Haushalt, eine stattliche Witwe in den besten Jahren, die offensichtlich viel zu sagen hatte und der es sehr gut zu gehen schien.
Die Frau des Bischofs kennt mich, sagte die alte Frau.
Wie sollte die Frau des Bischofs dich kennen, sagte die Beschließerin. Die Frau des Bischofs kennt kein Bettelvolk.
Gott ist mit mir, sagte die Frau. Und deshalb kann ich mit der Frau des Bischofs in Skalholt sprechen.
Das sagen alle Landstreicher, sagte die Beschließerin. Aber ich bin sicher, daß Gott mit den Reichen ist und nicht mit den

Armen. Und die Frau des Bischofs weiß, daß sie, wenn sie mit Hungerleidern spräche, zu nichts anderem Zeit hätte und der Bischofssitz verkommen würde.
Sie ist aber trotzdem im letzten Jahr zu mir in meine Hütte gekommen und hat mit mir gesprochen, sagte die alte Frau. Und wenn Ihr glaubt, ich sei arm, liebe Madame, wer Ihr auch seid und wie Ihr auch heißt, dann werde ich Euch hier etwas zeigen.
Sie griff in ihr Mieder, zog ihren Speziestaler heraus, der mehrfach in ein Tuch eingewickelt war, und zeigte ihn der Beschließerin.
Die Frau des Bischofs ist nicht daheim, sagte da die Beschließerin. Sie ist mit dem Bischof ins Westland geritten, um ihre Mutter zu besuchen und um sich nach diesem schrecklichen Frühjahr zu erholen. Die Leichen sind manchmal hier auf dem Steinpflaster gelegen, wenn die Leute morgens aufstanden. Sie kommt erst wieder um die Mittsommerzeit, wenn der Bischof seine Visitation im Westland beendet hat.
Die Hand mit dem Speziestaler sank wieder herab und die Fremde, die diesen weiten Weg gekommen war, sah mit zitterndem Kopf die Beschließerin an; ihre Zunge war völlig ausgetrocknet vom Hersagen des Bußliedes des Pfarrers Halldor von Prestholar.
Ob sie auf dem Althing wohl schon Leute geköpft haben, sagte sie schließlich.
Leute geköpft? Was für Leute? fragte die Beschließerin.
Arme Leute, sagte die Fremde.
Was weiß ich, wann auf dem Althing Verbrecher geköpft werden, sagte die Beschließerin. Wer bist du, Frau, was willst du? Und wo hast du diesen Speziestaler bekommen?
Wo mag jetzt der vornehme Herr aus Kopenhagen sein, der im letzten Jahr mit dem Bischof nach Akranes gekommen ist?
Du wirst doch etwa nicht Arnas Arnaeus meinen, gute Frau? Wo wird er wohl sein, wenn nicht mit seinen Büchern bei sich daheim in Kopenhagen. Du bist womöglich auch eine von de-

nen, die darauf warten, daß ihr Tröster mit dem Schiff nach Eyrarbakki kommt, haha!

Und wo ist das schlanke Fräulein, das er im letzten Jahr in unsere Hütte in Rein geführt hat?

Die Beschließerin zeigte zu den Fenstern im Obergeschoß hinauf und senkte die Stimme; dieses Gesprächsthema löste ihr die Zunge: Wenn du nach Fräulein Snaefridur, der Tochter des Richters, fragst, gute Frau, so sitzt sie hier in Skalholt, manche sagen als Braut; man hat sogar schon gehört, daß es ihr bevorstehen soll, mit Gräfinnen Umgang zu pflegen. Eines ist sicher, man läßt sie hier nicht nur Latein und Historiam lernen, sondern auch Sternkunde und andere Wissenschaften, die weit über das hinausgehen, was Frauen in Island bisher gelernt haben. Selber hat sie im Frühjahr angedeutet, sie warte darauf, daß ihr das Schiff etwas nach Eyrarbakki bringt, und sie wollte unter keinen Umständen mit ihrer Schwester ins Westland reisen, trotz all ihrer Rastlosigkeit. Aber jetzt ist das Schiff vor einer Woche in Eyrarbakki angekommen, und keiner hat etwas bemerkt. Dagegen galoppieren jetzt hier über den Hof des Bischofs am hellichten Tag Leute, die im Winter dort nur spät am Abend herumschleichen durften. Und immer seltener wird jetzt nach dem Instruktor gerufen. Wer hoch steigt, fällt tief. Die Welt ist nun einmal die Welt, gute Frau. Ich habe gelernt, daß Mäßigung in allen Dingen wichtig sei.

Schließlich wurde die alte Frau in das Zimmer Snaefridurs im oberen Stock des bischöflichen Hauses geführt, wo die Tochter des Richters auf einem Stuhl saß, in einem Kleid aus geblümter Florettseide, und mit Brettchen ein Band webte. Sie war unglaublich schlank, hatte fast keinen Busen, ihre frische, goldene Farbe vom letzten Herbst war schon längst einer zarten Blässe gewichen, doch das Blau ihrer Augen war fast noch leuchtender als damals. Ihr Gesichtsausdruck war ohne Freude, ihr Blick abwesend, die Lippen geschlossen, so daß ihr natürliches Lächeln nicht zu seinem Recht kam, sondern ein harter Zug um ihren Mund lag wie bei einer unnatürlichen Kraftanstrengung. Sie blickte aus irgendeiner weiten Ferne auf

die schmutzige, altersschwache Menschengestalt, die mit leerem Beutel und wunden Füßen in ihrer Tür stand.
Was will diese alte Frau? fragte sie schließlich.
Erkennt mein Fräulein diese alte Frau nicht wieder? fragte die Fremde.
Wer kann alte Frauen in Island auseinanderhalten, sagte das Fräulein. Wer bist du?
Erinnert sich mein Fräulein denn nicht an eine kleine Hütte unter einem Berg am Meer?
An hundert, sagte das Fräulein. An tausend. Wer kann sie voneinander unterscheiden?
Eine berühmte, vornehme Jungfrau steht in der Stube eines kleinen Hauses an einem Tag im Herbst und lehnt sich an den mächtigsten Mann des Landes und den besten Freund des Königs. Mein Freund, sagt sie, warum zerrst du mich in dieses fürchterliche Haus? Das war das Haus meines Sohnes Jon Hreggvidsson.
Das Fräulein legte seine Handarbeit beiseite und lehnte sich auf dem Polster zurück, um sich auszuruhen, ihre schmalen Finger hingen beinahe durchsichtig über den geschnitzten Armlehnen des Stuhls, über das Leben des Landes erhaben. Sie trug einen großen goldenen Ring. Die Luft im Zimmer war schwer von Moschus und Narde.
Was willst du von mir, Frau? fragte sie matt nach langem Schweigen.
Selten wird eine Frau aus dem Süden so weit nach Osten gereist sein, sagte die Frau. Ich bin diesen weiten Weg gekommen, um mein Fräulein zu bitten, meinen Sohn zu retten.
Mich? Deinen Sohn? Wovor?
Dem Beil, sagte die Frau.
Welchem Beil? fragte das Fräulein.
Ich weiß, mein Fräulein spottet nicht über eine alte Frau, obwohl sie einfältig ist.
Ich verstehe nicht, wovon du sprichst, gute Frau.
Man sagt, Euer Vater wolle meinen Sohn in Thingvellir an der Öxara köpfen lassen.

Das geht mich nichts an, sagte das Fräulein. Er läßt so viele köpfen.
Mein Fräulein wird vielleicht einmal einen Sohn bekommen, der der schönste aller Isländer ist, sagte die Frau.
Bist du gekommen, um mir Böses zu weissagen?
Gott bewahre mich davor, meinem Fräulein Böses zu weissagen, sagte die alte Frau. Es kam mir nicht einmal in den Sinn, daß ich mein Fräulein sehen würde. Ich bin diesen weiten Weg gegangen, um die Frau des Bischofs zu treffen, denn keine Frau ist so mächtig, daß sie nicht eine andere Frau versteht. Ich hoffte, daß sie – die Tochter des Richters und die Frau des Bischofs – sich daran erinnern würde, daß sie mein Haus betreten hat, und jetzt Mitleid mit mir hätte, da mein Sohn geköpft werden soll. Doch jetzt, da sie verreist ist, gibt es keinen, der mir helfen kann, außer meinem Fräulein.
Wie kommt diese Person nur darauf, daß meine Schwester und ich, zwei törichte Frauenzimmer, auf Recht und Gesetz Einfluß haben könnten, sagte das junge Mädchen. Dein Sohn wird wohl kaum geköpft, ohne daß er etwas verbrochen hat. Selbst mein Sohn würde nicht geschont werden, wenn er schuldig wäre, und wäre er auch der schönste aller Isländer. Ich selber auch nicht. Oder wurde die Königin der Schotten etwa nicht geköpft?
Mein Fräulein kann über das Recht des Landes bestimmen, sie kann über das Gesetz bestimmen, sagte die alte Frau. Die Freunde des Königs sind die Freunde meines Fräuleins.
Das Tagesgeschehen ist nichts für mich, dort herrschen starke Männer, manche mit Waffen, andere mit Büchern, sagte das Mädchen. Sie nennen mich die lichte Maid und sagen, dein Reich ist die Nacht.
Man sagt, die Nacht beherrscht den Tag, sagte die alte Frau. Am Morgen soll man eine Jungfrau loben.
Ich bin die Frau, die man loben wird, wenn man sie verbrennt, sagte das Mädchen. Geh wieder dorthin, gute Mutter, von wo du gekommen bist.

In diesem Augenblick ritt jemand über den Hofplatz und man hörte, wie einem Pferdeknecht barsch Befehle erteilt wurden. Das Fräulein zuckte zusammen und legte die Faust an ihre Wange.
Er ist also gekommen, flüsterte sie. Und ich bin allein.
Es dauerte nicht lange, die schweren Schritte des Mannes kamen mit Sporenklirren die Treppe herauf, und die Tür wurde aufgestoßen, noch ehe das Mädchen Zeit gefunden hatte, die Falten ihres Rockes zu glätten, über ihr Haar zu streichen oder die richtige Miene aufzusetzen.
Er war groß und breitschultrig und gut gewachsen, wenn auch etwas vornübergebeugt, als ob er es unnötig finde, sich aufrecht zu halten; sein Blick war träge und ein wenig lauernd, dem eines Stiers nicht unähnlich, und er bewegte sich mit schwerfälligem Mißmut.
Guten Tag, sagte er knapp und mißmutig und blickte mit einer wählerischen Grimasse zur Seite, nach Art der Stutzer, die meinen, es sei nichts gut genug für sie, nicht einmal die vornehmste Partie des Landes. Er verbreitete einen schwachen Branntweingeruch. Er trug hohe Stiefel mit doppelten Sohlen, einen schmutzigen spanischen Kragen, einen blauen Mantel mit Puffärmeln, eine große und lange Perücke nach der Mode dänischer Gecken, die so hoch war, daß er seinen Federhut in der Hand halten mußte. Statt sich vor der jungen Dame zu verneigen und ihr die Hand zu küssen, zeigte er auf die Fremde und fragte im selben Ton, in dem er gegrüßt hatte:
Wer ist diese Alte?
Die junge Dame starrte in die Luft, mit einer dieser eisigen Mienen, die nie, solange der Tag währt, verrät, was im Herzen wohnt. Deshalb ging der Kavalier direkt auf die zerlumpte Frau zu, stieß ihr den Schaft seiner Peitsche vor die Brust, wo sie über ihren Stock gebückt dastand, und fragte:
Alte, wer bist du?
Tut ihr nichts zuleide, sagte die Tochter des Richters. Sie spricht mit mir. Ich spreche mit ihr. Wie ich schon gesagt hatte, alte Frau – selbst die Königin der Schotten wurde ge-

köpft. Mächtige Könige sind geköpft worden und ihre besten Freunde ebenfalls. Kein Mensch kann einen andern vor dem Beil retten. Jeder muß sich selber vor dem Beil retten, oder er wird geköpft. Magnus von Braedratunga, gebt dieser Frau ein Reichsort und laßt sie hinaus.
Der Kavalier nahm schweigend eine kleine Münze aus seinem Beutel und gab sie der Frau, ließ sie dann hinaus und schloß die Tür.

Siebtes Kapitel

Es war ein trüber Morgen an dem Tag, als Jon Hreggvidsson und der Zauberer aus dem Loch in Bessastadir heraufgeholt, auf ein Pferd gesetzt und zum Thing an der Öxara gebracht wurden. Dann fing es an zu regnen. Sie kamen spät am Abend durchnäßt am Ziel an. Für Jon Hreggvidsson, der den Henker des Königs ermordet hatte, galten besondere Befehle; ihm traute man weniger als anderen Verbrechern, deshalb wurde er allein unter persönlicher Bewachung in einem Zelt hinter der Bude des Landvogts untergebracht und bekam sein Essen von dort. Er wurde gleich nach seiner Ankunft in Eisen gelegt. Auf einem Stein vor dem Zelteingang saß ein riesiger Hüne mit einer Tonpfeife im Mund und einem Feuerbecken mit einigen brennenden Zweigen neben sich. Er achtete sorgsam darauf, daß das Feuer nicht ausging, schielte schweigend zu Jon Hreggvidsson hin und rauchte, was das Zeug hielt.
Gib mir etwas zu rauchen, sagte Jon Hreggvidsson.
Mir gibt auch niemand etwas zu rauchen, ich bezahle für meinen Tabak, sagte der Wächter.
Dann verkauf es mir.
Wo ist das Geld?
Du bekommst im Herbst ein Lamm.
Nein, lieber nicht. Vielleicht würde ich dir für einen Schilling in bar die Pfeife in den Mund stecken, sagte der Wächter. Aber nachträgliche Bezahlung bei einem Geköpften, darauf lasse ich mich nicht ein; so wahr ich Jon Jonsson heiße.

Jon Hreggvidsson sah den Mann eine Weile nachdenklich an, lachte dann mit funkelnden Augen, so daß seine weißen Zähne blitzten und die Ketten klirrten, und begann zu singen.

Am nächsten Tag sitzt der Richter mit den Gerichtsverwandten und den Bevollmächtigten des Königs an einem wackligen Tisch in dem morschen, feuchten und kalten Gerichtsgebäude, von dem im letzten Jahr die Gerichtsglocke entfernt worden war. Nur zwei dieser vornehmen Männer trugen gute Mäntel, der Richter Eydalin und der Landvogt in Bessastadir, der außerdem als einziger eine Halskrause trug. Die anderen hatten meist Halstücher und trugen unförmige Jacken oder abgetragene Reitjoppen; ein oder zwei Amtmänner waren blaß und hatten weiche Hände, doch die meisten waren blaurot von Wind und Wetter, hatten sehnige Hände mit Schwielen und Schrammen und häßliche Gesichter, obwohl sie einander nicht ähnlich waren, und krumme Gliedmaßen. Einige waren groß, andere klein, einige hatten breite, andere schmale Gesichter, einige waren blond, andere dunkel, eine Ansammlung der verschiedensten Rassen; aber alle hatten ein gemeinsames nationales Kennzeichen: Sie trugen schlechte Schuhe. Selbst der Richter Eydalin mit seinem ausländischen Mantel trug alte, rissige, schiefe und durch mangelnde Pflege runzlig gewordene Stiefel, schlecht besohlt und voll von altem Schmutz. Nur der Landvogt, der Däne, trug blanke, hohe Stiefel aus weichem, hellbraunem, frisch gewichstem Leder, mit Stulpen, die über die Knie herunter umgeschlagen waren, und glänzenden Silbersporen. Diesen Mächtigen des Landes gegenüber steht ein zerlumpter Mensch in einem verschlissenen Kittel, einen Strick aus Roßhaar um den Leib, barfüßig und mit schwarzen Füßen, die wunden Handgelenke geschwollen, doch mit kleinen Händen, Haar und Bart kohlschwarz, das Gesicht grau und bleich, die Augen braun, mit lebhafter, entschlossener Miene.

Dem Gericht wurden die Akten vorgelegt, die im vorigen Herbst in Kjalardalur in seiner Angelegenheit abgefaßt worden waren. In diesem Urteil des Amtmanns im Thvera-Bezirk, gegen das Jon Hreggvidsson beim Gericht auf dem Althing Berufung eingelegt hatte, war der Angeklagte zum Tode verurteilt worden, und dieses Urteil stützte sich auf den Eid von sechs Männern, der Kirchgänger von Saurbaer, die am ersten Sonntag des Winters den toten Sigurdur Snorrason im Bach untersucht hatten. Diese Männer hatten ihren Bericht beeidet, der besagte, daß der Leichnam des Henkers schon ganz steif war, als sie ihn in dem Bach antrafen, der vom Land des Hofes Medalfell in der Gemeinde Strönd im Thvera-Bezirk ostwärts fließt, Augen, Nase und Mund geschlossen, doch der Kopf kerzengerade nach oben stehend und seltsam starr. Des weiteren war durch Zeugen bestätigt worden, daß am Tag vorher, kurz bevor der Verstorbene Jon Hreggvidsson in Kjalardalur auspeitschte, letzterer herausfordernde und drohende Worte gegen seinen Henker gebraucht hatte, wenn auch verhüllt, ihn in Teufels Namen beschworen und gesagt hatte, das werde ihn teuer zu stehen kommen, noch ehe er für die letzte und dickste Hure einen Knoten geknüpft habe, der etwas tauge. Außerdem wurde der Eid des Monsieur Sivert Magnussen vorgelegt, daß Jon Hreggvidsson und Sigurdur Snorrason am Abend des Mordes in der Dunkelheit auf einem anderen Weg von Galtarholt weggeritten seien als ihre Reisegefährten. Schließlich wurde bestätigt, daß Jon Hreggvidsson kurz vor Tagesanbruch die Leute in Galtarholt geweckt habe, das Pferd Sigurdur Snorrasons reitend und mit dessen Mütze auf dem Kopf. Zwölf Männer waren auf dem Thing in Kjalardalur benannt worden, um unter Eid ihre Überzeugung darzutun, ob Jon Hreggvidsson schuldig oder nicht schuldig sei am Tod Sigurdur Snorrasons, und dieser Eid war so ausgefallen, daß die Geschworenen die geschlossenen Sinnesorgane Sigurdur Snorrasons erwiesenermaßen als das Werk eines Menschen ansahen, welches eher Jon Hreggvidsson als anderen zuzuschreiben sei.

Der Richter saß da mit Hut und Perücke, rotäugig und ein wenig schläfrig, denn er unterdrückte ein Gähnen, während er den Angeklagten fragte, ob er seiner früheren Aussage, die er in Kjalardalur gemacht hatte, noch etwas hinzuzufügen habe. Jon Hreggvidsson wiederholte, daß er sich an nichts von dem erinnern könne, was man unter Eid gegen ihn ausgesagt hatte, wie die Drohungen und Herausforderungen gegen Sigurdur Snorrason vor der Auspcitschung oder ihren Ritt zu zweit weg von den anderen Männern in die Dunkelheit hinaus. Von dem nächtlichen Ritt erinnerte er sich nur daran, daß sie in der Dunkelheit in ein ausgedehntes Sumpfgelände gerieten und daß er, Jon Hreggvidsson, maßgeblich Anteil daran gehabt habe, Monsieur Sivert Magnussen aus einem Torfgraben herauszuziehen, in den dieser Ehrenmann, diese Stütze der Gemeinde, hineingefallen war, zwischen verweste Hunde; der Angeklagte sagte, dieses Lebensrettungswerk sei erwiesenermaßen geglückt. Nachdem er, Jon Hreggvidsson, die Rettung dieses kostbaren Menschenlebens beendet hatte, habe er versucht, auf seine Mähre zu steigen, das letzte, an das er sich erinnere, sei, daß die Stute ausgeschlagen habe und außerdem in der Stille der Nacht unglaublich hoch geworden war und fast unbesteigbar schien, und er könne sich auch nicht daran erinnern, daß es ihm gelungen wäre, sie zu besteigen. Von seinen Reisegefährten habe er keine Ahnung mehr gehabt, die seien zu dem Zeitpunkt alle verschwunden gewesen. Er hielt es für wahrscheinlich, daß er dann sofort umgefallen und eingeschlafen sei. Als er aufwachte, war ein erster Lichtstreif am Himmel. Er stand auf und sah etwas im Gras liegen und hob es auf; es war die Mütze Sigurdur Snorrasons, und er setzte sie auf, da er seine eigene Mütze verloren hatte. Ganz in der Nähe sah er die Umrisse eines Vierbeiners; er ging darauf zu, da war es das Pferd des Henkers, und auf ihm ritt er nach Galtarholt. Das, sagte Jon Hreggvidsson zum Schluß, sei alles, was er über die Ereignisse jener Nacht aussagen könne, und alle anderen Dinge, die in jener Nacht geschehen sein mochten, seien ohne sein Wissen geschehen: Zum Zeugen dafür, sagte er, rufe ich den Gott an, der meine Seele und meinen Leib erschaffen und diese beiden Teile zu einem vereint –

Nein, nein, nein, Jon Hreggvidsson, unterbrach ihn da der Richter Eydalin. Es steht dir nicht zu, hier den Herrn anzurufen.

Dann befahl er, den Gefangenen abzuführen.

Als der Wächter Jon Hreggvidsson wieder angekettet hatte, setzte er sich auf den Stein vor dem Zelteingang, fachte die Glut im Feuerbecken an und fing an zu rauchen.

Steck mir die Pfeife einmal ins Maul, verfluchter Kerl, und du bekommst einen Hammel, sagte Jon Hreggvidsson.

Wo ist der Hammel, sagte der Mann.

Er ist im Gebirge, sagte Jon Hreggvidsson. Ich gebe dir eine Verschreibung.

Wo ist der Schreiber?

Bring ein Blatt Papier, und ich werde kritzeln, sagte Jon Hreggvidsson.

Soll ich dann mit der Verschreibung dem Vieh im Gebirge nachlaufen? fragte der Mann.

Was willst du haben? fragte Jon Hreggvidsson.

Ich handle nur gegen Barzahlung, sagte der Wächter – vor allem mit Leuten, die zum Tode verurteilt sind. So wahr ich Jon Jonsson heiße. Und jetzt sei still.

Wir sollten ein bißchen ausführlicher darüber sprechen, sagte Jon Hreggvidsson.

Ich sage nichts mehr, sagte der Wächter.

Du wirst Hundur Hundsson heißen, sagte Jon Hreggvidsson.

Dies war der letzte Tag des Things.

Am Abend wurden die Urteile in den Sachen der Leute verkündet, und kurz vor Mitternacht wurde Jon Hreggvidsson wieder in das Gerichtsgebäude gebracht, um sein Urteil zu hören.

Nach genauester Prüfung und Beweisführung, hieß es in dem Urteilsspruch, und auf Grund dessen, was glaubwürdige Männer über ihre Bekanntschaft mit vielerlei Schandtaten Jon Hreggvidssons ausgesagt hatten, war es der einstimmige Beschluß des Richters und der Gerichtsverwandten, nachdem sie die Gnade des Heiligen Geistes angerufen hatten, daß Jon

Hreggvidsson des Mordes am seligen Sigurdur Snorrason überführt war. Das Gericht auf dem Althing bestätigte das Urteil des Amtmannes in allen Punkten, und das Urteil sollte unverzüglich vollstreckt werden.

Doch da es schon Abend war und die Leute nach der vielen Arbeit der Ruhe bedurften, befahl der Richter, daß die Hinrichtungen bis zum nächsten Morgen verschoben werden sollten, und wies den Henker und seine Helfer an, die Nacht zu nutzen, um ihre Werkzeuge in den besten Stand zu bringen. So wurde Jon Hreggvidsson noch einmal in sein Zelt hinter der Bude des Vogtes geführt und diese letzte Nacht in Ketten gelegt. Der Wächter Jon Jonsson setzte sich in den Eingang, sein dicker Hintern ragte ins Innere des Zeltes, und fing an zu rauchen.

Das Weiße in Jon Hreggvidssons Augen war ungewöhnlich rot, und er fluchte ein wenig in seinen Bart, doch der Wächter kümmerte sich nicht darum.

Schließlich konnte der Bauer nicht mehr an sich halten und sagte verdrießlich:

Was für Manieren sind das, einen Mann köpfen wollen, ohne ihm Tabak zu geben?

Sprich endlich deine Gebete, und leg dich hin, sagte der Wächter. Der Pfarrer kommt in aller Frühe.

Der zum Tode Verurteilte antwortete nichts, und sie schwiegen lange, man hörte nur, wie eine Axt in gleichmäßigem Rhythmus auf einen Hackblock schlug; in der Stille der Nacht hallten die Schläge mit metallisch hohlem Klang von einer Felswand wider.

Was sind das für Schläge, sagte Jon Hreggvidsson.

Morgen früh soll ein Zauberer aus dem Westland verbrannt werden, sagte der Wächter. Sie hacken das Brennholz.

Dann schwiegen sie wieder eine ganze Weile.

Du sollst meine Kuh haben für Tabak, sagte Jon Hreggvidsson.

Ach, was soll das Quengeln, sagte Jon Jonsson. Was willst denn du mit Tabak anfangen, ein so gut wie toter Mann?

Du sollst alles haben, was ich besitze, Mensch, sagte Jon Hreggvidsson. Hol Papier und ich schreibe ein Testament.
Alle sagen, du seist ein Nichtsnutz, sagte Jon Jonsson. Und ein Gauner.
Ich habe eine Tochter, sagte Jon Hreggvidsson. Ich habe eine junge Tochter.
Mag sein, daß du so gerissen bist, wie sie sagen, aber es wird dir nicht gelingen, mich anzuführen, sagte Jon Jonsson.
Sie hat strahlende Augen, sagte Jon Hreggvidsson. Große, runde. Und einen üppigen Busen. Jon Hreggvidsson von Rein schwört bei seinem Grundherrn Christus, daß es sein letzter Wille und Befehl ist, daß sie mit dir, Jon Jonsson, verheiratet wird.
Was für ein Tabak ist das, den du haben willst? sagte der Wächter langsam, drehte sich auf seinem Sitz und lugte mit dem einen Auge ins Innere des Zeltes? Hm?
Ich will natürlich nur den Tabak, der einem zum Tode Verurteilten hilft, sagte Jon Hreggvidsson. Den Tabak, den nur du allein mir verkaufen kannst, so wie die Dinge stehen.
Dann bin ich der, den sie köpfen, sagte der Wächter. Und außerdem ist es nicht sehr wahrscheinlich, daß das Mädchen ja sagen würde, selbst wenn ich ungeschoren davonkäme.
Wenn sie einen Brief von mir sieht, sagt sie ja, was immer darin steht, sagte Jon Hreggvidsson. Sie liebt und ehrt ihren Vater über alle Maßen.
Als ob ich nicht schon genug an meiner Alten drüben in Kjos hätte, sagte der Wächter.
Um die werde ich mich gleich heute nacht kümmern, sagte Jon Hreggvidsson. Du brauchst dir um ihretwegen keine Sorgen zu machen.
Drohst du damit, meine Frau umzubringen, verfluchter Kerl, sagte da der Wächter. Und mich selber dem Henker auszuliefern. Die Angebote, die du machst, sind Blendwerk, wie alles, was vom Teufel kommt. Es ist bloß ein Glück, daß einem solchen Schurken nicht erlaubt wird, graue Haare zu bekommen.

Achtes Kapitel

In der Tür steht ein kleiner, gut gewachsener Mann im Talar, mit dunklem Teint, schwarzen Brauen und roten Lippen. Er hat sich langsame Bewegungen angewöhnt und ist ein wenig lichtscheu.

Guten Tag, Mademoiselle – er hat sich auch angewöhnt, langsam und gesetzt zu sprechen.

Ihre dichten Locken fallen über Wangen und Schultern herab. Am frühen Morgen erinnert das stille Blau ihrer Augen an weite Fernen.

Der Domprediger! Und ich bin kaum aufgestanden und habe noch nicht einmal meine Perücke aufgesetzt.

Ich bitte um Vergebung, Mademoiselle. Setzt sie auf. Ich sehe weg. Mademoiselle braucht keine Angst zu haben.

Aber sie beeilte sich keineswegs, die Perücke aufzusetzen.

Pflege ich Angst zu haben vor dem Domprediger?

Mademoiselles Augen blicken fremd und aus weiter Ferne auf das, was auf der Welt geschieht. Es ist wahr, die Dinge, die auf der Welt geschehen, sind grob. Und Mademoiselles Augen gehören nicht zu dieser Welt.

Bin ich dann tot, Pfarrer Sigurdur?

Manchen ist die Gabe des ewigen Lebens hier auf Erden zuteil geworden, Mademoiselle.

Monsieur hingegen, er gehört zu seiner Domkirche, der ganze Mann; ausgenommen vielleicht die Augen – er verzeiht mir! Als ich klein war und zum ersten Mal hierher nach Skalholt kam und Monsieur predigen hörte, da glaubte ich, einer der geschnitzten und bemalten Apostel an der Kanzel habe zu sprechen begonnen. Eure gute selige Frau schenkte mir Honig in einer Dose. Ist es wahr, daß Ihr heimlich das Ave-Maria betet, Pfarrer Sigurdur?

Credo in unum Deum, Mademoiselle.

Ach, wollt Ihr Euer Latein an ein junges Mädchen vergeuden? Und doch, Pfarrer Sigurdur – ich kann amo in den meisten modis und temporibus konjugieren.

Oft habe ich Gott dafür gepriesen, daß die Blumen in diesem Land so glücklich und schön sind, sagte der Domprediger. Wenn die Menschen aufgehört haben, sich aus dem Staub zu erheben, geben die Blumen uns die ewigen Verheißungen.
Wovon sprecht Ihr eigentlich?
Nehmen wir das Vergißmeinnicht. Das Vergißmeinnicht ist zart, doch ihm wurde die Gabe der Liebe zuteil, und deshalb ist sein Auge schön. Als Ihr zum ersten Mal nach Skalholt kamt –
Ich mache mir nichts aus einer zarten Blume, ich will eine große Blume mit schwerem Duft, warf das Mädchen ein, doch er kümmerte sich nicht darum und fuhr fort.
Als Ihr als kleines Mädchen zum ersten Mal hierher auf den Bischofssitz kamt, mit Eurer Schwester, dieser vornehmen Frau, die hier die Schlüsselgewalt übernehmen sollte, da war es, als ob das Vergißmeinnicht selbst in menschlicher Gestalt gekommen sei.
Ja, Ihr seid ein berühmter Dichter, Pfarrer Sigurdur, sagte das Mädchen. Doch Ihr scheint vergessen zu haben, daß man das Vergißmeinnicht auch Katzenauge nennt.
Ich komme zu Euch im Licht des frühen Morgens und grüße Euch in Jesu Namen und sage: Vergißmeinnicht! Andere Besucher kommen zu anderen Zeiten mit anderem Sinn zu Euch und flüstern Euch ein anderes Wort ins Ohr.
Und schließlich, als er dies gesagt hatte, sah er das Mädchen mit dunklen, heißen Augen an, und um seinen Mund war ein leichtes Zittern.
Sie begegnete seinem Blick und fragte kalt: Was meint Ihr.
Er sagte: Ich bin Euer ewiger Freier. Ihr habt mir erlaubt, so zu heißen.
Ja, ja, sagte sie. In Jesu Namen? Doch, ja, vielleicht, hm.
Ihr seid ein junges Mädchen, Snaefridur, erst siebzehn Jahre alt. Die Tollkühnheit der Jugend ist das Wundervollste, was es auf Erden gibt – nächst der Demut. Ich bin ein Mann von achtunddreißig Jahren.
Ja, Pfarrer Sigurdur, ich weiß, Ihr seid ein erfahrener Mann

und ein begabter Mann und ein hochgelehrter Mann; und Witwer. Ich schätze Euch auch sehr. Aber welche Besucher auch kommen und wann sie auch kommen und was sie auch sagen, so wißt Ihr, daß ich nur einen Mann liebe.
Euer ewiger Freier stellt keine Fragen. Er weiß auch viel zu gut, daß es nur einen Mann von isländischer Abstammung gibt, der Euer würdig ist. Der, der Euch am meisten liebt, kann Euch nichts Besseres wünschen als ihn. Wenn er kommt, existiere ich nicht mehr. Ich verschwinde. Doch solange er noch nicht gekommen ist, nehmt es mir nicht übel, Fräulein Snaefridur – ich lausche, ich warte, ich wache. Vielleicht höre ich Hufschlag in der Nacht –
Andeutungen ertrage ich nicht. Was meint Ihr?
Um es ganz kurz zu sagen, Mademoiselle, ich bin ein verliebter Mann.
Ich habe mir nie etwas so Lächerliches vorstellen können wie einen verliebten Domprediger, nein, seid mir nicht böse, auch wenn ich zu Euch böse bin. Und versprecht mir, nicht mehr davon zu sprechen, bis alle Schiffe angekommen sind, Pfarrer Sigurdur.
Es sind alle Schiffe angekommen.
Nein, nein, nein, Pfarrer Sigurdur, das dürft Ihr nicht sagen. Auch wenn das Schiff in Eyrarbakki angekommen ist, können noch Schiffe im Ostland ankommen; oder im Westland. Und niemand weiß bis jetzt, wer mit diesen Schiffen angekommen sein kann.
Die Anwesenheit dieses Mannes würde nicht verborgen bleiben, ganz gleich, in welchem Landesviertel er angekommen wäre. Und wenn Ihr daran glaubtet, daß er kommt, hättet Ihr nicht einen anderen Besucher empfangen.
Sie stand auf, stampfte vor ihm mit dem Fuß auf den Boden und sagte:
Wenn ich eine Hure bin, dann verlange ich, daß Ihr mich in der Öxara ertränken laßt.
Gott vergebe Mademoiselle, ein so häßliches Wort in den Mund zu nehmen, welches schon allein durch das Ausspre-

chen das Gewand befleckt, in das die himmlische Gnade ihre Jungfräulichkeit hüllt.
Wen gehen meine Gäste etwas an? Ihr schleicht am Morgen in Jesu Namen her. Andere kommen am Abend in Teufels Namen dahergeritten. Ich bin ein Mensch. Zeugt gegen mich, und laßt mich ertränken, wenn Ihr es wagt – und sie stampfte wieder vor ihm auf den Boden.
Mein liebes Kind, sagte er und streckte seine Hand aus. Ich weiß, Ihr zürnt nicht mir. Ihr haltet Zwiesprache mit Eurem Gewissen.
Ich liebe einen Mann, sagte sie; und Ihr wißt es; ich liebe ihn im Wachen; im Schlafen; lebend; tot; liebe ihn. Und wenn ich ihn nicht bekomme, dann gibt es keinen Gott, Pfarrer Sigurdur, auch nicht Euch, den Domprediger, und nicht den Bischof und nicht meinen Vater und nicht Jesus Christus; nichts; – außer dem Bösen. Gott der Allmächtige stehe mir bei.
Sie warf sich auf das Polster und verbarg das Gesicht in den Händen, aber ihre Verzweiflung war zu Eis erstarrt, und sie sah wieder mit trockenen Augen zum Domprediger auf und sagte leise, verzeiht mir.
Er wandte seine geschlossenen Augen gen Himmel und betete unter Tränen zu Gott, und er durfte währenddessen ihr Haar streicheln; dann stand sie auf und ging weg von ihm, fand ihre Perücke und setzte sie auf. Er setzte seinen Versuch, sie mit theologischen Argumenten zu überzeugen, fort und war voller Trost.
Was ich noch sagen wollte, sagte sie kalt, mitten in dieser Andacht, denn ihr war etwas eingefallen. Gibt es einen Mann, der Jon Hreggvidsson heißt?
Jon Hreggvidsson, wiederholte der Domprediger und machte die Augen auf. Nimmt Mademoiselle den Namen eines solchen Menschen in den Mund?
Ach, es gibt ihn also, sagte das Fräulein. Ich glaubte, ich hätte es geträumt. Was hat er getan?
Weshalb will Mademoiselle, daß ich mit ihr über diesen elenden Schurken spreche? Ich weiß nur, daß er letzten Herbst im Borgarfjördur im Westland zum Tode verurteilt wurde, weil

er zu nächtlicher Stunde den Henker von Bessastadir ermordet hat, und daß das Urteil in diesen Tagen auf dem Althing bestätigt werden soll.
Sie lachte laut auf, und der Domprediger sah sie verwundert an; doch als er fragte, antwortete sie nur, daß sie es lächerlich finde, daß königlicher Majestät Henker von einem gewöhnlichen Dieb ermordet worden sei; mir ist, als sähe ich, wie ein gewöhnlicher Sünder dem Domprediger eine Predigt hält! Oder ist es etwa keine Kunst, einen Menschen zu töten? fragte sie.
Vielleicht fühlte sich der Domprediger durch ihren Vergleich beleidigt, denn er konnte nicht mitlachen; ganz im Gegenteil: Ein armer Geistlicher, streng erzogen in den theologischen Wahrheiten über die Freiheit des menschlichen Willens in der Wahl zwischen Gut und Böse, versteht nicht die leichtfertige Betrachtungsweise eines jungen Mädchens aus dem Geschlecht der Blumen, nach der die menschliche Tat unabhängig vom Gesetz zu sein scheint und nicht nur Sünden, sondern sogar Kardinalverbrechen entweder für lächerlich angesehen werden, oder gefragt wird, ob es eine Kunst sei, sie zu begehen.
Sie hörte nicht zu, was er sagte, sondern fuhr fort, in ihrem Zimmer aufzuräumen, und war wieder ernst geworden. Schließlich sagte sie versonnen:
Ich habe es mir anders überlegt. Es hat keinen Sinn, noch länger hier zu warten. Bittet den Verwalter des Bischofs, mir ein paar gute Pferde holen zu lassen. Ich langweile mich. Ich will nach Westen in die Dalir, heim.

Neuntes Kapitel

Kind, sagt der Richter Eydalin und blickt verwundert auf, und dasselbe tun auch seine Zechbrüder, als in der hellen Nacht am Schluß des Things plötzlich Fräulein Snaefridur in Reitkleidern durch die Tür der Bude des Richters auf dem Althing tritt. Alle werden stumm. Sei willkommen, Kind – aber was willst du? Was ist geschehen?

Er steht auf und geht ihr, nicht allzu sicher auf den Beinen, entgegen und küßt sie.
Was ist geschehen, liebes Kind?
Wo ist meine Schwester Jorunn?
Der Bischof und seine Frau sind ins Westland zu deiner Mutter geritten. Sie überbrachten mir einen Gruß von dir und die Nachricht, daß du diesen Sommer Skalholt nicht verlassen würdest. Sie sagten, sie hätten dich unter dem guten Schutz des Rektors und seiner Frau zurückgelassen. Was ist geschehen?
Geschehen? Fragst du mich dreimal in einem Atemzug, Vater? Wäre etwas geschehen, dann wäre ich nicht hier. Aber es ist nichts geschehen, und deshalb bin ich hier. Weshalb darf ich nicht zum Thing reiten? Hallgerdur Langbrok ritt zum Thing.
Hallgerdur Langbrok? Ich verstehe dich nicht, Kind.
Bin ich nicht ein Mensch, Vater?
Du weißt, daß es deine Mutter nicht mag, wenn Mädchen eigenmächtig handeln.
Wer weiß, vielleicht habe ich meine Ansicht geändert. Wer weiß, vielleicht sind die Ereignisse eingetreten –
Was ist eingetreten?
– oder besser gesagt, nicht eingetreten. Wer weiß, vielleicht habe ich mich nach Hause gesehnt – zu meinem Vater. Ich bin schließlich ein Kind. Oder bin ich kein Kind?
Kind, wo soll ich dich unterbringen? Hier gibt es keine Übernachtungsmöglichkeit für Frauen. Das Thing ist zu Ende, und ich sitze hier mit einigen guten Männern beisammen; wir wollen wachbleiben, bis die Sonne aufgegangen ist und wir bei der Hinrichtung von ein paar Verbrechern zugegen sein müssen. Dann reite ich südwärts nach Bessastadir. Was, glaubst du, wird deine Mutter sagen –
Ein Ritter in Stulpenstiefeln, mit Sporen, langem Spitzbart, einer Perücke, die bis auf die Halskrause herabreichte, und einem Degen an der Seite, erhob sich mit der feierlichen und selbstzufriedenen Ruhe eines mäßig betrunkenen Mannes, trat

in die Mitte der Bude vor, schlug nach deutscher Art die Hakken zusammen, verbeugte sich tief vor dem Fräulein, faßte ihre Hand, führte sie an seine Lippen und sprach deutsch. Da er auf Einladung des hochwohlgeborenen Vaters meines gnädigen Fräuleins hier sitzen würde, bis am Morgen die Pflicht rufe, stehe dem gnädigen Fräulein von Herzen sein Pavillon mit allem, was sich darin befinde, zur Verfügung, und er sagte, er werde sogleich seinen Koch und seinen Burschen wecken lassen zu ihrer Bedienung. Er selbst jedoch, der Landvogt des Königs in Bessastadir, war der ergebenste aller Diener meines Fräuleins. Sie sah ihn lächelnd an, und er sagte, die Nacht kleide ihre Augen vorzüglich, und küßte wieder ihre Hand.

Ich möchte gerne den Ertränkungsgumpen sehen, sagte das Mädchen, als es mit seinem Vater draußen im Freien auf dem Weg zum Nachtquartier war. Ihr Vater fand es unnötig, daß sie einen Umweg machten, aber sie bettelte darum, und als er fragte, antwortete sie, sie habe sich schon immer gewünscht, den Ort zu sehen, an dem man schuldige Frauen zu ertränken pflegte. Schließlich setzte sie ihren Willen durch. Irgendwo aus einer Schlucht hörte man Schläge, und die Felsen verliehen dem Geräusch einen musikalischen Klang. Als sie den Gumpen erreicht hatten, sagte das Mädchen:

Nein, schau, da ist Gold auf dem Grund. Sieh nur, wie es flimmert.

Das ist der Mond, sagte ihr Vater.

Sie sagte: Würde ich hier ertränkt werden, wenn ich eine schuldige Frau wäre.

Treib keinen Spott mit der Gerechtigkeit, Kind, sagte er.

Ist Gott nicht barmherzig? fragte sie.

Doch, liebes Kind: auf dieselbe Weise wie der Mond im Ertränkungsgumpen, sagte der Richter. Und jetzt wollen wir von hier weggehen.

Zeig mir die Galgen, Vater, sagte sie.

Das ist nichts für junge Mädchen, sagte er. Und ich darf nicht zu lange von meinen Gästen fortbleiben.

Oh, lieber Papa, sagte sie einschmeichelnd, nahm seinen Arm und lehnte sich an ihn. Ich möchte so gern sehen, wie Leute umgebracht werden.
Ach, hast du denn keine Fortschritte gemacht in Skalholt, armes Kind, sagte er.
Oh, erlaub mir doch zu sehen, wie Leute umgebracht werden, lieber, guter Papa, bettelte das Mädchen. Oder hast du mich gar nicht lieb?
Er ließ sich dazu überreden, ihr die Galgen zu zeigen, wenn sie sich dann dafür schlafen legte. Sie gingen in der nächtlichen Stille durch die Almannagja, bis sie zu einer offenen, grasbewachsenen Stelle kamen, die von steilen Felswänden umgeben war. Dort hatte man einen Balken über eine Felsspalte gelegt und darunter ein loses Podest gestellt. Zwei Schlingen aus neuem Seil hingen an dem Balken.
Nein, was für schöne Schnüre, sagte das Mädchen. Man hört so oft, daß Island nicht genug Schnüre hat. Wer soll gehängt werden?
Ach, das sind zwei Geächtete, sagte der Richter.
Hast du sie verurteilt? fragte sie.
Sie wurden vom Bezirksgericht verurteilt. Das Althing hat das Urteil bestätigt.
Und wozu ist dieser Holzklotz dort auf der Wiese?
Holzklotz? sagte der Richter. Das ist kein Holzklotz. Das ist der Richtblock, mein Kind.
Wer soll geköpft werden?
Ach, das ist ein Bursche aus Akranes.
Doch nicht etwa der, der den Henker umbrachte, sagte das Mädchen. Die Geschichte fand ich immer so komisch.
Was hast du im Winter in Skalholt gelernt, Kind, sagte der Richter.
Amo, amas, amat, sagte sie. Amamus, amatis, amant. Aber was sind das für gleichmäßige Schläge, die so eigenartig widerhallen in der Stille?
Kannst du dich mit deinen Gedanken noch immer nicht auf eine Sache konzentrieren, Kind? sagte er. Gelehrte Männer

führen ernsthafte Gespräche, und wohlerzogene Frauen ebenfalls. Es wird Brennholz gehackt.
Wovon sprachen wir eigentlich, sagte sie. Sprachen wir nicht von einem Mord?
Was ist das für ein Unsinn, sagte er. Wir sprachen davon, was du in Skalholt gelernt hast.
Würdest du mich köpfen lassen, Papa, wenn ich einen Henker umgebracht hätte? fragte das Mädchen.
Die Tochter des Richters bringt keinen Mann um, sagte er.
Nein, aber vielleicht treibt sie Hurerei.
Der Richter blieb plötzlich stehen und sah seine Tochter an. Seine Trunkenheit war in Gegenwart dieser unbekannten jungen Frau verflogen, und er betrachtete sie; sie war viel zu dünn, hatte die Augen eines siebenjährigen Kindes, und ihre Locken glänzten. Er wollte etwas sagen, sagte es aber nicht.
Warum antwortest du mir nicht? sagte sie.
Es gibt junge Mädchen, die alles um sich herum gleich unsicher machen, Luft, Erde und Wasser, sagte er und versuchte zu lächeln.
Das kommt daher, daß sie das Feuer haben, Papa, sagte sie sogleich. Und nur das.
Pah, sagte ihr Vater. Sprich keinen Unsinn!
Ich höre nicht auf, bevor du mir antwortest, Vater, sagte sie.
Sie gingen zusammen schweigend ein paar Schritte weiter, und er räusperte sich.
Einfache Hurerei, liebes Kind, sagte er dann in ruhigem Amtston – einfache Hurerei ist eine Sache, welche die Menschen vor allem mit ihrem Gewissen abmachen müssen. Dagegen ist die Hurerei oft Voraussetzung und Ursache für andere Verbrechen. Aber solche Verbrechen begehen die Töchter von Richtern nicht.
Die Richter, ihre Väter, wären ja auch schnell bei der Hand, ihnen Schonung zu gewähren.
Die Gerechtigkeit gewährt niemandem Schonung.
Würdest du mir also keine Schonung gewähren, Vater?

Ich verstehe nicht, worauf du hinaus willst, Kind. Es wird niemandem Schonung gewährt.
Würdest du von mir verlangen, daß ich einen Meineid schwöre, wie Bischof Brynjolfur es von seiner Tochter verlangte?
Der Fehler Bischof Brynjolfurs war, daß er seine Tochter nicht höher achtete als ein Mädchen aus dem Volk. In unserem Stand geschehen solche Dinge nicht –
– selbst wenn sie geschehen, fügte das Mädchen hinzu.
Ja, mein Kind, sagte er. Selbst wenn sie geschehen. Du stammst aus den vornehmsten Geschlechtern des Landes. Du und deine Schwester seid die einzigen Personen im Lande, die vornehmerer Abstammung sind als ich selber.
Bischof Brynjolfur hat also die Gerechtigkeit mißverstanden, sagte das Mädchen. Er hat geglaubt, sie gelte für alle.
Nimm dich vor der Zunge des Dichtergeschlechts deiner mütterlichen Verwandtschaft in acht, sagte der Richter.
Lieber Vater, sagte sie. Ich kann nicht alleine gehen, erlaube mir, daß ich mich an dir festhalte.
Sie gingen auf die Bude des Vogtes zu, er stämmig und rotwangig in seinem weiten Mantel, aus dessen Ärmeln kleine, weiße, vornehme Hände hervorsahen, sie trippelnd und schmal, in ihrem Reitumhang, mit dem hohen Hut, sich auf seinen Arm stützend und vornübergebeugt; neben ihnen ragte die steile Felswand empor.
Der Wald, den du siehst, sagte er, heißt Blaskogar oder Blaskogaheidi. Dieser nahegelegene Berg auf der anderen Seite des Waldes heißt Hrafnabjörg und ist bekannt für seinen schönen Schatten. Dann kommen andere Berge. Ganz weit weg siehst du einen flachen Buckel wie ein entferntes Bild, das ist der Skjaldbreidur, der jedoch der höchste aller Berge ist, viel höher selbst als die Botnssulur, die dort westlich vom Armannsfell thronen, und das kommt daher –
Oh, Vater, sagte das Mädchen.
Was ist denn, liebes Kind?
Ich habe Angst vor diesen Felsen.

Ja, ich vergaß, dir zu sagen, daß dieser Ort, an dem wir stehen, Almannagja heißt.
Warum ist diese schreckliche Stille?
Stille? Hörst du nicht, daß ich mit dir spreche, Kind?
Nein.
Ich sagte, Kind, wenn man den Berg Sulur betrachtet, der so hoch zu sein scheint, weil er dicht bei uns steht, und dann zum Berg Skjaldbreidur blickt –
Vater, hast du nicht einen Brief bekommen?
Einen Brief? Ich habe hundert Briefe bekommen.
Und war kein Gruß an mich gerichtet?
Hm, doch, das ist wahr. Assessor Arnaeus bat darum, deiner Mutter und euch Schwestern Grüße zu bestellen.
Aber nicht mir?
Er bat mich, nachzuforschen, ob nicht durch Zufall etwas von den alten Büchern des Klosters Helgafell, die man auseinandergerissen und weggeworfen hat, gerettet worden sei.
Sagte er sonst nichts?
Er sagte, daß diese Bücher mehr wert gewesen seien als die fruchtbaren Landstriche am Breidafjördur.
Sagte er nichts von sich selber? Weshalb ist er nicht mit dem Schiff, das in Eyrarbakki landete, nach Island gekommen, wie er im Herbst gesagt hatte?
Er spricht von düsteren Aussichten und vielerlei curibus.
Curibus? Er?
Ich habe aus sicherer Quelle erfahren, daß seine Sammlung von geschriebenen wie gedruckten Büchern über die alte Geschichte Islands und Norwegens in Gefahr sei; sie sei wegen schlechter Unterbringung der Zerstörung ausgesetzt, und außerdem seien die Schulden des Assessors derartig angewachsen, daß der Verlust der Sammlung drohe.
Sie zog ihren Vater ungeduldig am Arm und sagte: Ja, aber er ist der Freund des Königs.
Es gibt heutzutage Beispiele dafür, daß die Freunde des Königs ihrer Ämter enthoben und in den Schuldturm geworfen werden. Niemand hat so viele Feinde wie die Freunde des Königs.

Sie zog ihren Arm zurück und stand ohne Stütze und aufrecht ihrem Vater gegenüber auf dem Weg und hob das Gesicht.
Vater, sagte sie. Können wir ihm nicht helfen?
Komm, mein Kind. Jetzt kann ich nicht mehr viel länger von meinen Gästen fortbleiben.
Ich habe Grundbesitz, sagte sie.
Ja, du und deine Schwester habt ein paar kleine Höfe zur Taufe bekommen, sagte er und nahm wieder ihren Arm, und sie gingen weiter.
Kann ich sie nicht verkaufen? fragte sie.
Auch wenn es für einen Isländer viel bedeutet, ein paar Höfe in seinen Besitz zu bringen, so sind diese Ländereien im Ausland nur wenig wert, sagte der Richter. Der Edelstein, den ein reicher Graf in Kopenhagen an seinem Ring trägt, ist kostbarer als ein ganzer Bezirk in Island. Mein neuer Mantel kostet mehr Geld, als ich an Pachtzins in vielen Jahren bekomme. Wir Isländer dürfen weder Handel noch Seefahrt treiben und haben deshalb kein Geld. Wir sind nicht nur ein unterdrücktes Volk, sondern Menschen in Lebensgefahr.
Arnas hat sein ganzes Vermögen hergegeben, um alte Bücher zu sammeln, damit der Name Islands gerettet wird, auch wenn wir untergehen. Sollen wir da zusehen, wie er in einem anderen Land für den Namen Islands in den Schuldturm geworfen wird?
Die Liebe zu unserem Nächsten ist eine schöne Lehre, liebes Kind. Und eine richtige. Aber in Lebensgefahr gilt das Gesetz, daß sich jeder selber helfen muß.
Können wir denn gar nichts tun?
Für uns ist wichtig, mein Kind, daß der König mein Freund ist, sagte der Richter. Ich habe viele Neider, die den Grafen in den Ohren liegen und mich verleumden, in der Hoffnung, verhindern zu können, daß ich eine königliche Bestallungsurkunde für dieses Richteramt bekomme, das gewiß als das höchste Amt in Island gilt, auch wenn es nur eine Nichtigkeit ist, verglichen mit dem Amt eines Fußbodenkehrers in der Kanzlei, wenn dieser von sich behaupten kann, er stamme von einem deutschen Räuber oder Spitzbuben ab.

Und was geschieht dann, Vater?
Eine königliche Bestallungsurkunde für ein solches Amt bringt vielerlei privilegia mit sich. Wir können mehr und größere Höfe bekommen. Du wirst eine noch bessere Partie. Gute Männer werden um deine Hand anhalten.
Nein, Papa. Die Riesen werden mich holen, ein Unhold in Gestalt eines schönen Tieres, das ich streicheln möchte, wird mich in den Wald hineinlocken und mir den Leib aufschlitzen. Hast du alle Märchen vergessen, die du mir erzählt hast?
Das ist kein Märchen, sondern ein böser Traum, sagte er. Hingegen erzählte mir deine Schwester etwas über dich, was deine Mutter sicher betrüben wird.
So, so.
Sie erzählte, daß im Winter ein angesehener Mann um deine Hand angehalten habe, doch du seist nicht davon begeistert gewesen.
Der Domprediger, sagte das Mädchen und lachte kalt.
Er stammt aus den vornehmsten Familien in Island, ist ein sehr gelehrter Mann und ein Dichter, wohlhabend und ein Mensch mit vielen Tugenden. Ich weiß nicht, was für eine Heirat du im Sinn hast, wenn du meinst, er sei nicht gut genug für dich.
Arnas Arnaeus ist der hervorragendste aller Isländer, sagte Fräulein Snaefridur. Darüber sind sich alle einig. Eine Frau, die einen hervorragenden Mann gekannt hat, findet einen guten Mann lächerlich.
Was weißt du, was eine Frau findet, Kind, sagte der Richter.
Lieber den Schlechtesten als den Zweitbesten, sagte das Mädchen.

Zehntes Kapitel

Die Bude des Landvogtes war innen mit hellem Stoff behängt, der hölzerne Fußboden sauber, ein Alkoven, auf dem Boden ein Tisch, Bänke und zwei gepolsterte Stühle; auf einem Regal stand eine Statuette unserer allergnädigsten Majestät zu Pferde. Hinter der Bude, nahe der Felswand, standen zwei Zelte, das eine groß und gediegen, aus ihm kamen zwei dänischsprechende Diener, das andere weiter weg, an einem Felsen, klein und schäbig, aus braunem Wollstoff, und davor saß ein Riese in Lederstrümpfen und rauchte Tabak aus einer Pfeife.

Der Vogt hatte seine Diener benachrichtigen lassen, sie sollten der Tochter des Richters ein Nachtlager bereiten, und sie brachten ihr Braten und Wein; der Richter aber wünschte seiner Tochter eine gute Nacht und ging zu seiner Bude und seinen Gästen zurück. Das Fräulein stand bleich in der Tür der Bude, während die Diener servierten, und blickte nach Osten, auf Wolken, die von der noch nicht aufgegangenen Sonne golden gefärbt wurden. Sie betrachtete auch die schwarze Felswand und den rauschenden Fluß, die Berge, den Wald und den See.

Weshalb sitzt dieser große Mann vor diesem kleinen Zelt? fragte sie.

Sie sagten, das ist der Wächter.

Was für ein Wächter, sagte sie.

In dem Zelt sitzt ein gefesselter Verbrecher, den wir aus Bessastadir mitgebracht haben, aber jetzt soll er morgen früh geköpft werden, Gott sei Dank.

Ah, den möchte ich sehen, sagte das Fräulein und wurde ganz eifrig. Ich möchte zu gern einen Mann sehen, der am Morgen geköpft werden soll.

Mein Fräulein macht Spaß, sagten sie. Mein Fräulein würde sich ängstigen. Das ist der schwarze Teufel Joen Regvidsen, der Schnur gestohlen, die Majestät verwünscht und den Henker des Königs getötet hat.

Geh zum Landvogt, sagte sie zu dem Diener, und sage, ich hätte Angst. Bestelle ihm von mir, daß ich einen Wächter hier am Eingang der Bude haben wolle, während ich schlafe.

Sie knabberte an dem Braten wie ein kleiner Vogel und aß ein paar Graupenkörner und trank drei Schlucke Wein, brauchte aber lange, um sich mit dem Wasser in einer Silberschale die

Finger zu waschen und die Stirn zu kühlen. Sie ordnete auch ihr Haar und parfümierte sich mit Moschus aus einem Flakon. Der Bote kam zurück mit dem Befehl, daß Joen Joensen das gnädige Fräulein bewachen solle, während sie schlafe.
Ich möchte, daß er bei mir auf der Türschwelle sitzt, sagte sie.
Sie riefen zum Wächter hinüber und sagten ihm, er solle bei dem gnädigen Fräulein, das sich schlafen legen wolle, Wache halten.
Aber der Mörder, sagte er.
Was ist ein schwarzer Mörder verglichen mit der Ehre des gnädigen Fräuleins? sagten sie.
Der Mann erhob sich schwerfällig und trug das Feuerbecken zur Tür des Fräuleins, setzte sich dort auf die Schwelle und rauchte weiter. Sie befahl den Dienern, schlafen zu gehen.
Bist du Isländer? fragte sie dann den Wächter.
Was? sagte er. Ich bin aus der Kjos.
Die Kjos, sagte das Mädchen. Was ist das?
Das ist die Kjos, sagte er.
Hast du Waffen? sagte sie.
Was, sagte er. Pah.
Was willst du machen, wenn jemand auf mich losgeht, sagte sie.
Er zeigte ihr seine Pranken, zuerst die Handrücken, dann die Handflächen, dann ballte er sie zu Fäusten und zeigte sie ihr. Danach spuckte er zwischen den Zähnen hindurch aus und rauchte weiter.
Sie ging hinein und machte die Tür hinter sich zu. Alles war still, abgesehen vom Rauschen der Öxara, das mit der Stille verschmolz, und den regelmäßigen Axtschlägen des pflichtgetreuen Mannes, der das Brennholz hackte.
Nach einer Weile, als alles ganz ruhig war, steigt die Tochter des Richters aus dem Bett des Vogtes, öffnet die Tür einen Spalt weit und späht hinaus. Der rauchende Wächter saß noch immer an der gleichen Stelle auf der Türschwelle.
Ich wollte nachsehen, ob du mich auch nicht hintergehst, sagte sie leise.

Was, sagte er. Wer?
Du bist der Richtige für mich, sagte sie.
Leg dich hin, sagte er.
Warum duzt du mich, sagte sie. Weißt du nicht, wer ich bin.
Pah, sagte er. Alles Fleisch ist Gras.
Er gähnte lange.
Hör zu, starker Jon, sagte sie. Woran denkst du?
Ich werde nicht starker Jon genannt, sagte er.
Möchtest du nicht hereinkommen und dich auf die Bettkante zu mir setzen, sagte das Fräulein.
Wer? Ich?
Er drehte ganz langsam den Kopf und sah sie mit einem halben Auge durch den Tabakrauch an; dann spuckte er in hohem Bogen aus. Na, prost Mahlzeit, fügte er hinzu, als er ausgespuckt hatte, und steckte wieder die Pfeife in den Mund.
Brauchst du keinen Tabak? fragte sie.
Tabak? Ich? Nein.
Was brauchst du? fragte sie.
Pfeifen, sagte er.
Was für Pfeifen?
Aus Ton, sagte er.
Ich habe keinen Ton, sagte sie.
Er sagte nichts.
Dafür habe ich Silber, sagte sie.
So, sagte er.
Du bist nicht gerade gesprächig, sagte sie.
Geht jetzt schlafen, gute Madame.
Ich bin keine Madame. Ich bin ein Fräulein. Ich habe Gold.
Aha, sagte er. Na, gut. Was?
Er drehte wieder mühsam den Kopf und sah sie abermals an.
Du bist der Richtige für mich, sagte sie. Willst du Gold?
Nein, sagte er.
Warum nicht?
Ich werde gehängt, sagte er.
Aber Silber?

Das läßt sich machen, wenn es gemünzt ist. Das ist nicht verboten.
Sie nahm eine Silbermünze aus ihrem Beutel und gab sie ihm: Geh, sagte sie, zu dem Zelt da drüben neben dem Felsen und laß den Mann frei, der dort in Fesseln sitzt.
Was, sagte er. Den Mann? Was für einen Mann? Jon Hreggvidsson? Nein.
Willst du noch mehr Silber, sagte sie.
Er spuckte aus.
Wir lassen ihn frei, sagte sie, gab ihm noch mehr Silber und nahm ihn beim Arm, damit er aufstand.
Ich werde geköpft, sagte er.
Wenn dir etwas zustößt, sagte sie, dann bin ich die Tochter des Richters.
Pah, sagte er und blickte in seine Pfeife: Sie war ausgegangen.
Sie zog den Mann halb hinter sich her, öffnete selbst den Zelteingang und spähte hinein. Dort schlief Jon Hreggvidsson in zerlumpten Kleidern, ganz schwarz, das Gesicht im nackten Gras. Seine Hände waren auf dem Rücken gefesselt, die Fußeisen hatten Bolzen. Nur seine Schultern bewegten sich ein wenig beim Atmen. Neben ihm lag eine Schüssel mit Speiseresten.
Das Mädchen war ganz in das Zelt hineingegangen und sah den schwarzen Mann an, wie er ruhig schlief mit geschwollenen Handgelenken und blutigen Fußknöcheln in den eisernen Fesseln und dem Filz seines dichten Haares und Bartes.
Er schläft also, flüsterte das Mädchen.
Der Wächter brauchte lange, um durch die Zeltöffnung hereinzukommen.
Aha, sagte er schließlich, als er ganz im Zelt war; er kniete, um sich nicht den Kopf anzustoßen.
Jon Hreggvidsson rührte sich nicht.
Ich glaubte, sie würden wachen, sagte das Mädchen.
Er hat keine Seele, sagte der starke Jon.
Weck ihn, sagte das Mädchen.
Der starke Jon stand gebückt auf und versetzte dem Mann ei-

nen so kräftigen Fußtritt in den Rücken, daß kein Zweifel aufkommen konnte. Jon Hreggvidsson sprang auf wie eine plötzlich losgelassene Stahlfeder und riß völlig verwirrt die Augen auf, doch die Eisenbolzen an seinen Füßen gaben nicht nach und hinderten ihn in seiner Bewegung, so daß er wieder nach vorne fiel.

Bist du gekommen, um mich unter das Beil zu führen, verdammter Kerl, sagte Jon Hreggvidsson. Was will dieses Frauenzimmer?

Pst, sagte das Mädchen und legte den Finger auf den Mund; sie befahl dem Wächter, den Bauern loszumachen, und er zog ein paar Schlüssel aus seiner Tasche und öffnete die Eisen. Aber obwohl der Mann von den Fesseln befreit war, blieb er fluchend, die Hände auf dem Rücken, auf dem Boden knien.

Steh auf, Mann, sagte das Mädchen zu dem Gefangenen. Und zu dem Wächter: Geh fort.

Als sie allein mit dem zum Tode Verurteilten war, zog sie von ihrem Finger einen Goldring und gab ihn dem Mann; es war eine Schlange, die sich in den Schwanz biß.

Sieh zu, daß du mit einem Dogger nach Holland kommst, sagte sie. Dann geh nach Kopenhagen und suche Arnas Arnaeus, den Freund des Königs, auf und bitte ihn, deine Sache um meinetwillen ins Lot zu bringen. Falls er glauben sollte, daß du diesen Ring gestohlen hast, dann bestelle ihm einen Gruß von der lichten Maid, von dem schlanken Elfenleib – diese Worte sind nicht weiter herumgekommen. Sage ihm, wenn mein Herr die Ehre Islands retten kann, auch wenn mich Schmach trifft, so soll sein Antlitz doch stets dieser Maid leuchten.

Sie gab dem Mann einen Speziestaler aus ihrem Beutel und war verschwunden.

Dann war alles still in Thingvellir an der Öxara, bis auf das Rauschen des Wassers und die Schläge aus der Scheiterhaufenschlucht mit ihrem Echo.

Elftes Kapitel

Jon Hreggvidsson stand auf und leckte seine Handgelenke. Er sah durch den Zelteingang hinaus, sah aber nirgendwo Menschen, hörte nichts Verdächtiges. Dann ging er hinaus. Das Gras war feucht vom Tau. Er spähte weiter um sich, jetzt war die Zeit des Jahres, in der die Nacht ungünstig ist für Missetäter. Ein Regenbrachvogel saß auf einem Felsen. Der Mann kletterte dort, wo eine Lawine aus der Felswand niedergegangen war, zum Rand der Almannagja hinauf und verbarg sich einen Augenblick in einer Spalte, während er überlegte, was zu tun sei. Dann lief er los.

Er lief auf die Einöde östlich der Sulur zu und dann nach Norden über die Uxahryggir, versuchte, sich möglichst weit weg vom üblichen Weg in Senken und Klüften zu halten. Der Mann war gut zu Fuß, und es kümmerte ihn wenig, daß er vom Geröll und Gebüsch Schrammen davontrug, diese Kratzer füllten sich mit sauberem Dreck, der ganz anders war als der Kehricht auf dem Boden des Schwarzen Loches. Er lief, so schnell er konnte, gönnte sich keine andere Ruhepause, als sich an einer Quelle auf den Bauch zu werfen, um zu trinken. Neugierige Heidevögel begleiteten ihn. Die Sonne ging auf und beschien den Mann und die Berge.

Er kam gegen neun Uhr zu einem Bergbauernhof oberhalb des Lundarreykjadalur und sagte, er sei ein Pferdeknecht aus dem Skagafjördur auf der Suche nach zwei Pferden, die von Kjalarnes stammten und die sie droben bei den Hallbjarnarvördur verloren hätten. Man reichte ihm Quark in einer Vierschoppenschüssel und Schafsmilch. Die Frau schenkte ihm ein Paar alte Schuhe. Als er gesättigt war, ging er zunächst talwärts weiter, doch sobald er vom Hof aus nicht mehr gesehen werden konnte, schlug er eine andere Richtung ein; er hielt oberhalb der Täler auf den Gletscher Ok zu, den er bestieg, um sich abzukühlen und Ausschau zu halten, denn von der Kuppe des Gletschers konnte man bis ganz in den Norden sehen.

Am Spätnachmittag konnte er nach Husafell hinuntersehen. Dieser Pfarrhof liegt am Ende eines Tals am Rande des Hochlandes, und dort verläuft der Weg über das Gebirge von einem Landesviertel ins andere.
Der Quark von Vördufell übte seine sättigende Wirkung nicht sehr lange aus, der Bauer fühlte sich inwendig schon wieder ganz leer. Auf der anderen Seite des Tieflandes begannen die großen Hochflächen, die das Südland vom Nordland trennen, Arnarvatnsheidi und Tvidaegra, doch der Wanderer hatte keinen Proviant und war hungrig. Andererseits war es aber nicht ratsam, auf einem Pfarrhof vorzusprechen, der an einem vielbenutzten Weg lag und wo Männer auf guten Pferden Ausreißern bequem auflauern konnten. Er traf einen Hütejungen und fragte, ob Leute von Süden her durch den Kaldidalur geritten seien, doch der Junge sagte, heute sei noch niemand von Süden her gekommen, und Gäste aus dieser Richtung würden erst für den späten Abend erwartet. Da wußte der Bauer, daß er immer noch einen Vorsprung vor den Thingmännern, die auf dem Weg ins Nordland waren, hatte; es kam ihm zugute, daß er so früh aufgebrochen und zudem meist geradeaus gegangen war.
Ein paar Mägde stapelten hinter dem Haus Brennholz und getrockneten Schafmist auf, und Jon Hreggvidsson erzählte ihnen die Geschichte über den Pferdeknecht aus dem Skagafjördur, die beiden Pferde von Kjalarnes und die Hallbjarnarvördur, die er jedoch nur dem Namen nach kannte. Sie liefen ins Haus und sagten dem Pfarrer, der in der Stube saß und Rimur über Illugi Gridarfostri auf die klinkergebauten Dachschrägen dichtete, draußen sei ein Geächteter. Der Pfarrer legte die Kreide beiseite, zog seine Hose hoch, ein riesiger Mann fortgeschrittenen Alters, und kam rezitierend durch den Flur zur Haustür:
Wenn du aus dem Skagafjördur kommst, so dichte eine Strophe darüber, wie man Bier trinken und Frauen verführen soll, dann bekommst du etwas zu essen.
Jon Hreggvidsson sang:

Wenn der Tag zur Neige geht,
hoch man Honigbecher hebt.
Stolze Frau den Wink versteht,
Männerbrust in Liebe bebt.

Weder die Melodie noch der Vers sind aus dem Skagafjördur; soviel ich hören kann, ist das eine Einleitungsstrophe aus den älteren Pontus-Rimur, deren Dichter besser in den Torfgruben aufgehoben wäre; doch da du auf meine Anrede gut geantwortet hast, sollst du zu essen bekommen, wer du auch sein magst.

Jon Hreggvidsson wurde in die Stube geführt. Er achtete darauf, sich nicht zu weit weg vom Eingang hinzusetzen. Man brachte ihm ein Mus aus isländischem Moos, gesäuerten Hammelbauch, getrockneten Dorschkopf, Schimmelbutter und fermentierten Haifisch. Der Pfarrer sang dem Gast mit furchterregender Stimme seine Rimur vor, die er an die Dachschräge geschrieben hatte; es handelte alles von Riesenweibern, die in dem Gedicht widerspenstige Runzelhäute, Schlampstrümpfe und Felsentiegel genannt wurden. Während der Gast aß, führte der Hausherr kein anderes Gespräch mit ihm.

Als der Bauer die Rima gehört und das Essen verspeist hatte, küßte er den Pfarrer mit einem Vergelt's Gott und sagte, jetzt könne er nicht mehr länger bleiben.

Ich werde dich bis zur Ecke des Pferchs begleiten, mein Junge, sagte der Pfarrer, und dir den Stein zeigen, wo die sieben Verbrecher sich vor meinem Großvater verbeugen mußten und ich selber die einundsiebzig Teufel gebannt habe.

Er führte seinen Gast zum Hof hinaus, indem er den abgemagerten Oberarm des Mannes mit seiner riesenhaften Stahlfaust festhielt und ihn vor sich her schob. Zwei Frauen breiteten auf der Kirchhofmauer Wolle zum Trocknen aus, die eine alt, die andere jung, und der Hofhund schlief auf einem Grab. Der Pfarrer rief diesen Frauen zu, sie sollten mit ihnen nach Osten hinter die Umzäunung der Hauswiese gehen.

Meine Mutter ist fünfundachtzig und meine Tochter ist vierzehn Jahre alt, sagte der Pfarrer. Sie sind daran gewöhnt, Blut zu rühren.
Beide Frauen waren äußerst stattlich, ohne jedoch überheblich zu sein.
Auf dem Feld östlich der Hofwiese war ein Pferch aus Stein, wie ein Herz geformt, mit zwei Abteilungen und Eingängen nach Norden und Süden. Die Natur ringsum mit ihren hohen Gletschern, bewaldeten Hängen und von Bächen durchströmten Felsschluchten schien sich vor diesem Ort in Ruhe zu verneigen, es war, als ob das Land hier sein Zuhause hätte. Beim Bau des Pferches hatte man einen großen, erdfesten Stein mitverwendet; er bildete die nördliche Begrenzung des Südeingangs und hatte sich nach Aussage des Pfarrers genausogut als Richtblock für Verbrecher wie als Grabstein für Teufel bewährt. Allerdings vermißte Jon Hreggvidsson ein Beil neben dem Richtblock. Dafür lag vor dem Eingang zum Pferch ein Steinblock auf der Erde. Diesen Steinblock nannte der Geistliche eine Platte, und er bat seinen Gast, sich für die gewährte Bewirtung erkenntlich zu zeigen und die Platte beim Gehen auf den großen, erdfesten Stein zu legen.
Jon Hreggvidsson beugte sich über den Stein, doch es war ein vom Wasser glattgeschliffener Basaltblock, der schwierig zu packen war, und es gelang ihm nicht, ihn vom Boden aufzuheben, er konnte ihn nur hochkant stellen und zur Seite wälzen. Die weibliche Linie der Bewohner von Husafell stand in einiger Entfernung und sah regungslos und mit steinernem Gesicht dem Mann zu. Schließlich meinte der Gast, er müsse gehen.
Liebe Mutter, sagte da der Pfarrer. Willst du nicht mit dem Steinchen um den Pferch herumgehen, um diesem Jungen zu zeigen, ehe er geht, daß es in Island noch Frauen gibt.
Die alte Frau hatte breite Schultern und einen dicken Bauch und ein großes Gesicht mit buschigen Augenbrauen und einem Doppelkinn; ihre Haut war bläulich und grob wie die eines gerupften Vogels. Sie ging zu dem Stein und bückte sich,

ging ein bißchen in die Knie und hob den Stein zuerst auf ihren Oberschenkel, dann drückte sie ihn an ihre Brust und trug ihn auf den Armen um die Hürde herum, ohne eine Miene zu verziehen, nur ihr Schritt war noch fester als zuvor. Sie legte den Block ruhig am Ende der Mauer auf den Boden. Da packte den Gast die Wut, so daß er vergaß, daß er in Eile war, sich wieder an dem Stein versuchte und alle seine Kräfte anspannte; doch genauso erfolglos wie beim ersten Mal. Die Tochter sah ihn mit glasigen Augen an; sie hatte blaue Wangen, und ihr Gesicht war eine Elle breit, wie es in den Sagas von jungen Riesinnen gesagt wird. Doch schließlich verzog sich ihr Gesicht zu einem Lachen. Die Alte, ihre Großmutter, grunzte ein wenig mit tiefer Baßstimme weit unten in ihrer Brust. Jon Hreggvidsson richtete sich fluchend auf.
Kleine Tochter, sagte da der Pfarrer. Zeig diesem Mann, daß es in Island noch junge Mädchen gibt, und lauf wenigstens zwei- oder dreimal mit dem Kieselstein um den kleinen Pferch da herum.
Da beugte sich das Mädchen über den Stein, und obwohl dieses Kind in seinem kurzen Rock noch ein ganzes Stück wachsen mußte, um seine volle Größe zu erreichen, war es von unten her so gut entwickelt, daß andere, erwachsene Mädchen im Borgarfjördur keine stämmigeren Waden haben konnten, und sie richtete sich auch tatsächlich mit dem Stein auf, ohne in die Knie zu gehen und lief lachend mit ihm wie mit einem Sack voll Wolle dreimal um die Hürde herum und legte ihn dann auf das Ende der Mauer.
Da sagte der Pfarrer: Jetzt mach dich auf die Socken und geh mit Gott, Jon Hreggvidsson von Rein. Du bist genug gestraft worden in Husafell.
Jon Hreggvidsson sagte im Alter, er habe sich nie tiefer gedemütigt gefühlt vor Gott und den Menschen als in diesem Augenblick. Er lief davon, so schnell er konnte. Der Hofhund lief ihm bellend nach bis zum Fluß.

Zwölftes Kapitel

Er lief den ganzen Tag und die nächste Nacht und trank viel Wasser, denn auf der Tvidaegra gibt es die meisten Seen in Island. Er mied wie bisher die üblichen Wege, versuchte aber, die vom Ok aus eingeschlagene Richtung nach Norden zum Meer einzuhalten. Das Wetter war still, abgesehen von dem lauten Schreien der Schwäne, und man sah oft ganze Scharen dieser Unglücksvögel, größer als irgendwelche Schafherden. Spät am Abend ging die Sonne auf. Er lief. Schließlich versagten die Beine. Er hatte nicht gemerkt, daß er müde war, aber jetzt war er hingefallen. Das war an einer Stelle mit warmem Lehm, und er konnte nicht mehr aufstehen. Er schlief bis weit in den Tag hinein, immer gleich fest, zuerst auf dem Bauch, dann drehte er sich auf den Rücken, und die Sonne schien weiter, und der Boden wurde immer wärmer. Er wachte auf, als die Sonne hoch am Himmel stand. Um ihn herum hockte ein Schwarm Raben, die Vögel wollten ihm offensichtlich die Augen aushacken, weil sie dachten, er sei wehrlos; oder sogar tot. Er war ein wenig mitgenommen und hatte keine Lust auf Wasser, bereute jedoch, daß er in Husafell nicht mehr Haifisch gegessen hatte. Die Hochfläche war durch sein Schlafen nicht kürzer geworden.

Er war nicht mehr so leichtfüßig, wie bevor er eingeschlafen war. Die Hochfläche, über die er gestern geschaut hatte, schien heute kein Ende nehmen zu wollen, das Nordland um so weiter in die Ferne zu rücken, je länger er ging.

Da kamen plötzlich drei bärtige Männer mit Forellen in Kästen auf ihn zugeritten. Ihr Anführer war ein Großbauer aus dem Borgarfjördur, sie kamen vom Fischefangen auf der Arnarvatnsheidi. Sie stiegen ab, und der Mann aus dem Borgarfjördur fragte Jon Hreggvidsson, wer er sei oder ob er vielleicht gar kein Mensch sei. Die beiden Knechte wagten zuerst gar nicht, näher zu kommen, doch Jon Hreggvidsson küßte sie alle unter Tränen. Er sagte, er sei ein Landstreicher aus dem Nordland und hätte wegen Diebstahls im Süden in den Biskupstungur gebrandmarkt werden sollen, sei aber aus dem Gefängnis geflohen. Er zerfloß in Tränen und begann, fromme Gebete aufzusagen und bat die Männer, sich im Namen der heiligen Dreifaltigkeit seiner anzunehmen. Sie gaben ihm etwas zu essen. Als er satt war, wollte er zum Dank mit den frommen Gebeten weitermachen, doch da sagte der Bauer:

Ach, sei still, Jon Hreggvidsson.

Jon Hreggvidsson hörte sofort mit dem Weinen und dem Beten auf, sah die Männer an und sagte verblüfft: Was?

Glaubst du wirklich, wir im Borgarfjördur kennen die nicht, die wir auspeitschen, sagte der Mann. Nichts für ungut, andere hätten sich kaum tapferer gehalten!

Die beiden Knechte standen unwillkürlich auf bei dieser Enthüllung. Jon Hreggvidsson stand auch auf.

Sehe ich richtig, daß ihr euch mit ihm messen wollt, Burschen, fragte der Bauer.

Ist das der, der den Henker von Bessastadir umgebracht hat? fragten die Männer.

Ja, sagte der Bauer. Er hat den Henker des Königs umgebracht. Jetzt ist Gelegenheit, diesen Totschlag zu rächen, Burschen.

Die Männer sahen einander an. Schließlich sagte der eine:

Der König kann sich leicht einen neuen Henker beschaffen.

Der andere antwortete: Und ich will nicht Henker des Königs werden.

Der dritte, der Bauer selbst, entschied die Sache formell auf folgende Weise: Da sie einander in der Einöde getroffen hatten, wo Recht und Gesetz nicht gelten und nicht einmal die Zehn Gebote Gottes, sei es das Beste, sie setzten sich alle hin und genehmigten sich einen Schluck Branntwein. Die Männer setzten sich wieder. Auch Jon Hreggvidsson setzte sich wieder. Er weinte nicht mehr und sprach auch kein Gebet, sondern betrachtete seine nackten Füße, denn die Schuhe der alten Frau waren schon längst unbrauchbar geworden, und begann, seine Schrammen mit Speichel zu waschen.

Bald nachdem er von den Männern aus dem Borgarfjördur

Abschied genommen hatte, zog im Norden eine Wolkenbank auf; es war ein heißer Tag gewesen. Wenig später kam ihm kalter Nieselregen entgegen, und der Nebel rückte schnell über die Hochfläche nach Süden vor wie ein kampflustiges Heer, ganz rot, wie Rauch von einer heißen Esse, aber immer schwärzer werdend, bis die Sonne verschwunden und der Mann eingehüllt war; die Nebelwolke war so dicht, daß man selbst ganz nahe Dinge nicht sehen konnte. Er ging zunächst weiter in die Richtung, aus der ihm der Nieselregen zu kommen schien, aber bald stand der Nebel still, und als er zum dritten Mal zu derselben halbverfallenen Steinwarte auf einer Felsplatte kam, wußte er, was es geschlagen hatte. Er setzte sich an die Steinwarte, um zu überlegen, was er tun solle.
Er saß lange da, und die Dämmerung senkte sich über die Hochfläche. Als er ganz durchnäßt war, sang er eine Strophe aus den älteren Pontus-Rimur und fügte hinzu, als er mit der Strophe fertig war: Heute nacht erfrieren die Bessastadir-Läuse auf Jon Hreggvidsson, lachte, fluchte, stand auf und schlug sich, um wieder warm zu werden, und setzte sich wieder hin, lehnte sich mit dem Rücken gegen die Steinwarte. Und als er eine ganze Zeit lang wieder so gesessen hatte, war ihm plötzlich, als ob sich ein ziemlich großes Etwas von der Hochfläche her auf ihn zubewegte, als ob ein Mensch auf einem schwarzen Pferd dahergeritten käme. Als Jon Hreggvidsson eine Weile danach ausgespäht hatte, stand er auf und ging von der Felsplatte hinunter auf die Heide, allerdings zögernd, denn das, was sich da bewegte, kam ihm nicht ganz geheuer vor. Die dunkle Masse wurde immer größer, je näher sie kam. Jon Hreggvidsson blieb stehen und wollte dem Ankömmling etwas zurufen, doch als er den Mund aufmachte, wurde er von Angst gepackt, so daß er kein Wort hervorbrachte und mit offenem Mund auf der Heide stand und in den Nebel starrte. Das Etwas kam immer näher und wurde immer größer, bis es so nahe herangekommen war, daß er dicht vor sich im Nebel seine Umrisse erkennen konnte, und da stand ein Riesenweib vor ihm. Er sah nicht genau, ob es die Mutter des Pfarrers von

Husafell oder dessen Tochter war, aber es war ganz sicher eine aus diesem Geschlecht. Das Gesicht war eine Elle breit und der Mund dementsprechend, sie trug eine kurze Unterhose und hatte mächtige Pfosten darunter und Lenden wie ein Pferd, das sich den Sommer über im Gebirge sattgefressen hat. Sie hatte ihre riesigen Fäuste in die Hüften gestemmt und sah den Bauern scharf und alles andere als freundlich an. Er glaubte zu wissen, wenn er vor diesem Weib davonliefe, würde sie ihn bald einholen, auf den Boden werfen, ihm auf einem Felsen das Rückgrat brechen, ihm die Gliedmaßen ausreißen und dann das Fleisch von den Knochen abnagen. Dann wäre die Geschichte von Jon Hreggvidsson schnell zu Ende.

Und wie er dort stand, fühlte er sich stärker und mutiger als zuvor, es war so, als habe ihn die Berserkerwut gepackt, und er hörte sich selbst folgende Worte sprechen:

Nachdem es Frauen gibt in Island, sagte er, sollst du jetzt merken, du häßliches Ungeheuer, daß es auch Männer gibt in Island.

Damit ging er ohne viel Federlesens auf die Riesin los und sie begannen, miteinander zu ringen. Dieser Kampf war sowohl hart als auch lang, und beide strengten all ihre Kräfte an. Er spürte an allem, daß sie stärker war als er, dafür aber nicht so gelenkig und nicht so schnell in den Bewegungen; sie trieb ihn weit vor sich her über die Hochfläche, und ihre Füße zertrampelten die Erde. Dies ging in der Nacht lange so weiter, mit harten Stößen und mächtigen Schlägen, mit Kratzen und Kneifen, bis es Jon Hreggvidsson gelang, dem Riesenweib einen Hüftstoß zu versetzen. Da fiel sie mit einem schweren Plumps rückwärts auf den Heideboden, und er lag auf ihr. Da heulte die gefallene Riesin fürchterlich an seinem Ohr und stachelte ihn mit folgenden Worten an:

Nütze den Sturz aus, Jon Hreggvidsson, wenn du ein Mann bist.

Als er wieder zu sich kam, wehte ein Wind aus Süden und fegte den Nebel von der Hochfläche; er sah den Hrutafjördur, der sein langes, schmales Maul gegen den Hunafloi öffnete, und die blauen Berge der Strandir am Horizont. Nun schien ihm seine Lage besser zu sein, als er noch vor kurzem geglaubt hatte.

Er machte nicht halt, bis er in den Norden auf die Strandir kam; er benutzte immer Wege, die über Hochflächen und Gebirge führten, und log, wenn er nach seinem Namen und dem Zweck seiner Reise gefragt wurde. Er hörte erst ganz im Norden in der Trekyllisvik von Holländern.

Kein Verbrechen wurde härter bestraft als der Handel mit den Männern auf den Doggern, und deshalb war es nicht einfach, das Vertrauen fremder Leute zu gewinnen, die solchen Handel trieben. Wenn sie gefragt wurden, deuteten sie zwar auf die lohfarbenen Segel, die dieses verbotene Volk vor der Küste gehißt hatte, aber wenn der Gast mitteilte, was er hier im Norden wollte, fanden sie, daß seine Sache von vornherein kaum Aussicht auf Erfolg hätte; sie sagten, die Männer auf den Doggern nähmen nie Leute als Passagiere mit, ausgenommen dann und wann ein Kind, das sie von den Einheimischen zur Pflege kauften, wie man sagte, vor allem rothaarige Knaben. Erst als die Leute in der Trekyllisvik die volle Wahrheit über Jon Hreggvidssons Lage erfahren hatten und wußten, was für ein schlimmer Verbrecher er war, waren sie bereit, ihm überhaupt zu helfen. Und schließlich eines Nachts, als die Holländer nicht weit vor der Küste lagen, ruderte ein Bauer aus der Vik den zum Tode Verurteilten auf seinem Boot zu ihnen hinaus. Der Schiffsführer betrachtete mit Mißfallen den schwarzen Bettler, der nach dem Aufenthalt in Bessastadir so abgemagert war, daß er nicht einmal als Haifischköder taugte. Kaum hatte jedoch der Bauer aus der Trekyllisvik den Leuten auf dem Dogger verständlich gemacht, daß dieser Mann den Henker des Dänenkönigs ermordet hatte, da ging ein Strahlen über das ganze Schiff, und die Männer stießen laute Freudenschreie aus, umarmten Jon Hreggvidsson und küßten ihn und hießen ihn willkommen; denn der Dänenkönig pflegte Kriegsschiffe vor die Küste des Landes zu schicken, um ihre Schiffe zu versenken, wenn Möglichkeit dazu bestand, oder sie zu

beschlagnahmen, weil sie des heimlichen Handels verdächtigt wurden, und deshalb haßten die Leute auf den Doggern diesen König mehr als alle anderen Menschen.
Dann nahmen sie den Mann an Bord, gaben ihm eine Angelschnur und ließen ihn fischen. Das Schiff war schon gut beladen. Jon Hreggvidsson verstand kein Wort von ihrer Sprache, doch als sie ihm eine randvoll mit Essen gefüllte Holzschüssel gaben, beugte er sich bereitwillig darüber, und sein Appetit kannte keine Grenzen. Am Abend kamen sie mit einem Eimer voller Salzwasser und stellten ihn vor ihn hin, doch er glaubte, sie wollten ihn verspotten, war beleidigt und stieß mit dem Fuß gegen den Eimer, so daß er umfiel. Da gingen sie auf ihn los, banden ihn an Händen und Füßen, zogen ihm die Kleider vom Leib, schnitten ihm dann Haare und Bart und schmierten ihm etwas, das wie Teer war, auf den Kopf, gossen dann unter Schreien und Lärmen unaufhörlich Salzwasser über den nackten Mann, während zwei Burschen in Holzschuhen um sie herumtanzten und einer auf der Flöte blies. Jon Hreggvidsson erzählte später, daß er damals ganz fest davon überzeugt gewesen sei, daß sein letztes Stündlein geschlagen habe. Doch als sie ihn eine Zeitlang so gesäubert hatten, banden sie ihn los und gaben ihm Handtücher. Danach reichten sie ihm Unterzeug, wollene Hosen, eine Jacke und Holzschuhe, aber keine Strümpfe. Dann steckten sie ihm eine hölzerne Pfeife mit Tabak in den Mund und ließen ihn rauchen. Er fing an, die Pontus-Rimur zu singen.
Am nächsten Tag bemerkte Jon Hreggvidsson, daß sie in See gestochen waren, denn das Wasser war bis auf die höchsten Gipfel der Berge gestiegen. Er verfluchte dieses Land und bat den Teufel, es zu versenken.
Dann fuhr er fort, die Pontus-Rimur zu singen.

Dreizehntes Kapitel

Rotterdam am Maasfluß ist eine große Stadt, von Kanälen durchzogen, die sie Grachten nennen und die viel als Anlegeplätze für Schiffe benützt werden. Hier gibt es nämlich große Fischerbauern, und viele treiben Handel, denn der Handel ist frei, und fahren auf ihren Schiffen durch die ganze weite Welt, wie es ihnen beliebt, einige, um Waren zu kaufen, andere, um zu fischen, und ein berühmter Herzog regiert das Land. Im Hafen wimmelte es von aufgetakelten Schiffen, einige geteert, andere bemalt, und es gab kaum einen Kahn, von dem sich hätte sagen lassen, er sei nicht in bestem Zustand, so daß deutlich war, daß diese Stadt von sehr ordentlichen Menschen bewohnt wurde.

Der Schiffsführer fragte Jon Hreggvidsson, was er vorhabe, nachdem sie jetzt hier angekommen waren. Er nannte Kopenhagen. Sie versuchten, ihm pantomimisch zu verstehen zu geben, daß er geköpft würde, wenn er dorthin ginge. Er fiel auf die Knie und nannte weinend den Namen des Dänenkönigs und versuchte, ihnen damit klarzumachen, daß er diese seine allergnädigste Majestät aufsuchen und um Gnade bitten wolle. Das verstanden sie nicht. Sie waren auf dem Schiff sehr gut mit dem Mann ausgekommen und wollten ihn wieder zum Fischfang nach Island mitnehmen, sie hofften, er würde sich so rasch an ihre Sprache gewöhnen, daß er ihr Dolmetscher bei den Geschäften mit den Isländern werden könnte. Doch er ließ sich nicht umstimmen.

Sie fragten: Hast du den Henker des Dänenkönigs umgebracht oder nicht?

Er sagte: Nicht.

Da fanden sie, er habe sie betrogen: zu ihnen zu kommen als Feind ihres Feindes, des Dänenkönigs, jetzt aber diesen gräßlichen König aufsuchen zu wollen. Es wurden Stimmen laut, man solle ihn kielholen oder Spießruten laufen lassen, doch man begnügte sich damit, ihm mit dem Tod zu drohen, wenn er nicht auf der Stelle verschwände. Er lief eilends an Land

und war sehr froh, daß sie ihm nicht die Hosen, die Holzschuhe und die Jacke abgenommen hatten.
Die Straßen in der Stadt verliefen in eigenartigen Windungen, nicht unähnlich den Gängen in wurmstichigem Holz, und die Höfe und Häuser der Leute standen dicht nebeneinander, mit Giebeln so hoch wie Felsklippen und Dächern wie Berggipfel; die Straßen waren wie ein Gewimmel von Maden, voller Menschen, Pferden und Wagen, und anfänglich schienen ihm alle zu rennen, als ob irgendwo Feuer ausgebrochen wäre. Am meisten wunderte er sich jedoch über die Pferde, sie waren nächst den Walfischen die größten Tiere, die er je gesehen hatte.
In Holland waren alle Leute wenn nicht vornehme Herrschaften, so doch Gecken; man mußte lange gehen, um einem Mann zu begegnen, der seiner Kleidung nach zu urteilen von geringerem Stand war als ein Amtmann; wohin man sah, waren Perücken und Federhüte, spanische Kragen und dänische Schuhe und so weite Mäntel, daß man aus einem von ihnen Kleider für die meisten armen Kinder in der Gemeinde Akranes hätte zuschneiden können. Manche Herren waren so vornehm, daß sie in geschnitzten, glänzenden Kutschen fuhren, die wunderschön gearbeitet waren und Fenster mit Damastvorhängen hatten. Durch die Straßen zogen auch vornehme Damen von üppiger Körperfülle und schlanke Jungfrauen mit allerlei prunkvoller Ausstaffierung: Halskrausen, die über die Schultern hinausragten, und Hutkrempen von derselben Größe, mit weiten Faltenröcken und hochhackigen Schuhen mit einer Goldschnalle über dem Rist, und sie rafften zierlich ihre Röcke, damit man den Fuß sehen konnte.
Jon Hreggvidsson hatte einen Speziestaler in seinem Beutel, als er nach Holland kam. Da es schon Abend war und anfing, dunkel zu werden, suchte er sich eine Nachtherberge. In der Dämmerung fiel der Lichtschein der Laternen, die allenthalben über den Haustüren hingen, auf die Straßen. In einer engen Gasse mit alten, überhängenden Häusern stand eine Frau in einer Tür. Ihre Haut war weiß, und sie war freundlich und fragte den Bauern nach Neuigkeiten. Sie kamen ins Gespräch,

und sie lud ihn ein, hereinzukommen und sich von ihr bewirten zu lassen. Der Weg zu ihrer Wohnung führte durch das Haus, einen engen, gepflasterten Gang entlang, und dann über einen Hinterhof, wo stumme Katzen auf den Türschwellen saßen und Buckel machten und so taten, als sähen sie einander nicht. Als sie in ihre Stube kamen, lud sie den Gast ein, neben sich auf einer Bank Platz zu nehmen, und sprach auf ihn ein und steckte die Hand in seine Tasche und tastete darin herum, bis sie den Speziestaler fand. Ihre Freundlichkeit wurde dadurch nicht geringer. Sie holte den Speziestaler immer wieder aus seiner Hose und meinte, daß dies ein schönes Geldstück sei. Er fand, daß die Frau sich in ihrem ganzen Benehmen mit den in jeder Hinsicht besten Frauen in Island messen konnte, und doch war sie überaus freundlich, wohlbeleibt und munter in ihrer Rede, und aus ihrem Busen stieg ein schwacher Moschusduft; er konnte sich gut vorstellen, daß sie die Frau eines Pfarrers oder eines Propstes hier in Rotterdam war. Da sie sich so dicht neben ihn gesetzt hatte, kam ihm der Gedanke, sie sei vielleicht schwerhörig; er erhob seine Stimme und versuchte, ihr zu verstehen zu geben, daß er sehr hungrig sei, doch sie legte ihren Finger auf seinen Mund, zum Zeichen dafür, daß es unnötig sei, laut zu sprechen. Dann ging sie in ihre Vorratskammer und holte ihm Kalbsbraten, Brot und Käse und eine eigenartige rote, süßsaure Frucht, nebst Wein in einem Krug, und er meinte, noch nie eine bessere Mahlzeit zu sich genommen zu haben. Die Frau aß mit, um ihm Gesellschaft zu leisten. Danach beschlief er die Frau. Er hatte auf See viel gewacht, und die Fischer hatten ihn nicht vor schwerer Arbeit verschont, nun wurde ihm der Kopf schwer von all dem Wohlleben, und er schlief auf der Bank bei der Frau ein und konnte nicht geweckt werden. In der Nacht kamen zwei brutale Kerle und schlugen ihn, während er schlief, so daß er aufwachte, dann nahmen sie ihn zwischen sich und trugen ihn hinaus und warfen ihn wie einen Kadaver auf die Straße; und damit war der Speziestaler Jon Hreggvidssons verschwunden.

Er wußte nicht, wohin er gehen sollte in Rotterdam. Als es

hell wurde, suchte er nach einem Weg, der aus der Stadt hinausführte, nach Norden, wo er das Reich des Dänenkönigs vermutete. Das Land ähnelte einem Breitopf, man sah nirgends einen Grashöcker, geschweige denn einen Hügel, nur Kirchtürme und Windmühlen, die hier und dort aufragten; doch die Gegend war fruchtbar und gut für die Landwirtschaft geeignet. Immer wieder sah man Kuhherden auf der Weide, wohlgenährte Tiere, dagegen schienen die Bewohner dieses Landes keine großen Schafbauern zu sein. Die Höfe waren vielerorts sehr stattlich, mit hochgebauten Wohnhäusern, wie in Bessastadir, aber es gab auch viele kleine Höfe und Hütten, sowohl in Gruppen als auch verstreut liegend, mit Wänden aus Lehm und Strohdach und Hühnern davor; dieser Vogel schreit wie ein Schwan und kann nicht fliegen. Außerdem watschelten hier vor den Türen der Leute noch andere, riesengroße Vögel herum, die ähnlich wie Schwäne aussahen, aber kurze Hälse hatten; sie waren bösartig. Er glaubte zu wissen, daß dies dieselben Vögel waren, die in alten Gedichten und in den Rimur Gänse genannt wurden. Diese garstigen Vögel erregten sich und gingen mit lautem Geschnatter auf Fremde los. Die Hunde schienen hier lebensgefährlich zu sein, doch zum Glück waren die meisten angebunden. Die Heu- und Kornernte war in vollem Gange, und der Bauer staunte nicht schlecht, als er sah, daß die Leute die Ernte auf Wagen einbrachten, vor die Rinder gespannt waren. Dennoch kam es auch vor, daß Leute die Ernte auf dem Rücken trugen. Das Meerwasser verzweigte sich durch das ganze Land in tiefen, stillen Bächen oder Kanälen, so daß das ganze Land wie eine einzige Lunge war. Auf den Kanälen fuhr man mit flachen Kähnen, und am Ufer ging ein Ochse oder ein Pferd und zog das Fahrzeug. Diese Boote beförderten verschiedene Waren. Auf ihnen war ein Haus mit einem Dach und einem Fenster mit Gardinen und einer Blume, und aus dem Dach ragte ein Schornstein, und aus dem Schornstein rauchte es, denn die Frau kochte gerade. Der Mann saß vor seinem Haus auf dem Boot und rauchte seine Pfeife, während er das Zugtier antrieb

und das Schiff steuerte, und die Kinder spielten, und manchmal sah man dicke, sonnenverbrannte Mädchen wie Goldmädchen mit bloßen Armen und füllige Frauen, die einen Vogel rupften. Das mußte eine angenehme Wirtschaft sein.
Die Wege waren hier anders als in Island, von Menschenhänden gemacht und nicht von Pferdehufen, schließlich wurden sie auch mit Wagen befahren. Er traf Gefährte verschiedenster Art und wohlberittene vornehme Herren mit wehenden Mänteln und Reiterscharen mit Gewehren und Schwertern. Es gab viele Weggabelungen. Jon Hreggvidsson wählte unwillkürlich immer den Weg, der nach Norden führte, aber der Tag verging hier auf andere Weise als in Island, und zuletzt wußte er nicht mehr, wie spät es war, und verlor damit auch die Richtung.
Man hatte bei der Pfarrersfrau vergessen, ihm seine Holzschuhe nachzuwerfen, was aber im übrigen nichts machte – er war barfuß über das harte Island gelaufen, warum also nicht über das weiche Holland? Dagegen wurde der Wanderer bei diesem windstillen, trockenen Wetter von Durst geplagt, und das Wasser in den trüben Kanälen war ganz salzig. Ein Mann, der auf einem Hof das Vieh tränkte, gab ihm Wasser und etwas später eine Frau an einem Brunnen, doch beide sahen ihn ängstlich an. Schließlich war er an so vielen Kreuzwegen gewesen, daß er keine Ahnung mehr hatte, welcher Weg in die Reiche des Dänenkönigs führte. Er setzte sich mit ausgestreckten Beinen nieder, wischte sich den Schweiß aus dem Gesicht und sah fragend seine Füße an. Ein junger Bursche kam den Weg entlang und rief ihm etwas zu, ein anderer schwang ihm die Peitsche über den Kopf, daß es knallte. Zwei ältere Bauern fuhren einen Wagen voller Kohlstrünke, Wurzeln und Pflanzenbündel in die Stadt. Jon Hreggvidsson stand auf, ging auf sie zu und fragte:
Wo ist Dänemark?
Die Männer hielten und sahen ihn verwundert an, aber sie kannten das Land nicht, das er nannte.
Dänemark, sagte er und zeigte auf die Wege. Kopenhagen.
Die Männer blickten einander an und schüttelten die Köpfe

und hatten noch nie von diesem Land oder dieser Stadt gehört.
König Christian, sagte Jon Hreggvidsson. König Christian.
Die Männer sahen einander an.
Da fiel Jon Hreggvidsson ein, daß er sich möglicherweise im Namen seiner allergnädigsten Majestät geirrt hatte, verbesserte sich und sagte:
König Frederik. König Frederik.
Doch die Männer kannten weder König Christian noch König Frederik.
Er wandte sich noch an andere Leute, die des Weges kamen, aber die wenigsten würdigten ihn einer Antwort, die meisten beschleunigten ihre Schritte oder trieben ihre Pferde an, wenn sie diesen schwarzen Wilden näher kommen sahen. Und die wenigen, die anhielten, wußten gar nichts über den König Jon Hreggvidssons. Schließlich kam ein sehr vornehmer Herr dahergefahren, in einem weiten Talar, mit Halskrause, Perücke und hohem Hut; seine blauen Wangen hingen bis auf die Schultern herab, und auf dem Bauch hatte er ein frommes Buch. Wenn dieser Mann nicht der Bischof von Holland selber war, dann war er zumindest der Propst des Bezirks von Rotterdam, und Jon Hreggvidsson ging auf ihn zu und fing an, bitterlich zu weinen.
Der Reisende befahl seinem Kutscher anzuhalten und richtete ein paar vorwurfsvolle, wenn auch nicht unversöhnliche Worte an Jon Hreggvidsson, und der Verirrte glaubte zu verstehen, daß er fragte, was ein Mensch wie er auf den Straßen Hollands mache.
Island, sagte Jon Hreggvidsson, trocknete seine Tränen und deutete auf sich selber: Island.
Der Mann kratzte sich ein klein wenig hinter dem Ohr und hatte offensichtlich seine Schwierigkeiten damit, dies zu verstehen, doch Jon Hreggvidsson fuhr fort:
Island; Gunnar von Hlidarendi, sagte er.
Plötzlich ging dem Bischof ein Licht auf, aber gleichzeitig fuhr ihm offensichtlich der Schreck in die Glieder, und er fragte mit ängstlicher Miene:

Hekkenfeldt?
Jon Hreggvidsson wußte nicht, was Hekkenfeldt war, und fing an, es mit dem Namen des Dänenkönigs, dem Namen Christian, zu versuchen.
Christianus, wiederholte da der würdige Herr und strahlte über das ganze Gesicht, denn er verstand dies so, daß dieser Wilde, obgleich er aus Hekkenfeldt kam, ein Christenmensch sei. Jesus Christus, ergänzte er freundlich und nickte dem Bettler zu.
Jon Hreggvidsson wiederum war so froh, daß hier ein Name aufgetaucht war, den sie beide kannten, daß er gar nicht mehr an all das dachte, was er hatte fragen wollen, und sich damit begnügte, nur den Namen Jesu Christi, seines Grundherrn, zu wiederholen. Dann bekreuzigte er sich im Namen der heiligen Dreifaltigkeit, um zu zeigen, daß er ein wahrer Pächter Christi sei, und der vornehme Herr löste einen Beutel von seinem Gürtel und holte eine kleine Silbermünze heraus und gab sie Jon Hreggvidsson. Dann fuhr er weiter.
Gegen Sonnenuntergang stapfte er auf einen großen Hofplatz hinein; er nahm an, daß dort gastfreie Menschen das Sagen hätten, denn auf dem Hof wimmelte es von Wagen, Pferden und Pferdeknechten. Dicke, gutgekleidete Reisende kamen aus dem Haus und strichen sich den Bauch nach der Mahlzeit. Manche rauchten Tabak aus langen Pfeifen. Einer der Pferdeknechte bemerkte Jon Hreggvidsson und fing an, sich über ihn lustig zu machen. Es kamen noch andere Pferdeknechte hinzu. Jon Hreggvidsson sagte, er sei Isländer, aber es verstand ihn keiner. Nach und nach hatte sich eine ganze Schar von Leuten um ihn versammelt, und er wurde in verschiedenen Sprachen angesprochen. Schließlich beschloß er, die Worte zu sagen, die bei dem vornehmen Herrn auf der Straße solchen Erfolg gezeitigt hatten: Hekkenfeldt. Jesus Christus.
Manche glaubten, er sei ein Ketzer und Gotteslästerer aus Welschland, und einer sagte: Maria, Josef, und drohte ihm mit den Fäusten.
Jon Hreggvidsson wiederholte immer wieder die Worte Jesus Christus, Hekkenfeldt, und bekreuzigte sich.

Immer mehr Leute kamen dazu: breithüftige Mägde in schlechten Röcken und mit Hauben, Küchenmeister mit Lederschürzen, dicke Herren mit stattlichen Bäuchen, mit Puffärmeln und Halskrausen und einem Federhut auf der Perücke – sie drängten sich in den innersten Kreis, um zu sehen, was da vor sich ging, und da war es nichts weiter als ein ausländischer Bettler, der gotteslästerliche Reden führte. Das Ende dieser Versammlung wurde dadurch herbeigeführt, daß ein hochgewachsener Reitersmann, mit Federhut, Stulpenstiefeln und einem Degen an der Seite, sich einen Weg durch die Menge bahnte, seine Peitsche schwang und einen kräftigen Schlag nach dem andern auf Jon Hreggvidsson niederhageln ließ. Zunächst schlug er den Mann quer über das Gesicht, dann über den Hals und die Schultern, bis er auf die Knie sank und dort mit den Händen vor dem Gesicht auf den Hofplatz fiel. Darauf befahl dieser mächtige Reitersmann den Leuten, sich davonzumachen und an ihre Arbeit zu gehen, und nur verhältnismäßig wenige versetzten dem auf dem Boden Liegenden einen Fußtritt, als sie gingen. Als sich die Menge verlief, kam Jon Hreggvidsson wieder zu sich; er tastete sein Gesicht ab, um zu sehen, ob es sehr blutig war, aber das war nicht der Fall, es war nur ein wenig geschwollen. Dann ging er weiter.
Am Abend bekam er bei einem Mann, der einen kleinen Akker hatte, und bei dessen Frau zu essen. Er schenkte dem Kind die Silbermünze, denn der Bauer wollte nichts annehmen für die Bewirtung. Als er satt war, legte er sich unter die Hecke und wollte schlafen, denn das Wetter war mild und keine Änderung in Sicht. Doch der Holländer zeigte ihm den Boden über dem Stall, und der Wanderer befolgte diesen Rat und schlief während der Nacht im Stroh. Er wurde früh von einem seltsamen Vogel geweckt, der ständig schreiend an der Dachluke vorbeiflog und beim Fliegen die Beine herabhängen ließ; er hatte sein Nest oben im Giebel. Der Holländer war schon aufgestanden, und Jon Hreggvidsson ging mit ihm hinaus auf den Acker und trug den ganzen Tag mit ihm zusammen Korn, ohne sich zu schonen, und der Holländer gab ihm zu verste-

hen, daß er fand, er sei sehr stark. Es schmerzte Jon Hreggvidsson, daß er dem Mann keine Geschichten über Gunnar von Hlidarendi erzählen konnte. Zwei Tage lang trug er Korn, und am dritten lernte er, mit dem Dreschflegel auf der Tenne umzugehen. Er bekam genug zu essen, aber als er zu verstehen gab, daß er Geld brauchte, zeigte sich, daß der Holländer zu arm war, um sich einen Tagelöhner halten zu können. Da bereitete sich Jon Hreggvidsson darauf vor, Abschied zu nehmen. Die ganze Familie weinte bei dem Gedanken, daß dieser stumme Zweibeiner sie verlassen würde. Jon Hreggvidsson weinte aus Höflichkeit auch ein bißchen und küßte dann die Leute zum Abschied. Der Mann schenkte ihm Holzschuhe, die Frau schenkte ihm Strümpfe, und das Kind schenkte ihm eine blaue Perle.

Jon Hreggvidsson wanderte wieder in dieselbe Richtung weiter wie zuvor. Doch die Geschenke der guten Leute halfen ihm nicht besonders viel auf seiner Reise, so daß er sich schon zwei Tage später wieder als Erntearbeiter verdingen mußte, diesmal bei einem mächtigen Grafen, der einige Gemeinden in diesem Teil des Landes besaß und Tausende von Pächtern, Sklaven und Halbsklaven, Knechten und Mägden, Oberaufsehern und Untergrafen in seinen Diensten hatte, selbst aber unsichtbar war und, wie es hieß, in Spanien wohnte. Hier verrichtete Jon Hreggvidsson während des restlichen Sommers verschiedene Arbeiten, die Körperkräfte und Fleiß erforderten, und lernte so viel Holländisch, daß er den Leuten erklären konnte, warum er in diesen Teil der Welt gekommen war. Alle Leute in Holland hatten schon von Hekkenfeldt in Island gehört, unter dem die Hölle brennt, und waren sehr begierig, Neues über diesen Berg zu hören. Den Mann nannten sie van Hekkenfeldt.

Der unsichtbare Graf in Spanien betrog ihn zwar um seinen Lohn, und die Untergrafen sagten, er solle Gott dafür danken, daß er nicht aufgeknüpft werde, doch einige arme, gottesfürchtige Menschen in Holland schossen Kupfermünzen und kleine Silbermünzen für van Hekkenfeldt zusammen, damit er die Reise zu seinem König fortsetzen konnte. Dann zog er los. Er verwahrte sein Geld in dem einen Strumpf, den anderen Strumpf trug er mit der Kehrseite nach außen um den Hals, wie es die Schafhirten zu tun pflegen, damit sie sich nicht verirren. Die Holzschuhe band er zusammen und trug sie über der Schulter; die Perle hatte er verloren.

Vierzehntes Kapitel

Abenteuer bei den Deutschen

Der Winter hatte schon begonnen, als Jon Hreggvidsson zu den Deutschen kam. Immer wieder hatte er sich bei den Holländern als Lasttier verdingen müssen, um seinen Lebensunterhalt zu verdienen, aber nur geringen Lohn erhalten, denn obwohl die Holländer genug Geld haben, sind sie sehr sparsame Leute, wie es wohlhabende Bauern zu sein pflegen, und Leute, die nur ungern Lohn bezahlen. Dagegen konnte man bisweilen, wenn man Glück hatte, auf bequeme Weise zu guten Dingen kommen, denn in Holland haben die Menschen aufgrund ihres Wohlstands keine solche Angst vor Dieben wie in Island. So gelang es Jon Hreggvidsson, einem Herzog, dem drei Gemeinden gehörten, ein Paar gute Stiefel wegzustehlen. Bei diesem Mann, der unsichtbar war wie alle großen Herren in Holland, hatte er eine Zeitlang als Knecht gedient, lief aber von dort davon, weil er nicht genug zu essen bekam, denn reiche Leute, in Holland genauso wie in Island, geizen mit dem Essen. Er fand die Stiefel zwischen Gerümpel und versteckte sie vierzehn Tage lang in einem Dornengestrüpp, ehe er davonlief. Er wagte nicht, sie anzuziehen, bevor er zwei Tagereisen weit gegangen war, sondern trug sie in einem Sack auf dem Rücken. Doch nachdem das Wetter schlechter wurde, und damit auch der Zustand der Straßen, konnte er die Stiefel gut gebrauchen; denn obwohl Holland von Natur aus weich ist, ist sein Schlamm kalt, besonders wenn es Herbst wird.

Es nieselte, und der Tag ging zur Neige. Der Wanderer war völlig durchnäßt, die Stiefel des Herzogs waren voll Wasser und schwer vom Schlamm. In dem kalten Nebel und der Dunkelheit vor ihm wartete Deutschland, wo es die größten Krieger auf der Welt gibt. Jon Hreggvidsson hatte nicht einmal einen Stock in der Hand. Er wollte etwas essen. Der Grenzort bestand aus einer Straße, einer Kirche und einem Hof, wo Reisende gegen Bezahlung bewirtet wurden. Große, geschlossene Kutschen sollten noch vor Einbruch der Nacht vom Gasthof in Richtung Kaiserreich abfahren, doppelte Vierspänner, gezogen von schnaubenden Pferden, voll von stämmigen, gutgekleideten Reisenden, die aufgeputzte Frauen und dicke Geldbeutel hatten. Die Frauenzimmer machten es sich mit Kissen und Decken auf den Sitzen bequem, und die Männer hängten ihre Gürtel, Degen und Federhüte an Haken über den Sitzen, alles vornehme Herrschaften, und sie fuhren los. Jon Hreggvidsson hatte die Absicht, sich einen Schluck Tee, was ein berühmtes Getränk aus Asien ist, zu kaufen, denn er besaß noch ein paar kleine Münzen; aber man ließ ihn nicht in das Haus zu den Leuten.

Er stand vor der Kirche und fluchte, als ihm der Duft von frischem Brot in die Nase stieg. Er sah sich um und ging dem Duft nach und fand einen Bäckerladen, wo ein Mann und eine Frau dabei waren, Brotlaibe aus dem Ofen zu holen. Er kaufte einen Laib und ging zum Eingang eines ärmlichen Hauses und erbettelte sich ein wenig warmes Bier und aß und trank auf der Schwelle, denn die Leute sahen, daß er ein Dieb und Mörder war, und wollten ihn nicht hereinlassen. Ein junger Hund bellte ihn ständig aus der Küche heraus an und weckte die Hühner, und der Hahn, der Mann des Huhns, krähte.

Er steckte den Rest des Brotes unter seine Jacke, wünschte gute Nacht und ging erquickt in den Regen hinaus, den Postkutschen nach. Sie fuhren auf der Straße durch ein Tor, wo zwei holländische Krieger mit Gewehren und Lunten standen und jeden, der es wollte, passieren ließen. Auf der anderen Seite des Tores war ein Wäldchen, und dann eine Festung auf einem freien Platz, und ringsherum ein Wassergraben, und über den Graben führte eine Brücke, und mitten durch die Festung ging ein Weg. In schwarzen, kegelförmigen Laternen vor dem großen steinernen Tor brannten schwache Lichter, die im Nieselregen wie gelbe, mit Blau gemischte Wollbäusche aussahen. Der Weg durch das Tor der Festung war gepflastert, und die Wagen mit ihren eisenbeschlagenen Rädern machten großen Lärm, als sie funkenschlagend über die Steine ratterten. Die Festung hatte ein flaches Dach und eine Brustwehr am Rand, mit Scharten für Wurfmaschinen und Kanonen. Das war das Eingangstor nach Deutschland.

Einige schwerbewaffnete Männer standen am Tor, und andere in bunten Kleidern hinter ihnen, mit Protokollen, Buchrollen und Schreibfedern, und schrieben die Leute auf. Die Postkutschen waren durchgefahren. Die deutschen Krieger waren von riesigem Wuchs, mit wunderlichen Helmen, die oben eine Spitze hatten, wie eine Speerspitze geformt, und mit gezwirbelten Bärten, die Widderhörnern glichen. Jon Hreggvidsson stand vor diesen Männern und sah durch das Tor hindurch und wollte seine Wanderung fortsetzen, doch da setzten sie ihm gleichzeitig zwei Spieße vor die Brust und redeten ihn in deutscher Sprache an. Er wußte nicht, was er antworten sollte. Da griffen sie ihn und tasteten ihn ab, fanden aber nichts außer ein paar kleinen holländischen Münzen, die sie unter sich aufteilten. Dann bliesen sie in eine Trompete. Da kam noch ein Mann hinzu, ein dicker, blauer Hüne. Diesem Mann wollten sie Jon Hreggvidsson übergeben, doch er antwortete wütend, und es kam zu einem heftigen Wortwechsel zwischen ihnen, von dem der Bauer nur das Wort »hängen« verstand. Es endete damit, daß der zuletzt Hinzugekommene Jon Hreggvidsson in Gewahrsam nehmen mußte, und er stieß dem Bauern die Säbelspitze in den Rücken und trieb ihn so vor sich her in die Festung und eine große, schlecht beleuchtete Treppe hinauf und dann über Stufen und durch Gänge nach einem entlegenen Flügel der Festung, bis sie zu einem großen Saal mit offenen Gucklöchern in den Wänden kamen, durch die es

hereinblies und hereinregnete; der Riese stieß Jon Hreggvidsson durch die Tür. Dort gab es außer dem schwachen Schein von der Handlaterne des Riesen kein Licht. Doch als der Riese die Tür zumachen wollte, setzte Jon Hreggvidsson seinen Fuß dazwischen und verlangte auf holländisch eine Erklärung von ihm. Wie es häufig der Fall ist bei Grenzbewohnern, konnte auch dieser beide Sprachen, wenn er wollte, und er antwortete, daß Jon Hreggvidsson kein zweites Mal durch diese Tür gehen würde. Leider, sagte er, sei jedoch der Mann nicht mehr da, der die Aufgabe hatte, Leute zu hängen; er hatte heute schon so viele aufgehängt, daß er faul geworden und mit seinem Gehilfen nach Hause gegangen war, um zu schlafen. Hierauf stieß der Stiernackige Jon Hreggvidsson die Säbelspitze in den Bauch, damit er aus der Türöffnung zurückwich, und wünschte eine gute Nacht.
Hallo, rief Jon Hreggvidsson, um das Gespräch in die Länge zu ziehen. Du solltest einfach hergehen, Kamerad, und mich selber hängen. Ich könnte vielleicht dabei helfen.
Der andere war jedoch ein Wächter, auf deutsch Wachtmeister, ohne den Rang und die Rechte eines Henkers, und er sagte, daß ihn keine menschliche Macht, und nicht einmal unser Herrgott, dazu zwingen könnte, eine Pflicht auf sich zu nehmen, die man einem anderen übertragen hatte, und die Pflicht zu versäumen, die einem Wachtmeister vom Kaiser auferlegt worden war. Aber was hast du auf dem Bauch?
Laß es in Ruhe, sagte Jon Hreggvidsson. Das ist mein Brot.
Was zum Teufel willst du mit Brot? sagte der Wachtmeister. Du, der morgen früh gehängt wird. Ich konfisziere dieses Brot im Namen des Kaisers.
Er setzte Jon Hreggvidsson den Säbel auf die Brust, während er unter seiner Jacke das Brot hervorholte. Dann steckte er den Säbel in die Scheide und fing an, das Brot aus der Hand zu essen.
Dieses Brot ist verflucht gut, sagte er. Wo hast du dieses Brot bekommen?
Jon Hreggvidsson sagte, in Holland.

Ja, ihr Holländer seid Feiglinge, sagte der Wachtmeister. Ihr denkt an Brot. Wir Deutschen denken nicht an Brot. Kanonen sind mehr wert als Brot. Hör mal, hast du vielleicht ein Stück Käse auf dem Bauch?

Er tastete wieder Jon Hreggvidsson ab, fand aber keinen Käse.

Irgendwann, fuhr er kauend fort, irgendwann wird einmal die Zeit kommen, wo wir Deutschen solchen Brotfressern wie euch Holländern zeigen werden, was es kostet, an Brot zu denken. Wir werden euch zermalmen. Wir werden euch dem Erdboden gleichmachen. Wir werden euch austilgen. Aber hast du Geld?

Jon Hreggvidsson sagte wahrheitsgemäß, daß die Männer in den bunten Kleidern ihm die wenigen Schillinge, die er gehabt hatte, gestohlen hätten.

Ja, das weiß ich, sagte der Wachtmeister. Diese verdammten Zöllner lassen nur selten etwas übrig für einen armen Familienvater.

Da hörte man, wie irgendwo von draußen gerufen wurde: Fritz von Blitz, sollen wir nicht weitermachen mit dem Anwerfen?

Der Wachtmeister rief zurück: Ich komme.

Du bleibst jetzt hier, bis der Henker kommt, sagte er zu Jon Hreggvidsson. Und du kannst dich darauf verlassen, wenn du versuchst, durch das Guckloch hinauszuspringen, dann wirst du zu Tode kommen. Der Mann, der mit mir Anwerfen gespielt hat, fängt an, mich zu vermissen.

Darauf verschwand der Stiernackige durch die Türöffnung und schloß die schwere Eichentür hinter sich zu. Jon Hreggvidsson fluchte eine Zeitlang, sowohl laut als auch leise. Dann begann er, sich an diesem zugigen und naßkalten Aufenthaltsort vorwärtszutasten. Er stieß fortwährend gegen irgendwelche unförmigen, schweren Gebilde, die von der Decke herabhingen, wie Schafsleiber in einer Räucherkammer, und anfingen, hin und her zu schwanken, wenn man sie berührte. Er hatte das Glück, daß in diesem Augenblick das Auge des

Mondes durch den Regendunst drang und ein fahles Licht auf die Gesichter einiger Menschen warf, die hier aufgeknüpft worden waren. Sie hingen an den Balken, die Köpfe seitwärts gelegt, die Münder schlaff, mit aufgedunsenen Gesichtern und verdrehten Augen, die Hände auf dem Rücken zusammengebunden, die Zehen gerade nach unten zeigend, in dieser irrwitzigen Hilflosigkeit, die einen eher dazu veranlaßt, sie anzustoßen, damit sie hin und her schaukeln, statt sie abzuschneiden, damit sie herunterfallen. Jon Hreggvidsson ging vom einen zum andern und befühlte ihre Füße, ob einer brauchbare Schuhe hätte – wohl eher aus alter Bauerngewohnheit und nicht weil er damit rechnete, daß er selber noch in die Verlegenheit käme, viel Schuhwerk zu verschleißen; doch diese Männer waren wahrhaftig nicht um ihre Fußbekleidung zu beneiden.

Dem Bauern fiel nichts ein, was einem nächtlichen Gast in einem so tristen Haus zur Unterhaltung dienen kann; selbst die Pontus-Rimur wurden lächerlich an diesem Ort. Immerhin erinnerte er sich, gehört zu haben, daß es nützlich für einen sei, unter einem Gehängten zu sitzen, wie man in Island sagt, das heißt unter einem Galgen, an dem ein toter Mensch hängt; das pflegte der böse König Odin zu tun und andere berühmte Helden und Meister in alter Zeit, und sie gewannen dadurch mancherlei Erkenntnisse. Jon Hreggvidsson beschloß nun, dies auch zu versuchen. Er suchte sich den Toten aus, der zuäußerst hing, damit er sich an die Wand lehnen konnte, während er die Eingebungen empfing. Doch da der Bauer sehr müde war, hat er sich kaum auf den Steinboden gesetzt, als ihn eine dumpfe Benommenheit überkommt. Er sitzt nun eine Weile unter dem Gehängten und schläft, das Kinn auf der Brust und die Schultern gegen die Mauer gelehnt. Der Mond schien nicht mehr, und es war völlig dunkel im Saal. Und als Jon Hreggvidsson nun eine Zeitlang dort geschlafen hat, wacht er auf, weil es in dem Balken über ihm kracht, und plötzlich kommt der Gehängte los und steigt herab aus seiner Schlinge. Er macht nicht viel Federlesens, sondern geht sofort auf Jon Hreggvidsson los. Er trampelte eine Weile mit aller Kraft auf dem Bauern herum, mit der Rücksichtslosigkeit, die tote Menschen auszeichnet. Er drückte den Bauern immer mehr, je länger er auf ihm herumtrampelte, und sprach dazu folgende Strophe:

Schlimm für den Einmalgehängten
im Saal der Toten.
Keiner ward doppelt gehängt
über der Erde.
Wir Gutgehängten treten
des Nichtgehängten Herz,
die harte Nuß
in des Ungehängten Brust.
Wir treten die harte Nuß
im Busen Hreggvidssons.

Genug getrampelt, schrie da Jon Hreggvidsson, der schon am Ersticken war von dieser unsanften Behandlung. Nun gelang es ihm, das Gespenst abzuschütteln und in einen Ringkampf zu verwickeln, und sie rangen so heftig miteinander, daß der Steinfußboden unter ihnen in Stücke ging, und andere Gehängte stiegen aus ihren Schlingen herab und begannen, einen unschicklichen Tanz um sie herum aufzuführen, mit stumpfsinnigen Gedichten, unziemlichen Reden und zweifelhaften Behauptungen. Das ging lange so weiter, und Jon Hreggvidsson glaubte, noch nie in einer so schwierigen Lage gewesen zu sein; schließlich kam es so weit, daß der Geist dem Bauern derartig zusetzte, daß dieser meinte, er könne einem solchen Gegner nicht mehr lange standhalten. Es war ja zudem ein sehr ungleicher Kampf, wie der Gehängte in seiner Strophe angedeutet hatte: Einem Gehängten kann man nicht zum zweiten Mal den Garaus machen, wie heftig und lange man auch angreift. Jon Hreggvidsson wartete jetzt nur noch auf einen günstigen Augenblick, um den Händen des Gegners zu entschlüpfen und dann sein Heil in der Flucht zu suchen. Und da Tote zwar äußerst hart zupacken können, aber nicht besonders wendig sind, gelang es dem Bauern schließlich, sich loszureißen. Er lief zum Guckloch, kletterte auf die Brüstung, die er vom Boden mit ausgestreckten Armen erreichen konnte, und warf sich gleich hinaus, ohne sich Gedanken darüber zu machen, was dann geschehen würde. Das Wasser im Graben ging bis an die Festungsmauer, und der Mann sank lange, ohne den Grund zu erreichen, tauchte dann aber wieder auf und fing an zu schwimmen, so gut er konnte. Es war, wie wenn man in eine Torfgrube fiel, nur daß hier verweste Menschenleiber lagen statt Hundeleibern. Jon Hreggvidsson kraulte wie ein Hund über den Graben und kroch an der gegenüberliegenden Seite ans Ufer und spie dort aus. Seine Zähne klapperten. Er suchte nach den Himmelsrichtungen und fand sie und beschloß, lieber wieder nach Holland zu gehen, statt sich auf weitere Abenteuer bei den Deutschen einzulassen.

Fünfzehntes Kapitel

Er gelangte in die Stadt Amsterdam an dem großen Meerbusen, der sich nach Holland hinein erstreckt und den sie Zuidersee nennen. Das ist ein großer Handelsplatz, von dem aus sie nach Asien segeln. Da er sich jetzt schon in der Sprache verständigen konnte, gelang es ihm, sich als Lastträger bei einer Maskopei zu verdingen, die dort an einer der Grachten Speicher hatte. Nachts durfte er sich bei dem Mann, der den Hund betreute, schlafen legen. Oft hörte man in der Nacht lautes Hundeheulen, manchmal bis zum Morgengrauen.
Jon Hreggvidsson sagte: Dein Hund heult lauter als alle anderen Hunde in den Speicherhöfen.
Der Mann sagte: Das kommt daher, weil er der klügste ist.
Jon Hreggvidsson sagte: Es gehört sich nicht, einen Hund für seine Klugheit zu loben. Nur Hündinnen heulen. In den Sagas steht, daß früher der Mann zum rechtmäßigen König gewählt wurde, der den bissigsten Hund hatte; nicht den, der am lautesten heulte.

Was taugt denn der Hund des Dänenkönigs, sagte der Mann.
Dein Herzog hat eine Hündin, sagte Jon Hreggvidsson.
Meine Hündin fordert deinen Hund heraus, sagte der Mann.
Es mag sein, daß mein Hund nicht viel wert ist, sagte Jon Hreggvidsson, aber die Deutschen, die Kriegshelden und wahre Männer sind, würden nicht lange darüber nachdenken, was sie mit deinem machen sollten.
Jon Hreggvidsson sprach nun ständig von den Deutschen, die den Leuten das Brot wegaßen und sie dann aufhängten, sofern der Henker da war; er empfand eine mit Schauder vermischte Hochachtung für diesen abenteuerlichen Volksstamm und war stolz darauf, ihn kennengelernt zu haben. Der Hund heulte weiter. Als die Nacht bald zu Ende war, ging Jon Hreggvidsson hinaus, fand ein Stück Seil, erdrosselte den Hund und warf ihn in die Gracht.
Er schlenderte lange an den Kanälen hin und über die Brükken. Abgesehen von Fischern und Fährleuten waren die Holländer noch nicht aufgestanden. Auf einem Boot rauchte es, denn die Männer waren dabei, sich Tee zu kochen. Er rief zu ihnen hinüber und bat sie, ihm etwas Tee zu geben. Sie fragten, wer er sei, und er sagte, er komme aus Island, wo die Hölle ist. Sie luden ihn ein, zu ihnen auf das Boot zu kommen, und bewirteten ihn und fingen an, mit ihm über den Berg Hekla zu sprechen. Er sagte, am Fuß dieses Berges geboren und aufgewachsen zu sein, und deshalb sei sein Name auch van Hekkenfeldt. Sie fragten, ob man vom Gipfel der Hekla aus wegen der bösen Vögel, die immer mit großem Gezanke über dem Krater schweben, überhaupt in die Hölle hinunterschauen könne. Er verneinte dies, sagte aber, er habe einmal einen solchen Vogel mit einem Bootshaken, den er mit auf den Berg genommen hatte, gefangen; sie seien den Raben ähnlich, nur daß Klauen und Schnabel aus Eisen sind. Sie fragten, ob man diese Vögel essen könne, und er lachte über so viel Einfalt; dagegen konnte man die Klauen als Angelhaken verwenden und den Schnabel als Pilk. Als Pilk, sagten sie, warum nicht als Kneifzange, Mann? Ja, warum nicht als Kneifzange,

sagte er. Sie gaben ihm noch mehr Tee. Einer fragte, ob er heute abend wieder nach Island zurückwolle. Er verneinte dies und sagte, er wolle nach Dänemark, um seine allergnädigste Majestät aufzusuchen. Sie verwünschten den Dänenkönig und sagten, sie hofften, daß der Herzog von Holland ihm möglichst bald den Krieg erklären würde. Nehmt euch davor in acht, sagte Jon Hreggvidsson. Sie sagten, sie würden mit Freuden bis zum bitteren Ende für ihren Herzog kämpfen und nie zurückweichen. Ein Schiff aus Dänemark läge hier weiter draußen in der Gracht, und das beste wäre, ein Loch hineinzubohren. Jon Hreggvidsson dankte und verabschiedete sich.
Er machte das dänische Schiff ausfindig, das weiter draußen im Hafen lag, und stattete der Besatzung einen Besuch ab. Sie sagten, sie kämen aus Glückstadt in Holstein, um Malz und Hopfen zu holen. Sie waren zunächst nicht besonders unfreundlich zu ihm. Er fragte nach dem Kapitän, sagte, er sei Isländer, und bat, er möge ihn mitnehmen. Doch als sie hörten, daß er Isländer sei, fingen sie an, ihn zu beschimpfen, denn dieser Volksstamm ist in den Augen der Dänen der verächtlichste von allen. Jon Hreggvidsson fiel vor dem Kapitän auf die Knie und küßte ihm weinend die Hand. Der Kapitän sagte, er brauche keinen Mann und schon gar nicht einen Isländer, aber er dürfe morgen wiederkommen. Dann gaben sie ihm zu essen, weil sie sagten, die Isländer müßten immer von den Almosen anderer Völker leben, sonst verreckten sie. Jon Hreggvidsson bedankte sich sehr höflich. Er trieb sich den ganzen Tag in der Nähe des Schiffes herum, denn er fühlte sich in Holland als Geächteter, seitdem er den Köter erdrosselt hatte. In der Nacht durfte er unter einem Segel bei ihnen auf dem Deck liegen. Das Glück war dem Bauern auch diesmal hold, wie schon so oft, denn in derselben Nacht gingen zwei der Schiffsleute in die Stadt, um sich zu vergnügen, und der eine wurde umgebracht und der andere verstümmelt, so daß sich der Kapitän dazu überreden ließ, Jon Hreggvidsson für den, der umgebracht wurde, anzuheuern, und in der näch-

sten Nacht durfte er unter Deck schlafen. Tags darauf stachen sie in See.
Jon Hreggvidsson mußte an Bord so teuer für seine Nationalität büßen, daß sie, als sie vor der Küste Frieslands in einen heftigen Sturm gerieten, ihm die Schuld an dem Unwetter gaben und ihn gefesselt und über Bord geworfen hätten, weil sie hofften, dann würde sich der Sturm legen, wenn nicht der Schiffsjunge, den es wahrscheinlich als nächsten getroffen hätte, zum Kapitän gekrochen wäre und ihn gebeten hätte, dafür zu sorgen, daß der arme Teufel am Leben bleiben durfte.
Als sich der Sturm gelegt hatte, fing Jon Hreggvidsson an, ein wenig selbstbewußter zu werden. An diesem Ort hatte es zwar keinen Sinn, den Leuten die Hölle zu schildern, die unter der Hekla in Island brennt, denn selbst die Hölle macht auf die Dänen keinen Eindruck, wenn sie sich in Island befindet. Dagegen beschrieb er den Schiffsleuten seinen Vorfahren Gunnar von Hlidarendi, der zwölf Ellen groß war und dreihundert Jahre alt wurde und in voller Rüstung sowohl rückwärts wie vorwärts so hoch springen konnte, wie er groß war. Jon Hreggvidsson fragte, wann es unter den Dänen einen solchen Mann gegeben hätte?
In alter Zeit, sagten sie, gab es auch Kämpen in Dänemark.
Ja, sagte Jon Hreggvidsson, vielleicht Harald Kampfzahn. Aber er ist auch mein Vorfahre.
In Glückstadt an der Elbe in Holstein war das Ziel erreicht, insofern als Jon Hreggvidsson sich jetzt in den Reichen seines allergnädigsten Königs und Erbherren befand. Er ging leichten Fußes gegen Abend in dieser Stadt an Land, und der Bauer hätte zweifellos dem Schiffsjungen dafür, daß er ihm das Leben gerettet hatte, einen Schilling zugesteckt, wenn ihn der Kapitän nicht mit der Androhung von Prügeln statt der Heuer davongejagt hätte.
Glückstadt machte einem Mann, der sich längere Zeit in Holland aufgehalten hatte, keinen besonderen Eindruck. Das schlimmste war, daß er so gut wie keine Sprache mehr konnte, außer Holländisch, wenn er in Wut geriet. Bis jetzt hatte er

immer geglaubt, er könne das Dänische von anderen Sprachen unterscheiden; aber er war völlig außerstande, die Mundart dieser Leute zu verstehen. Es herrschte Eisnebel. Er besaß eine holländische Silbermünze, so groß wie eine Fingerspitze. Er suchte nach einem Nachtquartier und zeigte die Münze, wurde aber überall unter Beschimpfungen hinausgejagt, und die Münze wurde für falsch erklärt. Manche machten Miene, den Bauern vor Gericht stellen zu lassen wegen der Münze. Er hatte Hunger, und die Straßen waren glatt, und die Leute in der Stadt hatten die Fensterläden ihrer Häuser geschlossen und waren hineingegangen, um Braten zu essen. Wenn einem jemand mit einer Handlaterne entgegenkam, war das Licht zuerst wie ein gräulicher Wollbausch, dann wie ein bläulicher Hof um einen Mond, schließlich wie das Dotter in einem Ei. Aus den Häusern drang ständig der Geruch unzähliger Braten, und aus den Gasthäusern kam außerdem der Duft von Gewürzen, Tabakrauch und Getränken. Er sah keine andere Möglichkeit, als nach einem Pferdestall oder einem Heuboden irgendwo in einem Gasthof zu suchen.

Aber als er angefangen hat, sich nach einem solchen Nachtquartier umzusehen, läuft er plötzlich einem Mann, der eine Handlaterne trägt, in die Arme. Er war eine stattliche Erscheinung, mit Schnurrbart, Spitzbart und Federhut, in Stulpenstiefeln und Mantel. Seinem Gesicht entströmte angenehmer Branntweingeruch. Der Mann begrüßte Jon Hreggvidsson kameradschaftlich. Keiner konnte die Sprache des anderen, doch schließlich glaubte Jon Hreggvidsson verstanden zu haben, daß ihm der Bürger gute Neuigkeiten brachte und daß er sogar einen Krug Bier in Aussicht stellte, was ihm allerdings auch an der Zeit zu sein schien in diesem Lande seines Herrn, das jetzt seit einiger Zeit das Land seiner Träume gewesen war.

Sie gingen zusammen in ein großes Wirtshaus, wo Männer an mächtigen Eichentischen saßen, die meisten in Uniform, und tüchtig tranken. Hier ging es sehr lebhaft zu, wenn auch nicht übermäßig friedlich. Der Bürger wies Jon Hreggvidsson einen Platz am Ende eines Tisches in einer Ecke an und setzte sich neben ihn, und der Wirt, ein dicker, blauschwarzer Riese, brachte unaufgefordert jedem einen Krug Bier. Der Krug des Bürgers war deutlich kleiner, mit erhabenen Bildern und einem silbernen Deckel, der Bauer jedoch bekam eine sehr große, einfache Steinzeugkanne und gleich darauf einen doppelten Branntweinbecher aus Zinn, während man dem Junker einen zierlichen Silberbecher brachte.

Als deutlich war, daß man sich mit Jon Hreggvidsson in keiner verständlichen Sprache unterhalten konnte, betrachteten der Wirt und der Bürger ihren Gast eine Weile und sprachen leise miteinander, als wären sie im Zweifel, ob sie da den richtigen Mann gefunden hätten. Nichtsdestoweniger füllten sie die Kanne und den Becher aufs neue, als der Bauer ausgetrunken hatte, und ihn kümmerte es nicht, ob sie ihn verwechselt hatten, sondern er trank und war fröhlich, mochte er nun Jon Hreggvidsson von Rein heißen oder ganz anders. Wie auch immer, die Kanne und der Becher wurden stets wieder gefüllt. Und wer er auch sein mochte, so fing er an, den Versammelten die Pontus-Rimur vorzusingen:

Auf der Krieger Umhang laßt
spitze Speere kreisen.

Da zog der Junker ein beschriebenes Papier aus seiner Tasche und legte es vor den Bauern hin, damit er sein Kreuz darunter setzen konnte, und der Wirt brachte Tinte und eine frisch geschnittene Feder. Jon Hreggvidsson dachte bei sich, daß die feinen Herren sich sehr verändert hätten, wenn sie ihn bäten, seinen Namen unter etwas Schönes zu setzen, und nahm sich vor, weiterzutrinken und weiterzusingen, solange noch ein Tropfen in der Kanne und im Becher war, und antwortete ihnen nur mit dem Wort: hängen, wobei er sich mit dem Zeigefinger über die Kehle strich. Damit meinte er, daß sie ihn gerne hängen könnten, ob er nun unterschrieb oder nicht; doch wenn ihn noch etwas anderes erwartete als ein Galgen oder ähnliche Gerätschaften, dann war er bereit, auch diese

Dinge ohne Unterschrift auf sich zukommen zu lassen, in Zukunft genauso wie bisher.
Da gab der Junker den Uniformierten, die bislang am anderen Ende des Tisches gesessen hatten, ohne sich einzumischen, einen Wink. Sie standen auf und fielen über Jon Hreggvidsson her. Der Bauer wehrte sich ein wenig aus alter Gewohnheit, hörte aber nicht auf zu singen, und seine weißen Zähne blitzten in dem schwarzen Bart, mitten in der Schlägerei:

Auf der Krieger Umhang laßt
spitze Speere kreisen,
ob der Mantel dafür paßt,
ob der Mantel dafür paßt,
das wird sich erweise-e-en.

Er hatte zwei Männern eine tüchtige Ohrfeige gegeben und dem dritten einen festen Tritt versetzt, bevor es ihnen gelang, ihn zu überwältigen und zu knebeln und zu fesseln, doch etwa zu der Zeit, als diese Arbeit beendet war, fiel er in einen behaglichen Schlummer, so daß er eine Zeitlang nicht wahrnahm, was geschah.
Am nächsten Morgen wurde er von Trompetenklang geweckt. Er lag auf dem Boden einer Scheune, und unter dem Dach hingen Laternen mit schwachen Lichtern. Er sah, daß andere Männer vom selben Schlag wie er sich überall um ihn herum im Stroh den Schlaf aus den Augen rieben, und ein Offizier ging herum mit einem Stock und jagte sie auf die Beine. Ein anderer Offizier kam und begutachtete den Neuling und rief nach französischer Art Jesus und Maria an, als er seinen Aufzug sah, und nahm ihn mit in die Kirche, die ihr Zeughaus war, und kleidete ihn dort ein mit Jacke, Hose und Stiefeln, setzte ihm einen Hut auf und schnallte ihm einen Gürtel um. Dann fragte der Zeugmeister ihn nach seinem Namen und seiner Nationalität, und er schrieb es zuerst in ein Buch und dann auf ein Stück Stoff, das er in den Kleidern des Bauern befestigte, und zwar so: Johann Reckwitz. Aus Ijsland bürtig.

Sie bekamen Brot und Bier, und man gab ihnen Gewehre und Säbel. Dann ließ man sie im Morgengrauen hinaus aufs Feld trotten. Da war es genauso neblig wie am Abend zuvor. Das Hinausmarschieren aufs Feld verlief ohne Zwischenfälle, wenn auch unter barschen Zurufen, doch als das Exerzieren anfing, mit mannigfaltiger Kriegskunst, die dazugehört, versagte Jon Hreggvidssons Verständnis, und er machte alles verkehrt. Bald wurden die barschen Zurufe in der schwer verständlichen Sprache zu zornigen Drohungen, und schließlich zu Ohrfeigen. Jon Hreggvidsson hielt es nicht für ratsam, an einem solchen Ort Gleiches mit Gleichem zu vergelten. Und er verstand die Befehle auch dann nicht, wenn er geschlagen wurde. Schließlich gab es der Offizier auf, schaute wütend auf das Stück Stoff, das in den Kleidern des Mannes befestigt war, und da stellte sich heraus, daß er Isländer war. Nun fingen alle an zu lachen. Nach vieler Mühe trottete man wieder zurück in die Stadt, und die Männer bekamen heiße Suppe.

Als man Jon Hreggvidsson drei Tage lang geschlagen und angeschrien hatte, wurde er in die Küche versetzt, wo er Wasser holen, Holz hacken, Asche und Abfall hinaustragen und andere Arbeiten verrichten mußte, die besonders wenig Ansehen genossen. Doch obwohl die Verwalter und Küchenmeister Deutsche waren und sich nicht darum kümmerten, ob ein Land Island hieß oder nicht, waren die Köche Dänen und auch der Mann, der den Braten für die Offiziere wenden durfte; und ihnen war es ein ganz besonderes Vergnügen, bei jeder passenden oder unpassenden Gelegenheit Regvidsen gegenüber zu erklären, daß Island kein Land sei und die Isländer keine Menschen. Sie meinten, daß um diesen Höllentrichter herum sich ein verlaustes Sklavenvolk mit schlechtem Tran und verfaultem Haifisch sowie Almosen vom König am Leben erhielte. Regvidsen sagte, sicher gebe es eine Öffnung zur Hölle hinunter im Land, und man könne oft durch die Öffnung herauf hören, daß Dänisch gesprochen wurde; doch genauso sicher sei, daß das Land in anderer Hinsicht weit über der Menschenwelt stehe, denn schließlich seien dort alle Leute

Helden vornehmer Abkunft und Dichter. Die Dänen nannten Regvidsen einen schwarzen Hund. Jeder Tag in der Küche war angefüllt mit Hänseleien und Schikanen.
Zum Glück kreisten die Gedanken der Männer manchmal auch um andere Dinge, insbesondere darum, wie zögerlich der Sold ausbezahlt wurde. In der Truppe gab es außer Dänen Söldner verschiedener Nationalität und ungleichen Standes, Sachsen, Esten, Wenden, Polen, Böhmen, Räuber, Bauern und Landstreicher. Viele zweifelten daran, daß die Auszahlung des Soldes in Ordnung kommen würde, bevor das Heer im Krieg Siege errungen und Länder erobert hatte. Jon Hreggvidsson fand nach und nach heraus, daß die Truppe, die hier versammelt war, in Kürze in den Süden ziehen sollte, in ein Gebirge, das Karpaten genannt wurde, um dort für den deutschen Kaiser zu kämpfen. Ein anderes dänisches Heer war schon dorthin in den Süden vorausgezogen und hatte viele Schlachten geschlagen, brauchte jetzt aber Verstärkung, um sich richtig Geltung verschaffen zu können, und der Dänenkönig hatte befohlen, daß so schnell wie möglich von hier aus Glückstadt zwanzigmal hundert Mann aufbrechen und sich ihnen anschließen sollten. Der König der Dänen und der Kaiser der Deutschen waren gute Freunde.
Der Mann, der den Braten der Offiziere wenden durfte, behauptete, das Heer habe in den Karpaten großen Ruhm zu erwarten. Der Mann, der die Aufsicht über das Feuer hatte, erinnerte daran, wie es in einem bestimmten Jahr vor nicht allzu langer Zeit gegangen war, als ein dänisches Heer für den deutschen Kaiser kämpfte, um Spanien zu erobern, und der Kaiser versprochen hatte, dem Dänenkönig eine alte Schuld zu bezahlen, hunderttausend Louisdor nebst hunderttausend Gulden als Belohnung, wenn der Sieg errungen wäre. Aber wann, mit Verlaub, hat der Kaiser Spanien erobert?
Nie, sagten die Unterköche.
Und wann wurden die Louisdor bezahlt?
Nie, sagten die Unterköche.
Und wann die Gulden?

Nie, sagten die Unterköche.
Und wo ist das Heer, das seinen Sold bezahlt bekommen sollte?
Tot, sagten die Unterköche.
Es war wie jeder andere mißlungene Feldzug, sagte der Mann, der den Braten wenden durfte. Im Krieg gibt es Glück und Unglück. Das dänische Heer, das im letzten Jahr in die Lombardei geschickt wurde, hat sich großen Ruhm erworben. Sein Name lebt in den Sternen. Sie kämpften bei der Festung Cremona, wo die Franzosen saßen, und heißen jetzt die dänischen Falken von Cremona.
Ach was, sagte der Mann, der die Aufsicht über das Feuer hatte. Ein italienischer Mönch verleitete sie dazu, in den Abwasserkanal zu steigen, der von der Festung in den Fluß Po hinausführte. Es stimmt, daß eine Art von Schlacht in dem Abwasserkanal stattgefunden haben soll, und einige kamen wieder lebend heraus. Aber, mit Verlaub, was erwartete die dänischen Falken von Cremona, die wieder lebendig aus dem Abwasserkanal herauskamen? Ich habe von einem Deutschen, der dort dabei war, verläßlich erfahren, daß, als die Überlebenden ihr Geld bekommen sollten, Graf Schlieben, ihr Offizier, ihren ganzen Sold beim Würfelspiel in Venedig durchgebracht hatte, so daß sie nicht nach Hause konnten und wie die Lämmer auf der Weide nach Osten in das Karpatengebirge getrieben wurden und Order bekamen, gegen die Magyaren zu kämpfen, die ein wildes Volk sind. Jetzt, hieß es, habe man ihnen ihren Sold und dem König hunderttausend Louisdor versprochen, wenn sie das Gebirge überquerten. Alles, was diesen zum Tode Verurteilten noch fehlte, um das Gebirge zu überqueren, sind zwanzigmal hundert Tote dazu.
Ich habe mir schon oft gewünscht, Berge zu sehen, sagte der Bratenwender. Es ist sicher lustig, im Gebirge zu kämpfen. Ich könnte mir sogar denken, daß es besser ist, im Gebirge eine Niederlage zu erleiden, als in Abwasserkanälen den Sieg davonzutragen.

Da fragte der Feueraufseher, was sagt Regvidsen, der auf dem Gipfel der Hekla mit Teufeln und Satanen gekämpft hat?
Jon Hreggvidsson sagte nur, daß man gut heraushören könne, wer hier seine Schillinge bekommen habe.
Dafür gibt es eine mit dem Rührlöffel, sagte der Bratenwender, und schlug Jon Hreggvidsson, der auf einem Hackblock saß, mit der Kelle ins Gesicht, daß er herunterfiel.
Am folgenden Tag begann das Schikanieren in der Küche von neuem, und da ging Jon Hreggvidsson auf seinen Vorgesetzten, den Bratenwender, der im Gebirge kämpfen wollte, los, zog ihm die Hose herunter und verprügelte ihn. Deswegen wurde in die Trompete geblasen, und die Wachen des Regiments ergriffen den Bauern und schleppten ihn vor die Offiziere. Doch die Offiziere, alles Deutsche, waren dabei, mit dem Heer nach Süden in das Karpartengebirge aufzubrechen, und hatten viel zu tun; die meisten waren auch ziemlich betrunken, und sie konnten sich nicht darauf einigen, was mit dem Übeltäter geschehen sollte. Manche wollten ihn gleich vierteilen lassen, statt sich damit aufzuhalten, ihm zuerst das Herz herauszuschneiden und ihn damit zu ohrfeigen und ihn dann anschließend zu verstümmeln, wie es das Gesetz vorschreibt bei einem, der gegen die Disziplin im Heer des Königs verstößt; andere wollten die Paragraphen genauestens befolgen, denn die Gerechtigkeit währt ewig, ganz gleich, wie eilig es die Menschen haben. Schließlich wurde die Entscheidung in der Angelegenheit dem Obristen überlassen, der dieses Regiment und andere Truppen für den Dänenkönig geworben hatte und allein unumschränkte Gewalt über Leben und Tod der Männer besaß. Diese Angelegenheit hatte zur Folge, daß der Bauer aus Akranes von seinem Regiment getrennt wurde und diesmal nicht in den Süden kam, um für seine allergnädigste Majestät zu kämpfen.
Dieser Obrist war ein vornehmer und gelehrter Herr, Graf und Baron und Edelmann aus dem Lande Pommern, und residierte hier auf einem stattlichen Gutshof in der Nähe. Dorthin wurde Jon Hreggvidsson geführt. Vor dem Eingang standen

ein paar Soldaten mit gezückten Schwertern. In einem Saal mit großen Fenstern, durch die man die Apfelbäume im Garten sah, saß ein magerer Ritter mit goldenen Schnüren; er hatte einen Spitzbart und eine Perücke, einen Degen an der Seite und schneeweiße Spitzenmanschetten, die aus den Rockärmeln hervorhingen, trug enge Hosen aus gelber Seide und hohe, rote Stiefel, deren Stulpen in doppelten Falten unterhalb der Knie hingen, sowie einen blauen, samtenen Mantel, der so lang war, daß sein Saum weit über den Boden floß. Er stützte den einen Ellbogen auf den Tisch und einen langen Zeigefinger gegen die bleiche Wange und las in großen Büchern. Das war der Obrist. Auf der einen Seite saß der Adjutant wie eine Bildsäule und starrte in die Luft, der Schreiber auf der anderen Seite beugte sich über seine Feder. Die Bewacher Jon Hreggvidssons meldeten der Türwache, daß hier Johann Reckwitz aus Ijsland sei, der seinen Vorgesetzten verprügelt hatte. Der Kommandant der Türwache meldete dies dem Adjutanten. Der Obrist las weiter in seinen Büchern, die eine Hand auf dem Degen, die andere an der Wange, bis der Adjutant ihm gemeldet hatte, daß der Isländer hier sei. Da befahl der Obrist, Reckwitz dürfe nicht mehr als eine Spanne weit über die Schwelle hereinkommen, und hinter ihm sollten alle Türen offenbleiben, und alle Fenster des Hauses sollten weit aufgemacht werden. Der Wind fegte durch den Saal. Der Obrist starrte Jon Hreggvidsson eine Weile an und knirschte mit den Zähnen. Plötzlich raffte er den Saum seines Mantels zusammen, sprang auf, trat blitzschnell ein paar Schritte in den Saal vor und schnupperte mit vorgefaßtem Abscheu in seiner Miene nach dem Bauern hin. Dann setzte er sich wieder und schnupfte lange und sorgfältig aus einer silbernen Dose und sagte, die anderen sollten das alle auch tun. Danach sagte er etwas auf deutsch, das nur der Adjutant hörte, starrte aber weiterhin Jon Hreggvidsson an. Der Adjutant sagte in hartem Dänisch, ohne daß sich auch nur ein Nerv in seinem Körper rührte, zu Jon Hreggvidsson gewandt:

Mein Herr hat in berühmten Büchern gelesen, daß die Isländer so schlecht riechen, daß man den Wind im Rücken haben muß, wenn man mit ihnen spricht.
Jon Hreggvidsson sagte gar nichts.
Der Adjutant sagte: Mein Herr hat in berühmten Büchern gelesen, daß die Wohnung der Verdammten und der Teufel in Island sei, in dem Berg, der Hekkenfeldt genannt wird. Ist das wahr?
Jon Hreggvidsson sagte, das wolle er nicht bestreiten.
Darauf: Mein Herr hat in berühmten Büchern gelesen, primo, daß es in Island mehr Gespenster, Ungeheuer und Teufel gibt als Menschen; secundo, daß die Isländer den Hai in Misthaufen eingraben und dann essen; tertio, daß die Isländer, wenn sie hungrig sind, die Schuhe ausziehen und diese aus der Hand verzehren wie Pfannkuchen; quarto, daß die Isländer in Erdhaufen leben; quinto, daß die Isländer sich auf keine Arbeit verstehen; sexto, daß die Isländer ihre Töchter an ausländische Männer verleihen, damit diese mit ihnen schlafen können; septimo, daß ein isländisches Mädchen als unberührte Jungfrau angesehen wird, bis sie ihr siebtes uneheliches Kind bekommen hat. Ist das wahr?
Jon Hreggvidsson sperrte ein wenig den Mund auf.
Mein Herr hat in berühmten Büchern gelesen, daß die Isländer primo diebisch sind; secundo lügnerisch; tertio eingebildet; quarto verlaust; quinto Saufbolde; sexto Lüstlinge; septimo feige und nicht zum Kriegsdienst taugen – all dies sagte der Adjutant, ohne sich zu bewegen, und der Obrist knirschte noch immer mit den Zähnen und starrte Jon Hreggvidsson an. Ist das wahr?
Jon Hreggvidsson schluckte ein wenig Speichel, um seine Kehle anzufeuchten. Der Adjutant erhob die Stimme und wiederholte:
Ist das wahr?
Jon Hreggvidsson richtete sich auf und sagte:
Mein Vorfahre Gunnar von Hlidarendi war zwölf Ellen groß.
Der Oberst sagte etwas zum Adjutanten, und der Adjutant sagte laut:

Mein Herr sagt, daß jeder, der unter den Fahnen lügt, gerädert werden soll.
Zwölf Ellen, wiederholte Jon Hreggvidsson. Das nehme ich nicht zurück. Und wurde dreihundert Jahre alt. Und trug ein goldenes Band um die Stirn. Sein Speer hatte den schönsten Gesang, den man je im Norden gehört hat. Und die Jungfrauen sind jung und schlank und kommen in der Nacht und befreien Männer und werden die lichte Maid genannt, und es heißt, sie haben Elfenleiber –

Sechzehntes Kapitel

In Kopenhagen steht vor einem vornehmen Haustor ein Soldat in fast neuer Jacke und Stulpenstiefeln, mit einem Gürtel und einem schwarzen Hut, aber ohne Waffen. Er tritt eine Weile vor dem Haus von einem Bein auf das andere, steigt verstohlen die Steintreppe hinauf und bleibt lange auf der obersten Stufe stehen, geht etwas in die Knie und schaut zu dem steilen Giebel hinauf, die Fäuste um die Daumen geballt. An der Tür ist ein Messingring mit einer Hammerbahn, den man auf und ab bewegen kann, und darunter ein kleiner Amboß, der einen bis weit ins Innere des Hauses dringenden Laut hervorbringt; der Fremde versteht sich jedoch nicht auf eine solche Vorrichtung, sondern pocht mit drei Faustschlägen gegen die Tür. Er wartet eine Weile, aber es kommt niemand zur Tür. Beim zweiten Anlauf verdoppelt er die Schläge; doch ohne Erfolg. Schließlich wird der Soldat wütend und fängt an, aus Leibeskräften und unentwegt mit den Fäusten gegen die Eichentür zu schlagen.
Endlich wurde die Tür geöffnet. Im Türspalt erscheint eine zwergenhafte Frau, bucklig, mit hervorstehendem Unterkiefer und bis auf die Mitte der Brust herabgezogenem Kinn, mit viel zu langen, dürren Armen und mageren Händen. Sie sah den Soldaten grimmig an. Er grüßte auf holländisch. Sie antwortete mit kreischender Stimme und bat diesen schwarzen Teufel, schleunigst zu verschwinden.

Ist Arnas zu Hause? fragt er.
Die Frau war zunächst sprachlos vor Empörung darüber, daß ein Soldat den Namen eines solchen Mannes an dessen eigener Haustür in den Mund nahm, doch als sie sich wieder erholt hatte, sagte sie etwas auf plattdeutsch, und der Soldat glaubte zu verstehen, daß sie ihn auch in dieser Sprache einen schwarzen Teufel nannte. Als sie aber die Tür schließen wollte, steckte er seinen Fuß dazwischen. Sie drückte eine Weile gegen die Tür, sah jedoch bald ein, daß hier die Gewalt mehr galt als das Recht, und verschwand im Haus. Er zog den Fuß wieder zurück, wagte aber nicht, der Frau ins Haus zu folgen. So verging eine ganze Weile.
Es war ganz still im Haus und um das Haus herum, und der Soldat blieb auf der obersten Treppenstufe stehen. Nach langem Warten hörte man ein leises Geräusch am Türspalt. Ein Auge spähte heraus, dann eine dünne Nase, schnaubend.
Was ist los, wurde auf isländisch geschnaubt. Dem Soldaten wurde nicht richtig klar, welche Sprache dies war, und er wünschte auf dänisch guten Tag.
Was ist los, wurde noch einmal geschnaubt.
Nichts ist los, antwortete der Soldat auf isländisch.
Da öffnete sich die Tür.
Ein Isländer stand in der Tür, rötlich, mit langem Gesicht, struppigem Haar, Schafsaugen, farblosen Wimpern und spärlichen Augenbrauen, ein wenig zitternd; er trug einen Rock mit geflickten Ärmeln. Der Mann war zwar nicht vornehm genug, um der Diener eines großen Herrn sein zu können, doch sein Gebaren war nicht das eines gemeinen Mannes; er schnaubte unaufhörlich und zwinkerte mit den Augen, warf den Kopf zurück, als wolle er Stechmücken verscheuchen, und rieb sich mit dem Zeigefinger die Nase, fing plötzlich an, sich mit dem Rist des einen Fußes an der Wade des anderen zu kratzen. Es war schwierig zu erkennen, ob er alt oder jung war.
Wer bist du? fragte der Isländer.
Ich heiße Jon Hreggvidsson von Rein auf Akranes, sagte der Soldat.

Guten Tag, Jon, sagte der Isländer und gab ihm die Hand. Gut. Und hat sich als Soldat anwerben lassen!
Ich war auf einer langen Reise, und sie haben mich in Glückstadt in Holstein angeworben.
Ja, sie nehmen besonders gern herumziehende Burschen, sagte der Isländer. Da ist es besser, daheim in Akranes zu bleiben. Gut. Übrigens, du hast, so hoffe ich, nichts mit Jon Marteinsson zu tun.
Jon Hreggvidsson verneinte es, kannte diesen Mann, den er nannte, nicht, sagte dagegen, daß er dringend Arnas Arnaeus sprechen müsse – oder gehe ich fehl in der Annahme, daß er hier der Hausherr ist?
Kennt nicht Jon Marteinsson, gut, gut, sagte der Isländer. Und stammt von Akranes. Was kannst du mir von dort für Neuigkeiten berichten?
Oh, es geht alles einigermaßen, sagte Jon Hreggvidsson.
Niemand einen merkwürdigen Traum gehabt?
Nicht, soweit ich mich erinnere, außer daß Kinder träumen, was die nächsten Tage geschehen wird. Und alte Weiber spüren es im Schenkel, bevor sich der Wind nach Nordosten dreht, sagte Jon Hreggvidsson. Wer bist du?
Ich heiße Jon Gudmundsson aus Grindavik, genannt Grindvicensis, sagte der Mann. Ich gelte zwar als doctus in vetere lingua septentrionali; aber meine große Liebe ist nun einmal scientia mirabilium rerum. Wie gesagt: gut. Du hast nicht zufällig etwas zu erzählen? Hast du nichts bemerkt? Nicht von merkwürdigen Geschöpfen oder dergleichen auf der Hvalfjardarströnd gehört?
Nein, wahrhaftig nicht, sagte Jon Hreggvidsson. Dagegen kommen nach Akranes oft Meerungeheuer, und manche von ihnen sind schlimm, aber so etwas gilt nicht als besonders erwähnenswert – eigentlich selbst dann nicht, wenn sie auf Menschen losgehen. Aber weil wir gerade von Untieren sprechen, da kam hier ein Monstrum an die Tür, eine Mischung zwischen Troll und Zwerg, wenn auch in Frauengestalt, und ich habe selten größere Angst vor einem lebenden Wesen ge-

habt, und sie nannte mich auf deutsch einen schwarzen Teufel, als ich nach dem Hausherrn fragte.
Bei diesen Worten schnaubte der Isländer Grindvicensis und machte den Mund auf und zu; er rieb den rechten Rist an der linken Wade und umgekehrt. Als er schließlich die Sprache wiederfand, sagte er:
Darf ich meinen guten Landsmann darauf aufmerksam machen, da er sagt, er wolle mit meinem Meister sprechen, daß mein Meister nicht irgendein Bauer ist, wie es sie in Island gibt, obwohl er Isländer ist, sondern ein wohledler und wohlgeborener Herr, Assessor in dem consistorio, professor philosophiae et antiquitatum Danicarum und königlicher Majestät hochgelehrter Archivsekretär. Und daraus folgt, daß auch seine Ehefrau und liebreizende Gefährtin, meine Hausfrau, von vornehmem Stand ist und ihr schöne Worte gebühren, und nicht Spott und Hohn. Doch wer ist es, der dich, einen gemeinen Soldaten, zu meinem Meister schickt?
Das ist meine Sache, sagte Jon Hreggvidsson.
Nun, gut. Aber welches Dokument oder Zeugnis von einer hochgestellten Person darüber, daß du mit meinem Meister sprechen sollst, hast du in Händen?
Ich habe das Dokument und Zeugnis in Händen, das er versteht.
Ja, das ist womöglich ein Streich, den sich der Spitzbube und Galgenvogel Jon Marteinsson ausgedacht hat, um sich Bücher und Geld zu erschwindeln, sagte der Isländer Grindvicensis. Oder wäre mir, meines Meisters famulo in antiquitatibus, gestattet, dieses Zeugnis zu sehen?
Jon Hreggvidsson sagte: Dieses Beweisstück werde ich keinem zeigen außer ihm. Ich nähte es droben im Norden in der Trekyllisvik in meine Lumpen ein. Und als ich Soldat wurde, versteckte ich es in einem meiner Schuhe. Räuber haben mich als Abschaum der Welt betrachtet, und deshalb kam keiner von ihnen auf den Gedanken, ich könnte eine Kostbarkeit bei mir tragen. Das kannst du deinem Hausherrn sagen. Ich hätte mir mit dieser Kostbarkeit viele Male das Leben erkaufen

können, doch ich wollte in Holland lieber Hunger und Schläge erdulden, in Deutschland den Galgen riskieren und in Glückstadt mich in eine Zwangsjacke stecken lassen.
Nun kam der gelehrte Isländer ganz aus dem Haus heraus und machte hinter sich die Tür zu. Er bat Jon Hreggvidsson, ihn um die Ecke zu begleiten, und sie kamen in einen Garten hinter dem Haus, wo sich hohe Bäume mit kahlen, schwarzen Zweigen unter dem Rauhreif bogen. Er lud den Gast ein, auf einer mit Eis überzogenen Bank Platz zu nehmen. Dann lugte er um die Ecke und hinter Bäume und Büsche, als wolle er sich vergewissern, daß der Feind nicht in der Nähe sei, kam schließlich zurück und setzte sich auf die Bank.
Wie gesagt: gut, sagte er wieder im selben Schulstubenton wie zuvor, ganz erfüllt von seinem wissenschaftlichen Eifer. Er sagte, er habe leider nicht die Möglichkeit gehabt, die Welt aus eigener Anschauung zu erforschen, außer als Schuljunge auf seinen Reisen von Grindavik nach Skalholt, und da habe er nach bestem Vermögen versucht, alles Seltsame, Unwahrscheinliche und Unerklärliche zu untersuchen und sich zu notieren, besonders in Krysuvik, Herdisarvik und Selvogur. Zum anderen, sagte er, habe er stets danach getrachtet, sich Wissen bei weitgereisten Personen hohen wie niederen Standes zu erwerben, und er habe zahlreiche Bücher über diese Dinge in Arbeit. Da nun, soweit er verstehe, Jon Hreggvidsson sich gut in Deutschland auskenne, wolle er gerne wissen, ob es wahr sei, daß in den Dickichten der Wälder jenes Landes noch Tiere lebten, die halb Mensch, halb Pferd seien und Zentauren genannt werden?
Aber Jon Hreggvidsson sagte, er habe nie mit einem solchen Wesen zu tun gehabt, hingegen habe er in Deutschland mit einem Gehängten gerungen, doch da unterbrach ihn der gelehrte Isländer und sagte, er habe mehr als genug von solchen Sachen, denn die gelehrten Gecken hier in Kopenhagen, nicht zuletzt Jon Marteinsson, hätten die Angewohnheit, Leute, die von Gespenstern sprachen, des Aberglaubens und der Lüge zu bezichtigen, und schließlich gehöre das Auftreten von to-

ten Menschen hier auf Erden nicht zur Naturkunde und auch kaum zu den mirabilibus; für solche Dinge sei die Theologie zuständig. Er fragte Jon Hreggvidsson dann, ob er keinen Umgang mit Riesen gepflegt habe, denn über dieses Thema schreibe er gerade eine kleine lateinische Abhandlung. Wußte der Bauer etwas davon, daß auf seinen Gebirgsweiden oder auf den Hochflächen über dem Borgarfjördur Knochen von Riesen in der Erde gefunden worden seien? – Er sagte, die Ausländer legten sehr großes Gewicht auf Beweismaterial in Büchern. Jon Hreggvidsson verneinte das, und er hielt es auch für wahrscheinlich, daß so große Knochen sehr löcherig seien und deshalb rasch vermoderten. Dagegen, sagte der Bauer, habe er auf der Tvidaegra gegen eine lebende Riesin gekämpft, und zwar erst im letzten Jahr, und er berichtete genauestens über sein Zusammentreffen mit dem Riesenweib und auch, daß sie ihn zum Schluß aufgefordert hatte, seine Manneskraft unter Beweis zu stellen. Das fand der gelehrte Isländer äußerst interessant, und der Soldat wuchs durch diese Neuigkeit nicht wenig in seinen Augen; er sagte, er werde diesen Bericht genau wiedergeben in seinem Buch De gigantibus Islandiae.
Was ich noch sagen sollte, sagte er, du hast nicht zufällig von dem Kind gehört, wenn man es ein Kind nennen kann, das den Mund auf der Brust hat und im vorletzten Jahr in Aerlaekjarsel im Floi das Licht der Welt erblickt hat?
Das war zwar nicht der Fall, doch Jon Hreggvidsson wußte von einem Lamm mit einem Vogelschnabel, das vor drei Jahren in Belgsholt in der Gemeinde Melar geboren wurde, und dem gelehrten Isländer gefiel diese Nachricht, und er sagte, er werde sie in seine Physica Islandica aufnehmen – er sagte, Jon Hreggvidsson sei sehr kundig und verständig für einen Mann aus dem Volk, und wahrscheinlich auch ziemlich ehrlich, doch, fügte er hinzu, ich glaube nicht, daß mein Hausherr und Meister mit einem so gewöhnlichen Menschen sprechen will. Ich will aber trotzdem versuchen, ein Wort für dich einzulegen, wenn du deinen Plan noch nicht aufgegeben hast.
Und da dies nicht der Fall war, ging der gelehrte Isländer

durch den Haupteingang in das Haus, vornübergebeugt, schnaubend und verantwortungsbewußt, um das Anliegen des Gastes vorzubringen. Kaum war er im Haus verschwunden, hörte Jon Hreggvidsson neben sich auf der Bank ein Gähnen, und als er sich umdrehte, sah er, daß sich dort ein Mann hingesetzt hatte, so überraschend, als sei er mit dem Rauhreif herabgefallen, denn er hatte ihn weder durch das Gartentor noch aus dem Haus und auch nicht über die Mauer kommen sehen; und außerdem hatte sich der gelehrte Grindvicensis vergewissert, daß niemand in den Sträuchern oder hinter den Bäumen versteckt war.

Sie betrachteten einander eine Weile. Der Mann war blau vor Kälte und steckte die Hände in die Ärmel.

So ein verteufeltes Land, daß es jetzt auch noch bei Frost regnet, sagte dieser wie Rauhreif vom Himmel Gefallene und sog mit der Unterlippe an der Oberlippe.

Wer bist du, fragte Jon Hreggvidsson.

So weit sind wir noch nicht, antwortete der Unbekannte und begann, die Stiefel des Bauern zu betasten. Wir wollen lieber die Stiefel tauschen. Ich gebe dir mein Messer als Zugabe.

Das sind seiner Majestät Stiefel, sagte Jon Hreggvidsson.

Ich pfeife auf die Majestät, sagte der Unbekannte leidenschaftslos, fast gleichgültig.

Pfeife du, soviel du Lust hast, Kamerad, sagte Jon Hreggvidsson.

Na, dann wollen wir wenigstens die Messer tauschen, sagte der andere. Unbesehen und ohne Zugabe!

Ich kaufe nichts unbesehen, sagte Jon Hreggvidsson.

Ich werde dir den Griff von meinem zeigen, sagte der Mann.

Darauf tauschten sie die Messer. Das Messer des Mannes war ein prächtiges Stück, das Jon Hreggvidssons hingegen ein stumpfes, rostiges Ding.

Immer bin ich es, der verliert, sagte der Unbekannte. Alle legen mich bei Geschäften herein. Aber das macht nichts. Stehen wir auf und gehen wir zu Kristin Doktors und kaufen uns einen Krug Bier für das Messer.

Welches Messer, sagte Jon Hreggvidsson.

Mein Messer, sagte der Mann.
Das ist jetzt mein Messer, sagte Jon Hreggvidsson. Ich vertrinke mein Messer nicht. Dagegen kannst du für das rostige Ding soviel Bier trinken, wie du willst.
Es ist nicht gelogen, was über dich erzählt wird, Jon Hreggvidsson von Rein, sagte der Unbekannte. Du bist nicht nur ein Mörder und Dieb, sondern auch ein schlechter Mensch. Darf ich fragen, warum du eigentlich vor diesem elenden Haus herumlungerst.
Soweit ich sehen kann, bist du selber ein Bettler, sagte Jon Hreggvidsson. Was hast du an den Füßen, wenn ich fragen darf? Sollen das Schuhe sein? Und warum steckst du deine Pfoten so in die Ärmel? Und wo ist dein Haus?
Mein Haus ist ein mächtiges Schloß, verglichen mit diesem Haus, sagte der Mann voll von leidenschaftsloser Starrköpfigkeit wie ein alter Gaul.
Ich glaubte, sagte da Jon Hreggvidsson, daß kein Isländer, seit das Land besiedelt wurde, je ein so stattliches Haus wie dieses besessen hat, und dabei haben in alter Zeit viele Leute gute Häuser besessen.
Doch der Unbekannte ließ sich nicht beirren. Er hatte das Bedürfnis, sich ein wenig Luft zu machen, sprach schnell und mit dünner, etwas weinerlicher Stimme und leicht lispelnd, es war, als lese er aus einem alten Buch vor:
Manch ein König gab im Märchen alles, was er besaß, für eine Perle hin. Und manch ein armer Bursche war bereit, sein Leben für eine Prinzessin hinzugeben und Proben zu bestehen, um das Königreich zu gewinnen. Es mag noch angehen, daß Seekönige und Wikinger mit einer Hexe geschlafen haben, wenn sie vom Kurs abkamen und in den Norden nach Gestrekaland oder Jötunheimar verschlagen wurden, das widerfuhr so berühmten Helden wie Halfdan Brönufostri, Illugi Gridarfostri und sogar Örvar-Oddur – und es hat ihrem Ansehen nicht geschadet. Doch sowohl seine Perle wie seine Prinzessin zu verkaufen, und obendrein das Königreich, für eine Hexe – eine solche Geschichte findet sich in den gesamten antiquitatibus nicht.

Genau in diesem Augenblick kam der gelehrte Isländer Grindvicensis wieder aus dem Haus. Als er den zweiten Gast neben dem ersten sitzen sah, hob er vor Bestürzung die Hände halb hoch und ließ sie dann wieder kraftlos sinken, als wisse er sich nicht mehr zu helfen.

Ach, das hätte ich mir ja eigentlich denken können, sagte er. Jon Marteinsson, ich befehle dir, mir meine historiam literariam wiederzugeben, die du mir an einem Feiertag gestohlen hast. Jon Hreggvidsson, gut, du darfst meinen Meister in seiner biblioteque sprechen – aber sag mir zuerst, welche Streiche dieser Unglücksrabe gespielt hat.

Wir tauschten die Messer, sagte Jon Hreggvidsson und zeigte das Messer.

Hab ich es mir nicht gedacht: das Messer, das mein Meister heute morgen vermißt hat – und entriß Jon Hreggvidsson das Messer.

Jon Marteinsson gähnte gelangweilt, als ob ihn dies nichts anginge. Jon Hreggvidsson hörte, während er ins Haus trat, daß er den gelehrten Grindvicensis bat, ihm Geld für einen Krug Bier zu leihen.

Siebzehntes Kapitel

Guten Tag, Jon Hreggvidsson, und willkommen von deiner Reise, sagte Arnas Arnaeus langsam und tief und ruhig wie eine allwissende Stimme, die an einem hellen Sommertag aus einem schwarzen Felsen spricht und die Abenteuer des Wanderers von Anbeginn kennt. Zum andern war dem Bauern nicht ganz klar, ob Spott oder Freundlichkeit in der Tiefe dieser Stimme wohnte.

Es war ein großes, hohes Zimmer, dessen Wände vom Boden bis zur Decke mit Bücherregalen bedeckt waren, so daß man eine Leiter brauchte, wie in einem Heuschuppen, um an die oberen Bretter zu gelangen. Die Fenster saßen hoch oben in den Wänden, mit kleinen, bleigefaßten Scheiben; sie ließen nur so viel Helligkeit herein, daß man auf dem Schreibpult ein Licht brauchte. In einer dunklen Ecke standen um einen mächtigen Eichentisch ein paar hochlehnige Armstühle und auf dem Tisch eine Kanne und einige Steinkrüge. In einer anderen Ecke stand die Statue eines Menschen oder Gottes und ein warmer Kachelofen in der dritten.

Der Herr des Hauses ließ seinen Gast auf einem Stuhl Platz nehmen. In einem Winkel stand ein kleines Faß auf einem Gestell; er öffnete den Zapfhahn, ließ schäumendes Rostocker Bier in einen Krug herausfließen und stellte es vor den Bauern hin: Trink einen Schluck, Jon Hreggvidsson.

Jon Hreggvidsson sagte, vergelt's Gott, und trank. Er war außerordentlich durstig. Als er den Krug bis auf den Boden geleert hatte, seufzte er zufrieden, den Biergeschmack im Mund, und saugte an seinem Bart. Arnas Arnaeus sah ihn an. Und als der Gast keine Anstalten machte, sein Anliegen vorzutragen, fragte er: Was willst du von mir, Jon Hreggvidsson?

Da beugte sich Jon Hreggvidsson vor und begann, einen seiner Stiefel auszuziehen.

Hast du nasse Füße? fragte Arnaeus.

Nein, sagte Jon Hreggvidsson.

Hast du dich verletzt? fragte Arnaeus.

Nein, sagte Jon Hreggvidsson.

Sein Fuß war unter dem Stiefel in Lumpen gewickelt, und als er die abgewickelt hatte, zeigte es sich, daß er an einer seiner Zehen einen Goldring trug. Er zog den Ring ab, wischte ihn an seinem Hosenbein ab und gab ihn Arnaeus.

Arnaeus sah kühl auf den Ring, aber seine Stimme wurde ein wenig angestrengter, als ob sich der Mann entfernte, als er den Gast fragte, woher er dieses Schmuckstück habe.

Die lichte Maid, sagte Jon Hreggvidsson, die lichte Maid bat mich zu sagen –

Das ist genug, sagte Arnas Arnaeus und legte den Ring vor den Gast auf den Tisch.

Die lichte Maid bat mich zu sagen –, wiederholte der Gast, doch der Herr des Hauses unterbrach ihn wieder:

Nicht mehr.
Jon Hreggvidsson sah Arnas Arnaeus an und bekam möglicherweise zum ersten Mal ein wenig Angst. Eines ist sicher: Am Ziel seiner Reise wagte er nicht, den Auftrag auszuführen, den er auf diesem ganzen, weiten Weg in seinem Innern bewahrt hatte, die Worte zu sprechen, die zu überbringen man ihm aufgetragen hatte.
Er schwieg.
Ich höre, daß du einen Mann umgebracht haben sollst, Jon Hreggvidsson, sagte Arnas Arnaeus. Stimmt das?
Jon Hreggvidsson reckte sich auf dem Stuhl und antwortete: Habe ich einen Mann umgebracht, oder habe ich keinen Mann umgebracht? Wer hat einen Mann umgebracht, und wer hat keinen Mann umgebracht? Wann bringt man einen Mann um, und wann bringt man keinen Mann um? Zum Teufel, wenn ich einen Mann umgebracht habe. Und wenn schon.
Das war eine komische Litanei, sagte Arnas Arnaeus, verzog aber keine Miene. Er sah nicht mehr den Ring an, sondern betrachtete wieder Jon Hreggvidsson.
Hältst du dich selbst für einen Mörder? fragte er schließlich.
Jon Hreggvidsson antwortete: Nein – manchmal möchte ich fast sagen, leider.
Das verstehe ich nicht, sagte Arnas Arnaeus. Ich las in Dokumenten aus Island, daß du des Mordes angeklagt warst und im letzten Jahr auf dem Öxarathing verurteilt wurdest, aber auf unerklärliche Weise aus der Haft entkamst. Jetzt frage ich dich, was wahr ist in deiner Sache, und werde nicht klüger.
Da begann Jon Hreggvidsson, von all seinen Schwierigkeiten mit Gott und dem König zu berichten, von da an, als er während der Hungersnot im vorvorletzten Jahr ein Stück Schnur stahl, um es als Angelleine zu benutzen, und in die Sklavenkiste gesteckt wurde; wie er dann im vorletzten Jahr geholfen hatte, die Glocke des Landes für unsere allergnädigste Majestät zu zerschlagen; wie er dann dem Henker des Königs gegenüber seine Zunge nicht hatte im Zaum halten können und deshalb ausgepeitscht wurde, was meinem Herrn ja bekannt

war, denn er hatte ihn am Tag nach der Bestrafung in seiner Hütte in Rein aufgesucht; dann von dem vorzeitigen Ableben Sigurdur Snorrasons und seinem, Jon Hreggvidssons, Erwachen in verdächtiger Nähe zu diesem entseelten Körper; darauf über sein Leben in Bessastadir während einer langen Grabesnacht ohne Gottes Licht, von einem kleinen bißchen an Weihnachten und Ostern abgesehen; von dem Urteil in Thingvellir an der Öxara, jenem Ort, an dem arme Menschen die größten Qualen und Erniedrigungen in Island erduldet haben; und von der Nacht vor der Hinrichtung, als seine Fesseln gelöst wurden und man ihm den Goldring gab und ihm befahl, meinen Herrn aufzusuchen und ihn zu bitten, sein Leben zu retten; über seine Reise, von da an, als Island in den Meereswogen versank und er es verfluchte, bis er nach mancherlei Abenteuern in den Reichen der Welt in diesen Saal gekommen war, ein einfältiger und unbedeutender Mensch aus Akranes, der nur den Wunsch und die Bitte an seine allergnädigste Majestät hatte, in Frieden sein kleines Haus versorgen zu dürfen –

Arnas Arnaeus hörte der Geschichte zu. Als sie zu Ende war, wandte er sich ab und durchschritt die ganze Länge seines Saales, räusperte sich und kam zurück.

Ganz recht, begann er etwas zögernd und sah an seinem Gast vorbei, als denke er schon wieder an etwas anderes; als ich mir im Herbst hier in der Kanzlei spaßeshalber die Kopie der Gerichtsakten in deiner Sache ansah, da schien es mir schwierig zu sein, anhand der Zeugenaussagen, die dem Urteil zugrunde lagen, eine Entscheidung über deine Schuld zu fällen. Ich sah keinen klaren Zusammenhang zwischen dem Urteil und der vorausgegangenen Untersuchung in der Sache. Es schien mit anderen Worten eines jener vortrefflichen Urteile zu sein, die zu fällen sich unsere weisen Väter und Stützen des Landes daheim aus irgendwelchen anderen Gründen als dem, der Gerechtigkeit Genüge zu tun, veranlaßt sehen.

Da fragte Jon Hreggvidsson, ob der Freund des Königs und Tischgenosse der Grafen nicht veranlassen könne, daß seine

Sache wieder aufgenommen und ein anderes und besseres Urteil hier in Kopenhagen gefällt werde.
Arnas Arnaeus unternahm die gleiche Wanderung durch den Saal wie vorher und kam zurück.
Leider, sagte er, du bist im falschen Haus, Jon Hreggvidsson. Ich bin nicht der Wächter von Recht und Gesetz in diesem Königreich, weder aus Berufung noch von Amtes wegen. Ich bin ein armer Bücherfreund.
Und er zeigte mit der Hand auf die mit Büchern bedeckten Wände des Saales und sah den Bauern mit einem seltsamen Funkeln im Auge an, während er hinzufügte:
Diese Bücher habe ich gekauft.
Jon Hreggvidsson sah mit offenem Mund auf die Bücher.
Wenn man so viele und teure Bücher gekauft hat, dann macht es keinen großen Unterschied, das Wort auszusprechen, das Jon Hreggvidsson Gnade erkauft, sagte er schließlich.
In deiner Sache ist es gleichgültig, was mit Jon Hreggvidsson geschieht, sagte Arnas Arnaeus und lächelte.
Was, sagte Jon Hreggvidsson.
Deine Sache betrifft dich selber gar nicht so sehr, Jon Hreggvidsson. Es geht um viel mehr. Wem ist damit geholfen, daß der Kopf eines Bettlers gerettet wird? Ein Volk lebt nicht von Gnade.
Das Feuer ist am heißesten, das einen selber brennt, sagte Jon Hreggvidsson. Ich weiß, in alter Zeit galt es nicht als männlich, um Gnade zu bitten, aber welche Kraft hat ein einsamer Bettler, gegen die ganze Welt um sein Leben zu kämpfen?
Arnas Arnaeus betrachtete aufs neue genau diesen Mann, der im Kjalardalur gestäupt, in Bessastadir in Ketten gelegt, an der Öxara zum Tode verurteilt, auf den Landstraßen Hollands geschlagen, von den Deutschen zum Galgen geschickt und in Glückstadt in die Zwangsjacke gesteckt worden war und jetzt als sein Gast neben seinem Stiefel, des Königs Stiefel, saß und leben wollte.
Wenn deine Sache verdreht worden ist, sagte Arnas Arnaeus, dann ist es am einfachsten, du gehst selber zur Audienz beim

König und trägst ihm mündlich deine Supplik um eine neue Untersuchung und Wiederaufnahme der Sache vor. Der König hat es ganz gern, wenn er seinen Untertanen ins Gesicht sehen kann, und erfüllt bereitwillig und gütig ihre Wünsche, wenn er findet, daß Grund dafür besteht. Doch zieht mich nicht in diese Sache hinein. Denn es ist nichts damit gerettet, wenn ich dich rette. Und schadet allen, wenn ich an diesem Ort um Kleinigkeiten bitte.
Ah, so, sagte Jon Hreggvidsson enttäuscht. Mehr kam also nicht dabei heraus. Ich habe für nichts und wieder nichts unter einem Gehängten gesessen. Und hier liegt das Beweisstück vor mir. Es ist hoffentlich nicht zuviel verlangt, wenn ich noch um einen Schluck bitte.
Arnas Arnaeus schenkte dem Mann wieder ein und ließ ihn trinken.
Ich bin dir nicht feindlich gesonnen, Jon Hreggvidsson, sagte er. Und doch bin ich vielleicht deiner Mutter, die sechs Blätter aus der Skalda bewahrte, noch freundlicher gesonnen, und das soll dir jetzt zugute kommen, wenn es auch nur im Kleinen ist. Das Kleinod, das vor dir liegt, zierte einmal die Hand einer vornehmen Südländerin. Mir wurde in einer Sommernacht am Breidafjördur das Glück zuteil, es einer anderen Königin an die Hand stecken zu dürfen. Jetzt hat sie es mir zurückgeschickt. Ich schenke es dir. Diesen Ring, den die Königinnen ihren guten Goldring nannten, den Drachen, der sich in den Schwanz beißt, ihn schenke ich jetzt dir, Jon Hreggvidsson, kauf dir einen Krug Bier dafür.
Was will dieser Soldat hier, hatte ich ihn denn nicht vom Haus weggejagt!
Die bucklige Hexe stand vor ihnen; das langgezogene Gesicht, oben mit dem Haar wie ein Turm, unten mit dem langen Kinn wie ein Felsvorsprung, saß so, daß sie den Mund mitten auf der Brust zu haben schien. Ihre schrille, harte Stimme war in die Stille der Bibliothek eingebrochen.
Meine Liebste, sagte Arnaeus, ging zu ihr und streichelte sanft ihre langen Wangen. Wie gut, daß sie gekommen ist!

Warum hat der Soldat hier drinnen seinen Stiefel ausgezogen, sagte die Frau.
Vermutlich hat ihn der Schuh gedrückt, meine Liebste, sagte ihr Gemahl und fuhr fort, sie sanft zu streicheln. Das ist ein Isländer, der mich besuchen wollte.
Ich hätte mir denken können, daß es ein Isländer ist, denn sein Gestank dringt durch das ganze Haus, sagte die Frau. Und natürlich bittet er um ein Almosen wie alle Isländer daheim und im Ausland, ganz gleich, ob sie eine Jacke, einen Mantel oder einen Soldatenrock tragen! Genügt es Euch denn nicht, mein Lieber, den verrückten Johan Grindevigen und den bösen Teufel Martinsen am Hals zu haben, der mir gestern zwei feine Hähnchen gestohlen hat und erst heute morgen hier im Garten herumgeschlichen ist; müßt Ihr unbedingt noch mehr von diesem schrecklichen Volksstamm um Euch versammeln. In dem halben Jahr, seitdem ich Eure Ehefrau geworden bin, habe ich mehr Lavendel kaufen müssen als während meiner ganzen langen und guten ersten Ehe.
Oh, Liebste, es ist nun einmal mein armes Volk, sagte der hochgelehrte Archiv-Sekretär, Assessor consistorii und Professor antiquitatum Danicarum und fuhr fort, wehmütig seine Frau zu liebkosen.

Achtzehntes Kapitel

Jon Hreggvidsson schlenderte die Straße entlang und wußte nicht richtig, was er unternehmen sollte, denn er hatte den ganzen Tag Urlaub. Er wäre gern in einen Keller gegangen, um seinen Durst zu stillen, besaß aber nur wenige Schillinge. Er stand unschlüssig an einer Straßenecke, und andere Leute gingen vorbei. Da fing plötzlich jemand an, auf ihn einzureden.
Was, sagte Jon Hreggvidsson.
Ich sagte dir ja, daß es nicht viel nützen würde, sagte der Mann gleichgültig.

Jon Hreggvidsson sagte nichts.
Ach, der Junge hat es nicht leicht, sagte der andere.
Wer, sagte Jon Hreggvidsson.
Ach, wer schon, natürlich Arni, der arme Wicht, sagte der Mann.
Du hast der Frau Hühner gestohlen, sagte Jon Hreggvidsson.
Pah, sie hat von ihrem ersten Mann einen großen Bauernhof auf Seeland geerbt, sagte Jon Marteinsson. Ganz abgesehen von den Häusern in der Stadt, den Schiffen und dem Faß mit Gold. Aber hör zu, Kamerad, was für einen Sinn hat es, daß wir hier herumstehen. Sollen wir nicht lieber zu Kristin Doktors gehen und uns einen Krug Bier kaufen.
Genau daran hatte ich gedacht, sagte Jon Hreggvidsson. Aber ich war nicht sicher, ob ich genug Geld hätte.
Das macht nichts, sagte Jon Marteinsson. Bei Kristin Doktors wird immer aufgetischt, solange die Leute ordentliche Stiefel tragen.
Sie gingen in Kristin Doktors Keller hinunter und bestellten sich lübisches Bier.
Es zeigte sich, daß die Isländer in Kopenhagen genau Bescheid wußten über Jon Hreggvidssons Sache und über seine Flucht von Thingvellir an der Öxara im letzten Frühjahr. Über sein weiteres Schicksal wußten die Leute dagegen so gut wie gar nichts, bis er als Soldat hier auftauchte, eingetragen in des Königs Buch, eben aus Glückstadt nach Kopenhagen versetzt. Nun erzählte der Abenteurer selbst beim Bier seine Reiseerlebnisse. Er hütete sich freilich, zu erwähnen, wie er aus den Fesseln freigekommen war, damit niemand verraten wurde, sagte nur, daß ihm eine vornehme Dame den guten Ring gegeben hatte, um ihn dem Mann zu bringen, der jetzt der beste aller Isländer war, mit der Botschaft, er solle ihm Gnade und Pardon verschaffen. Dann erzählte Jon Hreggvidsson seinem neuen Freund freimütig alles darüber, wie es ihm bei dem berühmten Mann ergangen war. Jon Marteinsson durfte den Ring sehen und wog ihn in seiner Hand, um festzustellen, was er wert sein mochte.

Pah, ich habe Frauen aus vornehmen Familien gekannt, sogar Bischofstöchter, sagte er. In einem Punkt sind sich alle Mädchen gleich. Und jetzt bestellen wir uns Branntwein.
Als sie den Branntwein bekommen und ihn getrunken hatten, sagte Jon Marteinsson:
Jetzt bestellen wir uns französischen Branntwein und – Suppe. Island ist sowieso versunken.
Daraufhin bestellten sie französischen Branntwein und Suppe.
Mir ist es gleich, meinetwegen könnte es viele Male versunken sein, sagte Jon Hreggvidsson.
Es ist versunken, sagte Jon Marteinsson.
Sie sangen zweistimmig einmal Oh, Jon, oh, Jon, heute voll und gestern voll und vorgestern betrunken. Jemand in der Schenke sagte, man könne unschwer hören, daß hier Isländer seien. Und unschwer riechen auch, fügte ein anderer hinzu.
Das wäre ein Fest, wenn es versunken wäre, sagte Jon Hreggvidsson.
Es ist versunken, sagte Jon Marteinsson. Ich sage dir, es ist versunken.
Sie tranken noch mehr Branntwein. Oh, Jon, oh, Jon, heute voll und gestern voll und vorgestern betrunken, nein, so etwas. Schließlich bat Jon Hreggvidsson Jon Marteinsson, sich beim König und bei den Grafen für ihn einzusetzen.
Da müssen wir uns Wildbraten mit französischem Rotwein bestellen, sagte Jon Marteinsson.
Sie bestellten Wildbraten mit französischem Rotwein. Als Jon Hreggvidsson eine Weile gegessen hatte, stieß er das Messer in die Tischplatte und sagte:
Da habe ich endlich gut zu essen bekommen. Jetzt fängt das Land allmählich wieder an aufzutauchen.
Jon Marteinsson beugte sich gierig über das Essen.
Es ist versunken, sagte er. Es fing an zu versinken, als sie den Schlußpunkt unter die Njalssaga setzten. Nie ist ein Land so tief gesunken. Nie kann ein solches Land wieder auftauchen.
Jon Hreggvidsson sagte:
Es war einmal ein gestäupter Mann in Rein. Und da kommt

Snaefridur Islandssol und schmiegt sich an den edelsten Ritter des Landes, der die Sagas von den alten Königen kennt, und hinter ihr im Schatten stehen unzählige aussätzige Gesichter, und das sind meine Gesichter. Es war einmal ein zum Tode verurteilter Mann in Thingvellir an der Öxara. Am Morgen wirst du hingerichtet. Ich öffne die Augen, und sie steht über mir, weiß, in Gold, und nur eine Spanne breit über den Leib, mit diesen blauen Augen, und ich schwarz. Sie herrscht über die Nacht und befreit dich. Sie ist und bleibt die wahre Königin des ganzen Nordens und die lichte Maid mit dem Elfenleib, auch wenn sie betrogen wird; und ich schwarz.

Ach, ist denn nicht bald Schluß mit vanitate, sagte Jon Marteinsson. Laß mich in Ruhe, solange ich dieses Wildbret esse und diesen Burgunder trinke.

Daraufhin aßen sie weiter. Als sie mit dem Wildbret und mit dem Burgunder fertig waren und die Kellnerin ihnen Punsch in Krügen gebracht hatte, sagte Jon Marteinsson:

Jetzt werde ich dir erzählen, wie man eine Bischofstochter beschläft.

Er rückte dicht an Jon Hreggvidsson heran, beugte sich zu ihm und erläuterte dem Bauern leise die Einzelheiten dieser Tat, setzte sich dann wieder gerade, streckte die flachen Hände aus und sagte:

Das war alles.

Jon Hreggvidsson zeigte sich nicht sehr beeindruckt:

Vorhin, als er mir den Ring zurückgab, fragte ich mich, wer wohl ärmer sei, er oder Jon Hreggvidsson von Rein. Es sollte mich nicht wundern, wenn ein solcher Mann von einem großen Unglück heimgesucht würde.

Jon Marteinsson sprang plötzlich von seinem Sitz auf, als ob ihn eine Nadel gestochen hätte, ballte die mageren Fäuste und schob drohend das Kinn vor gegen Jon Hreggvidsson; auf einmal war er nicht mehr gleichgültig.

Soll das eine Verwünschung sein, du Teufel, sagte er. Wenn du es wagst, den Namen auszusprechen, an den du denkst, dann sollst du mit ihm auf den Lippen tot umfallen.

Jon Hreggvidsson wunderte sich:
Wenn ich mich nicht irre, hast du selbst ihn noch vor kurzem einen Jungen und einen armen Wicht genannt, und das Haus ein elendes Haus.
Versuch es, seinen Namen auszusprechen! zischte Jon Marteinsson.
Nimm deine Fresse weg, damit ich ausspucken kann, sagte Jon Hreggvidsson.
Doch da er nichts mehr sagte, richtete sich Jon Marteinsson auf und rückte wieder von ihm weg.
Glaube nie, was ein nüchterner Isländer sagt, sagte er. Den Isländern wurde vom barmherzigen Gott nur eine Wahrheit geschickt, und die heißt: Branntwein.
Sie sangen: Oh, Jon, oh, Jon, und die anderen Gäste betrachteten sie mit Schaudern und Ekel.
Da beugte sich Jon Marteinsson wieder zu Jon Hreggvidsson hin und flüsterte: Ich will dir ein Geheimnis anvertrauen.
Ach, ich möchte nichts mehr von dieser verdammten Bischofstochter hören, sagte Jon Hreggvidsson.
Keine Bischofstochter mehr, sagte Jon Marteinsson. Ich schwöre es.
Er kam dicht an Jon Hreggvidssons Ohr und flüsterte:
Wir haben nicht mehr als einen Mann.
Haben wir einen Mann, wen? sagte Jon Hreggvidsson.
Diesen einen Mann. Und sonst keinen mehr. Nichts mehr.
Ich verstehe dich nicht, sagte Jon Hreggvidsson.
Er hat sie alle bekommen, sagte Jon Marteinsson; alle, die etwas bedeuten. Die er nicht auf den Dachböden von Kirchen fand oder in Küchenecken oder in verschimmelten Bettstellen, kaufte er von großen Herren und reichen Bauern für Ländereien und Geld, bis seine ganze Familie nichts mehr besaß, und dabei stammte er von vornehmen Leuten ab. Und denen, die außer Landes gebracht worden waren, spürte er von einem Reich ins andere nach, bis er sie fand, das eine in Schweden, das andere in Norwegen, einmal in Sachsen, dann wieder in Böhmen, Holland, England, Schottland und Frankreich, ja,

sogar ganz im Süden, in Rom. Er kaufte Gold von Wucherern, um sie zu bezahlen. Gold in Säcken, Gold in Fässern, und nie hörte man ihn um den Preis feilschen. Manche kaufte er von Bischöfen und Äbten, andere von Grafen, Herzögen, Kurfürsten und mächtigen Königen, einige vom Papst selbst – so lange, bis der Verlust allen Besitzes und das Gefängnis drohte. Und nie in alle Ewigkeit wird es ein anderes Island geben als das Island, das Arnas Arnaeus für sein Leben gekauft hat.
Die Tränen strömten über Jon Marteinssons Wangen nieder.
Und der Tag verging.
Jetzt werde ich dir Kopenhagen zeigen, die Stadt, die die Dänen von den Isländern bekommen haben, sagte der neue Beschützer und Begleiter des Bauern spät am Abend, als sie mit dem guten Goldring ihre Zeche in Kristin Doktors Keller beglichen hatten – sie hatten sogar noch genug übrig, um ins Hurenhaus gehen zu können: Diese Stadt wurde nicht nur für isländisches Geld erbaut, sondern wird auch mit isländischem Tran beleuchtet.
Jon Hreggvidsson sang aus den älteren Pontus-Rimur:

Wenn ein Fäßchen du erstehst,
schaue nie aufs Geld beim Wein,
und bevor du schlafen gehst,
und bevor du schlafen gehst,
muß es ausgetrunken sein.

Und dort ist der Lustgarten des Königs, sagte Jon Marteinsson, wo Edelleute im Zobelpelz vornehme junge Damen mit tiefem Dekolleté und Gold am Schuh treffen, während andere Leute weinend um Eisen und Tauwerk bitten.
Ach, glaubst du, ich wüßte nicht, daß sowohl Angelhaken wie Schnüre fehlen, sagte Jon Hreggvidsson. Aber jetzt will ich ins Hurenhaus.
Ihr Weg führte sie vom Strand mitten durch die Stadt. Bei mildem Frost hatte es sich aufgeklärt, und der Mond half dem isländischen Tran, die Straßen zu erleuchten. Große Häuser, die

Wohnstätten vornehmer Leute, ragten auf der einen Seite empor, eines stattlicher als das andere, mit jenem kalten, unnahbaren Äußeren, welches ein wahres Zeichen von Reichtum ist. Vor den Eingängen dieser gewaltigen Häuser waren mächtige Türen aus edlem Holz, die sorgsam verschlossen waren. Jon Marteinsson fuhr fort, den in der Stadt Fremden aufzuklären: In diesem Haus residiert unsere liebe, verehrte Maria von Hambs, die jetzt einen der größten Anteile am Islandhandel besitzt. Neulich gab sie eine Summe Geldes, um dafür einmal am Tag Suppe für die Armen zu kaufen, damit sie selber nicht in die Hölle kommt, und deshalb steht nun nicht nur das Drittel der Stadtbewohner, das ein gewisses Ansehen hat, im Brot des Islandhandels, sondern jetzt bekommen auch die Erdläuse, die Söhne des Grimur Kögur, ihr Traktament von dort – sie, die früher hier mit leerem Bauch durch die Straßen gingen und die man in die Kanäle zu werfen pflegte, wenn sie verhungert waren. Dieses erleuchtete Haus, das von Obstbäumen umgeben ist, aus dem du Psalter und Harfe hören kannst, gehört dem Rentmeister Henrik Müller, der die Häfen in den Ostfjorden hat – ich und du, Kamerad, wir sind nicht die einzigen, die heute abend feiern. Und das Haus mit dem Engel am Tor gehört dem elegantesten Kavalier der Stadt, Peder Pedersen, der die Häfen in Batsendar und in Keflavik hat; es heißt, er brauche nur noch beim nächsten Trinkgelage für den König das Schnupftuch aufzuheben, um ein richtiger Adliger mit von und einem langen deutschen Namen zu werden.

Schließlich kamen sie zu einem großen Garten, der von einer hohen Mauer umgeben war. Sie schauten durch eine Öffnung in der Mauer. Die Bäume waren von Rauhreif bedeckt und auch der Rasen war weiß. Das Mondlicht glitzerte auf all dem Eis und warf einen goldenen Schimmer auf die stillen Teiche des Parks. Zwei leuchtende Schwäne glitten über das Wasser und reckten majestätisch die Hälse in der Stille der Nacht.

Mitten im Garten erhob sich im Schutz der mächtigen Kronen der Eichen ein hohes, prunkvolles Schloß, neu erbaut, mit steilen Dächern und verzierten Giebeln, Erkern aus rotem Sandstein und Nischen, in denen Statuen auf Sockeln aufgestellt waren. Das Schloß hatte vier Türme mit einer Galerie über der anderen und einem spitz zulaufenden Helm auf jedem Turm, und die Arbeit am letzten Turm stand kurz vor ihrem Abschluß. Der Mond schien auf das glänzende Kupfer von Dächern und Türmen.

Jon Marteinsson fuhr fort:

Dieses Schloß wurde so prächtig wie möglich gebaut, damit es auf ausländische Gesandte und Fürsten Eindruck macht, und das Material wurde von vielen Orten herbeigeschafft, ehe es gebaut wurde, und man hat an nichts gespart. Ein holländischer Meister hat es gebaut; ein italienischer Bildhauer schmückte es von außen; und innen wurden die Säle von französischen Malern und Holzschnitzern dekoriert.

Jon Hreggvidsson konnte sich kaum von diesem Anblick losreißen; dem weißen Porzellanwald, den glänzenden Kupferdächern des Schlosses im Mondschein, dem See und den Schwänen, die immer noch wie im Traum über das Wasser glitten und den Hals reckten.

Dieses Schloß, leierte Jon Marteinsson mit der Leidenschaftslosigkeit des Einheimischen her – dieses Schloß gehört dem Verwandten des Königs Christian Gyldenlöve, er ist Herr der Grafschaft Samsö, Freiherr zu Marselisborg, Ritter, Generaladmiral, Generalleutnant und Generalpostmeister in Norwegen, Statthalter und Steuererheber in Island, ein ganz besonders frommer und guter Herr.

Da erwachte Jon Hreggvidsson plötzlich aus seiner Entrükkung, hörte auf, durch die Öffnung zu schauen, griff sich unter dem Hut ins Haar und kratzte sich.

Was, sagte er, als er wieder zu sich gekommen war: Habe ich ihn umgebracht? Oder habe ich ihn nicht umgebracht?

Du bist besoffen, sagte Jon Marteinsson.

Ich hoffe zu meinem Schöpfer, daß ich ihn umgebracht habe, sagte Jon Hreggvidsson.

Neunzehntes Kapitel

Seit über hundert Jahren hatte ein Volk auf der anderen Seite des Öresunds, das man die Schweden nennt, einen unaufhörlichen Streit gegen die Dänen geführt, sie oftmals mit einem Heer heimgesucht und mit Besatzungstruppen geplagt, Bauern bestochen, dem König Geld abgepreßt, Frauen belästigt und Bomben auf Kopenhagen geworfen; abgesehen davon, daß sie den Dänen das ausgezeichnete Land Schonen weggenommen hatten. Häufig taten sich die ersteren mit allerlei fremden Völkerschaften gegen die letzteren zusammen, aber mitunter glückte es mit Gottes Hilfe auch den letzteren, ferne Nationen, wie etwa den Großknjas zu Moskau, gegen die ersteren aufzuhetzen.

Jetzt hatte es, wie schon so oft, wieder Reibereien zwischen diesen Nachbarn gegeben. Beide Seiten hatten an fernen Orten Beistand gesucht. Als Jon Hreggvidsson an jenem Abend, an dem er mit Jon Marteinsson den Goldring vertrunken hatte, in sein Quartier kam, hatte er große Lust, mit den Dummköpfen, die es nie müde werden, einen verlausten Isländer zu quälen, einen Streit anzufangen. Leider bot sich keine passende Gelegenheit zu einer Schlägerei. Die Wache war verstärkt worden, und alle hatten den Befehl bekommen, Ordnung zu halten. Man glaubte, die Landung der Schweden stehe bevor. Jon Hreggvidsson gab einem oder zwei Männern eine Ohrfeige, aber man reagierte nicht darauf, höchstens, daß jemand mit dem Fuß nach ihm stieß. Alle dachten an den Krieg. Einer sagte, natürlich würden die Schweden sich nicht mit Schonen begnügen, jetzt sei Seeland an der Reihe. Und dann Fünen und Jütland.

Einer fragte, wo ist die Flotte, wird die Flotte nicht den Sund verteidigen.

Ein anderer sagte, die Engländer und die Holländer seien mit Kriegsschiffen in den Sund gekommen und täten so, als wollten sie nach Moskau spazieren, um mit dem Knjas zu sprechen. Deshalb ist unser Admiral Gyldenlöve an Land gegangen und hat sich in sein Schloß gesetzt, um Amalie Rose zu drücken.

Jon Hreggvidsson sang eine Einleitungsstrophe aus den älteren Pontus-Rimur:

Der Tag hebt an. Es ist entbrannt
des Weltenkampfes Glut.
Leb wohl, o Maid, die ich gekannt,
und ströme, Mörderblut.

Tags darauf wurden Stiefel repariert und die Tragschlaufen an den Mänteln der Männer verstärkt. Und früh am Morgen des darauffolgenden Tages wurde die Trommel gerührt und in Schalmeien, Posaunen und Krummhörner geblasen, und man brach auf, um gegen den Feind zu kämpfen. Jeder Mann mußte seine fünfzig Pfund auf dem Rücken tragen. Es nieselte. Die Straße war ein einziger Morast, und viele taten sich schwer, den Takt zu halten, darunter auch Jon Hreggvidsson. Ziemlich betrunkene deutsche Offiziere ritten brüllend neben der Kompanie her und fuchtelten mit Peitschen und Pistolen. Die Musik hatte schon längst aufgehört, weil die Pfeifer steife Finger bekommen hatten, nur einen hörte man blöken.
Man hatte in Erfahrung gebracht, daß die Schweden mit großen Schiffen vor der Küste lägen und Kundschafter an Land gesetzt hätten, und es sei schon zu Scharmützeln zwischen ihnen und dänischen Wachmannschaften gekommen. Jon Hreggvidsson hatte Hunger und der Mann neben ihm, der wendischer Abstammung war, auch. Es regnete weiter. Krächzende Krähen flatterten über schwarzen, kahlen Baumwipfeln durch den Nebel. Sie gingen an Bauernhöfen vorüber, die nur aus einem einzigen langgestreckten Gebäude bestanden, denn in Dänemark ist es üblich, die Wohnungen für Mensch und Tier unter einem Dach zu haben, wo die eine aufhört, fängt die andere an. Pferde und Schafe weideten auf grünen Wiesen. Die Strohdächer der Häuser gingen so weit herunter, daß man beim Gehen mit der Schulter die Traufe streifte, und in den Wohnungen der Menschen waren kleine Fenster mit Vorhängen, da schauten junge Mädchen heraus, sie wollten die Soldaten sehen, die auszogen, um für den König die Schweden zu verprügeln, bei dieser

Nässe, und die so naß und erschöpft waren, daß sie nicht einmal einen Gedanken für sie übrig hatten.
In einem solchen Dorf geschah es, daß drei Dragoner mit Peitschenknallen dahergeritten kamen und die Kompanie anhalten wollten. Sie sprachen ein paar Worte mit dem Offizier. Die Kompanie erhielt den Befehl anzuhalten. Die Offiziere ritten an der Kompanie entlang und musterten die Männer. Sie hielten vor Jon Hreggvidsson an und zeigten mit ihren Peitschen auf ihn. Dann rief einer von ihnen den Bauern mit einem der deutschen Namen, die man ihm im Kriegsdienst ständig gab:
Johann Reckwertsen.
Beim ersten Mal verstand er den Namen nicht, doch als ein zweites Mal gerufen wurde, gab ihm sein Kamerad einen Stoß mit dem Ellbogen, daß er gemeint sei, und Jon Hreggvidsson legte nach Soldatenart die Hand an die Mütze. Es wurde ihm befohlen, außer Reih und Glied zu treten.
Als die Offiziere den Mann ausfindig gemacht hatten, wurden zwei Fuhrleute herbeigerufen; Jon Hreggvidsson wurde gefesselt und auf einen Wagen geworfen und unter dem Geleit der Dragoner wieder nach Kopenhagen zurückgebracht.
Als sie dort ankamen, wurde er wieder deutschen Offizieren vorgeführt, in einem Haus, das er nicht kannte, und verhört. Sie trugen farbenprächtige Uniformen, hatten Säbel, gezwirbelte Bärte und Federbüsche. Sie ließen fragen, ob er Johann Reckwitz aus Ijsland bürtig sei. Der Bauer war struppig und schwarz, schmutzig und naß, außerdem an zwei bewaffnete Soldaten gefesselt.
Er antwortete: Ich bin Jon Hreggvidsson aus Island.
Du bist ein Mörder, sagten die Offiziere.
So, sagte Jon Hreggvidsson. Wer sagt das?
Wagt er es, hier zu fragen, sagte der eine Offizier verwundert, und der andere gab den Befehl, eine Peitsche zu holen und den Mann zu schlagen. Daraufhin wurde eine Peitsche geholt und Jon Hreggvidsson wurde einige Male gepeitscht, sowohl hinten wie vorne und über den Nacken und ein bißchen im Ge-

sicht. Als man ihn eine Weile geschlagen hatte, befahl der eine Offizier, man solle mit dem Schlagen aufhören, und fragte, ob er ein Mörder sei.
Es nützt nichts, Isländer zu schlagen, sagte Jon Hreggvidsson. Wir spüren es genausowenig, wie wir Läuse spüren.
Du bist also kein Mörder, sagten die Offiziere.
Nein, sagte Jon Hreggvidsson.
Da befahlen die Offiziere, man solle das Paternoster holen. Es stellte sich heraus, daß dieses Paternoster ein Kranz aus Schnur mit vielen Knoten war, und er wurde dem Mann um den Kopf gelegt und dann mit einem Knebel immer straffer gedreht, bis die Knoten in den Schädel drückten und ihm die Augen herauszuquellen drohten. Da fand Jon Hreggvidsson, daß sich dies nicht mehr lohne, und sagte, er sei ein Mörder. Sie befahlen, ihm das Paternoster wieder abzunehmen.
Nach diesem Abenteuer wurde Jon Hreggvidsson in den Blauen Turm zu Kindermördern und Hühnerdieben gebracht, ausgezogen und in einen schlechten Sack aus grober Leinwand gesteckt und an die Wand gekettet. Eine große Kette ging von der Mauer zu drei Eisenringen, die dem Mann angelegt wurden, der eine um den Schenkel, der zweite um den Leib, der dritte um den Hals, und das Halseisen wurde mit einem Nagel verschlossen und vernietet. Das nennt man des Königs Eisen und Arbeit.
Es war spät am Abend, und Jon Hreggvidsson bekam nichts zu essen nach einem aufreibenden Tag; als dann die Männer, die ihn in Ketten legten, mit ihrer Laterne gegangen waren, beschloß er, ein paar ausgewählte Einleitungsstrophen aus den älteren Pontus-Rimur zu singen, wo er mit dem Rücken an die Wand gelehnt saß.

In unserm Magen wohnt die Kraft,
der Mut in der Gedärme Reich,
Allmächtiges das Essen schafft,
Allmächtiges das Essen schafft,
und Ewiges damit zuglei-i-ich.

Die anderen Gefangenen in dem großen Raum wachten auf und verwünschten ihn. Es erhob sich lautes Weh und Ach, Weinen und Zanken in dem Haus, doch Jon Hreggvidsson sagte, er sei Isländer, und ihm sei es gleich, wie sie sich aufführten, und sang weiter.
Da begriffen alle Leute, daß sie von nun an nichts Schlimmeres mehr zu erwarten hätten, und sie fügten sich mit stummem Entsetzen in ihr Schicksal.

Zwanzigstes Kapitel

Selten hatte Jon Hreggvidsson eine solche Versammlung von Leuten ohne Grundbesitz, ohne Familie und ohne Kenntnisse von Geschichten angetroffen wie in diesem Turm. Festgebunden wie Rindvieh, mußten die Leute Hanf zupfen, solange ein Schimmer von Tageslicht am Himmel war, und man hörte nichts als Unflätigkeiten und Flüche. Jon Hreggvidsson verlangte, daß er, als Soldat des Königs, ins Stockhaus, das Gefängnis des Heeres, gebracht werde, zu ordentlichen Menschen. Worauf die Aufseher fragten, ob diese Gesellschaft nicht gut genug sei für einen Isländer?
Er fragte, aufgrund welcher Gesetze er hierher gebracht worden sei und wo das Urteil sei, und sie antworteten, der König sei gerecht. Einige, die das hörten, verwünschten den König und sagten, daß er sich jetzt mit der Stiefel-Katrin zusammengetan habe.
Aus diesem Turm schienen keine Wege zum menschlichen Leben zu führen, weder auf gesetzliche noch auf ungesetzliche Weise. Vor dem kleinen Fenster waren dicke Eisenstangen. Die Fenster saßen so hoch, daß seit Menschengedenken niemand mehr durch sie hinausgeschaut hatte. Die einzige Abwechslung an diesem Ort war, wenn plötzlich der Schatten eines Vogels mit breiten Schwingen, der vorbeiflog, über die Wand huschte. Der Älteste der Gefangenen, ein Verbrecher, der schon beinahe ein Menschenalter lang hier gesessen hatte, sagte, er habe einmal vor zwanzig Jahren aus dem Fenster

schauen dürfen, und behauptete, der Turm sei auf einer Insel weit weg vom Festland gebaut oder aber so hoch, daß man das Land nicht sehen könne, denn man sähe draußen nichts als den endlosen Ozean.

Eines Tages kam mit einem neuen Verbrecher die Nachricht, daß der Krieg zu Ende sei; zumindest fürs erste. Die Schweden waren in Humlebäk an Land gegangen und hatten gesiegt, und die Dänen hatten verloren. Die Schlacht war jedoch nicht blutig gewesen. So bedeutete die Niederlage nicht, daß Männer gefallen waren, und auch nicht, daß Land verlorenging, doch unsere allergnädigste Majestät hatte sich harten Friedensbedingungen unterwerfen müssen: alle wichtigen Festungen zu räumen und sich zu verpflichten, keine neuen zu bauen. Am schlimmsten aber war, daß man ihn gezwungen hatte, dem schwedischen König hunderttausend Speziestaler kurant auf die Hand zu bezahlen.

Einer der Verbrecher wollte wissen, wo der König, der haushoch verschuldet war und nicht einmal Geld für Tabak hatte, in diesen schweren Zeiten eine solche Summe zusammengekratzt hatte.

Das hat der Graf von Rosenfalk erledigt, sagte der neue Verbrecher. Als der Feind ein böses Gesicht machte und sagte: Her mit dem Geld, da ließ der König nach diesem jungen, gutaussehenden Mann schicken, und der ging sofort in seinen Keller hinunter und gab Anweisung, das Gold auszubezahlen.

Der erste Verbrecher: Wer ist dieser Graf von Rosenfalk?

Der zweite Verbrecher: Das ist Peder Pedersen.

Der erste Verbrecher: Was für ein Peder Pedersen?

Der zweite Verbrecher: Der Sohn vom alten Peder Pedersen.

Die anderen Verbrecher: Was denn für ein verfluchter Peder Pedersen?

Jon Hreggvidsson: Er hat die Häfen in Batsendar und in Keflavik gepachtet. Ich kannte einmal einen Mann namens Holmfastur Gudmundsson, der sowohl mit dem Vater wie mit dem Sohn Geschäfte machte.

Obwohl Jon Hreggvidsson Tag für Tag und Woche für Woche die Wache bat, wenn nicht im Zorn, dann mit Schmeicheleien und Freundlichkeit oder sogar den Tränen nahe, dem Schloßkommandanten, wie der Hausherr des Turmes genannt wurde, eine Nachricht zu überbringen, damit seine Sache vor einem Gericht wiederaufgenommen wurde, war dies vergebens: kein Gericht war dazu bereit. Es gelang nie, eine Erklärung dafür zu bekommen, wie der Bauer hierhergekommen war und wer ihn hergeschickt hatte.

Eines Morgens, als der Wächter den Roggenbrei brachte, ging er geradewegs auf Jon Hreggvidsson zu, versetzte ihm mit aller Kraft einen Fußtritt und sagte:

So, da habt ihr es, ihr verdammten Isländer.

Mein Liebster! sagte Jon Hreggvidsson. Wie gut, daß du gekommen bist!

Gestern abend trank ich mit einem von deinen Landsleuten bei Kirsten Doktors, sagte der Wächter. Und er hat mir meine Stiefel weggetrunken. Ich mußte barfuß nach Hause gehen. Ihr sollt alle zum Teufel gehen.

Doch dann geschah es, daß nur einige wenige Tage nach dieser Begebenheit, als Jon Marteinsson mit dem Wächter aus dem Blauen Turm getrunken hatte, eines Morgens ein deutscher Offizier in Begleitung zweier Stadtwachen den Saal der Gefangenen betrat. Dieser Offizier gab den Befehl, Jon Hreggvidsson loszumachen. Dann nahmen sie ihn mit.

Soll ich jetzt endlich geköpft werden, fragte er fröhlich.

Sie antworteten nicht.

Zuerst wurde Jon Hreggvidsson zum Schloßkommandanten geführt. Man schlug in Büchern nach, und der Name Johann Reckwitz aus Ijsland bürtig wurde dort, wo er stehen sollte, gefunden. Der Offizier und der Schloßkommandant sahen den Mann an und sagten etwas auf deutsch und nickten einander zu. Daraufhin wurde er in einen tiefen Keller geführt, wo zwei Waschweiber in Dampf und Rauch über Wasserkesseln und Zubern standen. Diese Frauenzimmer mußten Jon Hreggvidsson von oben bis unten mit einer Wurzelbürste schrubben und

ihm den Kopf mit Lauge einreiben, und der Bauer meinte, in keiner schrecklicheren Lage gewesen zu sein, seitdem die Holländer ihn auf dem Dogger vor der isländischen Küste mit Wasser begossen hatten. Dann gab man ihm seine Soldatenkleidung, die gesäubert worden war, und die Stiefel, die er vor Jon Marteinsson hatte retten können und die frisch geputzt waren. Dann hatte man einen Barbiergesellen aus der Stadt kommen lassen, der ihm das Haar und den Bart so fein schnitt, daß der Bauer schließlich wie ein Kirchenpfleger am Sonntag aussah. Hier mußte eine gediegene und schöne Hinrichtung im Beisein hoher Gäste und vornehmer Personen bevorstehen.
Werden auch Damen kommen? fragte Jon Hreggvidsson, doch die Frage wurde nicht verstanden.
Draußen wartete ein Wagen, vor den zwei Pferde gespannt waren. Der Deutsche stieg ein und setzte sich auf den Rücksitz, und ihm gegenüber mußte sich Jon Hreggvidsson mit je einer Wache auf beiden Seiten hinsetzen. Der deutsche Offizier gab kein Lebenszeichen von sich, nachdem er Platz genommen hatte, abgesehen davon, daß er hie und da rülpste. Die Stadtwachen waren auch stumm.
Nach längerer Fahrt durch die Stadt kamen sie zu einem großen Haus mit einer breiten Freitreppe, an der zwei grimmig aussehende Löwen auf Sockeln thronten, und einer fürchterlichen, aus Stein gehauenen Maske, die einem Tier, einem Menschen und einem Teufel ähnelte, über dem Eingang. Auf der Freitreppe standen riesige, schwer bewaffnete Soldaten, steif wie Stöcke, und runzelten die Brauen.
Zuerst mußte Jon Hreggvidsson die Treppe hinaufgehen, eine Stufe nach der anderen, dann durch eine hohe, düstere Vorhalle, wo an der Wand ein Licht brannte, und er rutschte auf dem kalten Steinfußboden aus, dann wieder eine steinerne Treppe hinauf, die steiler war als die erste, wo er wieder ausrutschte, dann durch ein wahres Labyrinth von Gängen und Sälen, in denen schwarzgekleidete, vornehme Herren saßen und sich berieten oder traurig aussehende, grauhaarige und verschrumpelte Männer in langen Röcken sich über Pulte

beugten und harte Urteile über Menschen schrieben; der Bauer glaubte zu wissen, daß er sich hier im Haus des großen Gerichts, das über den anderen Gerichten stand, befand.
Bis sie in einen Saal mittlerer Größe kamen, der heller war als die vorherigen. Das Fenster reichte fast bis auf den Fußboden herab und hatte schwere Vorhänge, so daß halbdunkle Schatten die Szenerie entweder halb verschluckten oder ihr etwas Unwirkliches verliehen. An einer Wand hing ein großes, farbenprächtiges Bild seiner königlichen Majestät und Gnaden im jugendlichen Alter, mit einer Perücke, die bis zur Mitte des Oberarms herabreichte, und einem pelzverbrämten Mantel, der so lang war, daß er eine drei Ellen lange Schleppe auf dem Boden bildete; und ein zweites Bild seines seligen Vaters hochlöblichen Andenkens; und außerdem der beiden königlichen Gemahlinnen.
Um einen Eichentisch in der Mitte des Saales saßen drei vornehme Herren in weiten Mänteln, mit silberfarbenen Perükken und großen Kragen, und ein General mit Goldlitzen und Goldborten, mit goldenen Sporen und Diamanten am Degengriff, blau im Gesicht, mit einem so stark gezwirbelten Bart, daß die Spitzen bis zu den roten Ringen unter den Augen reichten.
Doch in der Nähe des Fensters, halb im Licht, halb im Schatten der schweren Vorhänge, standen zwei besonders vornehme Männer und sprachen leise miteinander, ohne sich um die vier am Tisch Sitzenden zu kümmern. Es war, als ob diese beiden Herren im Hintergrund einerseits zwar hierher gehörten, andererseits aber auch wieder nicht. Sie wandten sich nicht um, als die Besucher eintraten, und die Schattenrisse ihrer Profile hoben sich nach wie vor gegen das warme Licht von draußen ab. Jon Hreggvidsson glaubte, er müsse sich sehr täuschen, wenn einer von ihnen nicht Arnas Arnaeus war.
Man ließ einen Schreiber mit einem Buch kommen, und noch einmal begann die Zeremonie, die darin bestand, sich zu vergewissern, ob der Mann Jon Hreggvidsson sei. Nachdem das festgestellt war, begannen die Großen, in ihren Dokumenten

zu blättern, und einer hob gravitätisch das Kinn von der Brust und richtete einige sehr feierliche Worte an den Bauern. Danach sprach der Blaue mit den Diamanten am Degengriff ebenfalls einige Worte zu dem Bauern, nur barscher. Jon Hreggvidsson konnte die Männer nicht verstehen.

Da kam einer der besonders vornehmen Männer vom Fenster zu Jon Hreggvidsson herüber, ein müde und traurig aussehender Mann mit mildem Blick und ohne Überheblichkeit. Er sprach den Bauern auf isländisch an.

Er erklärte Jon Hreggvidsson langsam und mit leiser Stimme, daß sich im Winter herausgestellt hätte, daß unter den Fahnen des Königs ein Isländer diente, ein entwichener Sträfling, der im vorausgegangenen Frühjahr auf dem Öxarar-Thing zu Tode verurteilt worden war. Gleich nachdem dies bekanntgeworden war, hatte die Obrigkeit Anweisung gegeben, den Mann festzunehmen und ohne Verzug hinzurichten. Es fehlte nur eine Haaresbreite, und der Befehl wäre tatsächlich ausgeführt worden. Im letzten Augenblick hatte ein vornehmer Isländer den König darauf hingewiesen, daß jenes Urteil, das in Island sowohl vom Bezirksgericht wie vom Gericht auf dem Althing in dieser Sache ergangen war, einige Mängel aufzuweisen schien. Dann bat der Isländer die drei Großen um den Brief des Königs. Und als sie ihm den gegeben hatten, las er dem Bauern einige Stellen daraus vor, des Inhalts, daß, da es schwierig sei zu ersehen, aus welchen Gründen das genannte Urteil gefällt worden sei, Wir nun, gemäß dem alleruntertänigsten Wunsch Jon Hreggvidssons, ihm gestatten und erlauben, unter Unserem Schutz in völliger Freiheit nach Unserem Land Island zu reisen, um in eigener Person vor seinen rechtmäßigen Richtern auf dem Öxarar-Thing zu erscheinen, und, sofern er dies wünscht, seine Sache vor Unser Oberstes Gericht hier in Unserer Stadt Kopenhagen zu bringen. Desgleichen wird ihm mit diesem Brief Unser allergnädigster Schutz gewährt, damit er als freier Mann von diesem Unserem Land Island wieder hierher in diese Unsere Stadt Kopenhagen reisen kann, um hier seine Verurteilung oder seinen Freispruch

entgegenzunehmen, je nachdem, was Unser Gesetz und Unser Oberstes Gericht für billig befindet.
Aus der Hand des Generals empfing der Isländer einen anderen Brief. Diesen zweiten Brief nannte er auf lateinisch salvum conductum, und darin war zu lesen, daß Johann Reckwitz aus Ijsland bürtig, Musketier zu Fuß in der Kompanie des Herrn Hauptmannes Trohe, vom Generalobristen Schönfeldt ein viermonatiger Urlaub bewilligt werde, um nach Island zu reisen und dort sein Recht in einer Sache zu betreiben, und dann wieder hierher in die königliche Residenzstadt Kopenhagen zurückzukehren, um seinen Dienst unter den Fahnen fortzusetzen.
Hierauf übergab der isländische Beamte Jon Hreggvidsson die beiden Briefe, den Schutzbrief des Königs mit der Appellation an das Oberste Gericht und das salvum conductum des dänischen Heeres.
Arnas Arnaeus stand immer noch ruhig am Fenster des Saales, die eine Seite seines Gesichts im Licht, die andere im Schatten, und sah abwesend auf die Straße hinaus. Es war, als ob er nicht an dieser Zusammenkunft teilnehme, und er schaute nicht zu Jon Hreggvidsson von Rein herüber.
Nie erinnerte sich der Bauer später daran, wie er wieder aus diesem Haus hinauskam, doch plötzlich steht er auf dem Platz davor und hat die zwei Löwen samt dem schrecklichen Kopf eines Menschen, eines Tiers und eines Teufels hinter sich. Die Stadtwachen, die im Wagen auf beiden Seiten neben ihm gesessen hatten, waren fort. Auch der deutsche Offizier war verschwunden wie Tau vor der Sonne. Der Himmel war wolkenlos. Da bemerkte der Bauer, daß es Sommer geworden war, denn die Bäume hatten kräftig grüne Laubkronen, und es duftete nach Wald, und ein kleiner Vogel zwitscherte unaufhörlich in dem ruhigen, trockenen Wetter.

Zweiter Teil · Die lichte Maid

Der Fluß Tungufljot fließt ruhig und breit dahin, mit starker Strömung, wo das Wasser am tiefsten ist, und mündet östlich vom Bischofssitz Skalholt in den Gletscherfluß Hvita; auf der Landzunge zwischen den Flüssen gibt es zuerst weite Sümpfe mit Riedgras, dann steigt das Gelände an, und es beginnt eine ausgedehnte Siedlung, wo der Herrenhof an der höchsten Stelle liegt, umgeben von seinen Pachthöfen. Er heißt Braedratunga. Dort sitzt in ihrer Stube eine blauäugige Frau mit golden schimmernder Haut und stickt auf eine Borte die alten Heldentaten von Sigurd dem Völsungensproß, der den Lindwurm Fafnir bezwang und das Gold errang.

Die Glasscheibe ihres Stubenfensters ist blank geputzt. Durch dieses Fenster sieht man die Menschen, die in der Gegend unterwegs sind, an den grasbewachsenen Flußufern entlang führen vielbenutzte Wege, und Fähren gehen in verschiedene Richtungen, der Bischofssitz Skalholt liegt allerdings hinter dem Höhenzug Langholt verborgen. Sie sitzt auf einem geschnitzten Stuhl, die Füße auf einem Schemel, um sie herum Kissen mit handgearbeiteten Plüschbezügen. Die Vorhänge vor dem Alkoven sind zugezogen, sie zeigen gewebte Bilder aus alter Zeit. Auf der gegenüberliegenden Seite steht unter der klinkergebauten Dachschräge ihre grüne Kleidertruhe und eine solide Kommode aus Buchenholz. Und auf einem Gestell neben der Tür liegt ihr Sattel, ein kostbares Stück, das reich mit Zierbeschlägen aus getriebenem Messingblech geschmückt ist. Die Ornamente zeigen Drachen, Menschen und Engel zwischen allerlei Rankenwerk, ganz hinten steht ihr Name und eine Jahreszahl; das geprägte Leder ist mit schönen Nägeln befestigt, und auf dem Sitz liegt zusammengefaltet eine kunstvoll gemusterte Satteldecke, der Zaum hängt am Sattelbogen: Es ist, als ob die Frau reisefertig sei. Der Duft um sie herum ist immer noch sehr fremdländisch und ein wenig schwer.

Einige Männer nähern sich von Süden her, von der Fähre bei Hvitarholt, das ist der Weg nach Eyrarbakki hinunter; drei reiten, zwei dicht neben dem dritten, den sie zwischen sich auf dem Pferd festhalten; der vierte geht zu Fuß und führt das Pferd dessen, der in der Mitte reitet, am Zügel. Dieser zuletzt Genannte, der jedoch der Mittelpunkt der Gesellschaft zu sein scheint, läßt den Kopf auf die Brust hängen, der Hut ist ihm über das Gesicht herabgerutscht. Die Perücke des Mannes schaut aus der Tasche seines Mantels hervor. Er hatte sich offensichtlich in einer Lehmpfütze, wenn nicht in noch Schlimmerem, gewälzt. Diese Männer halten auf Braedratunga zu.
Vom Weg aus gesehen, bietet der Hof ein eindrucksvolles Bild, fünfzehn Giebel nebst anderen Gebäuden, manche davon zweistöckig, weisen nach Südwesten, ganz außen ein getäfeltes Haus mit zwei hölzernen Außenwänden. Der Herrenhof ragt schön über das grüne, flache Land empor an einem hellen Frühlingstag wie diesem, wenn die Sonne auf Wänden und Dächern leuchtet.
Doch durchbricht der Reisende den Zauber der Ferne, sieht die Sache anders aus. Die Nähe ist ein wahrer Feind dieses Hofes. Es ist ein Ort des Verfalls. Alle Gebäude sind baufällig, die Wände zusammengesunken oder eingestürzt, sie ähneln den Kanten eines Erdrutsches, die Torfsoden vom Wasser ausgespült und die Steine aus den Mauern gefallen, Löcher unter den Dachtraufen, die Dächer schief oder eingesunken, tatsächlich sind viele der Gebäude von Pilzen bewohnt statt von Menschen oder Tieren, Wandverschalungen, Windbretter, Türrahmen und anderes Holzwerk entweder morsch oder zerbrochen, die schlimmsten Spalten mit Torfsodenstücken verstopft, nur ein Fenster auf dem ganzen Hof, dessen Glasscheiben nicht zerbrochen sind, die Hautbespannung der übrigen Fenster zerrissen und mit Sattelunterlagen oder Heusäkken zugestopft, die Pflastersteine des Hofplatzes entweder versunken, schief oder hochkant stehend. Es ist merkwürdig, daß auf einem so großen Hof so wenige Menschen zu sehen sind. Zwei dicke Knechte schlafen, die Mützen vor dem Ge-

sicht, in der Mittagsstille an der Mauer der Hofwiese, während die Vögel zwitschern, und eine alte Frau, deren Beine wie Holzstecken unter dem kurzen Rock hervorstehen, versucht, mit einem Rechen den Mist von der Wiese zu kratzen, wofür es jedoch zu spät ist, denn das Gras ist schon zu hoch.
Da klopft die Wirtschafterin an die Tür und steckt den Kopf durch den Türspalt zur Hausherrin hinein.
Ach, liebe Snaefridur, der Junker ist gekommen; drei Bauern haben ihn aus dem Floi heraufgebracht.
Die Hausfrau stickte weiter, sie sah nicht einmal auf, so unwichtig fand sie diese Neuigkeiten, und antwortete genauso unbeteiligt, als spräche sie über das Kalb:
Sie sollen ihn in sein Zimmer im getäfelten Haus tragen, und stell ihm eine Schüssel mit starker Molke hin und verschließe sein Zimmer von außen mit dem Riegel.
Aber wenn er zum Fenster hinaussteigt, sagte die Frau.
Dann ist unsere Molke noch immer nicht sauer genug für ihn, sagte die Hausfrau.
Soll man den Männern etwas geben?
Gib ihnen einen Krug verdünnte Molke, wenn sie Durst haben, sagte die Hausherrin. Ich bin es schon längst müde, die Leute zu bewirten, die ihn nach Hause schleppen.
Nach kurzer Zeit ritt die Gesellschaft wieder davon, diesmal spuckend und schimpfend; der dritte, der das Pferd am Zaum geführt hatte, war jetzt aufgesessen, und der vierte, der in der Mitte geritten war, war zurückgeblieben. Die Männer machten sich einen Spaß daraus, neben dem Weg über die Hofwiese zu galoppieren, daß die Grasnarbe von den Hufen der Pferde aufgerissen wurde. Die Knechte schliefen immer noch neben der Mauer der Hofwiese. Aus dem Hof hörte man Gebrüll.
Nach einer Weile kam jemand polternd die Treppe zum Obergeschoß herauf und riß die Tür auf. Die Hausherrin beugte sich noch ein wenig tiefer über ihre Arbeit und zupfte ein Knötchen, das es vielleicht gar nicht gab, aus der Borte. Der Mann stand lachend in der offenen Tür. Sie ließ ihn eine Zeitlang lachen, bevor sie aufblickte. Dann blickte sie auf. Sein

Bart war über eine Woche alt, und er hatte ein blaues Auge, außerdem eine Wunde quer über Wange und Nase, und das geronnene Blut in der Wunde war schwarz. Es fehlten ihm zwei Schneidezähne. Er war auch an den Händen zerschrammt. Er lachte mit fürchterlichen Grimassen und schwankte nach hinten und nach vorn, so daß man nicht wußte, ob der Mann in die Stube hinein- oder aus der Stube herausfallen wollte.

Sie sagte: Vieles könnte ich dir vergeben, lieber Magnus, hättest du dir im letzten Jahr nicht diese beiden Schneidezähne ausschlagen lassen.

Dann blickte sie wieder auf ihre Arbeit nieder.

Wie kannst du es wagen, den Junker von Braedratunga anzusprechen? sagte er. Was für eine Hure bist du?

Deine Frau, sagte sie und stickte weiter.

Er kam schwankend ins Zimmer getorkelt und ließ sich auf ihre Truhe fallen, sank dort für eine Weile zu einem leblosen Bündel zusammen, raffte sich dann aber auf und hob den Kopf, seine Augen waren weiß inmitten der schwarzen Schwellungen, jeder menschliche Zug war ausgelöscht.

Bin ich vielleicht nicht der vornehmste Mann im Landesviertel? Bin ich nicht der Sohn des Gerichtsverwandten in Braedratunga, des reichsten Mannes in drei Gemeinden? Und wog meine Mutter nicht über zweihundert Pfund?

Sie sagte nichts.

Mag sein, daß du aus einer vornehmeren Familie kommst als ich, sagte er. Aber du bist eine Frau ohne Seele; die außerdem keinen Leib hat.

Sie sagte nichts.

Die Matronen hier in Braedratunga waren von jeher dick, sagte er. Und meine Mutter hatte außerdem eine Seele. Sie hat mir mit dem Buch von den sieben Worten Christi das Lesen beigebracht. Aber was bist du? Eine Elfenfrau; Farbe; Blendwerk. Was soll ich, ein Ritter, Junker und Kavalier, mit dieser schmalen Taille; und mit diesen langen Schenkeln? Und kamst trotz allem als Sechzehnjährige entehrt aus dem Elternhaus.

Eine Frau, die in ihrer Kindheit fällt, entwickelt sich nicht. Pfui. Ich will ein Weib. Geh fort. Komm.
Versuch, in dein Zimmer hinunterzugehen und den Rausch auszuschlafen, lieber Magnus, sagte sie.
Nächstes Mal, wenn ich Branntwein brauche, verkaufe ich dich, sagte er.
Tu das, sagte sie.
Warum fragst du mich nie nach Neuigkeiten, sagte er.
Wenn du aufwachst, werde ich dich fragen – falls du nicht zu sehr weinst.
Willst du nicht einmal wissen, wer gekommen ist? sagte er.
Ich weiß, du bist gekommen.
Das ist gelogen, sagte er; ich bin weggegangen. Ein anderer ist gekommen.
Dann schrie er, er ist gekommen, und sank anschließend wieder zu einem Bündel zusammen, als ob er seine letzte Kraft aufgeboten hätte, um diesen Schrei auszustoßen. Im Halbschlaf begann er, vor sich hinzumurmeln: Endlich ist er angekommen – mit dem Schiff, das nach Eyrarbakki kam.
Sie sah rasch auf und fragte: Wer ist angekommen?
Er murmelte wieder eine Weile vor sich hin, bis er wieder anfing zu brüllen:
Wer sonst als er, der alle Urteile aufheben soll. Wer sonst – als er, den die Tochter des Richters liebt. Er, mit dem mich diese Frau ohne Seele betrügt. Er, mit dem es dieses Mädchen im Elternhaus getrieben hat, bevor sie mannbar war. Er, den diese Hure – er, den sie nie bekommen wird, er ist angekommen.
Sie sah auf und lächelte:
Tröste dich damit, lieber Magnus, daß ich dich nicht aus Verzweiflung genommen habe, sondern ausgezeichnete Männer um mich warben, sagte sie.
Hurenweib, sagte er, keinen Tag hast du mit mir zusammen gelebt, ohne einen anderen Mann zu lieben – und er stand schwankend auf, riß ihr die Borte aus den Händen und schlug ihr damit ins Gesicht, war jedoch zu sehr betrunken, um sie wirklich schlagen zu können. Sie schob ihn ein bißchen zu-

rück und sagte, schlag mich jetzt nicht noch mehr, lieber Magnus – du weinst dann um so mehr, wenn du aufwachst, und er fiel rückwärts auf die Truhe, und die Unflätigkeiten erstarben allmählich auf seinen Lippen, als er zusammengekauert unter der Dachschräge saß, das Kinn auf der Brust, den Mund halb geöffnet. Kurz danach begann er zu schnarchen. Sie sah ihn an, wie er schlief, und keine Regung ihres Gesichts verriet, was sie dachte. Schließlich legte sie ihre Arbeit beiseite und stand auf. Sie holte eine Zinnschale mit Wasser und Seifenlauge und legte den Mann auf den Rücken, so daß seine Beine über die Seite der Truhe herabhingen; dann zog sie ihm die Stiefel aus und entkleidete ihn, indem sie ihn von einer Seite auf die andere wälzte, säuberte ihn daraufhin sorgfältig und wusch ihm abschließend die Füße.

Als sie damit fertig war, schob sie die Truhe mit dem Mann neben ihren Alkoven, zog die Vorhänge auf, nahm die wollene Decke ab, schlug das Federbett zurück und rollte dann den Mann von der Truhe auf ihr Bett mit seinen schneeweißen Laken hinüber und deckte ihn zu. Dann schob sie die Truhe wieder an ihren gewohnten Platz, zog die Vorhänge zu, setzte sich wieder auf ihren Stuhl und fuhr fort, an dem alten Bild zu sticken.

Zweites Kapitel

Als der Junker einen Tag zu Hause gelegen hatte, kamen Gäste auf den Hof. Es waren insgesamt vier, der Amtmann von Hjalmholt, der reiche Vigfus Thorarinsson, und sein Schwiegersohn Jon von Vatn, der Schwarzhändler, der einzige Mann im Arnes-Bezirk, der den Leuten Branntwein für Geld oder Ländereien verkaufen konnte, wenn selbst der Faktor in Eyrarbakki keinen Branntwein mehr hatte, außerdem zwei andere, wohlhabende Bauern nebst Pferdeknechten. Das Benehmen dieser Gäste war ungewöhnlich. Sie taten, als ob sie hier zu Hause wären, stiegen am Rand der Hauswiese ab und

sagten zu ihren Knechten, sie sollten die Pferde innerhalb der Umzäunung grasen lassen, nicht weit von der Stelle entfernt, wo sich die Knechte vom Hof, wie gestern und vorgestern, in der mittäglichen Wärme schlafen gelegt hatten, dann gingen sie zu den Nebengebäuden hinüber. Sie prüften das morsche Holz mit den Fingerknöcheln, schüttelten vor vielen Türöffnungen ohne Tür die Köpfe, gingen schließlich zum Wohnhaus, wo sie die gleiche Untersuchung anstellten, und standen schließlich auf einmal im Hausflur, ohne daß sie daran gedacht hatten anzuklopfen. Die Hausfrau hatte am Fenster gestanden und rief nun ihren Ehemann, der krank in ihrem Bett lag, und fragte: Was will der Amtmann hier?
Wahrscheinlich habe ich etwas angestellt, murmelte der Junker, ohne sich zu rühren.
Mich will er nicht besuchen, sagte sie.
Der Junker kroch aus ihrem hellen Bett, er sah aus wie ein Mensch, der angefangen hat in seinem Grab zu verwesen, und sie zog ihm ein paar Kleidungsstücke über, dann ging er hinunter, um die Gäste zu begrüßen.
Da stellte sich heraus, daß der Junker dem Schwiegersohn des Amtmanns, Jon von Vatn, seinen vom Vater ererbten Hof Braedratunga mit allem lebenden Inventar verkauft hatte, und der neue Eigentümer war mit dem Amtmann auf dem Weg zum Thing vorbeigekommen, um mit Schätzern den Wert von Vieh und Gebäuden zu schätzen, über den am Tag des Kaufs keine endgültige Abmachung getroffen worden war. Ein Teil des Kaufpreises war bereits bezahlt, und der Bauer hatte eine Quittung von Magnus Sigurdsson dafür; er hatte eine weitere Summe Geldes bei sich, um sie nach Übereinkunft auszubezahlen. Sie gingen in die getäfelte Stube des Junkers, wo die Holzverkleidung gesprungen war und sich an einer Stelle eine kleine Lawine von Erde, Steinen und Wasser aus der Wand ins Zimmer ergossen hatte, setzten sich auf seine Truhe und einige auf das Bett, zogen ihre Dokumente hervor und zeigten sie ihm, und tatsächlich, der Vertrag war in jeder Hinsicht voll gültig, ausgefertigt in Eyrarbakki, unterschrieben und durch

Zeugen beglaubigt. Er hatte den Herrenhof, einen Landbesitz von achtzig Hunderten, für einhundertsechzig Reichstaler verkauft, vierzig waren bereits bezahlt, vierzig sollten bei der Übergabe des Hofes, die heute stattfinden sollte, bezahlt werden, der Rest innerhalb der nächsten zehn Jahre. Der Bauer von Vatn hatte das Recht, die Gebäude und das lebende Inventar zum Schätzpreis zu erwerben, und sie fingen jetzt an, Fragen über diese Dinge an ihn zu richten, aber der Junker gab nur spärliche Antwort, er sagte, es sei nicht seine Gewohnheit, das Vieh zu zählen, sie sollten die Stallmagd nach den Rindern fragen, und die Schafe könnten sie auf der Weide begutachten, wenn sie wollten. Sie fragten, ob er Branntwein wollte, doch er lehnte dankend ab.

Der Herrenhof Braedratunga war seit undenklichen Zeiten in derselben vornehmen Familie weitervererbt worden, einer Familie von Goden, Amtmännern und anderen königlichen Beamten, von denen einige geadelt wurden, daher kam der Junkertitel, mit dem sich die Mitglieder der Familie zu brüsten pflegten, wenn sie in gehobener Stimmung waren, und als Magnus Sigurdsson den Hof übernahm, nachdem sein Vater, der Gerichtsverwandte, gestorben war, gab es hier immer noch großen Reichtum. Doch die Familie war in Verfall geraten. Die Geschwister des Junkers Magnus starben jung an Schwindsucht. Er selbst wurde in seinem Elternhaus verhätschelt und verwöhnt, und als er dann nach Skalholt auf die Schule geschickt wurde, konnte er sich weder an die dort herrschende Disziplin anpassen, noch die Mühen auf sich nehmen, welche grammatica von Minervas Söhnen fordert, sondern alle seine Lebensäußerungen bewegten sich auf abschüssiger Bahn, hin zu Schlendrian und Trägheit, und wichen vor jeder Anstrengung zurück. Dabei ließ sich nicht leugnen, daß er gutaussehend war, glatt, hübsch und weich vom Wohlleben; doch schon früh hatte er sich angewöhnt, den Blick zu senken und eine mißmutige Miene aufzusetzen, als sei es ihm zuwider, Leute anzusehen; er war unliebenswürdig und hatte eine etwas weinerliche Stimme. Die Frauen sagten, er habe sehr schöne Augen. Er war ein vornehmer Herr. Doch in einem Land, in dem der Hunger die häufigste Todesursache im Frühjahr ist, gibt es keinen vornehmen Herrn, bei dem sich die Entkräftung des Volkes nicht bemerkbar macht, selbst wenn sich in seiner Vorratskammer die Regale unter Käse und Butter biegen.

Nun wurde dem Gerichtsverwandten in Braedratunga vom Rektor der Schule mitgeteilt, daß sein Sohn mit Büchern nicht viel Ruhm erwerben könne; da der Junge aber eine gewisse künstlerische Veranlagung zeigte, wurde beschlossen, ihn nach der Stadt Kopenhagen zu schicken, um dort, wenn möglich, irgendein Handwerk zu erlernen, wie es viele vornehme Isländer getan hatten. In dieser Familie hatte es von jeher kunstfertige Leute gegeben, auch wenn sie stets zur Beschäftigung mit Büchern angehalten worden waren, wie es zu der Zeit üblich war, doch als der junge isländische Herr nach Kopenhagen kam, machte er dort bald die Erfahrung, daß ein Handwerk schon längst nicht mehr als so passend für vornehme Leute galt wie einstmals die Schmiedearbeit für Skallagrimur, und die Handwerkslehrlinge waren nicht angesehener als irgendwelche dahergelaufenen Bettler, im Gegenteil, denn sie waren gewissermaßen die Leibeigenen ihrer Meister und bekamen nur sonntags ein Gläschen Branntwein, wurden aber schon im Morgengrauen geweckt, um Schweine zu hüten oder Besorgungen für Dienstmägde zu machen, mußten bis in die Nacht hinein arbeiten und wurden vom Meister geschlagen und von den Gesellen beschimpft.

Ein halbes Jahr hielt es Magnus von Braedratunga bei einem Sattler als Lehrling aus, und ein paar Monate bei einem Silberschmied; zwei Jahre trank er oder war er krank; nach drei Jahren kehrte er heim. Die geringen Kenntnisse, die er sich in zwei Handwerkszweigen angeeignet hatte, kamen ihm später jedoch sehr zustatten, und während der ersten Jahre seiner Ehe konnte es geschehen, daß er in den Ruhepausen zwischen seinen Zechtouren anfing, einen Sattel zu machen oder etwas aus Messing zu treiben, und dann arbeitete er daran mit außerordentlichem Fleiß und jener Sorgfalt, die geschickte Dilettanten oft gelernten Handwerkern voraushaben; außerdem besaß er einen angeborenen künstlerischen Geschmack. Mit dieser Bußarbeit zwischen seinen Saufereien erwarb er sich den Ruf besonderer Fingerfertigkeit, der weiter reichte als der Ruhm richtiger Handwerker. In den letzten Jahren waren die trockenen Perioden zwischen den feuchten Stürmen jedoch so kurz geworden, daß er nicht mehr dazu kam, seine Geschicklichkeit auf andere Weise als durch Ausbesserungen an Gebäuden und Geräten zu beweisen, und selbst das nützte nicht viel.

Daheim war er stets nüchtern. Jeder Anfall begann damit, daß er von zu Hause verschwand. Ein häufiger Anfang war, daß er in sogenannten dringenden Geschäften nach Eyrarbakki hinunterreiten mußte. Zu Beginn jeder Zechtour suchte er dort die Gesellschaft von Dänen, Leuten, die mit dem Handelsunternehmen zu tun hatten, das dort allmählich Fuß faßte, am ersten Tag die des Faktors, am zweiten Tag die des Assistenten; am dritten Tag war er jedoch meist schon mit dem Ladenburschen oder sogar mit dem Speicherknecht zusammen. Je länger die Anfälle dauerten, desto geringer wurde sein Umgang, bald war er so tief gesunken, daß er sich in der Gesellschaft betrunkener Pfarrer aus dem Floi oder den Hreppar befand, doch auch sie ließen ihn im Stich, ehe er sich's versah. Dann kamen die Häusler in Eyrarbakki und andere gemeine Taugenichtse an die Reihe, schließlich die Landstreicher, und manchmal verlagerte sich das Ganze auf geheimnisvolle Weise in andere Gemeinden, denn es war kennzeichnend für die Anfälle, daß eine unklare, aber stetige Bewegung mit ihnen einherging, Reisen, deren Ziele in keinem erkennbaren Zusammenhang zueinander standen. Es kam vor, daß der Junker draußen im Freien wieder zu sich kam, irgendwo auf einer unvermuteten steinigen Böschung oder an einer Hofmauer in einem anderen Bezirk, oder auf einem unbekannten Gebirgspfad, von wo er mehr als einen Tag und eine Nacht brauchte, um sich wieder in bewohnte Gegenden hinunter zu verirren;

manchmal quer auf einem staubigen Weg liegend, wo er aus dem Schlaf auffuhr, weil ihm ein umherstreifender Hund ins Gesicht pißte. Es geschah auch, daß er halb in einem Bach oder in einer Lache liegend aufwachte oder auf einer Sandbank in einem Fluß. Bisweilen war ihm das Glück hold, und er kam in irgendeiner Pächterhütte zu sich, entweder in seinem eigenen Erbrochenen und dem Auswurf der Leute auf dem nackten Erdfußboden liegend oder auf dem Lager des Gemeindearmen, der möglicherweise aussätzig war, oder bei irgendeinem unerklärlichen Frauenzimmer, ab und zu jedoch durch Gottes Gnade in einem fremden Ehebett. Nach den beschwerlichen Expeditionen dieser Art gelangte er schließlich nach Hause, manchmal wurde er von Leuten, die Mitleid mit ihm hatten, auf einer Pferdebahre oder auf einem Packpferd festgebunden, gebracht, denn seine eigenen Pferde hatte er entweder verloren oder für Branntwein verkauft; manchmal kam er mitten in der Nacht auf allen vieren angekrochen, völlig durchnäßt, meistens krank, häufig grün und blau geschlagen und blutig, manchmal mit gebrochenen Knochen, stets voller Läuse. Die Hausfrau nahm ihn dann für gewöhnlich in Empfang, wusch ihn wie einen leblosen Gegenstand und entlauste ihn und schloß ihn dann in die vertäfelte Stube, die sein Zimmer war, ein. Wenn er sehr mitgenommen war, erlaubte sie jedoch, daß er zunächst einmal in ihrem eigenen Bett in der Kammer im Obergeschoß lag. Wenn er dann wieder zu sich kam, war er lange Zeit völlig verzweifelt, und sie gab ihm einen starken Absud von isländischem Moos oder eine andere Medizin, um sein Weinen zu stillen. Nach einigen Tagen stand er wieder von den Toten auf, blaß, schön und verklärt, leidend und ein wenig bärtig, mit einem Glanz in den Augen, nachdem er in Wahrheit hinter den Vorhang des Todes geschaut hatte, nicht unähnlich manchen Heiligen, wie sie auf Gemälden dargestellt werden. Er war zwar immer wortkarg, außer bei dem Glas in der langen Reihe, das Hilarii Namen trägt, und im allgemeinen konnte man kein Wort aus ihm herauslokken, außer einem Brummen und Murmeln; aber nie so wie nach einer eben beendeten Zechtour. Das Frühjahr war hart wie andere Frühjahre auch, die Schafe hatten kaum mehr etwas zu fressen, die Kühe waren abgemagert und konnten nicht mehr aufstehen, gaben bis weit in den Sommer hinein keine Milch, die Pferde konnte man nicht zum Holen von Stockfisch verwenden, und womit sollte man bezahlen? Der Junker antwortete den Leuten der Reihe nach, wenn sie zu ihm kamen, um ihm über den Zustand der Wirtschaft zu berichten: Bist du nicht der Schafhirte; bist du nicht die Stallmagd; bitte die Wirtschafterin, dir getrockneten Fisch zu geben, ich habe nichts mit dem Essen zu tun.

Die Wirtschafterin Gudridur Jonsdottir war von der Frau des Richters in Eydalur gleich im ersten Jahr nach Snaefridurs Verheiratung nach Braedratunga geschickt worden, um dafür Sorge zu tragen, daß die junge Herrin nicht an den Bettelstab käme; andere Pflichten gegen Gott und die Menschen glaubte diese Frau nicht zu haben. Doch obwohl Gudridur Jonsdottir sich als Dienerin der Frau des Richters in Eydalur oder genauer gesagt als ihre Abgesandte in einem anderen Landesviertel betrachtete, und zwar in einem schlechteren, so war ihr doch fast die gesamte Führung dieses fremden Haushalts auferlegt, denn die Hausfrau Snaefridur verrichtete keine Arbeit außer ihren Handarbeiten und hatte nie die Führung des Haushalts übernommen oder sich um häusliche Dinge gekümmert. So kam es, daß diese Frau aus den Dalir, eine Magd aus einem anderen Landesviertel, ganz gegen ihren Willen die oberste Instanz und Verwaltung auf einem Herrenhof im Südland wurde – sonst hätte sie nicht der ihr von der Frau des Richters, ihrer Herrin, auferlegten Pflicht nachkommen können, dafür zu sorgen, daß deren Tochter die lebensnotwendige Nahrung und Aufwartung für Tisch und Bett hatte, daß ihre Stube Wind und Wetter standhielt und bei Kälte mit einem kleinen Kachelofen beheizt werden konnte.

Wenn der Junker sich nach einer Zechtour wieder erholte, pflegte er den Zustand der Stube seiner Frau einer Prüfung zu unterziehen, kletterte auf das Dach, um nachzusehen, ob die

Grassoden in Ordnung waren, und setzte kleine Bretterstücke ein, wo sich morsche Stellen im Holz zeigten, denn er liebte seine Frau innig und fürchtete nichts so sehr wie die Drohung Gudridurs, sie werde mit ihr auf und davon gehen. Manchmal fand der Junker auch noch Zeit dazu, ehe die nächste Sturzwelle hereinbrach, an anderen Gebäuden auf dem Hof Ausbesserungen in Angriff zu nehmen, doch leider war er selten so gut gestellt, daß er ein brauchbares Stück Holz besaß. Selten hatte der Junker nach einer Zechtour viele Tage daheim auf seinem Hof gesessen, ehe er von verschiedenen Obrigkeitspersonen heimgesucht wurde, vom Amtmann, vom Gemeindevorsteher, von Pfarrern, von Gerichtsboten, die alle die Aufgabe hatten, ihn zur Verantwortung zu ziehen für Vergehen während der letzten Zechtour, oder die Erfüllung irgendwelcher Verträge, die er abgeschlossen hatte, zu fordern, oder zu verlangen, daß er irgendwelchen Verpflichtungen nachkam, die er mit der Unterzeichnung rechtsgültiger Dokumente auf dieser selben Zechtour eingegangen war. Dann stellte sich heraus, daß er vielleicht einen seiner Höfe verkauft hatte, und tatsächlich hatte er die meisten schon verloren, und im letzten Winter hatte er sich zum ersten Mal am Herrenhof selber vergriffen und einen der dazugehörigen Pachthöfe verkauft. Manchmal hatte er sein Pferd oder Vieh verkauft. Meist war der Erlös aus den Verkäufen auf unerklärliche Weise verschwunden, wenn er durch rechtsgültige Verträge, die er selbst unterschrieben hatte, von seinen Geschäften erfuhr. Häufig verkaufte er auf Zechtouren seinen Hut und seine Stiefel, und es kam sogar vor, daß er ohne Hosen nach Hause kam. Manchmal geschah es auch, daß er auf einer Zechtour Pferde, Schafe oder Höfe kaufte, und die Leute kamen mit gültigen Verträgen in der Hand zu ihm und verlangten, daß er bezahlte. Es war gang und gäbe, Entschädigung für allerhand Schaden, den er den Leuten auf einer Zechtour zugefügt hatte, zu verlangen. Sehr oft demolierte er Leuten die Hüte oder zerriß ihnen die Kleider. Manchmal wurde Entschädigung von ihm gefordert, weil er in die Häuser armer Leute in Eyrarbakki eingedrungen war und es mit ihren Frauen getrieben hatte. Andere hatten Beschimpfungen von ihm über sich ergehen lassen, er hatte sie Diebe oder Hunde oder sogar Diebshunde genannt und vor Zeugen gedroht, sie umzubringen. Wegen all dem sah sich der Mann ständig von gerichtlichen Klagen und Geldstrafen verfolgt.

In nüchternem Zustand war Magnus Sigurdsson in Wirklichkeit ein zurückhaltender Mensch, Streitigkeiten mit anderen abhold, sehr schüchtern, fast wie ein Tier, das am liebsten ungestört in seiner Höhle liegt. Er wollte alles tun, um sich Frieden zu erkaufen, wenn er nüchtern war, bereit, alle irgendwie für seine in trunkenem Zustand begangenen Schandtaten zu entschädigen, insbesondere, wenn es sich ohne viel Reden machen ließ, gab denen, die Entschädigung forderten, Geld, wenn er es hatte, und seine übrige tote und lebendige Habe, selbst die Arbeitsgeräte aus den Händen seiner Leute, wenn die Forderungen nicht größer waren, bezahlte mit Freude ein paar Pferdelasten Heu an einen Mann, dessen Ehefrau er nicht in Übereinstimmung mit den Zehn Geboten behandelt hatte, riß sich sogar die Kleider vom Leib, um wiedergutzumachen, daß er einen Mann aus Eyrarbakki Dieb oder einen Mann aus dem Floi Hund genannt hatte, und alles, ohne aufzublicken oder noch weitere Worte über die Sache verlieren zu wollen. Manche gaben sich damit zufrieden, daß er sich öffentlich entschuldigte, und das, fand er, war die schwerste Buße. Wenn die, die Entschädigung wollten, gegangen waren, stieg er oft stumm in die Kammer zu seiner Frau hinauf und weinte dort, ohne ein Wort zu sagen, manchmal nächtelang, bis der Morgen kam.

Er hat den Hof verkauft, sagte Gudridur, die Wirtschafterin, die gelauscht hatte und atemlos zu ihrer Hausherrin in die Stube im Obergeschoß gelaufen kam. Ich bin sicher, die Madame in Eydalur, meine Hausherrin, wird mir das nie verzeihen.

Mein Mann war schon immer ein tatkräftiger Mensch, sagte die Hausfrau.

Er hat Euch nicht einmal soviel wie einen getrockneten Fischkopf übriggelassen, sagte die Frau aus den Dalir. Der verfluchte Amtmann ist selbst hergekommen, um den Hof zu übernehmen, und wir müssen die Hütten heute verlassen. Sie zwingen Euch, als Bettlerin herumzuziehen. Wie soll ich meiner Madame, Gott segne sie, jemals wieder unter die Augen treten.

Ich wollte schon immer Landstreicherin werden, sagte die Hausfrau. Es muß Spaß machen, an einem mit Heidekraut bewachsenen Hang bei den Schafen zu liegen, die eben Lämmer geboren haben.

Am besten wäre es, ich würde ins Wasser gehen, sagte die Frau aus den Dalir, und Gott weiß, das einzige, was sie mir aufgetragen hat, war, dafür zu sorgen, daß Ihr nicht an den Bettelstab kämt; und jetzt, in diesem Augenblick, seid Ihr an den Bettelstab gebracht worden, und ich stehe da und muß mich vor meiner Herrin verantworten.

Vielleicht ist sie die nächste, die an den Bettelstab kommt, sagte Snaefridur, doch die Frau aus den Dalir nahm so unnützes Gerede nicht zur Kenntnis.

Wie oft, fuhr sie fort, habe ich nicht das bißchen Essen, das für Euch bestimmt war – gute Butter, Trockenfisch, eingelegte Eier und Lammfleisch –, wie Diebesgut verstecken müssen, damit er es nicht als Entschädigung hergeben konnte, wenn er irgendeinen Dummkopf im Floi beschimpft hatte, oder als Buße dafür, daß er bei irgendeiner Weibsperson draußen im Ölves geschlafen hatte; und es war erst jetzt im letzten Winter, daß meine Truhen eines Abends aufgebrochen und geleert wurden, und wäre ich nicht heimlich in der Nacht nach Skalholt hinübergeritten, um mit Eurer Schwester zu sprechen, hätte ich Euch am nächsten Morgen nichts zum Frühstück geben können, und dabei ist das nur ein kleines Beispiel für den Kampf, den ich gegen diesen Tyrannen, den Gott mit Wunden geschlagen hat, habe führen müssen. Und jetzt ist es so weit gekommen, daß Ihr hier im Südland kein Fleckchen Erde mehr besitzt, auf dem Ihr stehen könnt. Ich sehe keinen ande-

ren Ausweg, ich muß mit Euch ins Westland reiten, nach Hause.
Alles, bloß das nicht, sagte Snaefridur mit dunkler, ruhiger Stimme und ohne aufzublicken. Alles, bloß das nicht.
Oh, gäbe Gott, daß mich diese entsetzlichen Flüsse des Südlands aufs Meer hinaustrügen, damit ich nicht mit Schande beladen der guten Madame unter die Augen treten muß, sagte diese große, kräftige Frau und war dem Weinen nahe, doch da erhob sich die Tochter des Richters und küßte sie auf die Stirn.
Na, na, liebe Gudda, sagte sie. Wir wollen uns an das Trokkene halten. Geh jetzt hinunter zum Amtmann und bestelle ihm einen Gruß von mir und sag ihm, daß die Hausherrin einen alten Freund begrüßen möchte.
Es war einer jener alten, würdevollen Männer, von denen man jedes Frühjahr etwa drei Dutzend bei der Gerichtsversammlung auf dem Althing sehen konnte. Das Gesicht war zerfurcht und vom Wetter gegerbt, der Blick matt und ein wenig schläfrig, und die Brauen hochgezogen, wie bei einem Mann, der lange versucht hat, während der Rede eines langweiligen Gegners gegen den Schlaf anzukämpfen; es war eines der Gesichter, die gegen die meisten Argumente gefeit sind, insbesondere jedoch gegen solche, die auf menschliche Schwächen Bezug nehmen. An den kalten Schutz solcher Männer hatten sich die weiblichen Vorfahren Snaefridurs, der Tochter des Richters, seit urdenklichen Zeiten gewöhnt, solche Männer kannte sie instinktiv bis zu den rissigen Stiefeln hinunter.
Sie empfing ihn lächelnd in der Tür ihrer Stube, hieß den Kollegen und Gastfreund ihres Vaters willkommen, sagte, sie bedaure es immer, wenn große Herren vorbeiritten, ohne einem dünnen, kleinen Mädchen Artigkeit zu erweisen, sie hätte gedacht, man würde ihr die berühmte Gastfreiheit ihrer Mutter, der Frau des Richters, zugute halten.
Er umarmte sie, und sie bat ihn, Platz zu nehmen; sie öffnete ihre Schreibkommode und holte eine Flasche verführerisch duftenden Klarett daraus hervor und schenkte ihm und sich ein Glas ein.

Er strich sich über die lange, graue Kinnlade, wiegte langsam den Oberkörper vor und zurück und atmete vernehmlich, so daß es schwer war, herauszuhören, ob er summte oder stöhnte.
Oh, ja, sagte er, hm-m-m, ich erinnere mich noch gut an die Urgroßmutter meiner Lieben. Sie war in katholischer Zeit geboren. Sie war schlank und blond und blieb es auch, und sie heiratete noch als fünfzigjährige Witwe den seligen Pfarrer Magnus in Rip, nachdem sie vorher mit zwei Amtmännern verheiratet gewesen war. Es hat immer schöne Frauen in Island gegeben; manchmal wenige, oh, ja, besonders in solchen Zeiten wie diesen, denn das Schöne stirbt zuerst, wenn alles stirbt. Aber die eine oder andere kann man immer noch entdecken. Quod felix. Oh, ja. Auf ihr Wohl.
Aber leider ist es auch so, sagte die Hausfrau, daß es heute weniger echte Ritter gibt als in Eurer Jugend, mein lieber Monsieur Vigfus Thorarinsson.
Die Großmutter meiner Lieben war ebenfalls eine großartige Frau, sagte er. Hm-m-m. Sie war eine von den großen Frauen, die es immer am Breidafjördur gegeben hat, eine von diesen wahren Inselfrauen, die nicht nur Latein und versificaturam konnte, sondern auch zehnmal zehn Großhunderte in Landgütern erbte; sie holte sich ihren Mann im Osten in Thingmuli, reiste mit ihm nach Holland, wo er die Kunst des Bartscherens erlernte, und machte ihn später zum Stellvertreter des Lehnsherren und größten lateinischen Dichter im Norden. Auch sie hatte diese blauen Augen und dieses luftige, helle Haar, das dennoch nicht gelb ist. Als ich ein kleiner Junge war, wurde von ihr nie anders gesprochen als von einem Bild, welches das ganze Westland überragte. Oh, ja. Es hat immer Frauen gegeben in Island. Auf ihr Wohl.
Zum Wohl, sagte sie – auf die alten, mutigen Kavaliere, die schönen Frauen wahre Ritterlichkeit erwiesen und bereit waren, durch Feuer und Wasser zu gehen, um unsere Ehre nach Kräften zu vergrößern.
Die Mutter meiner Lieben, Gudrun in Eydalur, war und ist

eine wahrhaft vornehme Dame, auch wenn sie nicht die Farbe ihrer Ahnfrauen hat. Sie ist die Frau meiner Generation, von der ich mir am besten vorstellen kann, daß sie in den Königsschlössern in jenen Ländern, in denen die Isländer einstmals für Menschen galten, einen würdigen Platz einnehmen könnte, und doch ist sie die Frau, die wegen ihrer verehrungswürdigen Tugenden am meisten geliebt wird von den einfachen Leuten. Sie besitzt die Freigiebigkeit einer wahrhaft christlichen Standesperson, hat jedoch gleichzeitig auch ein Herz für ihre Kinder, wie es sich geziemt für eine Frau, die sich nicht mit weniger als dem größten Frauenstolz, den es in alter Zeit im Norden gab, begnügt, und die so großen Ehrgeiz für ihren Mann hat, daß sie ihm keine Ruhe gelassen hätte, auch wenn er eine weniger bedeutende Persönlichkeit gewesen wäre als mein lieber Eydalin, bevor er der mächtigste Mann unter den Würdenträgern hier in Island geworden war. Stolze Frauen haben dieses Land hochgehalten, aber jetzt wird es sinken. Auf ihr Wohl.

Ich war immer froh, keine Tochter zu haben, sagte Snaefridur. Denn was soll in Zukunft aus den isländischen Frauen werden, denen das schwere Schicksal vorherbestimmt ist, daß sie nur hervorragende Männer lieben können, Männer, die ihre Stärke dazu verwenden, Lindwürmer zu erschlagen wie Sigurd der Drachentöter auf meiner Borte.

Ich habe schon immer gewußt, daß meine Liebe eine dieser großen Frauen ist, die Island hervorgebracht hat. Ich glaubte auch, Eure Mutter so verstehen zu dürfen, als ich das letzte Mal bei ihr zu Gast war, daß sie nicht immer ruhig schlafen könne, wenn sie daran dachte, daß möglicherweise nicht alle Frauen ihres Geschlechts zu der Zeit geboren wurden – hm-m-m –, da Brünhild auf dem Berg schlief. Und jetzt muß ich gehen, meine Liebe, der Tag vergeht. Glück dem, der mir einschenkte. Ich danke der Tochter meiner Freunde dafür, daß sie mich zu sich gerufen hat. Ich bin schon ein alter Mann und habe nie als besonders großzügig gegolten. Oh, ja. Doch da ich sehe, daß ihre Freundlichkeit, meine Liebe, einen herrlichen Sattel besitzt, dürfte da ein alter Verehrer ihrer Mütter und Ahnfrauen sein schönstes Pferd hier auf dem Hofplatz zurücklassen, wenn sie es annehmen will. Ich ließ es letztes Jahr im Westland in den Dalir kaufen, und es wird den Weg dorthin finden.

Vigfus Thorarinsson erhob das Glas zum Abschied, stand schwerfällig auf, streichelte sie zum Dank mit seiner blauen Pranke und bat Gott, uns allen gnädig zu sein.

Kurz darauf hörte sie, daß die Männer den Hof verließen. Sie ritten ostwärts, die Tungur hinauf. Magnus schleppte sich mit gesenktem Kopf hinauf in die Kammer zu seiner Frau; er sprach kein Wort, sondern warf sich bäuchlings auf ihr Bett.

Sie fragte: Müssen wir heute von hier fort?

Nein, sagte der Junker. Nachdem er bei dir gewesen war, sagte er, wir dürften noch zehn Tage hierbleiben.

Ich habe nicht um Aufschub gebeten, sagte sie.

Ich auch nicht, sagte er.

Warum hast du nicht darauf bestanden, sofort wegzugehen? sagte sie.

Du hast mich nie nach etwas gefragt, frage mich nach nichts, sagte er.

Verzeih, sagte sie.

Dann ging sie hinunter.

Die Tür zu der getäfelten Stube stand halb offen, und sie sah auf dem Tisch einige blanke Speziestaler, die zu zwei Seite an Seite stehenden Säulen aufgeschichtet waren, und daneben die Dokumente. Sie trat aus dem Haus auf den Hofplatz hinaus, und die Sonne glitzerte auf dem Tungufljot, der Wind roch nach Gras. Ein rotes Pferd stand angebunden am Pferdestein, es war unruhig, weil es hier allein an einem fremden Ort zurückgelassen worden war; als es die Frau bemerkte, zerrte es am Zügel und blickte sie mit einem jungen, schwarzglänzenden, lebhaften Auge an und wieherte scheu, es hatte sich schon ganz gehaart, sein Fell war wie poliert, sein Maul seidenweich, seine Mähne ragte hoch auf, es hatte schöne Lenden und war schlank.

Die beiden Knechte schliefen immer noch, ihre Mützen über

dem Gesicht, neben der Mauer der Hauswiese, und die Dünnbeinige harkte weiter auf der Wiese herum.
Die Hausfrau ging auf die Wiese hinaus zu den Männern und weckte sie. Holt im Haus ein Messer und schlachtet mir dieses Pferd, das dort an den Stein gebunden steht. Und steckt den Kopf auf eine Stange und laßt ihn nach Süden in Richtung Hjalmholt schauen.
Die Männer fuhren erschrocken auf und rieben sich die Augen. Das war noch nie vorgekommen, seitdem sie auf dem Hof waren, daß die Hausfrau Befehle erteilte.

Drittes Kapitel

Am folgenden Tag ritt Snaefridur nach Skalholt, um mit ihrer Schwester Jorunn, der Frau des Bischofs, zu sprechen. Madame Jorunn pflegte jedes Jahr zu Beginn des Althings ins Westland nach Eydalur zu reiten und sich zehn Tage lang zu Besuch bei ihrer Mutter aufzuhalten, und das wollte sie auch diesmal tun.
Vielleicht solltest du mitreiten, Schwester, sagte die Frau des Bischofs. Es würde unsere Mutter mehr freuen, dich einmal zu sehen als mich zehnmal.
Meine Mutter und ich waren einander in vielem ähnlich, und trotzdem kamen wir nicht miteinander aus, sagte Snaefridur. Und ich glaube, es wird kaum möglich sein, die Geschichte vom verlorenen Sohn auf die weibliche Linie unseres Geschlechts zu übertragen, solange eine Frau in diesem Geschlecht ihrer Mutter gleicht, Schwester Jorunn. Dagegen habe ich dieses Frühjahr ein kleines Anliegen an meinen Vater, doch es ist mir nicht möglich, nach Thingvellir zu reiten, um ihn dort zu treffen. Was ich sagen wollte, Schwester, reitest du zuerst zum Althing?
Sie sagte, ja, sie werde wie gewöhnlich mit ihrem Ehemann, dem Bischof, nach Thingvellir reiten und dort eine Nacht bleiben, um dann mit ihren Begleitern ins Westland zu reiten.

Am liebsten würde ich meinen Vater bitten, hierher zu mir zu kommen, sagte Snaefridur, aber zum einen soll der Richter schon ziemlich altersschwach sein und nicht gern unnötige Reisen unternehmen, und zum andern haben wir in Braedratunga kaum die Möglichkeit, vornehme Gäste zu beherbergen: deshalb möchte ich dich bitten, Schwester, ihm etwas auszurichten.
Dann erzählte sie ihrer Schwester alles, was geschehen war: Magnus, ihr Mann, hatte seinen Herrenhof an reiche Leute, den Amtmann Vigfus Thorarinsson und seinen Schwiegersohn, den Branntweinschleichhändler Jon von Vatn, verkauft, und die neuen Eigentümer verlangten, daß sie und ihr Mann sofort den Hof verließen. Bei diesen Worten ging die Frau des Bischofs auf ihre Schwester zu und küßte sie unter Tränen, doch Snaefridur sagte, sie solle ruhig bleiben, und setzte ihre Rede fort: Sie sagte, ihr Anliegen an ihren Vater sei, ihn zu bitten, mit Vigfus Thorarinsson zu sprechen und ihm den Hof wieder abzukaufen; sie selbst, meinte sie, habe keine Möglichkeit, den Amtmann dazu zu bringen, den Verkauf rückgängig zu machen, doch die Mächtigen in Island, sagte sie, kennten einander und hätten immer etwas in der Hand, um den andern zu etwas zwingen zu können.
Liebe Schwester, ich weiß, daß du damit nicht unseren Vater meinen kannst, sagte die Frau des Bischofs. Denn wann hat man je gehört, daß ihn ein anderer mächtiger Mann hier im Lande hätte zwingen können, sich auf etwas einzulassen, von dem er in seinem Herzen wußte, daß es unrecht war.
Snaefridur sagte, darüber bräuchten sie jetzt nicht zu streiten. Aber sie ließ sich nicht davon abbringen, daß ihr Vater Macht über mehr einflußreiche Leute hatte als irgendein anderer Mann und bessere Möglichkeiten, ihnen seinen Willen aufzuzwingen – wenigstens noch im Augenblick. Sie sagte, sie wisse, daß er den Hof wieder von dem reichen Fusi zurückkaufen könne, wenn er wolle, und für den Preis, den er wolle. Wenn dann der Hof ihrem Vater gehöre, wolle sie selbst ihn von ihm kaufen für die Ländereien, die sie im Westland und

Nordland besaß und die nicht mit ihrer Mitgift ausbezahlt worden waren, da sie sich gegen den Willen der Familie verheiratete, bevor sie zwanzig war.
Die Frau des Bischofs betrachtete eine Weile ihre Schwester von oben bis unten, mit ein wenig mitleidiger Miene, weil sie noch nicht ebenfalls jene angenehme Entspanntheit von Leib und Seele besaß, die man durch langes Wohlleben erwirbt, sondern als Frau von zweiunddreißig Jahren noch immer dünn und hell war, mit einer versteckten Heftigkeit im Blut und einer Unruhe im Körper wie eine Jungfrau.
Warum, Schwester, warum, sagte die Frau des Bischofs schließlich.
Weshalb fragst du?
Ach, ich weiß nicht, liebe Schwester. Aber irgendwie, wenn ich an deiner Stelle wäre – ich würde meinem Erlöser danken, wenn Magnus von Braedratunga mich an den Bettelstab brächte, dann wäre es mein gutes Recht, daß ich fortgehe.
Fortgehe, wohin?
Irgendwohin. Unsere Mutter –
Ja, ich weiß, du willst mir sagen, daß sie ein Kalb schlachten würde. Aber ich danke dafür. Geh du heim zu deiner Mutter, Jorunn, wenn der Bischof Skalholt verkauft hat und du kein Zuhause mehr hast.
Verzeih, Schwester, wenn ich nicht das Richtige zu dir sage, ich weiß, du hast mehr Ähnlichkeit mit unseren Ahnfrauen als ich. Doch gerade deshalb, Snaefridur, deshalb ist es eine so große Sünde, deshalb ist es schwerer, als Tränen ausdrücken können, deshalb schreit es zum Himmel.
Wovon redest du?
Ich glaubte, ich bräuchte nicht noch deutlicher mit dir über das zu sprechen, was schon seit langem im ganzen Land in aller Munde ist. Du weißt, daß unsere Mutter nicht mehr gesund ist – diese stolze Frau.
Ach was, sie wird älter werden als alle anderen alten Frauen, sagte Snaefridur. Das Bistum Skalholt ist eine gute Tochter, die für ihren Teil gute Gesundheit verleiht, auch wenn der

Armeleutehof Braedratunga hin und wieder ein wenig Gicht verursacht.

Ich weiß, liebe Snaefridur, daß der Herr immer Trost im Leiden spendet, sagte die Frau des Bischofs. Er verleiht denen, die vom Unglück verfolgt werden, Seelenstärke. Doch wir müssen uns vor allem vor den Gefahren in acht nehmen, bei denen die Verstocktheit der Seele an die Stelle der Barmherzigkeit von Gott tritt, die Verachtung für Gott und Menschen, selbst für die eigenen Eltern, an die Stelle der Demut des Herzens.

Mein Glück ist nicht aus einem Gebetbuch abgeschrieben, liebe Schwester, und dennoch bezweifle ich, daß es in Island viele Frauen gibt, die glücklicher sind als ich, sagte Snaefridur. Und am allerwenigsten möchte ich mit dir tauschen, Bischöfin.

Du bist nicht ganz bei Sinnen, liebe Snaefridur, wir sollten aufhören, so zu sprechen, sagte die Frau des Bischofs.

Die Witwe in Laekur, sagte Snaefridur, brachte letztes Jahr an Mariä Verkündigung ihr siebtes Kind um. Es war ihr drittes uneheliches Kind. Sie wird jetzt in wenigen Tagen auf dem Althing an der Öxara ertränkt. Im letzten Sommer lebten die Kinder noch von Pferdefleisch und Kräutersuppe. Doch jetzt, an einem regnerischen Sonntag im Frühling, standen drei von ihnen mit ihrer uralten Großmutter auf dem Hofplatz in Braedratunga, abgemagert und aufgedunsen, mit stierem Blick, und schauten mich an, als ich an meinem Fenster stand. Die anderen drei waren gestorben. Ich bin eine glückliche Frau, liebe Schwester.

Ja, wir Menschen verstehen nicht die Wege des Herrn, liebe Snaefridur, sagte die Frau des Bischofs, und unser Volk hat ohne Zweifel in den vergangenen Jahrhunderten in Sorglosigkeit gelebt und empfängt jetzt seine Strafe, wie wir unsere gesegneten Gottesmänner so oft sagen hören. Doch trotz alledem, Gott kann man nicht dadurch dienen, daß die, welche nach seinem Ratschluß in die höheren Stände hineingeboren wurden, sich ohne triftigen Grund unter die Rute beugen.

Im Frühjahr, denn hier in Island geschieht alles im Frühjahr – es war in einer grünen Senke, hier in der Nähe der Hvita: da wurden zwei kleine Mädchen und ein mit Wollgras gefülltes Kissen gefunden. Der Haushalt war aufgelöst und die Habe verteilt worden, und dieses Kissen mit Wollgras war den Zwillingen zugefallen. Sie hatten beide ihre Köpfchen auf ihr Kissen gelegt und waren gestorben. Sie waren schon von Raubtieren angenagt. Man wollte sich nicht um diese Gebeine kümmern, und schließlich sorgte ich dafür, daß sie beerdigt wurden. Es hätten meine Mädchen sein können. Nein, liebe Schwester, ich bin eine sehr glückliche Frau.
Warum quälst du dich mit diesen traurigen Geschichten, liebste Schwester, sagte die Frau des Bischofs, und jetzt begann ihre liebenswürdige Miene, ein wenig Ungeduld zu verraten.
Jetzt, zur Kreuzerfindung, haben sie endlich den Schafdieb in Krokur aufgehängt. Er war oft verurteilt worden, und einmal hatten sie ihm eine Hand abgehackt, aber er wurde dadurch kein besserer Mensch, sondern stahl um so mehr Schafe, je weniger Hände er hatte. Die Leute aus den Upptungur brachten ihn, quer über einem Sattel hängend, vom Richtplatz zurück und warfen ihn bei seiner Frau und seinen Kindern in den Hausflur, als sie dort vorbeikamen. Nein, liebe Schwester, wenn es eine glückliche Frau in Island gibt, dann bin ich es, denn ich webe Teppiche mit Bildern aus alter Zeit und sticke Altardecken und Meßgewänder für Kirchen und sammle Silber in meiner Truhe, und außerdem hat der Herr mich unfruchtbar gemacht, und das ist vielleicht das größte Glück, das einer isländischen Frau in den Schoß fallen kann.
Wir wollen uns darüber nicht streiten, Schwester; doch mir scheint, es muß der Wille des Schöpfers sein, daß jede gute Frau sich wünscht, einen gesunden Sohn zu gebären, und ich hatte große Freude an meinen beiden Söhnen, als sie klein waren; und wenn eine Frau in ihrer Ehe kinderlos bleibt, dann ist das nicht ihre Schuld, sondern Gott hat es so bestimmt. Doch wenn eine Frau von höherem Stand ist, dann tut sie nicht recht, sondern lästert Gott, wenn sie ihr Leben mit dem von

Landstreichern und hingerichteten Verbrechern vergleicht. Und du hast dich sehr verändert gegenüber dem, was früher war, wenn selbst das Schlechteste gut genug ist für dich.
Ich war schon immer eine Frau, die durch nichts zufriedengestellt werden kann, sagte Snaefridur. Deshalb habe ich mir ein Schicksal ausgewählt – und mich damit abgefunden.
Wer in einer Welt aus seltsamen Einbildungen lebt, weiß nicht, wessen Spielball er ist, bevor es zu spät ist, sagte die ältere Schwester. Du hast ohne Zustimmung deiner Familie und gegen die Gesetze Gottes und des Landes geheiratet, und nur, um dich vor einer noch größeren Schmach zu bewahren, hat unser Vater davon abgesehen, diese Ehe für ungültig erklären zu lassen. Nun könnte ich mir vorstellen, daß er es sich zweimal überlegt, bevor er dir den Herrenhof Magnus Sigurdssons kauft für die Ländereien, die er dir nicht als Mitgift geben wollte. Aber ich kenne einen Mann, unseren treuen Freund, auch wenn er nicht viel Aufhebens davon macht, der es nie müde wird, von früh bis spät über dein Wohlergehen zu sprechen und dich der Obhut des Herrn zu empfehlen. Dieser Mann hat beim Amtmann Vigfus und seiner Sippschaft nicht weniger zu sagen als unser Vater. Es ist dein Seelsorger, der große lateinische Dichter und Doktor, der fromme Gottesmann Pfarrer Sigurdur Sveinsson, einer der reichsten Männer im Bistum.
Ich hatte mir etwas anderes gedacht, falls mir mein Vater nicht in dieser Sache helfen würde, sagte Snaefridur.
Die Frau des Bischofs wollte wissen, welchen Ausweg ihre Schwester sich da ausgedacht hatte.
Ich habe gerüchteweise gehört, sagte sie, daß ein Freund, der lange fortgewesen ist, zurückgekehrt sei.
Das milde, nachsichtige Lächeln der älteren Schwester war plötzlich und überraschend verschwunden. Sie wurde blutrot. Ihre Augen bekamen etwas Fanatisches. Das war eine andere Frau. Sie wollte etwas sagen, ließ es dann aber sein. Nach einer Weile fragte die Frau des Bischofs tonlos:
Woher weißt du, daß er gekommen ist?

Du und ich, wir sind beide Frauen, liebe Schwester, sagte Snaefridur. Und wir Frauen haben in bestimmten Dingen einen siebten Sinn. Wir erfahren Dinge, auch wenn wir sie nicht mit den Ohren hören.

Und du hattest dir vorgenommen, ihn in Bessastadir oder vielleicht hier in Skalholt aufzusuchen und zu bitten, Braedratunga wieder für dich und Magnus Sigurdsson zurückzukaufen? Bist du ein solches Kind? Ist die Welt und alles, was in der Welt geschieht, ein Buch mit sieben Siegeln für dich? Oder machst du dich über mich lustig, liebste Schwester?

Nein, ich will ihn nicht bitten, Ländereien für mich zu kaufen, sagte Snaefridur. Aber wie ich höre, ist er gekommen, um die Amtsführung der Obrigkeit zu untersuchen. Der Kaufvertrag, den Schwiegervater und Schwiegersohn, der Amtmann und der Branntweinschleichhändler, mit meinem Ehemann abgeschlossen haben, wäre vielleicht ein nicht uninteressantes Dokument in den Händen eines Mannes, der Akten über Isländer sammelt.

Weißt du, was für ein Mann Arnas Arnaeus ist, Schwester? fragte die Frau des Bischofs ernst.

Ich weiß, sagte Snaefridur, daß ich das Zweitbeste, das du und meine Verwandtschaft für mich ausgesucht hattet, tiefer verachte als das Schlechteste. So bin ich nun einmal.

Ich will nicht versuchen, deine geheimnisvollen Worte zu deuten, Schwester, aber ich hätte nicht geglaubt, daß eine Frau aus deiner Familie hier in Island sich der Sache von Verbrechern gegen ihren alten, untadeligen Vater annehmen könnte, der Sache von Verurteilten gegen ihren rechtmäßigen Richter, der Sache derer, die das einfache Volk gegen seine Herren aufwiegeln und die allgemeine christliche und rechte Gesinnung im Lande untergraben wollen.

Wer tut all das?

Arnas Arnaeus und jene, die ihn unterstützen.

Ich glaubte allerdings, Arnaeus sei nur deshalb zurückgekommen, weil seine Vollmachten größer sind als die aller anderen Isländer, die jemals gelebt haben.

Es heißt zwar, er sei mit einem Brief, der vom König unterschrieben sein soll, zum Althing geritten, sagte die Frau des Bischofs. Und er soll Gericht halten über die Kaufleute und sucht sie in ihren Handelsniederlassungen in den Hafenplätzen im Südland auf, und entweder wirft er ihre Ware ins Meer oder er versiegelt sie im Namen des Königs, so daß die Armen weinend zu ihm fliehen müssen, damit sie in ihrer großen Not eine Handvoll Mehl oder ein Stückchen Tabak bekommen. Er sagt, er sei der Fürsprecher der Schelme und der Ankläger der Obrigkeit. Doch Leute, die es wissen müssen, sagen, er sei von denen geschickt, die in Kopenhagen angesehene Männer und vornehme Adlige aus dem Rat des Königs zu Fall gebracht haben, um an ihrer Stelle Handwerksburschen, Bierbrauer und Landstreicher einzusetzen. Und kaum hat sich das Gerücht von seiner Ankunft verbreitet, da sagst du, daß du ihm unbedingt Beweismittel gegen unseren guten Vater liefern willst. Darf ich dich daran erinnern, liebe Schwester, daß Didrik von Münden, der auch behauptete, einen Brief vom König zu haben, in Södulholt, hier auf der anderen Seite des Baches, verscharrt wurde.

Snaefridur blickte unbeirrt ihre Schwester an und sah, daß ihre Wangen rote Flecken hatten, die nicht verschwinden wollten.

Erzähle du mir nichts über Arnaeus, liebe Schwester, sagte Snaefridur. Und auch nichts über den Richter Eydalin. Und verzeih mir, Bischöfin, wenn ich finde, daß es nicht gerade von großer Liebe für unseren Vater zeugt, wenn seine Ehrenhaftigkeit mit den Streichen eines Branntweinschleichhändlers verglichen wird, und der ein Feind des Richters Eydalin sein soll, der die Rechtmäßigkeit der Taten des reichen Fusi anzweifelt.

Ich habe nicht gesagt, daß die Obrigkeit kein Unrecht begehen könne, sagte die Frau des Bischofs. Wir wissen, daß alle Menschen sündig sind. Aber ich sage, und das sagen alle guten Menschen, wenn die isländische Obrigkeit zu Sträflingen in Bremerholm erniedrigt wird und alle besseren Leute in diesem

armen Land auf die Knie gezwungen werden, dann kann Island nicht mehr bestehen. Der Mann, der kommt, um die Sitte und Ordnung zu zerstören, die unser armes Volk bisher davor bewahrt hat, ein einziger Haufen von geächteten Dieben und Mordbrennern zu werden, und der das Mehl und den Tabak der einfachen Leute versiegelt und behauptet, unsere guten Kaufleute, die so große Gefahren auf sich nehmen und über das wilde Meer segeln, benützten falsche Waagen – wie soll man einen solchen Mann nennen? Du mußt Nachsicht mit mir haben, Schwester, daß mir die Worte fehlen, wenn du glaubst, du könntest einem solchen Mann vertrauen. Und wenn du mir gegenüber andeutest, daß du ihn kennst wie deinen Vater, dann verzeih, daß ich frage: Wie kann es möglich sein, daß du diesen Mann so genau kennst? Es stimmt, er hielt sich einen Teil eines Sommers bei unseren Eltern im Westland auf, während er Vorkehrungen traf, die Bücher, die es noch gab über unsere berühmten Vorväter, zu sammeln und außer Landes zu schaffen, und ich kann mich daran erinnern, daß er im Herbst zusammen mit meinem Mann und mir und dir nach Skalholt geritten ist, als er auf dem Weg zum Schiff war. Kann er dir für das ganze Leben den Kopf verdreht haben? Ich habe alles von mir gewiesen, was das Gerücht darüber sagte, und du warst damals nichts weiter als ein Kind und hattest nicht mehr Ahnung von einem Mann als die Katze vom Siebengestirn, und er hatte ja auch eine reiche Bucklige in Dänemark geheiratet, ehe das Jahr um war. Ich möchte aber doch gern wissen, Schwester, was zwischen euch vorgefallen ist, daß du heute, nach sechzehn Jahren, lieber bei diesem Verräter Beistand suchen willst, anstatt die selbstverständliche Unterstützung deiner wahren Freunde anzunehmen.
Falls mein Vater, die Stütze des Landes, mir nicht in dieser Sache helfen will, die ihm zu unterbreiten ich dich jetzt bitte, sagte Snaefridur; und falls andererseits der Mann, den du einen Verräter nennst, meine Hoffnung enttäuscht und es ablehnt, den Vertrag des reichen Fusi für ungültig zu erklären, dann verspreche ich dir, liebe Schwester, daß ich mich von

Junker Magnus trennen und meinen ewigen Freier und wahren Freund, den Domprediger Sigurdur, deinen Schützling, heiraten werde; aber nicht eher.
Kurz darauf beendeten die Schwestern dieses Gespräch, und der einen war heiß, der anderen war kalt. Die Frau des Bischofs versprach, die Sache ihrem Vater auf dem Althing vorzutragen, und Snaefridur ritt wieder heim nach Braedratunga.

Viertes Kapitel

Zu Beginn der Heuernte überkam den Junker wieder jene Rastlosigkeit, die stets das gleiche ankündigte, zusammen mit wachsendem Hochmut und unleidlichem Benehmen. Er war schon früh am Morgen auf den Beinen, brachte jedoch nichts zuwege, die Geräte, die er ausbessern wollte, lagen unangerührt neben seinem Werkzeug in den Hobelspänen auf dem Boden der Scheune. Er stand schon vor sechs Uhr auf einem Hügel und hielt Ausschau, wenig später war er unten am Fluß, um Reisende abzupassen; nach einer Weile hörte man ihn im Hausgang eine Halbstrophe singen, er ließ Reitpferde holen, untersuchte sorgfältig ihre Hufe, ging in die Schmiede und brachte ein Hufeisen in Ordnung, kraulte lange die Pferde, bürstete ihnen den Schmutz ab und sprach ihnen gut zu, ließ sie dann fürs erste wieder laufen, behielt sie aber im Auge, ging zu einem Pächterhof und schimpfte ein bißchen mit den Pächtern, wanderte hin und her. Gudridur, die Frau aus den Dalir, hatte das Essen für den Bauern in der getäfelten Stube aufgetischt, denn er aß nie zusammen mit seinen Leuten; es gab Quark, getrockneten Fisch und Butter. Er rümpfte die Nase und fragte:
Gibt es keinen Hammelbauch?
Ich wüßte nicht, daß meine Hausherrin, die Frau des Richters in Eydalur, etwas davon gesagt hätte, sagte die Frau.
Und saure Widderhoden?
Nein, sagte die Frau. Von den Schafen, die im Frühjahr hier

verhungerten, konnte man weder die Hoden noch die Bäuche verwenden.
Zahlen diese Höfe, die ihr im Nordland habt, keine Pacht mehr? sagte er.
Das weiß ich nicht, sagte die Frau, aber wir haben Molke, die vom Herrenhof des Junkers stammt.
Bring mir Molke, sagte er; aber schön saure und kalte.
Was ich noch sagen wollte, sagte die Frau. Soll die Tochter meiner Hausherrin warten, bis sie vom Hof vertrieben wird, oder soll sie freiwillig gehen, und wann?
Fragt den Richter Eydalin danach, gute Frau, sagte der Junker. Er hat mir seit fünfzehn Jahren die Mitgift seiner Tochter vorenthalten.
Als die Frau aus den Dalir die Molke brachte, war der Junker fort.
Er verschwand, wie die Vögel sterben, so daß niemand wußte, was aus ihm geworden war, er ritt nicht den gewöhnlichen Weg vom Hof zur Straße hinunter, sondern stahl sich auf Umwegen davon, während die Leute ihren Mittagsschlaf hielten, keiner sah genau, wie er sich aufmachte; aber er war verschwunden. Die Axt und der Hammer lagen neben einem Fenster, in das er eine Tierhaut hatte einsetzen wollen; er hatte angefangen, den Rahmen auszubessern. Die Holzspäne lagen im Gras.
Diesmal führte er Silber mit sich, und obwohl die Speichertüren der Handelsniederlassungen mit dem Siegel des Königs verschlossen waren, war es ein leichtes, gegen solche Bezahlung Branntwein zu bekommen, auch Gesellschaft, wie sie dem Junker behagte, den Kaufmann, den Kapitän und andere Dänen.
In dieser Gesellschaft mangelte es nicht an Gesprächsstoff, das Neueste war, daß der königliche Abgesandte Arnaeus, der mit dem Schiff nach Holmur gekommen war, zu den meisten Handelsplätzen im Südland geritten war, zuletzt nach Eyrarbakki, und die Waren der Kaufleute für verdorben erklärt hatte: Er hatte mehr als tausend Fässer Mehl wegwerfen lassen

und behauptet, es sei nichts als Milben und Würmer, hatte gesagt, das Bauholz sei Brennholz, das Eisen sei Schlacke, die Seile seien verfault, und der Tabak sei Judentabak. Auch ihre Maße und Waagen wurden verdächtigt. Halbverhungerte Häusler sahen mit Tränen in den Augen zu, wie das Mehl ins Meer geworfen wurde, und fürchteten, daß die Kaufleute nie wieder in ein so undankbares Land segeln würden.
Die Sache muß vor das Oberste Gericht, sagte der Kaufmann. Die Krone soll es bezahlen. Der König soll ruhig bluten für seine Isländer, bei denen nichts zu holen ist außer Dreck und Schande und die kein ausländischer König, Kaiser oder Kaufherr haben will, obwohl die Majestät sie schon oft zum Verkauf angeboten hat.
Der Junker konnte plötzlich wütend werden, wenn er hörte, daß dieses Land so herabgesetzt wurde, denn dann erinnerte er sich daran, daß er einer von dessen Vornehmen war, und zum Beweis dafür, daß die Isländer tüchtige Leute und Helden waren, griff er in seine Tasche und zog eine Handvoll glänzender, frisch geprägter Silbertaler nach der anderen heraus und warf damit in der Stube um sich, sagte, er wolle einen Braten, und wollte mit der Magd schlafen, ging hinaus und schlug die Tür zu und kaufte ein Stück Land im Selvogur. Das ging zwei oder drei Tage so weiter, und als Island in den Augen der Dänen nicht wachsen wollte, trotz der großartigen Einfälle des Junkers, und sein Silbergeld zur Neige ging, hatte er schließlich nur noch die Fäuste, um zu beweisen, daß die Isländer Helden und tüchtige Leute waren. Dann dauerte es nicht lange, bis die Dänen nichts mehr mit ihm zu tun haben wollten. Ehe er sich's versah, lag er der Länge nach im Straßendreck vor der Handelsniederlassung. Das war in der Nacht. Als er zu sich kam, versuchte er, beim Kaufmann einzubrechen, doch die Tür war abgeschlossen und aus solidem Holz. Er rief nach der Magd, doch sie kannte diesen Mann nicht. Er drohte, das Haus in Brand zu stecken, aber entweder gab es kein Feuer in Eyrarbakki oder der Junker verstand sich nicht aufs Brandstiften, denn das Haus blieb stehen. Als der

Junker ohne Unterbrechung von Mitternacht bis gegen drei Uhr geschrien hatte, kam der Assistent im Unterzeug ans Fenster.
Branntwein, sagte der Junker.
Wo ist das Geld, sagte der Assistent, doch da hatte der Junker nichts anderes in Händen als den unklaren Kaufvertrag für ein Stück Land im Selvogur.
Ich werde dich erschießen, sagte der Junker.
Der Assistent schloß das Fenster und legte sich wieder schlafen, und der Junker hatte kein Gewehr.
Kurz vor Tagesanbruch gelang es dem Junker, den Ladenburschen aufzuwecken.
Wo ist das Geld, sagte der Ladenbursche.
Halt dein Maul, sagte der Junker.
Damit war die Sache erledigt.
Als der Junker eine ganze Nacht geschrien und geflucht und von außen gegen die Häuser getrommelt hatte, wurde er allmählich wieder nüchtern, und er fand seine Pferde.
Er kam gegen neun Uhr nach Vatn zu Jon Jonsson, da war er völlig nüchtern, hatte aber einen Katzenjammer. Der Bauer stand mit seinen Knechten auf der Hauswiese und mähte.
Der Junker ritt zu ihm auf die Wiese, doch der Bauer hatte schlechte Laune und sagte, der Taugenichts solle schnellstens aus dem ungemähten Gras verschwinden.
Hast du Branntwein, sagte der Junker.
Ja, sagte Jon von Vatn. Aber was geht dich das an.
Der Junker bat ihn, ihm Branntwein zu verkaufen; er sagte, er werde jeden Preis dafür bezahlen, hatte allerdings im Augenblick kein Bargeld zur Hand.
Selbst wenn alle Seen des Landes sich in ein Branntweinmeer verwandelt hätten, das mir gehörte, und alles trockene Land in Silber, das Magnus Sigurdsson in Braedratunga gehörte, würde ich lieber tot umfallen, als dir für ein Lot deines Silbers ein Glas von meinem Branntwein zu geben.
Der Junker sagte, daß er bislang nicht eben fett geworden sei durch seine Geschäfte mit ihm, er wolle ihn nur daran erin-

nern, daß er sich mit dem Branntwein des Bauern von Vatn um Haus und Hof gebracht habe, und es sei sehr wahrscheinlich, daß seine Frau zu dieser Stunde schon vom Hof in Braedratunga vertrieben werde.
Da kam es an den Tag, weshalb der Bauer von Vatn so ungehalten war gegenüber dem Junker: Sein Schwiegervater, Vigfus Thorarinsson, hatte ihn vor zwei Tagen zu sich auf das Althing gerufen, und dort hatte der Richter Eydalin Schwiegervater und Schwiegersohn mit Drohungen dazu gezwungen, ihm den Hof Braedratunga wieder für ein Spottgeld zu verkaufen, und dann seiner Tochter Snaefridur den Hof mit einer besonderen Urkunde geschenkt. Es half wenig, daß der Junker den Kaufvertrag für einen Teil eines Hofes im Selvogur vorwies, der Bauer von Vatn wollte nicht zum zweitenmal seinen guten Ruf aufs Spiel setzen, indem er mit dem Schwiegersohn des Richters Geschäfte machte. Der Junker setzte sich ins Gras und weinte. Jon von Vatn mähte weiter. Als er dicht an den Junker herangekommen war, befahl er ihm noch einmal, zu verschwinden, doch der Junker bat: In Jesu Namen, schlag mir mit der Sense den Kopf ab.
Da bekam der Branntweinschleichhändler Mitleid mit dem Mann und lud ihn in seiner Gutherzigkeit in die Scheune ein, wo er ihm einen Becher Branntwein gab und ihm dazu mit seinem Taschenmesser einen Streifen Haifischfleisch abschnitt. Nun lebte der Junker wieder auf. Und als er den Becher leer getrunken und den Haifisch verschlungen hatte, erinnerte er sich daran, daß sein Vater Notarius, Gerichtsverwandter, Klosterverwalter und vieles andere gewesen war, und seine Vorfahren väterlicher- wie mütterlicherseits vornehme Leute und manche von ihnen sogar geadelt, und er sagte, er sei es nicht gewöhnt, nach Art von armen Zinsbauern in Scheunen Haifisch aus der Hand zu essen, und ziehe es vor, in die Stube geführt zu werden und sich bei Tisch und beim Zubettgehen von Hausfrauen oder ihren Töchtern bedienen zu lassen, wie es sich für seinen Stand ziemte. Der Bauer von Vatn sagte, es sei noch nicht lange her, da habe er auf der

Wiese geweint und gebeten, man solle ihm den Kopf abschneiden. Nun kam es zu noch größeren Meinungsverschiedenheiten zwischen dem Gast und dem Gastgeber, und ersterer machte Anstalten, letzteren wegen seiner ungenügenden Gastfreundschaft tätlich anzugreifen. Der Gastgeber war kein sehr kräftiger Mann und verstand sich nicht auf Schlägereien, sondern rief seine Knechte herbei und befahl ihnen, den Gast zu fesseln und ihn in einen Sack zu stecken. Sie steckten den Junker in einen härenen Sack, den sie zubanden und dann mit auf die Wiese hinausnahmen. Der Junker schrie und strampelte lange Zeit unterschiedlich laut und heftig in dem Sack, aber schließlich schlief er ein. Am späten Nachmittag machten sie den Sack auf und leerten ihn aus, setzten den Mann auf sein Pferd und hetzten vier besonders bissige Hunde auf ihn.
Gegen Abend war er wieder in Eyrarbakki. Er versuchte, beim Kaufmann und beim Assistenten anzuklopfen oder zum Kapitän auf das Handelsschiff hinausgebracht zu werden, doch die Dänen kannten ihn nicht mehr. Selbst der Ladenbursche antwortete ihm nicht. Er war sehr hungrig, und in Eyrarbakki und Umgebung herrschte Hungersnot; dennoch gab ihm eine arme Witwe eine Holzschüssel mit Magermilch, eine Handvoll Seetang und einen getrockneten Kabeljaukopf, den sie selbst für ihn auseinandernahm, denn er erinnerte sich plötzlich daran, daß er ein zu vornehmer Herr war, um einen getrockneten Kabeljaukopf auseinanderzunehmen.
Die Handelsniederlassung war immer noch geschlossen, und Leute, die mit Packpferden von weither gekommen waren, manche sogar aus dem Skaftafellbezirk, hatten ihre Wolle und ihre übrigen Waren außen an den Wänden aufstapeln müssen; der Kaufmann aber saß in seiner Stube und tat sich an Braten und Wein gütlich und hatte die Tür abgeschlossen. Ein paar Bauern standen vor dem Eingang des Speichers und betrachteten das Siegel des Königs, andere, vor allem junge Burschen und Tagelöhner, hatten angefangen, zu schreien und zu lärmen, wieder andere sprachen weinend davon, ein Bittgesuch abzufassen; einige dichteten um die Wette oder maßen ihre

Kräfte, indem sie am Strand große Steine stemmten; Bauern aus den Öraefi, dreizehn Tagereisen weit entfernt, machten sich noch am späten Abend mit ihren Packpferden auf den Weg nach Westen übers Gebirge, in der Hoffnung, daß man ihnen vielleicht in Batsendar aufmachen würde. Der Ort war trocken, nicht ein Tropfen sickerte aus dem Speicher heraus, aber ein paar wohlhabende Bauern hatten noch Branntwein vom letzten Mal und gaben dem Junker einen Schluck; doch das machte seinen Hunger nur noch größer. Gegen Mitternacht war der Ort wie ausgestorben, alle hatten sich irgendwo hingelegt, manche lagen mit ihren hungrigen Hunden neben einer Hofmauer; der Junker war allein zurückgeblieben, mit dem weißen Halbmond über dem Meer und ohne Branntwein.

Plötzlich kommt Thordur Narfason, alias Ture Narvesen, daher; er bewegt sich rasch, sein Gesicht ist pechschwarz, er hat weiße Zähne, rote Augen, eine schiefe Nase und große Hände. Er zog seine verschlissene Strickmütze vor dem Junker und fiel ein paar Schritte vor ihm auf die Knie. Er war in seiner Jugend beim Bischof in Skalholt in Dienst gewesen, war aber wegen seiner Weibergeschichten von dort weggejagt worden; er konnte jedoch immer noch ein paar Brocken Latein aus dieser Zeit. Er hatte seine Herzallerliebste ermordet, manche sagten, zwei, auch wenn er vielleicht nicht schuld daran gewesen war. Soviel war sicher, er war nicht hingerichtet worden, sondern mußte Zwangsarbeit verrichten und war lange in Bremerholm gewesen. Er war ein sehr kunstfertiger Mensch, ein Dichter und Schreiber, ein guter Saufkumpan und berüchtigter Herzensdieb und konnte so gut Dänisch, daß er unter den Dänen als einer der ihren galt. Er war Faktotum und Knecht bei der Handelsniederlassung und durfte im Schweinestall schlafen; und da er so kunstfertig war, durfte er im Herbst oft dem Böttcher helfen und nannte sich unter Isländern Böttcher, galt bei den Dänen aber nur als halber Böttcher. Zu dieser Zeit war Ture Narvesen so etwas wie seiner königlichen Majestät Wachtmeister im Ort, er mußte nachts herumgehen, um die Leute auf frischer Tat zu ertappen, die Häuser anzünden oder das Siegel des Königs erbrechen wollten.

Der Junker stieß mit dem Fuß gegen die Brust dieses höflichen Mannes, der da auf der Straße kniete, der schmutzigste aller Charmeure, den eine isländische Jungfrau jemals ihren Engel genannt hat, bevor er sie umbrachte.

Gib mir Branntwein, zum Teufel, sagte der Junker.

Mein hochwohlgeborener Herr. Branntwein – in dieser furchtbaren Zeit? sagte Narvesen mit gellender Stimme.

Soll ich dich umbringen, sagte der Junker.

Ach, Euer Gnaden, darauf käme es auch nicht an: Die Welt ist sowieso dabei unterzugehen.

Ich werde dir ein Pferd schenken, sagte der Junker.

Mein Junker will ein Pferd verschenken, sagte Ture Narvesen, stand auf und umarmte den Junker. Salutem. Lang lebe mein Herr.

Dann wollte er fortgehen.

Du bekommst einen Hof im Selvogur, sagte der Junker, packte mit seiner Hand Ture Narvesen an den schäbigen Kleidern und hielt ihn krampfhaft fest. Als der Mann sah, daß es kein Entkommen gab, umarmte er den Junker noch einmal und küßte ihn.

Hab ich nicht immer gesagt, daß ein mildes Herz die Welt besiegt, sagte Narvesen. Und da große Dinge geschehen sollen, weiß ich keinen besseren Rat, als daß wir den Schweinehirten besuchen.

Der Junker begleitete Ture Narvesen zum Schweinestall. Dort wurden die Tiere gehalten, die allein von allen Geschöpfen in Island ein Leben in Wohlstand und Ehre führten, nicht zuletzt, seitdem der besondere Bevollmächtigte des Königs den Zweifüßlern unter Androhung von Gewalt verboten hatte, Milben und Würmer zu essen. Die Bauern durften manchmal als besondere Auszeichnung diese Wundertiere durch ein Lattengitter in Augenschein nehmen, wobei ihnen übel wurde, vor allem, weil die Tiere dieselbe Farbe hatten wie nackte

Menschen und dick waren wie reiche Leute, dazuhin aber mit den vernünftigen Augen armer Leute schauten; viele spuckten Galle bei diesem Anblick.

Der Stall war aus Holz gebaut, wie die Wohnhäuser vornehmer Herren, und geteert, am einen Ende schlief der Mann, der die Tiere hütete; er hieß Jes Lou, arbeitete gelegentlich als Knecht im Speicher und war ein Freund und Kumpan Ture Narvesens aus Bremerholm. Die gemeinen Leute mißtrauten einem Mann, der solche Tiere fütterte in einem Land, in dem erwachsene Menschen und Kinder im Frühjahr zu Hunderten und Tausenden verhungerten. Ture Narvesen klopfte auf eine besondere Weise, die sein Freund verstand, an die Tür und wurde eingelassen, doch der Junker mußte draußen warten. Sie beratschlagten über eine ganze Zeit lang im Stall, und der Junker wurde allmählich unruhig, da aber Tür und Fenster gut verschlossen waren, mußte er wieder anfangen zu schreien und zu fluchen und mit Mord und Feuer zu drohen. Schließlich kam Ture Narvesen heraus. Er war sehr niedergeschlagen und sagte, der Unterassistent Jes Lou habe seinen Vorschlag nicht gut aufgenommen, hier sei auf Befehl des Königs alles verschlossen und versiegelt und selbst für Gold kein Branntwein zu bekommen – er ließ ausrichten, die Isländer sollten lieber zu ihrem Landsmann Arnesen gehen und sich bei ihm den Branntwein holen, den sie brauchten. Der Junker bat Ture, dem Schweinehirten auszurichten, er würde einen Hof im Selvogur bekommen. Ture sagte, der Schweinehirt mache sich nichts aus einem Hof. Der Junker sagte, der Schweinehirt solle sagen, was er wolle. Ture Narvesen ließ sich dazu überreden, noch einmal einen Versuch beim Schweinehirten zu unternehmen, und der Junker nutzte die Gelegenheit und drängte sich mit ihm in den Schweinestall.

Jes Lou war von ähnlicher Körperfülle wie die Tiere, die er hütete, und roch genauso wie sie. Er lag auf einer Pritsche auf einer kleinen Erhöhung des Fußbodens, und die Tiere lagen, dicht daneben, auf der anderen Seite des Lattengitters, ein Eber für sich in einem Koben, eine Sau mit zwölf Ferkeln in einem zweiten und einige Jungschweine im dritten; diese Wundertiere waren aufgewacht und fingen an zu grunzen. Kein Isländer konnte ihren Geruch ertragen, doch der Junker roch nichts und drückte den Schweinehirten an sich und küßte ihn. Die Tür stand offen, draußen war das Meer und der Mond. Der Schweinehirt sagte, daß nicht einmal der gerissenste Dieb in den Speicher gelangen könnte, denn dieser verfluchte Hund von einem Isländer hatte an allen Türen Siegel angebracht, die sicher gefälscht waren, nur nicht an der Geheimtür aus dem Ladenkeller, doch zu dieser hatte nur der Kaufmann einen Schlüssel, und auf dem schlief er. Der Junker Magnus Sigurdsson fuhr fort, Ländereien und andere schöne Dinge anzubieten, doch das nützte nichts, denn die Leute hatten den Glauben an seinen Besitz verloren, man wußte nicht genau, wem sein Hof und seine bewegliche Habe gehörten, ihm selber oder Branntweinschleichhändlern an verschiedenen Orten oder sogar dem Richter, seinem Schwiegervater. Der Junker sagte, es sei das beste, sie beide umzubringen. Ture Narvesen warf Jes Lou einen verständnisvollen Blick zu und sagte dann mit seiner schrillen Stimme in demutsvoll gedehntem Ton:

Mein Bruder hat erfahren, daß seiner Gnaden noch etwas gehört, das sich unverkauft und unverpfändet in seinem Besitz befinden soll, und das ist seine löbliche und tugendhafte Eheliebste –

Bei Erwähnung dieser Frau geschah es, daß der Junker, ohne ein Wort zu verlieren, Ture Narvesen mit der Faust auf die Nase schlug. Ture Narvesen ließ alle Höflichkeit beiseite und schlug zurück. Dann gingen sie aufeinander los. Magnus Sigurdsson schreckte bei Schlägereien vor nichts zurück und versuchte, den Leuten die Knochen zu brechen. Jes Lou kroch aus seinem Bett, zog seine Hosen hoch und fiel auch über den Junker her. Sie prügelten sich eine ganze Weile. Schließlich gelang es ihnen, den Junker zu überwältigen, aber er war so wütend, daß es unmöglich war, ihn zur Vernunft zu bringen, ohne ihn zu fesseln. Sie nahmen ein Seil, das dort aufgerollt war, und mit einiger Mühe gelang es ihnen, den Mann an Händen und Füßen zu binden; dann beförderten sie ihn auf die andere Seite des Lattengitters zu den Schweinen. Der Kavalier wälzte sich einige Male brüllend auf dem Boden herum, konnte sich aber nicht befreien. Der Schweinehirt gab dem Mörder Ture Narvesen ein Schlachtmesser und bat ihn, auf den Gegner aufzupassen, während er etwas erledigte. Ture stand am Lattengitter und riß sich Haare aus, um die Schärfe der Schneide zu prüfen, oder wetzte das Messer vorsichtig auf seiner flachen Hand und war wieder die Höflichkeit in Person; er rühmte den Junker und seine Gemahlin für ihre Tugenden und guten Eigenschaften und ihre hohe Geburt, doch der gefesselte Junker brüllte weiter auf dem Boden; die Schweine drängten sich verängstigt in einer Ecke des Stalls zusammen. Endlich kam der Schweinehirt zurück. Er hatte ein Achtliterfäßchen mit Branntwein und eine Flasche dabei. Das Fäßchen stellte er vor das Lattengitter auf die Erhöhung des Fußbodens, die Flasche führten sie abwechselnd zum Mund. Der Junker bekam nichts.

Als sich die beiden Kumpane tüchtig gestärkt hatten, sagte Ture zum Junker:

Unser Freund Jes Lou ist gewillt, seiner Hochwohlgeboren dieses Fäßchen zu verkaufen, doch muß zuerst ein Vertrag darüber abgeschlossen werden, denn jetzt ist Branntwein teurer als Gold, und jeder, der damit handelt, läuft Gefahr, ausgepeitscht oder nach Bremerholm geschickt zu werden.

Gebt mir einen Schluck, sagte der Junker mit schwacher Stimme – dann könnt ihr mir den Kopf abschneiden.

Oh, so einen Handel kennen wir nicht, auch wenn die Zeiten streng sind, und wir werden ohne zwingende Not keinem Edelmann so übel mitspielen, daß wir ihm den Kopf abschneiden, sagte Ture Narvesen. Dagegen werde ich hier einen kleinen Vertrag auf ein Blatt kritzeln, den wir dann mit unseren Unterschriften bekräftigen wollen.

Jes Lou zog Schreibzeug hervor, das er gleichzeitig mit dem Branntwein geholt hatte, und Ture Narvesen saß lange da und schrieb, wobei er ein Brett auf den Knien als Pult benutzte. Jes Lou saß daneben und gab ihm immer wieder zu trinken. Nach langer Mühsal war der Brief fertig, und Ture Narvesen stand auf und begann, ihn vorzulesen; der dicke Schweinehirt stand grinsend hinter ihm.

Der Brief begann mit den Worten in nomine domini, amen, salutem et officia, was bewies, daß der Schreiber einstmals mit Bischöfen verkehrt hatte, und fuhr dann fort in jenem feierlichen, höflichen und gottesfürchtigen Stil, der kennzeichnend war für diesen Mörder. Es hieß darin, daß, als die genau angeführte Zahl von Jahren seit der Geburt des Herrn vergangen war, in dem Land Island, an dem Ort Örebakke, im Schweinestall des Kaufmanns, drei ehrbare Männer zusammengekommen seien, nämlich Monsieur Magnus Sivertsen, Herr, Kavalier und Junker zu Brödretunge, und die rechtschaffenen, wohlangesehenen Ehrenmänner Jes Lou, Handelsmann, Assistent und Oberaufseher über den besonderen dänischen Viehbestand am Orte, und der weitgereiste Künstler und hochgelehrte Dichter Ture Narvesen, ehemals Subdiakon zu Schalholt, nunmehr königlicher Böttcher und Polizeimeister bei der Niederlassung der Handelskompanie, und den folgenden rechtmäßigen und gültigen Vertrag geschlossen und beurkundet hätten, den in allen seinen Bestimmungen und articulis einzuhalten sie mit Handschlag und unter Anrufung der Gnade des Heiligen Geistes geschworen haben und der von keinem Menschen gebrochen werden kann, außer vom gnädigsten Herrn König mit dem Reichsrat, des Inhalts, der jetzt folgt: Das Fäßchen Branntwein, welches jetzt zwischen den Partnern auf dem Fußboden steht, soll das gesetzmäßige und unantastbare Eigentum des vorerwähnten Kavaliers und Junkers M. Sivertsen sein, dafür, daß wohlbenannter selbiger sogleich nach Unterzeichnung dieses Vertrages gegenüber den genannten Ehrenmännern nachfolgende Bedingungen erfüllt, welche sind: gerne und mit gutem Willen den mehrfach und wohlbeschriebenen, rechtschaffenen und angesehenen Ehrenmännern Jes Lou und Ture Narvesen zu voller ehelicher Ge-

fälligkeit für drei Nächte item drei Tage zu überlassen seine, Junker Sivertsens, für ihre Schönheit, Kunstfertigkeit und Abkunft im ganzen Lande berühmte Gattin und Allerliebste, seine tugendhafte und ehrbare Ehefrau, Gemahlin und Angetraute, Snaefridur Björnsdottir Eydalin, und soll der Kavalier Monsieur M. Sivertsen gleichzeitig mit diesem Vertrag seinen Brief und sein Attest verfassen, gerichtet an diese seine vor- und wohlbeschriebene et cetera –
Als er bis hierher gelesen hatte, hörte man, wie der Kavalier sagte:
In deinen Augen ist der Himmel selbst niedergestiegen. Ich weiß, ich liege gebunden im Kot.
... des Inhalts, hieß es weiter in dem Vertrag, daß, so wie der Branntwein in genanntem Fäßchen ein echter und klarer Branntwein sein soll, von geeigneter Stärke, aber nicht mit Wasser vermischt, so soll auch Junker M. Sivertsens Ehefrau auf jegliche Weise den Überbringern des Briefes ein gutes und christliches Entgegenkommen erweisen, Gereiztheit und Unfreundlichkeit vermeiden und beiden gegenüber selbstverständliche Fügsamkeit, Gutmütigkeit und rücksichtsvolle Milde zeigen und sie darüber hinaus mit allem, was das Haus zu bieten hat, zu verköstigen, insbesondere mit saurem Hammelbauch, Widderhoden und frischer Butter, genauso, als wären sie jeder für sich und beide gleichzeitig ihrer tugendhaften Hochwohlgeboren rechtmäßige und liebenswürdige Ehegatten –
Die Sterne leuchten in einem Kranz um diese Stirn, sagte der Kavalier. Ich weiß, ich bin das aussätzige, verlauste Island.
Die beiden Ehrenmänner achteten nicht auf den Einwurf des Junkers, und Ture las weiter bis zum Schluß, wo es hieß, daß dieser Vertrag geheim sein sollte, wie es sich für Abmachungen zwischen vornehmen Herren gehört, damit weder das gemeine Volk noch das Landstreicherpack lästern könne und damit keiner von ihnen von Leuten, die es nichts angeht, in seinem Ruf molestiert oder demoralisiert werden könne, und diese eine Ausfertigung des Vertrages solle vom Schreiber verwahrt, aufgehoben und behalten werden. Indem wir hierunter

unsere Unterschriften setzen zur Bestätigung und Bekräftigung all dessen, das vorstehend niedergeschrieben –

Der Gefesselte hatte aufgehört, zu weinen, zu schreien und sich herumzuwälzen; er lag ruhig und stumm auf dem Stallboden, und das Fäßchen kaum eine Armlänge von ihm entfernt auf der anderen Seite des Lattengitters. Schließlich richtete er sich halb auf in seinen Fesseln und blickte mit verzerrtem Gesicht, den Kopf nach hinten gebeugt, zum Dach des Stalles empor und sagte zu dem, der über allem thront:

Gott, selbst wenn ich dir am heiligen Karfreitag in der Kirchentür ins Gesicht spucke, so weiß ich doch: du bist es.

Dann fiel er wieder zurück auf den Boden und sagte leise zu den Männern:

Gebt mir das Fäßchen.

Sie sagten, das könnten sie nur dann tun, wenn sein Name unter dem Vertrag stehe. Er sagte, er werde unterschreiben. Daraufhin banden sie ihn los. Er schrieb mit ein paar fahrigen Handbewegungen, so daß die Feder spritzte, seinen Namen unter das Dokument. Ture Narvesen unterschrieb als nächster mit seiner ordentlichen Schrift, die seiner Pranke so unähnlich war, und der Schweinehirt Jes Lou machte ein Kreuz, denn er konnte, wie die meisten Dänen, nicht lesen und schreiben, und dann schrieb Ture für ihn seinen Namen unter das Kreuz. Schließlich übergaben sie dem Kavalier das Fäßchen, und er setzte es gleich an den Mund.

Als er eine Weile in großen Zügen getrunken hatte, blickte er sich um und sah, daß seine Vertragspartner verschwunden waren. Vielleicht ging es ihm jetzt wie so vielen, welche die langersehnte Kostbarkeit aller Kostbarkeiten errungen haben, er wurde nicht froh. Er erstarrte. Er wankte benommen aus dem Schweinestall auf die Straße hinaus, das Fäßchen unter dem Arm. Es roch nach Seetang, und der Mond leuchtete weiß. Er rief nach den Männern, doch sie waren nirgends zu sehen. Er versuchte zu laufen, ohne zu wissen, wohin, doch seine Beine waren kraftlos, und der Boden schwankte, schon im selben Augenblick lag er der Länge nach da, das Gesicht auf der

Erde, ohne gemerkt zu haben, daß er hinfiel. Dann neigte sich die Erde wieder von ihm weg. Er versuchte, langsam zu gehen, doch die Erde schlug noch immer Wellen. Schließlich setzte er sich am Giebel eines Hauses nieder, lehnte sich mit dem Rücken an die Wand und wartete darauf, daß dic Erde aufhörte zu schaukeln. Er ließ den Kopf hängen und murmelte die Namen der Statthalter, Ritter, Amtmänner, Dichter, Kreuzfahrer und Notare, die nachweislich seine Vorväter waren. Er glich keinem Menschen und noch weniger einem Tier. Er sagte, er sei das erbärmlichste Geschöpf auf Erden und der vornehmste Mann in Island. Zu guter Letzt fing er an, die traurigen Passionslieder und Sterbegebete zu singen, die ihn seine Mutter in der Kindheit gelehrt hatte.

Jetzt wendet sich die Geschichte dem anderen Vertragspartner zu, jenen beiden Glücklichen, welche die Frau des Mannes gekauft hatten. Sie liefen mit dem Dokument in der Hand davon. Die Nacht war völlig windstill. Tausend kleine Torfsodenhöfe duckten sich in die Erde, doch nicht aus Feindschaft gegen die Luft. Da und dort bellte ein Hund. Der Schweinehirt hatte unter seiner Jacke eine Flasche Branntwein versteckt, und die Männer mußten sich oft stärken, denn nun stand eine große Aufgabe bevor. Sie waren entschlossen, gleich in dieser Nacht mit dem Vertrag nach Braedratunga zu eilen. Der Däne sagte, morgens seien Frauen am besten, da seien sie warm. Sie befanden sich beide in dem Glückszustand der Seele, in dem die Ausführung genauso einfach scheint wie der Plan. Pferde waren das einzige, was ihnen fehlte, doch glücklicherweise gab es genug davon auf den Weiden, und sie zogen los, um sich Reittiere auszusuchen. An den Bächen grasten sowohl Packpferde, denen man die Vorderbeine zusammengebunden hatte, aus weit entfernten Gegenden als auch viele andere Pferde. Den Pferden gefielen die Männer nicht, vor allem der Däne, und sie wollten sich nicht einfangen lassen, sondern wichen zurück. Schließlich gelang es Narvesen, zwei Tiere zu erwischen und beiden ein Stück Schnur ins Maul zu binden, denn Sättel und Zaumzeug waren nicht vorhanden, so daß sie keine andere Wahl hatten, als auf dem bloßen Pferderücken zu reiten. Zwar hatte der Isländer diese Kunst, wie andere Künste auch, gelernt, doch der Däne hatte noch nie auf einem Pferd gesessen, weder mit noch ohne Sattel, und da er ein ziemlich dicker Mann und auch nicht mehr der Jüngste war und außerdem gehörig betrunken, machte es ihm Schwierigkeiten, auf den Rücken des Tieres zu klettern; doch schließlich gelang es ihm, als er es von einem hohen Grashöcker aus versuchte. Als er aber so hoch hinaufgekommen war, wurde ihm ganz schwindlig, und gleichzeitig wurde er fast völlig nüchtern. Ihm schien, als wolle sich das Pferd bald auf die Seite legen, bald einen Purzelbaum schlagen, und dann werde er, der Reiter, mit schrecklicher Geschwindigkeit auf die Erde geworfen und müsse sein Leben lassen. Jede Bewegung des Pferdes kam ihm lebensgefährlich vor. Er flehte seinen Gefährten unter Tränen an, vorsichtig zu sein, legte sich nach vorne und klammerte sich krampfhaft am Hals des Pferdes fest. Ture Narvesen sagte, sie hätten einen weiten Weg vor sich und müßten schnell reiten und außerdem die Pferde durch große Flüsse schwimmen lassen, um den Weg abzukürzen, falls sie zu morgendlicher Stunde in Braedratunga ankommen wollten, wenn ihr Eheweib, das ihnen beiden gemeinsam gehörte, noch warm im Bett lag.

Ich falle von dem Tier herab, sagte der Däne.

Vielleicht willst du lieber zurückbleiben, Freund, und morgen zu Fuß kommen, sagte Ture Narvesen.

Das sieht dir ähnlich, mich zu betrügen, und dabei habe ich den Branntwein besorgt, sagte der Däne. Du weißt, daß ich schlecht zu Fuß bin und in Island nicht gehen kann.

Lieber Bruder, sagte Ture Narvesen, ich sagte ja nur, wenn du willst, kann ich vorausreiten und von dir bestellen, daß du am frühen Nachmittag kommst.

Wie soll ich den Weg finden, wenn du vorausreitest, sagte Jes Lou. Ich finde sicher nie nach Brödretunge. Ich weiß nicht einmal, in welche Richtung ich reiten soll. Vielleicht verirre ich mich und falle von dem Tier herab und komme um, und

du bist vor mir dort und hast die Frau bekommen und deinen Freund betrogen; dabei habe ich den Branntwein gestohlen.
Du darfst aber auch nicht vergessen, lieber Bruder und Freund, daß ich den Vertrag geschrieben habe, sagte Ture Narvesen. Die Dänen sind große Herren in ihrem Land, aber hier kommt es darauf an, ob sie schreiben, gehen und reiten können oder nicht. Hier in Island wartet man auf keinen. Wer zuerst kommt, hat die Frau.
Jes Lou hatte jetzt angefangen zu weinen, so daß Ture Narvesen Mitleid mit ihm bekam, und da das Pferd des Dänen immer wieder stehenbleiben wollte, schien es ihm das beste zu sein, dicht hinter ihm zu reiten. Doch da stellte sich heraus, daß das Reittier des Dänen eine Stute war, und deshalb sehr um ihre Jungfernschaft besorgt, und anfing auszuschlagen und zu wiehern, wenn man zu dicht hinter ihr ritt. Als die Stute ausschlug, rutschte der Däne ganz einfach über ihren Hals nach vorne und streckte die Fußsohlen gen Himmel.
Das sieht euch Dänen ähnlich, sagte Thordur Narfason, stieg ab und versetzte dem Mann einen Fußtritt.
Du Scheißkerl gibst mir einen Fußtritt, wenn ich verwundet und bewußtlos daliege, sagte der Däne.
Thordur Narfason wälzte den Mann auf den Rücken und betastete ihn; er spürte, daß er ganz naß war vom Branntwein und daß die Flasche in tausend Stücke zerbrochen war, doch sonst fehlte ihm nichts.
Da du die Flasche zerschlagen hast, habe ich dir gegenüber keine Verpflichtungen mehr, sagte Thordur Narfason. Mit unserer Zusammenarbeit ist es vorbei. Ich verlasse dich. Jetzt geht jeder seinen eigenen Weg. Wer zuerst kommt, hat die Frau.
Da packte der Schweinehirt Thordur Narfason am Fuß und sagte:
Ich bin ein ehrlicher Däne und stehe in Diensten meines Kaufmanns und meiner Handelskompanie und meines Königs, und ich habe den Branntwein gestohlen, und die Frau gehört mir.

Ihr Dänen seid von allen guten Geistern verlassen, sagte Thordur Narfason und versetzte seinem Freund weiter Fußtritte, wenn ihr glaubt, es könnte der Tag kommen, an dem Snaefridur Islandssol euch zufällt.
Nun war die Geduld des Dänen zu Ende, und er versuchte, den Mörder, seinen Freund, der jetzt offensichtlich sein Rivale geworden war, zu Fall zu bringen, indem er ihm die Füße wegzog. Damit war die Schlägerei im Gange. Wenn es darauf ankam, war dieser dicke, ehrliche Däne recht stark und konnte verschiedene Kniffe, die den Isländer überraschten. Der Isländer wollte im Stehen kämpfen und Ringkampfgriffe anwenden; der Däne wollte sich im Liegen schlagen und seine Körpermasse ausnutzen. Sie prügelten sich sehr lange und rissen einander die Kleider in Fetzen vom Leib, bis sie fast nackt waren, und kratzten und quetschten einander; beiden lief das Blut aus Mund und Nase, doch keiner war so vorausschauend gewesen, eine Waffe mitzunehmen. Schließlich gelang es Thordur Narfason, seinem Freund einen wohlgezielten Schlag zu versetzen, daß er das Bewußtsein verlor: Der Kopf des Schweinehirten fiel kraftlos nach hinten und zur Seite, und die Zunge wurde im blutigen Mundwinkel sichtbar; die Augen schlossen sich. Ermattet vom Kampf setzte sich Thordur Narfason ein Stück von ihm entfernt nieder. Die Sonne ging eben auf. Kein Branntwein. Er sah den Vertrag auf der Erde liegen und hob ihn auf. Er hatte sich den Knöchel verstaucht und hinkte, die Berserkerwut verflog allmählich, und er spürte immer mehr Schmerzen in seinem Körper. Der Floi war noch still, man hörte nur das Rauschen des Wassers; die Brutzeit war schon fast vorbei. Er sah sein Pferd ganz in der Nähe, schleppte sich dorthin, stieg auf und ritt los. Das Pferd war sehr träge und bewegte sich nur dann vorwärts, wenn der Reiter es aus Leibeskräften mit den Hacken bearbeitete. Schließlich bewegte es sich gar nicht mehr vorwärts, sondern blieb einfach stehen. Der Mann stieg ab und versetzte dem Pferd einen Fußtritt, legte sich neben einen Grashöcker und starrte in die Luft. Der Mond war noch nicht untergegangen, obwohl

die Sonne schien. Er zog das Dokument aus seinem zusammengeknoteten Hosengurt hervor, ebenso den Brief wegen der Frau, las beides sorgfältig und fand darin keine größeren Fehler.
Gott sei Dank, daß ich ein gelehrter Mann und Dichter bin, sagte er.
Sein eines Auge schmerzte ein wenig, während er las, und er merkte, daß er es nicht offenhalten konnte, es schwoll immer mehr zu. Er versuchte aufzustehen, doch ihm schwindelte der Kopf. Es war noch nicht alles erreicht, auch wenn er den Dänen bewußtlos geschlagen hatte. Es war noch ein weiter Weg nach Braedratunga zu der warmen Frau. Er hätte gern Branntwein getrunken, hatte aber keine Kraft, aufzustehen.
Es ist wohl das beste, ein Schläfchen zu machen, sagte er und machte es sich, mit dem Dokument in der Hand, auf dem Weg bequem und schlief sofort ein.

Fünftes Kapitel

Gegen drei Uhr nachmittags am Tag nach diesen Ereignissen geht Snaefridur Björnsdottir Eydalin mit einer anderen Frau heimwärts über die Hauswiese in Braedratunga, mit einem Kräutersack an einem Band über der Schulter, denn wie ihre Ahnfrauen verstand sie sich auf nützliche Pflanzen und bereitete aus manchen vortreffliche Heiltränke, aus anderen Farben; einige sammelte sie des Geruchs wegen. Sie trug einen alten, blauen Mantel, war ohne Halstuch und barhäuptig im Sonnenschein, mit offen herabfallendem Haar und sonnengebräuntem Gesicht, denn sie ging jeden Tag hinaus, um Kräuter zu suchen, und es lag ein goldener Schimmer über der Frau auf der Hauswiese.
Da sieht sie von ferne, daß ein wohlgenährtes schwarzes Pferd an den Stein vor dem Haus angebunden ist und ein kleiner, dürrer, dunkel gekleideter Mann auf dem Hofplatz hin und her geht; er ist vornübergebeugt und hat die Hände so gefal-

tet, daß die Handflächen nach unten zeigen. Das war der Domprediger in Skalholt. Als er die Hausherrin kommen sah, nahm er seinen hohen Hut ab und ging, mit ihm in der Hand, ihr entgegen auf die Hauswiese hinaus.

Eine unerwartete Ehre, sagte sie, lächelte und verneigte sich; sie trat dicht an ihn heran und reichte ihm ihre sonnengebräunte und ein wenig mit Erde beschmutzte Hand, und es entströmte ihr ein starker, warmer Duft von Thymian, Ruchgras, Erde und Heidekraut. Er vermied es, sie anzusehen, und als er sie begrüßt und Gott dafür gedankt hatte, sie bei guter Gesundheit anzutreffen, band er den Hut wieder über seine Sonntagsperücke, faltete die Hände wie zuvor und blickte auf seine vom Alter geschwollenen und blauen Handrücken nieder.

Der Tag war so strahlend, daß ich nicht anders konnte und meinen Schwarzen holen ließ, sagte er wie zur Entschuldigung dafür, daß er gekommen war.

Die Hundstage sind genau der Monat, wenn der Raubkäfer fliegt, sagte sie. Um diese Zeit bekomme ich immer Lust, hinauf ins Gebirge zu ziehen.

In diesem armen Land, wo alles stirbt, haben diese Tage die Natur der Ewigkeit selbst, sagte er. Sie sind apex perfectionis.

Wie es mich freut, Monsieur im Himmel zu treffen – auf dieser Wiese, sagte sie. Seid willkommen.

Nein, nein, sagte er, es war nicht meine Absicht, Ketzerei zu predigen, und Madame darf nicht glauben, ich hätte angefangen, mich dem Heidentum zu nähern und die Schöpfung vor dem Schöpfer zu preisen. Ich meinte nur, daß die Tage vollkommen sind, wenn das Gebet wie von selbst zum Dank wird: Man will beten, und unversehens hat man angefangen zu danken.

Wenn Ihr das nächste Mal zu mir kommt, lieber Pfarrer Sigurdur, erzählt Ihr mir sicher, daß Ihr ein hübsches Mädchen getroffen habt und daß es das ewige Leben und summum bonum war, sagte sie. Und dabei hatte ich gehört, Ihr hättet in einer Ruine ein fürchterliches Kruzifix gefunden und würdet es heimlich anbeten.

Credo in unum deum, Madame, sagte er.
Ihr dürft auf keinen Fall glauben, daß ich Euch der Ketzerei verdächtige, weil Ihr ein Bild besitzt, lieber Pfarrer Sigurdur, sagte sie.
Die Einstellung des Menschen gegenüber dem Bild ist es, die zählt, sagte er: nicht das Bild selbst. Das wichtigste ist, an die Wahrheit zu glauben, die sogar einem unvollkommenen Bild innewohnen kann, und für sie zu leben.
Ja, sagte sie, das rechte Horn von Abrahams Widder mußte neulich bei mir wegfallen, denn ich brauchte auf der Seite des Teppichs Platz für ein Monogramm und für eine Jahreszahl. Würde sich deshalb irgend jemand einfallen lassen, dem Widder sei in der Hecke das Horn abgebrochen. Nein, alle wissen, daß der Widder Abrahams von Gott gesandt war und zwei prächtige Hörner hatte.
Da wir von Bildern sprechen, sagte er, werde ich Euch meine Auffassung darlegen. Es gibt ein Bild der Bilder, und das ist unser Lebensbild, das wir uns selbst machen. Andere Bilder sind gut, wenn sie uns unsere Mängel zeigen und wie wir unsere Lebensführung verbessern können. Deshalb habe ich dieses alte Christusbild aus katholischer Zeit, das beim Graben gefunden wurde, an mich genommen.
Ihr seid ein weiser Mann, Pfarrer Sigurdur, doch ich weiß nicht, ob ich in meine Teppiche all die guten Bilder, von denen Ihr sprecht, hineinweben möchte.
Es steht jedoch fest, sagte er, und man kann es bei doctoribus nachlesen, daß die Wahrheit, die sich in gutem Leben manifestiert, das schönste Bild ist.
Dürfte ich doctorem angelicum, wiedergeboren im Floi, einladen, ein armes Haus zu betreten und einen harmlosen Trunk anzunehmen, den ich selber zubereite, sagte die Hausfrau.
Vergelt's Gott, sagte er, glücklich der Mann, der von Madame verspottet wird. Aber wie ein Raubkäfer elf Monate am Boden kriecht, im zwölften jedoch im Sonnenschein fliegt, so soll auch ein alter Diener des Herrn seine Zeit haben dürfen: Darf ich nicht lieber an der Seite von Madame einen Augen-

blick auf die Wiese hinausgehen, um über etwas zu sprechen, das mich beschäftigt.
Sie gingen auf die Hofwiese hinaus.
Er hatte noch immer nicht aufgeblickt, sondern ging vorsichtig und gewissenhaft und zögerte bei jedem Schritt, als wolle er dessen richtige Wirkung sowohl auf die Erde wie auf sich selber spüren. Er war etwas kleiner als sie.
Wir haben gerade von Bildern gesprochen, predigte er weiter und hielt die Hände genauso wie bisher, von wahren und unwahren Bildern, von den Bildern, die man sich richtig macht, und von den Bildern, die man sich nicht richtig macht, obwohl Gott uns das Material dazu geschenkt hat: Ich weiß, Ihr wundert Euch, daß ich mit solcher Rede zu Euch komme. Aber ich bin schließlich Euer Seelsorger. Ich weiß, Gott will, daß ich spreche. Und ich habe ihn gebeten, mich zu erleuchten. Ich weiß, er will, daß ich diese Worte zu Euch sage: Snaefridur, der himmlische Vater hat Euch mehr gegeben, als Ihr habt empfangen wollen.
Soll das ein Vorwurf sein? fragte sie.
Nicht ich bin es, der Euch etwas vorwirft, sagte er.
Wer sonst, fragte sie, oder habe ich irgend jemandem Unrecht getan?
Ihr habt Euch selbst Unrecht getan, sagte er. Gott sagt es, das ganze Land weiß es, aber niemand weiß es besser als Ihr selbst. Das Leben, das Ihr all die Jahre geführt habt, ist einer solchen Zierde des weiblichen Geschlechts unwürdig.
Endlich sah er sie an, doch nur einen raschen Augenblick lang, und um seinen Mund huschte ein Zittern. Aber seine schwarzen Augen schreckten vor ihrer goldschimmernden Haut zurück.
Sie lächelte ein wenig zerstreut und antwortete gleichgültig, ohne Klang, als hätte er sie auf einen kleinen Fussel an ihrem Ärmel aufmerksam gemacht: Ach, fängt die Braut Christi jetzt auch an, sich für ein so armseliges und harmloses Leben wie das meine zu interessieren.
Ich glaubte nicht, sagte er, daß es mir jemals auferlegt würde,

eine vornehme Dame zu besuchen, noch dazu eine Frau, die, wie Madame, so über jedem Verdacht steht, jemals eine Tat ausgeführt zu haben, welche entweder in civilibus oder in ecclesiasticis als ein Vergehen bezeichnet werden könnte, um mit ihr ein ernstes Wort über ihre Lebensführung zu reden.
Ihr macht mir angst, lieber Pfarrer Sigurdur, sagte sie. Habt Ihr vielleicht zu viel in Merlins Wahrsagung oder in Duggals Vision gelesen, bevor Ihr Euch auf den Weg machtet? Ich würde viel darum geben, Euch völlig richtig zu verstehen.
Glücklich wäre ich, wenn ich den Weg zu Eurem Herzen wüßte, aber es ist einem einfältigen Geistlichen nicht gegeben, sich in solchen Labyrinthen zurechtzufinden, schon gar nicht, wenn Ihr selbst nicht verstehen wollt, was gesagt wird, sagte er. Aber auch wenn Euer Herz eine Mauer ist, in der ein schlechter Dichter keine Tür findet, so ist es dennoch meine Pflicht zu sprechen.
Dann sprecht, lieber Pfarrer Sigurdur, sagte sie.
Wenn ich mich mit Madame unterhalte, dann soll sie wissen, daß ich mir sehr wohl darüber im klaren bin, mit wem ich spreche: Ihr seid eine der vornehmsten Frauen, die es jemals im Norden gegeben hat, klug wie die Frauen, die man früher in Island hochgebildet nannte, von Kindheit auf in grammatica bewandert und eine solche Künstlerin, daß Eure Teppiche berühmt sind in ausländischen Domkirchen; außerdem die einzige Frau, die in ihrer Gestalt mit einem solchen Lebensduft der Mutter des Herrn begnadet ist, daß ihr Dasein im Lande, neben dem unserer kleinen Blumen, eine Verheißung dessen ist, daß der Schutz unseres Herrn Jesu dieses arme Land bewahren wird, trotz des verdienten Zornes des Vaters. Die wenigen Leute in diesem Land, die sich durch ihre menschlichen Qualitäten auszeichnen, tragen eine große Verantwortung in dieser schweren Zeit, und eine Frau wie die, welche ich eben geschildert habe, hat vor Gott kein Recht, ihr Leben in einer Verbindung mit einer Person, die im Gegensatz zur Ehre ihres Vaterlandes steht, zu vergeuden. Es mag sein, daß Ihr Euch wundert, aus dem Munde eines Pfarrers Worte

zu vernehmen, die sich gegen das richten, was der Herr vereint hat. Doch ich habe gewacht und gebetet. Ich habe den Heiligen Geist angerufen. Und es ist meine feste Überzeugung, daß Eure Angelegenheit in casu gelöst werden muß. Ich bin davon überzeugt, daß selbst der Papst, der sagt, die Ehe sei ein unauflösliches Sakrament, Eure Ehe aufgelöst hätte, mit der Begründung, daß sie ein größeres Ärgernis sei als Hurerei.
Ach, ich hatte es schon beinahe vergessen, Pfarrer Sigurdur: Ihr seid mein alter ewiger Freier, sagte sie. Ihr meint, ich sollte mich von meinem Magnus scheiden lassen und den Domprediger heiraten. Aber hört, mein Lieber, wenn ich das täte, wärt Ihr nicht mehr mein ewiger Freier, und die ewigen Freier sind die glücklichsten Menschen – abgesehen von den Bräuten. Und außerdem, der Christus, den Ihr aus einem Dreckhaufen ausgegraben habt, was würde er sagen?
Er sagte: Ich habe immer gewußt, daß die Dichterzunge Eurer Ahnväter und Ahnmütter heidnischer Abstammung ist; was kann ich gegen sie ausrichten, ein weichherziger Geistlicher, der nur wenig denken und noch weniger sagen darf. Aber ich habe auch seit langem nur zu gut gewußt, trotz des alten Scherzes, der jetzt vergessen ist, daß der Tochter des Richters der Sinn nicht nach mir stand. Das zeigte sich am deutlichsten daran, wie sie wählte, als sie von dem großen Weltmann, den sie liebte, enttäuscht wurde. Und um wieviel weniger dürfte sich dieser arme Geistliche, bald ein alter Mann, Hoffnung auf eine solche Frau machen, selbst wenn sie frei wäre, jetzt, wo jener wieder im Lande ist, mit dem er in seinen jüngeren Jahren nie in Wettstreit getreten war.
Sie wurde ein wenig unruhig und sagte: Ach, hört auf, mir die Grillen unter die Nase zu reiben, die ein dummes kleines Mädchen, das kein Kind mehr, aber auch noch nicht erwachsen war, in seinem Elternhaus gehabt haben mag; kaum etwas macht einen herzlicher lachen und unschuldiger, wenn man älter ist.
Scherz oder Ernst, Madame, darüber entscheidet Euer Gewissen, sagte er. Doch ich erinnere mich genau, daß es eine er-

wachsene Frau war, die sagte, sie liebe ihn wachend und schlafend, lebend und tot. Und es würde mich nicht überraschen, wenn aus Eurer Bekanntschaft mit ihm die Fäden gesponnen worden wären, die zu Kettfäden im Gewebe Eures Lebens wurden. War es vielleicht dieser große Weltmann und halbe Ausländer, der als erster Euren schwachen Fuß auf die glatten, abschüssigen Pfade über dem steilen Abgrund führte, wo Ihr Euch jetzt befindet? Er war der Gefährte von Fürsten und Grafen über dem weiten Meer, trug englische Stiefel und wechselte jede Woche seinen spanischen Kragen; er kannte ganz genau all die ketzerischen Lehren, die heidnische Dialektik und die neueste französische Literatur, wie es üblich ist bei denen, die Gottes Gesetze verspotten. Der Herr verblendet die Menschen mitunter durch seltsame Vorspiegelungen. Er hat dem Versucher gestattet, im Gewand des Lichts über die Erde zu gehen. Wie es in Gleichnissen stets geschieht, verlort Ihr das Bewußtsein, während Ihr Euren verblendeten Willen durchsetztet, und wachtet wieder auf an der Seite jenes Unholds, als der alle Männer von Welt vor Gottes Antlitz erscheinen: Dieser besaß zwar keine Grafschaft und wohnte über keinem breiteren Gewässer als dem Tungufljot und hatte nur eine Halskrause, die überdies sehr schmutzig war; doch er verstand sich nicht weniger gut darauf, die heiligen Dinge zu verspotten, nach dem Befehl dieses spiritus mali, der in den Augen Gottes dasselbe ist wie die französische Literatur und die Dialektik der Heiden, auch wenn man hier dem Branntwein die Schuld daran gibt.

Zuerst glaubte ich, Ihr wärt gekommen, um mich und Magnus auseinanderzubringen, sagte sie, aber nun höre ich, daß es in Wirklichkeit ein ganz anderer Mann ist, an den Ihr denkt: er, von dem Ihr einmal sagtet, er sei der Beste, den mir mein vertrauter Freund wünschen könne. Wenn er der Versucher in Menschengestalt ist, wie Ihr sagt, dann habt Ihr mir nichts Gutes gegönnt, als Ihr diese Wort spracht.

Im Alter von fünfunddreißig Jahren, aber noch ein ungefestigter junger Mann stand ich am Grab der guten und liebenswerten Frau, die mir zugleich Schwester, Mutter und Allerliebste, mein Leitstern und mein Schutz gewesen war. Sie war fünfundzwanzig Jahre älter als ich. Ich stand an einem Scheideweg. Eine dummdreiste Lebenslust überkam mich, und ich sah begeistert, wie die Funken von den Hufen der Pferde jener Männer stoben, die hohe Ämter bekleideten, und ich bewunderte die Pracht der Welt so sehr, daß Christus für mich sündigen Adam verschwand. Und ich war der ewige Freier der jungen Tochter des Richters, sie hatte gesagt, ich sei die Nummer zwei. Der Herr der Welt war vorbeigeritten, er, der einzige Mensch, den ich beneidete, und der erste, dem Ihr Eure Gunst geschenkt hattet. Ich wußte, er würde nie zurückkehren.

Und jetzt, da Ihr wißt, daß er wieder im Lande ist, findet Ihr es an der Zeit, mir zu sagen, was Ihr von ihm haltet.

Er antwortete: Ihr sprecht nicht mehr mit einem verliebten Freier, Madame, sondern mit einem lebenserfahrenen Einsiedler, der seinen Christus aus einem Dreckhaufen ausgegraben hat, wie Ihr sagtet – und nicht mehr erbleicht vor den Herren der Welt. Zwar bin ich ein alter Einsiedler, doch Ihr seid eine junge Frau und habt ein langes Leben vor Euch, mit Pflichten gegenüber dem Land und dem Christentum. Und es ist das Schicksal Eurer lieben Seele, um das ich mich zu kümmern habe – zur Ehre Gottes.

Und welches Schicksal hat Monsieur mir jetzt zur Ehre Gottes ausersehen, wenn ich fragen darf?

Ich bin sicher, daß Eure Schwester, die Frau des Bischofs, sich freuen würde, wenn Ihr Euch etwa ein Jahr lang bei ihr in Skalholt aufhalten wolltet, während Eure Scheidung von Magnus betrieben würde und Ihr Euch bedächtet.

Und dann?

Wie gesagt, Ihr seid eine junge Frau, sagte er.

Ich verstehe, sagte sie. Abgesehen von Euch, lieber Pfarrer Sigurdur, welchen Bauern oder Landgeistlichen habt Ihr zur Ehre Gottes für mich vorgesehen, wenn das Jahr vorbei ist?

Ihr würdet unter reichen Grundbesitzern und vornehmen Herren auswählen können, sagte der Domprediger.

Ich weiß, welchen ich nähme, sagte sie. Ich würde den alten Vigfus Thorarinsson nehmen, wenn er mich haben wollte. Er ist nicht nur ein reicher Grundbesitzer, sondern hat Säcke voller Silber; außerdem ist er einer der wenigen Männer in Island, die es verstehen, mit vornehmen Damen zu sprechen.

Vielleicht würde im Laufe des Jahres ein anderer, mit noch höherem Amt, seinen Weg nach Skalholt finden, Madame.

Jetzt verstehe ich nicht mehr, sagte sie – hoffentlich hat der Domprediger meiner lieben Seele nicht den Teufel selbst zugedacht, zur Ehre Gottes?

Eine kluge Frau, wenn sie tugendhaft ist und auf das Ansehen ihrer Familie bedacht, mit der Gerechtigkeitsliebe, die ihren Vater zum angesehensten Mann des Landes gemacht hat, sie hat eine Autorität und eine Macht, die über den Briefen von Königen steht. Vielleicht hat Gott bestimmt, daß Madame wie Judith den Feind ihres Vaters mit Liebreiz besiegt.

Es ist einfach, freigebig zu sein mit dem, was man nicht besitzt, lieber Pfarrer Sigurdur, sagte sie, und verzeiht mir, wenn ich sage, daß mich diese Rede ein wenig zu sehr an das Kinderspiel erinnert, das mit den Worten: Mein Schiff ist angekommen, beginnt. Ich will nicht versuchen, Euren Andeutungen über den Namen meines Vaters nachzugehen, und mich noch weniger damit befassen, was Ihr mit den Gesandten von Königen vorhabt. Doch wenn Ihr und Jorunn, die Frau des Bischofs, die Absicht habt, mich als Mischung aus Dirne und Armenhäuslerin unterzubringen, dann will ich Euch daran erinnern, daß ich die Herrin in Braedratunga bin und meinen Mann nicht weniger liebe, als meine Schwester Jorunn ihren Mann, den Bischof, liebt, so daß keine von uns auf das Gnadenbrot der anderen angewiesen ist – und ich glaubte, daß sie das wüßte, bevor sie Euch mit diesem Auftrag hierherschickte.

Als das Gespräch so weit gediehen war, hatte der Domprediger seine gefalteten Hände gelöst, und nun sah man, daß sie zitterten. Er räusperte sich, um seiner Stimme einen festeren Klang zu geben.

Obwohl ich Euch kenne, seitdem Ihr ein Kind wart, Snaefridur, sagte er, lernt ein schlechter Dichter es wohl nie, sich auf jenem schmalen Pfad der Worte zu bewegen, der zum Eingang Eures Herzens führt, und wir wollen unser Gespräch beenden. Doch wegen der Ohnmacht der Worte sehe ich mich nun gezwungen, die Beweise vorzulegen, die ich Euch lieber vorenthalten hätte.

Er griff in seine Brusttasche und zog ein zerknittertes, schmutziges Schriftstück heraus, faltete es zitternd auseinander und gab es ihr. Es war der Kaufvertrag, der in der Nacht zuvor im Schweinestall in Eyrarbakki abgeschlossen worden war, in dem ihr Mann, der Junker, sie zu voller ehelicher Gefälligkeit für drei Nächte an einen dänischen Schweinehirten und einen isländischen Mörder verkaufte und dafür ein Fäßchen Branntwein bekam. Sie nahm das Dokument und las, und er versuchte, jede Bewegung ihres Gesichts, während sie las, mit den Augen zu verschlingen, doch es bewegte sich nicht; sie hielt den Mund geschlossen, und ihr Gesicht bekam den Ausdruck völliger Leere, der von Kindheit an sein Ausweg gewesen war, wenn das Lächeln verschwand. Als sie den Vertrag zweimal sorgfältig gelesen hatte, lachte sie.

Ihr lacht, sagte er.

Ja, sagte sie, las ihn noch einmal und lachte.

Es kann durchaus sein, sagte er, daß ich so unverständig bin, daß ich nur Spott und Heiterkeit von Euch verdiene, statt einer ehrlichen und freundschaftlichen Aussprache. Doch ich weiß, daß eine vornehme Frau nicht lacht, auch wenn sie so tut, über eine so unerhörte Beleidigung wie dieses Schriftstück.

Eines verstehe ich nicht, sagte sie. Wie seid Ihr zum Partner in dieser Sache geworden, lieber Pfarrer Sigurdur? Und wo ist der Vertrag, den Ihr Eurerseits mit dem Schweinehirten und dem Mörder geschlossen habt.

Ihr wißt, daß ich diesen absurden Text nicht gefälscht habe, sagte er.

Das wäre mir auch nie in den Sinn gekommen, sagte sie. Deshalb liegt es bei Euch, zu beweisen, daß Ihr in den Vertrag eingetreten seid. Anderenfalls muß die Sklavin wohl warten, bis sich ihre rechtmäßigen Herren einfinden.

Sechstes Kapitel

Einige Tage später kam Magnus von Braedratunga nach Hause, er saß früh morgens völlig durchnäßt vor ihrer Tür, denn es hatte geregnet, in zerrissenen Kleidern, blutig, schmutzig, stinkend, unrasiert, zerzaust, mager und blau vor Kälte. Er blickte nicht auf, rührte sich nicht, wenn sie vorbeiging, sondern hockte da wie ein verwirrter Bettler, der sich in der Nacht in ein fremdes Haus geschlichen hat. Sie führte ihn in ihre Kammer und pflegte ihn, und er weinte drei Tage lang, wie gewöhnlich. Dann stand er auf. Eine Zeitlang verschwand er nicht mehr, sondern ging gegen Mittag hinaus auf die Wiese und mähte, für gewöhnlich allein auf einem Stück, weit weg von seinen Leuten, und er sprach mit keinem von ihnen, aß nicht draußen, sondern ging heim, wenn es nicht mehr hell genug war zur Arbeit, und verzehrte das Abendbrot in seiner Stube, ehe er sich schlafen legte. Oft ging er in die Schmiede und brachte das Gerät seiner Leute in Ordnung, dengelte Sensen, reparierte Werkzeuge, sprach aber wenig oder gar nicht.

Auch als die Heuernte beendet war, machte er keine Anstalten zu verschwinden; er machte sich weiterhin nützlich auf dem Hof, verließ oft tagelang nicht seine Werkstatt und ließ sich verschiedene reparaturbedürftige Haushaltsgegenstände bringen, Holzschüsseln, Tröge, Bottiche und Eimer, Spinnräder, Kisten und Truhen, oder nahm Ausbesserungen an den Häusern vor. Er bekam wieder seine helle, bleiche Gesichtsfarbe und seine weiche Haut, rasierte sich, trug Kleider, um die sich seine Frau gekümmert hatte, so daß man weder einen Fleck noch eine Falte an ihnen sah.

Nachdem die Schafe von der Sommerweide geholt worden waren, hörte der Herbstregen auf und es kam klares Wetter

mit leichtem Nachtfrost, so daß die Pfützen Eisränder bekamen und Rauhreif an den Gräsern hing.
Da kam Gudridur aus den Dalir zu Snaefridur herauf und sagte, draußen stehe ein alter Mann und wolle die Hausfrau sprechen, er sage, er komme aus dem Thvera-Bezirk im Westen des Landes.
Ach, das hat keinen Sinn, liebe Gudridur, sagte sie. Ich kümmere mich nie um Bettler. Wenn du ein bißchen Butter für ihn erübrigen kannst oder ein Stück Käse, meinetwegen, aber laß mich in Frieden.
Da stellte es sich heraus, daß der Mann keine Almosen wollte, sondern ein Reisender auf dem Weg nach Skalholt war, der die Hausherrin in Braedratunga in einer wichtigen Angelegenheit sprechen wollte, er bat auszurichten, daß sie ihn erkennen würde, wenn sie ihn sähe. Er wurde in ihre Stube geführt.
Es war ein älterer Mann, und er grüßte wie ein guter Bekannter und nahm seine gestrickte Mütze ab, als er in der Tür stand. Seine Brauen waren schwarz, doch sein Haar war wolfsgrau. Sie sah ihn an, erwiderte kühl seinen Gruß und fragte, was er wolle.
Ihr erkennt mich nicht, was auch nicht zu erwarten war, sagte er.
Nein, sagte sie. Warst du vielleicht irgendwann einmal bei meinem Vater?
Ein wenig, sagte er. Unglücklicherweise kam ich ihm eines Frühjahrs mit dem Kopf zu nahe.
Wie heißt du, sagte sie.
Jon Hreggvidsson, sagte er.
Sie kannte den Mann nicht.
Er sah sie immer noch grinsend an. Seine Augen waren schwarz, und wenn das Licht auf sie fiel, waren sie rot.
Das war ich, der nach Holland ging, sagte er.
Nach Holland? sagte sie.
Ich schulde Euch immer noch einen Speziestaler, sagte er.
Er griff in seine Jacke und zog aus einem Lederbeutel ein Stück Wollstoff, das um einige blanke Silberstücke gewickelt war.

Ach, sagte sie. Bist du es, Jon Hreggvidsson; soweit ich mich erinnere, warst du schwarz.
Ich bin alt geworden, sagte er.
Stecke den Speziestaler wieder in deine Tasche, lieber Jon, und setze dich dort auf die Truhe und erzähle mir etwas. Wo warst du zu Hause?
Ich bin immer noch Pächter beim alten Christus, sagte er. Der Hof heißt Rein. Ich bin immer gut ausgekommen mit dem Alten. Und das kommt daher, weil keiner dem anderen etwas schuldig bleibt. Dagegen habe ich zu lange gewartet, Euch diesen Taler zurückzuzahlen.
Willst du Molke trinken oder Milch? sagte sie.
Oh, ich trinke alles, sagte Jon Hreggvidsson. Alles, was flüssig ist. Aber den Taler da will ich zurückzahlen. Falls ich je wieder eine Reise unternehmen muß, was Gott verhüte, dann möchte ich keine Schulden bei Euer Liebden haben, damit ich wieder zu Euch kommen kann.
Du bist nie zu mir gekommen, Jon Hreggvidsson, ich kam zu dir. Ich war ein kleines Mädchen. Ich wollte einen Mann sehen, der geköpft werden sollte. Deine Mutter ging zu Fuß bis nach Skalholt. Damals warst du schwarz. Jetzt bist du grau.
Alles verändert sich, nur mein Fräulein nicht, sagte er.
Ich bin seit fünfzehn Jahren verheiratet, sagte sie. Mach dich nicht lustig über mich.
Mein Fräulein bleibt, sagte er.
Bleibe ich, sagte sie.
Ja, sagte er. Mein Fräulein bleibt – mein Fräulein.
Sie blickte aus dem Fenster.
Hast du nie ausgerichtet, was ich dir aufgetragen hatte? fragte sie.
Ich habe den Ring abgegeben, sagte er.
Warum hast du mir keine Antwort gebracht?
Man hat mir befohlen zu schweigen. Und es gab keine Antwort. Aber ich wurde nicht geköpft – nicht damals. Der Mund der Frau saß mitten auf der Brust. Er gab mir den Ring zurück.

Sie sah den Gast wie aus weiter Ferne an – was willst du von mir, sagte sie.
Ach, das weiß ich kaum, sagte er. Verzeiht einem armen, einfältigen Mann.
Willst du gleich etwas trinken?
Ich trinke, wenn man mir etwas vorsetzt. Alles, was flüssig ist, ist eine Gabe Gottes. Als ich in Bessastadir war, hatte ich Wasser in einer Kanne; und ein Beil. Ein gut geschärftes Beil ist ein hübsches Werkzeug. Dagegen habe ich Galgen noch nie gemocht, und schon gar nicht, seitdem ich mit einem Gehängten gekämpft habe.
Sie sah den Mann immer noch aus jener unendlichen Ferne an, die das Blau ihren Augen verlieh; ihr Mund war geschlossen. Dann stand sie auf, rief eine Magd und ließ dem Mann etwas zu trinken bringen.
Tja, es ist immer gut, etwas gegen den Durst zu bekommen, sagte er – auch wenn meinen alten Freunden in Kopenhagen dieser Met hier dünn vorgekommen wäre.
Ist das der Dank, sagte sie.
Das Bier, das mir seine Hochwohlgeboren in einer Kanne reichte, als ich in den Stiefeln des Königs aus Glückstadt kam, vergißt ein alter Bauer aus Akranes nicht so leicht.
Von wem sprichst du?
Von ihm, zu dem Ihr mich geschickt habt und zu dem ich jetzt wieder gehe.
Wohin gehst du? sagte sie.
Er steckte wieder die Hand in seinen Beutel und zog einen zerknitterten Brief mit erbrochenem Siegel heraus und reichte ihn der Hausfrau.
Der Brief war mit einer feinen Schreiberhand geschrieben, und sie las zuerst die einfache Anredeformel, die sich an einen Mann aus dem Volk richtete: sei gegrüßt, Jon Hreggvidsson, und dann die Unterschrift Arnas Arnaeus in seiner eigenen, raschen, doch gleichwohl festen Schrift, mit einer breiten, weichen Feder ausgeführt, die in so seltsamer Verbindung zu seiner Stimme stand, daß man sie beim Lesen wieder hörte. Sie wurde blaß.

Sie brauchte ungewöhnlich lange, um diesen kurzen Brief zu lesen, es war, als ob sich ein Nebel vor ihre Augen legte, doch schließlich hatte sie ihn verstanden. Der Brief war zur Mittsommerzeit in Holar datiert und hatte zum Inhalt, daß Arnas Arnaeus den Bauern von Rein an einem bestimmten Tag Ende September nach Skalholt bestellte, wenn er, aus dem Ostland kommend, dort eingetroffen sei, um mit dem Bauern über seine alte Sache zu sprechen, die noch immer nicht nach den Regeln des Gesetzes abgewickelt zu sein schien, obwohl seinerzeit von der königlichen Majestät allergnädigst klare Briefe darüber ausgestellt worden waren. Der Absender des Briefes teilte Jon Hreggvidsson mit, daß er vom König beauftragt worden sei, die Angelegenheiten zu untersuchen, die hier in Island während der vergangenen Jahre von den Richtern des Landes nicht ordnungsgemäß behandelt worden waren, und zu versuchen, eine Revision herbeizuführen, in der Hoffnung, daß die Sicherheit des Volkes dadurch in der Zukunft wachsen möge.
Sie blickte aus dem Fenster, über die herbstbleichen Wiesen, auf das Sonnenglitzern im Fluß.
Ist er in Skalholt, hier, auf der anderen Seite des Flusses? sagte sie.
Er hat mich dorthin bestellt, sagte Jon Hreggvidsson. Deshalb komme ich zu Euch.
Zu mir?
Als Ihr mich in Thingvellir losgebunden habt, war ich noch jung, und es machte mir nichts aus, durch ganze Länder zu laufen, sagte er. Jetzt bin ich alt und schlecht zu Fuß und würde mir nicht einmal mehr zutrauen, über das weiche Holland zu laufen, geschweige denn über das harte Island.
Wovor hast du Angst, sagte sie. Wurdest du nicht vor vielen Jahren vom König freigesprochen?
Tja, das ist es eben, sagte er. Der gemeine Mann weiß nie, ob ihm der Kopf gehört, den er auf den Schultern trägt. Jetzt ist genau das geschehen, was ich immer befürchtet habe, nämlich daß sie die Sache wieder aufrühren.
Und was willst du von mir?

Ich weiß es kaum, sagte er. Vielleicht hört man darauf, was Ihr sagt – irgendwo.
Man hört nirgends darauf, was ich sage, und außerdem sage ich nichts.
Tja, es ist nun einmal so, wem dieser häßliche, wolfsgraue Kopf, den Ihr hier seht, auch gehören mag, so habt Ihr ihn doch wieder aufgerichtet. Ich schlief. Morgen wirst du geköpft. Ich wurde geweckt, und Ihr machtet mich los. Das ist eine sehr leidige Geschichte, und jetzt soll all das wieder vor den Richtern aufgewärmt werden.
Natürlich habe ich gegen die Gesetze des Landes verstoßen, als ich dich losband, sagte sie. Was hattest du eigentlich damals verbrochen? Bist du ein Dieb? Oder ein Mörder?
Ich stahl ein Stück Schnur, gutes Fräulein, sagte Jon Hreggvidsson.
Ja, sagte sie, ich war eben ein dummes, kleines Mädchen. Es wäre besser gewesen, sie hätten dich geköpft.
Dann sagten sie, ich hätte den König gelästert und einen Henker ermordet, sagte er. Und jetzt zuletzt soll ich meinen Sohn umgebracht haben, aber so etwas sind Kleinigkeiten, die Obrigkeit kümmert sich nicht darum, wenn man in einem Notjahr seine Kinder umbringt, solange man es vernünftig anpackt, es gibt trotzdem immer noch genug Bettler. Das einzige, was mich all die Jahre bedrückt hat, sind die Briefe.
Briefe? fragte sie aus der Ferne.
Da erzählte er ihr, wie er damals mit den beiden königlichen Briefen wieder nach Island gekommen und aus einem weit entfernten Landesviertel heim nach Akranes gewandert war und sein Haus unter der Strafe des Himmels vorgefunden hatte: Seine sechzehn Jahre alte Tochter mit den strahlenden Augen lag auf der Totenbahre, und der Schwachsinnige, sein Sohn, lachte, die beiden Aussätzigen, die eine voller Beulen, die andere voller Wunden, lobten Gott, und seine uralte Mutter sang die schlecht gereimten Bußlieder des Pfarrers Halldor von Prestholar, während sein armes Weib mit einem zweijährigen Kind auf dem Schoß dasaß und behauptete, er sei der

Vater. Aber was war das im Vergleich zu dem Unglück, das während der Abwesenheit des Mannes seinen Viehbestand heimgesucht hatte. Seine eigenen Tiere waren dem Bauern aberkannt und dem König zugesprochen worden, als Buße für die Verbrechen, die er begangen hatte, und das lebende Inventar, das zum Hof gehörte und Eigentum Christi war, war verhungert wie die Bettler, denn diese elende Familie war so damit beschäftigt gewesen, Gott zu preisen, daß sie vergaß, Heu zu machen für die Tiere, während der Mann in einem fremden Land für seinen König kämpfte.
Nun schilderte er, wie er wieder mit leeren Händen ein neues Leben beginnen mußte, als er schon weit über vierzig war, und sich auch noch an neue Kinder gewöhnen, nachdem die alten gestorben waren. Doch er sagte, er habe sich gefragt: Stamme ich vielleicht nicht von Gunnar von Hlidarendi ab? Jetzt hatte Christus schon längst wieder sein lebendes Inventar. Und er, Jon Hreggvidsson, hatte sich auf Akranes eine Fischerhütte gebaut, die er Hretbyggja nannte, von wo aus er mit einem Achtruderer auf Fischfang ging.
Nichts außer den Briefen hat einen Schatten auf mich geworfen, sagte er zum Schluß. Und da sie wenig oder gar nichts über seine Angelegenheit wußte und nichts von den Briefen gehört hatte, die einen Schatten auf das Glück dieses Bauern aus Akranes warfen, berichtete er ihr genau von der Vorladung des Obersten Gerichts, die auf dem Althing verlesen werden sollte, und von dem Geleitbrief, in dem ihm Schutz und ein viermonatiger Urlaub von den Fahnen des Königs gewährt wurde, während er seine Sache in Island verfolgte.
Und dann, sagte sie.
Diese Briefe wurden nie verlesen, sagte er.
Sondern, sagte sie.
Gar nichts, sagte er.
Warum haben sie dich nicht geköpft, als die Briefe nicht verlesen wurden?
Da kommt wieder mein Herr Richter ins Spiel, sagte Jon Hreggvidsson.

Mein Vater verheimlicht nie etwas, sagte sie.
Ich hoffe, sagte er da, daß der Richter, Gott segne ihn, der letzte ist, dem Jon Hreggvidsson etwas vorzuwerfen hat, wenn man davon absieht, daß er vielleicht zu milde gegen mich und andere gewesen ist. Und wäre ich an seiner Stelle gewesen, hätte ich Jon Hreggvidsson kein zweites Mal mit erhobenem Kopf entkommen lassen.
Nun berichtete er davon, wie er, als er damals nach Hause kam, sich ein Pferd beschafft hatte und mit den Briefen auf das Althing an der Öxara zum Richter Eydalin geritten war. Der Richter hatte, wie nicht anders zu erwarten, den Gruß eines Mannes, den er zum Tode verurteilt hatte, nicht erwidert, aber die Briefe hatte er sorgfältig gelesen, sie ihm dann zurückgegeben und gesagt, er solle sie zur Sitzung des Gerichts mitbringen, man werde sie nicht unberücksichtigt lassen. Dann ging Jon Hreggvidsson drei Tage hintereinander mit den Briefen zum Gericht und sah dort seine Richter sitzen, die ihn zwei Jahre zuvor zum Tode verurteilt hatten. Er saß mit anderen Leuten, die dort ihre Angelegenheiten betrieben, auf einer Bank, doch sein Name wurde nicht aufgerufen. Am dritten Tag ließ ihm der Richter bestellen, er solle wieder zu seiner Bude kommen, und da sprach der Richter folgende Worte: Jon Hreggvidsson, ich rate dir, nicht mit diesen Briefen herumzufuchteln, sondern dich so ruhig wie möglich zu verhalten. Du sollst wissen, daß es in meiner Macht steht, dich jetzt hier auf dem Thing köpfen zu lassen. Und du sollst auch wissen, wenn deine Sache vor ein höheres Gericht in Kopenhagen kommt, wirst du deinen Kopf nicht ein drittes Mal gegen mich erheben. Auch wenn es dir jetzt geglückt ist, dir mit Hilfe einiger Spaßvögel in Kopenhagen Dokumente zu beschaffen, mehr um uns hier in Island zum Narren zu halten, wie es bei diesen Schelmen Brauch ist, denn aus Mitleid mit einem Bettler und Mörder, so wird dafür gesorgt werden, daß es dir kein zweites Mal gelingt, Wichtigtuer und Querulanten gegen die Obrigkeit des Landes aufzuwiegeln.
Mein Vater droht den Leuten nicht. Er verurteilt sie, wenn sie schuldig sind, sagte die Tochter des Richters.

Ich mußte an Kopenhagen denken, sagte er, und ich sah vor mir einen vornehmen isländischen Herrn, der sehr bescheiden war, in einem großen Haus, das ihr Oberstes Gericht ist, und er erklärte mir diese Briefe an jenem Tag, an dem ich glaubte, jetzt sei ich endlich für die Hinrichtung gewaschen worden, und drüben neben ihrem großen Glasfenster mit den Vorhängen sah ich meinen Freund Arni Arnason, nur von der Seite, er blickte nicht zu mir herüber und grüßte mich nicht, aber er wußte trotzdem, was geschah, denn das war alles sein Werk. Und ich sagte zum Vater meiner gnädigen Frau, meinem Richter: Ihr seid der mächtigste Mann in Island, sagte ich, und sicher könnt Ihr mich hier auf der Stelle köpfen lassen. Doch diese Briefe sind unterschrieben von meiner allerhöchsten Majestät und Hoheit, meinem Erbkönig und Herrn selbst. Und als der hochwohlgeborene Herr Richter sah, daß ich mich nicht fürchtete, sondern einen Freund hatte, da war er auch nicht mehr zornig auf mich.
Mein Vater läßt sich nicht drohen, sagte sie.
Nein, sagte Jon Hreggvidsson, das weiß ich wohl. Aber mein Freund, der Freund meines Fräuleins, ist kein geringerer Mann als mein Richter, der Vater meines Fräuleins.
Snaefridur sah Jon Hreggvidsson eine Weile aus der Ferne an, doch plötzlich war es, als ob der Mann nicht mehr so weit weg sei, und sie lachte mit einem Mal laut auf.
Der Richter Eydalin sagte, ich gebe dir wieder dein Vieh und deine Habe zurück aufgrund dieser Briefe, und außerdem bekommst du Zins für die Zeit, in der dein Besitz eingezogen war; alles soll so sein wie zuvor. Und er sagte noch mehr, was sich nicht zu wiederholen lohnt, denn es waren keine Zeugen dabei. Ich sagte, was sagt mein König, wenn seine Briefe nicht verlesen werden. Das ist meine Sache, sagte er, gib sie morgen im Gericht ab, wenn du aufgerufen wirst.
Sie fragte, was dann geschehen sei, und er antwortete, daß alles über Erwarten gut gegangen sei, denn als das Vieh wieder zu ihm nach Rein getrieben wurde, hatte jedes Tier zwei Köpfe.
Mein Vater besticht nie jemanden, sagte sie. Und die Briefe?

Er sagte, daß er tags darauf, als endlich sein Name im Gericht aufgerufen wurde und man nach seinem Anliegen fragte, gesagt habe, er sei mit Briefen von unserer allergnädigsten Majestät gekommen und bitte darum, daß er sie vorlegen dürfe. Da trat Gudmundur Jonsson, sein Amtmann aus Akranes, vor, nahm die Briefe und sah sie zusammen mit dem Landvogt aus Bessastadir eine Weile an; dann gaben sie sie an den Richter weiter. Der Richter bat den Amtmann, den einen Brief laut vorzulesen, und das war der Geleitbrief, doch als der vorgelesen war, sagte der Richter, jetzt sei genug vorgelesen, Jon Hreggvidsson sei große Gnade erwiesen worden, und jetzt solle er wieder nach Hause gehen und in Zukunft keine Streitereien mehr mit anderen Leuten anfangen.
Der Bauer war verstummt, und als sie ihn fragte, wie die Geschichte weitergegangen sei, gab es nichts anderes als diesen Brief, vierzehn Jahre später datiert und von Arnas Arnaeus unterschrieben.
Was willst du von mir? fragte sie.
Ich bin schon ein alter Mann, sagte Jon Hreggvidsson. Und habe wieder ein fünfzehnjähriges Mädchen.
Na und, sagte sie.
Ich bin gekommen, um Euch zu bitten, ihm zu sagen, daß Jon Hreggvidsson einmal jung und schwarz gewesen sei und sich vor nichts gefürchtet habe; doch die Zeit sei vorbei. Ich möchte Euch bitten, ihm zu sagen, daß ein weinender Greis mit weißen Haaren zu Euch gekommen sei.
Ich sehe nicht, daß du weinst, sagte sie. Und dein Haar ist nicht weiß, sondern grau. Außerdem verstehe ich nicht, warum du, ein unschuldiger Mann, dich davor fürchten mußt, daß deine Sache wieder aufgerollt wird. Wenn das Gerichtsverfahren beim ersten Mal nicht korrekt war, dann ist es doch zu deinem Vorteil, wenn deine Unschuld festgestellt wird, auch wenn dies spät geschieht.
Mir ist es vollkommen gleich, ob ich unschuldig oder schuldig bin, wenn ich in Ruhe Schafe züchten und Fische fangen kann, sagte er.

Ach so, sagte sie, warum bist du dann über weiche und harte Länder gelaufen? War es nicht, weil du Gerechtigkeit wolltest?
Ich bin ein einfacher Mann, sagte er, und verstehe nur das, was ich anfassen kann. Ein Beil verstehe ich. Und Wasser in einer Kanne. Ein armer Mann schätzt sich glücklich, wenn er sein Leben retten kann.
Hast du nie daran gedacht, daß das Leben und die Gerechtigkeit eng miteinander verwandt sind und die Gerechtigkeit darauf abzielt, das Leben des armen Mannes zu sichern?
Ich habe nie gewußt, daß die Gerechtigkeit auf etwas anderes abzielt, als armen Leuten das Leben zu nehmen, sagte Jon Hreggvidsson. Deshalb bitte ich Euch, die Ihr mit großen Herren zu sprechen versteht, Jon Hreggvidsson vor der Gerechtigkeit zu retten.
Da irrst du dich, Jon Hreggvidsson. Ich verstehe es nicht, mit großen Herren zu sprechen. Es ist heutzutage nicht üblich, auf das zu hören, was Frauen daherreden. Und außerdem ist, soweit ich sehen kann, deine Sache in guten Händen. Ist noch etwas in der Kanne? Wenn du deinen Durst gestillt hast, dann mache dich auf den Weg.
Jon Hreggvidsson stand auf, reichte ihr seine kleine, schmutzige Hand und sagte: Gott segne Euch für den Trunk.
Er stieg eine Weile von einem Fuß auf den anderen und konnte sich nicht entschließen zu gehen.
Ich weiß, sagte er, daß es in den Sagas nichts Verächtlicheres gibt als einen Feigling, der um Gnade bittet. König Odin vergibt nie einem Mann, der um Gnade bittet. Dieser häßliche, graue Kopf, er kann meinetwegen rollen. Aber was würde mein Fräulein sagen, wenn das Beil gleichzeitig auch die Hälse trifft, die höher sitzen?
Ah, jetzt verstehe ich endlich, warum du gekommen bist, sagte sie und lächelte. Du bist gekommen, um mir zu drohen, daß mein Kopf gleichzeitig mit deinem rollen wird, als Strafe dafür, daß ich dich damals losgebunden habe. Bitte schön, Kamerad. Du bist wirklich ein äußerst lustiger Bursche.

Bei diesen Worten der Hausfrau kniete Jon Hreggvidsson auf den Boden nieder und fing an, in seine Hand zu weinen – von allem Mißgeschick, das er Zeit seines Lebens hatte ertragen müssen, war seinem Herzen nichts so nahegegangen wie diese Worte, sagte er schluchzend.
Sie stand auf und ging hin zu dem Mann – laß mich deine Augen fühlen, sagte sie, doch das wollte er nicht zulassen, denn sie waren trocken. Er stand auf.
Es hat nicht viel zu sagen, ob Jon Hreggvidsson einen Henker umbringt oder ein Henker Jon Hreggvidsson umbringt, sagte er. Doch hat mein Richter Eydalin vor sechzehn Jahren ein gerechtes Urteil gefällt, könnte es so weit kommen, daß mein Helfer Arnaeus, der Gesandte des Königs, ins Schwarze Loch gesteckt und das Ansehen unseres Königs Abbruch erleiden würde. Wird Jon Hreggvidsson hingegen für unschuldig befunden, käme der Richter über Island in Gefahr, das zu verlieren, was einem hohen Beamten teurer ist als sein eigener Kopf: seine Ehre.
Das Grinsen dieses Gesichts war kalt und unverfroren, die weißen Zähne in dem graumelierten Bart erinnerten an einen Hund, der selbst dann noch die Zähne fletscht, wenn er geschlagen wurde. Sie bemerkte, daß er eine neue Schnur um den Leib trug.

Siebtes Kapitel

Wenige Tage später war der Junker verschwunden, er mußte in der Nacht davongeritten sein, denn eines Morgens hörte man keine Hammerschläge mehr. Die Axt lag auf einem Haufen Späne. Dann begann es wieder zu regnen. Es regnete Tag und Nacht bei heftigem Wind. Die Erdwände und Torfsodendächer der Häuser sogen immer mehr Wasser auf, bis sie ein einziger Morast geworden waren. Modrige Feuchtigkeit, kälter als Frost, drang aus ihnen in die Häuser. In den Fluren und am Hauseingang bildeten sich Pfützen, man konnte kaum aus einem Zimmer ins andere gelangen. Die Hausherrin zog die Daunendecke fester an sich und stand nicht auf. Die Nacht war dunkel und dementsprechend lang. Eines Nachts regnete es so stark durch das Dach ihrer Kammer, daß sie eine Tierhaut über ihr Bett breiten mußte. Es tropfte und tropfte, und wo eine Vertiefung in der Haut war, bildeten sich Lachen. Dann hörte es auf zu regnen. Eines Tages in der Dämmerung war wieder klares Wetter mit Mond und Sternen.

Später am Abend kam Magnus nach Hause. Draußen klirrte Zaumzeug, da hatte er wenigstens nicht sein Pferd verkauft; nach einer ganzen Weile kam er, ohne unterwegs eine Pause zu machen und ohne zu schwanken, die Treppe herauf. Er klopfte an ihre Tür und wartete, bis sie ihn gebeten hatte, einzutreten. Sie saß mit ihrer Handarbeit unter dem Licht am Stützbalken. Sie blickte auf, und er begrüßte sie mit einem Kuß, und er roch nicht sehr stark. Doch alle seine Bewegungen waren von einer eigenartig flüchtigen Weichheit, die sich davon unterschied, wie sich der Mann in nüchternem Zustand bewegte, und in seinen Augen war ein seltsamer Ausdruck von Wildheit festgefroren, jene Art erstarrten Rausches ohne Wüten, die dem Schlafwandeln verwandt ist, bei welcher der Mensch weiß, was er tut, solange er in diesem Zustand ist, sich danach aber an nichts mehr erinnert.

Ich mußte in den Selvogur reiten, sagte er, als wolle er sich dafür entschuldigen, daß er sich davongemacht hatte – ich hatte nämlich eine Verabredung mit einem Mann wegen eines Ländereienkaufs.

Ländereienkaufs, sagte sie.

Ja, findest du nicht, daß wir anfangen sollten, Ländereien zu kaufen, sagte er. Es hat keinen Sinn, Ländereien zu verkaufen und keine dafür zu kaufen. Jetzt habe ich mich endlich dazu entschlossen, Ländereien zu kaufen. Ich habe einen Herrenhof im Selvogur gekauft.

Wie teuer? fragte sie.

Ja, so ist es eben, liebe Snaefridur, sagte er und trat näher zu ihr heran und küßte sie. Es ist wirklich schön, wieder daheim

bei seiner guten Frau zu sein, wenn man vier Tage lang wegen der Überschwemmungen nicht nach Hause reiten konnte.
Ja, gut, daß du die Überschwemmungen erwähnt hast. Ich wäre hier beinahe ertrunken.
Jetzt wird bald jedes einzelne Loch zugestopft werden, sagte er. Alles wird in Ordnung gebracht werden. Kein Tropfen soll durchsickern. Aber zuerst müssen Ländereien gekauft werden.
Wenn du die Absicht hast, Ländereien zu kaufen, lieber Magnus, sagte sie, willst du dann nicht damit beginnen, mit mir einen Handel abzuschließen? Was sagst du dazu, einen Herrenhof von mir zu kaufen? Braedratunga ist verkäuflich.
Wer mit vornehmen Herren verschwägert ist, braucht nicht dafür zu bezahlen, daß er mit seiner Frau schläft, sagte er. Und der Schwiegervater läßt nicht darauf warten, daß er die Mitgift ausbezahlt.
Nun ja, sagte sie, dann kaufe andere Ländereien.
Mann und Frau sind eins, sagte er. Die Ländereien, die ich kaufe, gehören dir. Die Ländereien, die dein Vater dir schenkt, gehören mir. Denen, die sich lieben, gehört alles gemeinsam. Dein Vater zwang den reichen Fusi, Braedratunga herzugeben, und schenkte dir den Hof mit einem Schenkungsbrief. Du liebst mich. Deshalb gehört mir Braedratunga. Ich will einen Herrenhof im Selvogur kaufen. Ich liebe dich. Deshalb gehört dir der Herrenhof im Selvogur, den ich kaufen will.
Das ist ein ungleicher Handel, sagte sie, auf der einen Seite ein Mann mit großen Geldforderungen, auf der anderen Seite ein armes, schwaches Frauenzimmer: Auch wenn ich dich tausendmal mehr liebe als du mich, verlierst du dennoch, wenn jedem von uns die Hälfte von allem gehört.
Alle sagen, daß ich die beste Partie von allen Isländern gemacht habe, sagte er.
Wenn es alle sagen, muß es ja wahr sein, sagte sie – und da fällt mir ein, ob du wohl schon etwas zu essen bekommen hast?
Doch der Junker war nicht dazu aufgelegt, eine so alltägliche Frage zu beantworten, also, liebe Snaefridur, jetzt ist alles

klipp und klar, ich brauche nur noch etwa hundert Taler in Silber – und der Hof gehört schon in dieser Nacht uns. Der Verkäufer wartet südlich des Flusses auf mich.
Du hast wohl kaum weniger Geld als sonst, sagte sie.
Du weißt genau, Frau, daß du nicht den zehnten, nicht den zwanzigsten Teil von dem Schmuck, den du in deinen Kästen und Truhen aufbewahrst, tragen kannst. Heraus mit dem Silber, heraus mit dem Gold, Frau, und zeige, daß du deinen Ehemann liebst, damit wir einen Hof kaufen können. Du weißt selber, daß man mir Braedratunga durch Betrug abgenommen hat, und ich kann es nicht ertragen, daß ich keinen Hof habe, der auf meinen Namen geschrieben ist. Wie soll ein Junker und Kavalier den Leuten in die Augen sehen können ohne einen Hof. Küß mich, meine Liebste, und sag, daß ich einen Hof besitzen soll.
Als ich klein war, erzählte man mir, ein Mensch, der die Kniescheibe eines Tieres verschlucke, bekomme einen Hof, sagte sie. Hast du das schon versucht? Die Kniescheibe eines Schafs soll einen kleinen Hof geben, die einer Kuh einen Herrenhof.
Ich weiß, es gibt einen Hof, den du mir gönnst, sagte er: den Kirchhof. Ich weiß, du willst mich umbringen.
Ich hatte nicht gesehen, daß du betrunken bist, lieber Magnus, sagte sie. Jetzt sehe ich es. Wir wollen aufhören damit. Wir wollen nichts mehr sagen. Geh hinunter und iß etwas bei Gudridur.
Ich verschlucke das, was mir paßt, wann es mir paßt und bei wem es mir paßt, sagte er.
Sie sagte nichts, er war in einer solchen Verfassung, daß es schwierig war, seine Reaktionen vorauszusehen.
Du siehst es selbst, Liebe, sagte er sanft und war wieder dicht an sie herangetreten, Silber ist der Reichtum von Geizhälsen, nicht der von vornehmen Herren, es liegt in Truhen zu niemandes Nutzen und läuft von Jahr zu Jahr an.
Manch einer hat aber schon seine Freude daran gehabt, nachts aufzusitzen und im Mondschein seine Speziestaler blank zu putzen, sagte sie.

Ja, aber Landbesitz macht vornehme Herren, sagte er. Wir sind vornehme Herren.
Du, sagte sie. Nicht ich.
Du bist doch immer so gut zu mir, liebe Snjoka, sagte er. Jetzt gibst du mir einen auseinandergebrochenen Silbergürtel, einen verbeulten Stirnschmuck und vielleicht drei, vier abgenutzte Busennadeln, auch wenn sie nicht mehr wert sind als fünfzig Taler.
Auch wenn ich eine unbedeutende Frau bin, sagte sie, so hat mein Silber großen Frauen in Island gehört, meinen Ahnfrauen, von denen manche im elften Jahrhundert lebten, und sie schmückten sich damit an Festtagen, und die Schmuckstücke haben die Form von ihnen, und es ist die Seele dieser Zeit darin, und deshalb gehören sie immer noch ihnen, den alten Frauen hinter mir, auch wenn ich sie aufbewahre. Das Material, aus dem sie gemacht sind, spielt keine Rolle.
Ich werde dir den Kaufvertrag für meinen neuen Hof zeigen, hier, damit du nicht glaubst, ich wolle diese Schmuckstücke vertrinken, sagte er. Um die Wahrheit zu sagen, ich habe aufgehört zu trinken, liebe Snaefridur. Ich hasse den Branntwein. Zumindest macht es mir keine Freude mehr zu trinken. Freude habe ich nur noch daran, hier daheim bei dir zu sein, Liebste, dafür rufe ich meinen Schöpfer zum Zeugen an. Liebe Snaefridur, einen verbeulten Stirnschmuck, eine Busennadel, auch wenn sie nur fünfundzwanzig Taler wert wären –
Ich glaube, du solltest dich schlafen legen, lieber Magnus. Wir sehen uns morgen früh.
– auch wenn es nur ein paar abgenützte Silberlöffel aus der Zeit des Schwarzen Todes sind, damit sie sehen, daß ich kaufen kann, damit sie sehen, daß ich ein Mann bin und eine Frau habe.
Ich weiß nicht, ob du ein Mann bist, lieber Magnus, sagte sie. Und ich weiß auch nicht, ob du eine Frau hast.
Er schreckte vor ihr zurück, und sie sah unverwandt den Fremden an, aus weiter Ferne, aber ohne Verwunderung.
Mach die Truhe auf, sagte er.

Das sind nicht deine Augen, die mich ansehen, lieber Magnus, und nicht deine Stimme, die zu mir spricht.
Ich weiß, was in dieser Truhe ist. Ein Mann.
Sie sah ihn unverwandt an.
Ich sah, wie er vor mir über die Hauswiese zum Hof geritten ist. Und ich habe ihn erkannt. Ich befehle dir, die Truhe aufzumachen.
Wir wollen den Mann in Ruhe lassen, sagte sie. Er ist müde.
Er soll keine Ruhe haben, sagte der Junker. Ich werde ihn umbringen; ich werde ihn abstechen.
Ja, ja, mein Lieber, sagte sie. Tu das. Aber nun wollen wir zuerst alle schlafen gehen.
Er ging zu der Truhe hin und trat aus Leibeskräften mit seinem Stiefel gegen sie und schrie: Dieb, Hund, Diebshund. Doch die Truhe war aus Eichenholz, gediegen und stark, und es war, als trete man gegen einen Felsblock.
Wo ist mein Buch, daß du mir gestohlen hast, als es halb geschrieben war, und dessen Deckel du mir an den Kopf geworfen hast, rief er dem Mann in der Truhe zu und versetzte ihr noch ein paar Fußtritte.
Der Mann in der Truhe antwortete nicht.
Ich will mein Buch wiederhaben.
Schweigen.
All die vergoldeten Illuminationen und die süßen Gesänge und auch die unbeschriebenen, weißen, geglätteten Seiten hast du herausgerissen oder ausradiert und mir nur die Deckel gelassen, die Kälte und Leere einschlossen. Raubtier, gib mir mein Buch zurück.
Er fuhr noch eine ganze Weile fort, der Truhe Fußtritte zu versetzen und dem Mann in der Truhe Drohungen und Beschimpfungen zuzurufen, doch die Truhe ließ sich nicht bewegen.
Magnus, sagte seine Frau leise. Setz dich zu mir.
Er hörte auf, gegen die Truhe zu treten, und sah seine Frau an, ohne den Kopf zu heben, mit weißen und roten Augen, wie ein Stier, der eben noch gewütet hat. Ihre Stimme rührte ihn mehr als alles andere. Wenn sie so zu ihm sprach, mit ruhiger

Beherrschung, leise und ein wenig dunkel, doch mit goldgerändertem Klang, da war es, als würde seine empfindlichste Stelle getroffen, und seine Kraft ließ nach.
Doch als er eine Weile bei ihr geweint hatte, und sie ihn einige Male mit ihrer schmalen, steifen und nicht kosenden Hand gestreichelt, ein wenig zerstreut, wie wenn man ein Tier tätschelt, beruhigte er sich – und begann wieder von neuem:
Liebe Snaefridur, sagte er, leihe mir einen winzigkleinen Ring, auch wenn er nur zwei Taler wert ist. Ich schulde einem Mann drunten in Eyrarbakki Geld für Schmiedeeisen, und meine Ehre hängt davon ab, daß ich diese Schuld heute nacht begleichen kann, mein Ansehen als vornehmer Herr, mein Stolz, ich weiß, Snaefridur, daß du, die du noch vornehmer bist als ich selber, nicht zusehen kannst, wie ich gedemütigt werde.
Schlaf heute nacht hier zu Hause, lieber Magnus, und morgen wollen wir das Schmiedeeisen bezahlen, sagte sie.
Ich flehe dich an, sagte er. Auch wenn es nur einige wenige Schillinge sind, um sie dem verlausten Gesindel, das vornehme Leute auf der Straße beschimpft, nachzuwerfen.
Wir wollen schlafen, sagte sie, diese Nacht. Morgen reiten wir nach Eyrarbakki hinunter, um verlausten Burschen, die uns beschimpfen, Schillinge nachzuwerfen.
Er weinte mit schweren Seufzern.
Hat man je einen elenderen Bettler gesehen als mich, fragte er mitten im Weinen.
Nein, sagte sie.
Er weinte weiter.
Die Nacht war mondhell, und er war schon längst in seine Stube hinuntergegangen, doch sie konnte nicht einschlafen und wälzte sich ruhelos in ihrem Bett hin und her. Der Mond warf sein Licht auf den Fußboden. Sie setzte sich auf und sah aus ihrem Fenster; es war windstill und glitzerte auf der Erde, die naß gewesen war und jetzt anfing, zu gefrieren, ehe sich das Wasser verlaufen hatte. Dann legte sie sich wieder hin. Doch als sie wieder eine Zeitlang im Bett gelegen hatte, glaubte sie zu hören, daß die Treppe, die zu ihrer Kammer

heraufführte, knarrte, so wie man es nachts hört, wenn jemand heimlich im Haus herumschleicht, und sonst nie. In ihren Ohren, die vom Wachen überempfindlich geworden waren, wurde dieses Knarren in dem baufälligen Haus zu einem fürchterlichen Krachen. Schließlich wurde an der Türklinke herumgetastet, mit jener mißlungenen Vorsicht, die in der Stille der Nacht für lauschende Ohren wie ein Trompetenstoß klingt. Die Tür wurde geöffnet. Sie sah ihn in Hemdsärmeln und weichen Schuhen ins Zimmer schleichen, in der Hand eine Axt. Er spähte im Mondlicht umher, und sie sah sein Gesicht und seine Augen, wie er zu ihr in den dunklen Alkoven hineinstarrte, ohne sie zu sehen. Sie glaubte, er würde versuchen, sie gleich zu erschlagen, doch das war nicht der Fall; er hatte es vor allem auf die Truhe abgesehen. Er fiel vor der Truhe auf die Knie, tastete an Deckel und Schloß herum und merkte bald, daß sie fest verschlossen war. Er suchte nach einer Stelle, wo er die Schneide der Axt unter den Deckel schieben konnte, um die Truhe aufzustemmen. Schließlich sah die Frau, daß er tatsächlich die Schneide an einer Stelle dazwischengezwängt hatte und anfing, den Deckel nach oben zu drücken.

Laß die Truhe, Magnus, sagte sie.

Er hielt inne und schaute langsam zu ihr hinüber, und sie sah wieder das Weiße in seinen Augen, und das Rote. Er stand langsam auf, zog die Axt wieder heraus, schwang sie, eher wie ein Zimmermann denn wie ein Totschläger, und sprang zum Alkoven hinüber, wo die Frau lag. Jetzt geschah alles schneller, als es sich erzählen läßt. Die Bettvorhänge waren zur Hälfte von der Öffnung des Alkovens weggezogen, und im Innern war es dunkel. Er mußte Knie und Rücken beugen, um durch die niedrige Öffnung hineinschlagen zu können. Aber er vergaß, daß der Alkoven auch am Fußende offen war, und kaum hatte er zugeschlagen, da kam jemand von hinten und warf ihm eine Decke über den Kopf: Das war seine Frau, die er eben zu erschlagen glaubte. Sie rief, so laut sie konnte, nach ihrer Dienerin Gudridur, die mit noch einer Frau jenseits des Treppenaufgangs am anderen Ende des Obergeschosses schlief. Als die Frauen kamen, war es dem Junker gelungen, seinen Kopf aus der Decke zu befreien, seine Frau hatte er gepackt und drückte ihr mit dem Daumen auf die Kehle, die Axt war ihm entglitten. Er kam nicht mehr dazu, das, was er sich vorgenommen hatte, auszuführen, die beiden Frauen gingen auf ihn los und überwältigten ihn. Nach einer Weile saß er zusammengesunken auf der Truhe, völlig erschöpft, und ließ den Kopf auf die Brust hängen.

Alles ist mir mißglückt, und das hier ist am schlimmsten, sagte die Frau aus den Dalir. Und ich bin davon überzeugt, daß mir Madame, meine Hausherrin, dies nie verzeihen wird. Das beste wäre, ich würde heimreiten und meinen Nacken unter den Stiefelabsatz des Richters legen.

Als Snaefridur sie danach fragte, was sie falsch gemacht habe, antwortete sie nur, es war nicht mein Verdienst, daß die Tochter von Madame, Gott segne sie, noch am Leben ist. Sie wollte ins Westland reiten und ihre Hausherrin bitten, ihrer Tochter eine treuere Dienerin zu schicken. Sie trocknete sich die Tränen aus dem Gesicht und bat den barmherzigen Gott, ihr diese Sünde zu vergeben.

Ich reite fort, liebe Gudridur, sagte die Hausfrau. Du bleibst da und siehst nach der Wirtschaft. Hol jetzt meine besten Kleider und meine Wertsachen und packe sie schnell zusammen und verwahre das übrige. Ich will für einige Zeit auf Besuch nach Skalholt. Weck die Knechte und sage ihnen, sie sollen Pferde holen und mich noch heute nacht hinüberbegleiten.

Achtes Kapitel

Als Arnas Arnaeus gegen Ende des Sommers aus dem Ostland die Nachricht sandte, daß er um die Zeit des Schafabtriebs nach Skalholt kommen werde und den Wunsch habe, den Winter im Haus des Bischofs zu verbringen, zögerte der Bischof nicht lange, sondern ließ Handwerker holen, um das grüne Zimmer, die sogenannte Große Stube, und zwei dahin-

terliegende kleine Zimmer, wo man vornehme Gäste zu beherbergen pflegte, instand zu setzen. Die Holzvertäfelung wurde ausgebessert und mit Farbe oder Firnis gestrichen, Schlösser und Türangeln repariert, Kachelöfen gesetzt, im inneren Gästezimmer wurde ein Bett mit Daunendecken und vielen Kissen aufgestellt, man holte neue Bettvorhänge und hängte sie mit den Falten davor; das vordere Zimmer wurde als Wohnstube eingerichtet, man stellte eine große Schreibkommode, ein Pult, Hocker, zwei aufgearbeitete Lehnstühle mit alten Schnitzereien und eine Kleidertruhe. Alles aus Metall wurde blank poliert, Zinnkrüge, Kupferkessel und Tafelsilber, und das Haus wurde bis in die äußersten Winkel gescheuert, zum Schluß verbrannte man in der Stube Wacholderzweige.
Ende September brachte einer der Diener des königlichen Abgesandten dessen Gepäck auf einigen Tragpferden von Westen übers Gebirge; Arnaeus selbst kam einige Tage später aus dem Ostland, mit dreißig Pferden, Schreiber, Diener und Begleitern. Er brachte viele Bücher und Schriftstücke mit, die er zu Stapeln aufschichtete, und bald waren die Zimmer voll.
Obwohl der Abgesandte des Königs selber ein ruhiger, bedächtiger Mann war, entstand bald, nachdem er in Skalholt sein Quartier aufgeschlagen hatte, viel Unruhe um ihn herum. Er schickte in alle Richtungen Boten aus, um Leuten Briefe zu bringen und sie davon zu benachrichtigen, daß sie zu ihm kommen sollten; andere kamen unaufgefordert, manche aus weit entfernten Gegenden. Alle waren neugierig darauf, Näheres über den Zweck seines Aufenthaltes zu erfahren, man wußte, daß er von unserer Majestät beauftragt war, den Zustand des Landes genau zu untersuchen und dann dem König Vorschläge zu machen, wie die große Not, von der die Bevölkerung des Landes heimgesucht wurde, am besten zu lindern sei. Aus seinen Briefen, die er auf dem Öxara-Thing hatte verlesen lassen, ging hervor, daß er freien Zugang zu den Akten der Beamten hatte und von ihnen über alles, was er wollte, Auskunft verlangen konnte; außerdem hatte er richterliche Gewalt in allen Sachen, die der Kanzlei zweifelhaft erschie-

nen, und konnte verlangen, daß Gerichtssachen wieder aufgenommen wurden, wenn seiner Ansicht nach Fehlurteile ergangen waren, und Beamte zur Verantwortung ziehen. Aber obwohl er mit den Leuten bereitwillig über die meisten Dinge sprach und sich eingehend nach ihren Verhältnissen erkundigte, war er nicht bereit, über den Zweck seines Aufenthaltes zu sprechen, und noch wortkarger, wenn es um seine Befugnisse ging, und bescheidener und milder in seinen Worten als alle anderen; er fragte kundig nach allen Dingen, als habe er den größten Teil seines Lebens in der Nachbarschaft dessen gewohnt, mit dem er sich gerade unterhielt. Er wußte über das Leben und die Abstammung gehängter Diebe und gebrandmarkter Landstreichermädchen nicht weniger gut Bescheid als über Gerichtsverwandte und Hochgelehrte, und nie brachte er in einer Unterhaltung Dinge zur Sprache, die er gesehen und erfahren hatte, andere Leute dagegen nicht. Man bemerkte, daß seine liebsten Gesprächsthemen alte Bücher und Erinnerungen waren, und Leute, die erwarteten, von einem strengen Beamten wegen der Übeltaten, die ihr Gewissen drückten, verhört zu werden, wunderten sich sehr, daß sich das, was er sagte, vor allem um einen alten Pergamentfetzen oder ein paar zerlesene Bücher drehte.

An diesem Herbsttag war in Skalholt alles ruhig, und keiner wußte, daß etwas geschehen war; es hatte zu frieren begonnen, und deshalb war der Gestank von Unrat und Schmutz, durch den sich der Bischofssitz auszeichnete, nicht mehr so stark. Sie war kurz vor Morgengrauen angekommen, zu der Zeit, da die Menschen besonders fest schlafen, und da sie sich an diesem Ort gut auskannte, brauchte sie keine Fremden zu belästigen, sondern ritt unter das Fenster, hinter dem, wie sie wußte, ihre Schwester schlief. Sie klopfte mit dem Knauf ihrer Reitgerte an die Scheibe, und die Frau des Bischofs wachte auf und schaute aus dem Fenster und sah, wer gekommen war. Als sie zur Haustür kam, waren die Begleiter verschwunden und Snaefridur stand allein da mit ihrem Gepäck. Sie sprachen den ganzen Morgen leise miteinander in der Schlafkammer der Frau des Bischofs, bis der Mond untergegangen war und die Mägde anfingen, im Haus unten mit den Türen zu schlagen und Feuer zu machen, da legten sie sich ins Bett. Kurz vor neun Uhr, als die Frau des Bischofs hinunterging, war Snaefridur eben eingeschlafen und schlief den ganzen Tag, und niemand wußte, daß ein neuer Gast im Hause war.

Doch als die Frau des Bischofs dem Domprediger Sigurdur bestellen ließ, er solle nicht mit den Schuljungen zu Abend essen, sondern am Tisch des Bischofs in der Großen Stube, da ahnte der gelehrte Gottesmann das eine und das andere, und er legte seinen alten, fadenscheinigen und glänzenden Sonntagsrock mit den geflickten Ärmeln an, suchte unter seinem Bett ein Paar staubige, eingeschrumpfte Stiefel hervor und zog sie an. Als er zur festgesetzten Zeit in die Große Stube kam, war noch niemand da, nur Gudrun, die ältere der beiden Töchter des Bischofspaares und schon fast erwachsen, ging ein und aus und prustete, als spüre sie einen üblen Geruch, sobald sie ihn sah. Der Tisch war mit einem Tuch und glänzenden Tellern und Kannen gedeckt; in zwei dreiarmigen Leuchtern brannten Kerzen mit drei Dochten. Nach einer Weile kam der Schreiber des Assessors herein, ein junger Mann, Absolvent der Schule in Holar, Baccalaureus der Universität zu Kopenhagen, und sah den Domprediger an, ohne ihn zu grüßen; er begann, in der Stube seine Runden zu drehen, wobei er mit den Fingern gegen die Wandverkleidung schnipste und übermütig lateinische Verse vor sich hin trällerte.

Der Domprediger vermied es aufzublicken, wenngleich er sich nicht enthalten konnte, o tempora, o mores vor sich hin zu murmeln und zu hüsteln.

Kurz darauf kam der Bischof mit seinem würdigen Auftreten und dem Kreuz an einer Kette um den Hals, breit, glatt und rot im Gesicht; er strahlte und streckte die offenen Arme seiner evangelischen Güte allen Gläubigen entgegen, glättete alle Runzeln und Falten, da die Leiden des Herrn Freude verkünden, war aller Freund, denn der Herr will, daß jeder Mensch erlöst werde, legte das Wort eines jeden zu dessen Vorteil aus, weil kein Herz dem Heiligen Geist verschlossen bleibt; bis es geschehen konnte, wenn sich eine Angelegenheit ihrer Entscheidung näherte, daß seine kalten, grauen Augen die Oberhand gewannen: Dann war von dem Lächeln nichts mehr übrig außer den Runzeln, wie Furchen im Sand bei Ebbe, und der Bischof offenbarte eine Meinung von der Angelegenheit, die kaum jemand erwartet hatte.

Arnaeus kam beinahe lautlos aus seinen Zimmern und begrüßte die Männer würdevoll. Er war blaß, und der Spalt in seinem Kinn war auffälliger als vor sechzehn Jahren, und die Augenlider waren schwerer, doch die Perücke war genauso sorgfältig gelockt wie eh und je, die Kleider genauso gut im Schnitt; und wenn er einen Gegenstand betrachtete, sah er unwillkürlich nicht nur alles um ihn herum, sondern auch durch ihn hindurch und hinter ihn. Er rechnete offensichtlich nicht damit, daß sich etwas Ungewöhnliches ereignen könnte, und setzte sich sogleich zu Tisch, und der Bischof als Herr des Hauses folgte seinem Beispiel, wie um ihm in dieser Sache beizupflichten, und bat Pfarrer Sigurdur, dem Assessor gegenüber Platz zu nehmen.

Da betrat die Frau des Bischofs mit ihrer Schwester Snaefridur den Raum: Er sitzt der Tür gegenüber und sieht sie hereinkommen. Und als er sah, wer gekommen war, stand er sofort auf und ging ihr entgegen. Sie war ebenso schlank wie früher, obgleich die ungelenke Biegsamkeit der Jugend, der Bewegung eines Fohlens verwandt, der stolzen Haltung einer erwachsenen Frau gewichen war; das Haar war noch genauso luftig und voller Leben, auch wenn es, wie die Augenbrauen, einen Ton dunkler geworden war; ihre Brauen waren höher als damals, und die Lippen, die damals offen waren, waren jetzt geschlossen, und in dem strahlenden Blau der Augen war ein Ausdruck wehmütiger Zerstreutheit; sie trug einen mit goldbestickten Borten besetzten Mantel, dessen rosa Farbe aussah, als seien Blau und Rot zusammen verblaßt. Er reichte ihr beide Hände und sagte wieder mit dieser weichen, tiefen Stimme nach sechzehn Jahren:

Fräulein Snaefridur.
Sie gab ihm die Hand und verneigte sich höflich, ohne Freude zu zeigen, und sah ihn aus hoheitsvoller, blauer Ferne an. Und er beeilte sich hinzuzufügen: Ich weiß, meine Freundin verzeiht solche Plaisanterie, aber sie war so jung, als wir uns zum letzten Mal sahen, und es ist, als sei es gestern gewesen.
Meine Schwester ist zu Besuch gekommen, sagte die Frau des Bischofs lächelnd. Sie will ein paar Tage bei mir bleiben.
Snaefridur begrüßte alle Männer mit Handschlag, und sie standen der Reihe nach auf, und der Bischof, ihr Schwager, umarmte sie und küßte sie.
Wir müssen die Ankunft eines solchen Besuchs feiern, sagte Arnaeus, während der Bischof sie umarmte und küßte. Wir müssen auf ihr Wohl trinken; mit Frau Jorunns Erlaubnis.
Die Frau des Bischofs sagte, sie wage nicht, ihren sauren Wein anzubieten, und schon gar nicht dem Assessor und seinen alten und neuen Freunden, solange sie wußte, daß sich sein Klarett im Hause befand, und er bat seinen Schreiber, den Diener zu rufen und ihm zu sagen, er solle eine Kanne Klarett bringen. Es nützte nichts, daß Snaefridur sich eine solche Ehre verbat, mit der Begründung, es zieme sich nicht für hohe Herren, auf das Wohl armer Bauersfrauen zu trinken. Der Assessor bat sie, unbesorgt zu sein, hier würde nicht auf das Wohl einer Häuslerin getrunken, schenkte ein, erhob den Becher und trank ihr zu, und alle Tischgenossen folgten seinem Beispiel – bis auf den Domprediger, er goß nur ein wenig Molke in seinen Becher und sagte, er trinke keinen Wein, und schon gar nicht abends, wünsche aber allen alles Gute, die reinen Herzens und mit Gottes Wohlgefallen zu guter Stunde den Becher hoben. Die Besucherin blickte auf, wenn auch nicht hoch, erhob ihren Becher einmal für alle zusammen, benetzte ihre Lippen und öffnete sie zu einem höflichen Lächeln, unberührt, mit einem Gran jener unbewußten Ironie, die ihr angeboren war, und ihre Zähne, ein klein wenig vorstehend, waren noch alle da, weiß und ebenmäßig wie einst.

Doch als der Trinkspruch ausgebracht war, fand man nichts mehr zu sagen, und der Bischof schloß die Augen und faltete die Hände und sprach das Tischgebet, und die andern senkten schweigend den Kopf, nur die Tochter des Bischofs nieste. Dann sagten alle Amen und die Frau des Bischofs schöpfte dicken Brei mit Rosinen aus einer glänzenden Terrine in kleine, geblümte Schalen, doch obwohl sie die Tischgesellschaft mit ihrem liebenswürdigen, mütterlichen Lächeln bedachte, waren ihre Pupillen aufgerissen und ihre Augen stechend heiß, und in ihrem Gesicht konnte man rote Flecken sehen. Der Blick des Assessors fiel auf den Domprediger, der, asketisch über seine Molke gebeugt, dasaß.
Es würde Eurer Frömmigkeit nicht schaden, sich ab und zu ein Gläschen zu genehmigen, sagte er mit leisem Spott; schon gar nicht am Abend. Das fördert die Verdauung.
Ich danke dem Herrn commissario, sagte der Domprediger. Aber ich muß mich mit genug Lastern herumschlagen, auch wenn ich auf dieses verzichte.
Doch unser Meister hat gesagt, pecca fortiter, sagte Arnaeus lächelnd.
Die meisten maxima Lutheri stehen meinem Herzen näher als dieses, sagte der Domprediger und blickte noch immer starr vor sich hin, als liege dort ein Buch, in dem er lese. Es ist jedoch nicht aus Furcht vor der Sünde, daß ich heute abend nicht Euren Wein trinken will, commissarie.
Eine schwache Blase kann auch der Anfang großer Heiligkeit sein, sagte der Baccalaureus, doch alle taten, als hätten sie diesen Einwurf nicht gehört, nur die kleine Gunna packte sich hastig an die Nase, und der Bischof sagte gewichtig:
Es würde unserem Freund nicht schaden, wenn er in dieser Sache commissarii Rat befolgen wollte, denn unser Freund braucht die Sünde nicht in dem Maße zu fürchten wie die meisten von uns anderen. Manchmal, wenn ich an sein hartes Leben und seine langen Nachtwachen denke, kommt es mir vor, als hätten die anabaptistae gar nicht so unrecht, die meinen, manche Menschen könnten in diesem Leben einen solchen

statum perfectionis erreichen, daß sie nicht von Sünden geplagt werden.
Darf ich fragen, sagte der Baccalaureus, ob es nicht gute Theologie ist, daß der Teufel nie diejenigen in Versuchung führt, deren er sich sicher wähnt.
Nein, junger Mann, sagte der Bischof und lachte. Das ist calvinistische Irrlehre.
Darüber amüsierten sich die Leute am Tisch, nicht zuletzt der Kommissar, der zu seinem Schreiber sagte: Das geschieht dir recht, und ich rate dir, mein Junge, den Mund während dieser Mahlzeit zum Disputieren nicht mehr aufzumachen.
Nur Pfarrer Sigurdur hatte nicht gelächelt; er aß seinen Brei mit unbeirrbarem Ernst. Doch als die anderen genug gelacht hatten, ergriff er wieder das Wort:
Sicher habe ich weder die Tugenden anabaptistarum, wie mein Freund, der Herr Bischof, sagt, noch die Heiligkeit in Wort und Tat, welche die gelehrte Gegenwart auf den Gesundheitszustand der Harnwege zurückführt. Dennoch hoffe ich, daß ich naturaliter nicht ein Kind des Teufels bin, wie dieser junge Mann von Welt, der Bevollmächtigte des königlichen Gesandten, hier am Tisch vermutet hat. Andererseits kann ich nicht leugnen, daß ich oft an die Armen denken muß, nicht zuletzt dann, wenn ich mich in vornehmer Gesellschaft befinde. Und dann habe ich kein Verlangen mehr nach Leckereien; auch nicht nach Wein.
Das stimmt tatsächlich, sagte die Frau des Bischofs. Unser liebenswerter Pfarrer Sigurdur ißt oft nur eine Mahlzeit am Tag wegen der Armen und Elenden. Wenn ich mich darüber beklage, meine Erbsensuppe sei armselig, beklagt er sich darüber, daß sie zu üppig sei –
– und legt freitags das Fleisch wieder heimlich in die Schüssel zurück, sagte die Tochter des Bischofs rasch.
Gudrun, sagte die Frau des Bischofs. Bitte, geh hinaus. Verzeiht, Assessor, daß unsere Kinder so unhöflich sind, aber wir können nichts dagegen tun hier in Island –
Madame, sagte der Domprediger und blickte immer noch

starr vor sich hin. Erlaubt Gudrun hierzubleiben, sie spricht die Wahrheit: Ich lege manchmal das Fleisch wieder zurück. Allerdings, daß ich das freitags tue, nach papistischem Brauch, das hat sie von den Schuljungen gehört.
Oh, nein! rief da das Mädchen erregt und wurde ganz rot, denn daß sie mit den Schuljungen auf vertrautem Fuß stand, war etwas, das man einer schon fast erwachsenen Tochter des Bischofs in Skalholt keinesfalls nachsagen durfte.
Nun möchte ich gerne Eure Frömmigkeit fragen, sagte Arnaeus und wandte sich an den Domprediger, denn in Euch lebt ohne Zweifel jenes innere Licht, das allein die Gelehrsamkeit versüßt: Sind arme Menschen gottgefällig, und müssen wir ihnen nacheifern? Oder ist die Armut Gottes Strafe für die Missetaten der Menschen und ihren schwachen Glauben? Oder gilt immer noch die alte Regel, nach welcher die Armut von niemand anderem als von den Armen gepriesen werden soll?
Der Domprediger: Mein Herr commissarius irrt, wenn er glaubt, ich wolle mich durch Gelehrsamkeit über die Gelehrten erheben und so meine imperfectiones mehr denn nötig verbreiten. Aber keinem Christenmenschen dürfte verborgen geblieben sein, was man stets in ihrer Lehre hat hören und in ihren Büchern hat lesen können, daß nämlich die Armut ein einfältiges Herz schenkt, das gottgefälliger ist, und statui perfectionis näher als weltlicher Prunk und weltliche Klugheit. Und die Armen hat unser Heiland zu den Seligen gerechnet und gesagt, wir sollen sie immer um uns haben.
Der Abgesandte des Königs: Wenn der Herr will, daß es Arme gibt, damit die Christen sie um sich haben und sich ein Beispiel an ihrem entbehrungsreichen Leben nehmen können, ist es dann nicht gegen seinen Willen, daß ihre Not gelindert wird: Kommt der Tag, an dem die Armen genügend Kleider und Speise haben, an wem sollen sich dann die Christen ein Beispiel nehmen in ihrer Lebensführung? Wo soll man jene Einfalt des Herzens lernen, die gottgefällig ist?
Der Domprediger: So wie der Herr die Armen geschaffen hat,

damit die Reichen sich ein Beispiel an ihrer demütigen Lebensweise nehmen können, so hat er durch seine besondere Gnade auch den höheren Stand eingesetzt und ihm befohlen, sein Seelenheil durch Mildtätigkeit und Gebete zu befördern.
Endlich kann man wieder hören, wie in Skalholt bei Tisch die Kunst der Dialektik gepflegt wird, unterbrach nun der Bischof. Und selten war es notwendiger als in unserer Zeit, daß die richtigen Sitten nach den Büchern ausgelegt werden. Aber wir wollen nicht so tief schürfen beim Brei, meine praeclari et illustrissimi, daß wir keinen Appetit mehr haben, wenn der Braten an die Reihe kommt.
Der Bischof blickte in die Runde und erwartete, daß alle lachten, aber niemand außer dem Kommissar lächelte.
Wir Burschen, sagte er und lächelte den Schwestern zu, während er dieses heimelige Wort als Gegengewicht zum Latein in den Mund nahm, wir Burschen haben die Schwäche, wenn wir in Gesellschaft schöner Frauen sind, dann wollen wir gerne ein bißchen klüger erscheinen, als wir sind, wenn das möglich ist, statt ihren schönen Stimmen zu lauschen.
Ich weiß nicht, wie schön die Stimmen sind, sagte die Frau des Bischofs; aber da wir von den Armen sprechen, muß ich wieder an eine Begebenheit denken, an die man sich hier in Skalholt erinnert, daß nämlich eine meiner Vorgängerinnen die Felsenbrücke, welche die Natur über die Bruara gebaut hatte, zerstört haben soll, um dadurch den Armen den Weg zum Bischofssitz zu versperren. Diese häßliche Erinnerung hat mich nicht selten so berührt, als sei ich dabei selbst am Werk gewesen. Ich habe oft daran gedacht, dort wieder irgendeine Brücke bauen zu lassen, damit die Bettler nicht am anderen Ufer sterben müßten. Es ist ganz sicher eine schreckliche Sünde, jene Brücke christlicher Nächstenliebe einzureißen, die Gott zwischen den Armen und den Reichen errichten lassen will. Und trotzdem, wenn ich mehr darüber nachdenke, dann finde ich, daß meine alte Vorgängerin eine Entschuldigung gehabt hat: Das Ansehen Islands wäre nämlich kaum größer geworden, wenn der Bischof in Skalholt an den Bettel-

stab gebracht worden wäre und halbverhungertes Landstreichervolk den Bischofssitz überrannt hätte.
Die roten Flecken im Gesicht der Frau des Bischofs waren jetzt miteinander verschmolzen, und obwohl sie ihren Gästen freundlich zulächelte, konnte man an ihren Augen deutlich ablesen, daß sie nicht nur aus Liebe zur Philosophie so gesprochen hatte. Ihre Schwester legte ihr Messer beiseite und sah sie aus weiter Ferne an.
Was sagte Snaefridur, fragte der Kommissar.
Sie zuckte ein wenig zusammen, als er ihren Namen nannte, und beeilte sich zu antworten:
Ich bitte um Vergebung, ich habe den ganzen Tag geschlafen und bin noch immer nicht wach. Ich träume.
Doch der Bischof wandte sich an seine Frau und sagte:
Meine Allerliebste, sag mir, wer ist kein Bettler vor unserem Erlöser? Und wahrlich, ich habe oft einen barfüßigen Landstreicher beneidet, der neben der Straße schlief, ohne Sorgen zu haben, und mir gewünscht, bei einer Bettlerschar zurückbleiben zu dürfen, die am Ufer eines Flusses lagerte und die Vögel beobachtete und zu Gott betete und niemandem Rechenschaft schuldig war. Die Bürden sind schwer, die der Herr uns, der Obrigkeit dieses armen Landes, auferlegt hat, in temporalibus nicht weniger als in spiritualibus, auch wenn das gemeine Volk dies nicht zu schätzen weiß.
Arnaeus fragte: Wie soll nun unser Herr, der König, auf die tränenreichen Bittschriften reagieren, die ihm ständig aus diesem Lande gesandt werden, wenn Landstreicher und Bettler glücklicher sind als ihre Obrigkeit?
Die ganze Schöpfung klagt und jammert, mein lieber Herr commissarie, sagte der Bischof. Das ist ihre Melodie.
Ein jeder jammert seinem Herrn etwas vor, und alle jammern sich selbst etwas vor, und dabei wissen wir, daß alles, was uns an Gutem und Schlechtem widerfährt, seine Ursache in uns selbst hat, sagte der Domprediger. Es ist nicht Sache der Menschen, die Not des Volkes zu lindern, das der Herr mit seiner Gerechtigkeit züchtigen will: Es bittet um Dinge, die durch

keine Bitte eines Menschen, und sei sie noch so inbrünstig, erlangt werden können, ehe nicht die Strafe für seine Übeltaten vollstreckt wurde. Inexorabilia ist sein Leben.
Da habt Ihr recht, Pfarrer Sigurdur, sagte der commissarius. Die Menschen sollen sich nicht einbilden, sie könnten den Gang der göttlichen Gerechtigkeit aufhalten, und das ist ganz gewiß keine neue Erkenntnis. Aber ich kann nicht finden, und das ist zweifellos auch nicht Eure Meinung, daß diese Einsicht uns von den Pflichten der menschlichen Gerechtigkeit befreit. Allen christlichen Lehren zufolge geschah es schon bei der Erschaffung der Welt, daß Gott dem Menschen Verstand verlieh, damit er Recht von Unrecht unterscheiden konnte. Wenn jetzt gute Männer dem König gegenüber nachgewiesen haben, daß es nicht Zebaoth ist, der den Isländern schlechte Waren oder zu wenig verkauft, so daß sie sterben, und die Übergriffe der Reichen zu mild und die Armen zu hart bestraft, den einen die Hand abhakken läßt und den andern die Zunge herausschneiden, den dritten aufhängen und den vierten verbrennen, weil sie so hilflos sind und sich nicht wehren können, dann ist es nicht gegen Gottes Ratschluß, wenn der König das schlechte Mehl untersuchen und zu milde ebenso wie zu strenge Urteile nachprüfen lassen will, sondern in Übereinstimmung mit der Vernunft, die uns unser Schöpfer gegeben hat, damit wir Recht von Unrecht unterscheiden und mit dieser Unterscheidung eine ehrliche Ordnung und Herrschaft in unserem Leben aufbauen können.
Ja, mein lieber commissarie, habt vielen Dank für Eure ernste Mahnung an die Kaufleute, von denen tatsächlich viele meine guten Freunde sind und manche meine engen Vertrauten, sagte der Bischof, aber, leider, sündige Menschen, genauso wie wir Einheimischen. Und Gott gebe, daß Euer Vorgehen gegen sie dazu führt, daß wir im nächsten Jahr besseres Mehl bekommen und möglichst auch Schadenersatz in barem Geld. Und kurz danach war die Mahlzeit beendet, und der Bischof begann das Dankgebet; er sagte, wir sollten alle unsere Herzen erheben, erbaut von den Reden unserer hochgelehrten, lieben Tischgenossen, meines Freundes, des Dompredigers,

der darum bittet, daß der göttlichen Gerechtigkeit Genüge getan wird, und meines Freundes und Herrn, des außerordentlichen commissarii seiner allerhöchsten Gnaden, der darum bittet, daß auch die menschliche Gerechtigkeit zum Zuge kommt gegenüber Dänen und Isländern, Gelehrten und Laien, Hoch und Niedrig –

– und daß die edlen Männer, welche die Ehre und das Ansehen dieses unseres armen Landes in seiner Not aufrechterhalten, ihr Haupt erhoben tragen können, zusammen mit ihren guten Frauen, unangefochten bis zu ihrer letzten Stunde – es war die Frau des Bischofs, die hier das Gebet ergänzte, mit gottesfürchtiger Stimme, gesenktem Kopf, geschlossenen Augen, die Hände gefaltet.

Und, wie meine heißgeliebte Gattin bittet, fuhr der Bischof fort: Seine göttliche Gnade lasse die edlen, vornehmen Männer, welche das Ansehen unseres armen Landes aufrechterhalten, prävalieren. Und abschließend wollen wir alle die einfältige Strophe unseres seligen, guten Pfarrers Olafur von Sandar sprechen, die wir auf dem Schoß der Mutter gelernt haben.

Der Schutz Jesu, unseres Herrn,
sei mit uns zu jeder Zeit,
er tröste alle Traurigkeit,
ob wir nah sind oder fern;
er stärke seine Christenheit,
er helfe unserer Obrigkeit,
zum Himmelsfrieden sind bereit.

Neuntes Kapitel

Tags darauf um die Mittagszeit besuchte Arnas Arnaeus die Frau des Bischofs in ihrer Stube. Dort saß ihre Schwester Snaefridur bei ihr. Beide waren mit Handarbeiten beschäftigt, und die Sonne des Herbsttages schien zu ihnen herein.

Er begrüßte beide sehr höflich und bat um Vergebung für sein

Kommen, er sagte, er müsse sich bei Frau Jorunn entschuldigen, daß er am Abend vorher ein so leichtfertiges Tischgespräch begonnen und wahrscheinlich mit dem unvorsichtigen Zitat eines Lutherwortes einen so hervorragenden Mann wie ihren Freund, den Pfarrer Sigurdur, beleidigt habe und, ganz gegen seine Absicht, den vorwitzigen Jungen, seinen Schreiber, zu jugendlicher Neckerei gegenüber diesem ehrenwerten Diener Gottes angestiftet hatte; er sagte, weltliche Personen erlangten erst spät die Reife, die nötig sei, um die richtigen Worte gegenüber den Verächtern dieser Welt zu finden.
Die Frau des Bischofs nahm die Entschuldigung des Assessors bereitwillig entgegen und sagte, es sei etwas Neues, wenn die Höflinge von Königen meinten, es in Island an Höflichkeit fehlen zu lassen, und für den Baccalaureus gelte, daß die Jugend von Natur aus dazu neige, die zu ärgern, die die Welt verachten, und Pfarrer Sigurdur habe sicher schon öfter diese Erfahrung gemacht und Verständnis dafür. Dagegen antwortete Snaefridur, daß Glaubenshelden wie Pfarrer Sigurdur, die den Leuten die Zungen herausziehen und abschneiden lassen wollten, sich nicht zu wundern brauchten, wenn sie von diesen Waffen getroffen wurden, solange sie noch an ihren Besitzern festgewachsen waren.
Der Assessor sagte, er wisse zwar genau Bescheid über jene Vorschläge Pfarrer Sigurdurs, die er auf Kirchenversammlungen und auf dem Althing immer wieder gemacht hatte und die auf hochgelehrten Auslegungen der Schrift und zweideutigen Gesetzesparagraphen gründeten, daß Ketzer gefoltert und Hexer verbrannt werden sollten, sei aber der Meinung, daß andere Menschen Pfarrer Sigurdur deshalb nicht weniger Höflichkeit schuldig seien.
Arnaeus stand immer noch mitten im Zimmer, doch jetzt bat ihn die Frau des Bischofs, die Güte zu haben, zwei einfältigen Frauenzimmern die Ehre anzutun, eine kleine Weile bei ihnen Platz zu nehmen.
Und nicht mehr von unserem Freund, dem frommen Scheiterhaufenbrenner und hochgelehrten Zungenausschneider, Pfar-

rer Sigurdur, zu sprechen, sondern uns statt dessen ein wenig von den Weltreichen zu erzählen – es war Snaefridur, die sprach, in leichtem Ton, mit ungezwungenem Ausdruck und strahlenden Augen, eine völlig andere Frau als die, auf deren Wohl man gestern abend in der Großen Stube getrunken hatte.
Er sagte, er habe nicht viel Zeit, denn unten warteten Leute, die von weit her gekommen waren, um mit ihm zu sprechen, er wolle aber trotzdem die ehrenvolle Einladung nicht ablehnen und setzte sich auf den Stuhl, den ihm die Hausfrau zurechtrückte. Und als er sich gesetzt hatte, stand Snaefridur auf und stellte ihm einen Schemel an die Füße.
Nun kenne ich sicher nicht jene wunderbaren Weltreiche, nach denen sich meine Damen sehnen, doch unter den armen Ländern, die ich kenne, dürft Ihr wählen, sagte er und zog eine kleine goldene Tabaksdose hervor und reichte sie ihnen, und sie nahmen, nach vornehmer Damen Sitte, eine ganz kleine Prise, und Snaefridur mußte niesen und lachte und wischte sich schnell mit dem Taschentuch übers Gesicht. Ich kenne nämlich nur die Länder, in die mich mein Dämon getrieben hat, fuhr er fort, auf jener Suche nach meinem eigenen Land, die er mich schon seit langem unternehmen läßt.
Meine Schwester ist gelehrt, sie darf sich zuerst ein Land auswählen, sagte die Frau des Bischofs. Vielleicht wählt sie für uns beide.
Von all jenen Ländern, in denen vornehme Damen sich darauf verstehen, auf die richtige Art und Weise Schnupftabak zu nehmen, wollen wir hören, sagte Snaefridur.
Ich glaube fast, ich darf solchen Damen nichts Geringeres als Rom anbieten, sagte der königliche commissarius.
Das gefiel Snaefridur sehr, doch ihre Schwester, die Frau des Bischofs, fand, diese Stadt liege zu weit von uns entfernt, und wandte sich an ihre Schwester und fragte: Ach, willst du denn wirklich etwas über den verfluchten Papst hören, liebe Snaefridur.
Doch der commissarius sagte, einmal müsse alles zum ersten Mal sein, und jetzt sei es soweit, daß er der Frau des Bischofs

widersprechen müsse, denn seiner Ansicht nach lägen wenige Städte Island näher als Rom, und es sei noch gar nicht so lange her, da lag sie uns von allen Städten am nächsten, näher selbst als die Stadt Zion, die auf der Höhe liegt. Über den Papst wolle er mit den Damen nicht streiten, aber es könne nicht geleugnet werden, sagte er, je weiter man auf der Nordhalbkugel nach Süden gehe, desto weniger absurd komme einem der heilige Petrus vor.

Das weiß ich aber, daß Ihr nicht sagen wollt, Assessor, sagte die Frau des Bischofs, es könne zwei verschiedene richtige Wahrheiten geben, eine für die südliche und eine andere für die nördliche Welt.

Arnas Arnaeus antwortete langsam, mit jenem scherzhaften Ausweichen vor dem Kern der Sache, das bisweilen wie Flatterhaftigkeit wirken kann, doch nie einen wichtigen Standpunkt in Gefahr bringt:

Es gibt im Nordland in der Kinn einen Berg, der heißt Bakrangi, wenn man ihn von Osten sieht, Ogöngufjall, wenn man westlich davon steht, und vom Meer draußen nennen ihn die Seefahrer Galti. Und zu meiner Schande muß ich gestehen, daß ich nicht nach Rom reiste, um nach der Wahrheit zu suchen, auch wenn es mir, wie so vielen anderen, schwerfiel, von dort zurückzukehren, ohne sie gefunden zu haben. Doch nun weiß ich, meine Damen verstehen mich nicht. Deshalb werde ich Euch erzählen, wie es war: Ich reiste nach Rom, um drei Bücher zu suchen, ganz besonders aber eines von ihnen, und alle betreffen Island, dieses eine aber am meisten, denn es berichtet genauer als die nebulösen fabulae, die uns am vertrautesten sind, davon, wie unsere Landsleute Americam terram entdeckten und sich kurz vor dem Jahre 1000 dort ansiedelten; und wie sie es wieder verließen.

Und als sie Genaueres wissen wollten, sagte er, daß ein Brief aus dem Mittelalter, der jetzt in Paris aufbewahrt wird, berichte, daß es im Archiv eines alten Klosters in Rom einen Codex geben solle, der die Beichte einer Frau aus Hislant terra, mit Namen Gurid, enthält, die um das Jahr 1025 als Pilgerin nach Rom kam. Die Quelle sagt, daß sich herausstellte, als die Frau dem Mönch beichtete, daß sie nicht mehr und nicht weniger war als die Frau, die am weitesten gereist war von allen Frauen, die damals in der Christenheit lebten. Sie hatte sich in ihren jüngeren Jahren etwa zehn Jahre lang mit ihrem Mann und einigen Landsleuten im Westen über dem Weltmeer, noch hinter dem Ende der Welt, aufgehalten und ihm dort Kinder geboren, aber seltsame Geschöpfe hatten ihnen dort das Leben schwer gemacht, so daß sie mit ihrem kleinen Sohn wieder von dort weggegangen waren. Solch große Neuigkeiten hatte die Frau vor Gottes Angesicht in Rom berichtet, daß der Mönch diese schließlich aufzeichnete, und man konnte diese Schrift noch lange Zeit danach in dem Kloster lesen. Später wurde das Kloster aufgehoben, und seine Bücher und Urkunden wurden zerstreut oder gingen verloren, und einige wurden Jahrhunderte später wiedergefunden und gesammelt, als man daranging, am Sitz des Papstes eine Bibliothek aufzubauen, nachdem das Papsttum längere Zeit auf der Flucht gewesen war.

Die zwei anderen Bücher, die Arnaeus in den Archiven des Papstes gesucht hatte, waren der Liber Islandorum in einer ausführlicheren Fassung als der, die Ari auf isländisch geschrieben hatte, sowohl mit den Ahnenreihen als auch mit dem Leben der Könige, und schließlich das Breviarium Holense, das erste Buch, das in Island gedruckt wurde, und zwar auf Veranlassung Jon Arasons, und dessen letztes Exemplar, soweit man wußte, Meister Thorlakur im Grab auf die Brust gelegt wurde.

Der Papst ist ein großer Büchersammler, und es besteht kaum ein Zweifel daran, daß er alle diese Bücher besessen hat, und wahrscheinlich besitzt er sie immer noch. Aber dem armen Mann sind im Laufe der Zeit viele schöne Bücher gestohlen worden, und deshalb ist er ziemlich mißtrauisch geworden gegenüber Leuten, die von überall her kommen und in seinen alten Schwarten herumschnüffeln wollen. Jahrelang hatte Arnaeus daran gearbeitet, sich jener Unterstützung durch wichtige Männer – Legaten, Fürsten, Erzbischöfe und Kardinäle – zu versichern, die nötig war, damit ihm gestattet wurde, in den dunklen Wald einzudringen, der Päpstliches Archiv heißt. Und trotz allem war man ihm gegenüber so mißtrauisch, daß die ganze Zeit, während er in diesen unterirdischen Verstekken der Geschichte umherstreifte, ein Kanoniker neben ihm stehen mußte, und ein bewaffneter Schweizer hinter ihm, um aufzupassen, daß er weder ein Stück Pergament oder Papier stahl, noch ohne Erlaubnis irgendwelche memoranda abschrieb, die möglicherweise von den Evangelischen in ihrem unablässigen Kampf gegen den Diener der Diener Gottes verwendet werden konnten.

Er streifte so lange in diesen Grabgewölben der Jahrhunderte umher, daß die Gegenwart wie ein ferner Traum erschien. Viele der Packen mit Akten und schedulae, die hier Säle, Gänge und unterirdische Gelasse füllten, hatten jahrhundertelang in Frieden verstauben und sich von Milben zerfressen lassen können, und aus manchen krochen Würmer und Käfer. Immer wieder setzte sich der Staub so in die Lungen des Suchenden, wie wenn ein Bauersmann in Island längere Zeit verschimmeltes Heu in einer Miete aufschüttelt, daß er vor Atemnot nicht aufstehen konnte. Hier fielen ihm bedeutende und unbedeutende Dokumente über alles, was sich in der Christenheit seit Anbeginn zugetragen hat, in die Hände, alles außer dem Liber Islandorum, dem Breviarium Holense und der Beichte der Frau Gurid aus Hislant terra. Die Frist, die ihm sein gnädiger Herr, der Dänenkönig, für diese Reise gewährt hatte, war schon längst abgelaufen. Schließlich war er überzeugt davon, daß er, auch wenn er für den Rest seines Lebens suchte, mochte es lang oder kurz werden, in der Stunde seines Todes noch genauso weit vom Ziel entfernt sein würde. Und dennoch war er genauso überzeugt davon, daß die Bücher sich dort befänden, wie jener verrückte Landstreicher, an den er sich aus seiner Jugend erinnerte, davon überzeugt gewesen war, daß sich unter Steinen Schätze verbargen. Es schien so, als ob ihm der Trost völlig versagt bleiben mußte,

der in dem Versprechen Gottes liegt, daß der, der sucht, auch finden wird.
Habt Ihr dann nichts gefunden, fragte Snaefridur, die ihre Handarbeit auf den Schoß gelegt hatte und ihn ansah. Überhaupt nichts?
Ich weiß, sagte er und blickte die Frau des Bischofs an, daß es eine Sünde ist, etwas aus der Heiligen Schrift wegzulassen oder etwas hinzuzufügen, doch die Erbsünde, diese häßliche Bürde, macht sich stets bemerkbar, und schon lange hege ich den Verdacht, daß die Stelle, die ich eben anführte, ursprünglich so gelautet hat: Suchet, so werdet ihr finden – alles andere denn das, was ihr suchet. Doch nun bitte ich um Vergebung für meine Redseligkeit, und ich glaube, ich sollte heute nichts mehr sagen.
Er wollte aufstehen und gehen.
Aber Ihr habt vergessen, uns etwas über Rom zu erzählen, sagte Snaefridur. Wir hatten uns doch diese Stadt ausgesucht, und jetzt wollt Ihr uns darum prellen.
Die Frau des Bischofs bat ihn auch höflich, sie nicht schon wieder zu verlassen.
Er blieb sitzen. In Wirklichkeit war er nicht in Eile, vielleicht hatte er gar nicht die Absicht gehabt, zu gehen. Er durfte sich ihre Stickereien ansehen, faltete sie auseinander und bewunderte sie und verstand sich auf weibliche Handarbeiten. Er hatte zierliche Hände mit etwas spitz zulaufenden Fingerkuppen, ein schmales Handgelenk und einen glatten Handrücken mit feinem, schwarzem Flaum. Dann lehnte er sich wieder in die Polster zurück, doch die Füße hatte er noch immer nicht auf den Schemel gestellt.
Rom, sagte er und lächelte gedankenverloren, als sehe er etwas in weiter Ferne. Ich sah dort zwei Männer und eine Frau; natürlich auch noch andere, doch immer diese zwei Männer und die Frau; früh und spät diese drei, zwei isländische Männer, eine isländische Frau.
Die Damen machten große Augen – isländische Männer, eine isländische Frau?

Dann beschrieb er ihnen eine kleine, ältere, ziemlich schmächtige Frau in einer Schar deutscher Pilger in Rom, ein unauffälliges Individuum in der grauen Menschenschar, die noch grauer scheint als sonst, wenn man sie mit den Einwohnern der Stadt vergleicht, für die sie auch nicht mehr als ein Vogelschwarm sind, und selbst die Bettler und Straßenräuber Roms sind vornehme Leute, verglichen mit ihnen. Und eine in dieser Schar von grauen Wanderern ist, wie gesagt, diese alltägliche, unansehnliche Frau in einem verschlissenen Mantel aus dunkel gefärbtem Wollstoff mit Kapuze, barfüßig, wie ganz Europa zu Beginn des elften Jahrhunderts, als Christen noch aus Armut Menschenfresser waren. Doch in einem kleinen Bündel, das diese barfüßige Frau aus dem Volk unter dem Arm trug, verwahrte sie ein Paar neue Schuhe, die sie schon lange mit sich herumgetragen hatte. Sie waren aus gefärbtem, wundervoll weichem Leder gefertigt, mit abgerundeter Spitze und Sohlen, die ringsherum an der Oberkante festgenäht waren; die Naht war mit verzierten Riemen abgedeckt und das Oberleder mit bunten Lederperlen besetzt. Solche Schuhe hatte man in der Christenheit noch nie gesehen, und auch nicht zur Zeit der alten Römer oder der anderer großer Völker des Altertums; und ein zweites Paar Schuhe dieser Art sollte die Welt in den nächsten vierhundert Jahren nicht zu sehen bekommen. Diese seltenen Schuhe, Sinnbild der Wege, die auf der ganzen Welt an Länge nicht ihresgleichen hatten, hatte sie mit nach Rom gebracht, um sie dem Papst zu schenken, für die Sünden, die sie in dem Land begangen hatte, in dem sie sie bekommen hatte, in dem guten Vinland. Ich versuchte, dieser Frau, die als einzige Sterbliche eine neue Welt gefunden hatte, in die Augen zu sehen, doch es waren nur die Augen einer müden Weitgereisten; und wenn ich die Ohren spitzte, konnte ich hören, daß sie mit ihren Weggefährten jenes Niederdeutsch sprach, daß damals die Sprache der Seefahrer war. Diese Frau war Gurid aus Hislant terra, Gudridur Thorbjarnardottir aus Glaumbaer im Skagafjördur in Island, die einige Jahre lang in dem guten Vinland gewohnt und dort einen Sohn

geboren hatte, von dem isländische Geschlechter abstammen, nämlich Snorri, den Sohn des Thorfinnur Karlsefni.
Dann erzählte er die Geschichte von den beiden anderen Isländern, die er in Rom gesehen hatte. Der eine war nach Art der Vornehmen auf königlichen Pferden nach Rom gepilgert, in Gesellschaft anderer vornehmer Männer, die Silber und Gold mit sich führten und sich zum Schutz vor Räubern von Bewaffneten, die sie gemeinsam entlohnten, begleiten ließen. Dies war ein blonder, tatkräftiger Mann mit offenen, nicht sehr tief liegenden Augen und dem neugierigen Gesichtsausdruck eines Kindes; er hatte jedoch nichts an sich, das darauf schließen ließ, daß er sich geringer vorkam als irgendein anderer Mann auf der Welt, die leibhaftige Verkörperung des Mannes, der als Kaufmann bis nach Miklagard und den Ländern des Kalifen vorgedrungen war, als Europa noch in Barbarei lag, der Paris und Sevilla belagert, in Frankreich und Italien Reiche gegründet, mit seinem Schiff am Ufer des Straumfjördur in Vinland gelegen – und die Völuspa gedichtet hatte. Jetzt hatte er seine Verwandten in Island getötet und jenes Weltende, von dem das Gedicht spricht, für sein Land heraufbeschworen und war nach Rom gekommen, um vom Papst die Strafe für seine Sünden zu empfangen. Ihm wurde als Buße auferlegt, sich barfuß zwischen den Kirchen Roms herumführen und vor den meisten Hauptkirchen auspeitschen zu lassen, und die Bewohner der Stadt standen draußen und wunderten sich und bedauerten, daß ein so gut aussehender Mann so streng behandelt wurde. Sein Name war Sturla Sighvatsson.
Der andere war zwar nie nach Rom gekommen, aber er bekam einen Brief vom Papst, in dem ihm aufgetragen wurde, die Kirche Islands und ihre Reichtümer mit Feuer und Schwert gegen die lutherischen Könige zu verteidigen. Und damals kam es, genau wie heute, nicht darauf an, wie der Kampf geführt wurde. Es war Rom, das diesem letzten Isländer der alten Zeit vor Augen stand, bis er aufs Schafott geführt wurde. Arnas Arnaeus sagte, er habe oft sein Bild im Traum gesehen, doch in Rom sah er den Greis in einer Vision so deutlich, daß einem

wirkliche Dinge dagegen zweifelhaft erscheinen. Es ist Nacht hier in Skalholt. Er wacht mit seinen beiden Söhnen. Sie scheinen älter und hinfälliger als ihr greiser Vater, denn sie sind wie gewöhnliche Menschen, ihm aber hat das Unglück so breite Schultern gegeben, daß sie jedem Druck standhalten, und einen so kurzen Hals, daß er den Kopf nicht beugen kann. Jetzt ist es Morgen: der siebte November. In der Nacht sind die Berge grau geworden, und auf dem Gras liegt Rauhreif.

Das waren die Männer, die ich sah.

Und dann niemanden mehr, fragte Snaefridur.

Doch, sagte er leise, sah sie an und lächelte: dann die ganze Welt.

Niemand bezweifelt, sagte die Frau des Bischofs, daß Jon Arason ein großer Kämpfer und eine echter alter Isländer war, aber läuft es Euch nicht kalt über den Rücken, wenn Ihr Euch vorstellt, dieser Haudegen hätte gesiegt – und damit die papistische Irrlehre. Mein Erlöser stehe mir bei.

Zu der Zeit wurde in Rom ein Jubeljahr für die ganze Christenheit abgehalten, sagte Arnas Arnaeus. Eines Tages streifte ich in der Nähe des Tiberflusses umher. Wenn ich ehrlich sein soll, war ich niedergeschlagen, wie es Männer werden, die glauben, erkennen zu können, daß sie einen langen Abschnitt ihres kurzen Lebens nutzlos vergeudet haben, Mühe und Geld geopfert, ihre Gesundheit aufs Spiel gesetzt, möglicherweise durch Starrsinn die Freundschaft guter Menschen verwirkt haben. Ich dachte darüber nach, welche Entschuldigungen ich meinem Herrn und König gegenüber anführen könnte für die zu lange Abwesenheit von meinen Pflichten. Und wie ich dort bekümmert umherwandere, treffe ich unversehens auf eine riesige Menschenmenge, die sich vorwärts schiebt und auf der Brücke den Fluß überqueren will. Ich habe weder früher noch später jemals eine so große Zahl von Leuten an einem Ort gesehen, Gassen und Hauptstraßen waren voll, es war schwierig zu unterscheiden, wer die Zuschauer und wer die Teilnehmer waren bei dieser Prozession, und alle sangen. Ich blieb in einer Gruppe von Einheimischen stehen, um zu-

zusehen, wie die Menschen vorbeiströmten. Es waren Pilger aus verschiedenen Ländern, die nach Rom gekommen waren, um in diesem besonderen Gnadenjahr der Christenheit Ablaß für ihre Sünden zu erhalten. Die Menge bestand aus vielen kleineren Gruppen, von denen jede den Schutzheiligen ihrer Grafschaft auf eine Fahne gemalt hatte, oder sie trugen die Gebeine eines Auserwählten des Herrn aus ihrer Gegend in einem Schrein oder eine Kopie der Heiligenstatue in ihrer Hauptkirche, jenes Marienbildes, das für die verschiedenen Orte kennzeichnend ist, denn im Papismus gibt es ebenso viele Marien wie Städte, einige sind nach Blumen benannt, andere nach Felsen, wieder andere nach einem Gesundbrunnen, manche nach dem, worauf die Jungfrau sitzt, nach der Form des Jesuskindes oder nach der Farbe ihres Mantels. Es war eigenartig, so viele verschiedene Grafschaften wegen ihres Seelenheils gemeinsam über eine Brücke gehen zu sehen. Als ich in meiner Jugend am Breidafjördur entlangging, war mir noch nicht klar, daß es so viele Völker auf der Welt gab. Hier waren Menschen aus den vielen Stadtstaaten und Grafschaften Italiens, Mailänder, Neapolitaner und Sizilianer, Sarden, Savoyarden, Venezianer und Toskaner, außerdem die Römer selber; hier konnte man Leute aus den sechs spanischen Königreichen sehen, Kastilier, Aragonier, Katalanen, Valencianer, Mallorquiner und Navarresen; und auch die verschiedenen Völker des Kaiserreichs waren hier dabei, selbst Menschen aus den Ländern, die Luthers neue Lehre angenommen hatten, Bayern, Deutsche und Kroaten, Franken, Westfalen, Rheinländer, Sachsen, Burgunder, Franzosen, Wallonen, Österreicher und Leute aus der Steiermark. Aber wozu zähle ich alle diese Völkernamen auf? Und doch, so war es: Ich sah alle diese Völker vorbeiziehen, und noch viele andere. Ich sah die Gesichter von Menschen aus Ländern, von denen ich nichts wußte, die Muster ihrer Kleider, ihre staubigen Gesichter mit dem heißen, lebendigen Blick. Doch am häufigsten muß ich an ihre vielen beschuhten oder nackten Füße denken, die zwar müde, aber hoffnungsfroh waren; und an den alten Kreuzfahrergesang, der durch ihre musicam klang, ob sie nun Leiern oder andere Saiteninstrumente schlugen oder in ihre heimatlichen Flöten bliesen: Schön ist die Erde, herrlich Gottes Himmel. Und da bemerkte ich plötzlich, daß Gudridur Thorbjarnardottir nicht mehr hier war. Da war kein Isländer.

Die Frau des Bischofs hatte auch ihre Handarbeit sinken lassen und sah den Erzähler an.

Gott sei Dank, daß da kein Isländer war, sagte sie. Oder findet Ihr es nicht traurig, an all die einfältigen Ketzer zu denken, die vom Papst daran gehindert werden, Christi Botschaft zu vernehmen, so daß sie kein Recht auf Erlösung durch den Glauben haben?

Wenn man so viele Füße gehen sieht, fragt man unweigerlich: Wohin führt der Weg, Madame? Sie gehen über den Tiber und bleiben auf dem Platz vor der Basilika des heiligen Petrus stehen, und wenn der Papst auf den Balkon seines Palastes heraustritt, beginnt das Te Deum laudamus, während alle Glokken Roms läuten. Ist das recht, ist das unrecht, Madame. Ich weiß es nicht. Zuverlässige autores behaupten, der reiche Johann von Medici, auch Leo der Zehnte genannt, sei ein gelehrter Fürst aus der Schule Epicuri gewesen und es sei ihm nicht im Traum eingefallen, an die Seele zu glauben, obwohl er Ablaßbriefe für ihre Erlösung verkaufte. Vielleicht hat er es gerade deshalb getan. Manchmal möchte man meinen, Martin Luther müsse ein wunderlicher Hinterwäldler gewesen sein, da es ihm einfallen konnte, mit einem solchen Mann über die Erlösung der Seele zu streiten.

Ja, aber lieber Herr commissarius, ist es nicht sündig, so über unseren Meister Luther zu denken, sagte die Frau des Bischofs.

Ich weiß es nicht, Madame, sagte Arnas Arnaeus. Es mag sein. Aber eines ist sicher: Plötzlich waren die hochgelehrten, erleuchteten reformatores unendlich weit weg im Norden. Denn als ich eine Zeitlang diese vielen Füße betrachtet hatte, sagte ich unversehens zu mir selber: Dieser Prozession folgst du, wohin sie auch geht. Dann ging ein Isländer mit der Menge über den Tiberfluß. Wir blieben vor der Basilika Sancti Petri stehen, und die Glocken Roms läuteten, und der Papst kam auf den Balkon seiner Wohnung heraus, mit Mitra und Bischofsstab, während wir das Tedeum sangen. Ich hatte nach alten isländischen Büchern gesucht und war traurig darüber, daß ich sie nicht gefunden hatte. Auf einmal spürte ich, daß es gleichgültig war, daß ich diese alten Bücher nicht gefunden hatte. Ich hatte dafür etwas anderes gefunden. Am nächsten Tag reiste ich aus Rom ab.

Die Damen dankten dem Assessor sehr herzlich für das, was er ihnen über die Hauptstadt Gudridur Thorbjarnardottirs, Sturla Sighvatssons und Jon Arasons erzählt hatte. Doch da unten Besucher auf ihn warteten, die von weither gekommen waren, hatte er keine Zeit, ihnen diesmal von anderen Städten zu erzählen, und die Frau des Bischofs, die eine eifrige Protestantin war und deshalb kein sonderliches Vergnügen am Haus des Papstes fand, bat, ihre Stadt für einen späteren Zeitpunkt beim Assessor guthaben zu dürfen. Er sagte, sie könnten sich jede Stadt aussuchen, wann immer sie wollten, verabschiedete sich und ging zur Tür.

Da fällt mir gerade ein, sagte Snaefridur und sprang auf, als er die Tür geöffnet hatte. Ich muß eine Kleinigkeit mit Euch besprechen, Assessor. Ich hatte es schon fast vergessen. Doch ich möchte betonen, daß die Sache nicht mich selbst betrifft.

Geht es um ein Buch? fragte er, während er sich auf der Schwelle umdrehte und sie ganz ansah.

Nein, um einen Mann, sagte sie.

Er sagte, sie sei ihm dann am willkommensten, wenn sie es am liebsten wolle.

Dann war er gegangen.

Zehntes Kapitel

Er bat sie, Platz zu nehmen.

Sie setzte sich ihm gegenüber, faltete die Hände auf ihrem Schoß und sah ihn aus der Ferne an; ihr Gesichtsausdruck war wieder verschlossen.

Ich wollte nicht kommen, obwohl ein alter Mann mich darum gebeten hat, sagte sie. Ich sagte zu dem Alten, mich geht das nichts an. Dennoch bin ich aus diesem Grund zu Euch gekommen. Ihr dürft nicht glauben, ich sei aus einem anderen Grund gekommen.

Willkommen, Snaefridur, sagte er zum zweiten oder dritten Mal.

Ja, sagte sie, ich weiß, Ihr versteht Euch auf alle Höflichkeiten der Welt. Aber wie gesagt, ich kann nichts dafür: Dieser alte Mann, den ich nicht kenne und der mich nichts angeht, es ist, als hätte ich ihn immer gekannt und als ginge er mich etwas an. Er heißt Jon Hreggvidsson.

Ja, der alte Jon Hreggvidsson, sagte Arnaeus. Es war seine Mutter, die eine der größten Kostbarkeiten aufbewahrte, die es im Norden gibt.

Ja, sagte Snaefridur, ihr Herz –

Nein, ein paar alte Pergamentblätter, unterbrach Arnas Arnaeus sie.

Ich bitte um Verzeihung.

Wir stehen alle bei Jon Hreggvidsson in der Schuld, wegen seiner Mutter, sagte Arnas Arnaeus. Deshalb, Snaefridur, schenkte ich ihm den Ring, als er ihn mir brachte, damit er sich etwas dafür kaufen konnte.

Ach, laßt doch diese Nichtigkeiten nach fünfzehn Jahren, sagte Snaefridur. Man lacht und errötet zugleich, wenn man daran denkt, daß man jung war.

Er lehnte sich gegen sein Pult, und hinter ihm lagen große Bücher und Briefe in verschnürten Bündeln, und manche waren aufgemacht. Er trug einen weiten, schwarzen Rock mit weißen Manschetten. Er hakte die Zeigefinger ineinander. Und sie hörte ihn wieder sprechen.

Als ich abreiste und trotz gegebener Versprechen nicht wiederkam, weil das Schicksal stärker ist als der Wille des Menschen, wie man in den Isländersagas lesen kann, da tröstete ich mich damit, daß die lichte Maid, wenn ich sie das nächste Mal sähe, eine andere Frau sein würde: ihre Jugend entschwunden und die Schönheit, welche das Geschenk der Jugend ist. Die alten Weisen lehrten, das Brechen eines Versprechens in Liebesdingen sei der einzige Verrat, den die Götter mit Milde betrachten: Venus haec perjuria ridet. Gestern abend, als Ihr nach all diesen Jahren in den Saal tratet, sah ich, daß mich die Liebesgöttin nicht milde anzulächeln brauchte.

Ich bitte Euch, hört mit diesen unnützen Reden auf, Assessor, sagte sie, löste die gefalteten Hände und hob sie einen Augenblick abwehrend empor. Um Gottes willen.

Wie alle Dichter sind, solange sie jung sind, und dann nicht mehr, so sind alle für kurze Zeit schön, solange sie jung sind; die Jugend bedeutet diese beiden Dinge, sagte er. Aber manchen gewähren die Götter diese Gaben aus besonderer Gnade, die sie ihnen von der Wiege bis zum Grabe bewahren, ohne Rücksicht darauf, ob die Jahre mehr oder weniger werden.

Ihr seid zweifellos der Dichter, Assessor, sagte sie.

Ich will, daß dies, was ich gesagt habe, die Einleitung sei zu allem, worüber wir noch miteinander sprechen, sagte er.

Sie sah ins Leere, als ob sie ihr Anliegen vergessen hätte. In ihrem Gesichtsausdruck herrschte jene erhabene, teilnahmslose Ruhe, die der Luft ähnlicher ist als der Erde. Schließlich blickte sie aber auf ihren Schoß nieder.

Jon Hreggvidsson, sagte sie – ich möchte mit Euch nur über ihn sprechen. Man sagt, wer ein Almosen gibt, sei fortan von seinem Bettler abhängig. Was man einmal getan hat, existiert weiter. Jetzt kommt dieser Jon Hreggvidsson nach fünfzehn Jahren und erteilt mir Befehle.

Ich dachte, Ihr wärt stolz darauf, den Kopf des alten Jon Hreggvidsson, der den Henker des Königs umbrachte, gerettet zu haben.

Mein Vater hatte allerdings anderes von mir verdient, als daß ich Verbrechern half, ihm zu entkommen, sagte sie. Er wollte immer nur mein Bestes. Ihr, der Freund des Königs, müßt mir auch zürnen, stellvertretend für die Majestät, denn wie Ihr sagt, er hat einen Mann umgebracht, er hat einen Mann des Königs umgebracht.

Ohne Zweifel hat er das getan, sagte Arnas Arnaeus. Dennoch haben wir beide uns nicht schuldig gemacht gegenüber unserem König, als wir dem Alten eine hilfreiche Hand boten. Es wurde ihm nämlich nie etwas nachgewiesen.
Mein Vater fällt keine Fehlurteile, sagte sie.
Wie könnt Ihr das wissen? sagte er.
Ich bin ein Teil von ihm, sagte sie. Er ist in mir. Es kommt mir vor, als hätte ich selbst diesen Verbrecher mit vollem Recht verurteilt. Deshalb macht mir mein Gewissen Vorwürfe, daß ich ihn befreit habe.
Das Gewissen des Menschen ist ein unzuverlässiger Richter über Recht und Unrecht, sagte er. Es ist nur der Hund in uns, der, mehr oder weniger gut abgerichtet, seinem Herrn, dem Gebot der Umgebung, gehorcht. Es kann einen guten oder einen schlechten Herrn haben, je nachdem. Manchmal kann es einen Herrn haben, der selber ein Schurke ist. Macht Euch keine Sorgen darüber, was Euer Gewissen Euch wegen Jon Hreggvidssons Kopf zur Last legt. Ihr seid nicht unfehlbar und folglich auch nicht Euer Vater. Nehmt an, das Gericht habe sich geirrt, bis etwas anderes bewiesen wird.
Wenn sich nun aber das Gericht geirrt hat und Jon Hreggvidsson unschuldig ist, ist dann die Gerechtigkeit nicht mehr wert als der Kopf eines Bettlers? – Auch wenn sie sich ab und zu irren kann.
Gelingt es dem Gericht, die Schuld eines Mannes voll zu beweisen, soll dieser dafür seinen Kopf verlieren, auch wenn er das Verbrechen nie begangen hat. Das ist eine harte Lehre; doch ohne sie hätten wir keine Gerechtigkeit. Und genau das ist es, was dem Gericht im Falle Jon Hreggvidssons nicht gelungen zu sein scheint; und tatsächlich auch nicht bei vielen anderen vermeintlichen Verbrechern in diesem Land; bei zu vielen.
Mag sein, sagte sie. Aber ich habe noch nie jemanden daran zweifeln hören, daß Jon Hreggvidsson den Mann umgebracht hat. Und Ihr sagt es selbst. Außerdem hätte der Alte keine Angst vor der Sache, wenn er ein reines Gewissen hätte.

Es wäre einfach gewesen, Jon Hreggvidsson festzunehmen und ihn hinzurichten, denn er hat zwischen zehn und zwanzig Jahre lang bei sich daheim in Rein gesessen, direkt unter der Nase der Obrigkeit. Doch niemand hat ihm ein Haar auf seinem Kopf gekrümmt.
Mein Vater verurteilt einen Mann nicht zweimal für ein und dasselbe Verbrechen, sagte sie. Und außerdem brachte der Mann irgendeinen Brief vom König mit, als er nach Island zurückkam.
Leider nicht für ein ewiges Leben, sagte Arnas Arnaeus und lächelte.
Einen Begnadigungsbrief.
Einen Brief über die Wiederaufnahme des Verfahrens. Doch er wurde nie verlesen. Und die Sache wurde nicht wieder aufgenommen.
Mein Vater vertuscht nie etwas, sagte sie. Aber er ist ein barmherziger Mensch und hatte wahrscheinlich Mitleid mit diesem armen Schlucker.
Ist es recht, barmherzig zu sein? fragte Arnas Arnaeus und lächelte weiter.
Ich weiß, ich bin dumm, sagte sie. Ich weiß, ich bin so dumm, daß ich vor Euch wie ein kleiner Käfer bin, der auf den Rükken gefallen ist und nicht mehr auf die Beine kommt, um zu fliehen.
Eure Lippen sind wie früher: zwei Schmetterlingsraupen, sagte er.
Ich bin überzeugt davon, daß Jon Hreggvidsson einen Mann umgebracht hat.
Ihr habt ihn zu mir geschickt, damit ich ihm helfe und ihn schütze.
Das war Koketterie, sagte sie. Ich war siebzehn.
Er hat mir erzählt, daß seine Mutter zu Fuß zu Euch gekommen sei, sagte Arnas Arnaeus.
Das hat nichts zu sagen, sagte sie. Ich habe kein Herz.
Darf ich fühlen, sagte er.
Nein, sagte sie.

Ihr habt trotz allem heiße Wangen, sagte er.
Ich weiß, ich bin lächerlich, sagte sie. Doch es ist unnötig, daß Ihr es mich fühlen laßt, mein Herr.
Snaefridur, sagte er.
Nein, sagte sie, tut mir den Gefallen und nennt nicht mehr meinen Namen, sondern sagt mir nur das eine: Soll diese Sache tatsächlich wieder aufgerührt werden, ist es nicht gleichgültig, was mit Jon Hreggvidsson geschieht?
Er hatte aufgehört zu lächeln und antwortete langsam und unpersönlich im Namen seines Amtes:
Es sind noch keine Entscheidungen getroffen worden. Aber verschiedene alte Gerichtssachen bedürfen einer Untersuchung. Der König will, daß sie untersucht werden. Jon Hreggvidsson kam neulich hierher, und wir unterhielten uns fast den ganzen Tag über alles mögliche. Seine Sache steht nicht gut. Doch wie es ihm auch ergehen mag, so glaube ich, daß es im Hinblick auf die Zukunft für die Bevölkerung des Landes wichtig wäre, daß seine Sache untersucht wird.
Aber wenn er für schuldig befunden wird – nach all diesen Jahren?
Er kann nicht schuldiger werden, als er es nach dem alten Urteil ist.
Und wenn er unschuldig ist?
Hm. Was wollte Jon Hreggvidsson von Euch?
Sie gab keine Antwort auf diese Frage, sondern sah dem Abgesandten des Königs direkt ins Gesicht und fragte:
Ist der König der Feind meines Vaters?
Ich glaube, ich kann ohne Zögern sagen: nein, sagte Arnaeus.
Ich glaube, unser allergnädigster Herr, der König, und mein hochwohlgeborener Freund, der Richter, sind beide gleich große Freunde der Gerechtigkeit.
Sie war aufgestanden.
Ich danke Euch, sagte sie. Ihr sprecht, wie es sich für einen Mann des Königs geziemt: verratet nichts; kommt aber mit unterhaltsamen Geschichten, wenn es not tut, wie jene, die Ihr uns heute aus Rom erzähltet.

Snaefridur, sagte er, als sie im Begriff stand zu gehen, und war plötzlich ganz dicht an sie herangetreten. Was konnte ich anderes tun, als Jon Hreggvidsson den Ring zu schenken?
Nichts, Assessor, sagte sie.
Ich war nicht frei, sagte er. Ich war ein Gefangener meiner Handlungen. Island besaß mich, die alten Bücher, die ich in Kopenhagen aufbewahrte, ihr Dämon war mein Dämon, und ihr Island war Island, und ein anderes Island gab es nicht. Wenn ich im Frühjahr mit dem Schiff nach Eyrarbakki gekommen wäre, wie ich versprochen hatte, würde ich Island verkauft haben. Jedes einzelne meiner Bücher, jedes Blatt und jeder Brief wäre in die Hände der Wucherer, meiner Gläubiger, gefallen. Wir zwei hätten allein auf irgendeinem heruntergekommenen Herrenhof gesessen, zwei Bettler vornehmer Abstammung, ich hätte mich dem Trunk ergeben und dich für Branntwein verkauft, dich vielleicht erschlagen –
Sie wandte sich ganz um und sah ihn an, schlang dann plötzlich die Arme um ihn, legte einen Augenblick lang ihr Gesicht an seine Brust und flüsterte:
Arni.
Mehr sagte sie nicht, und er strich einmal über ihr dichtes, blondes Haar und ließ sie dann gehen, wie es ihre Absicht gewesen war.

Elftes Kapitel

Ein armer Mann, ganz blau im Gesicht und durchnäßt, steht an einem Herbsttag vor der Tür des Bischofs und versucht, Leute anzusprechen, aber keiner beachtet ihn. Seine Kleider sind verschlissen und völlig zerknittert, obwohl sie ursprünglich für einen Mann höheren Standes zugeschnitten worden waren; die Stiefel so schief, verwahrlost und rissig, wie man es überhaupt nur erwarten kann in einem Land, dessen Bewohner nur ein gemeinsames nationales Merkmal haben: schlechte Schuhe. Er ist offensichtlich nüchtern, sein Gesicht ist nicht

das Zerrbild eines Menschen, sondern das Überbleibsel; man kann daraus immer noch die ursprüngliche Persönlichkeit erahnen, und man erkennt auch an der Haltung des Mannes, daß er bessere Tage gesehen hat. Er will nichts mit den gemeinen Leuten am Bischofssitz zu tun haben, er will nur mit den Herrschaften sprechen.
Als er zum ersten Mal an die Tür des Bischofs klopfte, fragte er ganz einfach nach seiner Frau. Die Tür wurde ihm vor der Nase zugeschlagen. Er blieb stundenlang vor dem Eingang stehen, doch als die Tür das nächste Mal für andere Gäste geöffnet wurde, befahl man ihm draußen zu bleiben. Er blieb stehen und schlug ab und zu ein wenig gegen die Tür, aber die drinnen wußten, daß er es war, und machten nicht auf. Er ging hinter das Haus und wollte durch die Gesindestube in die Wohnung des Bischofs gelangen, traf aber im Gang auf ein paar böse Mägde, die sagten, die Besucher des Bischofs gingen nicht hier durch. Nach vielen Versuchen gelang es ihm, mit der Zofe der Frau des Bischofs zu sprechen; sie sagte, die Schwester von Madame sei unpäßlich, Madame selbst habe keine Zeit, und der Bischof hatte eine Besprechung mit Pfarrern.
Am nächsten Tag ist der Gast wieder da, und alles wiederholt sich ganz ähnlich wie am Tag zuvor, nur daß jetzt Südwestwind mit kräftigen Hagelböen herrscht, und bei den Windstößen, die mit dem Hagel einhergehen und seine Kleider erfassen, sieht man, daß die Beine des Gastes mager geworden und seine Knie krumm sind, und seine Stiefel sind trocken womöglich noch erbärmlicher als naß; er hat keine Handschuhe und schneuzt sich mit den bloßen Fingern und hat sich erkältet. Bei seinem dritten Besuch auf dem Bischofssitz gibt er am Haupteingang einen Brief ab, den er an den Bischof geschrieben hat, und dann vergeht die Zeit, bis man ihm gegen Abend Bescheid gibt, er solle zum Bischof in die Große Stube kommen. Der Bischof sagte lieber Magnus zu ihm und schüttelte ihm lächelnd und würdevoll und mit großem Nachdruck die kalte Hand; er war nicht zornig, sondern nur väterlich, und

sagte, er habe geglaubt, Magnus stamme aus einer zu klugen Familie, als daß er sich auf etwas so Gewagtes wie eine gerichtliche Klage wegen seiner Ehesachen einlassen könne, wie es diesem seinem Brief zu entnehmen sei. Den Wunsch des Ehemannes, seine Frau sprechen zu dürfen, beantwortete der Bischof so, daß sie das selbst entscheide. Die Forderung des Briefes, der Bischof solle die Frau kraft seiner geistlichen Macht und Würde wieder nach Hause zu ihrem Mann schikken, beantwortete er so, daß seine Schwägerin in seinem Hause willkommen sei, solange sie sich dort aufhalten wolle. Magnus von Braedratunga sagte, er liebe seine Frau von ganzem Herzen und über alle Maßen, und es sei eine große Schandtat, sie von ihm wegzulocken. Der Bischof sagte, er habe damit nichts zu tun, und bat seinen Schwager, Verständnis dafür zu zeigen, daß er in dieser Herzensangelegenheit nichts mehr hinzuzufügen habe, solange zwischen den Eheleuten nichts vorgefallen war, das seine Anwesenheit dringend erfordere.
Der Ehemann fuhr dennoch fort, früh und spät auf dem Bischofssitz zu erscheinen, und dachte sich nun verschiedene Anliegen aus, die er mit dem Verwalter und untergeordneten Personen besprechen mußte, wenn er nicht zu den Herrschaften vorgelassen wurde. Er übernahm es sogar, das Sattelzeug der ehrenwerten Leute auf dem Bischofssitz zu reparieren, und arbeitete für den Verwalter in der Schmiede. Er war stets nüchtern, auch wenn Betrunkene um ihn herum waren, und als die Trunkenbolde am Bischofssitz ein großes Trinkgelage veranstalteten, nachdem sie aus Eyrarbakki zurückgekehrt waren, wo sie Vorräte geholt hatten, lehnte er es rundweg ab, sich zu ihnen zu gesellen, und ging fort.
Eines Sonntagmorgens wollte er ihr beim Kirchgang auflauern, aber sie kam nicht an ihm vorbei, obwohl er lange am Weg wartete, und als er schließlich in die Kirche hineinging, sah er sie bei ihrer Schwester und anderen vornehmen Frauen ganz vorne auf der Frauenbank sitzen; sie trug einen hohen Kopfputz. Sie sah sich nicht um, sondern hörte regungslos der

Predigt Pfarrer Sigurdurs über die Aussätzigen zu. Er kam zu spät zum Gottesdienst, denn er hatte zu lange draußen gewartet, und als er seinen Platz im Chor einnehmen wollte, war dieser besetzt, wie alle anderen abgetrennten Kirchenstühle, denn Arnas Arnaeus saß dort mit seinen Begleitern und einigen vornehmen Herren aus anderen Gemeinden, so daß der Junker wieder in den vorderen Teil der Kirche zurückgehen mußte. Nachdem der Pfarrer das Gebet zur Kollekte gesprochen hatte, sah er, daß Snaefridur und die Frau des Bischofs mit der Wirtschafterin und der Zofe aufstanden und im Begriff waren zu gehen; doch anstatt nach vorne durch die Kirche zu gehen, gingen sie durch den Chor an der Altarschranke vorbei in die Sakristei, denn von dort führte ein unterirdischer Gang, der im Winter bei starkem Frost benutzt wurde, zum Haus des Bischofs. Sie mußte sicher ihren Kopfputz abnehmen, bevor sie sich in diesen Erdstollen hinunterwagen konnte.

Eines Tages, nicht lange nach diesem mißglückten Kirchgang, beschließt der Ehemann, Arnas Arnaeus aufzusuchen, und wird in sein Zimmer geführt, wo er mit zwei Schreibern bei der Arbeit saß; im Kamin brannte ein Feuer. Der verlassene Ehemann legte seine steife Hand in die warme, zufriedene Hand des königlichen Abgesandten. Arnaeus begrüßte den Besucher freundlich und bat ihn, Platz zu nehmen. Der Ehemann setzte sich, wobei er verstohlen herumschielte und das Gesicht verzog. Einem wirklich vornehmen Manne gegenüber, der vor einem brennenden Kamin saß, umgeben von großen Büchern und geschnitzten Stühlen, fühlte sich der Gast fast wie ein schüchterner, tolpatschiger Bursche in den Flegeljahren, der nicht genau weiß, ob er ein Mann ist, obwohl er so tut.

Kann ich etwas für Euch tun? fragte Arnas Arnaeus.

Ich wollte ein paar Worte mit Euch – Euer Hochwohlgeboren, sprechen, sagte er.

Privatim, fragte der Assessor.

Der Besucher sah auf und grinste zahnlückig: Ja, just so ist es,

sagte er. Ich habe seit langem kein Latein mehr verwendet: privatim.
Arnaeus bat seine Schreiber hinauszugehen, solange sie miteinander sprachen.
Das Grinsen des Mannes war weiterhin sowohl schüchtern wie frech, mit einer Spitze, die sowohl nach innen wie nach außen gerichtet war, und er sagte:
Ich hatte die Absicht, Euch ein paar alte Schwarten anzubieten, falls sie noch nicht ganz zerfallen sind, draußen auf dem Dachboden in meiner Scheune; sie stammen aus dem Nachlaß meines seligen Großvaters.
Arnaeus sagte, er sei stets sehr begierig, über opera antiquaria zu hören, und fragte, was das für Bücher seien, die er besitze, doch darüber wußte der Junker nicht Bescheid, er sagte, er pflege sich nicht damit abzugeben, die alten Lügengeschichten über Gunnar von Hlidarendi und Grettir Asmundarson und andere Räuber, die sich in alten Zeiten in diesem Land breitgemacht hätten, zu studieren; er sagte, er würde seiner Hochwohlgeboren diese Fetzen sogar schenken, wenn er sie haben wolle.
Arnaeus verneigte sich auf seinem Stuhl und dankte für das Geschenk. Dann entstand eine Pause in dem Gespräch. Der Ehemann hörte allmählich auf herumzuschielen und saß mit gesenktem Kopf in wortlosem Trotz da, und Arnas Arnaeus betrachtete schweigend seine breite, flache Stirn, die an die Stirn eines Stiers erinnerte. Schließlich war die Pause unnatürlich lang geworden, und er fragte:
War noch etwas anderes?
Da war es, als ob der Besucher aufwache, und er sagte: Ich würde gerne den Assessor um seine Unterstützung in einer kleinen Sache bitten.
Es ist meine Pflicht, nach Kräften jeden Menschen in einer gerechten Sache zu unterstützen, sagte Arnas Arnaeus.
Nach einigem Zögern begann der Besucher zu sprechen. Er war mit einer ausgezeichneten Frau verheiratet, die er sehr liebte, und sie war zudem eine sehr kluge Frau. Er sagte, er

habe diese Frau immer wie ein rohes Ei behandelt, habe sie von früh bis spät auf Händen getragen, sie wie eine Prinzessin in einem Turm bei ihrem Schmuck aus Gold und Silber wohnen lassen und mit schönen Teppichen, Fensterscheiben aus Glas, Leckereien und einem Kachelofen, selbst aber in einem abgelegenen Flügel des Hauses geschlafen, wenn sie es wollte. Nichts, sagte er, habe er zu gut gefunden für diese Frau, schließlich stammte sie aus sehr vornehmer Familie, und außerdem wurde sie von vielen als die schönste Frau in Island angesehen. Aber so sind die Frauen: Plötzlich will sie nichts mehr mit ihrem Mann zu tun haben und läuft ihm davon.
Arnaeus betrachtete den Mann genau, während er sprach. Es war nicht klar, ob er diese Geschichte aus Einfalt erzählte, weil er glaubte, ein von weither gekommener Beamter wisse nichts über den Hergang einer so persönlichen Sache, oder ob es versteckte Ironie war, bei der ein verschlagener Hahnrei vor seinem alten Nebenbuhler den Narren spielte, um ihn auf die Probe zu stellen. Obwohl in den Augen des Besuchers noch immer Spuren der Eigenschaften vorhanden waren, die es glaubhaft machten, daß er einmal ein Kavalier und Frauenheld gewesen sei, war ihr Glanz doch auffallend seelenlos wie bei einem Gefangenen oder bei einem Tier, und es war zweifelhaft, ob sich dahinter ein Mensch verbarg.
Wer ist der Gegner in dieser Angelegenheit, die Frau selbst oder jemand anders? fragte Arnas Arnaeus.
Der Bischof, sagte der Ehemann.
Das bedurfte einer Erklärung, und sie lautete so, daß der Bischof, der Schwager des Besuchers, und seine ganze Familie seit langem keine Gelegenheit versäumt hatten, ihn bei seiner Frau zu verleumden. Jetzt war es so weit gekommen, daß diese Leute ihren Willen durchgesetzt und die Frau mit List von ihm weggelockt hatten; sie hielten sie jetzt in einer Art Gefängnis hier im Haus und bewachten sie Tag und Nacht, damit ihr rechtmäßiger Ehemann vor Gott und den Menschen nicht mit ihr sprechen könne. Der Ehemann sagte, er habe den Bischof aufgesucht, um die Sache mit ihm zu besprechen,

jedoch nur Ausflüchte und leere Redensarten als Antwort bekommen. Nun war es der Wunsch und die Bitte dieses Ehemanns, daß der königliche Abgesandte ihm seine Unterstützung gewähren möge, damit er mit einer gerichtlichen Klage sein Recht gegen den Bischof durchsetzen könne und die Frau mit Hilfe des Gesetzes zurückbekomme.

Arnaeus lächelte freundlich, sah sich aber kaum in der Lage, seinen Gastgeber und Freund, den Bischof, wegen anderer Leute Frauen zu verklagen, sofern nicht schwerwiegende Verbrechen in der Sache aufgedeckt würden, und über die alten Bücher sagte er, daß er bereit sei, sie bei Gelegenheit anzusehen und zu untersuchen, was sie wert seien. Dann stand er auf, zog seinen Schnupftabak heraus und bot dem Ehemann eine Prise an und ließ ihn damit gehen.

Es schneite. Der Frostwind pfeift um einen obdachlosen Mann, der am Abend vor dem Hause des Bischofs auf dem Hofplatz steht. Er dreht den Rücken gegen den Wind wie ein halbwildes Pferd und hält mit der blauen Hand den Kragen seines Rockes am Hals zusammen, zu vornehm, um einen Schal zu tragen; er fängt an, zu den kleinen Fenstern im Obergeschoß über der Großen Stube hinaufzustarren, doch die Vorhänge sind zugezogen, und es brennt kein Licht, denn man schlummert in der Dämmerstunde. Als er jedoch eine Zeitlang dort in der Kälte gestanden hat, kommt ein Mann mit einigen Hunden zwischen den Häusern hervor, ruft ihn an und sagt durch das Schneetreiben, daß der liederliche Kerl Magnus von Braedratunga sich schleunigst aus Skalholt fortscheren solle, sonst würden Hunde auf ihn gehetzt; und falls er so weitermache wie bisher und ständig hier auftauche, werde er beim nächsten Mal an einen Pfahl gebunden und ausgepeitscht. Der Verwalter, der bislang zu dem Ehemann nicht unfreundlich gewesen war und ihm häufig eine kleine Arbeit auf dem Bischofssitz gegeben hatte, mußte jetzt Anweisung bekommen haben, daß die Leute am Bischofssitz eine veränderte Haltung gegenüber diesem Pilger einnehmen sollten.

Der Ehemann sagte nichts. Er war ein zu großer Junker, um

sich in nüchternem Zustand mit ungehobelten Gesellen herumzustreiten, außerdem war er hungrig und noch vieles mehr. Er ging zwischen den Gebäuden des Hofes hindurch, genau den Sturmböen entgegen; der Wind erfaßte seine Kleider, seine Beine schienen dünner, seine Knie krummer als je zuvor. Es gab eine Zeit, da ritt er in märchenhaft schönen Frühlingsnächten auf Pferden über diese hochwohlgeborenen Hofplätze, denn Besuche am Tag waren verboten. Jetzt hatte er kein beschlagenes Pferd mehr. Dagegen reitet ein Mann auf einem Pferd mit geschärften Hufeisen auf ihn zu, er war in der Dämmerung auf dem Eis gewesen, um seinen schwarzen Renner zu bewegen. Der Junker tat, als sehe er den Reiter nicht, und ging weiter gegen den Wind, doch der andere hielt nicht weit von ihm entfernt an, strammte die Zügel des feurigen Pferdes, das mit Schaum um das Maul an der Trense nagte, drehte sich im Sattel um und rief den Wanderer an:
Bist du betrunken?
Nein, sagte der Junker.
Wolltest du vielleicht zu mir?
Nein.
Zu wem dann?
Zu meiner Frau.
Dann ist sie also immer noch hier in Skalholt, sagte der Pfarrer. Ich hoffe, meine liebe, gute Freundin hat sich wohl befunden.
Das wirst du wohl selbst am besten wissen, wie es euch hier in Skalholt geht, sagte der Wanderer und war unhöflich gegen den Reiter, denn sie hatten beide vor langer Zeit hier zusammen die Schule besucht. Es ist euch gut gelungen, mir die Frau abspenstig zu machen. Und wie man hört, hast du auch dein Teil dazu beigetragen.
Ich hätte nicht geglaubt, daß ich dazu imstande wäre, lieber Magnus, einem solchen Frauenliebling wie dir die Frau abspenstig zu machen, sagte der Pfarrer.
Ich habe von zuverlässiger Seite gehört, daß du im Sommer ein langes Gespräch mit ihr draußen auf der Wiese geführt hast.

Ach, dagegen ist nichts einzuwenden, lieber Magnus, daß wir Gemeindepfarrer mit unseren lieben Pfarrkindern vor aller Augen draußen auf einer Wiese im Sonnenschein ein Gespräch führen; an deiner Stelle würde ich mehr an die Gespräche denken, die vielleicht nicht vor aller Augen auf einer Wiese im Sonnenschein stattfinden.
Mir ist kalt, ich habe Hunger, ich bin ein kranker Mann; und habe keine Lust, mir anzuhören, was du von der Leber weg bei Frost und Schneegestöber im Freien daherredest, leb wohl, ich gehe, sagte der Ehemann.
Übrigens gibt es keinen Grund, ein Geheimnis daraus zu machen, worüber ich vergangenen Sommer mit deiner Frau gesprochen habe, lieber Magnus, sagte Pfarrer Sigurdur. Wenn du es wissen möchtest, werde ich es dir sofort sagen.
Nun? sagte der Ehemann.
Es lief das Gerücht um im Sommer, daß du eine besondere Vorliebe für den Branntwein hättest, lieber Magnus, sagte Pfarrer Sigurdur. Deshalb kam ich bei deiner Frau, der lieben Snaefridur, vorbei, um zu hören, was daran wahr sei.
Na und, sagte der Junker. Ging es dich etwas an, daß ich trank. Wer trinkt nicht?
Die Leute mögen den Branntwein unterschiedlich gern, sagte Pfarrer Sigurdur. Das weißt du selbst, lieber Magnus. Manche mögen ihn sogar überhaupt nicht. Manche mögen ihn nur so gern, daß sie gerade eben an ihm nippen, andere trinken, bis sie ein wenig angeheitert oder richtig fröhlich sind, und hören dann auf. Und dann gibt es noch die, die sich dann und wann so betrinken, daß sie das Bewußtsein verlieren, aber trotzdem mögen sie den Branntwein nur so gern, daß sie nichts dafür hergeben wollen, das ihnen etwas wert ist. Diese Leute mögen den Branntwein nicht.
Ich höre, du hast immer noch deine alte Angewohnheit, dem, was gefragt wird, auszuweichen, sagte Magnus von Braedratunga. Um ehrlich zu sein, ich verstehe dich nicht und habe dich noch nie verstanden. Ich fragte, wen von den Außenstehenden geht es etwas an, daß ich in der Vergangenheit viel-

leicht einmal Branntwein getrunken habe? Niemand wußte das besser als meine Frau, und sie hat mir kein einziges Mal während unseres Zusammenlebens deswegen Vorwürfe gemacht.
Der Mann liebt den Branntwein nicht, sagte Pfarrer Sigurdur, der nicht bereit ist, seine Frau zu verkaufen, auch wenn sie die schönste Frau in Island ist, und die Kinder, wenn es sie gibt, und sein Zuhause dem Erdboden gleichzumachen.
Das ist gelogen, sagte Magnus von Braedratunga. Wenn es etwas gibt, das ich hasse, dann ist es der Branntwein.
Vielleicht ist es die Stimme des Herrn und nicht deine eigene, die diese Worte spricht, lieber Magnus, sagte der Domprediger. Die Menschen sollten sie auseinanderhalten können. Nicht am Bekenntnis, sondern an den Taten des Menschen läßt sich erkennen, welcher der beiden Stimmen er gehorcht.
Ich habe geschworen, daß meine Lippen nie wieder Branntwein berühren sollen, sagte der Ehemann und kam jetzt dicht an das Pferd heran; er hielt sich mit beiden Händen an seiner Mähne fest und sah nun endlich mit glühendem Blick den Pfarrer an, während er sprach. Ich habe Nacht für Nacht gewacht, seitdem meine Frau von zu Hause weggegangen ist, und zu Gott gebetet, auch wenn du es nicht glaubst. Meine Mutter lehrte mich mit dem Buch von den sieben Worten Christi das Lesen. Und jetzt ist in mir nicht einmal ein Funke von Verlangen nach Branntwein. Man hat mir in den vergangenen Tagen ständig Branntwein angeboten, und weißt du, wonach es mich verlangt hat: Es hat mich danach verlangt hineinzuspucken. Wenn du mit ihr sprichst, Pfarrer Sigurdur, dann sag ihr das.
Ich glaube, es ist besser, wenn du ihr das selber sagst, lieber Magnus, sagte der Pfarrer. Und wenn du ihr eine Nachricht zukommen lassen willst, gibt es andere, die besser dazu geeignet sind, diese zu überbringen, als ich.
Es haben mich alle hinausgeworfen, sagte der Ehemann. Zuletzt suchte ich den auf, der jetzt im Haus noch über dem Hausherrn steht, und man hat Hunde auf mich gehetzt, als ich

von ihm herauskam, und gedroht, mich zu mißhandeln, wenn ich wiederkäme.

Diese Männer von Welt, sagte der Pfarrer.

Der Junker lehnte sich gegen die Mähne des Pferdes hinauf und sah dem Reiter wieder mit heißem Blick ins Gesicht, während er fragte:

Sag mir ehrlich, lieber Pfarrer Sigurdur, glaubst du, daß sie etwas mit ihm hat.

Doch Pfarrer Sigurdur hatte dem Pferd die Zügel gelockert.

Verzeih mir, daß ich dich aufgehalten habe, sagte er, indem er wegritt. Ich dachte, du wolltest vielleicht etwas mit mir besprechen. Und da ich dich traf, wollte ich dir nur sagen, was immer jetzt geschehen sein mag, so war Snaefridur noch während der Heuernte bereit, alle deine Vergehen zu vergessen, und sie liebte den Mann, der sie billig verkaufen wollte, mehr als jenen, der sie teuer kaufen wollte.

Der Junker blieb im Schneetreiben zurück und rief ihm nach: Lieber Siggi, lieber Siggi, ich muß etwas mit dir besprechen, ich muß dir noch etwas sagen.

Ich wache oft in der Nacht – nachdem die Hunde eingeschlafen sind, sagte der Domprediger. Ich werde dir aufmachen, wenn du vorsichtig vor meinem Fenster rufst.

Zwölftes Kapitel

Im Breidafjördur gibt es schöne Gehöfte, Eiderenten in jeder Bucht, der Seehund schläft auf den Klippen, Lachse springen in den Wasserfällen, Vögel auf den Inseln, grüne Wiesen am Meer, Buschwerk an den Berghängen, grasbewachsene Gebirgstäler und oberhalb davon ausgedehnte Heiden mit Flüssen und Wasserfällen. Die Höfe stehen auf grünen Anhöhen inmitten der Weiden und schauen auf den Fjord hinaus, und bei Windstille haben die kleinen Inseln und Schären einen samtweichen Schatten, der zittert, durchsichtig wie ein Schatten im Wasser einer Quelle – es ist Arnaeus, der am Abend so

zu ihr spricht, denn sie ist zu ihm gekommen, um sich zu erkundigen, was ihr Mann wollte. Wenn ich mich recht entsinne, gehört dir einer dieser Höfe?
Ja, warum, sagte sie.
Wenn du dich auf so einem Hof niederlassen willst, schicke ich dir Bauholz.
Berühmter Weltmann, sagte sie, bist du ein solches Kind?
Ja, sagte er, so kindisch bin ich. Der erste Eindruck wirkt lange nach. Auf einem solchen Hof sah ich dich zum erstenmal; im Geist sehe ich immer den Breidafjördur um dich herum; und Menschen vom Breidafjördur, die kein Kummer besiegen und denen keine Not den Adel ihres Gesichts rauben kann.
Ich weiß nicht, woher ich bin, sagte sie langsam.
Darf ich dir eine Geschichte erzählen, sagte er.
Sie nickte zerstreut.
Es war einmal ein Hochzeitsfest am Breidafjördur. Es war im Frühsommer, zur Zeit der Sonnenwende, wenn in Island wieder alles lebendig geworden ist, was nicht starb. Spät am Abend ritten zwei Reisende über den Hofplatz. Man ließ sie nicht weiterziehen, bevor sie bewirtet worden waren. Auf der Hauswiese stand ein Zelt, dort saß das gemeine Volk und trank, und es ging hoch her. Die Reisenden wurden ins Haus geführt, wo die gesetzteren Bauern mit ihren Frauen saßen. Dort warteten ein paar junge Mädchen auf. Diese nicht geladenen Gäste, die eine Weile an dem Fest in jener Nacht teilnahmen, waren Brüder, der eine gehörte zu den angeseheneren Leuten, er war Amtmann auf der anderen Seite des Breidafjördur. Der andere war ein junger Mann, hatte sich aber bereits ein ganzes Jahrzehnt lang im Ausland aufgehalten, der ältere Bruder hatte ihn vom Schiff in Stykkisholmur abgeholt, sie wollten in der Nacht weiterreiten. Der Heimgekehrte sah wieder sein graues Volk, an das er sich aus seiner Kindheit erinnerte; die Freudenäußerungen machten das Grau dieser Menschen noch ergreifender und ließ ihre Armut noch tragischer erscheinen als sonst. Viele wälzten sich völlig betrunken

auf der Wiese herum. Doch als die Reisenden eine Zeitlang bei den gesetzteren Leuten im Haus gesessen hatten, geschieht es, daß jener Gast, der von weiter her gekommen war, ein Gesicht erblickt, und dieses Gesicht machte auf ihn sofort einen so starken Eindruck, daß die anderen Menschen im selben Augenblick in Schatten verwandelt waren; und obwohl er schon in Königssälen zu Gast gewesen war, fühlte er nun, daß er noch nie etwas Ähnliches erlebt hatte.

Du machst mir angst, sagte sie.

Ich weiß, es ist weit von der Ausgewogenheit aller guten Rede entfernt, solche Worte zu gebrauchen, sagte er. Doch wie oft der Gast auch über diese Erscheinung nachgedacht hat, er hat noch immer keine passenden Worte für dieses Bild gefunden, diese Schönheit im Zauberglanz der Sommernacht. Er stellt immer noch dieselbe Frage, die er damals stellte: Was ist der Grund dafür? Wie kann eine solche Kluft zwischen dem Bild eines Menschen und dem aller anderen entstehen? Später machte er sich selbst oft Vorwürfe und sagte: Hast du nicht so viele berühmte Frauen draußen in der Welt gesehen, daß du dem Anblick eines Mädchens vom Breidafjördur widerstehen konntest? Deine Verwirrung entspringt deinem Inneren, aus jenem Zustand der Verklärung, in den die Seele in einem glücklichen Augenblick geraten kann, auch wenn die Vernunft nach einem falschen äußeren Grund sucht. Doch im Laufe der Zeit wurde deutlich, daß die ausländischen Frauen mit ihrer Berühmtheit und Schönheit in der Erinnerung des Gastes verblaßten und ins Reich der Schatten glitten: Und zurück blieb nur diese eine.

Vermutlich hat den ausländischen Reisenden am meisten überrascht, welch große Augen ein junges Mädchen vom Breidafjördur machen konnte, als es zum ersten Mal einen Mann sah!

Aber er ließ sich durch ihren Einwurf nicht stören.

Es gibt einen Augenblick im Leben eines Menschen, der ist und bleibt, auch wenn die Zeit vergeht; in seinem Licht vollbringen wir dann unsere guten oder schlechten Taten, führen wir unseren Lebenskampf – selbst wenn wir ihn vielleicht gegen diesen Augenblick führen. Die Gewißheit, daß über diesen Augenblick immer zwei Augen herrschen, die Augen, für die alle Dichter geboren wurden; und dennoch wird ihr Dichter nie geboren, denn an dem Tag, an dem ihr richtiger Name genannt wird, geht die Welt unter. Was geschah, was wurde gesagt? In einem solchen Augenblick geschieht nichts, und nichts wird gesagt. Doch auf einmal stehen sie drunten auf der Wiese am Fluß, und in der Mündung ist Flut. Hinter ihr schwebt eine goldene Wolke. Der nächtliche Lufthauch atmet auf das blonde Haar. Der Tag verweilte noch in der blassen Röte einer Wange, zart wie ein Rosenblatt.

Wie kam der Freund der Königinnen nur auf den Gedanken, dieses einfältige Kind zu bitten, mit ihm auf der Wiese spazierenzugehen, sie war erst fünfzehn Jahre alt.

Fünfzehn Frühlinge.

Sie wußte selber kaum, daß es sie gab: Sie glaubte, da der Gast ein vornehmer Mann war, daß er sie um eine Nachricht an ihren Vater bitten wollte, der das Fest schon verlassen hatte. Erst am Tag danach wurde ihr bewußt, daß er ihr einen Ring geschenkt hatte – ihr selbst.

Was wird sie wohl von einem so seltsamen Gast gedacht haben?

Sie war die Tochter des Richters, und alle wollen den Reichen etwas schenken. Sie fand es selbstverständlich, daß man der Tochter des Richters Geschenke machte.

Als er den Ring zurückbekam, gab er ihn Jon Hreggvidsson, damit der ihn vertrinken konnte. Er hatte alle Brücken hinter sich abgebrochen. Versprechen, Eide, unser aufrichtigster Wille: ein Nichts. Das junge Rosenblatt der bewußten Frühlingsnacht hatte er für runzlige Pergamentbücher verkauft. Das war sein Leben.

Du hast mir das schon einmal erzählt, sagte sie. Aber du läßt etwas aus, Arni. Du läßt zwei Sommer aus.

Erzähle du, Snaefridur.

Ich habe keine Worte.

Wer Worte hat, kann keine Geschichte erzählen, Snaefridur; nur wer richtig atmet. Atme.
Sie saß lange da und sah gedankenvoll vor sich hin und atmete. Als du zu uns zu Besuch kamst, um dir bei meinem Vater alte Bücher anzusehen, war ich darüber nicht froh, daran erinnere ich mich. Ich hatte nicht gewagt, meiner Mutter zu erzählen, daß mir ein unbekannter Mann einen Ring geschenkt hatte, und zwar deshalb, weil sie mir verboten hatte, ohne ihre Erlaubnis Geschenke von Unbekannten anzunehmen. Sie meinte, ein Unbekannter, der dem Kind eines hohen Beamten etwas schenke, habe Böses im Sinn. Zwar glaubt ein junges Mädchen nicht gern, was ihre Mutter sagt, aber ich achtete dennoch sorgfältig darauf, daß ihr keine unangenehmen Dinge über mich zu Ohren kamen; deshalb versteckte ich den Ring.
Mach bitte weiter, sagte er.
Womit? sagte sie. Habe ich angefangen, eine Geschichte zu erzählen?
Ich werde dich nicht unterbrechen.
Sie senkte den Blick und sagte träumerisch, dunkel: Was geschah? Du kamst. Ich war fünfzehn Jahre alt. Du gingst. Nichts.
Ich blieb in jenem Sommer vierzehn Tage bei deinem Vater, um in seinen Büchern zu stöbern. Er besaß viele Briefe und einige gute membranas. Einiges kopierte ich, anderes kaufte ich ihm ab, manches schenkte er mir. Er ist ein gebildeter Mann nach guter, isländischer Tradition und versteht viel von Genealogie. An jenen Abenden im Spätsommer sprachen wir oft lange miteinander über die Menschen, die im Lande gelebt haben.
Ich hörte oft heimlich zu, sagte sie. Nie zuvor hatte ich Lust gehabt, erwachsenen Männern zuzuhören. Jetzt konnte ich mich nicht losreißen, obwohl ich wenig von dem verstanden habe, was ihr bespracht. Ich wollte mehr über dich erfahren. Wie begierig ich war, diesen Mann zu betrachten, wie er sich kleidete, seine Stiefel, wie er sich benahm, zu hören, wie er

sprach, ohne darauf zu achten, was er sagte, und zunächst und vor allem den Klang seiner Stimme. Dann gingst du. Es war leer im Haus. Ein Glück, daß er nur auf der anderen Seite des Fjordes und nicht weiter weg ist, dachte dieses Dummchen; ach, wer würde jetzt abends heimlich lauschen? An einem Tag im Herbst hieß es: Er fuhr mit dem Schiff vom Holmur.

In jenem Winter schickte mich der König nach Sachsen, um Bücher anzusehen, die er kaufen wollte. Ich wohnte bei einem Grafen in dessen Schloß. Und in einem Land, wo selbst der gemeine Mann nach getaner Arbeit zufrieden und wohlgenährt für zwei Schilling in die Oper ging oder sonntags in der Kirche die großen Meister ihre Kantaten aufführen hörte, wo waren da die Gedanken des Gastes, wenn nicht in dem einen Land in Europa, das von Hungersnöten heimgesucht wurde und dessen Volk von gelehrten Männern gens paene barbara genannt wurde. Während ich die herrlichen volumina untersuchte, die von den größten Buchdruckern hergestellt worden waren, manche vom Erzdrucker Plantino, einige von Gutenberg selber, verzierte und herrlich illuminierte Bücher in schönen Ledereinbänden mit Silberbeschlägen, die mein Herr für seine Bibliothek in Kopenhagen erwerben wollte, da waren alle meine Gedanken in dem Land, in dem der kostbarste Schatz des Nordens seinen Ursprung hatte – und jetzt in Erdhütten zugrunde gehen durfte. An jedem Abend, wenn ich mich schlafen legte, hielt mich dieser Gedanke wach: Heute ist der Moder wieder auf ein neues Blatt des Buches Skalda vorgedrungen.

Am Breidafjördur hofft ein junges Mädchen auf bessere Zeiten – glücklicherweise dachtest du nicht daran.

In alten Geschichten kann man oft lesen, daß der Isländer in den Sälen der Könige verstummte, wenn der Winter seinem Ende zuging. Ich fuhr im Frühjahr mit dem ersten Schiff von Glückstadt aus nach Island.

Sie konnte nicht verstehen, wie das möglich war, doch sie dachte immer nur an einen einzigen Mann. Ein alter Geizhals im Grundarfjördur schläft in der Nacht nicht, sondern wacht und starrt einen Golddukaten an – vielleicht war sie verrückt wie dieser arme Mann. Warum diese Unruhe; diese zitternde Angst; diese Leere; diese Furcht vor einem kalten Urteil, nämlich dem, zurückgelassen zu werden, ohne wieder ins gleiche Land zurückkehren zu können wie die Leute in Grönland. Draußen in der Gesindestube sitzt die alte Helga Alfsdottir auf ihrer Bettkante und arbeitet in der Dämmerung, während andere schlafen. Sie hat schon längst aufgehört, mir Märchen zu erzählen, weil sie meint, ich sei ein erwachsenes Mädchen, aber sie spricht nun um so häufiger mit mir über Menschen, die in Not geraten sind, und sie konnte sich selbst an viele Generationen im Land erinnern; nichts, was im Leben eines Menschen geschieht, überraschte sie. Es war, als ob das Leben des Volkes vorüberziehe, ein Jahrhundert nach dem anderen, wenn sie erzählte. Und schließlich schlich ich eines Abends zu ihr in den Alkoven, nahm mir ein Herz und bat sie, den Bettvorhang zuzuziehen, denn ich wollte ihr ein Geheimnis anvertrauen. Ich sagte ihr, daß mich etwas bedrücke und ich deshalb keine frohe Stunde mehr habe, und bat sie, mich nicht Richterstochter zu nennen, sondern mein Kind zu mir zu sagen, wie als ich klein war. Und da fragte sie, was hast du, mein Kind.

Es ist ein Mann, sagte ich.

Wer ist es, sagte sie.

Es ist ein erwachsener Mann, der mich nichts angeht, und ich kenne ihn nicht. Ich bin wahrscheinlich verrückt.

Gott bewahre, sagte die alte Helga Alfsdottir, es ist doch hoffentlich nicht irgendein armer Landstreicher.

Es ist der Mann, der die englischen Stiefel trug, sagte ich, denn ich hatte vorher noch nie einen Mann mit gewichsten Stiefeln gesehen. Ich zeigte ihr den Ring, den du mir an dem Abend geschenkt hattest, an dem wir uns trafen. Und dann fuhr ich fort, ihr zu beschreiben, wie dieser Mann, der mich nichts anging und den ich nicht kannte und den ich nie mehr sehen würde, mir Tag und Nacht nicht aus dem Sinn ging und wie ängstlich ich geworden war. Und als ich ihr alles leise erzählt

hatte, legte sie ihre Hand auf meine Hand, beugte sich zu mir und flüsterte mir so leise ins Ohr, daß ich erst verstand, was sie sagte, als sie sich wieder zurückgebeugt hatte.
Hab keine Angst, mein Kind, das ist die Liebe.
Ich glaube, mir wurde schwarz vor den Augen. Ich wußte nicht, wie ich hinausgelangte. Die Liebe, das war eines der Wörter, die man nicht sagen durfte; bei uns, in der Familie des Richters, wurde so etwas nie erwähnt, wir wußten nicht, daß es das gab, und als meine Schwester Jorunn sieben Jahre zuvor den Bischof von Skalholt geheiratet hatte, war nichts abwegiger, als diesen Vorgang mit einem solchen Gedanken in Verbindung zu bringen. Wenn andere Leute sich verheirateten, so war das wie jede andere praktische Maßnahme in der Gemeinde, doch im übrigen aus Beweggründen, die uns, die Familie des Richters, nichts angingen. Mein guter Vater hatte mich gelehrt, die Reden Ciceronis zu lesen, und als ich mit den Gedichten über Aeneam begann, weiter kam ich daheim nicht in grammatica, war mir nie in den Sinn gekommen, Didonis starke Gefühle könnten etwas anderes als reine Dichtung sein, das Gegenteil der Wirklichkeit. Als ich nun von der alten Helga Alfsdottir erfahren hatte, wie es um mich bestellt sei, war es da ein Wunder, daß ich einen gehörigen Schrecken bekam. Ich schlich in mein Zimmer und weinte zunächst ein oder zwei Kissen naß, dann sagte ich alle Gebete des Pfarrers Bjarni auf und anschließend die Gebete des Bischofs Thordur, und schließlich, als nichts half, betete ich zwölfmal das Ave-Maria auf lateinisch nach einem alten papistischen Buch, ora pro nobis peccatoribus nunc et in hora mortis nostrae. Und da wurde es besser.
Arnaeus sagte: Am ersten Tag, als ich wieder daheim bei dir am Breidafjördur war, wußte ich es sofort, als wir einander ansahen. Wir wußten es beide. Alles andere Wissen schien unbedeutend und unnötig an jenem Tag.
Und, sagte sie, ich kam zum erstenmal zu dir. Kein Mensch wußte es. Ich kam wie eine Schlafwandlerin, weil du es gesagt hattest, und hatte selbst keinen Willen außer deinem. Ich wäre

auch gekommen, hätte ich durch einen reißenden Fluß waten oder eine Untat begehen müssen. Und dann war ich bei dir. Ich wußte nicht, was du mit mir tatest, was geschah, wußte nur dies eine: Ich gehörte dir. Und deshalb war alles gut; alles recht.

Ich weiß noch, was du das erstemal fragtest, sagte er. Bist du nicht der beste Mann auf der Welt, fragtest du und sahst mich an, um zu sehen, ob dir Gefahr drohe. Dann sagtest du nichts mehr.

Doch – im Herbst, sagte sie. Im Herbst, als du abreistest und wir uns hier in Skalholt verabschiedeten, da sagte ich zu dir: Jetzt brauche ich nicht zu fragen, jetzt weiß ich es.

Das Mondlicht fiel in meine kleine Stube. Ich schwor dir alle Eide, die ein Mann schwören kann. Ich war noch nicht übers Meer gesegelt.

Ja, ich hätte es wissen müssen, sagte sie.

Ich weiß, was du meinst, sagte er: nulla viro juranti femina credat. Aber Schiffe verspäten sich und kommen dennoch ans Ziel, Snaefridur.

Als wieder Schiffe nach Grönland kamen, sagte sie, gab es dort schon längst keine Menschen mehr. Die Siedlung war leer.

Das Schicksal bestimmt über die Ankunft der Schiffe, die Götter, sagte er. Das beweisen die Isländersagas.

Ja, es ist ein großes Glück, daß es die Götter und das Schicksal gibt, sagte sie.

Er sagte: Ich war nicht der beste Mann auf der Welt.

Und trotzdem, sagte sie. Sonst hätte ich nicht den Junker in Braedratunga geheiratet; ich hätte den Domprediger in Skalholt geheiratet.

Es war an einem Tag im Herbst. Wir waren unterwegs, du und ich, mit deinem Schwager und seiner Frau, vom Westland hierher nach Skalholt; ich sollte wenige Tage später mit dem Schiff abreisen. Es war einer jener Herbsttage, die klarer sind als Frühlingstage. Du trugst rote Strümpfe. Mir kam es so vor, als wohnte ich bei den Elfen, wie immer, wenn du in der Nähe warst, und die Welt, zu der ich jenseits des Meeres gehörte,

war vergessen. Wir ritten durch den Wald von Höfn. Kaum hatte man die Siedlungen hinter sich gelassen und befand sich in dieser farbenprächtigen Gegend voller Sonne und Wasser und Duft, da vergaß der Reisende, daß hier Not herrschte. Da schienen die niedrigen, grasbewachsenen Höfe des Landes in einem seligen, tiefen Zauberschlaf zu liegen. Du trugst einen blauen Mantel und rittest voraus, und der Wind blies in deine Locken, und ich sah, hier war immer noch die Frau, für die die Helden ihr Leben wagten, unsterblich in den Sagas. Sie darf nicht verraten werden, auch wenn alles untergeht, sagte der, der ihr im Wald hinterdreinritt. Ich war dazu entschlossen, dich nicht zu verlassen. Ich wußte, daß ich vom König jedes Amt in Island bekommen würde, das ich haben wollte, und zu der Zeit war eines der beiden Richterämter unbesetzt. Doch – es gab ein Buch, das Skalda hieß. Jahrelang hatte ich mehr an dieses Buch gedacht als an alle anderen Bücher, und in allen Landesvierteln hatte ich Leute herumgeschickt, um die Blätter dieses Buches aufzuspüren. Es war vor hundert Jahren den Erben eines armen, vornehmen Mannes zugefallen und auseinandergenommen worden und befand sich nun in den Händen ungebildeter Bettler, über das ganze Land verstreut. Mit unglaublichen Mühen war es mir gelungen, einen Großteil davon ausfindig zu machen, aber es fehlten mir noch vierzehn Blätter, und sie schienen mir jetzt die wichtigsten zu sein. Ich hegte den leisen Verdacht, daß auf einem kleinen Hof in Akranes Bruchstücke einer alten Handschrift vorhanden sein könnten, und ihr wart damit einverstanden, mit mir einen Umweg dorthin zu machen. Der Hof hieß Rein.
Sie sagte, ich weiß noch, wie du mich dort hineingeführt hast. Es stimmte, dieser Ort paßte schlecht zu der Frau aus einer Heldensaga. Ich erinnere mich genau, wie du dich an mich schmiegtest, so daß es alle sahen, und sagtest, mein Freund, warum zerrst du mich in dieses fürchterliche Haus; und warst verschwunden.
Du hattest mich vergessen.
In dieser Hütte fand ich die Blätter aus der Skalda, die mir am

wichtigsten waren. Wir suchten, bis wir sie zwischen altem Plunder auf dem Boden des Bettes einer alten Frau fanden, dieses Juwel von einem Buch. Ich erinnere mich an den Augenblick, als ich dort in der Stube stand, die Blätter in der Hand, und die Menschen betrachtete, die die Krone all dessen, was in der Literatur des Nordens wertvoll ist, bewahrt hatten: die altersschwache Greisin und den Schwachsinnigen, den Bauern, einen Schnurdieb und Lästerer, der kaum lesen konnte, mit geschwollenem Rücken von den Peitschenhieben des Henkers, wegen dessen Ermordung er dann angeklagt wurde, das dürre Mädchen mit den großen Augen und die beiden aussätzigen Frauen mit den zerfressenen Gesichtern; doch du warst verschwunden. Ich wußte, ich würde abreisen und nicht zurückkommen. In diesem Augenblick hatte ich dich verraten. Nichts konnte mich dazu bringen, der Anführer eines ermordeten Volkes zu werden. Ich gehörte wieder Islands Büchern.

Fräulein Snaefridur war aufgestanden.

Ich habe dir nie Vorwürfe gemacht, Arni, sagte sie; mit keinem Wort, mit keinem Gedanken. Das mußt du gemerkt haben an der Nachricht, die ich dir mit dem Ring schickte.

Ich bat Jon Hreggvidsson zu schweigen, sagte er. Ich habe deine Nachricht nie gehört.

Ich ritt von Skalholt weg, sagte sie, und kam in der Nacht nach Thingvellir. Ich war allein. Ich war dazu entschlossen, dir diesen Verbrecher zu schicken. Seine Mutter kam zu mir über Berge und Flüsse. Ich wußte, du würdest nicht zurückkommen, aber ich machte dir keine Vorwürfe, ich tötete in der Nacht zuvor mit Absicht meine Liebe, gab mich Magnus von Braedratunga zum ersten Mal hin. Während des ganzen Rittes nach Thingvellir überlegte ich mir die Worte, die ich dir ausrichten lassen wollte und die du dann nicht hören wolltest, weil du kein Vertrauen zu mir hattest. Jetzt will ich sie dir dennoch sagen, und bitte, daß sie die letzten Worten zwischen uns sein mögen, am heutigen Abend und an jedem Abend, auch am letzten.

Dann wiederholte sie ihm die Worte, die sie einst dem von ihrem Vater zum Tode Verurteilten anvertraut hatte, damit er sie von Thingvellir an der Öxara zu ihrem Geliebten brachte, des Inhalts, wenn mein Herr die Ehre Islands retten kann, auch wenn mich Schmach trifft, so soll sein Antlitz doch stets dieser Maid leuchten.

Dreizehntes Kapitel

Einmal geschah es, daß die Frau des Bischofs ihre Schwester aufsuchte, um sich nach ihrem Befinden zu erkundigen und ihre Handarbeit zu bewundern, denn Snaefridur hatte stets ein Kunstwerk in Arbeit. Die Frau des Bischofs hatte ziemlich rote Wangen, ihre Augen glänzten seltsam und ihr Blick war unstet. Sie fragte ihre Schwester unter anderem, ob sie nachts genügend Schlaf bekäme oder ob ihre Tochter Gudrun, die mit ihrer Tante das Zimmer teilte, sie nicht wachhalte durch Lärmen und andere Unruhe, die junge Mädchen immer verursachen, und bot für den Fall an, einen anderen Schlafplatz für das Mädchen zu finden. Snaefridur war immer auf der Hut vor ihrer Schwester, wenn diese in ihrer Nähe besondere Freundlichkeit zeigte. Sie sagte, es fehle ihr an nichts, und was das junge Mädchen angehe, so bereite sie ihr nur Freude.
Und schläft zur rechten Zeit ein? sagte die Frau des Bischofs.
Sie schläft meist vor mir ein, sagte Snaefridur.
Aber liebe Snaefridur, ich dachte immer, du gingest so früh zu Bett.
Ich werde abends immer ziemlich früh müde, sagte Snaefridur.
Eine Magd soll draußen in der Webstube ausgeplaudert haben, sie habe dich manchmal spät abends unten gesehen, sagte die Frau des Bischofs.
Dienstmägde sollten nachts mehr schlafen, sagte Snaefridur. Und tagsüber weniger schwatzen.
Die Frau des Bischofs sagte nach kurzem Zögern: Da wir schon vom Zubettgehen sprechen, ist es am besten, wenn ich

dir, ehe ich es vergesse, das Neueste erzähle: Jetzt treffen auf dem Bischofssitz Briefe aus der Umgebung ein, in denen man Klage führt über die nächtlichen Abenteuer von Leuten hier in Skalholt und mit gerichtlicher Untersuchung und einem Prozeß droht.

Snaefridur war, wie nicht anders zu erwarten, neugierig darauf, mehr über diese Briefe und ihre Herkunft zu erfahren, und bekam zur Antwort, daß ein Brief in dieser Sache an den königlichen Kommissar Arnaeus gerichtet gewesen sei, und er war auch eine der beiden Personen, die darin des späten Zubettgehens verdächtigt wurden; die andere Person war die Schwester der Frau des Bischofs, Snaefridur selbst. Die Frau des Bischofs sagte, im übrigen hätte sie gedacht, ihre Schwester wüßte besser Bescheid über den Grund dieses Briefes als sie. Snaefridur sagte, sie habe bisher noch nicht davon gehört.

Die Sache begann also damit, daß Arnaeus vor kurzem mit dem Bischof gesprochen und ihm einen Brief gezeigt hatte, den ihm Magnus von Braedratunga geschrieben hatte, in dem Andeutungen gemacht wurden, die an offene Anklagen gegen Arnaeus grenzten, daß der königliche Kommissar in Skalholt unzulässigen Umgang mit der Frau des Briefschreibers pflege und daß er schon allgemein mit ihr in Verbindung gebracht werde. Magnus sagte, er habe aus zuverlässiger Quelle erfahren, daß seine Ehefrau häufig zu Arnaeus in dessen Wohnung gehe, wenn dieser dort allein sei, entweder kurz nach Mittag, wenn schlaue Leute sich am wenigsten verdächtigt glaubten, oder spät am Abend, zu einer Stunde, da sie annahmen, die anderen seien zu Bett gegangen, und sie sich dann länger allein und hinter verschlossenen Türen bei ihm aufhalte. Magnus hatte in dem Brief darauf verwiesen, daß seine Frau schon vor langer Zeit, als sie noch kaum erwachsen war, eine heimliche Liebesbeziehung zum Kommissar des Königs, damals assessor in consistorio, unterhalten habe und daß jetzt dieser alte Faden wieder aufgenommen worden sei; tatsächlich habe die Widerspenstigkeit der Frau gegenüber ihrem Ehemann plötzlich zugenommen, sobald man im Frühjahr von der Ankunft

Arnaei in Island erfahren hatte. Dazu kam, daß Magnus von Braedratunga sagte, er sei den haßerfüllten Gewalttaten seitens hoher, mit ihm verschwägerter Würdenträger ausgesetzt, die im vergangenen Herbst ihm, dem rechtmäßigen Ehemann, die Frau weggelockt hätten, und er bat Gott, ihn gegen die Boshaftigkeit von Personen in hohen Ämtern zu stärken und ihrem hoffärtigen Vorgehen gegen einen armen, alleinstehenden Menschen Einhalt zu gebieten.

Hier konnte sich Snaefridur nicht mehr beherrschen und lachte laut. Die Frau des Bischofs sah sie verwundert an.

Du lachst, Schwester, sagte sie.

Wie könnte ich anders, sagte Snaefridur.

Es gelten immer noch strenge Gesetze im Land, sagte die Frau des Bischofs.

Vermutlich werden wir alle gerädert, sagte Snaefridur.

Es genügt, wenn Magnus einen Ehebruchsprozeß gegen vornehme Leute am Bischofssitz anstrengt, damit es für Knechte und Mägde und alles Landstreicherpack etwas zu lachen gibt. Wir müssen es alle ausbaden.

Snaefridur hatte aufgehört zu lachen, und als sie ihre Schwester ansah, merkte sie, daß die Frau von der schweren Last, sich freundlich geben zu wollen, befreit war. Und als Snaefridur keine Antwort gab, fragte sie:

Was soll ich glauben, deine Schwester, die Herrin in Skalholt.

Glaube das, was dir am glaubhaftesten vorkommt, gute Frau, sagte Snaefridur.

Diese Neuigkeiten trafen mich wie ein Donnerschlag, sagte die Frau des Bischofs.

Wenn ich dir etwas verheimlichen wollte, Schwester, würdest du nicht klüger werden, auch wenn du mich fragtest, sagte Snaefridur. So gut solltest du deine Familie doch kennen; und auch dein eigenes Geschlecht.

Ich bin die Hausfrau hier in Skalholt, sagte die Frau des Bischofs. Und ich bin deine ältere Schwester. Ich habe vor Gott und den Menschen das Recht und die Pflicht zu wissen, ob du zu Unrecht beschuldigt wirst oder nicht.

Ich dachte, wir und unsere Familie seien so vornehm, daß man etwas Derartiges nicht zu fragen brauche, sagte Snaefridur.
Glaubst du, ich wolle etwas anderes als deine und meine und unser aller Ehre, ob die Anschuldigungen nun wahr oder falsch sind? sagte die Frau des Bischofs.
Das ist neu, daß man hier in Skalholt von Magnus Sigurdssons Worten so viel Aufhebens macht, sagte Snaefridur.
Niemand weiß, worauf ein verzweifelter Mensch verfallen kann: Wir verstehen Trinker, wenn sie betrunken sind, aber nicht, wenn sie nüchtern sind, sagte die Frau des Bischofs. Doch wie soll ich mein Haus verteidigen, wenn ich nicht weiß, wo ich stehe, bevor Verhöre stattgefunden haben und Eide abgelegt worden sind.
Es ist einerlei, sagte Snaefridur, ob ich jetzt oder später ja oder nein schwöre, und das kannst du dir selbst sagen, Schwester Jorunn: Eine Frau schwört, wo es auch sein mag und gegenüber wem es auch sein mag, wider ihr besseres Wissen, wenn sie etwas verheimlichen will, das ihr teurer ist als die Wahrheit.
Gott sei mir gnädig, ich bin entsetzt darüber, wie du sprichst, ich bin immerhin die Frau eines Geistlichen.
Ragnheidur, die Tochter eines Bischofs, schwor am Altar im Angesicht Gottes.
Alles könnte ich dir über mich sagen, Schwester, und zwar unter Eid, Kleines und Großes, und ohne Ausflüchte, sagte die Frau des Bischofs. Wer aber ausweichende Antworten gibt und Wortspiele gebraucht, setzt sich dem Verdacht aus, daß er kein reines Gewissen hat, und so etwas darf zwischen Schwestern nicht geschehen, sondern sie müssen einander vertrauen und helfen, wenn es Schwierigkeiten gibt.
Es war einmal eine alte Frau, die starb an Gewissensbissen, sagte Snaefridur. Sie hatte vergessen, das Kalb zu füttern. Sehr wahrscheinlich hatte sie keine Schwester.
Das ist die Rede eines Spötters, liebe Snaefridur, sagte die Frau des Bischofs.
Ich mache mir wegen einer Tat, die ich begangen habe, Gewis-

sensbisse, sagte Snaefridur. Und sie war so schändlich, daß ich selbst meiner lieben Schwester nur andeutungsweise davon erzählen kann: Ich habe einem Menschen das Leben gerettet.
Du versteckst dich hinter leeren Worten, Snaefridur, sagte die Frau des Bischofs. Und jetzt bitte ich dich, nur eines zu sagen, wenn nicht deinetwegen und meinetwegen, dann unserer guten Mutter zuliebe und unserem Vater, der die Ehre des Landes aufrechterhält: Gibt es einen Anlaß für die Verdächtigungen derer, die uns übelwollen?
Im Herbst, sagte Snaefridur, kam ich bei Nacht hierher, Schwester, zu dir. Ich sagte, ich müsse mein Leben retten. Dabei war ich in jener Nacht in keiner größeren Lebensgefahr, als ich es fünfzehn Jahre lang in jeder Nacht gewesen war. Magnus ist zwar geschickt, aber er kann niemanden umbringen, zumindest nicht mich, wenn er betrunken ist. Ich zweifle nicht daran, daß er es seltsam fand, als er wieder nüchtern wurde, daß ich in diesem Herbst nach Skalholt ging und nicht in irgendeinem anderen Herbst; und vielleicht ist es das auch; ich weiß weder, wer ich bin, noch wo ich stehe, ich kann mir darüber nicht klarwerden, so sehr ich mich auch bemühe: Es gibt in mir keine Aufrichtigkeit. Es mag auch sein, obwohl ich mich nicht daran erinnere, daß ich mich die wenigen Male, die ich wichtige Dinge mit dem königlichen Kommissar zu besprechen hatte, allzulang bei ihm aufgehalten habe. Du weißt selbst, welch ein Meister er darin ist, unterhaltsame Gespräche zu führen, selbst mit ungebildeten Leuten, Männern wie Frauen. Und vermutlich war sein Schreiber dabei, während wir uns unterhielten, obwohl ich mich daran nicht mehr genau erinnern kann.
Wohl kaum, sagte die Frau des Bischofs, und es wurde ein etwas grober Zug um ihren Mund sichtbar: Weißt du denn nicht, daß aus dieser Familie die schlimmsten Schürzenjäger im Lande kommen?
Snaefridur wurde blutrot und ihre Gesichtszüge wurden einen Augenblick lang schlaff. Sie griff zu ihrer Handarbeit und sagte ein wenig leiser als zuvor:

Verschone mich mit vulgaribus, Bischöfin.
Ich kann kein Latein, liebe Snaefridur, sagte die Frau des Bischofs.
Dann schwiegen sie beide lange. Snaefridur sah nicht auf, sondern widmete sich ruhig ihrer Handarbeit. Schließlich trat ihre Schwester zu ihr, küßte sie auf die Stirn und war wieder freundlich.
Ich muß nur eines wissen, sagte sie, falls mein Mann zur Verantwortung gezogen wird für das Betragen derer, die in seiner Obhut stehen – und als sie das gesagt hatte, beugte sie sich zu ihrer Schwester hin und flüsterte: Wußte jemand davon?
Snaefridur sah ihre Schwester kalt und wie aus weiter Ferne an und antwortete langsam: Ich schwöre, es war nichts.
Wenig später brachen sie das Gespräch ab.
Bald darauf geschieht es eines Abends, daß Snaefridur zu vorgerückter Stunde etwas mit dem Kommissar besprechen muß, und unter anderem erwähnt sie dann ihm gegenüber auch den Brief, den er, wie sie gehört habe, von Magnus Sigurdsson bekommen hatte. Er sagte, es könne sein, daß er, seines Amtes wegen, sich eingehender mit dem Brief befassen müsse, meinte aber, solche Dokumente hätten keine Bedeutung, solange nichts geschehen sei.
Sie fragte: Ist denn nichts geschehen?
Nichts ist geschehen, solange es nicht bewiesen werden kann, sagte er.
Manchmal haben wir hier am Abend allein gesessen, sagte sie.
In alter Zeit waren die Menschen in Island keine Dummköpfe, sagte er. Sie führten zwar das Christentum ein; aber sie verboten den Leuten nicht, den heidnischen Göttern zu opfern – wenn es heimlich geschah. In Persien war es nicht verboten zu lügen, jeder, der wollte, durfte es tun, wenn er es so überzeugend tat, daß es ihm keiner nachweisen konnte. Wer aber so log, daß es herauskam, galt als Tor, und wenn er ein zweites Mal log, daß es entdeckt wurde, galt er als Schurke; überführte man ihn zum dritten Mal der Lüge, wurde ihm die

Zunge herausgeschnitten. Ähnlich waren die Gesetze derer, die über Ägypten herrschten, dort war es nicht nur erlaubt, sondern sogar löblich zu stehlen, doch wurde jemand beim Diebstahl selbst ertappt, sollten ihm beide Arme an den Schultern abgehackt werden.

Soll unsere flüchtige Bekanntschaft dann für ewige Zeiten mit einem Verbrechen verglichen werden? sagte sie.

Die lebhafte Munterkeit des Höflings war plötzlich verschwunden, und er antwortete dunkel:

Wann hat man menschliches Glück als etwas anderes als ein Verbrechen betrachtet oder es anders genossen als heimlich und in Widerstreit mit den Gesetzen Gottes und der Menschen?

Sie sah ihn lange an. Schließlich trat sie zu ihm und sagte:

Mein Freund, du bist müde.

Es war ziemlich spät, als sie sein Zimmer verließ, und schon längst alles still. Im Vorraum vor der Großen Stube ließ man nachts immer eine kleine Lampe brennen, falls jemand hinausgehen mußte, und so auch jetzt. Der Außentür gegenüber war im Vorraum eine andere Tür, durch die man in den Gang gelangte, der zur Vorratskammer und Küche und dann weiter zur Gesindestube führte; im Vorraum begann auch die Treppe ins Obergeschoß. Als nun Snaefridur aus der Großen Stube tritt und Arnaeus, der sie aus seinem Zimmer heraus begleitet hat, hinter ihr auf der Schwelle steht und ihr eine gute Nacht gewünscht hat, da sieht sie, daß der schwache Lichtschein auf ein Gesicht fällt, das in der Türöffnung zum Gang lauert. Der Mann in der Türöffnung bewegte sich nicht von der Stelle, obwohl er sie sah, sondern starrte sie an, bleich und mitgenommen, schwarz in den Augen, mit einem Schatten in jedem Zug seines Gesichts.

Sie sah einen Augenblick lang den Mann in der Türöffnung an und wandte sich dann rasch nach dem Assessor um, doch der flüsterte nur: sei vorsichtig. Sie tat, als ob nichts wäre, ging die wenigen Schritte von der Tür des Saales bis zur Treppe und stieg dann leise in ihre Kammer hinauf. Arnaeus schloß die Tür des Saales und kehrte in sein Zimmer zurück. Der Mann in der Türöffnung zum Gang zog seine Tür auch leise zu.

Und alles war still im Hause.

Vierzehntes Kapitel

Die Schuljungen hörten auf, sich zu balgen und blickten ihr wortlos nach, als sie in ihrem Mantel, mit kleinen Füßen und schlank, durch ihre Stube zum Domprediger hineinging.

Es lag Reif auf seinem Fenster. Er saß, über Bücher gebeugt, an seinem Pult und rief unwirsch deo gratias, als an seine Tür geklopft wurde; er sah jedoch nicht auf, als jemand eintrat, sondern las in Gedanken vertieft weiter. Sie blieb an der Schwelle stehen und starrte auf den häßlichen, hölzernen Christus über dem Pult, grüßte jedoch fröhlich, wenn auch mit Frömmigkeit: Gott gebe – einen guten Tag.

Beim Klang dieser Stimme sah er überrascht, beinahe bestürzt, auf. In gewisser Beleuchtung, so wie jetzt, nahmen seine schwarzen Augen die Farbe glühenden Feuers an. Er stand auf, verneigte sich vor ihr und machte ihr einen Platz in seinem Lehnstuhl zurecht; er selbst setzte sich zwischen sie und Christus, so daß er jedem von ihnen eine Gesichtshälfte zuwandte.

Das ist das erste Mal, daß einem ar – hm – armen Mann diese Ehre widerfährt, begann er, unvorbereitet auf diesen Besuch, weshalb er keine der gelehrten Phrasen zur Hand hatte, die von der Höflichkeit für solche Gelegenheiten gefordert wurden, sondern zu husten anfing.

Nein, sagt nicht, einem armen Mann, lieber Pfarrer Sigurdur, sagte sie. Ihr, die Euch alle diese vielen Höfe gehören. Aber es ist eine Schande, daß Ihr keinen Ofen habt, bei dieser Kälte; ich glaube, Ihr habt Euch schon erkältet. Außerdem ist das gar nicht das erste Mal: Ich war schon einmal bei Euch; zur Zeit Eurer seligen Frau, und sie schenkte mir Honig in einer Dose, ach, Ihr habt das sicher vergessen und habt Euch dieses schreckliche Bildwerk beschafft – sie seufzte bekümmert, während sie das Kruzifix betrachtete: Glaubt Ihr, es ist wahr, daß unser gesegneter Erlöser so gelitten hat.

In cruce latebat sola deitas
at hic latet simul et humanitas,

murmelte der Domprediger vor sich hin.
War das ein Vers! sagte sie. Ich habe das wenige, das ich in grammatica konnte, völlig vergessen. Doch ich weiß, daß deitas das göttliche Wesen und humanitas das menschliche Wesen bedeutet, und die beiden sollen einander feind sein, nicht wahr? Aber meint Ihr, man sollte als Buße immerfort das Ave-Maria beten, Pfarrer Sigurdur, oder es wie unser lieber Herr Luther machen, der eine gottesfürchtige Frau hatte.
Ich könnte besser antworten, wenn ich wüßte, mit welcher Absicht Ihr fragt, sagte der Domprediger. Ihr habt eben meine gute Frau erwähnt. Doch wenn ich diese Wunden betrachte, dann erfüllt mich Dankbarkeit gegen Gott für die Gnade, die er mir erwies, als er mich des menschlichen Trostes beraubte.
Macht mir nicht unnötig angst, lieber Pfarrer Sigurdur, sagte sie und wandte den Blick vom Christus dem Manne zu. Ihr habt immerhin noch ein wohlgenährtes Pferd; und Ländereien. Nennt mich jetzt Mademoiselle, wie früher, und seid mein Kamerad; und mein ewiger Freier.
Er zog seinen Mantel enger an sich und preßte die Lippen fester zusammen.
Kein Wunder, daß Euch kalt ist, Pfarrer Sigurdur, nicht einmal Euer Fenster taut auf.
Hm, sagte er.
Ihr müßt Nachsicht mit mir haben: Ich weiß, Ihr findet, daß ich lange brauche, bis ich mit meinem Anliegen beginne. Doch Ihr versteht, es ist schwierig, über seine menschliche Unzulänglichkeit mit einem Mann zu sprechen, der ständig Siege im Herrn erringt.
Ich glaubte einmal, ich sei dazu ausersehen, Euch eine Hand

zu reichen, Snaefridur, sagte er. Doch Gott hat seine eigenen Wege.

Sie fragte plötzlich: Warum habt Ihr vorgestern abend im Haus des Bischofs in der Tür zum Gang gestanden? Und warum habt Ihr mir nicht einen guten Abend gewünscht?

Es war spät, sagte er. Es war sehr spät.

Es war nicht zu spät für mich, sagte sie. Und Ihr wart jedenfalls noch auf den Beinen, auch wenn Ihr vielleicht schon müde wart. Ich dachte, Ihr würdet mich grüßen.

Ich sprach mit einer kranken Frau in der Gesindestube und wurde aufgehalten, sagte er. Ich wollte durch die Vordertür hinaus, doch die war verschlossen; deshalb kehrte ich um.

Ich erzählte gestern morgen sofort meiner Schwester davon. Was, glaubst du, denkt Pfarrer Sigurdur von dir, sagte sie. Ja, sagte ich, vermutlich glaubt er alle die häßlichen Lügengeschichten. Ich muß selber mit ihm sprechen.

Er sagte: Was die Leute glauben, ist unwichtig. Was Gott weiß, das allein ist wichtig.

Irgendwie habe ich keine Angst vor dem, was Gott weiß, sagte Snaefridur. Aber es ist mir nicht gleichgültig, was die Menschen glauben, am allerwenigsten, was Ihr glaubt, lieber Pfarrer Sigurdur, die Ihr mein Seelsorger und Freund seid. Es schmerzt mich, wenn ein vornehmer Mann wie Arnaeus wegen mir, einer armen Bettlerin, die sich am Bischofssitz aufhält, ins Gerede kommt. Deshalb ging ich vorgestern abend zu ihm in sein Zimmer und sagte zu ihm: Arnas, ist es nicht besser, wenn ich Skalholt verlasse und zu meinem Ehemann zurückkehre? Ich kann es nicht ertragen, daß Ihr unverschuldet meinetwegen verleumdet werdet.

Wenn Ihr mir etwas sagen wollt, dann bitte ich Euch, mir zu sagen, was in Eurem eigenen Herzen wohnt, wie Ihr es einst als junges Mädchen getan habt, und nicht die Worte, die Ihnen andere in den Mund gelegt haben, am allerwenigsten der Mann mit der gespaltenen Zunge einer Schlange, den Ihr vorhin nanntet.

Ihr, die Ihr Christus liebt, sagte sie, wie könnt Ihr einen Menschen hassen?
Christen hassen die Worte und Taten des Menschen, der sich dem Satan verschrieben hat. Den Menschen selbst bemitleiden sie.
Wenn ich nicht wüßte, daß Ihr einer der Heiligen seid, lieber Pfarrer Sigurdur, dann würde ich bisweilen glauben, daß Ihr eifersüchtig seid, und darauf könnte ich beinahe stolz sein, da ich doch schon bald ein altes Weib bin.
In gewisser Weise habe ich es Euch zu verdanken, Snaefridur, daß die Bitte der Seele um Kreuz und Wunden meine liebsten Worte geworden sind, fac me plagis vulnerari, fac me cruce inebriari.
Und dabei geschah es erst im vergangenen Sommer, daß Ihr an einem Tag, an dem der Mann nicht daheim war, zu einer verheirateten Frau kamt und ihr gleichsam einen Heiratsantrag machtet, sagte sie. Zumindest konnte sie Euch nicht anders verstehen, nachdem sie von dem, was Ihr sagtet, die Theologie und den Kanzleistil abgerupft hatte.
Ich verwahre mich dagegen, Madame, daß mein Besuch bei Euch im vergangenen Sommer in sündiger Absicht geschehen sei, sagte er. Sollten meine Gefühle für Euch früher einmal mit einem Verlangen sündhafter Natur vermischt gewesen sein, so ist inzwischen viel Zeit vergangen. Die Liebe der Seele zu einer anderen Seele ist es, was jetzt meine Gefühle für Euch beherrscht. Ich bete nur darum, daß die bösen Sinnestäuschungen, die Euch verblenden, verschwinden mögen. Liebe Snaefridur, ist Euch bewußt, welche fürchterlichen Worte Ihr vorhin ausspracht, als Ihr sagtet, Ihr hättet keine Furcht vor dem Auge Gottes, das Euch sieht? Oder habt Ihr nie versucht, Euch klarzumachen, wie sehr Gott Eure Seele liebt? Wißt Ihr, daß seine Liebe zu Eurer Seele so über alle Maßen groß ist, daß die ganze Welt dagegen nur ein Staubkorn ist? Und habt Ihr gleichzeitig bedacht, daß der Mensch, der seine Seele nicht liebt, Gott haßt. Meine teure Seele, meine liebe Seele, sagt unser guter Kirchenlieddichter, wenn er zu seiner Seele spricht, dessen eingedenk,

daß die Seele der Teil des Menschen ist, zu dessen Erlösung Gott in der Krippe geboren wurde und am Kreuz starb.
Pfarrer Sigurdur, sagte sie, wollt Ihr nur ein einziges Mal Eure großen theologischen Bücher beiseite schieben; wollt Ihr die Hand aufs Herz legen und einen Augenblick einem lebenden Menschen ins Gesicht sehen, statt den durchstochenen Holzfuß des Erlösers anzustarren, und mir candide eine Frage beantworten: Wer hat mehr gelitten für den anderen auf dieser Welt, Gott für die Menschen oder die Menschen für Gott?
So fragt nur der, der einen Hang zu großer Sünde hat. Ich bete darum, daß dieser Giftbecher, an dessen Boden sich der ewige Tod verbirgt, von Euch weichen möge.
Ich glaube, Ihr habt nicht die geringste Vorstellung davon, wie es um meine Verhältnisse bestellt ist, sagte sie. Ihr schürt das Geschwätz der Mägde und die Gerüchte über mich mehr aus bösem Willen als aus glaubhaften Gründen.
Dies sind harte Worte, sagte der Pfarrer.
Dennoch drohe ich Euch nicht mit dem ewigen Tod, was, wie man mir sagt, in Eurer Sprache die Hölle bedeutet, antwortete sie und lachte.
Sein Gesicht zitterte.
Eine Frau, die in der Nacht zu einem Mann geht, begann er, machte dann aber nicht weiter, sondern sah ihr blitzschnell ins Gesicht und sagte: Ich habe Euch fast auf frischer Tat ertappt. Das ist nicht mehr das Geschwätz von Mägden.
Ich wußte, daß Ihr das denken würdet, sagte sie. Ich bin gekommen, um zu sagen, daß Ihr Euch irrt. Und ich möchte Euch davor warnen, ihn zu verleumden. Sein Ruhm wird weiterleben, nachdem man längst aufgehört hat, über Euch und mich zu lachen. Er war bereit, sein Leben und sein Glück zu opfern, damit die Ehre seines armen Landes größer werden konnte. Nichts liegt einem solchen Manne ferner, als eine heimatlose Frau, die zu ihm kommt, um ihn um Hilfe zu bitten, zu verunehren.
Eine Frau, die in der Nacht zu einem Mann geht, hat nur eines im Sinn, sagte der Domprediger.

Wer die Gedanken nie von seinem erbärmlichen Fleisch losreißen kann, es sich gemalt an die Wand hängt in Gestalt eines Götzenbildes mit Gliedmaßen, die von Nägeln durchbohrt sind, oder sich mit Zitaten aus heiligen Büchern über dessen Lust verbreitet, der wird jenen nie verstehen, der sich mit Leib und Seele dem Dienst an wehrlosen Menschen und der Wiedergeburt seines Volkes verschrieben hat.
Der böse Feind pflegt die Frau in vielerlei Verkleidung und unter diesem oder jenem Vorwand zu sich zu locken; das erste Mal war es in Gestalt einer Schlange, um ihr einen Apfel schmackhaft zu machen. Er reichte ihr nicht selber den Apfel, sondern verführte sie mit Worten, so daß sie gegen Gottes Gebot den Apfel nahm. Es liegt nicht in seiner Natur, die schmutzige Tat zu begehen, denn wäre es so, würde der Mensch ungeschoren davonkommen, sondern er wird deshalb der Versucher genannt, weil er den Willen des Menschen dazu verlockt, ihm gefügig zu sein. In dem Buch De operatione daemonum, das hier aufgeschlagen liegt, wird dies mit Hunderten von Beispielen belegt, so etwa, wenn eine Jungfrau in ihrer Angst fragt, als Satan sie mit fleischlichen Gelüsten erregt hat und dann ihren Händen entschlüpft: Quid ergo exigis, sagt sie, carnale conjugium, quod naturae tuae dinoscitur esse contrarium, warum lockst du mich zu fleischlichem Umgang, wenn du selbst nicht aus Fleisch bist? – und er antwortet: Tu tantum mihi consenti, nihil aliud a te nisi copulae consensum requiro, du hast zum Umgang mit mir eingewilligt, und deine Einwilligung war das einzige, was ich wollte.
Als der Domprediger dieses Beispiel ausführlich in beiden Sprachen angeführt hatte, wollte die Besucherin nicht länger verweilen. Sie blickte den Mann eine Zeitlang mit jenem Ausdruck wortloser Verwunderung an, der an völlige Leere grenzt. Schließlich stand sie auf, lächelte wie aus weiter Ferne, verneigte sich und sagte zum Abschied:
Ich danke meinem guten Freund und Seelsorger herzlich – für diese lustige, schlüpfrige Geschichte.

In der Woche nach Ostern wurde in Skalholt eine Synode abgehalten, zu der auch die Verwalter von Klostergütern, die Administratoren und andere, die Kirchen in ihrer Obhut hatten, von überall her aus dem Südland kamen. Man sprach dort über Pachtzinsen und Pachtvieh, die Unterbringung von Aussätzigen und den Unterhalt von Spitälern, die Rückführung von Armen in ihre Heimatgemeinde, die gerichtliche Verfolgung von Pächtern der Kirche, die das lebende Inventar der Höfe aufaßen, die Bestattung von Leuten mit unbekanntem Wohnsitz, die auf Wegen im Gebirge den Geist aufgaben, manchmal in ganzen Gruppen; nicht zu vergessen das alljährliche Bittgesuch an den König wegen des Mangels an Meßwein und des Fehlens von Angelschnüren, wobei letzteres es den Menschen etwa genauso schwer machte, von den Fischplätzen der Kirchen aus Fische zu fangen, wie ersterer es erschwerte, auf dem Meer der Gnade zu fischen; und damit ist nur ein geringer Teil dessen aufgezählt, mit dem sich Geistliche auf ihren Versammlungen befassen müssen. Und am Schluß der Zusammenkunft, nach drei Tagen, steigt der Bischof inmitten seiner Pfarrer auf die Kanzel und schärft ihnen noch einmal die Hauptlehren des wahren Glaubens ein, mit Worten, die alle gerne hörten und niemanden überraschten. Man war reisefertig. Schließlich wurde ein Choral gesungen, Dein Geist verleih uns allen Kraft, für unterwegs.
Da geschieht es, in der letzten Strophe des Liedes, daß sich der Domprediger Pfarrer Sigurdur Sveinsson von seinem Platz erhebt, am Eingang zum Chor Aufstellung nimmt und dort regungslos und mit ernster Miene wartet, bis man zu Ende gesungen hat. Dann zieht er einen geöffneten Brief aus seinem Talar, glättet ihn sorgfältig und hält ihn zitternd vor sich hin. Dann erhebt er nach dem heiseren Gesang in der kalten Kirche seine Stimme und erklärt, daß er sich nicht der Bitte eines seiner Gemeindemitglieder widersetzen könne, eines angesehenen und liebenswürdigen Ehrenmannes, der an diese Versammlung geschrieben und den Brief ihm zur Besorgung anvertraut habe; er halte es um so mehr für seine und ihrer aller

Pflicht, der Bitte nachzukommen, als der Briefschreiber nichts unversucht gelassen habe, um eine näherliegende Bereinigung seiner Angelegenheit zu erreichen.

Er begann nun, in salbungsvollem Ton ein langes, äußerst wirres Schreiben mit seltsam geschraubten Worten und verschachtelten Sätzen vorzutragen, und den Zuhörern blieb lange verborgen, um was es eigentlich ging. Nach einer längeren Lesung über das Lob guter Sitten und einer Beschreibung des richtigen Verhaltens des höheren Standes, dessen sich vor allem die Diener Christi, dem gemeinen Volk zur Nachahmung, befleißigen müssen, wurde auf die entsetzlichen und traurigen Beispiele hingewiesen, die sich jetzt im Lande zutragen, insbesondere unter hochstehenden Personen, sowohl männlichen wie weiblichen, und die von der Geistlichkeit verschleiert und verschwiegen werden, obwohl sie die Sitten des gemeinen Volkes, also die mores, wie man im Buch von den sieben Worten Christi lesen kann, völlig zugrunde richten – so ging es endlos weiter.

Zunächst war nicht zu übersehen, daß einige Männer die Augen aufrissen, den Mund öffneten und das Kinn vorstreckten, und alte, schwerhörige Pfarrer hielten sich die Hand ans Ohr. Als jedoch dieser Wortschwall noch lange so weiterging und man nirgends einen Lichtblick erkennen konnte, stumpften die Leute ab, und ihre Gesichter bekamen das Aussehen von getrockneten Fischköpfen. Doch schließlich kam es so weit, daß der Briefschreiber wieder mit den Zehen die Erde berührte, und nun begann er, jenes entsetzliche und traurige Beispiel, das ihn am meisten bewegte, auszumalen, da seine Ehefrau Snaefridur Björnsdottir sich im vergangenen Herbst hatte dazu verleiten lassen, ihr Haus zu verlassen. Dann wiederholte er mit großem rhetorischen Aufwand die Geschichte, die er schon zuvor immer wieder erzählt hatte, wenn sich die Gelegenheit dazu bot, von der Abreise der Frau, dem Gerede über ihre frühere Bekanntschaft mit Arnas Arnaeus und dem jetzt umgehenden neuen Gerücht, daß sie in Skalholt sträflichen, wenn auch heimlichen, Umgang miteinander pflegten, seine Versuche, hohe Personen am Bischofssitz dazu zu bewegen, zwischen ihm und ihr zu vermitteln und sie zu überreden, wieder nach Hause zurückzukehren, des weiteren davon, daß besagte Versuche auf taube Ohren gestoßen waren. Dann berichtete der Autor des Briefes, daß man die Hunde auf ihn hetzte und ihm drohte, ihn zu verstümmeln, als er das letzte Mal versuchte, in Skalholt seine Nöte zu Gehör zu bringen. Er sagte jedoch, er sei davon überzeugt, daß diese Drohungen nicht von der Herrschaft in Skalholt herrührten, sondern hege den begründeten Verdacht, daß sie auf jene zurückgingen, die sich im Augenblick am Bischofssitz wichtiger vorkämen als die Herrschaft. Nun sei es die Bitte des Schreibers, unter Klagetränen vorgebracht, daß diese ehrwürdige Synode Schritte unternehmen möge, um das mehrfach erwähnte, tadelnswerte Lotterleben seiner Frau in Skalholt zu beenden und ihn, den Ehegatten, dabei zu unterstützen, sie aus dem Sumpf herauszuziehen, in den sie vor den Augen Gottes und christlicher Menschen gefallen war. Der Brief schloß mit wiederholten Zitaten aus dem Buch von den sieben Worten Christi und verschnörkelten theologischen Abschiedsfloskeln, in denen alle Angehörigen der Dreieinigkeit in ein Gebet für die Stärkung guter Sitten eingeflochten wurden, und dann Amen, Amen, Magnus Sigurdsson.

Es war völlig unmöglich, an der Miene der Männer, die in der Kirche saßen, abzulesen, was sie von diesem Dokument hielten; ihre wettergegerbten Gesichter erinnerten an Gesteinsformationen im Gebirge, die menschliche Züge angenommen haben, doch entweder mit einem zu langen Kinn oder mit einer zu großen Nase oder mit einem fürchterlichen Haarschopf, doch aus demselben Blickwinkel betrachtet unveränderlich, ob die Sonne scheint oder ob ein Unwetter tobt.

Der Domprediger steckte den Brief in die Tasche seines Talars und verließ seinen Platz am Eingang zum Chor. Der Gottesdienst war zu Ende; die Leute standen auf; einige junge Kapläne sahen verstohlen nach den Gesichtern ihrer Vorgesetzten, doch ihre Blicke wurden nicht erwidert. Draußen, auf

den Stufen vor dem Portal zur Kirche, fingen sie dann an, von weniger ernsten Dingen zu sprechen.
Als Arnaeus berichtet wurde, was vorgefallen war, schickte er sofort seinen Schreiber zum Domprediger und ließ ihn eine Abschrift von Magnus Sigurdssons Brief anfertigen. Er las ihn dann seinen Leuten laut vor und machte sich lustig darüber. Doch noch am selben Tag schickte er einen Boten zum Amtmann Vigfus in Hjalmholt und ließ gegen den Verfasser des Briefes Klage erheben. Er gab seinen Männern Anweisung, bis zum nächsten Morgen ihre Sachen zu packen und beschlagene Pferde zu besorgen.
Die Tage waren jetzt schon wieder lang, doch es wehte ein eisiger Wind, wie so oft im Spätwinter.
An einem kalten, klaren Tag stehen zahlreiche Pferde auf dem Hofplatz, einige zum Reiten gesattelt, andere mit Tragsätteln. Das Gepäck des Wintergastes wurde hinausgetragen, eine Pferdelast nach der anderen, und auf die Packpferde gehoben. Ziel der Reise war der Hof des Königs in Bessastadir.
Als letzter trat Arnaeus selbst aus dem Haus, er trug einen dicken, russischen Pelz und hohe Stiefel. Er umarmte das Bischofspaar draußen vor der Tür, stieg dann auf eine weiße Stute, rief seinem Schreiber zu, er solle dicht bei ihm bleiben, und ritt zum Hof hinaus. Seine beiden Zimmer hinter der Großen Stube waren leer. Die Große Stube war leer. Eine Magd kam herein und räumte den Tisch ab. Es roch immer noch nach Braten im Haus. Es war immer noch ein wenig Rotwein in seinem Becher, denn er hatte nicht ausgetrunken.

Fünfzehntes Kapitel

Königlicher Majestät commissarius und außerordentlicher Richter in besonderen Sachen, Arnas Arnaeus, lädt Euch, edler und wohllöblicher Herr Richter Eydalin, zum 12. Juni dieses Jahres nach Thingvellir an der Öxara vor, damit Ihr Euch dort vor meinem und meiner Beisitzer Gericht verantwortet für einige Eurer alten und neuen Urteile und Gerichtsbeschlüsse, videlicet verschiedene Todesurteile, gefällt wegen Diebstahl, Unzucht, characterum Anwendung, et cetera; lange Bremerholmstrafen, Auspeitschungen, das Brandmarken und Verstümmeln armer Menschen für unzureichend begründete Verbrechen, insbesondere Vergehen gegen den Handel, wie etwa Schleichhandel, Geschäfte mit ausländischen Fischern und außerhalb des Handelsbezirks, solange diese Einteilung gültig war, sowie wegen Widerspenstigkeit von Pächtern bei der Ableistung der von Grundbesitzern allgemein und vom Lehnsherrn im besonderen auferlegten Frondienste. In generali wird Euch vorgeworfen, daß Ihr bei zu vielen Eurer Amtshandlungen zu hart gegen Arme vorgegangen seid, so daß es, seit Ihr das Amt des Richters ausübt, für den gemeinen Mann moxen unmöglich geworden ist, sein Recht gegen Reiche zu erlangen, und völlig ausgeschlossen, wenn die Kirche, der Kaufmann oder die Krone die Gegenseite ist. Einige Eurer Urteile scheinen nicht nur gegen die Gerechtigkeit gefällt worden zu sein, sondern auch ganz und gar sine allegationibus juris vel rationum. Nun ist es der Wille unseres Landesvaters und allergnädigsten königlichen Majestät, deutlich zum Ausdruck gebracht in meinem Bestallungsbrief, daß solche Urteile einer Prüfung unterzogen werden sollen, und mir ist von der Majestät befohlen, Gericht zu halten über jene Beamten, die im Verdacht stehen, gegen die Gesetze und ihre rechte Anwendung verstoßen zu haben; die Urteile aufzuheben, die eher deshalb gefällt worden zu sein scheinen, damit der Name des Richters von den Mächtigen mit Wohlgefallen genannt werde, als um menschlicher Gerechtigkeit und den Gesetzen des Landes, wie sie von unseren Vätern angenommen wurden, Genüge zu tun; und schließlich die Beamten, die für schuldig befunden werden, zur Verantwortung zu ziehen.

Dann wurden Beispiele angeführt und die Anklagepunkte aufgezählt.

Obschon die gerichtlichen Maßnahmen, die Arnaeus im vergangenen Frühjahr gegen die Kaufleute ergriffen hatte, kein geringes Aufsehen im Lande erregt hatten, war das gar nichts im Vergleich zu der Nachricht, daß der königliche commissarius in diesem Frühjahr begann, gegen verschiedene der höchsten Würdenträger im Lande vorzugehen, und diese Aktion dadurch krönte, daß er sogar gegen den Richter selbst eine solche Anklage erhob.

Jorunn, die Frau des Bischofs, sucht an einem Tag im Frühling ihre Schwester auf und reicht ihr wortlos zwei Briefe, eine Kopie der Anklage Arnaei gegen ihren Vater und einen Brief von ihrer Mutter.

Snaefridur las die Anklage sorgfältig Punkt für Punkt durch. Einer davon war, daß ihr Vater zur Rechenschaft gezogen wurde für einen Vertrag oder Kontrakt, der im Gericht auf dem Althing mit dem wegen Mordes zum Tode verurteilten Jon Hreggvidsson von Rein geschlossen wurde; mit diesem Vertrag wurde vereinbart, daß dieser Jon unbehelligt im Nachbarbezirk des Richters, der ihn verurteilt hatte, wohnen durfte, wenn er sich verpflichtete, die Vorladung des Obersten Gerichts wegen des vorgenannten Urteils, die er in einem königlichen Brief aus Kopenhagen mit nach Island gebracht hatte, nicht verlesen zu lassen.

Darauf überflog Snaefridur den Brief ihrer Mutter, der an Jorunn gerichtet war.

Nachdem die Madame in Eydalur mit ein paar einleitenden Worten in gebührender Weise den Herrn für ihre Gesundheit gepriesen hatte, die an Leib und Seele so gut war, wie man es erwarten konnte, trotz fortschreitenden Alters, wandte sie sich gleich der drohenden Wolke zu, die jetzt über dem friedsamen Haus des Ehepaars an ihrem Lebensabend aufzog. Sie sprach von dem Lohn, der jetzt dem Richter Eydalin, ihrem Gespons, für seinen langen und uneigennützigen Dienst für sein Vaterland und die königliche Majestät zugedacht sei, da ihn jetzt ein Unbekannter aufgrund der Aussagen von Schurken vor ein Gericht von irgendwelchen Trunkenbolden zerren wolle, um zu versuchen, ihm dort seine Ehre und sein Ansehen abzuerkennen oder den altersschwachen Mann vielleicht in des Königs Eisen und Arbeit zu schicken. Aber trotz dieses schändlichen Plans machte sich die alte Dame keine Sorgen über den Ausgang der Sache. Sie sagte, diejenigen, die bisher ein ehrliches Leben geführt hätten, ließen sich nicht schrecken oder entmutigen, auch wenn einheimische oder ausländische Glücksritter mit seltsamen Schriftstücken aus Kopenhagen in der Hand auftauchten; solche Gäste habe es auch schon früher gegeben, doch das Glück dieses Landes hatte sich stets als stärker erwiesen als die umherstrolchenden Schurken, und so werde es auch heute sein. Die Schutzgeister des Landes würden jetzt genausowenig wie früher davon ablassen, die Führer des Landes zu beschirmen, sondern sie in ihrem Unglück stärken und stützen wie eh und je, ihr Gedeihen fördern und sie zu gegebener Zeit erhöhen und die Gewalt der Feinde zunichte machen.

Dagegen hegte die betagte Dame größere Furcht davor, daß diejenigen, die uns durch Bande des Blutes und Liebe des Herzens am nächsten stehen, durch ihren Lebenswandel unnötigen falschen Gerüchten unter den gemeinen Leuten Nahrung geben können, wie sie ihr, was sie nicht leugnen wolle, über ihre arme, leidgeprüfte Tochter Snaefridur zu Ohren gekommen seien, der jetzt unterstellt werde, daß sie eine entwürdigende Beziehung zu einer gehaßten Person unterhalte. Gewiß liege dem Richterpaar nichts ferner, als dem schriftlichen oder mündlichen Gewäsch eines Trinkers wie Magnus Sigurdsson Glauben zu schenken, doch hier kam es nicht auf den Wahrheitsgehalt an: Dem Ansehen einer vornehmen Frau schadete es immer, wenn sie beim gemeinen Volk ins Gerede kam. Sie sagte, ihre Tochter habe das Unglück mit einer Missetat gesattelt, indem sie sich dorthin begeben habe, wo es Anlaß geben konnte, wahr oder erlogen, sie eines Verhältnisses mit dem Verleumder ihres Vaters zu verdächtigen, jenem Manne, der für sein Vaterland ein ebenso großes Unglück sei wie die endlosen Hungerwinter und die feuerspeienden Berge. Sie sagte, sie leide so mit ihrer schwergeprüften Leibesfrucht, daß sie keine Linderung finden könne, bevor sie nicht die volle Wahrheit über diese Angelegenheit erfahren habe, und sie bat Jorunn, ihr alles ohne Umschweife zu schreiben, bot schließlich an, Pferde und Begleiter für Snaefridur zu schicken, falls sie nach Westen in den Breidafjördur reiten wolle, und schloß für diesmal, indem sie ihren beiden Mädchen das gleiche wünschte, ob die Sorge drückt oder das trügerische Glück dieser Welt lächelt, mit der Bitte um Vergebung für dieses tränenreiche, hastig hingeworfene Schreiben, Deine getreue, aufrichtige Mutter.

Snaefridur sah lange aus dem Fenster. Auf der Erde lag kein Schnee mehr, und auf dem Wasser taute das Eis.

Nun, sagte ihre Schwester, die Frau des Bischofs.

Die jüngere Schwester kam wieder zu sich, ihr Blick fiel auf den Brief ihrer Mutter, der offen auf dem Tisch lag, und sie schnipste ihn mit den Fingern der älteren Schwester auf den Schoß.

Das ist der Brief unserer Mutter, sagte die Frau des Bischofs.

Wir aus dem Geschlecht der Dichter kennen unsere Briefe, sagte Snaefridur und lächelte.

Hast du denn nicht einmal ein Wort des Mitleids für unseren Vater, fragte die Frau des Bischofs.

Es scheint, als habe unser Vater etwas getan, das ihn auf seine alten Tage teuer zu stehen kommen wird, sagte Snaefridur.

Soll ich nun auch noch zuhören, wie du schlecht über ihn sprichst, Schwester?

Sehr schlecht, sagte Snaefridur: Er hat Töchter in die Welt gesetzt.

Der Reisende, der den Brief überbracht hatte, wollte früh am nächsten Morgen wieder ins Westland aufbrechen.

Was soll ich schreiben, fragte die Frau des Bischofs.

Ich lasse grüßen, sagte Snaefridur.

Ist das alles?

Sag unserer Mutter, ich sei eine verheiratete Frau in Braedratunga und werde nicht ins Westland reiten. Hingegen werde ich am zwölften Juni meinem Vater in Thingvellir an der Öxara zur Seite stehen, wenn er es will.

Am selben Tag nahm sie das, was sie gewebt hatte, vom Webstuhl, rollte ihre Teppiche zusammen und packte die Sachen ein, die sie im Herbst mitgebracht hatte; für diese Arbeit brauchte sie etwa genauso lange, wie Jorunn, die Frau des Bischofs, brauchte, um ihre Briefe zu schreiben.
Nun denn, Schwester, sagte Snaefridur. Jetzt nimmt der Besuch für diesmal ein Ende. Ich danke dir für den Winter: Du bist eine gastfreundliche Frau. Küsse den Bischof an meiner Stelle und sage ihm, daß er meinetwegen nicht zur Verantwortung gezogen werden soll. Dann weiß ich, daß du mir Pferde und Begleiter leihst für den kurzen Weg über das Tungufljot – nach Hause.

Sechzehntes Kapitel

Es war lange her, daß die Gebäude in Braedratunga in so gutem Zustand waren. Den ganzen Winter über hatte Magnus das Holzwerk im Haus ausgebessert, manchmal zusammen mit einem anderen Handwerker; sobald im Frühjahr der Frost aus der Erde war, ließ er Leute kommen, um mit ihnen die Wände instand zu setzen. Nun mußte nur noch der Eingang in Ordnung gebracht werden. Sie sahen, daß von unten am Fluß, wo die Fähre nach Skalholt anlegte, sich Reiter näherten, und Magnus, der gute Augen hatte, erkannte sogleich, wer es war, stieg von der Wand herunter, wo er Torfsoden aufgeschichtet hatte, ging ins Haus, wusch sich eilends, zog ein sauberes Hemd und neue Hosen an, kämmte sich die Haare und ging dann hinaus. Da ritt seine Frau auf den Hofplatz.
Willkommen zurück von deiner Reise, liebe Snaefridur, sagte er und hob sie vom Pferd, küßte sie und führte sie ins Haus.
Ihre Stube im Obergeschoß war so, wie sie sie verlassen hatte, nur daß dort, wo es bei dem Regenwetter im vergangenen Herbst getropft hatte, das Dach repariert und die Holzverschalung ausgebessert waren; man hatte ein neues Fenster eingesetzt, und es roch nach frisch gehobeltem Holz. Der

Fußboden war weißgescheuert. Sie hob die Bettdecke, und darunter lagen die schneeweißen Leintücher mit unberührten Falten, die Bettvorhänge waren gelüftet und ausgeschüttelt worden, so daß die Bilder darauf stärker hervortraten; und man hatte die Bemalung der Truhe mit einem feinen Pinsel nachgezogen, damit die Blumen deutlicher wurden. Snaefridur küßte ihre Ziehmutter Gudridur.

Ich habe von Madame, meiner Hausherrin, noch keine Anweisung erhalten, dieses Kämmerchen nicht mehr zu scheuern, sagte sie würdevoll.

Die Hausfrau ließ ihr Gepäck hereinbringen, öffnete Truhe und Kommode und legte ihr Silber und ihren anderen Schmuck, ihre Handarbeiten und Kleider hinein. Noch am selben Tag richtete sie ihren Webstuhl her, um eine Altardecke für die Domkirche anzufertigen, in frommer und dankbarer Erinnerung von einer Frau, die fortgegangen und in Skalholt zu Gast gewesen, doch nun wieder nach Hause zurückgekehrt war.

Kein Mensch verstand sich so gut auf die Kunst des Bereuens wie Magnus Sigurdsson in Braedratunga, und keiner verstand besser die Reue anderer. Er erwähnte das, was geschehen war, mit keinem Wort. Keiner von beiden bat für irgend etwas um Verzeihung. Es war, als sei nichts geschehen. Er lag stundenlang schweigend in ihrer Kammer und sah sie fügsam, gerührt und zerknirscht an. Er war wie ein Kind, das in eine Pfütze gefallen ist und dafür Hiebe bekommen hat, schon längst des Weinens müde und wieder ruhig, seine Ruhe verklärt und tief.

Wenige Tage nach ihrer Heimkehr schickte sie einen Mann zu Signor Vigfus Thorarinsson in Hjalmholt und ließ ihm bestellen, daß sie mit dem Amtmann sprechen müsse. Und es dauerte nicht lange, da streckte dieser alterprobte gute Freund vornehmer Damen sein langes Gesicht zur Tür herein, mit der breiten Oberlippe und den über Kinn und Wangen verstreuten grauen Stoppeln, den schwarzen, buschigen Brauen und durchsichtig grauen Augen, die in ihrer Feuchtigkeit schwammen. Er küßte die Hausfrau herzlich, und sie bat ihn, Platz zu nehmen, und fragte, ob es Neuigkeiten gebe.

Er sagte: Ich habe das Fohlen wieder mitgebracht.
Sie fragte, welches Fohlen.
Er sagte, er verstehe sich zwar nicht darauf, Geschenke für vornehme Damen auszuwählen, doch hätten es ihre Ahnfrauen nie als Schande betrachtet, ein Reitpferd von einem guten Freund anzunehmen.
Da erinnerte sie sich wieder an das Pferd, das er beim letzten Mal hier, am Pferdestein auf dem Hofplatz angebunden, zurücklassen hatte, und dankte ihm für das Geschenk, sagte aber, sie habe geglaubt, dieses Pferd sei geschlachtet und als milde Gaben an Bettler verteilt worden, als im letzten Jahr so große Hungersnot herrschte.
Er sagte, das Pferd stamme aus dem Westland, vom Breidafjördur, und sei im letzten Jahr von den Weiden in Braedratunga weggelaufen und dann wieder zu ihm gebracht worden, da sonst niemand von dem Geschenk gewußt habe, und er sagte, er habe das Tier den Winter über mit seinen Reitpferden gefüttert; vielleicht könne sie es jetzt im Frühjahr brauchen?
Sie sagte, es sei eine große Aufmunterung für eine arme Frau, den Schutz eines solchen Ritters zu genießen, meinte aber, sie wolle jetzt fürs erste nicht mehr über Pferde sprechen, es sei an der Zeit, daß sie ihr Anliegen vorbringe.
Da war zuerst die gute Tat zu nennen, die sein Schwiegersohn Jon von Vatn im letzten Jahr ihrem Ehemann Magnus hatte zuteil werden lassen, als er ihm Braedratunga nicht nur abgekauft, sondern dafür auch mit barem Geld bezahlt hatte, während andere sich einen Spaß daraus machten, dem Bauern sein Eigentum für Branntwein abzuluchsen oder mit Wetten, Würfelspiel und anderen Schlichen, mit denen man wehrlose Menschen leicht betrügen kann. Das Weitere brauchte sie dem Amtmann nicht darzulegen, er wußte selbst am besten, wie sie sich dann auf dem Althing über den Hof geeinigt hatten, er und ihr Vater. Sie wußte nur, daß ihr der Hof von ihrem Vater mit einer gesetzmäßigen Schenkungsurkunde übertragen worden sei, und dieses Dokument hatte sie in Händen. Im Herbst geschah dann das, was allgemein bekannt war, nämlich daß sie

ihren Mann verließ, und zwar mit dem unausgesprochenen Vorsatz, daß sie nur dann wieder nach Hause zurückkehren würde, wenn sie ganz sicher sein könne, daß Magnus die Angewohnheiten abgelegt habe, die das Zusammenleben erschwerten. Nun war sie länger als ein halbes Jahr in Skalholt gewesen und wußte aus verläßlicher Quelle, daß Magnus während dieser ganzen Zeit nicht ein einziges Mal in seine alte Gewohnheit zurückgefallen war, und so sei sie nun wieder nach Hause gekommen, dazu entschlossen, den Faden wiederaufzunehmen, in der Hoffnung, daß ihr Ehemann ein neues Leben begonnen habe. Sie hatte deshalb an den Amtmann die Bitte, die Vereinbarung vom vergangenen Jahr, daß Magnus Sigurdssons Herrenhof, väterliches Erbe und lehensfreier Grundbesitz, ihr allein gehören sollte, umzustoßen, und wollte, daß der Hof ihrem Mann zur vollen Verfügung übertragen werde, wie es beim Eigentum von Ehepaaren üblich war, wenn keine besonderen schriftlichen Vereinbarungen bestanden.
Signor Vigfus Thorarinsson schloß brummend die Augen, wiegte sich ein wenig vor und zurück und strich sich mit der knochigen Hand übers Kinn.
Ich muß sagen, liebe gnädige Frau, sagte er schließlich, wiewohl Richter Eydalin und ich bei Thingversammlungen nicht immer das Glück hatten, einer Meinung zu sein, so bin ich doch keine Ausnahme unter den Beamten, die mit ungeteilter Reverenz auf unseren guten Freund und Vorgesetzten schauen, der vor zwanzig Jahren als bettelarmer Amtmann in einem schlechten Bezirk das Richteramt übernahm und jetzt zu den reichsten Männern des Landes gehört, nachdem er mehr Ländereien zu vorteilhafteren Bedingungen von der Majestät erworben hat als irgendein anderer, nicht zum Bischof geweihter Isländer. Und da Euer Liebden sich jetzt dazu herabgelassen haben, mich zu sich zu rufen, so möchte ich ihr einen guten Rat geben dürfen, und zwar den, daß sie mit ihrem ausgezeichneten, wohlgelehrten Vater spreche, ehe sie die Vereinbarungen, die vergangenen Sommer unter seiner Hand bezüglich dieses Hofes getroffen wurden, umstößt.

Sie sagte, sie wolle in dieser Sache nichts mit ihrem Vater zu tun haben, zumal sie schon seit längerer Zeit kein Schoßkind mehr sei. Und daß er sich im vergangenen Sommer der Sache angenommen hatte, war zweifellos vor allem darauf zurückzuführen, daß er wußte, daß man ihm den Vorwurf machte, er weigere sich schon seit fünfzehn Jahren, die Mitgift seiner Tochter auszuzahlen.
Da fragte der Amtmann, ob ihr viel daran gelegen sei, daß diese Angelegenheit erledigt wurde, ehe man im Frühjahr in Thingvellir zusammentreffe.
Sie sagte, so sei es.
Da begann Vigfus Thorarinsson mit der gleichen Geschichte: Gefährliche Strömungen näherten sich dem Land, in Dänemark grassierten die Pocken, und die Macht der vornehmen Geschlechter in jenem Land war gebrochen, wogegen Neureiche und Emporkömmlinge die Alleinherrschaft verteidigten, und damit Macht über den König besaßen, und nach dieser Pfeife werde man auch hier in Island tanzen; Verrat lag in der Luft, wie es in alten Schriften hieß, und nun war es so weit gekommen, daß keiner wisse, was dem Land bevorstehe. Es war eine der Neuerungen dieser Zeit, daß jetzt Klagen gegen hohe Beamte angestrengt wurden, und jeder, der den Abgesandten der Krone ein Härchen krümme, gefährde sein Leben und seine Ehre. Er sagte, eine solche Klage wegen Verleumdung des königlichen Kommissars sei bei seinem Gericht erhoben worden, und es werde eine schnelle Entscheidung verlangt. Aber, sagte er, da die Tugendhaftigkeit meiner Freundin, der Tochter des Richters, so groß ist, weiß ich, daß die Anschuldigungen, die ihr Ehemann am Eingang zum Chor in der Kirche in Skalholt hat verlesen lassen, nie bewiesen werden können. Und deshalb hat sich der Bauer von Braedratunga einer hochgestellten Person gegenüber sehr schuldig gemacht.
Da sagte Snaefridur: Da habt Ihr den Kern der Sache getroffen, lieber Amtmann: Ich möchte, daß die Urkunde ausgefertigt wird und Magnus den Hof Braedratunga zur vollen Verfügung übertragen erhält, bevor ein Urteil in seiner Ver-

leumdungssache fällt, nicht nur auf dem Althing, sondern auch im Bezirk vor Eurem Gericht. Ich will, falls mein Mann seiner Worte wegen zum Verlust von Gut und Geld verurteilt wird, daß es dann einen wohlhabenden Mann trifft und keinen Habenichts.
Er sagte, sie müsse wissen, was sie tue, meinte aber, er werde ihr Reitpferd noch einmal mitnehmen und es füttern lassen, bis der Sommer näher gerückt sei. Dann wurde Magnus Sigurdsson gerufen und im Beisein von Zeugen wieder zum gesetzmäßigen Eigentümer des Hofes Braedratunga gemacht, der Amtmann aber verabschiedete sich mit einem Kuß und ging.
Es war Frühling in Island, jene Zeit zwischen Heu und Weidegras, da das Vieh am häufigsten verhungert. Die Landstreicher waren schon wieder im Südland unterwegs, die zwei ersten waren bereits tot auf dem Landeyjasandur gefunden worden, ein Mann und eine Frau, sie hatten sich im Nebel verirrt. Vögel wiesen den Weg zu den Leichen.
Der Bauer von Braedratunga war jeden Tag früh auf den Beinen und weckte seine Leute. Er ließ flache Steine heranschaffen, denn der ganze Hofplatz sollte bis in den Hauseingang hinein gepflastert werden, und er hatte den Hausflur fast völlig abreißen lassen, so daß es keinen anderen Zugang zum Haus gab als das Loch an der Rückseite der Küche, durch das man Torf und getrockneten Mist hereinholte und Asche hinauswarf. Eines Morgens, als der Bauer seit Tagesanbruch eifrig gearbeitet hatte, geschah es, als es auf neun Uhr zuging, daß er plötzlich Lust bekam, seine Pferde zu sehen, und sie holen ließ. Er fand, daß sie abgemagert seien, sie könnten nicht einmal eine Ladung Heu tragen, und er sagte, zwei sollten beschlagen werden und auf der Hauswiese weiden und Milch bekommen. Die Frau aus den Dalir brachte der Tochter von Madame, ihrer Hausherrin, diese bedenkliche Nachricht.
Hat man etwas von Schiffen gehört? fragte Snaefridur, und richtig, es hieß, in Keflavik sei ein Schiff eingelaufen.
Was wird wohl meine Madame, Gott segne sie, sagen, wenn sie erfährt, daß man das bißchen Milch, das ich für die Leute

gespart habe, damit sie den Winter überstehen, jetzt den Pferden geben soll, sagte die Frau aus den Dalir.
Der Erbhofbauer in Braedratunga ist ein Mann von vornehmer Abstammung, und es schickt sich nicht, daß er magere Pferde hat, sagte Snaefridur.
Daraufhin wurde den Pferden Milch gegeben.
Am Abend beklagte sich der Bauer im Beisein seiner Frau ärgerlich darüber, daß ein nicht näher bestimmtes Lumpenpack, wie er es nannte, ihm eine Kupferstange gestohlen habe, die er in seiner Schmiede aufbewahrt hatte. Aus diesem Kupfer hatte er nämlich einen Ring für die neue Haustür machen wollen. Nun mußte er deshalb ins Ölves hinunterreiten, zu einem seiner Bekannten, der Kupfer hatte, um sich mit ihm gut zu stellen.
Snaefridur sagte: Jetzt wohnen wir schon über fünfzehn Jahre hier, und es ist uns nicht schlechter ergangen, als die Erfahrung zeigt, ohne daß wir jemals einen Eisenring an der Tür gehabt hätten, von Kupfer ganz zu schweigen.
Ich weiß gut, daß du hinausgefunden hast, sagte er.
Und du herein, sagte sie.
Tags darauf stutzte und striegelte er seine Pferde. Er fand, daß die Pflastersteine im Hof nie richtig lagen und ließ sie immer wieder herausreißen. Er befahl den Leuten, durch das Loch in der Küchenwand zu kriechen. Die Frau aus den Dalir sagte, daß nur im Südland die vornehmen Herren durch das Mistloch an ihren Häusern kröchen. Der Junker sagte, das sei nicht so wichtig, da es sich nur um sie handle, ihm sei es gleichgültig, wenn sie und ihresgleichen durch Löcher in den Wänden kriechen müßten. Gegen Abend unternahm er zweimal einen kurzen Ausritt, doch nach einer Weile hörte man ihn schon wieder daheim vor dem Haus ein paar Verse summen. Der Himmel war rot.
Tags darauf war er fort. Die Erdhaufen lagen noch immer im Flur, das Dach war nicht wieder gedeckt, wo es aufgerissen worden war. Es gab keine Haustür. Hammer und Axt lagen zwischen den Hobelspänen.

Siebzehntes Kapitel

Im Laufe des Tages begann es zu regnen und aus südlicher Richtung zu stürmen. Es regnete die ganze Nacht und den darauffolgenden Tag. Der Hauseingang wurde völlig unpassierbar für die Menschen, nur Wind und Wasser hatten ungehinderten Zugang zum Haus. Dann hörte das Unwetter auf.
Es vergingen einige Tage. Dann kam ein Gast auf den Hof, er ritt auf einem schwarzen, wohlgenährten Pferd. Er fragte nach der Hausfrau. Als sie hörte, wer draußen war, ließ sie sagen, sie fühle sich nicht ganz wohl und nicht imstande, Gäste zu empfangen, gab aber Anweisung, man solle dem Domprediger Molke bringen. Er ließ wiederum ins Haus hinein bestellen, er sei nicht zum Vergnügen unterwegs und bereit, mit der Hausherrin am Bett zu sprechen, falls sie nicht aufstehen könne. Sie sagte, dann sei es das beste, den Domprediger durch das Loch in der hinteren Wand der Küche hereinzuziehen und ihn dann in die getäfelte Stube zu führen. Sie webte lange weiter. Als sie schließlich herunterkam, trug sie einen Umhang mit goldbestickten Borten, und darunter sah man einen Gürtel aus goldenen Gliedern.
Die Molke stand unberührt vor dem Gast auf dem Tisch, wie die Magd sie ihm hingestellt hatte. Als sie eintrat, stand er auf und begrüßte sie.
Ich freue mich zu sehen, daß meine Jugendfreundin doch nicht so krank aussieht, sagte der Domprediger.
Sie hieß ihn willkommen und sagte, sie bedaure es, daß man niemanden zur Vordertür hereinbitten könne; sie hätte allerdings den Hausflur räumen lassen, wenn sie mit dem Besuch des Dompredigers gerechnet hätte: Er war früher gekommen als erwartet. Wollte er nicht Platz nehmen?
Er hüstelte ein wenig vor sich hin, seine Augen irrten in der Stube herum, doch nie höher als in Kniehöhe vom Fußboden. Schließlich hielten sie an der Kanne, die vor ihm auf dem Tisch stand, an. Er sagte:
Will meine Freundin diese Molke fortschaffen lassen.

Sie nahm sogleich die Kanne und schüttete den Inhalt zur Tür hinaus.
Er blieb sitzen und ließ die Augen weiter umherirren. Sie setzte sich nicht.
Hm – ich wollte dieses Anliegen mit einer passenden Einleitung beginnen, sagte er. Aber ich finde die Worte nicht mehr. Wenn man Euch sieht, vergißt man das, was man sagen wollte.
Dann ist es nichts Wichtiges gewesen, sagte sie.
Doch, sagte er.
Es macht nichts, daß Ihr die Einleitung vergessen habt, sagte sie. Ich verstehe keine Einleitungen. Was wollt Ihr?
Das ist sehr schwierig, sagte er, und es kostete ihn offensichtlich große Anstrengung, sich zu dieser Großtat durchzuringen. Doch ich bin. Deshalb muß ich sprechen.
Klug gesprochen, sagte sie: sum, ergo loquor.
Es lohnt sich nicht, mich zu verhöhnen, auch wenn ich es verdient habe, sagte er: Ihr wißt, ich stehe Euren eiskalten Bemerkungen wehrlos gegenüber. Ich komme zu Euch nach langen durchwachten Nächten.
Man soll nachts schlafen, sagte sie.
Der Brief, hm, sagte er, zu dessen Verlesung am Eingang zum Chor während der Synode ich mich verleiten ließ: Ich muß Euch dafür um Verzeihung bitten. Es geschah allerdings nicht von ungefähr, sondern nach langer Anrufung des Herrn, der Euch zwar seine Gnade vorenthält, Euch aber mit einer Schönheit beschenkt hat, die ein armes Land erhöht.
Sie schwieg und sah ihn aus jener unendlichen Ferne an, aus der man einen Raubkäfer betrachtet, der auf den Rücken gefallen ist.
Doch er hatte den Faden bald wiedergefunden, vermied es allerdings, dorthin zu sehen, wo sie saß, damit er nicht vergaß, was er sagen wollte: Er sagte, er wolle sie vor allem dessen versichern, daß die Worte, die er im Winter zu ihr gesprochen hatte, über die Natur des Versuchers und die Beziehungen der Frau zu ihm nach der Heiligen Schrift und autores, nicht geäußert wurden, um sie zu tadeln, sondern der Sorge, oder

sollte ich lieber sagen dem Schmerz, darüber entsprangen, daß sie, die Sonne Islands, sich einen Spaß daraus machte, ihr Seelenheil in Gefahr zu bringen, indem sie sich mit der Anwesenheit der Sünde abfand. Trotz Sorge und Schmerz war es seine Überzeugung, daß von ihrer Seite in Skalholt nichts geschehen sei, das einer vornehmen Frau zur Unehre gereichte oder das die göttliche Gnade nicht willens war zu vergeben, insbesondere, wenn andererseits Glaube und Reue vorhanden waren. Dann kam er wieder auf den Brief zu sprechen: Wenn, sagte er, Euer Seelsorger sich auf eine Art und Weise, die Euch unfreundlich schien, in diese Angelegenheit eingemischt hat, so geschah dies einzig und allein aus Fürsorge für Eure liebenswerte Seele. Auch wenn alle Hoffnung auf Eure Gunst dadurch vertan würde, war er mit Gottes Hilfe bereit, auch diesen Preis zu bezahlen, wenn dafür erreicht werden konnte, daß die Sünde entfernt würde aus der Nähe der Seele, die ihm mehr galt als alle Seelen; was dann auch einen Tag nach Verlesung des Briefes geschah.

Seitdem hatte sich vieles durch den Gang der Ereignisse bewahrheitet, was er ihr zuvor von der Natur der Dinge zu erklären versucht hatte, sie aber nie hatte hören wollen, und er nannte als Beispiel dafür den Angriff, der jetzt gegen die Ehre Islands gerichtet wurde, durch die erhobene Anklage gegen die gottgefälligen Führer dieses Landes, unsere Obrigkeit.

Als er so weit gekommen war, fühlte er sich wieder sicherer, und er hielt eine Rede darüber, was in einem Land geschieht, wenn die christliche Obrigkeit verjagt wird, die Gott eingesetzt hat zur Züchtigung des gemeinen Volkes, das nur nach Befriedigung seiner bösen Gelüste trachtet und nur auf die Gelegenheit wartet, sich selber erhöhen zu können, indem es die Gesetze mißachtet und die Sitten mit Füßen tritt. Er führte doctores und autores zum Beweis dafür an, daß es unter tausend Menschen nur einen gab, dessen Seele es wert war, erlöst zu werden, und dies allein durch Gnade. Er zitierte Beispiele von den Griechen und Römern, welch schreckliche Folgen es hatte, als dort das gemeine Volk an die Macht kam, und sagte,

daran lasse sich ersehen, was mit unserem armen Volk geschehen würde, wenn Diebe, Mörder und Bettler triumphierten, die christliche Obrigkeit aber Schande, Schaden und Vernichtung über sich ergehen lassen und Schmach und Verachtung erdulden müsse. Wenn das gemeine Volk gegen seine Herren aufgewiegelt wird, ist stets ein Abgesandter Satans am Werk, um die Einfältigen zu verwirren und Ränke zu schmieden gegen den König. Niemand zweifelt daran, daß Arnaeus ein kluger Mann ist. Aber seine Absichten bleiben die gleichen. Er will sein armes Vaterland von der Erdoberfläche verschwinden lassen und scheut kein Mittel, um dieses Ziel zu erreichen. Zuerst hatte er das Land aller Erinnerungen an sein goldenes Zeitalter beraubt, die literarischen Juwelen, welche unsere Krone sind, unseren armen Gelehrten abgelistet, einige gegen Bezahlung oder schmeichlerische Geschenke, die meisten jedoch für ein Almosen, wie etwa einen alten Rock oder eine unbrauchbare Perücke, und sie mitgenommen oder sich nach Kopenhagen schicken lassen. Jetzt waren unsere alten Gesetze und die Staatsform unserer Väter an der Reihe, und diese zwielichtige Gestalt taucht wiederum auf, diesmal mit einem Richteramt ausgestattet, wie man es bisher im Lande noch nie gekannt hat, und dazu mit Briefen versehen, deren Gültigkeit niemand anzuzweifeln wagt, nach denen er seine Mitrichter nach eigenem Ermessen auswählen und jedermann nach seinem Gutdünken verurteilen kann. Damit will man die Beamten entmachten, den Besitz der Vornehmen einziehen und ihnen selbst ihre Ehre aberkennen, gefällte Urteile ungültig machen, Verbrecher und Übeltäter erhöhen. Und es wurde klar gesagt, wer als erster vor die Füße des gemeinen Volkes in den Staub gezwungen werden sollte.
Sie sagte: Ich müßte mich sehr täuschen, wenn mein Vater sich Sorgen machen müßte, weil der König jemanden schickt, um die Führung von Ämtern zu untersuchen; und er wird genauso aufrecht dastehen, auch wenn ein Fehler gefunden wird, was menschlich ist und niemandem zum Vorwurf gemacht wird in einem langen Lebenswerk.

Euer Vater wird in wenigen Wochen zum Verlust seiner Ehre und seines Vermögens verurteilt werden, sagte der Domprediger mit einem Zittern um den Mund und sah ihr hastig ins Gesicht. Es entstand eine Pause im Gespräch. Sein Gesicht zitterte noch immer.
Was wollt Ihr von mir, fragte sie.
Ich bin Euer ewiger Freier, sagte er – wenn sich einer zurückgezogen hat.
Ich bin wieder nach Hause zu meinem Ehemann Magnus zurückgekehrt, sagte sie.
Magnus Sigurdsson ist schon vom Bezirksgericht für seinen Brief verurteilt worden, sagte der Domprediger. Er ist ein ehrloser Mann. Sein Vermögen ist dem König zugesprochen worden, damit auch dieser Hof, den Ihr ihm geschenkt habt.
Dann ist es gut, sagte sie, daß er etwas zu verlieren hatte.
Gestern kam ein Bote aus dem Floi zu mir herauf, um mich zu bitten, mich dafür einzusetzen, daß Entschädigung geleistet würde für das Benehmen Magnus Sigurdssons in der vorausgegangenen Nacht. Es ist übrigens nicht das erste Mal, daß ich in solchen Sachen vermittelt habe – wegen der Person, die mich als den Geringsten unter den Menschen betrachtet.
Meinetwegen? fragte sie.
Wegen ihrer lieben Person haben kleine Bauern mitunter von guten Menschen ein wenig Entschädigung bekommen, damit solche Geschichten nicht weitererzählt wurden. Vermutlich hat solche Nachsichtigkeit zu jenen unzeitigen Wohltaten gehört, die von philosophis so genannt und für gleichwertig mit Sünden erachtet werden.
Nun berichtete der Domprediger der Hausherrin davon, daß ihr Ehemann in der vorletzten Nacht auf einen kleinen Hof unten im Floi geritten war, den Mann aus seinem Bett herausgeprügelt und mit der Frau gesündigt hatte.
Sie lächelte und sagte, das Geld sei schlecht angelegt, das dazu verwendet würde, ihr gute Nachrichten vorzuenthalten, und meinte, ihr Mann Magnus sei immer ein großer Kavalier gewesen. Und ich bin stolz darauf, zu erfahren, daß ich einen

Mann habe, der nach all dem Branntwein über dreißig Jahre hinweg immer noch Frauen bedienen kann.
Der Domprediger blickte in eine Ecke, regungslos und ohne zu reagieren, als ob er diese leichtfertige Antwort nicht gehört habe.
Lieber Pfarrer Sigurdur, sagte sie. Warum lächelt Ihr nie?
Es ist an der Zeit, sagte er, daß diese sogenannte Ehe, die guten Menschen im Lande schon seit langem ein Ärgernis ist, mit der Barmherzigkeit Gottes und Einwilligung der Kirche aufgelöst wird.
Ich kann nicht sehen, was das ändern würde, sagte sie. In den Augen der Leute bin ich nach wie vor eine Ehebrecherin, und diesen Vorwurf kann ich nicht entkräften, schon gar nicht dadurch, daß ich mich von meinem Mann scheiden lasse, nachdem er Ehre und Vermögen verloren hat. Und es nützt nichts, bei meinem Vater Unterstützung zu suchen, denn auch er soll an den Bettelstab, wie Ihr sagt, von allen verhöhnt auf seine alten Tage.
Ich stand im Winter nachts angsterfüllt vor Eurem Fenster, oft bei Frost und Schneetreiben, sagte er. Ich biete mein Vermögen und mein Leben an. Mein letztes Stück Land soll für die Wiedererlangung der Ehre Eures Vaters geopfert werden, wenn Ihr wollt.
Was sagt das durchstochene Ungeheuer, das Ihr im Winter zu meinem Richter machen wolltet?
Ihre Gotteslästerung schien ihn nicht mehr zu erreichen:
Der unsterbliche Zeuge meines Erlösers, Pfarrer Hallgrimur Petursson, hatte eine heidnische Ehefrau. Es ist für mich nicht schlimmer als für ihn.
Und was sagt die Ordinanz, die doch noch viel strenger ist als der Gekreuzigte selbst, fragte sie. Wie lange bleibt der Pfarrer im Amt, der eine davongelaufene Frau heiratet, die außerdem als Hure verschrien ist?
Darf ich Euch ein Wort im Vertrauen sagen, sagte er.
Wenn Ihr wollt, sagte sie.
Ich bin mit Zustimmung des Mannes hier, der nächst Eurem

Vater Eure Ehre verkörpert, des Würdenträgers, in dessen Hände sowohl Ihr wie auch ich sicher unser Geschick legen können.
Des Bischofs? fragte sie.
Des Mannes Eurer Schwester, sagte er.
Sie lachte kalt. Dann herrschte Schweigen.
Reitet jetzt erst einmal wieder nach Hause zu Eurem Ungeheuer, Pfarrer Sigurdur, sagte sie. Meine Schwester Jorunn und ich sprechen besser miteinander ohne Mittelsmann.

Wenige Tage später wurde der Junker auf einer Pferdebahre nach Hause gebracht, er war ganz mit geronnenem Blut bedeckt, wahrscheinlich innerlich verletzt, zumindest hatte er sich einige Rippen gebrochen und konnte kein Glied bewegen. Er konnte nicht sprechen. Man schaffte ihn durch das Loch in der Küchenwand ins Haus und richtete ihm in der Stube ein Bett her. Das war ein schlimmer Anfall gewesen.
Als er zu sich kam und die Sprache wiedererlangte, fragte er nach seiner Frau, doch man sagte ihm, sie sei krank. Er bat, man solle ihn zu ihr hinauftragen, doch man sagte ihm, sie habe innen an ihrer Tür einen Riegel anbringen lassen.
Das macht nichts, sagte er. Sie macht trotzdem auf.
Man sagte ihm, das Gudridur, die Frau aus den Dalir, Tag und Nacht nicht von ihrer Bettkante weiche.
Das schien ihm sehr viel bedenklicher zu sein. Er fragte, wie sich die Krankheit seiner Frau äußere, und bekam zur Antwort, daß sie vor einer Woche festlich gekleidet nach unten gekommen sei, um einen Gast zu empfangen, mit ihm eine Weile gesprochen und sich munter von ihm verabschiedet hatte und dann mit leichtem Schritt in ihre Kammer hinaufgegangen war. Seitdem hatte man sie nicht mehr gesehen. Sie konnte die Helligkeit von draußen nicht ertragen, auch nicht den Lärm, der zu dieser Jahreszeit bei Tag und Nacht durch das Zwitschern der Vögel um den Hof herum entsteht, und hatte schwarze Tücher vor ihr Fenster hängen lassen.

Achtzehntes Kapitel

Droben in der Almannagja stehen zwei alte Zelte zu beiden Seiten eines Felsens; sie sind ziemlich schmutzig und an manchen Stellen ein wenig zerrissen, tragen aber die aufgestempelte Krone unserer allergnädigsten Majestät. Im Zelt auf der Seite nach der Scheiterhaufenschlucht hin wohnten Männer, in dem zum Ertränkungsgumpen hin Frauen. Manche waren nach Thingvellir vorgeladen worden, um als Zeugen vor Gericht auszusagen, aber die meisten waren verurteilte Verbrecher, die körperliche Strafen erduldet hatten, die einen kürzlich, andere vor langer Zeit: Brandmarken, Stäupen, Abhacken der Hände, und sie waren diesmal von des Königs besonderem Gesandten hierhergerufen worden, zur Wiederaufnahme ihrer Sache. Sie warteten darauf, daß ihnen vom Koch aus Bessastadir des Königs Suppe serviert wurde.

Mir kommt diese Gesellschaft ziemlich trübsinnig vor, wenn endlich die Gerechtigkeit zum Zuge kommen soll, sagte ein Mann. Es ist seltsam, nicht einmal eine Rima singen zu können.

Die meisten waren in Lumpen gehüllt, barfüßig oder mit mehreren unbrauchbar gewordenen Schuhen übereinander, unrasiert, die Fetzen mit einem Stück Seil oder einer groben Wollschnur um den Leib gebunden, ohne Gepäck, mit abgebrochenen Harkenstielen als Wanderstab, soweit sie Hände hatten. Es befanden sich jedoch auch einige Besitzer von Milchvieh darunter, Querulanten, die irgendwann einmal von der Obrigkeit unterdrückt worden waren und dies nie hatten vergessen können, sondern nachts gewacht und daran gedacht hatten, unermüdlich im Klagen, Zanken, Streiten. Einer dieser Männer sagte nun, da er endlich Genugtuung erhalten sollte:

Ich verlange Tagelohn dafür, daß man mich von der Frühjahrsarbeit abhält und hierher schleppt.

Ein anderer meinte, für ihn lohne sich die Reise nach Thingvellir nur, wenn er zusehen könne, wie man seinen Amtmann auspeitsche.

Ein heiliger Mann, der gebrandmarkt worden war, weil er aus dem Opferstock gestohlen hatte, sagte:
Ich finde, diese Forderungen zeugen von wenig Verständnis für die Menschen, die hier in der Scheiterhaufenschlucht verbrannt, am Galgenfelsen gehängt oder im Ertränkungsgumpen ertränkt wurden in ihrer Hilflosigkeit, entweder weil sie sich keinen Reinigungseid gegen eine falsche Anklage verschaffen konnten, oder weil der Teufel in Gestalt eines Hundes erschienen war und gegen sie ausgesagt hatte. Haben wir mehr Mitleid verdient als sie? Weshalb nicht ich und du?
Da ließ sich Jon Hreggvidsson von Rein vernehmen, der am Eingang des Zeltes saß, mit grauem Bart, statt mit schwarzem, und lehmigen, ledernen Strümpfen, in einer dicken Wolljacke, die voller Schmutz und Roßhaare war und um den Leib von einer Schnur zusammengehalten wurde:
Als ich damals nach Osten übers Gebirge gebracht wurde, war ein gewisser Jon Theofilusson aus dem Westland dabei; gegen ihn hatte der Teufel ausgesagt, deshalb wurde er verbrannt. Aber das muß ich sagen: Ein Freier wie er, der eine ganze Nacht mit einem Windgaffer auf einem Dach sitzen konnte, unter dem das Mädchen bei einem anderen Mann lag, er hatte nichts Besseres verdient; ich sagte im Schwarzen Loch auch oft zu ihm, du wirst ganz sicher verbrannt, lieber Jon.
Viele würden sagen, es wäre kein großer Verlust gewesen, wenn du damals einen Kopf kürzer gemacht worden wärest, Hreggvidsson, sagte ein Dieb ohne Hände.
Warum werde ich nicht geköpft, warum werde ich nicht aufgeknüpft, ich war doch nicht besser als sie, sagte der Heilige, der aus dem Opferstock gestohlen hatte.
Ein Mann mit dünner Stimme, der der Hinrichtung wegen Blutschande entgangen war, sprach folgendes:
Meine Schwester wurde ertränkt, wie alle wissen, und ich entkam durch Gottes Gnade zu ein paar geächteten Dieben und dann in ein anderes Landesviertel, wo ich unter falschem Namen auftrat. Meine erste Tat war, daß ich dem Amtmann sagte, wo die Diebe waren, und sie wurden aufgespürt und ge-

steinigt. Natürlich wurde ich am Ende wiedererkannt, und zehn Jahre lang haben alle gewußt, wer ich bin. Zehn Jahre lang bin ich reuevoll von Tür zu Tür gegangen, und die Menschen haben mich schon längst als Verbrecher gegen Gott und sie selber angenommen und waren gut zu mir. Und jetzt stellt sich nach zehn Jahren heraus, daß ein ganz anderer Mann und eine ganz andere Frau das Kind bekommen hatten, das meine Schwester von mir gehabt haben sollte und für das sie ertränkt wurde. Wer bin ich all diese Jahre über gewesen, und wer bin ich jetzt? Gibt mir jetzt noch jemand ein Almosen? Nimmt mich von nun an noch jemand im Geiste der Barmherzigkeit und Nachsichtigkeit auf? Nein, ich werde in ganz Island ausgelacht. Man wirft mir nicht einmal ein schlechtes Stückchen Fisch zu. Man hetzt die Hunde auf mich. Mein Gott, mein Gott, warum hast du dieses Verbrechen von mir genommen?
Mir wurde als Kind beigebracht, zu den Vornehmen aufzusehen, sagte ein alter Landstreicher mit Tränen in der Stimme. Und jetzt muß ich auf meine alten Tage mit ansehen, wie vier der guten Amtmänner, die mich haben auspeitschen lassen, vor Gericht gezerrt werden. Wenn uns keiner mehr auspeitschen läßt, zu wem soll man dann aufsehen?
Zu Gott, sagte jemand.
Da wir schon dabei sind, sagte ein blinder Verbrecher. Was meinte Pfarrer Olafur von Sandar, als er in seiner schönen Strophe unseren Herrn Jesus bat, der Obrigkeit beizustehen?
Mir würde nie einfallen, alle Obrigkeiten gleichzusetzen, sagte der, dem die Hände abgehackt worden waren. Ich wurde auf den Rangarvellir ausgepeitscht für dasselbe Vergehen, für das man mir auf den Sudurnes die Hände abgehackt hat.
Soll man das so verstehen, sagte der Blinde, daß unser Erlöser bestimmten Obrigkeiten beistehen soll, guten Obrigkeiten, zum Beispiel solchen Obrigkeiten, die es dabei bewenden lassen, die Leute auszupeitschen, aber nicht den anderen, die Leuten die Hände abhacken? Ich meine dagegen, dieser gute Mann nimmt keinen aus in seiner schönen Strophe: Seine

Bitte ist, daß der Erlöser allen Obrigkeiten beistehen soll, denen, die Leuten die Hände abhacken, genauso wie denen, die Leute auspeitschen.
Pfarrer Olafur von Sandar kann mich am Arsch lecken, sagte ein Mann.
Ich weiß nicht, was Pfarrer Olafur von Sandar kann, sagte der blinde Verbrecher. Doch ich weiß ganz sicher, als Magister Brynjolfur so alt geworden war, daß er nicht mehr Griechisch und Hebräisch konnte, und außerdem die Dialektik und die Sternkunde vergessen hatte und nicht mehr wußte, wie man im Lateinischen mensa dekliniert, da sagte er ständig diese Strophe von Pfarrer Olafur von Sandar auf, die seine Mutter ihn in der Wiege gelehrt hatte.
Wer sich auf die Obrigkeit verläßt, ist kein Mann, sagte Jon Hreggvidsson. Ich bin durch Holland gelaufen.
Mein König ist gerecht, sagte der alte, mehrmals ausgepeitschte Landstreicher.
Was man nicht bei sich selber findet, findet man nirgends, sagte Jon Hreggvidsson. Ich habe Abenteuer erlebt bei den Deutschen.
Der Mann ist glücklich, der seine Strafe empfangen hat, sagte der mehrmals Ausgepeitschte.
Ich spucke die Großen an, wenn sie ungerechte Urteile fällen, sagte Jon Hreggvidsson. Und ich spucke sie noch mehr an, wenn sie gerechte Urteile fällen, denn dann haben sie Angst. Sollte ich meinen König und seinen Henker vielleicht nicht kennen. Ich habe die Glocke Islands heruntergeschlagen, wurde in Glückstadt in eine Zwangsjacke gesteckt und mußte in Kopenhagen mein Paternoster aushalten. Als ich nach Hause kam, lag meine Tochter auf der Totenbahre. Ich würde denen nicht zutrauen, daß sie ein unschuldiges Kind über einen Bach bringen, ohne es zu ertränken.
Jon Hreggvidsson ist der leibhaftige Satan, sagte der mehrmals Ausgepeitschte und zitterte wie Espenlaub. Gott sei mir Sündigem gnädig.
Der blinde Verbrecher sagte:

Haltet Frieden, liebe Brüder, während wir auf des Königs Suppe warten. Wir sind das gemeine Volk, das geringste Geschöpf auf Erden. Wir wollen jedem Mächtigen Glück wünschen, der kommt, um den Wehrlosen zu helfen. Doch Gerechtigkeit wird es erst dann geben, wenn wir selbst Menschen geworden sind. Jahrhunderte werden vergehen. Die Verbesserung der Gesetze, die uns vom letzten König gewährt wurde, wird uns der nächste wieder wegnehmen. Doch es wird ein Tag kommen. Und an dem Tag, an dem wir Menschen geworden sind, wird Gott zu uns kommen und uns beistehen.

Neunzehntes Kapitel

Am selben Tag, an dem in Thingvellir an der Öxara des Königs arme Freigesprochene auf des Königs Suppe warteten, geschieht es in Braedratunga, daß die Hausfrau sich aus ihrem Bett erhebt, Knechte herbeiruft und ihnen befiehlt, Pferde zu holen, sie wolle fort. Sie sagten, daß der Bauer wieder weggeritten sei und daß es auf dem Hof kein Reitpferd mehr gebe. Sie sagte:

Ihr erinnert euch an das Pferd, das im letzten Jahr im Frühling hier am Pferdestein angebunden war, ich hatte euch befohlen, es zu schlachten.

Sie sahen einander grinsend an.

Geht nach Hjalmholt und sucht auf den Weiden des Amtmannes nach diesem Pferd und bringt es mir, sagte sie.

Sie kamen kurz vor Mitternacht mit dem Pferd; die Hausfrau wartete reisefertig auf sie, ließ ihren Sattel heraustragen und ihn auflegen, hüllte sich in einen weiten, wollenen Mantel mit Kapuze, denn es regnete unaufhörlich, und bestimmte einen Mann, der sie nach Westen über die Flüsse bringen sollte. Sie wollte allein in der Nacht reiten. Es war windstill und nicht kalt, mit dichtem Nieselregen.

Kaum war ihr Begleiter wieder über die Bruara zurückgeritten, da fing ihr Pferd an, widerspenstig zu werden. Als sie es eine Weile die Peitsche hatte schmecken lassen, fing es plötzlich an zu galoppieren, so daß sie beinahe aus dem Sattel gefallen wäre. So raste es lange dahin, und sie mußte ihre ganze Kraft aufbieten, um sich oben zu halten, sie klammerte sich krampfhaft am Sattelbogen fest, bis das Pferd ihr die Zügel entriß, in die Heide hinauslief und dort stehenblieb. Sie bearbeitete es eine Zeitlang mit der Peitsche, bis es schnaubte und mit dem Schwanz schlug, als es der Hiebe überdrüssig zu werden begann; es wollte sich sogar aufbäumen. Schließlich galoppierte es wieder los und machte bald wieder dieselben Sperenzchen, lief dahin und dorthin und hätte sie fast abgeworfen. Sie stieg ab und streichelte das Pferd, doch es war nicht zugänglich für schöne Worte. Sie konnte es jedoch noch einmal dazu bringen, sich weiterzubewegen. Es bewegte sich nur in gestrecktem Galopp und blieb dann immer wieder stehen. Vielleicht war sie eine schlechte Reiterin. Schließlich kam es dazu, in einer Senke, durch die ein Bach floß, daß es plötzlich vom Weg abbog; sie wurde kopfüber aus dem Sattel geworfen und lag, ehe sie sich's versah, auf der Erde. Sie stand auf und wischte sich Schmutz und Nässe ab, hatte aber sonst keinen Schaden erlitten. Ein Brachvogel flötete eifrig und schrill durch den Nebel. Das Pferd graste am Bachufer. Sie stieg noch einmal auf, wenn auch halb ängstlich, schlug ihm gegen die Flanke, straffte die Zügel, rief hüh und hott, doch es half alles nichts. Vielleicht verstand sie es nicht, ein Pferd zu schlagen. Eines war sicher, es rührte sich nicht. Es widersprach allen seinen Grundsätzen, in diese Richtung weiterzugehen. Es stellte sich auf die Hinterbeine und bäumte sich auf. Sie stieg ab, ging zum Rand der Senke hinauf, setzte sich im Regen auf einen kleinen Mooshügel und sah das Pferd an.

Ich hätte mir ja denken können, daß ein Pferd, das sie einem Räuber als Schmerzensgeld geben, nicht besser ist als du Klepper, sagte sie zu dem Pferd.

Glücklicherweise wurde sie von niemandem gesehen, denn es war noch mitten in der Nacht, und das Land schlief; doch der

Nebel war heller, als er vor kurzem gewesen war, die Sonne mußte also aufgegangen sein.
Sie schürzte ihre Röcke und machte sich auf den Weg. Über den Hügeln lag Nebel; das Heidekraut war weiß vom Wasser; der Nieselregen bildete ein graues Netz, wo der Boden unbewachsen war. Die erst halb begrünten Birken dufteten so stark in der warmen, stillen, feuchten Luft, daß einem beinahe schlecht wurde. Sie war schlecht beschuht zum Gehen, ihre Stiefel waren bald aufgeweicht und ihre Röcke schwer vom Wasser, denn das triefend nasse Birkengestrüpp schlug ihr um die Beine; außerdem war sie eben erst vom Krankenlager aufgestanden und noch nicht wieder ganz bei Kräften; doch wenn sie hinfiel, stand sie wieder auf und ging weiter, in den Blaskogar war sie schon bis auf die Haut durchnäßt.
Als sie an die Öxara hinunterkam, ging es schon auf den Morgen zu, so daß selbst die betrunkenen Männer eingeschlafen waren. Sogar das Rauschen des kalten Flusses schien gedämpft in der nebligen Morgendämmerung und fern, selbst wenn man am Ufer stand. Einige Pferde ließen die Köpfe hängen, sie waren eingeschlafen, wo sie mit zusammengebundenen Vorderbeinen auf der Weide standen.
Um das Gerichtsgebäude herum standen ein paar Zelte, und sie sah, daß die Bude des Richters mit Zeltplanen bespannt war, und ging dorthin. Die Wände waren vor kurzem erneuert worden, der hübsche Eingang an der hölzernen Giebelwand war mit einer soliden Tür verschlossen, zu der drei steinerne Stufen hinaufführten; das Zeltdach war doppelt, es gab ein Überdach und ein Innenzelt. Sie klopfte an die Tür. Der Diener ihres Vaters kam schlaftrunken heraus, und sie bat ihn, den Richter zu wecken. Der alte Mann drinnen wachte auf und fragte heiser, wer da sei.
Ich, lieber Vater, sagte sie leise, mit dunkler Stimme, und lehnte sich an den Türpfosten.
Das Innenzelt war trotz des Regens trocken und hatte einen Bretterfußboden. Ihr Vater lag in einem ledernen Schlafsack, auf einem Unterbett, das nach Heu duftete, was ein vorneh-

mer Duft war an einem Frühlingstag, wenn niemand Heu hat. Er setzte sich auf in seinem dicken, wollenen Nachthemd, einen Schal um den Hals, blau, völlig kahlköpfig, mit einer viel zu großen Nase und furchteinflößenden Augenbrauen, sehr hager geworden mit den Jahren, mit faltigen Wangen und einer Wamme, wo früher ein Doppelkinn gewesen war. Er sah sie kühl an.

Was willst du, Kind, fragte er.

Ich möchte unter vier Augen mit dir sprechen, Vater, sagte sie mit demselben tiefen Klang in der Stimme; sie sah ihn nicht an, sondern lehnte sich noch immer müde gegen den Türpfosten.

Er sagte zu seinem Diener, er solle für eine Weile ins Zelt des Gesindes gehen, bat sie, am Eingang zu warten, bis der Mann sich angekleidet habe. Als sie eintreten durfte, war ihr Vater auch aufgestanden, er trug jetzt hohe Stiefel, einen dicken Mantel und eine Perücke und am rechten Ringfinger einen schweren Goldring. Er nahm eine Prise aus einer silbernen Tabaksdose. Sie ging direkt auf ihn zu und küßte ihn.

Nun, sagte er, als sie ihn geküßt hatte.

Ich bin zu dir gekommen, lieber Vater, sonst nichts, sagte sie.

Zu mir? sagte er.

Ja, sagte sie, man muß sich an jemanden anlehnen können, sonst stirbt man.

Du warst ein eigensinniges Kind, sagte er.

Vater, willst du mir erlauben, an deiner Seite zu stehen, sagte sie.

Liebes Kind, sagte er. Du bist kein Kind mehr.

Ich lag krank, Vater, sagte sie.

Ich hörte, du seist krank gewesen, doch jetzt sehe ich, daß es dir wieder bessergeht, sagte er.

Lieber Vater, sagte sie. Eines Tages im Frühjahr sah ich nichts als Dunkelheit. Sie brach über mich herein, und ich verlor alle Kraft und gab mich ihr hin. Ich lag und lag in der Dunkelheit. Dennoch bin ich nicht gestorben. Wie kommt es, daß ich nicht gestorben bin, Vater?

Manch einer erkältet sich im Frühjahr und bleibt dennoch am Leben, liebes Kind, sagte er.
Gestern wurde mir zugeflüstert, ich solle zu dir gehen. Jemand sagte, heute würden die Urteile ergehen. Ich war plötzlich gesund. Ich stand auf. Vater, trotz dieser schrecklichen Not ist unser Geschlecht doch etwas wert, oder nicht?
Doch, sagte er. Ich bin aus guter Familie. Deine Mutter ist aus noch besserer Familie. Gott sei Dank.
Es ist nicht gelungen, uns niederzuzwingen, sagte sie; nicht ganz. Wir stehen immer noch aufrecht. Wir sind Menschen, oder sind wir das nicht, Vater? Ich bin sicher, wenn mir eine Pflicht auferlegt ist, dann ist es dir gegenüber.
Du bist für deine Mutter eine schwere Prüfung gewesen, Kind, sagte er.
Sie sagte: Jetzt will ich mit dir heimreiten zu ihr, wie sie mich gebeten hat.
Er blickte in eine andere Richtung.
Vater, fuhr sie fort. Ich hoffe, daß noch keine Urteile gefallen sind.
Er sagte, er wisse nicht genau, was sie Urteile nenne, denn es sei inzwischen so weit gekommen, daß keiner mehr wisse, was Recht sei in diesem armen Land. Er selbst wisse nicht, wie man diese Narrenposse, die hier im Gang sei, bezeichnen solle. Dann fragte er, welche Tollheit sie dazu getrieben habe, ihrem Ehemann Magnus Sigurdsson den Hof Braedratunga zu überschreiben, nachdem klar war, daß er für seine erlogenen Anschuldigungen gegen sie bestraft werden würde, statt sich mit einem Dokument und Zeugen von dem Mann scheiden zu lassen? Du wußtest doch, sagte er, daß hier selbst denjenigen der Verlust von Ehre und Vermögen drohte, die vorsichtiger waren in Wort und Tat als Magnus Sigurdsson und keinen Streit mit der neuen Obrigkeit des Landes suchten. Er sagte, daß der stellvertretende Richter mit zwei Amtmännern dazu ausersehen worden sei, in dieser Sache ein Althingsurteil zu fällen, denn Arnaeus fordere, daß sein Name nicht nur durch das Bezirksgericht, sondern auch durch das Gericht auf dem

Althing von dieser Verleumdung gereinigt werde, bevor er sich dazu in der Lage sehe, seine Amtsgeschäfte aufzunehmen; dieses Urteil sollte nun heute früh verkündet werden, und danach wollte sich Arnaeus an die Arbeit machen.

Vater, sagte sie. Welche Strafe würde es nach sich ziehen, wenn sich Magnus' Anschuldigungen als wahr erweisen sollten?

Er antwortete: Wenn ein verheirateter Mann eine verheiratete Frau nimmt, kostet das den Verlust von Ehre und Ansehen, und beide Teile müssen hohe Geldbußen an den König entrichten, bei Nichtentrichten wird die Geldbuße in eine Körperstrafe umgewandelt.

Vater, sagte sie, willst du mir erlauben, vor Gericht aufzutreten und ein Wort zu sagen.

Hier gelten keine Worte, sagte er. Was willst du?

Ich werde dafür sorgen, daß die Sache durcheinandergebracht, das Gericht aufgelöst und der Richter für befangen erklärt wird und gute Männer Zeit gewinnen, um ihre Fürsprecher zum König zu schicken. Es kann sein, daß man, wenn dieser weg ist, nicht sofort einen Nachfolger für ihn findet, der dir im nächsten Sommer deine Ehre aberkennen will.

Ich weiß nicht, in was für einem Traum du dich bewegst, Kind, sagte er.

Ich möchte um Gehör bitten, sagte sie, und verlangen, daß ich als Zeugin in der Sache gegen Magnus Sigurdsson aussagen darf. Ich möchte vor dem Gericht erklären, daß Magnus die Wahrheit gesagt hat in dem Brief, den er am Eingang zum Chor in der Domkirche zu Skalholt hat verlesen lassen.

Entsetzlich, so etwas zu hören, sagte der Richter Eydalin. Sowohl deine Schwester als auch ihr Mann, der Bischof, haben deiner Mutter geschrieben, daß diese Anschuldigung eine dreiste Lüge sei, was sich jeder selbst sagen kann. Und wer sollte eigentlich eine solche Aussage bestätigen?

Sie sagte: Ich werde einen Eid schwören.

Meine Ehre würde nicht größer, wenn ich glaubte, ich könne sie dadurch aus den Klauen der Ehrabschneider retten, daß ich

das Leben und die Scham meiner Tochter in diese juristischen Streitigkeiten hineinziehe, sagte der Richter. Namentlich und insbesondere deshalb, weil der Eid, den du in praejudicio Arnaei in dieser Sache schwören würdest, ein Meineid sein würde.
Das ist nicht deine Sache, sagte sie, sondern die unseres Vaterlandes. Wenn ihr, die wenigen Männer, die ihr in seiner Not aufrechtstehen könnt, wie Vogelfreie behandelt und verurteilt werden sollt; wenn unser Geschlecht in den Schmutz getreten werden soll; wenn es keine Menschen mehr geben soll in Island, wozu war dann all dies?
Wenn du glaubst, es sei meine Praxis, liebes Kind, meinen Angelegenheiten mit falschen Eiden zum Sieg zu verhelfen, dann kennst du deinen Vater schlecht. Mich schaudert, wenn ich höre, daß mir mein Kind eine Unterstützung anbietet, die selbst der Unredlichste nicht von einem Schurken annehmen würde. Was sich eine arme Frauensperson einfallen lassen kann, bleibt vernünftigen Männern unverständlich. Ich bekenne bereitwillig, daß ich in meiner Unzulänglichkeit den einen oder anderen Fehler gemacht habe; aber ich bin ein Christenmensch. Ein Christenmensch setzt sein Seelenheil über andere Dinge. Wenn jemand mit Wissen eines anderen und zu dessen Nutzen einen Meineid schwört, haben beide ihr Seelenheil für alle Ewigkeit verscherzt.
Selbst wenn sie mit ihrem Vergehen vielleicht die Ehre eines ganzen Landes retten? fragte sie.
Ja, sagte er, selbst wenn es vielleicht so scheint.
Du lehrtest mich einmal, diese Haarspalterei artem casuisticam zu nennen, Vater, sagte sie. Pfui, welch eine Kunst.
Er sagte mit belegter, kalter Stimme: Ich betrachte deine Worte als Phantasien eines verstörten Frauenzimmers, das durch eigene Schuld sein Glück verscherzt hat, den Unterschied zwischen Schande und Ehre nicht mehr erkennen kann und jetzt in desperatione vitae spricht. Wir wollen nicht mehr davon sprechen, liebes Kind. Doch da du nun einmal gekommen bist, Gott weiß warum, werde ich jetzt meine Diener ru-

fen und sie bitten, Feuer zu machen und Tee zu kochen, denn es wird Morgen.

Lieber Vater, sagte sie. Ruf keinen. Warte. Ich habe dir nicht alles gesagt: nicht die Wahrheit. Jetzt werde ich es tun. Ich brauche keinen Meineid zu schwören: Den ganzen Winter hatten ich und Arni regelmäßig unzulässigen Umgang in Skalholt. Ich kam nachts zu ihm – sie sprach leise und dunkel auf ihren Schoß hinab, wo sie zusammengekauert neben der Tür saß.

Er räusperte sich und dröhnte noch heiserer als zuvor:

Eine solche Zeugenaussage hätte vor einem Gericht keine Kraft, und man würde dir nicht gestatten, einen Eid darauf zu leisten. Zu zahlreich sind die Beispiele dafür, daß verheiratete Personen solche Schuldgeständnisse zusammenlügen, um eine Scheidung zu erlangen. Hier braucht man Zeugen.

Sie sagte: Im Frühjahr kam ein Mann zu mir, um mit Wissen meiner Schwester und meines Schwagers über diese Dinge mit mir zu sprechen. Es war eine hochgestellte Persönlichkeit am Bischofssitz in Skalholt, der Mann, der die Anklageschrift gegen mich vor dem Eingang zum Chor verlas, und es sollte mich nicht wundern, wenn er Anteil daran gehabt hätte, sie mit Wissen und Willen meiner Schwester Jorunn abzufassen. Eines ist sicher, Pfarrer Sigurdur Sveinsson, der Domprediger, ist ein viel zu kluger Mann, um ein solches Schriftstück an einem heiligen Ort zu verlesen, ohne triftige Gründe dafür zu haben, und er wußte auch, was er tat: Er hatte mich eines Nachts sozusagen auf frischer Tat ertappt. Außerdem hatte ich schon vorher in diesem Winter dem, was er und meine Schwester sagten, entnommen, daß sie mir nachspionieren ließen, von einer oder mehreren Mägden am Bischofssitz, um herauszufinden, was ich und Arni machten. Diese Zeugen wird man leicht aussagen lassen können.

Er schwieg lange, ehe er antwortete.

Ich bin ein alter Mann, sagte er schließlich. Und ich bin dein Vater. In unserem Geschlecht sind noch nie solche Dinge bewiesen worden. Hingegen haben einige deiner mütterlichen

Verwandten den Verstand verloren, und wenn du weiter auf diese Weise sprichst, muß ich annehmen, daß du auch zu ihnen gehörst.
Arni wird dies nicht vor mir leugnen, sagte sie. Er wird sein Richteramt niederlegen.
Ihr Vater sagte: Selbst wenn Arnas Arnaeus einen wohlgestalten Knaben mit dir gezeugt hätte, und nicht nur der Domprediger und die Mägde hätten ihn auf frischer Tat ertappt, sondern auch der Bischof und die Frau des Bischofs, so würde dieser Mann nicht eher ruhen, bis er sich Bestätigungen von Kurfürsten, Kaisern und Päpsten beschafft hätte, daß du das Kind von einem Landstreicher bekommen hast. Ich kenne sein Geschlecht.
Vater, sagte sie und sah ihm ins Gesicht, willst du dann nicht, daß ich etwas sage? Ist dir denn deine Ehre gleichgültig? Sind dir denn selbst deine sechzig Höfe nichts wert?
Er sagte: Es macht mir weniger Schande, im Tageslicht aufrecht einem Gecken gegenüberzustehen, als eine Tochter zu haben, die sich im Dunkel der Nacht einem Gecken hingegeben hat, selbst wenn sie diese Schmach nur zusammenlügt. Und das weißt du, mein Kind, als du dich Hals über Kopf mit dem größten Taugenichts im Südland verheiratet hast, nachdem einer der reichsten Geistlichen des Landes, der hochgelehrte Dichter Pfarrer Sigurdur Sveinsson, um dich angehalten hatte, da schwieg ich gewiß über diese Schande; und als er sein Erbe verschleudert hatte, um dich zur Bettlerin zu machen, kaufte ich den Hof stillschweigend. Ebenso, als deine Mutter erfuhr, daß du für Branntwein an einen Dänen verkauft und dann mit einer Axt bedroht worden seist, da lehnte ich es ab, solche Dummheiten zu beantworten. Selbst als du wieder zu ihm zurückgingst und deinem Henker den Hof schenktest, den ich dir mit einer Urkunde gegeben hatte, da öffnete ich vor niemandem meinen Mund, und noch weniger mein Herz. Zwar muß ich gestern und heute ertragen, daß mich Spitzbuben an diesem Hauptsitz meines Amtes, Thingvellir an der Öxara, mit Kot bewerfen, doch das hat nicht viel zu sagen:

Darüber wird später einmal niemand lachen. Doch nach all der Schande, die du über deine Mutter und mich gebracht hast, solltest du diese letzte verschweigen, wenn du deine Familie nicht auf Jahrhunderte hinaus zum Gespött machen willst in der Geschichte dieses armen Landes.

Im Sitzen schien er immer noch ein sehr rüstiger Mann zu sein. Als er aber aufstand und seinen Stock nahm und hinausging, um seine Diener zur Morgenarbeit zu rufen, konnte man sehen, wie gebrechlich er war. Er schleppte sich mit kurzen, hinkenden Schritten über den Bretterboden zur Tür, so gebückt, daß die vorderen Schöße seines Mantels auf der Erde schleiften, und er verzerrte das Gesicht, um sein Gichtstöhnen zu unterdrücken nach einer schlechten Nacht in dieser feuchtkalten Unterkunft so zeitig im Sommer.

Zwanzigstes Kapitel

Kurz nachdem der Richter zu seinen Dienern gegangen war, stand auch seine Tochter auf und verließ die Bude. Sie war müde und durchnäßt von der langen, nächtlichen Wanderung im Regen, und sie begann zu frösteln. Sie beeilte sich, irgendwohin zu gehen, wo man sie von der Bude ihres Vaters aus nicht sehen konnte, und ehe sie sich's versieht, steht sie in der Almannagja, unter der senkrecht aufragenden Felswand; die Schlucht schloß sie ein, die vorspringenden Klippen über ihr flossen mit dem Nebel zusammen. Sie wanderte eine Weile an der Felswand entlang. Ihre Füße schmerzten. Nasse Pferde standen auf dem grasbewachsenen Grund der Schlucht und hinterließen Spuren im Tau, wo sie weideten. Ganz in der Nähe hörte man den Fluß im Nebel rauschen. Bald stand sie an dem großen Frauengumpen, wo der Fluß in seinem Bett einen Bogen macht und aus der Schlucht hinausfließt. Sie sah, wie das Wasser, schwarzem Samt gleich, in der Strömung Wellen schlug, tief und kalt und rein in der Morgenfrühe, und sie spürte, daß ihr Mund trocken war.

Und als sie eine Zeitlang dem Wasser zugeschaut hatte, hörte sie durch das Rauschen ein Schlagen und sah eine graugekleidete Frau mit einem Kopftuch, die auf einem Stein am Wasser stand und mit einem Wäscheklopfer Strümpfe bearbeitete. Sie ging zu der Frau hin und grüßte sie.
Wohnst du hier? fragte sie die Frau.
Ja und nein, sagte die Frau. Ich sollte einmal in diesem Gumpen ertränkt werden.
Ich habe sagen hören, daß sich manchmal der Mond in diesem Wasser spiegeln soll, sagte Snaefridur.
Die Frau richtete sich auf und sah sie an, betrachtete ihren weiten Mantel aus dunkel gefärbtem, gutem Wollstoff, trat dicht an sie heran und hob die Mantelschöße und sah, daß sie darunter ein blaues Kleid aus ausländischem Tuch trug und einen Silbergürtel mit lang herabhängendem Ende; an den Füßen hatte sie englische Stiefel, die zwar sehr schmutzig waren, aber dennoch ihre zwei, drei Hunderte in Ländereien wert sein mußten. Dann betrachtete sie ihr Gesicht und ihre Augen.
Du wirst eine Elfenfrau sein, sagte die Graue.
Ich bin müde, sagte die Unbekannte.
Die graue Frau berichtete, daß sie hier zu dritt in einem Zelt seien, drei Frauen aus drei verschiedenen Bezirken. Eine wurde gebrandmarkt, weil sie mit einem Dieb herumgezogen war, die andere sollte hier ertränkt werden, weil sie geschworen hatte, sie sei eine unberührte Jungfrau, obwohl sie schwanger war, die dritte hatte sich im Norden in der Slettuhlid ihrer Leibesfrucht entledigt, doch da verschiedenes darauf hindeutete, daß das Kind eine Totgeburt war, wurde sie vom Ertränkungsgumpen ins Spinnhaus nach Kopenhagen geschickt und nach sechs Jahren Zwangsarbeit freigelassen, als seine allermildeste Majestät und Gnaden seine Königin zur Ehe nahm. Jetzt waren diese Frauen hierher vorgeladen worden, um anzuhören, wie ihrer gottgesandten Obrigkeit die Ehre aberkannt wurde. Sie wollten heute wieder nach Hause.
Aber, sagte die Graue, da du aus irgendeinem Grund zu den

Menschen gekommen bist, gute Frau, und Gastfreundschaft brauchst, dann geh mit mir ins Zelt.
Die Frauen betrachteten die Elfenfrau in andächtigem Schweigen und durften sie anfassen. Sie wollten ihr alles Gute angedeihen lassen, denn es hat sich schon oft erwiesen, daß es Glück bringt, wenn man gut zu Elfen ist. Sie wollten ihr unbedingt ihre Lebensgeschichte erzählen, wie einfache Menschen es häufig übernatürlichen Wesen und vornehmen Leuten gegenüber tun wollen, doch sie hörte ihnen geistesabwesend zu, wie dem Wind, der auf der anderen Seite eines Berges weht. Hin und wieder durchlief sie ein Schaudern. Die Frauen fragten, warum sie ihre Unsichtbarkeit abgelegt habe und hierhergekommen sei.
Ich bin verurteilt, sagte sie.
Die Frauen sagten: Geh zu Arnaeus, Schwester, er spricht dich frei, was du auch getan hast.
Das Gericht, das mich freispricht, gibt es weder bei den Elfen noch bei den Menschen, sagte sie.
Zumindest aber im Himmel, sagte die Frau, die sich ihrer Leibesfrucht entledigt hatte und ins Spinnhaus geschickt worden war.
Nein, auch nicht im Himmel, sagte Snaefridur.
Die Frauen sahen sie wortlos an, daß es weder im Himmel noch auf Erden oder bei den Elfen ein Gericht geben sollte, das diese Verbrecherin freisprechen konnte.
Mach dir nichts daraus, sagte die Frau aus dem Spinnhaus. Glücklich waren nur die Frauen, die im Ertränkungsgumpen Ruhe fanden.
Sie hatten Moos gesammelt, um darauf zu liegen, und vom König Decken bekommen. Jetzt machten sie ihr ein Bett. Und da sie völlig durchnäßt war, zogen sie sie aus und tauschten mit ihr die Kleider, so daß sie von der einen eine Jacke, von der zweiten einen Rock, von der dritten ein Hemd bekam. Und die, welche im Spinnhaus gewesen war, nahm ihr Kopftuch ab und band es ihr um. Sie holten Tee und Brot beim Koch von Bessastadir und teilten mit ihr. Dann wickelten sie

sie in die Decken mit dem Monogramm des Königs und legten Moos um sie herum.
Nach kurzer Zeit war sie eingeschlafen, endlich, denn eines der Übel, die ihr in diesem harten Frühjahr zugesetzt hatten, war gewesen, daß sie keine Erquickung im Schlaf hatte finden können. Doch nun schlief sie. Sie schlief tief und ruhig. Sie schlief lange. Schlief.
Als sie aufwachte, waren die drei Freigesprochenen spurlos verschwunden, das Zelt war leer. Sie erhob sich und sah zum Eingang hinaus; das Gras war schon längst trocken, der Himmel klar, die Sonne senkte sich im Westen. Sie hatte den ganzen Tag geschlafen. Sie hatte die Sonne seit irgendwann im letzten Jahr nicht mehr gesehen, doch jetzt sah sie sie über Thingvellir an der Öxara leuchten: über Skjaldbreidur, die Blaskogar, die Mündung des Flusses, den See und den Hengill. Etwas reizte ihre Haut unter den Kleidern, und als sie nachsah, merkte sie, daß sie Kleidungsstücke der drei Freigesprochenen trug: eine über und über geflickte Jacke mit weißen Beinknöpfen und ohne Gürtel, einen schmutzigen, abgetragenen kurzen Rock mit ausgefranstem und zerrissenem Saum, braune, grobe Wollstrümpfe mit angestrickten Füßlingen und löchrige, ausgetretene Schuhe aus ungegerbter Rindshaut, dazu einen grauen, wollenen Fetzen als Tuch um den Kopf gebunden. Ihre Beine schauten unter dem kurzen Rock hervor, und die Ärmel reichten ihr nur gerade bis über die Ellbogen. Von diesen Lumpen stieg ihr all der üble Dunst von Unsauberkeit in die Nase, der einem armen Volk anhaften kann: Rauch, Pferdefleisch, Tran, alter Menschengeruch. Und als sie nachzusehen begann, was sie gereizt hatte, war ihre Haut rot und geschwollen von Läusen.
Eine verlauste, in graue Lumpen gehüllte Frau verläßt den Platz, an dem sie geschlafen hat. Sie blieb am Flußufer stehen und trank Wasser aus ihrer hohlen Hand, zog dann das Tuch wieder vor ihr Gesicht. Sie wanderte hinüber auf das Gericht zu, wagte sich aber nicht in die Nähe des Hauses, sondern verließ den Pfad und setzte sich ins Gras, nicht weit von ei-

nem weidenden Pferd. Das Gebäude, das Gerichtshaus Islands, stand kurz vor dem Zusammensturz, die Wände zusammengesunken, das Holzwerk morsch, die Windbretter zerbrochen, alle Balken schief, die Tür aus den Angeln, Löcher unter dem Boden. Und es gab keine Glocke. Vor dem Haus balgten sich ein paar Hunde. Die Abendsonne vergoldete den knospenden Wald.
Schließlich hörte man, daß drinnen im Haus mit einer kleinen Schelle geläutet wurde, die Sitzung des Gerichts war beendet. Zuerst traten drei Männer in weiten Mänteln und Stulpenstiefeln und mit Federhüten heraus; einer trug einen Degen: der Vertreter des Lehnsherrn. Die beiden anderen waren der stellvertretende Richter und schließlich der besondere commissarius unserer allergnädigsten Majestät, Arnas Arnaeus, assessor consistorii, professor philosophiae et antiquitatum Danicarum. Nach diesen drei hohen Beamten kamen ihre Schreiber und Adjutanten und einige bewaffnete dänische Soldaten. Der stellvertretende Richter und der Vertreter des Lehnsherrn unterhielten sich auf dänisch, der commissarius dagegen ging schweigend hinter ihnen her, festen Schrittes, mit Dokumenten unter dem Arm.
Danach humpelte der Richter Eydalin aus dem Gerichtsgebäude heraus, neben sich seinen Diener, der ihn stützte. Er war in der Tat ein hinfälliger Greis: Wie ein Kind reichte er dem Mann, der ihm helfen wollte, die Hand, statt ihm den Arm zu bieten. Sein Mantel schleifte vorne auf dem Boden.
Dann traten einige ältere Beamte aus dem Haus, offensichtlich erregt, denn man hörte sie fluchen, einige waren ziemlich betrunken und schwankten auf dem Weg hin und her. Schließlich kamen die Freigesprochenen, die zuvor zu schweren Strafen verurteilt und nur durch Zufall nicht hingerichtet worden waren. Dennoch drückten die Gesichter dieser Männer genausowenig Freude aus wie die der anderen, die aus dem Gebäude herauskamen.
Einer aus der Gruppe der gemeinen Leute verließ den Weg und ging dorthin, wo die zerlumpte Frau im Gras saß. Er

fluchte. Sie glaubte, er sei betrunken und wolle ihr Böses antun, doch er kam gar nicht auf sie zu, er sah sie nicht einmal an, sondern ging zu dem Pferd, das ganz in der Nähe weidete. Das Pferd war ein wenig scheu und kehrte seinem Herrn zunächst das Hinterteil zu, doch offensichtlich nur der Form halber, denn schon bald war letzterer dabei, ersteres mit einem Strick aufzuzäumen, wobei er diese eigenartige Verwünschungsstrophe aus dem siebten Gesang der älteren Pontus-Rimur sang:

Immer weiter, nichts geschont,
Kampf der geringsten Gnade,
Kampf der geringsten Gnade,
Weißer Wal im letzten Bade.

Dann löste er die Fessel von den Vorderbeinen des Pferdes.

Jon Hreggvidsson, sagte sie.

Wer bist du, sagte er.

Wie ist es gegangen, sagte sie.

Schlecht ist ihre Ungerechtigkeit, noch schlechter ihre Gerechtigkeit, sagte er. Jetzt haben sie bestimmt, daß ich vom König eine neue Vorladung vor das Oberste Gericht bekomme, und mir außerdem gleich jetzt im Sommer auf dem Althing mit Bremerholm gedroht, weil ich die alte Vorladung nicht vorgewiesen habe. Du bist vermutlich eine von den Freigesprochenen?

Nein, sagte sie, ich bin eine von den Schuldigen. Die Freigesprochenen haben meinen Mantel gestohlen.

Ich vertraue keiner anderen Gerechtigkeit als der, die ich selber übe, sagte er.

Was geschah in der Sache des Junkers von Braedratunga, fragte die Frau.

Solche Männer verurteilen sich selber, sagte er. Sie haben davon geredet, daß ich meinen Sohn umgebracht hätte. Und wenn schon? War er nicht mein Sohn? Es gibt nur ein einziges Verbrechen, das sich rächt, und das ist, die Elfen zu verraten.

Ich verstehe nicht, sagte sie.
Zwei vornehme Herren stehen einander gegenüber und verurteilen einander, doch sie wissen nicht, daß sie beide verurteilt sind. Beide haben die lichte Maid, den schlanken Elfenleib, verraten. Der Junker erklärt den Kommissar am Eingang zum Chor für einen Ehebrecher, der Kommissar antwortet damit, daß er sich und dem König das gesamte Vermögen des Junkers zusprechen läßt. Doch wo sind die Reichtümer meines Herrn Arnaeus? Jon Hreggvidsson ist ein reicher Mann, seit er dort das Haus betrat. Wenn du willst, kannst du vor mir auf dem Pferd sitzen und mit nach Akranes reiten, ich nehme dich als Magd für die Heuernte, gute Frau.
Sie nahm jedoch sein Angebot nicht an, sondern antwortete: Ich will lieber betteln, als für meinen Unterhalt arbeiten; ich bin eine von denen. Erzähl mir lieber noch mehr Neuigkeiten, damit ich mir mit einer Geschichte etwas zu essen verdienen kann, wo ich heute nacht liegen darf. Wie erging es den hohen Beamten?
Er sagte, der Richter Eydalin und drei Amtmänner hätten ihre Ehre und ihre Ämter verloren, und ihr gesamtes Vermögen sei dem König anheimgefallen:
Es ist wenig übriggeblieben von ihm, außer seinem Schnabel und seinem Baß. Es ist häßlich, einen Menschen zu bemitleiden, von vornehmen Herren ganz zu schweigen, aber als ich mich heute neben den armen Alten setzen mußte, ich in einer neuen Jacke und er in seinem alten Mantel, in dem er mich damals verurteilte, da dachte ich im stillen, ach, ich glaube, du hättest eigentlich den häßlichen Kopf Jon Hreggvidssons verdient gehabt.
Hast du den Mann umgebracht? sagte sie.
Hab ich ihn umgebracht? Entweder du bringst ihn um, oder er bringt dich um, sagte Jon Hreggvidsson. Einst war ich schwarz. Jetzt bin ich grau. Bald werde ich weiß. Aber ob ich schwarz, grau oder weiß bin, ich pfeife auf Gerechtigkeit, abgesehen von jener Gerechtigkeit, die in mir, Jon Hreggvidsson von Rein, ist; und hinter der Welt. Hier hast du einen Reichs-

taler von mir, gute Frau. Doch deinen Kopf kann ich nicht loskaufen.
Er zog einen silbernen Speziestaler aus der Tasche und warf ihn ihr in den Schoß, während er aufstieg. Dann ritt er schnell davon. Die Bettlerin saß noch lange, nachdem er weggeritten war, auf dem Grashöcker und spielte gedankenverloren mit ihrem Speziestaler. Dann stand sie auf, das Gesicht vom Kopftuch verhüllt. Sie fühlte sich nicht wohl in dem kurzen Rock der Freigesprochenen, man sah nicht nur ihren Fuß mit dem hohen Rist, dem feinen Knöchel und der schmalen, langen Achillessehne, sondern sah auch, wie sich das Bein nach oben verbreiterte und zu einer kräftigen Frauenwade wurde, die zuvor noch niemand gesehen hatte, so daß die Frau sich nackt vorkam. Doch die Männer, denen sie am Flußufer begegnete, waren zu sehr mit ihren eigenen Sorgen beschäftigt, um darauf achtzugeben, ob der Rock einer Landstreicherin einen Zoll kürzer oder länger war. Und als sie sah, daß sie nicht über sie nachdachten, sondern über sich selber, drehte sie sich um und rief ihnen zu:
Habt ihr vielleicht Magnus von Braedratunga gesehen?
Doch das waren vornehme Männer, die hier offensichtlich mit der Rechtsprechung zu tun gehabt hatten und es als Beleidigung empfanden, daß eine Bettlerin sie ansprach, um nach einem Mann zu fragen, wenn man ihn überhaupt als Mann bezeichnen konnte, den sie vielleicht am selben Tag wegen Verleumdung zum Verlust von Vermögen und Ehre verurteilt hatten, und sie antworteten ihr nicht. Ein ganz junger Mann hatte dagegen nicht an zu vieles zu denken; er wartete mit zwei gesattelten Pferden am Ufer des Flusses, während sein Vater nicht weit davon entfernt andere vornehme Männer zum Abschied küßte. Dieser junge Mann antwortete ihr so:
Der Junker von Braedratunga ist genau der richtige Mann, um mit dir ins Bett zu gehen, er, der am Eingang zum Chor gelogen hat, seine Frau, Snaefridur Islandssol, habe ihn betrogen.
Danach wagte sie nicht mehr, den Junker zu erwähnen, aber als sie einem alten, graubärtigen Pferdeknecht begegnete, kam

sie auf die gute Idee, nach den Pferden Magnus Sigurdssons zu fragen.
Magnus Sigurdsson, fragte der Bärtige. Ist das nicht der, der seine Frau für Branntwein an einen Dänen verkauft hat?
Doch, sagte sie.
Und sie dann mit einer Axt erschlagen wollte?
Ja, sagte sie.
Und sie dann am Eingang zum Chor in Skalholt beschuldigte, sie habe mit dem Feind ihres Vaters gelegen?
Ja, sagte die Frau. Der ist es.
Soviel ich weiß, haben die Knechte aus Bessastadir seine Pferde in Verwahr genommen, sagte der Bärtige. Falls du sie holen solltest, so wirst du sie kaum bekommen.
Sie wanderte noch eine Weile umher an diesem heiligen Ort Thingvellir an der Öxara, wo arme Menschen so sehr gepeinigt wurden, daß schließlich der Fels zu sprechen begann. Die Sonne leuchtet auf die schwarze Wand der Schlucht, und die Dampfsäulen am Berg auf der anderen Seite des Sees steigen hoch in die Luft. Ein Hund heult in einiger Entfernung durch die Stille, mit langen, falschen und schleppenden Tönen, und ab und zu einem kraftlosen Bellen dazwischen. Vielleicht dauerte dieses jämmerliche Jaulen schon länger an, ohne daß sie es beachtet hatte. Sie sah den Hund auf einem Grashöcker neben einem Felsen sitzen, er legte die Ohren zurück, schloß die Augen, reckte die Schnauze empor und heulte die Sonne an, fast ohne das Maul aufzumachen. Hinter ihm lag ein Mann auf dem Rücken im Gras, vielleicht tot. Als sich die Frau näherte, ließ der Hund das Jaulen sein und riß einige Male das Maul auf, voller Verzweiflung, wie sie nur einen Hund befallen kann, stand auf und ging langsam auf sie zu. Er hatte einen ganz schlaffen Bauch vor Hunger. Doch als er näher kam, erkannte er sie, trotz ihrer Verkleidung, und versuchte, an ihr emporzuspringen: Sie sah, daß es der Hund von Braedratunga war.
Der Junker lag im Gras. Er schlief. Er war blutig und mit Erde beschmiert, das Gesicht von einer Schlägerei geschwollen,

seine Kleider zerrissen, so daß man den nackten Körper sehen konnte. Sie beugte sich über den Mann, und der Hund leckte ihre Wange. Sein Hut lag ein Stück weiter weg im Gras, und sie hob ihn auf und holte darin Wasser aus dem Fluß, um den Mann zu waschen. Er wachte auf und versuchte, sich aufzurichten, stieß aber einen Schrei aus und fiel wieder zurück.
Laß mich in Frieden verrecken, brüllte er.
Als sie genauer nachschaute, sah sie, daß sein eines Bein kraftlos war, es war in der Mitte der Wade gebrochen.
Was für eine Hure bist du, sagte er.
Da hob sie das Kopftuch von ihrem Gesicht, so daß er ihre golden schimmernde Haut sehen konnte und die Augen, die so blau waren, daß es ihresgleichen nicht mehr gab im Norden.
Sie sagte: Ich bin es, deine Frau, Snaefridur.
Dann fuhr sie fort, ihren Mann zu pflegen.

Dritter Teil · Feuer in Kopenhagen

Erstes Kapitel

In Jägersborg wird gefeiert.
Die Königin gibt ein Fest für ihren Mann, den König, und die deutsche Prinzessin, ihre Mutter, und ihren Bruder, den Herzog von Hannover. Die vornehmsten Männer des Landes und die berühmtesten Ausländer sind dazu eingeladen worden.
Die Königin hatte in Hamburg mehr als fünfzig Prachtbogen und für jeden Bogen vier Prachtpfeile anfertigen lassen, denn heute sollte der König den Hirsch erlegen.
Am späten Nachmittag versammelten sich die erlauchten Gäste auf einer von hohen Buchen umgebenen Lichtung, wo ringsum Zelte aufgeschlagen waren. Als die erlauchten Gäste ihre Plätze eingenommen hatten, erschien unser allergnädigster Herr und König auf dem Schauplatz, in einem roten Jagdanzug, mit einer ellenlangen, nickenden Feder auf einem Barett aus schwarzem Samt; dann kam die Königin mit ihrem hochadeligen Bruder, ebenfalls in Jagdkleidung, und danach trippelten die Hofdamen und viele der vornehmsten Frauen des Reiches, alle im Jagdkostüm.
An der rechten Seite des Platzes war eine Art Ladentisch aufgestellt, hundert Fuß lang, auf dem die Preise aufgereiht standen, alle aus Silber, um die man bei diesem Jagdvergnügen wetteifern sollte. Am einen Ende dieses Tisches war zwischen zwei Baumstämmen ein Tuch gespannt, und gegenüber diesem Tuch befanden sich die Sitzplätze für die hohen Herrschaften und ihre Gemahlinnen und die Hofdamen. Die Kavaliere jedoch mußten stehen, und auch eine Gesandtschaft mit hohen Mützen, langen Säbeln und schwarzem Bart; sie wurde die Gesandtschaft der Tartaren genannt.
Nun erschallen Hörner, und das grüne Tuch hebt sich; ein hölzerner Hirsch wird sichtbar und fängt an zu hüpfen und hüpft von einem Baum zum anderen. Die Tartaren durften als erste schießen, doch ihre Pfeile verfehlten das Ziel nicht wenig; dann schossen die so hübsch dasitzenden Hofdamen, und alle bewunderten ihr elegantes Benehmen, und anschließend

die Kavaliere, und manche kamen mit ihren Pfeilen dem Ziel bedenklich nahe, wenn auch nicht zu nahe, was den Zuschauern großes Vergnügen bereitete. Zuletzt schossen der König und die Königin. Und um es kurz zu sagen, der König traf den Hirsch schon mit dem ersten Schuß und errang damit den Titel des besten Schützen des Nordens. Die anderen Preise wurden an die Kavaliere und Hofdamen verteilt, die Königin aber nahm aus Gründen der Höflichkeit keinen Preis an.

Neben diesem Spielplatz im Grünen war mit erstaunlicher Kunstfertigkeit ein Hügel errichtet worden, auf den ein Bogengang hinaufführte; die Säulen auf beiden Seiten sollten Zitronenbäume oder Pomeranzenbäume darstellen, und da und dort waren die Initialen des Königs und der Königin in die Baumstämme eingeritzt, und darüber war ein Himmel aus blauem Stoff mit demselben Monogramm gespannt. Oben auf der Mitte des Hügels war ein schöner Teich voller Fische, und auf dem Wasser schwammen zahme Enten und andere Vögel in großer Zahl. Inmitten des Teiches war ein Felsen gebaut worden, und aus diesem Felsen erhoben sich in ungefähr halber Speerhöhe vier Springbrunnen, deren Wasserstrahlen in den Teich herabfielen. Rund um den Teich herum war eine Bank aus Grassoden gebaut worden, wobei das Gras nach außen zeigte, dann war die Rasenbank schön mit Tüchern gedeckt und als Festtafel hergerichtet worden; daneben hatte man Stühle aufgestellt und dafür gesorgt, daß die Plätze der hohen Herrschaften sich unter dem Thronhimmel befanden, während die Gesandten, der Adel und der Hof einander gegenüber am Tisch saßen. Die hohen Beamten und andere vornehme Vertreter der Bürgerschaft mit ihren Frauen und andere Gäste, darunter auch Kaufleute, speisten mit den Tartaren auf der Wiese am Fuße des Hügels. An der Tafel des Königs wurden ungefähr zweihundert Gerichte und weit über hundert verschiedene Konfitüren und Früchte in vergoldeten Schüsseln aufgetragen; die Leckereien breiteten sich nach beiden Seiten, soweit das Auge reichte, und boten einen sehr schönen Anblick.

Ein Land, vom lieben Gott gesegnet.

Der vornehme Deutsche mit dem dicken Bauch, der den assessor consistorii et professor antiquitatum Danicarum Arnas Arnaeus begrüßt hatte, während der Hirsch gejagt wurde, und sich als Kommerzienrat Uffelen aus Hamburg vorgestellt hatte, saß an der Tafel wieder neben ihm und sprach ihn freundlich an.

Unsere gnädige Königin, Eure Landsmännin, ist eine sehr großzügige Frau, sagte Arnas Arnaeus. Im Lustschloß ihrer Majestät, das sie ihren sommerlichen Zufluchtsort nennt, sind sie und ihre Damen oft als Nymphen und Elfen verkleidet. Und abends wird auf ländliche Weise zu Geigen und Flöten oder Sackpfeifen und Schalmeien getanzt. Man segelt im Mondschein auf dem kleinen, launischen Furesee. Und der Abend endet mit einem Feuerwerk.

Der Deutsche antwortete: Ich sehe, mein Herr steht in solcher Gunst, wie sie einem deutschen commoner wohl nie von seiner Landsmännin erwiesen werden dürfte. Dennoch war mir vergönnt, das Schloß der beiden königlichen Prinzessinnen in Amager zu betreten, denn ich hatte ihnen aus Galanterie zwei Kolibrivögel für ihre Volieren mitgebracht. Aber da stellte sich heraus, daß die Zeit schon längst vorbei ist, da junge Königstöchter einen kleinen Vogel lieben. Diese kleinen Hoheiten sagten, sie seien enttäuscht darüber, kleine Vögel zu bekommen und nicht das Tier, das sie sich schon seit längerem erträumt hatten: ein Krokodil.

Ach ja, mein Herr, das Leben ist schwer, sagte Arnas Arnaeus.

Außerdem widerfuhr mir und meinen Begleitern die Ehre, daß seine Majestät uns dazu einlud, draußen in seinem Sommerschloß Hirschholm an einem Jagdfrühstück teilzunehmen, sagte der Deutsche. Wir speisten dort in dem schönen Gartensaal, der fünfzig Fuß im Quadrat mißt und auf zwanzig Säulen steht; er ist mit Gold und Samt und Taft ausgekleidet, und innen in der Kuppel hängen über achthundert künstliche Zitronen und Pomeranzen herab; man muß ganz in den Süden bis nach Welschland, um einen solchen Stil zu finden.

Jetzt hat meine Königin, Eure Landsmännin, einen merkwürdigen Affen bekommen, der für zweihundert Speziestaler gekauft wurde, sagte Arnas Arnaeus – ganz zu schweigen von den feinen Papageien. Wenn mein Herr anstelle zweier Vögelchen für die Prinzessinnen seiner Landsmännin ein zweites Paar spanischer Pferde mitgebracht hätte, ebenso gute wie die, welche im letzten Jahr für sie gekauft wurden, für jene zweitausend Speziestaler, die Eyrarbakki einbrachte, wo sich das größte Handelsgeschäft im dänischen Reich befindet, dann wäre der Kummer der Königin darüber, daß sie kein Viergespann besitzt, gestillt. Und mein Herr hätte einen großen Abend mit den Nymphen im Zufluchtsort am Furesee erlebt; und wäre mit einem Feuerwerk verabschiedet worden.
Es freut mich, daß meine Landsmännin endlich in Island einen Bewunderer gefunden hat, der meint, keine irdische Kreatur sei zu gut für sie, wenn sie ihr eine wahre Freude bereiten könne, sagte der Deutsche.
Arnas Arnaeus: Sicherlich würden wir Isländer ihrer Majestät ein Viergespann von Blauwalen schenken, wenn wir eine Königin nicht noch höher schätzen.
Der Hamburger sah den professor antiquitatum Danicarum fragend an.
Die, von der Ihr sprecht, kann ihr Reich schwerlich auf Erden haben, da Ihr Euch erkühnt, meine Landsmännin auf ihrem eigenen Fest eine Stufe niedriger zu stellen, sagte er.
Richtig erraten, sagte Arnaeus und lächelte; denn es ist die Königin Islands.
Der Deutsche fuhr fort, seinem Tischgenossen kühl taxierende Seitenblicke aus den tief im Speck sitzenden Augen zuzuwerfen; er aß unentwegt, ließ sich keine Leckerei entgehen, dachte aber zweifellos mehr, als er sagte, bis er schließlich mit diesen Worten einem Krebs eine Schere abriß:
Ist es nicht an der Zeit, daß die, von der Ihr sprecht, aus dem Luftschloß der Imagination auf die feste Erde herabsteigt.
Die Zeiten sind schwer, sagte der Isländer. Die Königin, von der ich zuletzt sprach, ist dort oben glücklicher als hier unten.

Wie ich höre, sollen dort im Land die Pocken schrecklich gewütet haben, sagte der Deutsche.
Das Land war schlecht darauf vorbereitet, einer Seuche zu begegnen, sagte Arnas Arnaeus. Die Pocken segelten im Kielwasser des Hungers.
Wie ich höre, sollen der Bischof zu Schalholt und seine Gattin verstorben sein, sagte der Deutsche.
Arnas Arnaeus sah den fremden Mann erstaunt an: Ganz recht, sagte er, meine Freunde und Gastgeber und edlen Landsleute, der Bischof von Skalholt und seine Frau, wurden vergangenen Winter während der Pockenepidemie mit fünfundzwanzig weiteren Personen ihres Haushalts abberufen.
Ich kondoliere meinem Herrn, sagte der Hamburger. Dieses Land hat ein besseres Los verdient.
Es freut mich, Euch so sprechen zu hören, sagte Arnaeus. Ein Isländer ist dankbar, wenn er einen Ausländer trifft, der von seinem Land gehört hat. Und noch dankbarer, wenn gesagt wird, es habe Gutes verdient. Doch will mein Herr beachten, daß schräg gegenüber von uns, genau vor dem gebratenen Ferkel, das dort auf der Silberplatte kauert, der Bürgermeister von Kopenhagen sitzt, einstmals Schiffsjunge auf einem Islandfahrer, jetzt der höchste Mann in der Kompanie, der Gesellschaft der Islandkaufleute, und es lohnt sich nicht, ihn bei diesem schönen Fest dadurch zu reizen, daß man laut von Island spricht. Er wurde nämlich dazu verurteilt, einige tausend Taler als Buße dafür zu entrichten, daß er den Isländern madiges Mehl verkauft hat, das obendrein noch schlecht abgewogen war.
Ich hoffe, ich bin nicht zu dreist, sagte der Deutsche, wenn ich an die alten Zeiten erinnere, da meine Mitbürger und Vorfahren, die Hanseaten, zu der Insel segelten, das waren andere Zeiten. Vielleicht finden wir, wenn die Tafel aufgehoben wird, ein ruhiges Eckchen, wo ein alter Hamburger gute Erinnerungen austauschen kann mit jenem Isländer, den dänische Islandkaufleute den leibhaftigen Satan nennen, am liebsten so, daß diese unsere Freunde es nicht hören können.

Viele Menschen in Island würden viel darum geben, daß die Meinung der Islandkaufleute über mich nicht völlig unverdient wäre, sagte Arnas. Aber so leid es mir für meine Landsleute tut, ich habe eine Niederlage erlitten. Ich bin der Drache, den die Islandkaufleute unter ihrem Stiefelabsatz haben. Zwar wurden sie dazu verurteilt, Schadenersatz für das schlechte Mehl zu leisten, und der König wird ein gewisses Quantum Korn schicken, solange die Hungersnot andauert. Aber ich wollte keine Mehlbuße und kein Notkorn für mein Volk, sondern einen besseren Handel.

Die Königin hatte bestimmt, daß bei ihrem Fest keine starken Getränke serviert werden sollten, sondern nur leichte französische Weine, und auch sie nur in Maßen, damit die Gesellschaft möglichst wenig von jenem rohen Benehmen geprägt würde, das in ihren Augen den Norden kennzeichnete und sich stets bemerkbar machte, wenn diese Völker tranken.

Bei Sonnenuntergang wurde die Tafel aufgehoben. Zur allgemeinen Unterhaltung wurden jetzt viele kleine Hunde in den Teich auf dem Hügel geworfen; sie durften die zahmen Enten und anderen Vögel mit gestutzten Flügeln, die dort schwammen, jagen und totbeißen; die königlichen Majestäten und ihre hohen Gäste fanden großes Gefallen an diesem Spiel.

Dann begab man sich in stilvollem Aufzug nach Schloß Jägersborg, wo bald getanzt werden sollte. Und da dies ein Tanz en famille war, wich man von der Gewohnheit des Hofes ab, Masken oder besondere Kostüme zu tragen, nur die Königin und ihre Hofdamen kleideten sich in Schwarz, ehe sie zu tanzen begannen.

Nach dem Mahl hatten die aus der Schar der Gäste, die sich kannten, Gelegenheit, miteinander zu sprechen, doch da geschah es, daß Arnas Arnaeus, der dank seiner Gelehrsamkeit seit langem ein willkommener Gast in jeder vornehmen Gesellschaft gewesen war, erkennen mußte, daß verschiedene hohe Herren und andere hochgelehrte Männer, die er recht gut kannte, entweder vergaßen, ihn zu grüßen, oder seinen Blicken entschwanden, bevor sie es getan hatten. Er fand es noch verständlich, daß einige der Ehrenmänner aus dem Stadtrat, Partner des Bürgermeisters in der Kompanie, sich im Augenblick nicht mit einem Mann unterhalten wollten, der sie erst vor kurzem wegen Betrugs und falschen Gewichts hatte verurteilen lassen. Seltsamer schien es ihm, daß zwei adlige Richter vom Obersten Gericht unserer Majestät sich beeilten, wegzusehen und sich davonzumachen, als sie nicht umhin konnten, seinen Gruß zu erwidern. Und noch weniger verstand er, weshalb zwei seiner Kollegen aus dem Geistlichen Gericht sich so genierten, als sie ihn sahen; und ein Kollege und alter Freund, der königlicher Instruktor und der Bibliothekar Worms' war, sprach zerstreut und voll Unruhe mit ihm und ging bei der ersten Gelegenheit weiter. Und er sah deutlich, daß einige Kavaliere die Köpfe zusammensteckten und sich in der gewohnten Weise, wie es im Norden Isländern gegenüber üblich ist, über ihn lustig machten, obwohl man dies schon seit einiger Zeit nicht mehr getan hatte, soweit es Arnas Arnaeus betraf.

Er hatte sich mit dem Menschenstrom ins Schloß treiben lassen. Und als er dort mit anderen Leuten in einem Vorraum steht und die Flöten der Musikanten anheben, rauscht das königliche Gefolge auf dem Weg zum Ballsaal vorüber, und da fällt der Blick unseres allergnädigsten Herrn auf den Isländer, und über das hochedle Gesicht mit der Nase, die wie der Schnabel eines Vogels aussieht, und den verwirrten, spöttischen Augen eines lüsternen, impotenten Greises huscht eine plötzliche Heiterkeit, indem er in der Sprache, die er von seinen niederdeutschen Kindermädchen gelernt hatte, spöttelt:

Na, de grote Islänner, de grote Schöttenjäger, was bedeutet: der große Isländer und Schürzenjäger.

Irgendwo wurde laut gelacht.

Die Gäste im Saal verneigten sich vor seiner Majestät, als das hohe Gefolge einzog. Der Isländer blieb allein stehen. Und als er sich unter den anderen Gästen umsah, schien keiner bemerkt zu haben, was geschehen war; und noch immer war ihm genauso unklar wie zuvor, wer er in den Augen dieser

Gesellschaft war oder wo er stand; bis wieder der dicke, schönrednerische Deutsche aus Hamburg neben ihm auftaucht.
Ich bitte um Vergebung, aber mein Herr hat es nicht abgeschlagen, mit mir einige Kleinigkeiten zu besprechen, wo wir weniger Zuhörer haben. Wenn es meinem Herrn beliebt –
Statt in die inneren Säle des Schlosses weiterzugehen, traten sie aus dem Vorraum in den Obstgarten hinaus. Arnas Arnaeus schwieg, und der Hamburger sprach. Er sprach über das Korn und das Vieh in Dänemark, über die beneidenswerte Lage Kopenhagens und über den vorzüglichen Alabaster, der aus Asien hierhergebracht wurde; und er kam wieder auf die vielen, prachtvollen Schlösser des Königreichs zu sprechen, sagte, seine Majestät sei ein solcher Galanthomme, daß man in der Christenheit keinen größeren finden könne, man müsse bei jenen suchen, die an Mahomed glauben, um seinesgleichen zu finden, nannte das Beispiel, das die Bewunderung der Völker erregt hatte, als das große Fest für ihn gegeben wurde in Venedig und seine Majestät sechzehn Stunden lang ununterbrochen tanzte, während Ritter und Legaten aus drei Kaiserreichen und vier Königreichen, ganz abgesehen von denen, die aus Stadtstaaten und Kurfürstentümern kamen, schon blaß vor Erschöpfung waren oder die Sprache verloren hatten; und man im Tagesgrauen Leute in der Stadt herumschicken mußte, um kräftig gebaute Frauenzimmer aufzuwecken, die sonst Gemüse verkauften oder Fischfässer auf dem Kopf trugen, und sie mit Seide und Gold und Pfauenfedern auszustaffieren, damit sie mit diesem König aus dem Lande der Eisbären, wie Dänemark dort genannt wird, tanzen konnten; denn da waren die adligen Damen des Stadtstaates entweder kurz vor dem Zusammenbrechen oder schon zu Boden gesunken.
Doch wie gesagt, fuhr der Deutsche fort, man muß für seine Vergnügungen bezahlen, auch die Könige. Ich weiß, mein Herr weiß besser über die Finanzen dieses Reiches Bescheid als ich; und ich brauche Euch nicht von den wachsenden Schwierigkeiten zu berichten, die im Reichsrat entstehen,

wenn es darum geht, die notwendigen Gelder bewilligt zu bekommen für die Maskenbälle, welche nicht nur immer häufiger stattfinden, sondern auch mit jedem Jahr aufwendiger werden. Wir in Hamburg haben aus zuverlässiger Quelle erfahren, daß während der letzten Jahre die Abgaben aus dem Islandhandel dafür verwendet wurden, die Vergnügungen des Hofes zu finanzieren. Doch jetzt hat man die Kuh zu viel gemolken und sie außerdem hungern lassen, was niemand besser weiß als mein Herr, so daß es in den vergangenen Jahren nur noch mit Mühe und Not gelungen ist, der Kompanie und dem Lehnsherrn jene Pachtzinsen abzupressen, die dem König von der Insel zustehen. Und nun, nach den Mehlbußen, können sich die Kaufleute nur schwer dazu entschließen, nach Island zu segeln, da es nicht sicher ist, ob man Euer Volk noch ein klein wenig mehr züchtigen kann. Doch wie dem auch sei, die Bälle müssen kontinuieren, man muß noch mehr Schlösser bauen, der Königin fehlt ein zweites Paar spanischer Pferde, meine gnädigen Prinzessinnen brauchen ein Krokodil. Und vor allem, man muß den Krieg vorbereiten. Hier ist guter Rat teuer.
Arnas Arnaeus sagte: Ich fürchte, ich verstehe nicht ganz, worauf mein Herr Kommerzienrat hinauswill, es sei denn, er habe von meinem König oder der dänischen Staatskasse den Auftrag erhalten, Gelder zu beschaffen?
Mir wurde Island zum Kauf angeboten, sagte der Hamburger.
Von wem, wenn ich fragen darf?
Vom König von Dänemark.
Es ist erfreulich zu hören, daß hier einer, der nicht wegen Hochverrats angeklagt werden kann, ein Land feilbietet, sagte Arnaeus und lächelte; er hatte plötzlich einen leichten Ton angeschlagen. Ist dieses Angebot schriftlich bestätigt worden?
Der Deutsche zog unter seinem Mantel ein Dokument mit Unterschrift und Siegel unserer Majestät hervor; darin wurde einigen Kaufleuten in Hamburg angeboten, das auf halbem Wege zwischen Norwegen und Grönland gelegene Eiland, das Islandia genannt wird, mit allen dazugehörigen Rechten zu vollem und freiem Eigentum zu kaufen, gleichzeitig würde

der Dänenkönig für sich und seine Nachkommen vollständig und für alle Zeiten auf obengenanntes Eiland verzichten, und der Kaufpreis solle fünf Tonnen Gold betragen, zahlbar an unsere königliche Rentkammer bei Unterzeichnung des Kaufvertrages.

Arnas Arnaeus überflog unter einer Laterne im Obstgarten das Dokument und gab es dann dankend an Uffelen zurück.

Ich weiß, ich brauche nicht zu betonen, sagte der Deutsche, daß ich damit, daß ich Euch dies gezeigt habe, Euch, als dem vornehmsten Manne isländischen Namens im Dänenreich, mein besonderes Vertrauen erweisen wollte.

Jetzt ist es dahin gekommen, sagte Arnas Arnaeus, daß mein Name im Dänenreich so geachtet wird, daß ich als letzter von allen erfahre, was sich in den Angelegenheiten Islands zuträgt. Ich habe den großen Fehler begangen, das Wohl dieses meines Vaterlandes zu wollen, und ein solcher Mann ist der Feind des Dänenreichs: Das ist das Schicksal dieser beiden Länder. Es hat zwar nie als höflich gegolten, in guter Gesellschaft in Dänemark den Namen Islands zu erwähnen; doch seitdem mich das Verlangen ergriffen hat, die Lebensbedingungen der Menschen in Island zu verbessern, statt mich mit den alten Büchern meines Landes zu begnügen, wollen mich meine Freunde nicht mehr kennen. Und seine Majestät, mein gnädiger König, verspottet mich in aller Öffentlichkeit.

Darf ich dann hoffen, daß Euch dieses Geschäft nicht unwillkommen ist im Hinblick auf den Standpunkt, den Ihr Euch gewählt habt?

Ich fürchte, es hat nichts zu sagen, welchen Standpunkt ich in einer Sache wie dieser einnehme.

Dennoch habt Ihr es in der Hand, ob dieses Geschäft zustande kommt oder nicht.

Wie könnte das möglich sein, mein Herr, da ich mit dieser Sache überhaupt nichts zu tun habe.

Island wird nicht ohne Eure Zustimmung gekauft.

Ich bin dankbar, daß Ihr mir das Vertrauen erwiesen habt, mich in ein Geheimnis einzuweihen. Hingegen gebricht es mir

an Einfluß, mich in einer solchen Sache geltend zu machen, sei es mit Worten oder mit Taten.
Ihr wollt das Wohl Islands, sagte der deutsche Kaufmann.
Gewiß, sagte Arnas Arnaeus.
Keiner weiß besser als Ihr, daß die Bewohner der Insel kein schlimmeres Los erwarten kann, als weiterhin nur eine Einnahmequelle für den Dänenkönig und die Steuerpächter zu sein, denen er das Land jeweils ausliefert, den Lehnsherren oder Monopolkaufleuten.
Das waren nicht meine Worte.
Ihr wißt genau, daß der Reichtum, der sich hier in Kopenhagen angesammelt hat, während der letzten Menschenalter durch den Islandhandel begründet wurde. Der Weg zu den höchsten Ämtern in dieser dänischen Hauptstadt hat stets über den Islandhandel geführt. Es gibt kaum eine Familie in dieser Stadt, in der nicht irgendein Mitglied sein Brot bei der Kompanie verdient. Und es war stets so, daß nur Angehörige des Hochadels, vorzugsweise fürstliche Personen, Island zu Lehen bekamen. Island ist ein gutes Land. Kein Land finanziert so viele reiche Leute wie Island.
Es ist ungewöhnlich, so großes Verständnis aus dem Munde eines Ausländers zu vernehmen, sagte Arnas Arnaeus.
Und ich weiß noch mehr, sagte der Deutsche. Ich weiß, daß die Isländer uns Hamburgern stets wohlgesinnt waren, was nicht verwundern kann, denn im selben Jahr, in dem der Dänenkönig die Hanse von der Insel vertrieb und den Handel zu einem Monopol für sich und seine Leute machte, bezeugen alte Preisverzeichnisse, daß die Preise für die Ausfuhrwaren auf der Insel um sechzig Prozent gesenkt wurden und die für die ausländischen Waren um vierhundert Prozent angehoben.
Und nach einer kurzen Pause: Ich hätte mich nicht dazu erdreistet, diese Angelegenheit Euer Hochwohlgeboren gegenüber zur Sprache zu bringen, hätte ich nicht zuvor meinem christlichen Gewissen Rechenschaft darüber abgelegt, daß wir Hamburger Euren Landsleuten bessere Bedingungen bieten können als unser allergnädigster Herr und Gastgeber.

Sie gingen eine Weile schweigend im Obstgarten umher. Arnaeus war wieder nachdenklich geworden. Schließlich fragte er unvermittelt aus seinen Überlegungen heraus: Ist mein Herr jemals mit dem Schiff nach Island gekommen.
Der Hamburger verneinte es, aber warum fragt Ihr danach?
Mein Herr hat dann noch nie gesehen, wie Island nach einer langen und schwierigen Seereise aus dem Meer steigt, sagte Arnas Arnaeus.
Der Kaufmann verstand nicht richtig.
Dort steigen sturmgepeitschte Gebirge aus dem aufgewühlten Meer empor und in Unwetterwolken gehüllte Gletschergipfel, sagte der professor antiquitatum Danicarum.
Und dann, sagte der Deutsche.
Arnas Arnaeus sagte: Ich stand auf der Leeseite eines kleinen Schiffes, wie die wettergegerbten Seeräuber aus Norwegen, die sich lange vom Sturm über das Meer treiben ließen; bis auf einmal dieses Bild erscheint.
Selbstverständlich, sagte der Deutsche.
Es gibt keinen gewaltigeren Anblick als Island, wie es aus dem Meer emporsteigt, sagte Arnas Arnaeus.
Das weiß ich nicht, sagte der Deutsche ein wenig verwundert.
Allein bei diesem Anblick versteht man das Geheimnis, daß hier die wichtigsten Bücher der ganzen Christenheit geschrieben wurden, sagte Arnas Arnaeus.
Und wenn dem so wäre, sagte der Deutsche.
Ich weiß, jetzt könnt Ihr verstehen, sagte Arnas Arnaeus, daß es nicht möglich ist, Island zu kaufen.
Der Hamburger dachte zuerst nach, dann sagte er:
Auch wenn ich nur ein Kaufmann bin, so glaube ich doch, Eure Lehre bis zu einem gewissen Grad verstehen zu können. Ich bitte um Vergebung, daß ich nicht völlig mit Euch einig bin. Das Schreckliche, das hohen Berggipfeln innewohnt, kann man sicher nicht kaufen oder verkaufen; auch nicht die Meisterwerke, die von den Künstlern des Landes geschaffen werden; und nicht die Lieder, die sein Volk singt; und kein Kaufmann wird nach solchen Dingen trachten. Wir Kaufleute

fragen nur nach dem Nutzen der Dinge. Für das isländische Volk gilt, auch wenn es in seinem Lande hohe Gipfel und den feuerspeienden Berg Hekla gibt, vor dem die ganze Welt zittert, und auch wenn die Isländer in alter Zeit sehr bemerkenswerte Edden und Fabeln zusammengeschrieben haben, so brauchen sie dennoch Essen und Trinken und Kleidung auf den Leib. Die Frage ist einzig die, was den Isländern mehr Vorteile bringt: daß ihre Insel ein dänisches Sklavenhaus ist oder ein selbständiges Herzogtum –

– unter dem Schutz des Kaisers, fügte Arnas Arnaeus hinzu.

Einen solchen Gedanken fanden die isländischen Großen einstmals gar nicht abwegig, sagte Uffelen. In Hamburg liegen bemerkenswerte alte isländische Briefe. Zweifellos würde der Kaiser die Sicherheit eines isländischen Herzogtums garantieren; und auch der englische König. Die isländische Regierung würde dann der Hamburger Kompanie Fischereihäfen und Handelsrechte zugestehen.

Und der Herzog?

Der Herzog Arnas Arnaeus hat seinen Sitz dort auf der Insel, wo er will.

Mein Herr ist ein unterhaltsamer Kaufmann.

Ich wünschte, Euer Hochwohlgeboren würden diese meine Worte nicht nur als leeres Gerede betrachten; ich hätte keinen Grund, mich über meinen Herrn zu mokieren.

Arnas Arnaeus sagte: Ich glaube kaum, daß es in Island ein Amt gibt, das mir der Dänenkönig noch nicht angeboten hat. Zwei Jahre lang hatte ich die größten Vollmachten, die je ein Mensch über dieses Land besessen hat: Macht über die isländische Abteilung der Regierung, über die Kompanie, über die Richter, über die Vertreter des Lehnsherrn; in gewissem Umfang sogar über den Lehnsherrn. Ich hatte außerdem den besten Willen, meinem Vaterland zu dienen. Und was war der Erfolg meiner Arbeit? Eine Hungersnot, mein Herr. Eine noch größere Hungersnot. Island ist ein geschlagenes Land. Ein Herzog über ein solches Land würde zum Gespött der Welt, auch wenn er der Diener der guten Hamburger wäre.

Uffelen antwortete: Gewiß hattet Ihr in Island die Vollmacht des Königs in vielen Dingen, mein Herr, doch Ihr habt eben selbst gesagt, woran es fehlte; Ihr hattet nicht den Auftrag und nicht die Macht, das durchzuführen, was am wichtigsten war: die königlich privilegierten Monopolkaufleute aus dem Lande zu verjagen und einen anständigen Handel einzuführen.
Arnas Arnaeus sagte: Zu wiederholten Malen hat meine allergnädigste Majestät bereits Gesandte ausgeschickt, die unter Tränen ausländische Fürsten aufsuchen und sie bitten sollten, ihm Island abzukaufen oder ihm zumindest Geld darauf zu leihen. Jedesmal, wenn die Kompanie Wind von einem solchen Plan bekam, erbot sie sich, der Krone eine höhere Pacht für den Islandhandel zu entrichten.
Es ist mein Wunsch, sagte Uffelen, daß dieses Geschäft so schnell getätigt wird, daß die Islandkaufleute nicht davon erfahren, bevor alles perfekt ist. Es hängt davon ab, ob Ihr unser Mann gegenüber dem isländischen Volk sein wollt. Bekomme ich heute Euer Versprechen, wird morgen der Handel abgeschlossen.
Zunächst muß man herausfinden, sagte Arnaeus, ob dieses Angebot mehr ist als eine List des Königs, zu der er gegriffen hat, um den Islandkaufleuten eine höhere Pacht abzupressen, zu einem Zeitpunkt, da alles versucht werden muß, um Geld zu beschaffen für die Notwendigkeit, die gleich nach dem Tanz kommt: den Krieg. Doch kommt es dazu, daß hier von meiner Seite eine Antwort gegeben werden muß, wird es nicht schaden, auch wenn der morgige Tag vergeht.

Zweites Kapitel

Es dauerte nicht lange, bis sich eine Erklärung für das seltsame Verhalten der vornehmen Herren gegenüber Arnas Arnaeus auf dem Fest der Königin fand. Als er in der Nacht nach Hause kam, lag das Schriftstück dort. Er war verurteilt. Die Entscheidung des Obersten Gerichts in der sogenannten Braedratunga-Sache, die jetzt seit beinahe zwei Jahren verschiedene

Instanzen beschäftigt hatte, war die, daß Magnus Sigurdsson von allen Anklagen freigesprochen wurde.
Diese Sache war ursprünglich aus zwei Briefen entstanden, welche besagter Magnus in Island geschrieben hatte; der eine war ein Beschwerdebrief an Arnaeus wegen einer vermuteten Liebesbeziehung zwischen ihm und der Frau des Briefschreibers, der andere war zur Verlesung auf der Synode in Skalholt bestimmt, und in ihm bezichtigte der Briefschreiber seine Frau des unzulässigen Umgangs mit dem königlichen Kommissar und forderte die Geistlichkeit auf, in der Sache einzuschreiten. Der königliche Abgesandte hatte sich durch die Briefe beleidigt gefühlt und den Briefschreiber wegen übler Nachrede verklagt. Vor dem Bezirksgericht wurde zwei Wochen, nachdem der zweite Brief am Eingang zum Chor verlesen worden war, durch den Amtmann Vigfus Thorarinsson ein Urteil gefällt und Magnus Sigurdsson wegen schändlicher Verleumdung Arnaei seiner Ehre und seines Vermögens für verlustig erklärt. Gegen dieses Urteil legte der Kommissar bei der höheren Instanz an der Öxara Berufung ein; das Gericht wurde von ihm eigens bestellt, um diese Sache zu behandeln, da der amtierende Richter Eydalin wegen seiner familiären Bindungen als befangen gelten mußte. Dieses Gericht an der Öxara verschärfte das Urteil des Bezirksgerichts, und Magnus Sigurdsson sollte ihm zufolge nicht nur den Hof Braedratunga, der den größten Teil seines Vermögens ausmachte, verlieren, sondern auch noch dem königlichen Kommissar dreihundert Reichstaler bezahlen für die Bezichtigungen, die seine Briefe enthielten, und außerdem einen gewissen Betrag als Aufwandsentschädigung für die Richter in dieser Sache.
Im Urteil des Obersten Gerichts wurde all dies umgestoßen. Dort hieß es in den Prämissen, daß dem bedauernswerten Magnus Sivertsen eine harte und unchristliche Behandlung durch den actor Arnas Arnaeus und die Richter zuteil geworden sei. Er sei angeklagt worden, weil er einen Brief geschrieben habe wegen seiner Ehre, und dann einen zweiten, um ihn auf einer Kirchenversammlung verlesen zu lassen, in der Absicht, Arnaeus dazu zu bewegen, dem Klatsch und den Gerüchten, die im

Schwange waren, nicht allein zum Schaden der Hausherrin in Braedratunga und ihres Ehemanns, sondern auch des Bischofssitzes in Skalholt, daß solche Unzuchtgerüchte dort im Wachtturm christlicher Ermahnungen und Bollwerk guter Sitten ihren Ausgang nehmen und einen Nährboden finden sollten, Einhalt zu gebieten. Zum Zeichen dafür, daß diese Briefe nicht ins Blaue hinein geschrieben und nicht vergebens der Öffentlichkeit zur Kenntnis gebracht worden waren, lasse sich anführen, daß sogleich am andern Tag nach der Verlesung des zweiten Briefes Arnas Arnaeus das Haus des Bischofs verlassen und Wohnung in Bessastadir genommen habe. Es hieß in den Prämissen des Urteils, daß es schwierig sei, nachzuvollziehen, wie diese Briefe Anlaß zu einer derartig zügellosen Verfolgung eines armen Mannes mit harten Urteilen und großen Geldbußen hätten geben können. Es sei ganz offensichtlich, daß Monsieur Sivertsen gute Gründe dafür gehabt habe, seine Briefe zu schreiben, denn er habe gehofft, dadurch das hartnäckige Gerücht, das im Lande umlief, daß er betrogen werde, zum Schweigen zu bringen. Die Ehefrau hatte Magnus' Trunksucht zum Vorwand genommen, um den Mann, Arnaeus, treffen zu können, an den sie nach allgemeiner Ansicht schon in frühester Jugend ihre Unberührtheit verloren hatte; und jetzt, nachdem sie von zu Hause weggelaufen war, hatte sie einen ganzen Winter lang mit diesem ihrem Jugendgeliebten in ungezügeltem Umgang unter einem Dach gewohnt, was sich nach vorliegender Zeugenaussage in ständigen Gesprächen unter vier Augen mit dem Kommissar, sowohl am hellichten Tage als auch in dunkler Nacht und hinter verschlossenen Türen, äußerte; und deshalb lasse sich unschwer erkennen, daß der Ehemann aus justo dolore gehandelt habe, als er in diesen termes schrieb. Nach dem siebenundzwanzigsten Kapitel des Zivilen Gesetzbuches, das von Ehrverletzungen handelt, besteht kein Anlaß zu einer Strafe wie der, die Sivertsen vom Gericht an der Öxara auferlegt wurde, denn weder wurden die verurteilten Worte positiv gesprochen, noch hätten sie, wenn es so gewesen wäre, etwas anderes enthalten als das, was in aller Munde war, die

Gespräche unter vier Augen zwischen Arnaeus und der Frau. Deshalb sollen die zuvor ergangenen ungerechten und unchristlichen Urteilssprüche über die Ehre und den guten Namen Magnus Sivertsens null und nichtig sein. Und da Arnas Arnaeus nach denselben Urteilssprüchen seinen Hof und seine Habe hat registrieren und beschlagnahmen lassen, soll diese Pfändung und Konfiskation hiermit ungültig gemacht werden, und das Vermögen, sowohl festes wie bewegliches, wird wieder an Magnus Sivertsen zurückerstattet, mit allen Erträgen und dem Pachtzins von dem Zeitpunkt an, zu dem sie beschlagnahmt wurden. Item, da man davon ausgehen muß, daß Arnas Arnaeus causa prima zur Eifersucht des Ehemanns, wie auch zu den gerichtlichen Verfolgungen gegen ihn gewesen ist, erscheint es recht und billig, daß besagter Arnas Arnaeus Magnus Sivertsen für die Gerichtskosten, wie auch für Spott und Belästigung, die gleiche Summe jure talionis bezahlt, welche die früheren Richter ihm vom Vermögen des Magnus zuerkannt hatten. Und da Arnas Arnaeus mit seinem unchristlichen Benehmen, seiner Ungerechtigkeit und seinem Ungestüm in dieser ganzen Sache bei dem gemeinen Volk in Island Anstoß und großes Ärgernis erregt und dem Ansehen der königlichen Beamten auf der Insel Schaden zugefügt hat, soll es dieser mehrfach genannten Person auf unbestimmte Zeit nicht gestattet sein, nach Island zu segeln und sich auf selbiger Insel aufzuhalten, ohne daß durch unsere allermildeste königliche Gnaden und Majestät eine besondere Erlaubnis erteilt wird.

Am Morgen nach dem Fest, als man die ersten Wagen auf der gepflasterten Straße hörte und der Gemüsehändler anfing, hinter dem Haus zu rufen, erhebt sich Arnas Arnaeus, bleich nach der schlaflosen Nacht, aus seinem Lehnstuhl. Er geht in seine Bibliothek. Dort sitzt sein Schreiber, studiosus antiquitatum Joannes Grindvicensis, an seinem Pult und weint. Der Mann merkte zunächst nicht, daß sein Herr hereingekommen war, und weinte weiter. Sein Herr räusperte sich einige Male, um den Studiosus von dieser Tätigkeit aufzuwecken. Der Schreiber sah plötzlich verwirrt auf, doch als er seinen Hausherrn er-

blickte, geriet er erst recht außer sich; er ließ weinend die Stirn auf das Pult fallen, und seine von der Gelehrsamkeit und der Last der Verantwortung gebeugten Schultern zuckten.
Arnas Arnaeus ging einige Male im Saal auf und ab und betrachtete mit einem Anflug von Ungeduld dieses ungewohnte und irritierende Bild eines weinenden Mannes in der verdichteten Stille der Bibliothek. Und da der Kummer des Menschen kein Ende nehmen wollte, sagte er ein wenig barsch:
Na, na, Mann, was ist denn los?
Daraufhin verging eine kurze Weile, bis man den gelehrten Mann weinend diese Worte stammeln hört:
Jo-jo-jon Ma-marteinsson –
Diese Worte wiederholte er immer wieder, doch weiter kam er nicht.
Hast du getrunken? fragte sein Herr.
E-er ist hier gewesen, stöhnte der Gelehrte aus Grindavik. Er ist certe hier gewesen. Gott helfe mir.
So, sagte Arnaeus. Fehlt schon wieder etwas?
Gott sei mir armem Sünder gnädig, sagte der Grindvikingur.
Was fehlt, fragte Arnas Arnaeus.
Da erhob Jon Gudmundsson aus Grindavik sich von dem Dreifuß am Pult, warf sich vor seinem Meister auf die Knie und legte das Geständnis ab, daß das Buch der Bücher, der Edelstein der Edelsteine, die Skalda selbst, verschwunden sei.
Arnas Arnaeus wandte sich von dem Mann ab und ging zu dem Schrank in einem Nebenraum, wo die seltensten Kleinode der Sammlung eingeschlossen waren, zog einen Schlüssel heraus und schloß auf und blickte dorthin, wo seit einiger Zeit die Kostbarkeit aufbewahrt worden war, die er für die wertvollste der nördlichen Hemisphäre hielt, das Buch mit der alten Dichtung des Stammes in seiner richtigen Sprache; und wo es gestanden hatte, war jetzt eine Lücke.
Arnas Arnaeus starrte eine Zeitlang in den offenen Schrank auf die leere Stelle. Er ging einmal quer durch den Saal und kam wieder zurück und blieb stehen und betrachtete den alten studiosus antiquitatum, der immer noch auf den Knien lag,

die dürren Hände vor dem Gesicht, und nicht mehr zitterte, sondern zuckte; seine geflickten Schuhe waren ihm von den Füßen geglitten und lagen hinter ihm, er hatte ein Loch im Strumpf.
Kommt, steht auf, ich werde Euch etwas zu trinken geben, sagte Arnas Arnaeus, öffnete einen kleinen Eckschrank, schenkte aus einer Flasche in einen alten Zinnbecher ein, half seinem Sekretär aufzustehen und gab ihm zu trinken.
Vergelt's Gott, flüsterte Jon Gudmundsson Grindvikingur, aber erst nach dem zweiten Becher hatte er den Mut, seinem Herrn ins Gesicht zu sehen. Und dabei spaziere ich hier fast die ganze Nacht herum, sagte er. Und als ich heute nacht gegen drei Uhr herunterkam, um an der Kopie der Mariensaga für Euch weiterzuschreiben, und in den Schrank sah, wie ich es immer tue, war dort keine Skalda. Sie war verschwunden. Er muß während der einen Stunde kurz nach Mitternacht gekommen sein, in der ich schlief. Aber wo ist er hereingekommen?
Arnas Arnaeus stand mit der Flasche in der Hand da und nahm noch einmal den leeren Becher des Schreibers entgegen. Willst du noch mehr, Alter, sagte er.
Mein Herr, ich darf nicht so viel trinken, daß ich den Wein mit dem wahren Tröster, welcher der Geist der Göttin der Gelehrsamkeit ist, verwechsle, sagte er. Nur noch einen Becher, mein Lieber, dabei hätte ich viel eher verdient, daß Ihr mir die Rute zu kosten gäbet, dafür daß dieser wahre Teufel in Menschengestalt wieder einmal an mir vorbeischleichen konnte, während ich schlief. Und da fällt mir ein, was ich gestern von einem wahrheitsliebenden Mann hörte, daß nämlich dieser Spitzbub und Galgenvogel vor einigen Abenden gesehen wurde, wie er mit dem Grafen du Bertelskiold in einer Kutsche zum Rathauskeller fuhr, herausgeputzt mit einem neuen Rock, und der Graf soll dort gebratenes Rebhuhn mit Punsch für ihn bestellt haben. Was soll ich tun?
Noch einen Becher, sagte Arnas Arnaeus.
Gott belohne Euch dafür, daß Ihr so gut seid zu einem armen Menschen aus Grindavik, sagte der Sekretär.
Vivat, crescat, floreat – Martinius, sagte Arnas Arnaeus und

hob die Hand, während der Sekretär trank. Dann verkorkte er die Flasche und schloß sie samt dem Zinnbecher in den Eckschrank ein.
Ich weiß, dieses Paradoxon spricht mein Herr mit blutendem Herzen aus, sagte der Sekretär. Aber ich frage meinen Herrn aufrichtig: Ist denn die Stadtwache und die Gendarmerie nicht stärker als Jon Marteinsson? Ist das Geistliche Gericht, der Klerus und das Militär nicht in der Lage, sich gegen diesen Mann zu verbünden? Mein Herr, Ihr, der Ihr bei den Gerichten so hoch angeschrieben seid, müßtet einen solchen Mann doch ins Raspelhaus schicken lassen können.
Leider glaube ich, daß ich nirgends mehr hoch angeschrieben bin, lieber Jon, sagte Arnas Arnaeus; auch nicht bei den Gerichten. Jon Marteinsson macht überall das Rennen. Jetzt hat er auch in dem Prozeß um den Hof Braedratunga gesiegt, den er für die Islandkaufleute gegen mich geführt hat.
Der Grindvikingur war zuerst sprachlos und machte mehrmals nach Art der Fische den Mund auf und zu, ohne daß etwas geschah, bis er diese Frage herausstöhnen konnte:
Kann es Christi Wille sein, daß der Böse über die ganze Welt herrschen soll?
Das Geld der Islandkaufleute kann viel ausrichten, sagte Arnas Arnaeus.
Es wundert freilich keinen, daß er sich an die Islandkaufleute verkauft hat, um einen Schwindelprozeß gegen seinen vielfachen Wohltäter und unseres Vaterlandes Stütze zu führen, da er nach Island fahren und Bücher und Abschriften für die Schweden kaufen konnte: Denn das Schlimmste von allem, was einem Isländer widerfahren kann, ist, unter den Schweden zu dienen, die ableugnen, daß wir Menschen sind, und behaupten, sie selber seien die Göten und Westgöten, denen die isländischen Bücher gehören. Soll jetzt auch das Buch Skalda in ihren Besitz kommen und westgötische Gedichte genannt werden?
Arnas Arnaeus hatte sich auf seine Bank gesetzt und lehnte sich zurück; er war blaß im Gesicht, schloß die Augen, strich sich gedankenverloren über das unrasierte Kinn und gähnte.

Ich bin müde, sagte er.
Der Schreiber stand immer noch an derselben Stelle, gebeugt, mit hochgezogenen Schultern, schnaubend und den Mund auf und zu machend; er betrachtete eine Weile seinen Herrn und hatte begonnen, sich die Nase zu reiben und den einen Rist zu heben. Doch ehe er sich's versah, strömten wieder die Tränen aus den Augen dieses armen Gelehrten, er vergaß all die schlechten Angewohnheiten, die ihn zu einer Persönlichkeit machten, und hielt sich wieder die knochige Hand mit dem zurückgebogenen Daumen vor das Gesicht.
Was ist denn nun wieder, Jon, sagte Arnas Arnaeus.
Da antwortete Jon Gudmundsson Grindvikingur unter Tränen: Mein Herr hat keinen Freund.

Drittes Kapitel

Gegen neun Uhr, als der Gemüsehändler im Hof sich heiser geschrien hatte, der Bürstenbinder schon ziemlich betrunken war und der Scherenschleifer aus dem Geschlecht der Schinder mit seinem Schleifstein vor den Türen der Leute stand, ging ein Mann durch die Straßen Kopenhagens. Er hatte seinen abgetragenen Spazierrock an und trug einen uralten hohen Hut und ausgetretene Schuhe; er ging mit großen Schritten voll moralischer Stärke, in eigentümlichem Takt, und sein Gesichtsausdruck war so weit weg von allem, was um ihn herum vorging, daß man darin die Stadt mit ihren Türmen und dem Menschengewimmel und der gegenwärtigen Zeit verschwinden sah. Er sah weder Totes noch Lebendiges an, eine so nichtige Sinnestäuschung war für ihn die Stadt, die der Zufall zu seinem Wohnort bestimmt hatte.
Da geht der verrückte Herr Grindevigen, flüsterten sich seine Nachbarn zu, als er vorbeiging.
In einer Nebenstraße oberhalb des Kanals blieb der gute Mann stehen und blickte sich um; er wollte sich vergewissern, daß er auf dem richtigen Weg war. Dann ging er durch eine

Toreinfahrt, über einen Hinterhof und von dort durch einen dunklen Gang, bis er im Erdgeschoß des Hauses die Tür fand, die er suchte, und ein paarmal anklopfte. Lange hörte man von drinnen kein Lebenszeichen, doch der Grindvikingur klopfte weiter und rüttelte an der verschlossenen Tür, bis er die Geduld verlor und durch das Schlüsselloch hineinrief:

Du Fuchs, auch wenn du dich schlafend stellst, ich weiß, daß du wach bist.

Als der Bewohner des Zimmers die Stimme hörte, dauerte es nicht lange, bis er aufmachte. Drinnen war es dunkel, und durch die Türöffnung drang ein starker Gestank von Fäulnis und Gärung heraus.

Was, Haifisch, nein, so etwas, sagte der Grindvikingur, schnaubte und rieb sich die Nase, denn er glaubte, hier komme ihm der Duft jener köstlichen isländischen Delikatesse entgegen, die zwölf Jahre, und am besten noch ein Jahr länger, in der Erde vergraben wird, bevor man sie ißt.

Der Herr des Hauses stand in einem schmutzigen Nachthemd in der Tür und zog den Gast hinein; er küßte ihn sorgfältig auf der Schwelle und spuckte dann aus. Der gelehrte Grindvikingur wischte sich den Kuß mit dem Rockärmel ab und trat in die Stube, ohne den hohen Hut abzunehmen. Der Hausherr schlug Feuer und zündete eine Wachskerze an, so daß es ein wenig heller wurde im Zimmer. In einer Ecke war ein Lager aus isländischen Schaffellen, und davor ein großer Nachttopf. Es war eine Eigenart dieses Hausherrn, daß er sein Hab und Gut nicht vor aller Augen herumliegen ließ, sondern es in Säcken und Tüten verwahrte. Auf dem Boden war eine große Lache, geradezu eine Überschwemmung, und zuerst glaubte der Grindvikingur, der Nachttopf sei umgefallen, doch als er sich besser an das Dämmerlicht gewöhnt hatte, sah er, daß dies nicht der Fall war, sondern das Wasser von einem eichenen Tisch an einer der Seitenwände stammte; auf diesem Tisch lag die triefnasse Leiche eines Ertrunkenen, und das Wasser tropfte nach allen Seiten, am meisten jedoch an beiden Enden; der Kopf mit dem nassen Haarschopf hing auf der einen Seite

über die Tischplatte herab, die Füße baumelten an der anderen Seite herunter, und die Stiefel waren offensichtlich randvoll gewesen, als die Leiche hierher geschafft wurde. Wie empört der Gast auch sein mochte und wie unerbittlich die Rede, die er unterwegs vorbereitet hatte, um Jon Marteinsson Mores zu lehren, es erging ihm nun wie schon so oft zuvor, dieser Galgenvogel brachte ihn aus dem Konzept.
Wa – was willst du mit dieser Leiche, fragte der Grindvikingur und nahm unwillkürlich seinen Hut ab im Anblick des Todes.
Jon Marteinsson legte den Finger vor den Mund, zum Zeichen dafür, daß sie leise sein sollten, und schloß dann vorsichtig die Tür.
Ich möchte sie essen, flüsterte er.
Ein Schauder durchlief den gelehrten Grindvikingur, und er sah den Hausherrn entsetzt an.
Und ich hatte geglaubt, es sei Haifischgeruch, dabei ist es Leichengeruch, sagte er und schnaubte heftig, die Erregung verstärkte sein Zittern. Hier muß man frische Luft hereinlassen!
Stell dich nicht so an, Mensch, sagte Jon Marteinsson. Glaubst du, die Leiche des armen Teufels, den ich erst heute im Morgengrauen noch warm aus dem Kanal hier gefischt habe, könne schon stinken. Wenn du etwas riechst, dann sind es meine Schweißfüße.
Warum ziehst du überhaupt tote Leute aus dem Kanal? fragte der Gast.
Ach, ich hatte Mitleid mit ihm, als er da so tot herumschwamm, es ist ein Landsmann von uns, sagte Jon Marteinsson und legte sich wieder auf sein Lager. Ehrlich gestanden, mir ist kalt, weil ich so früh geweckt wurde. Was willst du?
Sagst du, dieser Mann sei ein Landsmann von uns? Glaubst du, du dürftest tote Leute stehlen und dich dann schlafen legen?
Dann nimm du ihn, sagte Jon Marteinsson. Nimm ihn mit, wenn du willst. Geh mit ihm, wohin du willst. Geh mit ihm zum Teufel.
Der aus Grindavik nahm jetzt die Kerze, trat näher an die Lei-

che heran und leuchtete ihr ins Gesicht. Es war ein großer, schlanker Mann in vorgerücktem Alter und mit angegrauten Haaren, in ordentlichen Kleidern und mit guten Stiefeln. Sein Gesicht hatte das glatte Aussehen eines Ertrunkenen, die Augendeckel waren halb geöffnet, da der Kopf über den Tischrand herabhing, und man konnte das Weiße der Augen sehen; immer noch tropfte Wasser aus Mund und Nase der Leiche auf den Fußboden.

Der Grindvikingur machte einige Male den Mund auf und zu, schnaubte, rieb sich mit dem Zeigefinger der Hand, die frei war, die Nase und kratzte sich mit dem rechten Rist an der linken Wade und dann mit dem linken Rist an der rechten Wade.

Magnus von Braedratunga, sagte er. Wie kommt es, daß er hier tot daliegt?

Der Mann feiert, siehst du das nicht, sagte Jon Marteinsson. Er hat gestern seinen Prozeß gewonnen, der arme Kerl, und ging in einen Keller, um sich einen fröhlichen Tag zu machen.

Gut, gut, sagte der Grindvikingur und machte den Mund auf und zu. Du hast ihn ertränkt.

Ich habe für ihn den Prozeß gewonnen, als er lebte, und habe ihn herausgefischt, als er tot war, sagte Jon Marteinsson. Kann man mehr für seinen Landsmann tun?

Ein wahrer Teufel ist der, der allen ein Teufel ist, auch denen, denen er zu helfen vorgibt, sagte der Grindvikingur. Du hast ihn zuerst hineingestoßen.

Und wenn schon, sagte Jon Marteinsson. Es war höchste Zeit, daß ich auch einmal dem armen Arni einen kleinen Gefallen tat. Jetzt ist Snaefridur Björnsdottir Witwe; er kann sich also von dem Trollweib scheiden lassen und sie heiraten, und sie können sich in Braedratunga niederlassen, das sie jetzt dank meiner Hilfe dem Gesetz nach erbt.

Schande und verfluchte Schande und ewige Schande über dich, daß du dich mit den Dänen zusammengetan hast in der Sache gegen deinen Landsmann und Wohltäter und meinen Herrn und Meister hast verurteilen und zum Gespött der Schelme werden lassen.

Ach, ich werde das Oberste Gericht absetzen lassen, wenn Arni will, sagte Jon Marteinsson. Wenn du bloß Geld für einen Krug Bier hättest, was du nie hast. Hör zu, schau nach, ob du etwas in den Taschen der Leiche findest.
Bitte die Kompanie um Bier, bitte die Schweden, sagte der Grindvikingur. Oder glaubst du vielleicht, du seist der einzige hier in der Stadt, der gerne einen Krug Bier hätte. Und du kannst mich vielleicht zu vielerlei Schandtaten anstiften, doch niemals werde ich deinetwegen zum Leichenfledderer werden.
Wenn er Geld bei sich hat, dann schuldet er es mir. Das bißchen Ehre, das am Namen dieser Leiche hängt, habe ich doch mit meinen langen actis, petitionibus und appellationibus restituiert – und damit stieg Jon Marteinsson wieder aus seinem Bett und begann, die Leiche zu untersuchen: Glaubst du etwa, ich hätte Respekt vor einer solchen Leiche, die sich zu Lebzeiten sowohl ihre Ehre als auch ihren Herrenhof aberkennen ließ, sagte er.
Ich finde, das mindeste, was man von einem Mörder verlangen kann, ist, daß er höflich über den Menschen spricht, den er ermordet hat, sagte der Grindvikingur. Zumindest kennt man es in den Sagas nicht anders. Nicht einmal die schlimmsten Bösewichte sprachen schlecht über die, die sie erschlagen hatten. Und obwohl dieser Mann zu Lebzeiten der Gegner meines Meisters war, wirst du mich nicht dazu bringen, geringschätzig über seinen entseelten Leib zu sprechen. Requiescas, sage ich, quisquis es, in pace, amen. Und, um nun endlich zur Sache zu kommen: Was hast du mit dem Buch Scaldica maiora gemacht, das du aus meines Herrn biblioteque gestohlen hast?
Die Skalda, sagte Jon Marteinsson. Hast du sie jetzt verloren?
Mein Meister weiß ganz genau, daß es kein anderer gewesen sein kann als du, sagte der Grindvikingur.
Dieses Buch stiehlt kein vernünftiger Mensch, jeder, der mit ihm angetroffen wird, wird festgenommen, sagte Jon Marteinsson.

Was würde Satan nicht alles stehlen, um es den Schweden zu verkaufen, sagte der Grindvikingur.
Der liebe Arni war von jeher einfältig: Er glaubte, er könne den Isländern dadurch Essen verschaffen, daß er die Kompanie Geldbußen bezahlen läßt; er glaubte, er könne sich dadurch von Snaefridur Islandssol freimachen, daß er ihren Angehörigen die Ehre raubt; er glaubte, er könne dadurch die Ehre seines Vaterlandes retten, daß er die wenigen Bücher, die noch nicht vermodert waren, den hungernden Idioten in Island abschwatzte und sie hier in Kopenhagen an einem Ort aufhäufte, wo sie sicher alle in einer Nacht verbrennen werden. Und nun glaubt er, die Schweden seien nicht genauso klug wie er. Ich werde dir etwas sagen: Sie sind klüger als er, sie sind so klug, daß keine Macht sie dazu bringen kann, zu glauben, diese Ansammlung von verlausten Bettlern dort oben im Norden am Arsch der Welt, die sich Isländer nennen und jetzt bald alle tot sind, Gott sei Dank, habe die Sagas geschrieben. Ich weiß, Arni macht mir Vorwürfe, weil ich nicht jedes Blatt, das ich möglicherweise finde, in seinen Wanst stopfe. Aber kann er sich nicht damit trösten, daß er die besten Bücher ergattert hat? Das einzige, was ich tat, war, daß ich von Oxenstierna und den Bertelskiold ein paar völlig wertlose Fetzen verkauft habe, abgesehen davon, daß de la Rosenquist mich um eine alte Stammtafel gebeten hat, damit er sein Geschlecht auf die Riesen zurückverfolgen kann.
Du wirst trotzdem Dieb der Skalda heißen, auch wenn die in Lund behaupten, es seien alte Gedichte der Westgöten, und sag mir jetzt ehrlich, wo du das Buch aufbewahrst, oder ich schreibe einem Mann im Westland im Arnarfjördur, der sich auf characteres versteht.
Dann wirst du dafür verbrannt werden, sagte Jon Marteinsson.
Als ihr Gespräch so weit gediehen war, hatte er in den Kleidern der Leiche sage und schreibe fast zwei Taler gefunden, und da er sich keine Hoffnungen machen konnte, noch mehr zu finden, legte er das Geld ins Fenster, das noch sorgfältig

abgedunkelt war, und machte sich daran, dem Verstorbenen die Stiefel auszuziehen. Der Grindvikingur sah, wie schon so oft, daß Worte bei Jon Marteinsson wenig bewirkten, und ließ es dabei bewenden, den Mund aufzumachen und ihn wieder zu schließen und dabei zu starren.
Als Jon Marteinsson seine Arbeit abgeschlossen hatte, begann er, sich anzukleiden. Er rieb sein Haar mit wohlriechendem Fett ein, statt sich zu waschen. Zuletzt zog er einen Mantel an, der fast so weit war wie ein altes Meßgewand. Die Stiefel des Magnus von Braedratunga steckte er in die beiden Manteltaschen. Dann holte er seinen Hut hervor. Der hatte ein paar halb eingetrocknete Schmutzflecken, die er zuerst anspuckte und dann mit dem Ärmel abwischte; er beulte ihn aus, so gut es ging, und setzte ihn dann auf. Der Mann hatte einen so weit vorstehenden Unterkiefer, daß er mit der Unterlippe an der Oberlippe saugen konnte, zumal er im Oberkiefer schon längst keine Zähne mehr hatte, und je älter der Mann wurde, desto mehr neigte das Kinn dazu, die Nasenspitze küssen zu wollen. Die Mundwinkel hingen zu beiden Seiten des Kinns über die Wangen herab. Die Augen aber waren eigentümlich stark, und der Mann brauchte nur seinen Rausch auszuschlafen, schon bekamen sie wieder ihren Glanz. Er sprach immer in einem dünnen, klagenden, nonchalanten isländischen Ton.
Willst du nicht Meldung von der Leiche machen, Mann, sagte der Grindvikingur, als Jon Marteinsson die Tür hinter ihnen mit dem Schlüssel abschloß.
Das hat keine Eile, sagte er, der muß sowieso noch lange liegen. Wer lebt, soll trinken. Wenn ich daran denke, erzähle ich ihnen heute abend, daß ich einen Isländer im Kanal gefunden habe. Sie werden es wohl kaum sehr eilig haben, ihn zu begraben.
Dann gingen die beiden Männer in einen Keller.

Viertes Kapitel

Gelehrte Männer haben in ihren Büchern mancherlei über die vielen Vorboten aufgezeichnet, die in Island die große Pockenepidemie ankündigten. Da wären vor allem die Hungersnot und das Mißjahr zu nennen, von denen alle Landesteile heimgesucht wurden, so daß viele Menschen starben, besonders unter den Armen. Ein großer Mangel an Angelschnüren. Dazu mehr Raub und Diebstahl als gewöhnlich, wie auch Blutschande und Erdbeben im Süden des Landes. Außerdem viele seltsame Dinge. In Eyrarbakki heiratete eine Achtzigjährige im Herbst vor der Seuche einen gut zwanzigjährigen Mann und wollte ihn im Frühjahr impotentiae causa wieder loswerden. Am siebzehnten Majus sah man sieben Sonnen. Im selben Frühjahr bekam ein Schaf in Bakkakot im Skorradalur ein mißgestaltetes Lamm mit Schweinskopf und Schweinsborsten; der Oberkiefer bis zu den Augenhöhlen hinauf fehlte, die Zunge hing weit über den Unterkiefer herab, der keine Verbindung mit dem Schädel hatte, und man sah keine Spur von Augen; die Ohren lang wie bei einem Jagdhund, und vorne am Schädel hing eine kleine Zitze mit einem Loch darin. Als das Lamm geboren wurde, hörte man es deutlich sprechen, wobei es diese Worte sagte: Mächtig ist der Teufel in den Kindern des Unglaubens. Vom Kloster in Kirkjubaer kam im Winter vor der Seuche die Nachricht, daß der Klosterpächter und ein anderer Mann, der mit ihm am Abend über den Kirchhof ging, ein Jammern unter ihren Füßen hörten. Im Kjalarnesbezirk eine Streiterei in der Luft. Im Skagafjördur wurde ein Rochen aus dem Meer gezogen, der anfing, laut zu jammern und zu heulen, sobald er im Boot war, und selbst als er am Strand auseinandergeschnitten und aufgeteilt wurde, da schrie und jammerte jedes einzelne Stück in gleicher Weise, und sogar als man die Stücke heimgetragen hatte in die Häuser, jammerten und heulten sie jedes für sich weiter, so daß man alles wieder ins Meer zurückbrachte. Menschen in der Luft. Und schließlich ist von dem Ei zu berichten, das eine Henne in Fjall auf den Skeid

legte, darauf man deutlich ein dunkles Zeichen erkennen konnte, welches das umgekehrte Zeichen Saturni war, das bedeutet omnium rerum vicissitudo veniet.
Als die große Pockenepidemie ins Land kam, waren dreißig Jahre vergangen, seitdem die letzte Pockenseuche gewütet hatte, und fünfzig seit der vorletzten Pockenseuche. Die meisten der über Dreißigjährigen im Land trugen irgendwelche Spuren der früheren Epidemien, einige hatten eine lahme Hand oder einen lahmen Fuß, manche hatten ein vorstehendes Auge oder hatten sonst irgendeinen Schaden im Gesicht oder am Kopf davongetragen; ganz abgesehen davon, daß die meisten Menschen von den landläufigen Krankheiten gezeichnet waren, mit schiefen Gelenken, krumm und verkrüppelt von der englischen Krankheit, mit Beulen und Wunden vom Aussatz, aufgedunsen von Blasenwürmern oder ausgemergelt von der Lungenschwindsucht. Als Folge langwährenden Hungers wuchsen die Menschen schlecht, und jeder, der von normalem Wuchs war, wurde zum Gegenstand einer Volkssage, galt als einem Gunnar von Hlidarendi und anderen Isländern in alter Zeit ebenbürtig und sogar als so stark wie die Neger, welche die Dänen bisweilen auf ihren Schiffen dabeihatten.
Über dieses Volk brachen wieder die Pocken herein, und diesmal schlimmer als je zuvor, so daß man sie nur mit dem Schwarzen Tod vergleichen konnte. Die Krankheit wurde im Frühjahr, Anfang Juni, mit einem Handelsschiff, das nach Eyrarbakki kam, eingeschleppt, und schon eine Woche später waren drei Pächterhöfe im Ort völlig ausgestorben, und auf dem vierten lebte nur noch ein Kind von sieben Jahren, und das Vieh wurde nicht mehr gemolken. Nach zehn Tagen waren an diesem armseligen Ort vierzig Menschen entschlafen.
So ging das Sterben weiter. Manchmal wurden bei einer kleinen Kirche dreißig Menschen auf einmal begraben. In dicht besiedelten Gemeinden verstarben zweihundert Menschen und mehr; auch die Geistlichkeit fiel der Seuche zum Opfer, und es konnten keine Gottesdienste abgehalten werden. Viele Ehepaare kamen ins selbe Grab, manche verloren alle Kinder

auf einmal, und es kam vor, daß der Schwachsinnige als einziger von einer großen Geschwisterschar übrigblieb. Viele gerieten in Raserei oder verloren den Verstand. Am häufigsten wurden Menschen abberufen, die noch keine fünfzig waren, die jüngeren, gesündesten und lebenskräftigsten Leute, während Alte und Schwächliche überlebten. Viele verloren das Augenlicht oder das Gehör, andere waren noch lange danach bettlägrig. In dieser schlimmen Zeit verlor der Bischofsstuhl in Skalholt sein Haupt und dieses Haupt seine Krone, als mit einer Woche Abstand der leuchtende Zeuge des Glaubens und Freund der Armen, der Bischof, und das schöne Licht dieses Landes an Gottesfürchtigkeit und Mildtätigkeit, seine Eheliebste, verstarben und in dasselbe Grab gebettet wurden.
Das war zwei Jahre, nachdem die königliche Majestät ihren besonderen Beauftragten hierher entsandt hatte, der, mit den höchsten Vollmachten ausgestattet, versuchen sollte, die Lebensbedingungen des Volkes zu verbessern. Als Arnas Arnaeus wieder nach Kopenhagen kam, war dort im Lande die Veränderung eingetreten, daß unser damaliger Herr und König auf der Totenbahre lag und die Großen sich darauf vorbereiteten, den neuen zu krönen. Das gemeine Volk bekam am Krönungstag sowohl Suppe und Braten als auch Bier und Rotwein auf dem Platz vor dem Schloß. In Dänemark begann eine neue Zeit. Das Wohlwollen gegenüber Island, das Arnaeus durch sein langes Verkehren am Hofe in der Brust seiner Majestät hatte erwecken können, war in Dänemark mit dem entschlafenen König dahingegangen. Der Bericht Arnaei über die Zustände in Island sowie seine Verbesserungsvorschläge hinsichtlich Handel, Gewerbe, Rechtsprechung und Verwaltung wurden in der Kanzlei kühl aufgenommen, und es war zweifelhaft, ob sie überhaupt gelesen wurden; alle wußten, daß der neue König Ruhmreicheres im Sinn hatte, als sich um die Isländer zu kümmern. Nun mußte man bald darangehen, wieder Krieg gegen die Schweden zu führen. Den hohen Beamten war einzig daran gelegen, nach dem Thronwechsel ihre Ämter zu behalten, und es hatte schon immer wenig Ruhm

eingebracht und war deshalb nicht gerade verlockend für angesehene Männer in Dänemark, sich für jenen abgelegenen Teil des dänischen Reiches einzusetzen, jenen fernen Schmerz in Gestalt eines Landes, dessen Name Island allein den Leuten in Kopenhagen schon Ekel verursachte, auch wenn von dorther der Tran fließen mochte, der die Lichter der Stadt nährte.
Von den Isländern ist zu sagen, obwohl die Verbrecher des Landes vielleicht Arnaei Freunde waren, wenn auch nicht einmütig und nicht einmal alle, deren Brandmarkung er für ungültig erklärt hatte; und obwohl viele Arme die Mehlbußen, zu deren Entrichtung er die Kaufleute hatte verurteilen lassen, freudig begrüßten und auch das Notkorn, das er der Krone hatte abpressen können; und obwohl nicht wenige ihm dafür dankbar waren, daß er ihr Bittschreiben an das allermildeste Herz seiner Majestät hatte weiterleiten wollen, um Angelschnüre, Schmiedeeisen und Meßwein, wie auch niedrigere Taxen, welches der Lehnsmann sieben Jahre lang zurückgehalten hatte, so herrschte unter den Vornehmen seines Heimatlandes doch keineswegs geringere Feindschaft gegenüber Arnaeus als jemals in Dänemark. Nachdem die Kaufleute Magnus Sigurdsson von Braedratunga nach Dänemark gebracht und zwei Jahre lang seinen Prozeß finanziert hatten, um sich an Arnaeo zu rächen, verlautete nun, daß isländische Amtmänner eine Anklage gegen ihn vorbereiteten, mit dem Ziel, die Urteile, die er im Gericht an der Öxara gefällt hatte, die sogenannten Kommissarurteile, umstoßen zu lassen, mit dem Ziel, wieder das Vermögen zurückzuerhalten, das sie dadurch verloren hatten, und ihre Ehre wiederzuerlangen, soweit sie ihnen vom selben Richter aberkannt worden war.
Dieser Büchersammler, der sich eine Zeitlang von seinen Büchern hatte weglocken lassen und dem Ruf gefolgt war, um der Gerechtigkeit willen der Schutzgeist seines Vaterlandes zu werden, nun erntete er, was er gesät hatte, den Lohn des unsterblichen Ritters von der traurigen Gestalt. Wer diesem Ruf folgt, kann nicht mehr zu dem Buch zurückkehren, das seine

ganze Welt war. Und deshalb war es so an diesem Morgen, als er vom Verschwinden des Buches erfuhr, das die Krone seiner Bücher war; er ließ sich bleich und übernächtigt auf eine Bank fallen und sagte nur diese Worte:
Ich bin müde.
So saß er noch lange, nachdem der aus Grindavik gegangen war, und die Schläfrigkeit übermannte ihn. Schließlich kam er wieder zu sich und stand auf. Er hatte sich nicht ausgezogen, als er in der Nacht vom Fest der Königin zurückkam, jetzt wusch er sich und machte Toilette und wechselte die Kleider. Er sagte seinem Kutscher, er solle ausspannen, und dann fuhr er.

Fünftes Kapitel

Arnaeus kam häufig in die Kanzlei, um sich nach dem Gang der Dinge zu erkundigen, denn er vermittelte dort in zahllosen Angelegenheiten, die Isländer betrafen.
Der Etatsrat, der mit den isländischen Angelegenheiten befaßt war, hatte einen Barbier zu sich in die Kanzlei kommen lassen, stand während des Rasierens jedoch immer wieder auf, um Konfitüre aus einem Topf zu essen, der zwischen den Abschriften von Auspeitschungsurteilen, Brandmarkungen und Erhängungen, die aus Island gekommen waren, auf dem Tisch stand. Im Zimmer war ein schwerer Geruch von Perückenmachersalben.
Als der professor antiquitatum Danicarum die Tür öffnete, schielte der Etatsrat mit einem Auge unter dem Rasiermesser hervor, sagte auf deutsch oder auf niederdeutsch mein Herr und bedeutete dem Gast, Platz zu nehmen. Dann sagte er auf dänisch: Ich höre, es soll sehr hübsche Mädchen geben in Island.
Das stimmt, Euer Liebden, sagte Arnas Arnaeus.
Doch sollen sie unter den Kleidern nach Tran riechen, sagte der Leiter der Abteilung für isländische Angelegenheiten.
Das habe ich noch nie gehört, sagte Arnas Arnaeus und zog eine kurze Tonpfeife aus seiner Tasche.

Item kann man lesen, daß es dort im Land keine Jungfrau gibt, sagte der Etatsrat.
Wo soll das stehen, sagte der professor antiquitatum.
Das sagt der gute Autor Blefken.
Ob sich der gute Autor da nicht geirrt haben dürfte, sagte Arnaeus. Bei den besten Autoren kann man lesen, daß isländische Mädchen unberührte Jungfrauen sind, bis sie ihr siebtes Kind geboren haben, Euer Liebden.
Der Etatsrat lag ganz still und sagte kein Wort, während er am Adamsapfel rasiert wurde. Doch als das überstanden war, richtete er sich im Stuhl auf, nicht um Konfitüre zu essen, sondern um seiner großen Empörung über den Fortgang einer schlechten Sache Ausdruck zu verleihen.
Auch wenn wir beide nicht das Glück gehabt haben, in den meisten Fragen, die Island betreffen, einer Meinung zu sein, so kann ich es doch nicht ableugnen: Ich verstehe nicht, wie ein ehrliches Gericht einen wohlgeborenen Herrn wie Euch verurteilen kann, weil Ihr mit einem Volk gelegen habt, daß keine Scham im Leib hat. Das ist eine Schweinerei. Hier habe ich die Akten einer Sache vom vorletzten Jahr, als eine Isländerin in Keblevig von zwei Deutschen vergewaltigt wurde. Und als sie vom Vogt zu einer Geldstrafe und zum Auspeitschen verurteilt wurden, begann die Mutter des Mädchens zu weinen und flehte Gott an, Feuer und Blut auf den Richter herabregnen zu lassen.
Arnas Arnaeus hatte angefangen zu rauchen.
Ich bin der Ansicht, sagte der Etatsrat mit großem Nachdruck unter dem Rasiermesser, wenn ehrbare, wohlgeborene Männer keine Verhältnisse mit Mädchen haben dürfen, verheirateten oder unverheirateten, was ist unser Leben dann wert? Keiner kann erwarten, daß man in die eigene Frau verliebt ist. Mein Herr, der wohlbewandert ist in den Klassikern, weiß besser als ich, daß es so etwas bei den Alten nicht gab – eine Frau hatten sie aus Pflicht, eine Geliebte aus Notwendigkeit, einen Knaben zum Vergnügen.
Der professor antiquitatum Danicarum lehnte sich bequem

auf seinem Stuhl zurück, und sein Gesicht nahm einen Ausdruck wohliger Versonnenheit an, während er den Rauchwolken aus seiner Pfeife nachblickte – tja, was meint der Barbier dazu, sagte er.
Wie es sich für einen einfachen Bürger geziemt, will der Barbier keine Unschicklichkeit, sagte der Etatsrat. Kurz bevor mein Herr zur Tür hereinkam, hat er mir erzählt, daß unser allergnädigster Herr heute am frühen Morgen in dem berüchtigten Hause zum goldenen Löwen angetroffen worden sei, wo er groben Kommers mit seinen begleitenden Kavalieren hielt, was schließlich zu Händeln mit der Wache führte.
So etwas würde ich nie in Gegenwart zweier Zeugen sagen, sagte der Barbier, doch da es Euer Hochwohlgeboren beliebte, mich nach Neuigkeiten zu fragen, und der Zufall es wollte, daß ich gerade vom Freiherrn kam und dort zwei ziemlich betrunkene Generalleutnants saßen, die in einem ungenannten Haus gewesen waren und zusammen mit unserer Gnaden auf die Wachtmeister losgegangen waren, da, Gott verzeihe mir, ich, der ich zu vornehmen Herrschaften gehe, wie hätten meine Ohren umhinkönnen, Deutsch zu lernen?
Der Barbier soll jetzt mit Parfüm und Pomade kommen, sagte der Etatsrat.
Da verstummte der Angesprochene augenblicklich und verbeugte sich mit großer Eleganz, öffnete die Pomadentiegel und setzte die Parfümzerstäuber in Gang. Arnaeus saß ruhig auf seinem Stuhl und rauchte eifrig, während der Barbier den Etatsrat besprühte und einsalbte.
Um von etwas anderem zu sprechen, sagte er dann ohne Umschweife, während er seinem Rauch nachblickte: Ist die Sendung von Angelschnüren, über die ich letztes Mal mit Euch sprach, mit dem Schiff nach dem Holmur abgegangen?
Warum soll der König diesen Leuten immer mehr Angelschnüre verschaffen? Dort liegt schon wieder so eine Bittschrift um Angelschnüre. Was sollen die Menschen mit all diesen Schnüren machen?
Ja, ich höre, daß die Bittschrift an den König, die ich im vor-

letzten Jahr Gyldenlöve abnahm, nachdem er sie sieben Jahre lang bei sich hatte liegen lassen, endlich hier angelangt sei.
Wir hier haben kein Interesse daran, daß die Isländer mehr Fisch fangen, als wir brauchen können. Wenn wir wieder Krieg gegen die Schweden führen können, sollen sie mehr Angelschnüre bekommen; und sogar Angelhaken.
Euer Liebden will lieber den König Notkorn kaufen lassen für dieses Volk, als zu erlauben, daß es Fische fängt?
Das habe ich nie gesagt, sagte der Etatsrat. Meine Meinung ist die, daß es uns in Island nur an der nötigen Strenge fehlt, damit das elende Landstreicherpack, das sich dort herumtreibt, ein für allemal verschwindet, und die wenigen Leute, die etwas taugen, unbelästigt von Dieben und Bettlern den Fisch fangen können, für den die Kompanie jeweils Verwendung hat, und den Tran kochen, den Kopenhagen braucht.
Darf ich das dem Althing von Euer Liebden bestellen?
Ihr dürft uns hier in der Kanzlei den Isländern gegenüber so viel verleumden, wie Ihr wollt, mein Herr. Es ist einerlei, was die Isländer sagen oder meinen. Keiner weiß besser als Ihr selbst, mein Herr, daß die Isländer ein ehrloses Volk sind. Darf ich Euer Hochwohlgeboren etwas Konfitüre anbieten?
Ich danke Euer Liebden, sagte Arnas Arnaeus. Doch wenn mein Volk seine Ehre verloren hat, was nützt mir da Konfitüre?
Kein Mann, der jemals vom König ausgeschickt worden ist, hat diesem Volk in solchem Maße die Ehre aberkannt wie Ihr.
Meine Bestrebungen hatten zum Ziel, daß sich die Isländer an die geltenden Gesetze halten sollten, sagte Arnas Arnaeus.
Ach, ist es nicht gleichgültig, nach welchen Gesetzen die Isländer verurteilt werden? Der Kanzlei liegen Erkenntnisse vor, nach denen dies ein degeneriertes Volk ist, alle seine besseren Männer haben sich in alten Zeiten gegenseitig erschlagen, bis diese Ansammlung von Bettlern, Dieben, Aussätzigen, Verlausten und Trunkenbolden übrig war.
Arnaeus rauchte gemächlich weiter und sprach mit tiefer Stimme ein paar lateinische Worte vor sich hin, wie wenn

Leute gedankenverloren einen Vers wiederholen: non facile emergunt quorum virtutibus obstat res angusta domi.
Ja, ich weiß, selbst der unfähigste Pfarrer in Island kann seinen Donat vorwärts und rückwärts hersagen und zitiert von früh bis spät seine Klassiker; ihre Bittschriften an die Majestät sind ja auch so besudelt mit unpassender Gelehrsamkeit, daß mich der Teufel holen soll, wenn man versteht, worauf sie hinauswollen, und alles, was die Leute brauchen, ist Angelschnur. In meinen Augen ist es ein Fehler, wenn ein Mensch, der keine Angelschnur hat, Latein kann. Und um auf das zu kommen, was ich sagen wollte: Den wenigen Männern in Island, die noch als Menschen gelten konnten, habt Ihr ihren guten Namen aberkannt, wie etwa dem alten, ehrlichen Eydalin, der seinem König treu war; ihn habt Ihr auf seine alten Tage zu einem ehrlosen Bettler gemacht, so daß er ins Grab sank.
Es ist wahr, daß durch mein Erscheinen dort einige königliche Isländer ihre Ehre verloren; aber wehrlose Menschen erlangten die ihre wieder. Wenn das Volk den Sieg, der errungen wurde, festhalten könnte, wäre sein Leben in Zukunft sicherer vor der Obrigkeit.
Und dennoch war mein Herr nicht zufrieden. Zu allem Überfluß machtet Ihr Euch daran, mit allerlei Prozeßklagen sogar die Wohltäter der Insel zu verfolgen, jene ehrlichen und frommen dänischen Bürger, die Islandkaufleute, die sich in große Lebensgefahr begeben, um diesem Volk Lebensmittel zu bringen, und von denen viele auf dem schrecklichen Meer, das dieses öde Land umschließt, zugrunde gehen. Es kursiert das verleumderische Gerücht, welches vor allem auf Euch zurückgeht, daß der Islandhandel Gewinn abwerfen soll. Vergebung, mein Herr, daß wir, die wir am besten Bescheid wissen, anderer Meinung sind. Der Islandhandel ist von uns Dänen schon immer aus reiner Nächstenliebe betrieben worden. Und als unsere Majestät einstmals den Handel mit der Insel monopolisierte, geschah dies nur, um zu verhindern, daß ausländische Personen weiterhin dieses arme Volk ausplünderten.
Während der Etatsrat sprach, fuhr der Barbier fort, ihm eine

Pomade nach der anderen ins Gesicht zu reiben, und der Gast machte es sich auf seinem Stuhl bequem und sah rauchend der Prozedur zu.
Es ist wahr, sagte er schließlich mit seiner ruhigen Stimme, beinahe melancholisch: Die Taxen der Hamburger galten früher in Island nicht immer als günstig. Trotzdem meinen Leute, die es wissen müssen, daß sie sich seitdem eher verschlechtert haben, sowohl unter den frommen Leinenhändlern und den Kaufleuten aus Helsingör als auch unter der Kompanie. Und was Monsieurs Kollegen und Miteigentümer am Islandhandel betrifft, so braucht man ihr Los nicht zu beklagen, solange ihnen die Isländer Gefolgschaft leisten, die sie am meisten schätzen.
In unserer Gefolgschaft oder in unseren Diensten gibt es keine besonderen Isländer, die wir anderen vorziehen, sondern wir bemühen uns nach Kräften, die treuen Diener und wahren Helfer der ganzen Insel zu sein.
Hm, sagte Arnas Arnaeus. Jon Marteinsson geht es zur Zeit recht gut.
Joen Mortensen, sagte der Etatsrat. Den Namen kenne ich nicht.
Die Dänen kennen ihn nicht, wenn er genannt wird, sagte Arnas Arnaeus. Doch er ist der einzige Isländer, zu dem sie den Weg finden. Auch gewisse andere Nationen finden den Weg zu ihm.
Es steht nicht in dänischen Büchern, daß die Isländer von Hochverrätern und Seeräubern abstammen, soweit sie nicht die Nachkommen irischer Sklaven sind – es soll in Euren eigenen Büchern stehen, sagte der Etatsrat und lehnte sich noch weiter unter den Salben zurück. Doch was habt Ihr sonst noch auf dem Herzen, mein Herr?
Man hat mich gebeten, Statthalter über Island zu werden, sagte Arnas Arnaeus.
Perückenmacher, sagte der Etatsrat und richtete sich kerzengerade auf. Hör auf! Nimm deine Schmiere weg! – das stinkt ja fürchterlich. Geh. Worauf wartest du noch? Für wen spionierst du?

Der Barbier bekam es mit der Angst zu tun, beeilte sich, das Gesicht des Etatsrats abzutrocknen und seine Dosen einzupacken, und verneigte sich dabei ständig; er sagte, er sei ein einfacher Mann, der weder etwas sehe noch etwas höre, und wenn er etwas höre, dann verstehe er nichts. Als er rückwärts hinausgegangen war, erhob sich der Etatsrat von seinem Stuhl, wandte sich dem immer noch ruhig und gelassen dasitzenden Lehrmeister des dänischen Altertums zu und fragte nun endlich nach den Neuigkeiten, die ihm dieser sein Gast gebracht hatte:

Was habt Ihr eben gesagt, Monsieur?

Ich glaube, ich habe nichts Besonderes gesagt, sagte Arnas Arnaeus. Außer daß wir über Jon Marteinsson, den Advokaten der Islandkaufleute und großen Sieger, sprachen.

Was habt Ihr von einem Statthalter gesagt? Wer soll wo und für wen Statthalter werden?

Das weiß Euer Liebden alles viel besser als ich, sagte Arnas Arnaeus.

Ich weiß gar nichts, schrie der Etatsrat, der mitten im Zimmer stand.

Und als Arnas Arnaeus keinerlei Anstalten machte, mehr zu sagen, wurde der hohe Herr noch neugieriger und fuchtelte in selbstmitleidiger Resignation mit den Händen.

Ich weiß gar nichts, wiederholte er. Wir hier in der Kanzlei erfahren nie etwas. Alles geschieht bei denen im Reichsrat und im Kriegsrat bei den Deutschen; oder im Schlafzimmer bei der Königin. Wir bekommen nicht einmal unseren Lohn. Ich gebe im Jahr fünfzehn- bis sechzehnhundert Reichstaler für meinen Unterhalt aus und habe seit drei Jahren kein Zweischillingstück mit Loch vom König gesehen. Uns hält man zum Narren, man spricht nicht mit uns, man schmiedet hinter unserem Rücken allerlei Ränke in der Stadt; und ich würde mich nicht wundern, wenn wir eines Morgens aufwachen und erfahren, daß uns der elende König verkauft hat.

Wie Euer Liebden weiß, hat unsere Majestät wiederholt versucht, die oftmals erwähnte Insel Island zu verkaufen oder zu verpfänden, sagte Arnas Arnaeus. Zweimal in gut zehn Jahren hat er zum Beispiel in dieser Angelegenheit Gesandte zum englischen König geschickt, wie man in den Akten nachlesen kann. Der reiche Hamburger Uffelen erzählte mir gestern, daß es jetzt unserer Majestät aus allermildestem Herzen wieder einmal behagt habe, dieses Unland zum Verkauf anzubieten.

Bei dieser Nachricht ließ sich der Etatsrat wieder auf seinen Stuhl fallen; er sah starr vor sich hin und wurde kreidebleich. Schließlich stöhnte er aus der Dunkelheit seiner Gedanken:

Das ist Willkür, das ist Verrat, ein Werk des Teufels.

Arnas Arnaeus rauchte weiter. Endlich gelang es dem Etatsrat, genug Willenskraft aufzubringen, um sich zu erheben, er holte eine Flasche und Gläser aus einem Schrank und schenkte sich und dem Gast Wein ein. Als ihm dann der Wein durch die Kehle geflossen war, sagte er:

Ich erlaube mir, dem König das Recht abzusprechen, das Land zu verkaufen, ohne uns hier in der Kanzlei zu fragen. Das hieße, das Land zu stehlen; und nicht nur der Kanzlei, auch der Kompanie. Und was sagt die Rentkammer? Oder Gyldenlöve, der Gouverneur des Landes?

Euer Liebden dürften wissen, sagte Arnas Arnaeus, daß nach dem Sieg über die Papisten und der Einführung des lutherischen Glaubens der König der Eigentümer des Kirchenguts in seinem Reich geworden ist; auf diese Weise sind ihm alle großen Landgüter in Island, nebst tausend kleineren Höfen, zugefallen. Eine weitere Verordnung und ihm gehören auch die übrigen Ländereien. Was unsere allermildeste Majestät mit seinem Eigentum macht, geht andere nichts an. Und würde es nicht eine große Erleichterung für die hohe Kanzlei bedeuten, wenn dieser Abschaum von einem Land nicht mehr auf ihrem Gewissen lastete? Die Islandkaufleute würden nicht mehr auf der gefahrvollen Seereise umkommen. Die Kompanie wäre von der großen Mühe befreit, sich aus Nächstenliebe meines bedrängten Volkes annehmen zu müssen.

Der Etatsrat hatte begonnen, hin und her zu laufen. Jetzt blieb

er vor seinem Gast stehen, hielt ihm zitternd die Faust unter die Nase und sagte:
Das ist wieder eine von Euren Intrigen; Verrat; Arglist; Heimtücke; Ihr habt den König verleitet; den dänischen Ratgeber und Minister gibt es nicht, der dem König raten würde, Island zu verkaufen, aus dem einfachen Grund, daß, wie hoch der einmal gebotene Kaufpreis auch sein mag, er auf die Dauer durch guten Handel doch immer mehr daran verdienen würde.
Die wichtigsten Bedürfnisse müssen zuerst befriedigt werden, sagte Arnas Arnaeus. Es müssen Maskenbälle veranstaltet werden, das kostet Geld. Ein guter Maskenball verschlingt den jährlichen Pachtzins aller isländischen Klostergüter, Euer Liebden. Außerdem muß unsere Majestät Krieg führen gegen die Schweden, um den Ruhm Dänemarks zu mehren; das kostet auch Geld.
Und die Isländer selbst, fragte der Etatsrat mutlos zwischen Wut und Furcht. Was sagen sie?
Die Isländer, sagte Arnaeus. Wer fragt ein ehrloses Volk? Sie haben nur die Aufgabe, ihre Geschichte für bessere Zeiten im Gedächtnis zu behalten.
Euer Hochwohlgeboren müßt mich entschuldigen, sagte der Etatsrat schließlich, doch es erwarten mich dringende Geschäfte in der Stadt. Ich habe mir nämlich eine neue Mätresse zugelegt. Will mein Herr vielleicht ein Stück mit mir fahren?
Arnas Arnaeus war aufgestanden und hatte aufgehört zu rauchen.
Mein Wagen wartet ebenfalls draußen, sagte er.
Wie gesagt, was die Sendung Angelschnüre mit dem Schiff nach dem Holmur betrifft, sagte der Etatsrat und zog seinen Mantel an: ich werde der Sache nachgehen. Die Kanzlei ist stets bereit, die Bitten der Isländer um Schmiedeeisen, Meßwein und Angelschnur wohlwollend zu prüfen. Vielleicht wird es möglich sein, in diesem Jahr mehr Schiffe zu schicken als im letzten.

Sechstes Kapitel

Im Frühjahr nach der Pockenseuche waren so wenige auf dem Althing, daß keine Gerichtsurteile gefällt werden konnten. Aus vielen Bezirken kam gar niemand zum Thing. Hinrichtungen von Verbrechern mußten verschoben werden, weil auch die christlichen Henker von der Seuche dahingerafft worden waren, und verrückte Schelme, die sich erboten, zu ihrem Vergnügen Männer zu enthaupten und Frauen zu ertränken, wollte man nicht nehmen an dem Fluß, der seinen Namen vom Richtbeil herleitet. Allerdings wurde auf dem Thing an einer gewissen Hallfridur aus dem Muli-Bezirk die Todesstrafe vollstreckt; sie hatte ein Kind bekommen von jenem Olafur, der im Jahr zuvor hingerichtet worden war, doch aus dem Muli-Bezirk war außer dem Mann, der die Frau gebracht hatte, niemand zum Althing gekommen, und er weigerte sich standhaft, sie gleich wieder lebendig quer durch das ganze Land über all die vielen Flüsse zu transportieren, so daß ein paar brave Männer es auf sich nahmen, sie dort im Gumpen zu ertränken.

Jetzt ist davon zu berichten, daß der alte Jon Hreggvidsson auf seinem Hof Rein sitzt. Kein Wunder, daß er sich in solchen Zeiten nicht beeilte, eine neue Vorladung vor das Oberste Gericht zu bekommen, wie es ihm durch das Urteil des Kommissars auferlegt worden war. Sein Kopf war voll von anderen Dingen. Die wenigen Vertreter der Obrigkeit, die noch am Leben waren, hatten Wichtigeres zu tun, als sich um Jon Hreggvidsson zu kümmern. Die Zeit verging. Als schließlich aber das große Sterben aufhörte und das Volk sich wieder ein wenig erholte, kam dem Bauern das Gerücht zu Ohren, daß die Mächtigen, die jetzt statt jener, die ihr Leben gelassen hatten, ans Ruder gekommen waren, seine alte Sache nicht völlig vergessen hätten. Man zweifelte im Lande nicht daran, daß das Amt des Kommissars besonderer Natur gewesen sei, er war zum Richter über Richter eingesetzt worden, und seine Urteile waren unwiderruflich. Die, welche er verurteilt hatte, konnten nicht auf Genugtuung hoffen. Jene, denen er Genugtuung verschafft hatte, konnten fortan nicht mehr belangt werden. Doch als er seine Arbeit beendet hatte, stellte sich heraus, daß es leichter war, festzustellen, wer zu Fall gekommen war, als wer Genugtuung erhalten hatte. Die, denen Genugtuung zuteil geworden war, waren verschwunden. Ihre Rettung hinterließ keine Spuren. Dem Manne, der die Hohen erniedrigt hatte, um die Niedrigen zu erhöhen, wurde nirgends öffentlich Dankbarkeit bezeigt. Doch das Volk beklagte die Demütigung und den Sturz des Richters Eydalin.

Jon Hreggvidsson wußte noch weniger als alle anderen, woran er war, als er im Frühjahr vor der Pockenseuche nach dem Urteil des Kommissargerichts an der Öxara nach Hause zurückkehrte, freigesprochen und verurteilt zugleich. Seine Sache war zwar Anlaß zu einer der schwerwiegendsten Anklagen gegen Eydalin, und nichts hatte so sehr zum Sturz des Richters beigetragen wie das Todesurteil, das er vor vielen Jahren über diesen Mann gefällt hatte, aufgrund von Beweisen, die bestenfalls als Verdachtsmomente gelten konnten. Doch es war nie gelungen, den Punkt der Anklage des Kommissars gegen Eydalin tatsächlich zu beweisen, daß er vor sechzehn Jahren mit Jon Hreggvidsson vereinbart habe, die Vorladung vor das Oberste Gericht, die dieser aus Kopenhagen mitgebracht hatte, nicht verlesen zu lassen. Zu einer solchen Vereinbarung wurde nie ein Zeuge gehört, und zudem wurde dem Pächter Christi auferlegt, sich eine neue Vorladung vor das Oberste Gericht zu beschaffen und seine alte Sache wieder aufrollen zu lassen.

Nachdem Eydalin gestorben war und die Pockenepidemie den Bischofssitz Skalholt seiner Zier und Ehre beraubt hatte, dadurch daß der Bischof samt seiner Gattin, der Tochter des Richters, entschlafen war und noch weitere vornehme Herrschaften dahingegangen waren, die möglicherweise die Sache hätten weiterverfolgen können, da dachte Jon Hreggvidsson, nun würde es nicht mehr viele geben, die sich darüber beklagen könnten, daß er sich nicht beeile, eine neue Vorladung zu beschaffen. Doch diese Hoffnung des Bauern erfüllte sich nicht.

Im zweiten Frühjahr nach der Pockenseuche war es wieder möglich, an der Öxara Thing zu halten, und es waren genug Leute dort, um Verbrecher hinzurichten und eine neue Bittschrift an den König abzufassen. Den Vorsitz beim Oberlandesgericht führten der Amtmann und stellvertretende Richter Jon Eyjolfsson und der Landvogt Beyer von Bessastadir.
Das Thing ging schon seinem Ende zu, und nichts deutete darauf hin, daß diesmal wieder alte Prozesse neu aufgerollt würden; das Frühjahr war hart und kalt, und Abgestumpftheit und Unlust kennzeichneten die wenigen Gerichtsverwandten, die den Ritt zum Thing durch fast ausgestorbene Gegenden auf sich genommen hatten, während die schwer getroffene menschliche Gemeinschaft, die überlebt hatte, noch immer schwankte und wie betäubt war nach dem harten Schlag. Doch eines Nachts, kurz vor dem Ende des Things, als die Gerichtsverwandten schon unter ihre Schaffelle gekrochen waren, kam ein Gast nach Thingvellir geritten. Es war eine Frau. Sie ritt in Begleitung zweier Knechte mit vielen Pferden von Osten her auf die Ebene, aus der Richtung des Kaldidalur, wo die Grenze zwischen den Landesvierteln verläuft. Diese von weither gekommene Frau stieg vor der Bude des Landvogts ab und suchte sogleich den Bevollmächtigten des Lehnsherrn, Landvogt Beyer, auf. Nicht lange nachdem sie zu ihm gekommen war, ließ der Landvogt nach dem stellvertretenden Richter schicken, und er wurde geweckt und ging zur Bude des Landvogts. Für das, was auf dieser Zusammenkunft besprochen wurde, gab es keine weiteren Zeugen. Wenig später ritt die Fremde wieder von Thingvellir fort.
Außerdem geschah es in dieser Nacht, daß zwei Knechte des stellvertretenden Richters geweckt wurden; sie sollten mit Briefen westwärts nach Akranes reiten, um Jon Hreggvidsson, den Bauern in Rein, ausfindig zu machen und ihn mit zum Thing zu bringen.
Es war eine recht armselige Obrigkeit, die zwei Tage danach an dem bösen Ort Thingvellir an der Öxara wieder Anklage gegen diesen Pächter Christi erhob. Sogar die Bude des dänischen Be-

vollmächtigten war heruntergekommen, als ob die Königsmacht der Ansicht sei, es lohne sich nicht, von Amts wegen eine gewisse Eleganz aufrechtzuerhalten gegenüber den Unbilden der Witterung in Island mit Sturm und Hagel, mit denen dieses Volk, verkrüppeltes, halb abgestorbenes Gestrüpp in Menschengestalt, untrennbar verbunden war. Diese Unwetter in Island waren eine Mühle, die nichts ungemahlen ließ außer den Bergen aus Basalt; sie verzehrten und zerstörten alles Menschenwerk und löschten nicht nur seine Farbe aus, sondern auch seine Form. Die verzierten Windbretter dieses königlichen Hauses waren entweder zerbrochen oder vermodert, alles, was aus Eisen war, verrostet, die Tür undicht und schief, die Fensterscheiben gesprungen, die Fensterläden aus den Angeln, das Wappen des Königs fast völlig abgewaschen. Und der dänische Bevollmächtigte des Lehnsherrn, der Landvogt Beyer, jeden Tag während des Things betrunken.

Das Oberlandesgericht tagte in einer windschiefen Hütte, die einst Gerichtsgebäude genannt worden war, ihr Dach war undicht, so daß Wind und Wetter im Haus ihr Spiel treiben konnten. Der Schlamm, der aus den Torfwänden auf den altersschwachen Bretterfußboden geflossen war, war nicht weggeschaufelt worden. Über diesen Fußboden hinkte Jon Hreggvidsson von Rein näher, weißhaarig, stöhnend und schnaufend.

Der stellvertretende Richter Jon Eyjolfsson fragte, was es zu bedeuten habe, daß er nicht der Pflicht nachgekommen sei, die ihm vor zwei Jahren von dem besonderen königlichen Gericht hier an der Öxara auferlegt worden war, nämlich in seiner Sache Berufung einzulegen vor dem Obersten Gericht.

Jon Hreggvidsson nahm die gestrickte Mütze ab, und die Leute sahen sein weißes Haar. Er stand gebückt und demütig vor seinen Richtern, ohne es zu wagen, sie anzusehen; er sagte, er sei ein alter Mann, der schlecht sehe und schlecht höre und von Gicht geplagt wurde, und das bißchen Verstand, das er in seinen Jugendjahren besessen habe, sei völlig abgestumpft. Er bat, daß man ihm einen Fürsprecher zur Seite stellen möge, da er nicht in der Lage sei, sich selber zu verteidigen. Dieser Bitte wurde nicht entsprochen, die Antwort des Mannes jedoch ins Protokoll aufgenommen; dann ging man rasch zur nächsten Sache über, denn dies war der letzte Tag des Things und es galt, soviel wie möglich zu erledigen, ehe die Richter zu betrunken wurden, was jeden Tag geschah, wenn es Nachmittag wurde. Jon Hreggvidsson meinte, daß auf diesem Thing nichts mehr in seiner Sache geschehen würde, nahm seine Mähre und ritt nordwärts übers Gebirge nach Hause. Als man wieder Zeit fand, seine Sache zu behandeln, war er schon längst auf und davon. Da wurde die Sache in seiner Abwesenheit, ohne weitere Anklage oder Verteidigung, entschieden. Das Gerichtsurteil stellte fest, da dieser Jon berüchtigt sei für sein unangenehmes, schlechtes und unredliches Verhalten und er, wegen Mordes angeklagt, weder den beiden Geleitbriefen seiner königlichen Majestät noch dem Reisepaß von des Königs Militär Folge geleistet habe, und außerdem versäumt habe, die alte Vorladung vor das Oberste Gericht verlesen zu lassen, schließlich es absichtlich unterlassen habe, sich eine neue zu verschaffen, wie es ihm durch das Urteil des Kommissargerichts auferlegt wurde, und sich hier vom Thing entfernt habe, nicht willens, seiner Pflicht entsprechend zu warten, um in seiner Sache Rede und Antwort zu stehen, solle der genannte Jon Hreggvidsson festgenommen und in den Gewahrsam des Amtmanns im Thvera-Bezirk überstellt und in diesem Sommer, sobald wie möglich, mit einem nach Kopenhagen segelnden Schiff in das Stockhaus zu Bremerholm gebracht werden, um dort Festungsarbeit zu verrichten, und die Hälfte seines Vermögens der königlichen Majestät zufallen.

Siebtes Kapitel

Es war an einem Tag, als Jon Hreggvidsson in Unterhosen auf der Hauswiese zu Rein stand und mähte. Da reiten zwei Männer heran und kommen quer über das ungemähte Gras auf ihn zu. Der Bauer hörte auf zu mähen, stürzte mit erhobener Sense auf sie zu und drohte, sie umzubringen, weil sie das Gras zertrampelten, und dasselbe tat sein bissiger Hund. Die Männer ließen sich nicht einschüchtern, sondern sagten, sie seien vom Amtmann in Akranes geschickt, um ihn festzunehmen. Da steckte er den Sensenstiel ins Gras, daß die Schneide nach oben stand, trat auf sie zu, legte die Fäuste zusammen und streckte ihnen seine Handgelenke entgegen.

Ich bin bereit, sagte er.

Sie sagten, sie würden ihn nicht sofort in Ketten legen.

Worauf wartet ihr noch, sagte er, denn sie bewegten sich schwerfällig, wie es im Lande üblich war, und hatten es nicht eilig, die Wiese zu verlassen.

Willst du in den Unterhosen gehen? sagten sie.

Das ist meine Sache, sagte er. Auf welchem Pferd soll ich reiten?

Willst du dich nicht daheim verabschieden? sagten sie.

Was geht euch das an, sagte er. Los!

Dieser Mann war ein ganz anderer als der, der gebückt und zitternd, mit tiefen Seufzern und dem Weinen nahe, auf dem Althing vor seinen Richtern gestanden hatte.

Er sprang sofort auf den Rücken des dritten Pferdes, das sie dabeihatten. Der Hund biß das Pferd ins Bein.

Wir wollen keinen Menschen entführen, erklärte der, welcher der Anführer war, und sagte, sie würden zum Hof hinüberreiten und den Angehörigen des Bauern mitteilen, warum sie gekommen waren.

Der Hof schmiegte sich an den Berg; in der grasbewachsenen Torfwand saß das Fenster wie ein lebendes Auge, durch die niedrige Tür konnten die Menschen nur halb gebückt aus und ein gehen, und vor dem Eingang lag ein flacher Stein. Aus dem

Rauchloch stieg Rauch auf. Die Frau war schon längst gestorben. Den Schwachsinnigen gab es auch nicht mehr, und die Leute glaubten, der Bauer, sein Vater, habe ihn umgebracht. Die Aussätzigen waren auch dahingeschieden, deshalb lobte keiner auf dem Hof Gott. Doch der Bauer hatte eine andere Tochter bekommen statt derer, die auf der Totenbahre lag, als er vom Ausland zurückkehrte, und diese kam aus der Küche und stand auf dem Stein vor der Haustür, schon beinahe im heiratsfähigen Alter, schwarz im Gesicht vom Ruß und pokkennarbig, mit dunklen Haaren und dem funkelnden Blick ihres Vaters in den schwarzen Augen, barfüßig und sonnengebräunt in einem kurzen wollenen Rock, mit kräftigen Knien; der Schmuck ihrer Kleider waren Asche, Stückchen von getrocknetem Schafdung und Torfzweigchen.

Die Männer sagten: Man hat uns befohlen, deinen Vater festzunehmen und ihn zum Schiff in Olafsvik zu bringen.

Der Hund war unruhig geworden, sein Fell sträubte sich, und er pißte kläffend gegen die Hauswand.

Euch sollte man lieber umbringen, sagte das Mädchen. Seht ihr denn nicht, das ist ein alter Mann mit weißem Haar.

Schweig, Mädchen, sagte Jon Hreggvidsson.

Lieber Papa, sagte sie. Willst du nicht Überhosen anziehen?

Nein, sagte er. Aber bring eine Schnur.

Sie wußte, wo er ein Stück Angelschnur versteckt hatte, und kam nach einer Weile mit einem ansehnlichen Wickel dieser kostbaren Ware zurück; die Männer des Amtmanns sahen bewundernd zu. Seine Tochter brachte auch seine Jacke, die bis auf die Mitte der Schenkel hinabreichte, und er ließ sich dazu überreden, sie anzuziehen, wie er da auf dem Rücken des Pferdes saß, dann schlang er sich mit raschen Handgriffen die Angelleine mehrmals um den Leib. Seine Tochter sah ihn an. Er verknotete die Angelleine; jetzt war er gegürtet.

Lieber Papa, was soll ich tun, wenn du fort bist, sagte das Mädchen.

Sperr den Hund ein, befahl er barsch.

Sie rief den Hund, doch der Hund spürte, daß man ihn anführen wollte; er ließ den Schwanz sinken und kam nur bis auf halben Weg heran. Sie schmeichelte und wollte zu ihm gehen und ihn packen, doch da schlich er mit eingezogenem Schwanz auf die Hofwiese hinaus.

Ich bring dich um, Kolur, wenn du nicht stehenbleibst, sagte das Mädchen.

Der Hund legte sich auf den Boden und begann zu zittern. Sie ging zu ihm hin, packte ihn am Kragen und trug das jaulende Tier zu einer Scheune am Hofplatz; sie warf ihn dort hinein und legte den Riegel vor. Als sie das getan hatte, waren die Männer schon vom Hofplatz weggeritten.

Leb wohl, lieber Papa, rief sie ihm nach, doch er hörte nichts, sie trabten schon den Weg entlang, ihr Vater ritt voraus und ließ die Füße baumeln. Das Gesinde, das auf der Hauswiese stand, hörte auf zu arbeiten und sah schweigend zu, wie man mit dem Hausherrn wegritt.

Sie übernachteten in Andakil beim Gemeindevorsteher und bewachten den Gefangenen in einer Scheune. Am Abend wollten sie sich mit ihm unterhalten, doch er sagte, er sei schon alt und der Menschen überdrüssig. Er sagte, es sei schade, daß bei der Pockenepidemie nicht das ganze Volk ausgestorben sei. Sie fragten, ob er keine Rimur vortragen könne.

Nicht zur Unterhaltung von anderen Leuten, sagte er.

Am nächsten Morgen brachen sie früh auf. Sie ritten mit dem Bauern über die Myrar nach Westen, nach Snaefellsnes hinaus und über die Frodarheidi nach Olafsvik. Dort kamen sie spät abends an, und es hatte angefangen zu regnen. Im Hafen lag ein Handelsschiff. Sie stiegen vor dem Laden ab, sprachen mit den Knechten des Kaufmanns, zeigten ihre Briefe und verlangten, den Kapitän zu sprechen. Der kam, als es ihm paßte, und fragte, was sie wollten. Sie sagten, sie seien Knechte des Amtmanns im Thvera-Bezirk und hätten einen Verbrecher dabei, der ins Zuchthaus nach Bremerholm gebracht werden solle, und übergaben dem Kapitän die Briefe des Amtmanns in dieser Angelegenheit. Der Kapitän war ein dicker, blauer Mann und konnte nicht lesen; doch er ließ Leute rufen, die

ihm das Geschriebene deuteten. Als diese Lesung beendet war, fragte er, wo sind die Gerichtsdokumente?
Das wußten sie nicht genau.
Der Däne zeigte auf Jon Hreggvidsson und fragte heiser und mürrisch:
Was hat dieser Mann getan?
Er hat den Henker des Königs umgebracht, sagten sie.
Dieser alte Mann, sagte der Däne. Wo steht das?
Sie sagten, sie hätten geglaubt, es stünde in den Briefen, doch wie man sie auch las, es fand sich darin nirgendwo eine Bestätigung dafür. Der Däne sagte, kein Amtmann in Island könne ihn dazu bringen, Leute zu Vergnügungsreisen auf seinem Schiff mitzunehmen.
Was ist eine Vergnügungsreise, sagten die Männer.
Der Kapitän sagte, er nenne das eine Vergnügungsreise, wenn ein Isländer auf seinem Schiff nach Dänemark segle, ohne beweisen zu können, daß er ein Dieb oder Mörder sei. Ganz anders sieht die Sache aus, sagte er, wenn der Mann Gerichtsdokumente dabei hat mit dem Siegel von denen in Bessested daran und eine Bürgschaft der Stiftskasse für den Transport. Über den Mann, den sie hierhergeschleppt hatten, stand nirgends ein Wort, dem zu entnehmen sei, daß er ein Lamm gestohlen, geschweige denn einen Menschen ermordet habe.
Der Kapitän ließ sich nicht umstimmen. Er werde den Mann nur dann mitnehmen, wenn sie zuerst nach Bessastadir ritten und dort gültige Dokumente holten. Damit ging er weg.
Von Olafsvik nach Bessastadir sind es drei mühsame Tagereisen in beide Richtungen, so daß die Bewacher des Gefangenen auf den Ausweg verfielen, sich an die Obrigkeit des Bezirks zu wenden, in dem sie sich befanden, Snaefellsnes, und zu versuchen, dort eine Bestätigung dafür zu erhalten, daß der Mann, den sie mitgebracht hatten, auf dem Althing verurteilt worden war. Sie suchten nach einem Nachtquartier in Olafsvik, doch auf Snaefellsnes herrschte Hungersnot, und an den wenigen Orten, wo es noch Fisch im Vorratsschuppen und Butter in der Speisekammer gab, hielt sich die Gastfreiheit in

Grenzen; zudem waren nach der Pockenseuche viele Höfe verödet, die Bewohner tot und begraben.
Auf Snaefellsnes gab es nur ein einziges Haus aus Holz statt aus Erde; das war das Haus der Kompanie. Abgesehen von den wenigen Sommerwochen, in denen Handel getrieben wurde, stand es meist leer, mit geschlossenen Fensterläden. Die Bewacher Jon Hreggvidssons ließen den Kaufmann rufen und fragten, ob es ihm möglich sei, einen Gefangenen und zwei Männer zu beherbergen. Der Kaufmann antwortete, die Dänen seien nicht verpflichtet, andere Isländer als überführte Verbrecher zu beherbergen; das sei bei diesem nicht der Fall; sie seien vermutlich nur Narren oder Lügner; sie müßten für sich selbst sorgen. Sie fragten, ob sie den Gefangenen in einem Nebengebäude oder einem Speicher unterbringen dürften, denn es regnete. Der Kaufmann sagte, die Isländer hätten die Angewohnheit, ihre Notdurft zu verrichten, wo immer sie sich aufhielten, abgesehen davon, daß sie Läuse hinterließen, und ein solches Volk könne man nicht in ein Nebengebäude der Dänen hineinlassen. Damit ging der Kaufmann wieder fort, und ein freundlicher dänischer Lagergehilfe schenkte den Isländern ein bißchen Kautabak; zu essen hatten sie allerdings nichts. Es war schon spät. Kurz darauf ging der Kapitän an Bord seines Schiffes, um zu schlafen. Das Haus des Kaufmanns wurde geschlossen. Die Wächter standen auf dem Kiesplatz neben dem Laden und sprachen miteinander; der Gefangene stand ein Stück abseits, die Angelschnur um den Leib gewickelt, die gestrickte Mütze auf dem weißen Haar völlig durchnäßt. Vor dem Laden befand sich ein fest im Boden verankerter Pferdestein mit einem dicken, eisernen Ring. Schließlich wandten sich die Bewacher an ihren Gefangenen, winkten ihn zum Stein heran und sagten:
Hier wollen wir dich festbinden.
Darauf wickelten sie dem alten Mann die Angelschnur vom Leib und fesselten ihn damit an Händen und Füßen; aus dem Rest machten sie einen Strang, den sie an dem eisernen Ring festbanden; dann gingen sie. Als sie fort waren, kroch der Bauer auf die dem Wind abgewandte Seite des Steins und

lehnte sich dagegen, versuchte aber nicht, sich loszumachen, obwohl das vermutlich einfach gewesen wäre, denn die Fesseln waren eher symbolisch als wirklich; es lag ihm nicht mehr so viel daran zu fliehen wie vor zwanzig Jahren, er beschlief nachts im Traum auch keine Riesenweiber mehr; der Schlaf senkte sich auf den müden Mann herab, wie er, an den Pferdestein gelehnt, in der Nacht vor dem Haus der Dänen saß. Und wie er dort im nächtlichen Regen neben dem Stein schläft, kommt ein warmer und guter Sendbote zu ihm, wie in Büchern davon erzählt wird, daß Engel durch eine Mauer zu gefesselten Menschen kamen, atmet ihm in den Bart und leckt seine geschlossenen Augen. Es war der Hund.

Ach, du bist es, du verfluchter Kerl, sagte der Mann, und der nasse, schmutzige Hund hört nicht auf, sich an ihn zu drängen, mit dem Schwanz zu wedeln und ihm jaulend das Gesicht zu lecken, und der Mann war gefesselt und konnte ihn nicht von sich stoßen.

Du hast ein Fohlen gefressen, du Teufel, sagte Jon Hreggvidsson, und etwas Schlimmeres kann man zu einem Hund nicht sagen; doch der Hund ließ sich seine Freude nicht verderben, schließlich lief er im Kreis um den Stein herum, an den der Mann gefesselt war.

Am Morgen lag der Mann an den Stein gelehnt da und schlief, und der Hund lag neben ihm. Andere Männer und Hunde tauchten auf: dünkelhafte Dänen standen auf der Ladentreppe, dickwanstig und gut aufgelegt nach Morgenbitter und Frühstück, während in gebührendem Abstand ein paar der jämmerlichen Einwohner von Olafsvik herumlungerten, unförmig, in schulterlosen, zerschlissenen Jacken, mit durchhängendem Hosenboden. Die letzteren sahen den Hund und den Mann teilnahmslos an; einer kannte den Gefesselten und seine Familie, ein anderer konnte nicht umhin, die Angelschnur, mit der er gefesselt war, zu erwähnen, beide sprachen mit kreischender Fistelstimme, die keine Ähnlichkeit mit einer menschlichen Stimme hatte. Die Dänen am Ladeneingang machten witzige Bemerkungen und lachten selbstsicher.

Die Bewacher waren nirgends zu sehen, und keiner wußte, wo sie steckten. Nach einer Weile waren die Dänen an ihre Arbeit gegangen, doch die Einheimischen blieben stehen und starrten Mann und Hund stumpfsinnig an. Es fiel ihnen nicht ein, hinzugehen und den Gefesselten loszubinden, genausowenig wie es den Menschen einfällt, hinzugehen und den Fenriswolf loszubinden oder andere Aufgaben wahrzunehmen, welche den Göttern vorbehalten sind. Dagegen wollte ein dänischer Ladengehilfe den Mann losbinden, um der Obrigkeit einen Streich zu spielen und um ihn davonlaufen zu sehen, doch als er näher kam, wurde der Hund wütend und machte Miene, seinen Herrn und die Fesseln, mit denen er gebunden war, zu verteidigen. Nun fuhr man fort, den Stockfisch, den die Fischerbauern abgeliefert hatten, aufs Schiff zu bringen, und die Leute kümmerten sich nicht weiter um den Mörder, der an dem Stein festgebunden war, mit Ausnahme einer armen Frau, die zu ihm hinging und ihm um der Barmherzigkeit Gottes willen eine Schale Milch an den Mund hielt und dem Hund ein Stück Fischhaut gab.
Und so verging der Tag.
Es war schon spät am Abend, und es wurde nicht mehr geladen, das Schiff war bereit zur Abfahrt. Die Bewacher waren zurückgekommen und hatten den Bauern losgebunden. Sie warteten weiter und standen vor dem Laden in Olafsvik herum, sie hofften, daß von irgendeiner königlichen Stelle ein Bescheid käme, den der Kapitän anerkennen würde, denn in der vorausgegangenen Nacht war ein Eilbote zum Amtmann des Snaefellsnes-Bezirks geschickt worden, um ein Dokument zu bekommen, aus dem hervorging, daß Jon Hreggvidsson ein überführter Verbrecher war.
Gegen Mitternacht begann der Hund des Gefangenen zu bellen, wenig später konnte man den Hufschlag vieler Pferde hören. Die Wächter reckten sich in der Hoffnung, daß jetzt der Amtmann käme. Doch da ritt eine vornehme Dame mit vielen Pferden, denen der Schaum vom Maul flog, auf den Kiesplatz; sie war dunkel gekleidet und hatte eine Kapuze über den Kopf

gezogen. Sie sprang ohne Hilfe aus dem Sattel, raffte mit der Hand ihren langen Reitrock, um nicht auf den Saum zu treten, eilte mit leichten Schritten über den Platz und war, ohne anzuklopfen, zu den Dänen ins Kaufmannshaus hineingegangen. Die Knechte, die sie begleiteten, versuchten, die ungesattelten Pferde zu halten und grasen zu lassen, während die Frau im Haus war.

Die Fremde hielt sich eine ganze Zeit lang im Haus auf. Als sie herauskam, hatte sie die Kapuze in den Nacken zurückfallen lassen und die nächtliche Brise spielte mit ihrem Haar. Der Großkaufmann und der Kapitän begleiteten sie bis vor die Haustür und verbeugten sich vor ihr, und sie lächelte, daß ihre Zähne in der nächtlichen Dämmerung blitzten. Die Knechte führten ihr Pferd heran und hielten es, während sie, nur ein paar Armlängen von Jon Hreggvidsson entfernt, der auf dem Stein saß, aufstieg.

Da machte der Gefangene den Mund auf:

Mein Fräulein reitet heute nacht höher zu Roß als beim letztenmal, als Jon Hreggvidsson ihr einen Speziestaler in den Schoß warf, sagte er.

Sie antwortete sogleich aus dem Sattel:

Der, dem du ein Almosen gibst, ist dein Feind.

Warum durfte ich mir den Kopf nicht vor zwanzig Jahren abschlagen lassen, als er noch schwarz war, und der Hals noch dick genug, um der Axt deines Vaters und des Königs würdig zu sein, sagte er.

Sie sagte: Aus Mitleid gibst du einem Bettler eine Gabe, und sobald du dich wieder von ihm wendest, ist dein Erstgeburtsrecht verkauft. Das war mein Fehler. Ich schenkte dir deinen Kopf als Almosen: und der Kopf meines Vaters, der Kopf des Landes, mußte ehrlos fallen. Jetzt wird man sich dagegenstemmen, wenn auch mit schwachen Kräften.

Ich bin ein alter Mann, sagte er.

Du wirst nicht über meinen Vater hier in diesem Land obsiegen, sagte sie.

Ich bitte nicht um Gnade, sagte er und war plötzlich vom

Stein aufgestanden, mit der Strickmütze auf dem weißen Haar und seiner Angelschnur um den Leib. Ich habe einen Freund, wie mein Fräulein weiß, sein Elfenweib.
Sein Hurenweib, verbesserte sie und lachte und ritt davon.
Als sie fort war, rief der Kapitän die Wächter und sagte ihnen, sie sollten den Gefangenen fesseln und ihn an Bord bringen.

Achtes Kapitel

Und als sie im August in Kopenhagen ankommen, läßt der Kapitän der Obrigkeit in der Stadt ausrichten, er habe einen Verbrecher aus Island an Bord. Daraufhin wurden sofort bewaffnete Männer vom Kastell geschickt, um den Mann samt den Briefen, die ihn begleiteten, entgegenzunehmen und ihn an den Ort Dänemarks zu bringen, den die Isländer damals am besten kannten. Das Kastell Bremerholm lag, wie der Name sagte, auf einem Holm im Meer vor der Stadt, mit dikken Mauern, die direkt aus dem Meer aufragten, und tiefen Kellern voll Wasser, oben aber mit Festungstürmen, um mit Kanonen auf die Schweden zu schießen. Die Unterkünfte der Verbrecher waren ausschließlich für Männer gedacht, die nachts in großen Gemeinschaftssälen lagen und tagsüber in Arbeitsräumen Zwangsarbeit verrichteten. Wenn die Männer Angst hatten und sich gut führten, genossen sie das Vertrauen ihrer Zuchtmeister und durften in der Nacht ohne eiserne Fesseln liegen; hatten sie aber keine Angst und gaben freche Antworten, wurden sie sofort in Eisen gelegt, bekamen Fußtritte und wurden einzeln an ihrem Schlafplatz an die Wand gekettet.
Es dauerte nicht lange, bis unter den Isländern in der Stadt ein Gerücht kursierte, welches sich in die Kanzlei zurückverfolgen ließ, daß es bei dem Althingsurteil, das den Bauern von Rein nach Bremerholm gebracht hatte, nicht mit rechten Dingen zugegangen sei, und die Sache gegen diesen häufig erwähnten Bauern sei daheim in Island ohne allzu große Sorg-

falt wiederaufgenommen worden. Und als derjenige, der es der Mühe wert fand, um den häßlichen Kopf dieses Schelms Aufhebens zu machen, die Dokumente untersuchte, stellte sich heraus, daß es sich dabei nur um eine flüchtige, ungesiegelte Abschrift des willkürlichen Urteils handelte, das im Frühjahr auf dem Althing in einem Prozeß ohne Anklage und Verteidigung über den Bauern gefällt worden war. In seinen Papieren hieß es, da der Bauer berüchtigt sei für sein unangenehmes Verhalten gegenüber Leuten und außerdem des Mordes angeklagt und vom Thing weggelaufen sei, ohne etwas zu seiner Verteidigung vorzubringen, solle er nach Bremerholm verbracht werden. Das war alles.

Es war die Regel, daß das einzige Loch, durch welches man wieder aus dem Kastell Bremerholm entweichen konnte, am einen Ende verschlossen war, nämlich das Grab; die wenigsten konnten auf die Dauer jene Strapazen aushalten, die ihnen an diesem Ort im Namen der Gerechtigkeit auferlegt wurden. Einige isländische Gefangene, die wegen unterschiedlich schwerer Verbrechen hier waren, meinten, es sei höchste Zeit, daß Jon Hreggvidsson sich für immer zu ihnen geselle, und hielten es für unwahrscheinlich, daß dieser alte, aalglatte Schelm, der viele Schandtaten auf dem Kerbholz hatte, jemals wieder hinausgelangen würde, nachdem es gelungen war, ihn bis hierher zu schleppen. Was Wunder, daß seine Mitgefangenen große Augen machten, als eines Tages der Zuchtmeister in den Arbeitsraum kam und Regvidsen zu sich rief, jenen Bösewicht, der sozusagen unserer allermildesten Herrschaft seiner Majestät die rechte Hand abgehackt hatte, das heißt den Henker, und ihm befahl, mit hinauszugehen.

Jon Hreggvidsson wurde nicht auf der Dybenseite an Land gesetzt, sondern mit der Kastellfähre über den Holmenkanal gebracht. Von den Dänen hatte er eine zerschlissene Hose bekommen über die Unterhose, in der man ihn in Island festgenommen hatte, doch die Angelschnur hatte man ihm abgenommen, und während er sich noch mit dem Fährmann stritt und seine Schnur zurückverlangte, wurde er unter Beschimpfungen auf der Stadtseite des Kanals an Land gesetzt. Dort stand ein hochgewachsener Mann in einem geflickten Rock, vorgebeugt und zitternd. Er kam mit ernster Miene, wenn auch vielleicht etwas geistesabwesend, auf den Bauern zu und reichte ihm seine blaue Hand mit dem riesigen, nach hinten gebogenen Daumen.

Guten Tag, Jon, sagte dieser Berockte auf isländisch.

Jon Hreggvidsson sah den Mann mit zusammengekniffenen Augen an und kratzte sich am Kopf – wer bist denn du?

Ich bin studiosus antiquitatum und heiße Joannes Grindvicensis, Jon Gudmundsson aus Grindavik.

Ah, ja, natürlich erkenne ich dich wieder, du kamst in einem berühmten Haus an die Tür, als ein Soldat des Königs draußen stand; guten Tag, guten Tag, lieber Jon.

Der Gelehrte aus Grindavik schnaubte ein paarmal und rieb sich ein wenig die Nase.

Mein Herr und Meister will sich deiner erbarmen, Jon Hreggvidsson, sagte er. Und auf seinen Befehl stehe ich schon seit heute früh hier, als die Turmuhr von Sankt Nikolai den Engelschoral spielte. Und jetzt ist es bald Zeit für den Heiliggeistchoral. Du solltest verstehen, daß ich friere und Durst habe.

Ich wurde von der Sense weg festgenommen, wie ich in der Unterhose dastand, und ich habe nicht einmal ein Zweischillingstück für eine Kanne Bier. Die Dänen haben mir sogar meine Angelschnur gestohlen.

Gut, gut, sagte der Gelehrte und wechselte das Thema. In Jesu Namen also, mit trockener Kehle, was gibt es Neues aus Island?

Oh, es geht so, sagte Jon Hreggvidsson. Während der Fischfangzeit im letzten Jahr war es allerdings ziemlich stürmisch. Doch das Gras ist diesen Sommer recht gut gewachsen.

Gut, sagte der Gelehrte. Und fügte nach kurzem Nachdenken hinzu: Ich höre, du bist immer noch der gleiche Missetäter.

Ja so, sagte Jon Hreggvidsson.

Stimmt das? fragte der Grindvikingur.
Ich finde, daß ich ein Heiliger bin, sagte Jon Hreggvidsson.
Der gelehrte Grindvikingur verstand keinen Spaß: Es ist schrecklich häßlich, ein Verbrecher zu sein, sagte er voll sittlicher Entrüstung.
In Wahrheit bin ich nur ein Dieb, sagte Jon Hreggvidsson.
Das soll man nicht sein, sagte der aus Grindavik.
Ich habe vor über zwanzig Jahren einem Mann ein Stück Schnur gestohlen, sagte Jon Hreggvidsson.
Das soll man nicht tun, sagte der Grindvikingur.
Da sagte Jon Hreggvidsson: Welcher richtige Heilige hat nicht als Dieb angefangen?
Der Gelehrte schnaubte und machte lange den Mund auf und zu und blieb stehen, um sich mit dem rechten Rist an der linken Wade zu kratzen.
Wie gesagt, gut, sagte er schließlich schulmeisterlich. Doch was ich eigentlich sagen wollte: Ist nichts geschehen in Island, nichts vorgekommen?
Nicht, daß ich wüßte, sagte Jon Hreggvidsson. Zumindest nichts Besonderes; nicht die letzten Jahre.
Hat man nichts bemerkt, fragte der Gelehrte aus Grindavik.
Nein, in Island hat man schon seit langem nichts mehr bemerkt, sagte Jon Hreggvidsson. Überhaupt nichts. Es sei denn, man rechne die Sache mit dem jammernden Rochen, der im vorletzten Jahr im Skagafjördur aus dem Meer gezogen wurde, zu den Neuigkeiten.
Das nenne ich eine große Neuigkeit, sagte der Gelehrte. Was sagst du, er hat gejammert?
Nun, vielleicht hast du dann noch nicht einmal gehört, Kamerad, daß im vorvorletzten Jahr in Island Menschen in der Luft gesehen wurden, sagte Jon Hreggvidsson.
Wurden Menschen in der Luft gesehen, sagte der Gelehrte, wenngleich ein klein wenig reservierter. Gut. Und als er ein paarmal seine Kunststücke gemacht und sich dabei auch gehörig die Nase gerieben hatte, konnte er nicht mehr an sich halten und sagte:

Darf ich meinen Landsmann darauf hinweisen, daß, da du ein einfacher Mann aus dem Volk bist, der mit einem Gelehrten spricht, obwohl ich, wie der Laienbruder Bergur Sokkason sagt, der geringste Diakon in Gottes Christenheit bin, es sich nicht ziemt, daß du dir mir gegenüber allzu wichtig vorkommst und mich mit du anredest wie einen Hund oder mich sogar deinen Kameraden nennst; und ich spreche hier gewiß nicht für mich selbst, sondern ich weiß, daß mein Herr und Meister nie gestatten wird, daß das gemeine Volk sich so gegen den Gelehrtenstand benimmt. Und als er mich damals heim nach Island schickte, um die Apostelsaga aus dem zwölften Jahrhundert, die es in Skard gibt, welche die Leute in Skard nicht einmal für Gold hergeben wollen, zu kopieren, da hatte ich einen Brief von ihm dabei, daß ich dort im Land mit keinem niedrigeren Titel als Monsieur anzureden sei.
Jon Hreggvidsson antwortete:
Ich bin nur ein unverständiger Pächter und habe nie einen ordentlichen Menschen gekannt außer meinem Hausherrn Jesus Christus, denn ich will den dunkelbraunen Hund, der mir westwärts bis zum Pferdestein vor dem Laden des Kaufmanns in Olafsvik nachlief, wo ich an einen Ring gebunden lag, nicht dazurechnen. Und da Euer hochgelehrte Hochwohlgeboren etwas mit mir zu tun haben wollen, verspreche ich, mich von jetzt an Euer Gelehrtheit entsprechend zu verhalten, es sei denn, meine unverbesserliche Unwissenheit hindere mich daran.
Der Grindvikingur sagte:
Auch wenn du und dein Geschlecht Moria ausgeliefert seid, will mein Meister dich das nicht entgelten lassen, denn er hat stets etwas für deine Mutter übrig gehabt, die in ihrer Blindheit das bewahrte, was andere hatten zugrunde gehen lassen. Deshalb hat er dich jetzt auch mit großer Mühe und nach schwierigen Verhandlungen mit der Obrigkeit aus dem Kastell herausgeholt, das keiner lebendig verläßt, und lädt dich zu sich ein. Jetzt wird sich zeigen, was du für ein Mensch bist. Vor einem will ich dich jedoch gleich warnen, denn davon

hängt dein Leben und dein Seelenheil ab, und das ist, daß du nichts mit Jon Marteinsson zu tun hast, solange du hier in der Stadt bist.
Nein, was sagt Euer Gelehrtheit, ist er immer noch am Leben, der Teufel, der mir damals, als ich unter den Fahnen war, des Königs Stiefel weggesoffen hat, sagte Jon Hreggvidsson.
Ja, und er hat obendrein die Skalda gestohlen, das Buch, aus dem man in der Bettstatt deiner seligen Mutter in Rein auf Akranes vierzehn Blätter fand.
Hoffentlich hat er irgendwann einmal etwas gestohlen, das mehr wert war, der Schlingel, sagte Jon Hreggvidsson. Meine Mutter konnte diese Hautfetzen nicht einmal als Flicken für meine Jacke brauchen.
Mein Meister hat angeboten, Jon Marteinsson das Buch mit Gold aufzuwiegen, wenn er das Diebesgut zurückgibt; er hat angeboten, ihm einen Herrenhof und ein Amt in Island zu verschaffen. Er hat tagelang Spione ausgeschickt, um genau auf den Dieb aufzupassen, wenn dieser betrunken war, ob man dann vielleicht etwas über das Buch von ihm erfahren könnte; aber es war alles umsonst.
Hm, sagte Jon Hreggvidsson, ich überlege mir, ob ich nicht mit Gottes Hilfe hier in Kopenhagen mein Brot als Dieb verdienen könnte.
Der gelehrte Grindvikingur machte ein paarmal den Mund auf und zu wie ein Fisch, doch es kam kein Wort heraus.
Ich meine, sagte Jon Hreggvidsson, da sie hier solchen Leuten Gold, Ämter und Herrenhöfe anbieten; und ihnen obendrein noch Branntwein geben.
Wer sich Satan verschreibt, wird sicherlich als glücklicher Dieb gelten, bis der Tag kommt, an dem die Menschen erwachen, wenn die Posaune schallt, sagte der Gelehrte. Oder wie kommt es, daß keiner Jon Marteinsson nackt im Bett antrifft? Es kommt daher, daß der Mann eine Leichenhose anhat.
Tja, ja, der arme Kerl, ich sollte nicht schlecht über ihn sprechen, auch wenn er meine Stiefel vertrunken hat, denn soviel ich weiß, war es auch ihm zu verdanken, daß ich damals aus

dem Blauen Turm freikam. Und in Island hat man gehört, daß es ihm gelungen sei, den armen Mangi von Braedratunga, der Gott und die Menschen gegen sich hatte, freisprechen zu lassen.
Und ich sage, er hat den Mann noch an demselben Abend, an dem er freigesprochen wurde, im Kanal ertränkt, sagte der Grindvikingur. Der Mensch, den Jon Marteinsson rettet, ist verloren.
Dennoch kann ich mich gut daran erinnern, daß Euer Gelehrtheit recht gern mit unserem Namensvetter in einen Keller gegangen ist, sagte Jon Hreggvidsson.
Gut, gut, sagte der Gelehrte aus Grindavik und machte nacheinander alle seine Kunststücke: Er schnaubte, machte den Mund auf und zu, rieb sich von beiden Seiten die Nase, blieb stehen und rieb den linken Rist an der rechten Wade und umgekehrt.
Ich will schnell in die Nikolaikirche hineingehen, sagte er dann, und ein Gebet verrichten. Warte du solange hier draußen und versuche, auf gute Gedanken zu kommen.
Nach einer Weile kam der Gelehrte wieder aus der Kirche heraus und setzte auf der Schwelle seinen Hut auf.
Sagtest du, man habe in Island Menschen in der Luft gesehen, fragte er.
Ja, und sogar Vögel, sagte Jon Hreggvidsson.
Vögel? In der Luft? wiederholte der Gelehrte. Das nenne ich merkwürdig – sine dubio mit eisernen Krallen. Das muß ich in meine memoranda schreiben. Aber da du sagst, ich sei mit Jon Marteinsson in einen Keller gegangen, so ist es weder dignum neque justum, billig noch recht, daß ein gemeiner Mann aus Bremerholm so mit meines Herrn scribae und famulo spricht. Und ich kann dir sagen, daß mein Herr ein solcher Herr und Meister ist, der stets und immer mit den Schwächen seines Dieners Nachsicht hat, denn er weiß, wie es ist, daß ich wenig Geld habe, während Jon Marteinsson eine Leichenhose trägt.

Neuntes Kapitel

Über den niedriggelegenen, grünen Gegenden zwischen den reißenden Strömen des Südlands lastet eine eigenartige Schwermut. Jedes Auge ist von einer Wolke überschattet, die es daran hindert, die Sonne zu sehen, jede Stimme klanglos wie die eines Vogels, der auf der Flucht piepst, jede Bewegung matt und halb, ein Kind darf nicht lachen, man darf keine Aufmerksamkeit darauf lenken, daß man lebt, nicht die höheren Mächte leichtfertig reizen, nur schleichen und leise sein, vielleicht hatte die Gottheit noch nicht genug Schläge ausgeteilt, möglicherweise verbarg sich irgendwo noch eine ungesühnte Sünde, krauchte irgendwo noch ein Wurm, der zertreten werden mußte.

Der Mittelpunkt inländischen Wohlstands, das Haupt und der Ruhm des Lebens der Nation, der Bischofssitz Skalholt, schwankt in seinen Grundfesten. Die Bewohner des Südlands konnten einmal mehr, einmal weniger mit ihrem Bischofsstuhl zufrieden sein, je nachdem, wer jeweils auf ihm saß; doch was auch geschehen mochte, hier war das hohe Amt zu Hause, das nicht an Ansehen verlor, auch wenn die Macht des Königs wuchs, hier war die Schule, der Herd der Geistlichkeit und der Gelehrten, hierher flossen die Pachtzinsen von den Ländereien des Bischofsstuhls, hier bekamen Bettler Almosen, soweit es ihnen gelang, sich über die großen Flüsse übersetzen zu lassen. Selbst als die Frau eines Bischofs den steinernen Bogen über die Hvita zerstören ließ, starben arme, über Land ziehende Menschen am östlichen Ufer in dem Glauben, daß westlich des Flusses gleichwohl das Licht des Christentums leuchtete.

Doch nun war die Sünde des Volkes so groß, daß selbst dieser Ort nicht verschont blieb. In ihrem Zorn hatte die Gottheit auch den Bischofsstuhl heimgesucht. Daß einfache Leute aus dem Volk unter der strafenden Sense zu Boden sanken, konnten die Menschen noch verstehen. Doch als sowohl Geistliche wie hochgelehrte Persönlichkeiten der Schule plötzlich dahingerafft wurden, dazu vielversprechende Schüler und tugendhafte Jungfrauen, sodann selbst der Landesvater der Christen, der Bischof, und schließlich die duftende Zierde unseres Landes, die Frau des Bischofs, die in ihrer Person die vornehmsten Geschlechter des Landes vereinigte, in der Blüte ihrer Jahre abberufen wurde, da sah man, daß in diesem Hagelschauer die Rose nicht mehr galt als das Gras; und all das, was die Geistlichkeit stets über die Sünde des Menschen und Gottes Zorn verkündet hatte, war in Erfüllung gegangen.

Der Domprediger Sigurdur Sveinsson ist auf einer Versammlung der überlebenden Pfarrer des Bistums beauftragt worden, bis auf weiteres das Bischofsamt zu verwalten, und er hat seine Bücher und anderen Sachen aus der kalten Kammer hinter der Stube der Schüler in die Wohnung des Bischofs bringen lassen; der häßliche hölzerne Christus hängt jetzt im grünen Saal, der Großen Stube.

Im Herbst war es tagsüber sonnig, doch in der Nacht gab es Rauhreif. Da halten eines Tages ein paar schnaubende Pferde auf dem trockenen Hofplatz vor dem Wohnhaus des Bischofs. Sie reiben ungeduldig mit den Trensen am Fuß, als man absteigt und die Zügel herabhängen läßt. Man klopft nicht an. Hier kommt ein Gast, der nicht an den Häusern der Leute anklopft. Die Haustür öffnet sich wie von einem plötzlichen Windstoß; leichte Schritte im Flur; und die Tür zur Grünen Stube wird sperrangelweit aufgestoßen.

Guten Tag.

Sie steht in der Tür, rank und schlank, in einem dunklen Reitmantel voller Roßhaare, der am Saum ein wenig schmutzig ist, mit der Reitgerte in der Hand. Das Gesicht der reifen Frau hat zwar seinen Blütenteint verloren, und ihre Zähne stehen ein wenig zu weit vor, als daß man den Mund hätte schön nennen können; doch ihre Haltung hat den Ausdruck jener Autorität angenommen, die dort beginnt, wo das Eigentümliche vom Allgemeingültigen abgelöst wird. Und immer noch verwandelt sich das Licht, wo ihre Augen leuchten.

Der electus schaute aus seinen Büchern auf und sah sie an. Dann ging er ihr entgegen und begrüßte sie feierlich.

Welchen bonis auguriis –? sagte er.
Sie sagte, sie sei vor einer Woche auf Einladung des alten Amtmanns Vigfus Thorarinsson nach Hjalmholt geritten und sei jetzt wieder auf dem Heimweg westwärts zu ihrem Hof am Breidafjördur; und da sie hier vorbeikam, wollte sie es nicht versäumen, ihrem alten Freund – und ewigen Freier – einen kurzen Besuch abzustatten.
Außerdem, fügte sie hinzu, habe ich ein kleines Anliegen an Euch, lieber Pfarrer Sigurdur.
Er sagte, es sei ihm Anlaß zu großer Freude, wenn sie in irgendeiner Weise seine Hilfe annehmen wolle, erkundigte sich nach ihrem leiblichen und seelischen Befinden, sprach ihr in ihrer Witwentrauer sein Beileid aus, erwähnte die Nachrichten, die im vergangenen Sommer gleichzeitig hier in Island eintrafen, daß sein Schulkamerad und guter Bekannter, Magnus, dieser zutiefst unglückliche Mensch, in Kopenhagen abgerufen wurde, nachdem er jedoch zuerst seinen Prozeß gewonnen hatte.
Sie lächelte.
In diesem Prozeß hat allerdings einer verloren, sagte sie. Doch in einer Zeit wie dieser lohnt es sich nicht, von Kleinigkeiten zu sprechen. Ich habe mir deshalb auch gar nicht die Mühe gemacht, mir Eideszeugen zu beschaffen und mir einen Reinigungseid zuerkennen zu lassen, um die Anschuldigungen zu widerlegen, die in dem Urteilsspruch des Obersten Gerichts gegen mich erhoben werden. Und Ihr, lieber Pfarrer Sigurdur, nehmt meine Schmach nicht einmal ernst genug, um mich nach den Gesetzen der Kirche anzuklagen und in der Öxara ertränken zu lassen.
Die Vergehen, die man bereut hat, gibt es nicht mehr, sagte der bischöfliche vicarius. Für sie ist jede menschliche Strafe Tand, denn der Herr hat sie aus seinem Buch getilgt.
Wir wollen allen Tand beiseite lassen, sagte sie. Im übrigen macht mir eines an dieser leidigen Sache Vergnügen: Der Hof Braedratunga hier östlich des Flusses wurde dem König mit allem, was dazugehört, aberkannt. Der alte Fusi hat mir jetzt

wieder das rechtmäßige Eigentum an dem Ganzen durch eine Urkunde bestätigt.
Die Niederlage jener Kräfte, die willig mit dem Herrn zusammenarbeiten, ist nur eine vorübergehende Sinnestäuschung, sagte der bischöfliche vicarius. Diese Sache hat jetzt zweifellos einen Verlauf genommen, der mehr nach Gottes Willen ist als zuvor. Es kann auch sein, daß das Maß, welches der Herr diesem armen Land zugemessen hat, gestrichen voll ist.
Ohne Zweifel, sagte sie, da ich, das schwarze Schaf der Familie, alle meine Verwandten überleben soll.
Ein fahrender Sänger verbarg ein junges Mädchen in seiner Harfe, sagte der bischöfliche vicarius. Ihr vornehmes Geschlecht war ausgetilgt worden. Und wenn das Mädchen weinte, schlug der fahrende Sänger die Harfe. Er wußte, daß es ihr bestimmt war, die Ehre ihrer Familie aufrechtzuerhalten.
Ich hoffe nur, daß es nicht eine alte, pockennarbige Witwe ist, die obendrein noch der Hurerei überführt wurde, die ihr in Eurer lateinischen Wohnharfe tragt, lieber Pfarrer Sigurdur, sagte sie.
Der wahre Dichter liebt die Rose der Rosen, die Jungfrau der Jungfrauen, sagte der bischöfliche vicarius; sie, die mein Meister Lutherus weder im Wachen noch im Traum oder in einer Offenbarung sehen durfte, sie liebt der Dichter und nur sie, die ewige rosam rosarum und virginem virginum, welche virgo ante partum, in partu, post partum ist; Gott helfe mir in Jesu Namen.
Die Besucherin sagte:
Ich habe schon immer gewußt, daß keine Wissenschaft der Schlüpfrigkeit näher kommt als die Theologie, wenn sie richtig ausgelegt wird: Jungfrau ehe sie gebiert, Jungfrau während sie gebiert, Jungfrau nachdem sie geboren hat. Ich erröte, die alte Witwe. In Jesu Namen, helft mir wieder auf die Erde herunter, mein lieber Pfarrer Sigurdur.
Er hatte begonnen, im Zimmer auf und ab zu gehen, die gefalteten Hände nach unten hängend, mit diesen heißen, schwarzen Augen.

Sie fing wieder an zu sprechen:
Ihr seid einmal zu mir nach Osten über den Fluß gekommen, Pfarrer Sigurdur, seitdem sind mehr als drei Jahre vergangen, und habt Worte zu mir gesagt, denen ich kein Gewicht beimaß, als Ihr sie spracht, doch seitdem sind Ereignisse eingetreten, die wieder einmal das alte Sprichwort bestätigt haben, daß die größten Übertreibungen der Wahrheit stets am nächsten sind. Ihr glaubtet, sicher zu wissen, daß meinem Vater seine Ehre und sein Besitz aberkannt würden. Ich lachte. Und dann sagtet Ihr die Worte.
Er fragte, welche Worte das gewesen seien.
Ich biete mein Vermögen und mein Leben an; mein letztes Stück Land, sagtet Ihr.
Was wollt Ihr von mir? fragte er.
Ich brauche Geld, sagte sie; Bargeld; Silber; Gold.
Wofür? fragte er.
Ich glaubte, mein Freund müßte nicht fragen, sagte sie. Und schon gar nicht der Freund meines Vaters.
Einmal sagtet Ihr mir, Ihr hättet selbst genug Bargeld, sagte er.
Sie sagte: Ich hatte etwas gemünztes Silber. Als man hier vom Tod Magnus' erfuhr, und außerdem, daß er den Prozeß gewonnen habe, kamen von überallher Leute mit Schuldforderungen zu mir. Ich bezahlte, was von mir gefordert wurde. Das ist bereits sehr viel Geld geworden. Und immer noch tauchen neue Gläubiger meines seligen Mannes bei mir auf.
Es ist eine verbreitete Sitte, wenn die Leute wissen, daß eine Frau schutzlos dasteht, zu versuchen, sie zu schröpfen, sagte der bischöfliche vicarius. Die Schuldforderungen hätten untersucht werden müssen. Ihr hättet lieber schon früher zu mir kommen sollen. Ehrlich gesagt, zweifle ich daran, daß Ihr derjenige seid, der gewisse Schulden, die der selige Magnus gemacht hat, begleichen muß.
Über diese Dinge wollte sie nicht sprechen, sie sagte, sie müsse andere Schulden begleichen, welche diese klein erscheinen ließen. Und damit war sie bei ihrem Anliegen.

Sie wollte, daß die Sache ihres Vaters wiederaufgenommen und eine neue Untersuchung in den sogenannten Ungeheuerlichkeitsprozessen durchgeführt wurde, das heißt in den Prozessen gegen jene Landstreicher und Gauner, die ihr Vater angeblich zu hart bestraft hatte. Für die meisten dieser Leute galt, daß sie, wenn sie nicht tot waren, so unbedeutende Personen waren, daß sie keinen Anlaß für eine Wiederaufnahme des Verfahrens bieten konnten, außer einem, dem Mörder Jon Hreggvidsson, denn seine Sache wog schwer bei dem Urteil, das über ihren Vater gefällt wurde. Sie sagte, rechtskundige Männer hätten ihr persönlich versichert, daß an seiner Schuld nie Zweifel bestanden hätten, auch wenn der Prozeß gegen ihn schlecht vorbereitet worden sei, und falls es gelingen sollte, ihn der gerechten Strafe zuzuführen, auch wenn es spät sei, hätte man damit einen triftigen Grund für die Wiederaufnahme des Verfahrens gegen den Richter Eydalin. Sie berichtete dann electo, daß es ihr unter Aufwendung größerer Geldmittel gelungen sei, das Oberlandesgericht dazu zu bewegen, den Alten im vergangenen Frühjahr zu verhören, aber natürlich sei er ihnen entwischt, wie früher auch schon, ohne vernommen worden zu sein; immerhin hätten sie der Form halber ein Urteil gefällt, mit dem sie ihn nach Bremerholm schickten. Doch wie nicht anders zu erwarten, sagte sie, gelang es dieser erbärmlichen Versammlung von Trunkenbolden nicht, ein formelles Dokument über diesen ihren Urteilsspruch abzufassen, und als er zum Schiff gebracht wurde, glaubten die Dänen aus seinen Papieren herauslesen zu können, daß da einer gekommen sei, der eine Vergnügungsreise unternehmen wollte. Nach Absprache mit der Obrigkeit im Snaefell-Bezirk ritt ich dann in der Nacht nach Olafsvik, sagte sie, und mußte dort die Dänen bestechen, damit sie den Alten mitnahmen.

Dann berichtete sie vicario, welche Neuigkeiten das vor kurzem eingetroffene Herbstschiff über die Angelegenheiten des Alten mitgebracht hatte. In Kopenhagen waren, wie schon so oft zuvor, starke Kräfte am Werk, die diesen alten Verbrecher reinwaschen wollten, dem ihr Vater so viel Milde erwiesen hatte, daß es seine Ehre und die Ehre des Landes gekostet habe. Jon Hreggvidsson hatte kaum ein paar Nächte im Kastell Bremerholm zugebracht, als es diesen Leuten gelang, ihn von dort zu befreien, und den neuesten Nachrichten war zu entnehmen, daß er in einem berühmten Haus in Kopenhagen saß und es sich wohlergehen ließ. Was sie mit großer Mühe in der Sache erreicht hatte, war zunichte gemacht. Wieder waren diejenigen stärker gewesen, die ihren Vater schuldig und Jon Hreggvidsson unschuldig wissen wollten.

Kurz gesagt, ihre Absicht war, so schnell wie möglich von Island nach Dänemark zu reisen, um den Herrn aufzusuchen, der vom König Island zu Lehen hat und von dem ich glaube, daß er unser Freund ist, und ihn zu bitten, beim König zu erwirken, daß die Ehrensache des Richters Eydalin vor einem ordentlichen Gericht wiederaufgenommen wird. Aber, sagte sie, für so eine kostspielige Reise fehlt es mir an Silber.

Der bischöfliche vicarius stand mit gesenktem Kopf da, während sie sprach. Ab und zu erhob er den Blick vom Fußboden und ließ ihn an der Person seiner Gesprächspartnerin emporwandern, doch nie höher als bis gerade über die Knie. Immer wieder lief ihm ein unwillkürliches Zucken um Mund und Nase. Und die gefalteten Finger preßte er so fest zusammen, daß die Knöchel seiner blauen Hände weiß wurden.

Als sie ihr Anliegen vorgebracht hatte, räusperte er sich mit großem Ernst, löste einmal die Hände voneinander und faltete sie wieder. Er sah sie blitzschnell mit brennenden Augen an; sein Gesicht zitterte wie das eines Tieres, das im Begriff ist loszubrüllen. Doch als er zu sprechen begann, tat er es langsam und gesetzt, mit dem ernsten Nachdruck, der nur den letzten Dingen zukommt.

Verzeiht, sagte er, daß der unveränderliche Liebhaber Eures Seelenheils im heiligen Namen unseres Herrn und Gottes vor allen anderen Fragen diese eine stellt: Habt Ihr jemals in Eurem Leben Arnas Arnaeus den sogenannten Dritten Kuß gegeben, jenen Kuß, den die Autoren suavium nennen?

Sie sah ihn mit jener Hoffnungslosigkeit an, die sich bei einem Menschen einstellt, der einen weiten Weg durch eine Sandwüste hinter sich hat und, als er zu einem Bach kommt, feststellen muß, daß das Wasser nicht trinkbar ist. Sie biß sich auf die Lippe und wandte sich ab, blickte zum Fenster auf den Hofplatz hinaus, wo ihre Reitknechte die Pferde festhielten, während sie auf sie warteten. Schließlich wandte sie sich wieder dem Inneren der Stube zu und lächelte den gewählten Bischof an:

Ich bitte Euer Hochwürden, mich nicht so zu verstehen, als hätte ich die Absicht, mein schwaches Fleisch in Schutz zu nehmen, sagte sie. Ein paar Tage und Nächte – und dieser Staub rührt sich nicht mehr. Aber mein guter Pfarrer Sigurdur, da Ihr der Liebhaber meiner Seele seid, und die Seele keine Lippen hat, kann es da nicht gleichgültig sein, ob der Staub mit dem ersten, dem zweiten oder dem dritten Kuß geküßt wird.

Ich muß Euch nochmals davor warnen, geliebte Seele, so zu antworten, daß die Antwort selbst eine größere Sünde in sich trägt als die, welche Ihr abstreiten wollt, obwohl sie wahr ist, sagte er.

Man wird gleich zu einem Teufelchen mit Krallen, wenn man sich mit einem so heiligen Mann wie Euer Hochwürden unterhält, Pfarrer Sigurdur, sagte sie. Schon seit langem weiß ich, je mehr Worte ich zu Euch spreche, desto mehr Stufen steige ich abwärts zur tiefsten Hölle. Dennoch komme ich zu Euch.

Meine Liebe zu Euch ist und bleibt unveränderlich, sagte der Gewählte.

Ich komme zu Euch, weil niemand eine sicherere Zuflucht bei Eurem durchbohrten Christus finden kann als das geringste Kind der Hölle. Sollte ich jemals geringschätzig von Eurem Götzenbild zu Euch gesprochen haben, so war das nicht deshalb, weil ich seine Macht falsch einschätzte. Und es ist mein Glaube und meine ehrliche Überzeugung, wenn dieser schreckliche Erlöser irgendwo in unserem Lande lebt, dann lebt er in Eurer Brust.

Ihr steht im Bunde mit allem, was mit mir im Widerstreit liegt, sagte er und rieb sich, so fest er konnte, die Hände. Die Blumen auf dem Felde haben sich mit Euch gegen mich verschworen. Sogar die Sonne, wenn sie am klaren Himmel leuchtet, habt Ihr zum Feind meiner Seele gemacht.

Vergebt, Pfarrer Sigurdur, sagte sie. Ich glaubte, Ihr wäret der Freund meines Vaters und hättet die Worte, die ich vorher wiederholte, aus aufrichtigem Herzen gesprochen. Jetzt sehe ich, daß ich mich getäuscht habe. Ich verderbe Euch nur die Laune. Ich werde sofort weiterreiten. Und wir wollen die Sache vergessen.

Er trat ihr in den Weg und sagte: Welchen Augenblick sollte ich während all dieser Jahre erwartet haben, wenn nicht diesen, da die vornehmste Frau des Landes zu diesem armen Einsiedler käme?

Die erbärmlichste Frau des Landes, sagte sie, das wahre Bild der erbärmlichen Frau: das Weib, gegen das sich Eure ganze Theologie richtet. Nun solltet Ihr diesem Abschaum gestatten, seine Reise fortzusetzen, mein lieber Pfarrer Sigurdur.

E-es ist in einem Fäßchen in der Wand, flüsterte er daraufhin und versperrte ihr mit den erhobenen Händen, die er nicht mehr gefaltet hielt, den Weg; außerdem liegt etwas in einer Truhe im Obergeschoß; hier sind die Schlüssel; und zweihundert Taler in dieser Kommode. Nimm diese Oblaten des Satans, diese faeces diaboli, die zu lange mein Gewissen belastet haben, fahre dafür in den Süden, um deinen Buhlen zu treffen. Aber wenn einer verloren ist, ob er recht oder unrecht handelt, dann bin ich es.

Zehntes Kapitel

Gyldenlöve, des Königs Verwandter, Freiherr zu Marselisborg, Generalpostmeister in Norwegen, Statthalter und Steuereintreiber in Island, oder wie er sich selbst titulierte: Gouverneur von Jisland, besaß viele ausgezeichnete Güter mit

schönen Schlössern in Dänemark. Im Sommer hielt er sich am liebsten in Schloß Fredholm auf, wegen der wildreichen Wälder, die gleich vor dem Schloßgraben begannen. Dieses Schloß hatte er umgetauft und Chateau au Bon Soleil genannt, was auf dänisch Schloß der guten Sonne oder Sollyst heißt. Von der Landstraße bis zur Schloßbrücke war es fast eine Meile; aber am Abstand zwischen der Landstraße und dem Eingang zum Schloß läßt sich die Vornehmheit eines Mannes ablesen. Nur hohe Gäste in Kutschen besuchen einen solchen Ort.
An einem schönen dänischen Hochsommertag fährt über diese prächtige Einfahrt ein alter, wenig polierter und schlecht geschmierter Wagen, der da und dort von Stricken zusammengehalten wird und knarrt; überdies scheint eines der beiden Pferde zu lahmen.
Am Eingang zur Brücke über den Wallgraben steht ein Dragoner mit Gewehr und Säbel, und sein Pferd nicht weit davon entfernt an einer Krippe. Er fragt, wer hier unterwegs sei. Der Kutscher öffnet ihm den Wagenschlag, und drinnen sitzt eine blasse Frau in einem dunklen Mantel, dessen einziger Schmuck eine alte Silberspange am Halsausschnitt unter einem weißen Kragen ist. Sie trägt eine silberfarbene Perücke, die so üppig gelockt und von so leuchtender Farbe ist, daß es den Anschein hat, als sei sie erst gestern, vielleicht eigens für diese Fahrt, gekauft worden, und darüber einen ziemlich gewöhnlichen, breitkrempigen Hut, als ob das Geld nicht für einen eleganten Federhut gereicht hätte nach dem Kauf einer so teuren Perücke. Diese Frau hatte eine sehr stattliche Haltung. Und als der Dragoner hörte, daß sie es nicht gewohnt war, sich in der Landessprache auszudrücken, verneigte er sich tief vor ihr und sagte, er verstehe sehr wohl Deutsch, die Sprache der feinen Leute, sie könne sich unbesorgt dieser Sprache bedienen. Dann marschierte er mit präsentiertem Gewehr vor dem Wagen her über die Wallgrabenbrücke und blies auf dem Platz vor dem Schloß in seine Trompete. Da kam ein ehrwürdig aussehender Diener in roter Livree auf den Platz heraus, öffnete den Wagenschlag und half der Besucherin beim Aussteigen. Sie sagte:

Richte dem Freiherrn aus, daß die Frau angekommen sei, die ihm geschrieben hat und ihm einen Brief vom Landvogt Beyer mitbringt.
An der Vorderseite ragten zwei hohe Türme auf, der eine rund, der andere viereckig, die durch einen vierstöckigen Bau miteinander verbunden waren; das Schloßtor war so breit, daß eine Kutsche hindurchfahren konnte. Man führte die Besucherin durch eine kleine Pforte in einen der Türme und über eine lange Wendeltreppe hinauf bis in einen düsteren Vorsaal in einem der Obergeschosse; dort öffnet sich eine Flügeltür, und die Frau wird gebeten, in den Saal des Statthalters einzutreten. Das war etwa in der Mitte des Schlosses, und die Fenster gingen auf den Innenhof hinaus. Dieser Saal hatte eine gewölbte Decke und einen steinernen Fußboden und war mit prächtigen Waffen geschmückt; da hingen an den Wänden nicht nur vielerlei Gewehre, Lunten und Pulverhörner, sondern auch Speere, Schwerter und Lanzen in Bündeln wie Blumensträuße, und Rüstungen mit Helmen darauf standen frei in den Ecken, wie Riesen, und über Türen und Fenstern hingen Wappenschilde, auf die Drachen, Raubvögel und andere furchterregende wilde Tiere gemalt waren. Auf die Fenster, die aus Hunderten von kleinen, bleigefaßten Scheiben bestanden, waren Ritter gemalt, die auf lendenstarken Pferden berühmte Kämpfe austrugen. Außerdem konnte man dort an den Wänden große Hirschgeweihe sehen, manche mit unglaublich vielen Enden, die noch auf dem Schädelknochen des Tieres saßen. An den Wänden standen massive Bänke oder eisenbeschlagene Truhen und davor mächtige Eichentische, und auf Wandbrettern über den Sitzen standen blankpolierte Kupferkannen und große Steinzeugkrüge mit Reliefinschriften, unanständigen Versen und frommen Sprüchen auf deutsch. Dort lagen auf einem Tisch zwei dicke Bücher, die Bibel mit kupfernen Schnallen und ein genauso dickes oder noch dickeres Buch über die Heilung von Pferdekrankheiten, und auf ihnen lagen zwei Handschuhe und eine Hundepeitsche.
Als die Frau eine Zeitlang dagestanden und die Einrichtung

des Saales betrachtet hatte, kam ein in Seide Gekleideter mit Goldschnüren und teilte dem Gast mit großer Geste mit, daß seine Durchlaucht jetzt komme.
Gyldenlöve, Freiherr zu Marselisborg und Gouverneur von Ijsland, war ein hochgewachsener Mann mit eingefallener Brust und dickem Bauch, und dürren Schenkeln in sehr stramm sitzenden Hosen, wie zwei Streichhölzer, die man in einen Kloß gesteckt hat; er hatte ein langes Gesicht mit Hängebacken und trug eine grünliche Perücke, die bis auf die Schultern reichte, dazu eine goldbestickte Jacke, die voller Fett- und Weinflecken war. Er hatte die wasserhellen, nicht unintelligenten, aber traurigen Augen seiner Familie, die sehr an Schweinsaugen erinnerten, ein zurückhaltender Mann, beinahe menschenscheu, müde und ein wenig melancholisch; er hielt einen Ladestock in der Hand. Er verwendete eine ziemlich schwerverständliche Sprache; ihr Hauptbestandteil war die Form des Deutschen, die man verwendet, um Soldaten auszuschimpfen, doch in sie eingeflochten waren verschiedene Ausdrücke aus anderen Sprachen. Er hatte einen Branntweinbaß und verwendete ein Zäpfchen-R, das klang wie das Röcheln eines Tieres, dem der Hals durchgeschnitten wird.
Bonjour, Madame, sagte der Statthalter Islands. Na, du bust en isländsch Wif, hombre, hew nie een seihn, du bist also eine isländische Frau, Mensch, so eine habe ich noch nie gesehen. Dann trat er zu ihr hin und befühlte mit seinen steifen Fingern den Stoff ihrer Kleider, fragte, wo sie dieses Tuch gekauft habe und wer diesen Mantel genäht habe, und das sei ein merkwürdiger Silberschmuck, er hatte noch nie Silber gesehen, das auf diese Weise verziert war, machen sie das in Island? Von wem bekommen die dort das Silber für so etwas? Hombre, ich muß mich wirklich wundern, will sie mir diesen Schmuck nicht schenken.
Sie sagte, all ihr Silber gehöre ihm, wenn er sich dazu herablassen wolle, es anzunehmen, machte jedoch keinerlei Anstalten, die Silberspange vom Halsausschnitt zu lösen und ihm zu geben, sondern wandte sich gleich ihrem Anliegen zu und zog

den Brief hervor, den sie vom Landvogt Beyer in Bessastadir mitgebracht hatte. Doch sobald er den Brief sah, befiel ihn Amtsmüdigkeit und Unlust, und er fragte mürrisch:
Warum geht das nicht über die Kanzlei. Ich beantworte nur das, was über die Kanzlei geht. Ich bin auf der Jagd.
Dieser Brief enthält ein besonderes Anliegen, sagte sie.
Ich habe schon längst aufgehört zu lesen, ausgenommen im Heilkundebuch, wenn den Pferden etwas fehlt, sagte er. Ich habe hier auch niemanden, der mir vorliest. Außerdem hat alles, was mir aus Island geschrieben wird, nur ein Thema, es ist immer dasselbe Gejammer wegen dieser Angelschnüre; solange ich zurückdenken kann, immer Angelschnüre. Doch wir hier in Dänemark brauchen nur in manchen Jahren Fisch, wir haben kein Interesse daran, daß die Leute mit unendlichen Angelschnüren unendlich viel Fisch fangen.
Ich, sagte sie, bin die Tochter des Richters über Island, der auf seine alten Tage unschuldig um seine Ehre und sein Vermögen gebracht wurde. Euer Exzellenz ist der Statthalter Islands.
Ja, mein alter Freund, Euer Vater, war ein großer Rechtsverdreher, sagte Gyldenlöve; und trotzdem ist es ihm so ergangen. Es kam ein anderer, der ein noch größerer Rechtsverdreher war. So war das schon immer in Island. Ich habe keine Lust, an die Isländer zu denken.
Ich habe diese weite Reise unternommen, um Euer Exzellenz aufzusuchen, sagte sie.
Du bist eine saubere Frau, sagte er, und sein Gesicht hellte sich wieder auf, als er sie betrachtete und nicht mehr an sein Amt dachte. An deiner Stelle würde ich nicht nach Island zurückgehen. Ich würde mich in Dänemark niederlassen und heiraten. Wir haben es so gut hier, und es ist so angenehm bei uns. Während meiner Zeit hat sich der Bestand hier im Wald um mehr als dreihundert Tiere vermehrt. Sieh diesen Kopf an, ist er nicht hübsch – er stand auf, um ihr den größten Hirschkopf an der Wand zu zeigen, das Geweih hat neunundzwanzig Enden, hombre. Dieses Tier habe ich selbst erlegt. Nicht einmal die Majestät, mein Verwandter, jagt Tiere mit mehr Enden.

Gewiß ist das ein schöner Kopf, sagte die Besucherin. Aber ich kenne ein Tier, das noch mehr Enden hat. Das ist die Gerechtigkeit. Ich komme zu Euch wegen der Gerechtigkeit, die ein ganzes Land angeht; Euer Land.
Island, mein Land? Pfui Deibel, sagte Gyldenlöve, Freiherr zu Marselisborg.
Dennoch erklärte er sich bereit, den Brief seines Dieners in Bessastadir anzuhören, wenn sie ihn vorlesen wolle.
In dem Brief hieß es, daß die Frau, welche den Brief überbrachte, die einzige Überlebende des vornehmsten Geschlechtes in Island sei. Der Briefschreiber erinnerte an das himmelschreiende Ereignis, das auf der Insel eintrat, als der Vater dieser Frau, der vornehmste Mann im Lande, außerdem der treue und liebenswerte Diener der königlichen Majestät, Schmach erleiden mußte durch den seltsamen Sendboten Arnaeus, der von der seligen Majestät hochlöblichen Andenkens ernannt worden war, um mit besonderer Vollmacht in dieses Land zu reisen. Es wurde vom Vorgehen dieses Arnaeus berichtet, wie er den alten Richter und einige seiner Mitarbeiter unterdrückte, die Urteile des Richters bis weit zurück für ungültig erklärte und sein Vermögen beschlagnahmte, bis dieser hochbetagte und treue Diener des Königs ein ehrloser Knecht und Bettler geworden war; und einige Wochen später auf der Totenbahre lag.
Dann sagte der Landvogt, daß es der feste Vorsatz des Bischofs in Skalholt, des Schwiegersohnes des greisen vornehmen Mannes, gewesen sei, nach Dänemark zu reisen, um zu versuchen, dort bei der höchsten Obrigkeit des Reiches eine Berichtigung dieser Sache zu erreichen. Doch da brach die Pockenepidemie aus, welche ein gutes Drittel der Bevölkerung des Landes dahinraffte, darunter auch einen Großteil der Geistlichkeit, und unter den Abberufenen befand sich auch der Bischof in Skalholt, einer der vortrefflichsten Freunde des Königs, mit seinem tugendsamen Eheweib, der ehrenwerten Madame Jooren.
Da war von diesem Geschlecht, um die Sache ihres Vaters

nach dessen Tod zu betreiben, nur noch die junge Frau Snefriid übrig, die Witwe des unglücklichen und vornehmen Herrn Magnus Sivertsen. Diese Frau hatte nun den Briefschreiber in Bessastadir aufgesucht und ihm mitgeteilt, daß ihre Ehrliebe sie, ein armes, alleinstehendes Weib, über das stürmische Meer treibe, um an den Statthalter oder sogar an unsere Majestät die alleruntertänigste Bitte zu richten, daß das sogenannte Kommissarurteil in der Sache ihres Vaters an ein höheres Gericht verwiesen und die Angelegenheit dort neu verhandelt werden dürfe. Diese ehrbare Frau dem allerhuldreichsten Wohlwollen des Freiherrn von Marselisborg und Gouverneurs von Island anempfehlend, ihn höflich bittend, die gefährlichen Praktiken zu untersuchen und abzuwägen, die durch das Vorgehen des Kommissars Arnaeus in Island eingeführt wurden, und zu verhindern, daß Glücksritter die Möglichkeit erhielten, auctoritatem in den Schmutz zu treten, die Diener des Königs zu molestieren und das gemeine Volk zu betrügen, bin ich weiterhin Euer Exzellenz allerdemütigst bereiter und très obéissant serviteur.
Gyldenlöve fuhr mit dem Ladestock in seinen Stiefel, um sich am Knöchel zu kratzen. Er sagte:
Ich habe immer zur Majestät, meinem Verwandten, gesagt: Schicke die Isländer nach Jütland, wo es genug Heidekraut für ihre Schafe gibt, und verkaufe dann das Land an die Deutschen, die Engländer oder sogar die Holländer, je früher, desto besser, für eine angemessene Summe, und verwende das Geld, um gegen die Schweden zu kämpfen, die dir dein gutes Land Schonen weggenommen haben.
Nach dieser Antwort saß sie lange schweigend da.
Es gibt eine Strophe von einem alten isländischen Dichter, antwortete sie schließlich. Darin heißt es folgendermaßen: Auch wenn man Besitz und Verwandte verliert und zuletzt selber stirbt, so macht das nichts, wenn man sich einen guten Ruf erworben hat.
Hew ick nich verstahn, sagte der Freiherr zu Marselisborg, der Statthalter von Island.

Sie fuhr fort, zuerst etwas zögernd, doch dann immer eifriger, je länger sie sprach:

Ich frage Euer Exzellenz: Warum soll unsere Ehre vor unserem Leben ausgelöscht werden? Warum will uns der König von Dänemark nicht unseren guten Ruf lassen? Wir haben ihm doch nie etwas angetan. Wir sind keine geringeren Menschen als er. Meine Vorväter waren Könige über Länder und Meere. Sie steuerten Schiffe über die stürmische See und kamen nach Island zu einer Zeit, als kein anderes Volk auf der Welt sich auf die Schiffahrt verstand. Unsere Dichter verfaßten Gesänge und erzählten Geschichten in der Sprache des Königs Odin von Asgard, als Europa eine Sklavensprache verwendete. Wo sind die Gedichte, wo die Sagas, die Ihr Dänen verfaßt habt? Selbst Euren alten Helden haben wir Isländer in unseren Büchern Leben gegeben. Eure alte Sprache, die dänische Sprache, die Ihr verloren und vergessen habt, bewahren wir. Bitte sehr, nehmt das Silber meiner Ahnfrauen – und nun löste sie die Silberspange von ihrem Halsausschnitt, der schwarze Mantel fiel von ihr ab, und sie war blau gekleidet mit einem Goldband um die Taille – nehmt das alles. Verkauft uns wie Vieh. Schafft uns nach Jütland, wo Heidekraut wächst. Oder, wenn es Euch gefällt, schlagt uns weiter mit Peitschen daheim in unserem eigenen Land: Hoffentlich haben wir es verdient. Ein dänisches Beil sitzt für alle Ewigkeit im Hals des Bischofs Jon Arason, und das ist gut so. Gott sei Dank hatte er alle sieben Hiebe verdient, die nötig waren, um dieses graue Haupt mit dem kurzen, dicken Hals, der sich nicht beugen konnte, vom Rumpf zu trennen. Verzeiht, daß ich eine Rede halte, verzeiht, daß wir ein Volk von Geschichtenerzählern sind und nichts vergessen können. Ihr dürft mich nicht mißverstehen, ich beklage weder mit Worten noch in Gedanken etwas, das geschehen ist. Vielleicht ist es für ein besiegtes Volk das beste, wenn es ausgelöscht wird: mit keinem Wort werde ich um Gnade für die Isländer bitten. Wir Isländer sind wahrlich nicht zu gut, um zu sterben. Und das Leben ist uns schon lange nichts mehr wert. Nur eines dürfen wir nicht verlieren, solange noch ein einziger Mensch, ob reich oder arm, von diesem Volk am Leben ist; und selbst tot können wir es nicht entbehren; und das ist das, von dem in dem alten Gedicht die Rede ist, was wir guten Ruf nennen: daß mein Vater und meine Mutter in ihrem Staub nicht ehrlose Diebe genannt werden.

Der Freiherr zu Marselisborg zog eine leere Patrone aus seiner Tasche und schaute mit dem einen Auge in sie hinein.

Wenn jemand den Isländern ihre Ehre aberkannt hat, dann sind sie es selbst gewesen, ma chère madame, sagte er und lächelte, so daß die Augen verschwanden und viele schiefe, gelbe Zähne zum Vorschein kamen. Wenn ihre Faulheit und ihre Trunksucht zu Hungersnot führt, dann muß mein Verwandter, die Majestät, ihnen Notkorn schenken. Wenn ihnen das Korn nicht gut genug erscheint, strengen sie Prozesse an und verlangen Gold und Silber. Und was die Gerechtigkeit betrifft, ma chère, so haben die Isländer, soweit ich weiß, ihren eigenen Mann bekommen, den Mann, den sie für den besten hielten. Und, soweit ich weiß, war es eben dieser Galanthomme, der dem alten, ehrlichen Richter, Eurem Vater, sein Vermögen und seine Ehre aberkannte. Es ist die alte Geschichte von denen in Island. Gelehrte Leute haben mir erzählt, in ihren Büchern stehe, daß früher alle besseren Männer in Island nichts anderes getan hätten, als einander totzuschlagen, bis keiner mehr übrig war außer Trunkenbolden und Barbaren. Jetzt kommt zum ersten Mal in meinem Leben eine isländische Frau zu mir, noch dazu mit einem Goldband um die Taille, und bittet um mehr Gerechtigkeit. Kann es da verwundern, daß ich frage: Wat schall ick maken?

Ich bitte nur darum, daß dem Namen meines Vaters wieder die ihm zustehende Ehre und sein Vermögen zurückgegeben wird, sagte sie.

Gyldenlöve legte den Ladestock beiseite und holte seine goldene Tabaksdose heraus.

Er sagte: Es gibt zwei Kräfte im dänischen Reich. Wenn der obenauf ist, der mit Hexern und Dieben gemeinsame Sache macht, müssen sich viele gute Männer bücken. Wenn unter meinem neuen Verwandten jetzt wieder die an die Macht kommen, die volles Recht für gute, wohlgeborene Männer fordern, wird das Leben besser sein; vielleicht werden dann mit Gottes Hilfe auch einige Ränkeschmiede und Libertins am Galgen baumeln. Es gibt keinen Ausgleich zwischen schlechten und guten Menschen. Doch leider, ma chère, manch einer muß lange warten, bis seine Zeit gekommen ist.

Es gibt einen isländischen Verbrecher, der Jon Hreggvidsson heißt, sagte sie. Er hat den Henker des Königs umgebracht. Das ganze Land weiß es. Mein Vater hat ihn vor zwanzig Jahren zum Tode verurteilt, doch ein Kind machte sich einen Spaß daraus, ihn in der Nacht, bevor er hingerichtet werden sollte, freizulassen. Es ist bis heute nicht gelungen, diesen Mann seiner gerechten Strafe zuzuführen. Der königliche commissarius verurteilte wegen dieser Sache meinen Vater und sprach den Missetäter frei. Beim letzten Althing hat man die Sache dieses Mannes noch einmal wiederaufgenommen, und der Alte wurde verurteilt und nach Bremerholm geschickt. Doch kaum ist er im Kastell eingetroffen, holen ihn einflußreiche Leute wieder von dort heraus und geben ihm Wohnung. Und während dieser mehrfach verurteilte Strafgefangene, der Mörder der Diener des Königs, in der Hauptstadt ein Leben in Saus und Braus führt, liegen meine Eltern des Diebstahls bezichtigt in ihrem Grab.

Die Isländer sind, wie gesagt, schlaue Menschen und gerissene Rechtsverdreher, sagte der Lehnsherr. Sie lassen nichts unversucht, um zu beweisen, daß der Paragraph, nach dem sie verurteilt wurden, aus einem Abschnitt stammt, den irgendein dummer norwegischer König vor vielen Jahrhunderten außer Kraft gesetzt hat; oder aus einem dänischen Gesetz, das in Island nie angenommen wurde; oder gegen irgendeine geltende Bestimmung aus den Sankt-Olafs-Gesetzen verstößt; oder aus ihren alten, völlig heidnischen Statuten in der Gragas. Sie sagen, bei ihnen gelten nur die Gesetze, die sie von allen Verbrechen freisprechen. Ich kann Sie versichern, Madame, daß die

Sache des schlimmen isländischen Schurken Regvidsen manch einen guten dänischen Beamten ins Schwitzen gebracht hat.
Er berichtete ihr nun davon, und wieder trat die müde Amtsmiene auf das Gesicht des Jägers, daß wenige besser gewußt hätten als er, wie groß die Verdienste ihres seligen Vaters um König und Regierung gewesen waren, obgleich er tatsächlich ein wenig zu beharrlich seine eigenen Interessen gegenüber der Rentkammer vertreten hatte und es ihm dadurch gelungen war, zu einem Spottpreis mehrere große Höfe in Island, die dem König mit der Reformation zugefallen waren, in seinen Besitz zu bringen. Doch in Kopenhagen drückte man dem guten alten Herrn gegenüber ein Auge zu, denn er war ein zuverlässiger Mann. Und es herrschte große Trauer bei seinen Freunden in der Stadt, als man von dem Urteil hörte, das er auf seine alten Tage hatte erdulden müssen. Gyldenlöve sagte, er wünsche, daß die Tochter des Richters wisse, verstehe und anerkenne, daß hieran weder die Regierung noch er, Gyldenlöve, noch irgendein dänischer Beamter unter ihm Anteil gehabt habe, sondern, wie er es ausdrückte: nur der Mann, den Madame ohne Zweifel besser kennt als ich.
Sie sagte:
Obwohl mein Name auf schändliche Weise mit dem Mann, von dem Euer Exzellenz sprechen, in Verbindung gebracht wurde, und zwar in einer Verleumdungsklage, die mein armer Ehemann erhob, weil ihn ein paar Kaufleute dazu verleiteten, der sogenannten Braedratunga-Sache, kenne ich Arnas Arnaeus nicht. Die Schande, welche man durch diese Sache über mich zu bringen versuchte, berührt mich nicht, ich habe nicht einmal dieses Geschwätz eines Betrunkenen zurückweisen mögen – und es wird keinesfalls bemerkenswerter dadurch, daß es hier in Dänemark in Gerichtsakten Eingang findet. Ich will, daß Euer Exzellenz versteht, daß ich nicht gekommen bin, um für mich selbst um Gerechtigkeit zu bitten.
Als Gyldenlöve hörte, wie die Besucherin sich über Arnaeus äußerte, sprach er frei von der Leber weg über diesen gefährlichen Feind, sagte, daß dieser Mann haßerfüllt und von Natur

aus falsch sei, er habe immer so getan, als sei er ein Freund des Königs, doch stets auf Verrat gesonnen und ihn in seinem Herzen gehaßt, er sagte, er wisse aus sicherer Quelle, daß er im Beisein von Zeugen die Äußerung gemacht habe, daß es in Island nie einen anderen Verbrecher als den Dänenkönig gegeben habe. Er sagte, Arnaeus hasse alle ehrlichen Dänen, und nicht weniger diejenigen unter seinen Landsleuten, die Aufrichtigkeit und Ehrlichkeit im Dienste an der königlichen Majestät bewiesen: Er wünschte solchen Männern den Tod, wo es sie gab, und würde sie alle aufhängen, wenn er Gelegenheit dazu hätte, damit er mit seinen Spießgesellen das Land ad arbitrium regieren könnte. Er sagte, er sei davon überzeugt, daß ihr seliger Vater keine Genugtuung erhalten werde, bevor dieser Mann und seine Anhänger am Galgen hingen. Einer von beiden, sagt er, hat in principio unrecht, Euer seliger Vater oder Arnas Arnaeus. Schließlich fragte er sie, ob ihr die Ehre ihres Vaters so viel wert sei, daß sie wolle, daß er, Gyldenlöve, diesen Mann zu Fall bringe, und ob sie ihn dabei mit ihrer Zeugenaussage und ihrem Eid unterstützen wolle?
Sie antwortete nach einigem Nachdenken, und ihre Stimme war tiefer und dunkler geworden:
Aber ich werde gegen niemanden falsches Zeugnis ablegen.

Elftes Kapitel

Nun war mehr als ein halbes Jahr vergangen, seitdem der Bauer Jon Hreggvidsson von Rein aus dem Kastell geholt und von einem angeketteten Missetäter zu einem friedlichen Wasserträger und Holzhacker im Hause des Assessors am Geistlichen Gericht und Lehrmeisters der dänischen Altertümer befördert worden war. Als der Gelehrte aus Grindavik ihn vom Kastell ins Haus brachte, begrüßte ihn der hochgelehrte Meister mit einem vieldeutigen Lächeln und sagte, solange seine Sache nicht endgültig geklärt sei, könne er hier Kost und Logis bekommen, allerdings nur, wenn er sich in allem als ehrlich erweise, sonst werde er zum Dienst unter der Fahne geschickt, um mit des Königs Soldaten in fremden Ländern zu kämpfen.

Jedesmal, wenn sein Landsmann und Hausherr ihn auf dem Hof traf oder ihm begegnete, wenn er mit Wassereimern vom Brunnen zurückkam, grüßte er ihn mit Namen, fragte kameradschaftlich nach seinem Befinden und bot ihm eine Prise an. Dagegen erwiesen ihm die einheimischen Bewohner des Hauses nicht mehr Ehre, als ihm gebührte. Da die Dänen den isländischen Geruch so schlecht finden, daß sie es kaum unter einem Dach mit einem Isländer aushalten können, wurde Regvidsen vom Verwalter ein Schlafplatz auf dem Heuboden über dem Stall angewiesen. Allerdings verbot ihm der Kutscher seinerseits, den Pferden zu nahe zu kommen, weil er fürchtete, die Tiere könnten von dem isländischen Pächter Christi Läuse oder anderes Ungeziefer bekommen: Dieser Kutscher ließ seinen Vierfüßern nämlich von früh bis spät eine derartig sorgfältige Behandlung mit Waschen, Scheren und Striegeln angedeihen, daß in Island die jungen Damen, die als die besten Partien im Lande gelten, nämlich die Töchter der besseren Leute, kaum aufgeputzter und reicher ausstaffiert waren. Zur allgemeinen Erleichterung hatte es der Bauer von Anfang an abgelehnt, am Tisch des Gesindes zu essen, denn in Island ist es nicht üblich, daß gewöhnliche Leute an einem Tisch essen, außer bei großen Festen, sondern jeder sitzt mit seiner Schüssel auf seinem Bett, und deshalb wurde eine Magd mit Essen in einer Schüssel zu dem Bauern in den Holzschuppen geschickt, wo er sich tagsüber aufhielt, oder er gesellte sich zu den Bettlern, Tagedieben und Schlingeln, an die zweimal in der Woche am Hintereingang Essen ausgeteilt wurde, um den König zu unterstützen.

Da geschieht es gegen Ende des Sommers, daß diesem Bauern eines Tages eine unerwartete Ehre widerfährt, indem ihn nämlich keine Geringere als die Hausfrau selbst, seine Brotherrin, die hochtugendsame und ehrwürdige Eheliebste des Assessors, Frau Mette, im Holzschuppen aufsucht. Sie begrüßte den Isländer. Seit diese vornehme Dame vor zwanzig Jahren in ihrer eigenen Haustür zu Jon Hreggvidsson auf Soldatendeutsch gesagt hatte, er solle sich zum Teufel scheren, war ihr Kinn noch ein ganzes Stück tiefer gesunken, außerdem hatte die Frau auch noch mehr Speck angesetzt, so daß sie einer Lehmfigur ähnelte, die aus einem Regal gefallen war und zusammengedrückt wurde, bevor sie in den Brennofen gelangte. Ihr Gesicht war weiß gepudert, und auf dem Kopf hatte sie eine große Spitzenhaube, deren Bänder bis auf ihren Buckel herabreichten; sie trug einen weiten, bodenlangen, reich gefältelten schwarzen Rock. Jon Hreggvidsson riß sich die Mütze vom Kopf, putzte sich die Nase und sagte, daß er Gott lobe. Sie betrachtete mit Hausfrauenmiene seine Holzstöße. Er fragte, ob sie die Scheite kürzer als etwa drei Handbreit, was, mit Verlaub gesagt, einem mittelgroßen Pferdeglied entspreche, haben wolle, und sie sagte, das sei die passende Länge; wegen des Wassers fragte er, ob sie es lieber aus dem westlichen Brunnen haben wolle, wo im letzten Jahr ein dänischer Knabe ertränkt worden sei, oder aus dem östlichen, wo man im Frühjahr ein deutsches Frauenzimmer herausgefischt hatte.

Sie sagte, weder am Wasser noch am Holz sei etwas auszusetzen, und was noch viel wichtiger sei: Er selbst habe sich hier im Hause nichts zuschulden kommen lassen. Sie sagte, ihr Mann, Arnaeus, habe die Angewohnheit, alle neuen Leute unter dem Gesinde des Hauses beobachten zu lassen, ob sie unzuverlässig oder diebisch waren, und wenn sie es waren, wurden sie sogleich fortgejagt. Jetzt, da man Regvidsen nach fast einem Jahr noch immer nichts dergleichen vorzuwerfen habe, fand sie es an der Zeit, daß sie nach ihm schaute und sich nach seinem Befinden erkundigte. Jon Hreggvidsson antwortete hierauf, daß er noch nie im Leben ein Befinden gehabt habe, weder am Leib noch an der Seele und weder ein gutes noch ein schlechtes, sondern er sei Isländer. Alles hänge davon ab, was der König wolle. Er sagte, er hoffe, daß der König, den er gar nicht genug segnen könne, zu der Einsicht gelange, daß er einen einfältigen Mann aus Akranes nicht für den Rest seiner

Tage christlichen Gräfinnen und Baronessen in Dänemark zur Last fallen lassen könne, und deren Männern, was sehr wohl zur Folge haben könnte, daß hochwohlgeborene und tugendhafte Pferde in Dänemark Läuse bekämen.
Ob die Madame mehr oder weniger von den Höflichkeiten des Bauern verstand, so wurde deutlich, daß sie sich gerne mit ihm unterhalten wollte, nicht zuletzt deshalb, weil ihr Herr und ehelicher Gemahl demselben Volksstamm zugerechnet wurde; sie sagte, sie hege schon seit langem den Wunsch, Regvidsen nach Neuigkeiten aus Island zu fragen, welches ein seltsames Land war, und manche sagten, in diesem Land sei die Hölle, doch da ihr Eheliebster, obschon Isländer, ein guter, christlicher Mann war, wolle sie das nicht ohne weiteres glauben.
Er sagte mit derselben Bescheidenheit für sein Land wie zuvor, daß meine hochwohlgeborene Gräfin, Baronesse und Madame nicht glauben solle, daß es viel aus dem Hundearsch, den sie Island nennen, zu berichten gebe; nur das Alte, das die Wahrheit ist und bleibt, auch wenn gute Leute sich scheuten, davon zu sprechen, daß dort im Lande für alle Ewigkeit die Hölle ist und bleibt – für diejenigen, die es verdient haben, gepeinigt zu werden.
Da fragte die Madame, wie geht es jetzt den Isländern, nachdem ihnen unser Herrgott eine gnädige und gesegnete Seuche geschickt hat?
Ach, sie sind verreckt wie ausgehungerte Schafe und wurden vom Teufel geholt, sagte Jon Hreggvidsson.
Ihre Pestmeister hätten sie zur Ader lassen sollen, sagte die Frau.
Oh, diese Schwächlinge haben schon lange kein Blut mehr in ihren Adern, gute Frau, sagte Jon Hreggvidsson. Seit sie meinen Verwandten Gunnar von Hlidarendi umgebracht haben, gibt es kein Blut mehr in Island.
Wer hat ihn umgebracht? fragte die Frau.
Er sah zur Seite und kratzte sich am Kopf.
Davon will ich in fremden Kirchspielen nicht reden, sagte er.

Wenn man tot ist, dann ist man tot und vom Teufel geholt. Es nützt nichts, darüber zu klagen. Aber Gunnar von Hlidarendi war zeitlebens ein großer Ehrenmann.
Ja, ihr Isländer glaubt, daß wir Dänen euch alle umgebracht haben, sagte die Frau. Doch darf ich fragen, wer wollte Magister Arnaeus, meinen Mann, umbringen, als er zu ihnen kam, um ihnen zu helfen? Nicht die Dänen, sondern die Isländer selber.
Ja, da seht Ihr, was für ein Volk das ist, sagte Jon Hreggvidsson. Zuerst habe ich eine Angelschnur gestohlen. Dann, als ich von meinem Sohn genug hatte, brachte ich ihn um. Manche sagen sogar, ich hätte einen hohen königlichen Beamten in einer Pfütze ertränkt.
Obwohl man meinen Mann einen Isländer nennt, so ist er doch ein genauso guter Christenmensch wie jeder andere Däne, sagte die Frau.
Ja, das ist für ihn selber am schlimmsten, sagte Jon Hreggvidsson. Er hat sich halb zu Tode gearbeitet, um die Isländer zu retten, bald vor dem Strick, bald vor dem Beil; oder davor, dänische Maden zu essen, was meiner Ansicht nach gut genug ist für sie und zu gut, wenn sie es nicht haben wollen. Und was hatte er davon? Dreck und Schande. Nein, Frau, du darfst nicht glauben, ich hätte Mitleid mit den Isländern. Selber habe ich immer versucht, genug Schnur zum Fischen zu haben. Darauf kommt es an. Ich hatte mir auf dem Land von Innriholmur gegen den Willen der Leute von Innriholmur einen Landeplatz für mein Boot angelegt. Ein Sechsruderer, Frau, das sind drei Ruder auf jeder Seite, eins, zwei, drei, vier, fünf, sechs. Ich nannte es Hretbyggyja, verstehst du das, Frau? Auf dänisch Reetbygge. Deshalb, weil dort der Südwestwind auf den Strand bläst. Auf dem Skagi, gute Frau, verstehst du das. Akranes. Rein – am Fuß des Berges, oberhalb des Landes von Innriholmur, das den Leuten von Innriholmur gehört. Was soll ich Euch noch für Neuigkeiten erzählen? Ja doch, ich habe zweimal eine Tochter gehabt. Die erste, mit den großen Augen, lag auf der Totenbahre, als ich aus dem Krieg zurück-

kam. Die andere wird wohl noch am Leben sein, die Pocken konnten ihr nichts anhaben, sie lag abends schon manchmal mit dem Knecht im Bett und stand in der Tür, als ich wegging. Aber auf den Hund hat sie nicht gut genug achtgegeben, denn der lief mir westwärts bis nach Olafsvik nach. Es ist ein Christushof. Der Hof gehört Jesus Christus, verstehst du das, Frau?

Es ist schön von dir, daß du sagst, der Hof gehöre Jesus Christus, sagte die Frau. Das zeigt, daß du Reue im Herzen trägst. Dem, der bereut, werden seine Sünden vergeben.

Sünden, sagte Jon Hreggvidsson und war richtig empört. Ich habe nie eine Sünde begangen. Ich bin ein ehrlicher Schwerverbrecher.

Gott vergibt allen, die zugeben, daß sie Schwerverbrecher sind, sagte die Frau, außerdem hat mir die Köchin oft gesagt, daß bei dir noch nie auch nur ein Reichsort gefehlt hat, wenn du auf den Markt geschickt wurdest. Deshalb spreche ich auch mit dir wie mit einem ehrlichen Menschen, obwohl du Isländer bist. Und was war es noch, was ich sagen wollte? Ja, übrigens, wer ist diese Hure von Babylon, die von Island nach Kopenhagen gekommen ist?

Jon Hreggvidsson blickte ein wenig dümmlich zur Seite und versuchte, dieses Rätsel zu lösen, fand jedoch keine Stütze an dem, was vorher gesprochen worden war, und gab auf.

Babylon, sagte er. Da habt Ihr mich gleich schachmatt gesetzt, liebe Madame. Jetzt höre ich auf zu lügen.

Sie sagte, ach, dieses Frauenzimmer in Island, im Vergleich dazu hätte es nichts ausgemacht, wenn sie meinen Mann ermordet hätten; aber sie wußten genau, daß sie schlimmer war als Mord, deshalb hörten sie nicht auf, ihm ein Verhältnis mit ihr nachzusagen, bis selbst der König anfing, es zu glauben, und befahl, diesen guten christlichen Mann zu verurteilen, der ein Däne oder sogar ein Deutscher sein könnte – das Frauenzimmer meine ich. Was für ein Frauenzimmer ist das eigentlich? Und wie sollte mein Mann, dieser gute Christenmensch, der nachts immer über alten Büchern sitzt, auf den Gedanken kommen, ihr nachzulaufen?

Jon Hreggvidsson kratzte sich an den wahrscheinlichen wie an den unwahrscheinlichen Stellen, während er versuchte, der Sache auf den Grund zu gehen, dann machte er sich langsam daran, eine Antwort zu geben.

Obwohl es in der Familie meiner Mutter von jeher Bücher gegeben hat, habe ich nie ein Buch gelesen, sagte er. Und schreiben kann ich nur Geheimrunen. Aber ich verdenke es keinem Mann, daß er Bücher für Weiber eintauscht, wenn er nachts sowieso aufsitzt und studiert, denn keine zwei Dinge lassen sich so auf dieselbe Weise lesen wie diese.

Es gibt keine Entschuldigung dafür, daß ein isländischer Mann seiner dänischen Frau untreu ist, sagte sie. Doch glücklicherweise, wie mein Liebster sagt, ist nichts wahr, das nicht bewiesen wird, und deshalb ist es nicht wahr.

Tja, ich für meine Person muß sagen, als ich in Rotterdam war, das liegt in Holland, von wo die Männer auf den Doggern kommen, da traf ich einmal in der Nacht eine Pfarrersfrau. Tja, was soll ich sagen? Ich hatte eine häßliche und langweilige Frau in Island –

Wenn du damit andeuten willst, ich sei häßlich und langweilig, um zu entschuldigen, daß mein Mann mit der Hure von Babylon gelegen hat, dann werde ich dir sagen, Regvidsen, auch wenn der Assessor Arnaeus ein großer Mann zu sein glaubt, so holt er doch keine Verbrecher aus dem Kastell Bremerholm heraus ohne meine Erlaubnis. Und das kann ich dir sagen, der du ein Isländer bist und darum nach Haifisch und Tran und all dem Dreck, den es in Island gibt, riechst, so daß dagegen aller Lavendel in Dänemark zu einem schwachen Duft wird, daß mein erster Mann, der ein wirklicher Mann war, auch wenn er nicht zur Tafel des Königs eingeladen wurde, er sagte, ich verstünde es, einen Mann zu bedienen. Und was wäre der, der jetzt mein Mann genannt wird, wenn ich nicht das Geld und das Haus mitgebracht hätte; und die Kutsche und die Pferde? Er hätte kein einziges Buch. Deshalb habe ich ein Recht darauf, zu wissen, was das für ein Frauenzimmer ist, das da aus Island hierher nach Kopenhagen gekommen sein soll.

Sie ist dünn, sagte Jon Hreggvidsson.
Wie dünn, fragte die Frau.
Beinahe gar nichts, sagte Jon Hreggvidsson. Überhaupt nichts.
Wie etwa was, fragte die Frau.
Er machte das eine Auge zu und sah die Frau an.
Wie das Schilfrohr, das der dünnste und schwächste aller Bäume ist, sagte Jon Hreggvidsson.
Willst du damit vielleicht andeuten, daß ich dick sei, sagte die Frau. Oder soll sie eine Art von spanischem Rohr für mich sein?
Meine edle Frau Brotherrin und Baronesse darf von einem isländischen Bremerholmer nicht mehr Verstand erwarten, als er hat; und sein törichtes Gerede nicht mißverstehen. Wäre der Mund dieses elenden Kerls, wenn man ihn einen Mund nennen kann, nicht immer wieder vor Gott und den Menschen des Meineids überführt worden, würde er ihr die hochwohlgeborenen Zehen küssen.
So, aber was hast du dann von einem spanischen Rohr gefaselt? sagte die Frau.
Jon Hreggvidsson sagte: Ich meinte nur einen solchen Stock, der nicht brechen kann, sondern sich wieder aus der Biegung aufrichtet, wenn man ihn losläßt, und dann wieder genauso gerade ist wie zuvor.
Ich befehle dir zu antworten, sagte die Frau.
Es ist besser, den Jon aus Grindavik zu fragen, sagte Jon Hreggvidsson. Er ist ein gelehrter und weiser Mann.
Der verrückte Joen Grindevigen, sagte sie. Solche Leute, die von den Isländern gelehrte und weise Männer genannt werden, nennt man hier in Dänemark Dorftrottel, und es ist ihnen gesetzlich verboten, ihren Wohnort zu verlassen.
Oder dann Jon Marteinsson, sagte Jon Hreggvidsson. Er weiß, wie die Frauen sowohl in Island wie in Dänemark sind, denn er hat mit der Tochter eines Bischofs geschlafen. Ich werde nicht einmal zu den Menschen gerechnet.
Mein Haus ist ein christliches Haus, in dem keine Hühner-

diebe geduldet werden, sagte die gnädige Frau. Und wenn du mir nicht ohne Umschweife alles über dieses Frauenzimmer erzählst, kannst du selber zu Martinsen gehen und ihn für dich sorgen lassen.

Alles, was ich über dieses Frauenzimmer weiß, ist, daß sie mich an der Öxara vor dem Beil gerettet und in Olafsvik am Pferdestein festgebunden hat.

Hat sie Geld, fragte die Frau. Und wie ist sie gekleidet?

Sagtest du Geld – sie hat mehr Geld als irgendeine Frau in Dänemark, sagte Jon Hreggvidsson. Ihr gehört alles Geld in Island. Ihr gehört Silber und Gold aus längst entschwundenen Zeiten. Ihr gehören alle Herrenhöfe des Landes mit ihren Pachthöfen, ob es ihr nun gelingt, sie wieder dem König zu stehlen oder nicht: Ländereien mit Wald und Flüsse mit Lachsen, Frau; Ländereien am Meer mit Treibholz, wo ein Baumstamm ausreicht, um Konstantinopel aufzubauen, wenn man eine Säge hätte; bewässerte Wiesen und Moore mit Riedgras; Hochflächen mit Fischteichen und Weideland bis zu den Gletschern hinauf; Vogelinseln bis zum Horizont hinaus, wo du bis zu den Knien in Eiderdaunen watest, Frau; von Vögeln wimmelnde Felsen, die senkrecht ins Meer abfallen, wo man in der Johannisnacht einen an einem Seil hängenden Mann, der Eier sucht, in sechzig Klafter Tiefe fröhlich fluchen hören kann. Und dabei ist dies nur der geringste Teil dessen, was ihr gehört und was ich nie alles aufzählen könnte. Am reichsten ist sie aber dennoch an dem Tag, an dem ihr das Gericht alles aberkannt hat und der Mörder Jon Hreggvidsson ihr einen Speziestaler zuwirft, wie sie am Weg sitzt. Wie gekleidet? Mit einem Goldband um die Taille, als die rote Flamme brannte, gute Frau. Sie ist gekleidet, wie die Elfenfrau in Island immer gekleidet ist. Sie kommt blaugekleidet mit Gold und Silber dorthin, wo ein schwarzer Mordhund geschlagen daliegt. Und dennoch war sie am besten gekleidet, als man ihr die groben Strümpfe und Kleider von Landstreicherinnen und Hurenweibern angezogen hatte und sie Jon Hreggvidsson mit den Augen ansah, die über Island herrschen werden an dem Tag, an dem der Rest der Welt durch seine Missetaten zu Fall gekommen ist.

Zwölftes Kapitel

In einem Gasthof am Nyhavn, im Haus zum Goldmacher, bereitet sich, als es schon auf den Herbst zugeht, spätabends eine vornehme Reisende mit ihrer Zofe auf die Abfahrt vor. Vertäute Schiffe aus fernen Orten wiegen sich ruhig auf dem schmalen Kanal vor dem Haus, legen für einen Augenblick die Seite an die Kaimauer und schwingen dann wieder zurück. Die beiden verstauen Waren, Schmuck und Kleider in Kisten und Kästen, die gnädige Frau bestimmt den Platz für jeden Gegenstand, ist jedoch mit ihren Gedanken nicht bei der Sache, vergißt sogar mitunter ihre Arbeit, dreht sich um und steht entrückt am Fenster. Ihre Zofe, eine ältere Frau, hört dann auch auf zu arbeiten und betrachtet heimlich voller Mitleid ihre Herrin.

Schließlich ist alles eingepackt, bis auf einen Gegenstand. Auf der Fensterbank liegt noch immer, halb in ein rotes Seidentuch eingewickelt, ein uraltes, verschrumpeltes Pergamentbuch, schwarz von Ruß, beschmutzt von den fettigen Fingern von Menschen, die schon so lange tot waren, daß es außer diesen Fingerabdrücken keine Spuren ihres diesseitigen Lebens mehr gab. Immer wieder nimmt die Zofe unschlüssig dieses alte Stück in die Hand, wickelt vorsichtig die rote Seide ab und wickelt sie dann wieder darum herum, oder sie legt das Buch an eine andere Stelle, um es schließlich wieder dort hinzulegen, wo es zuerst gelegen hatte. Noch immer hat die gnädige Frau nicht gesagt, was mit diesem Buch geschehen soll, keine der beiden hat es auch nur mit einem Wort erwähnt. Als es Nacht wird und auf der Straße Ruhe einkehrt, kommen immer mehr Möwen, die im Takelwerk der Schiffe hin und her fliegen, und die gnädige Frau steht noch immer am Fenster und schaut hinaus.

Bis die Zofe schließlich das Schweigen bricht: Wollt Ihr nicht,

daß ich in die Stadt gehe, obwohl es schon so spät ist, und das Buch dort abgebe, wo es hingehört?
Glaubst du zu wissen, wo dieses Buch hingehört, fragte ihre Herrin mit golddunkler, leiser Stimme aus weiter Ferne.
Ich erinnere mich daran, daß Ihr sagtet, ehe wir aus Island abreisten, dieses Buch gehöre nur an einen Ort; hm; zu einem Mann.
Dieser Mann ist jetzt im Herbst in Kopenhagen noch weiter von uns weg als im Frühjahr in Island, sagte die gnädige Frau.
Die Zofe machte sich hier und dort im Zimmer zu schaffen und antwortete, ohne aufzublicken:
Meine selige Hausfrau, Eure gesegnete Mutter, hat uns Mädchen oft eine Geschichte von einer Eurer Ahnfrauen erzählt, die keinen Mann heißer küßte als den Feind ihres Vaters, auch keinem größere Gastfreundschaft erwies oder zum Abschied prächtigere Geschenke gab, obwohl sie ihm einen Mann nachschickte, um ihn umzubringen, als er weggeritten war.
Snaefridur sah ihre Zofe nicht an, sondern antwortete zögernd und gedankenverloren: Mag sein, daß meine Urahnin in der Saga den Feind ihres Vaters zuerst beschenkt und ihn dann getötet hat. Aber sie hat ihn nicht zuerst töten lassen und ihn dann beschenkt.
Noch hat die Tochter meiner seligen Hausfrau niemanden umgebracht, sagte die Zofe. Und jetzt haben wir nur noch diese eine Nacht in der Stadt, und selbst die ist nicht einmal mehr ganz, und es ist schon Herbst, und man muß auf jedes Wetter gefaßt sein, und morgen in aller Frühe werden wir auf dieses stürmische Meer hinaussegeln, das am ehesten mit den Flüssen im Südland zu vergleichen ist. Und ob wir umkommen oder nicht, so ist dies die letzte Gelegenheit, und wenn sie sich kein Herz faßt und diese letzte Nachtstunde benutzt, dann bringt sie ihm nie ihr Buch; sein Buch.
Ich weiß nicht, was du meinst, sagte die gnädige Frau und sah erstaunt ihre Zofe an. Du sprichst doch wohl nicht etwa von dem Seiler, der dort ständig hin und her geht, hin und her,

den ganzen heutigen Tag und den ganzen gestrigen und den ganzen vorgestrigen, den ganzen Tag, die ganze Nacht, in der Seilerwerkstatt auf der anderen Seite des Kanals?
Die Zofe antwortete nicht, doch nach einer Weile begann sie nach Luft zu schnappen, wie sie, über eine offene Kiste gebeugt, dastand, und als sich die Hausherrin umdrehte, sah sie, daß die Frau Tränen vergoß.
Ich habe es erreicht, daß er im Frühjahr von meinen Freunden Beyer und Jon Eyjolfsson an der Öxara verurteilt wird, sagte da die vornehme Dame kalt. Das Reskript des Königs liegt in meiner Beilade.
Noch ist er nicht verurteilt, sagte die Zofe. Das Dokument kam erst heute. Er erfährt erst davon, wenn Ihr abgereist seid. Ihr könnt ihm das Geschenk heute abend geben.
Du bist ein Kind, liebe Gudridur, obwohl du fünfundzwanzig Jahre älter bist als ich, sagte die vornehme Dame. Glaubst du etwa, er wisse nicht genau Bescheid über alles, was ich hier unternommen habe, seit ich im Sommer hier an Land ging? Einschmeichelnde Geschenke werden ihn nicht hinters Licht führen.
Ihr wußtet doch selbst am besten, wozu Ihr dieses Buch im Sommer aus Island mitnahmt, sagte die Zofe.
Hätte ich unverrichteter Dinge wieder nach Island zurückkehren müssen, dann hätte ich ihm vielleicht dieses Geschenk gegeben, sagte die gnädige Frau. Aber der, der siegt, kann dem anderen keine Geschenke machen. Übrigens hätte ich das Buch beinahe diesem Teufel Jon Marteinsson geschenkt, der heute plötzlich hier auftauchte, während du ausgegangen warst, und mir Geld abpressen wollte: Er sagte, ich hätte den Hof Braedratunga ihm zu verdanken.
Gott sei uns gnädig, was hätte wohl Eure selige Mutter dazu gesagt! sagte die Zofe und trocknete ihre Tränen. Das hätte gerade noch gefehlt, daß Ihr diesem Schurken Geschenke macht, der hier in Kopenhagen Euren Namen auf unzählige Dokumente geschrieben hat, damit die Dänen darüber lachen können.

Wir wollen die Dänen lachen lassen, liebe Gudridur, und leg die alte Schwarte unter den Deckel der Kiste dort und mach sie gut zu. Es ist Zeit, daß sich Frauen, die eine weite Reise vor sich haben, schlafen legen.
Die Lampe brannte nur noch schwach, doch es lohnte sich kaum, den Docht zu verschneiden: sie würden bald das Licht löschen und dann schlafen, und am Morgen würden sie abreisen. Ihre Unterkunft bestand aus zwei Zimmern, im vorderen waren die Wände bis auf halbe Höhe mit grüngestrichenem Paneel verkleidet, darüber waren sie gekalkt, und an den Wänden hingen getriebene Kupferschalen mit erhabenen Bildern oder glasierte Teller mit farbigen Darstellungen und Verzierungen, des weiteren zwei Kupferstiche, der eine mit römischen Göttinnen, der andere mit der Markuskirche in Venedig; auf den Brettern eines giebelförmigen, offenen Wandschranks standen ihre Teller, Schüsseln und Kannen und anderes Tischgerät, denn die gnädige Frau ließ sich ihre Mahlzeiten heraufbringen, statt am Tisch des Wirts zu essen. Das hintere Zimmer war eine Schlafstube, und das Bett der gnädigen Frau mit seinen schneeweißen Laken stand unter dem Fenster, während die Zofe auf einer Bank neben der Tür schlief.
Obgleich die gnädige Frau gesagt hatte, es sei Schlafenszeit, blieb sie weiter in Gedanken versunken am Fenster stehen, und die Zofe machte sich an irgend etwas zu schaffen, um nicht als erste zu Bett zu gehen. Es war schon nach Mitternacht. Und je stiller es geworden war, um so mehr erschraken sie, als an die Tür geklopft wurde und der Wachmann des Hauses mit schlaftrunkenen Augen der gnädigen Frau mitteilt, daß unten ein ausländischer Herr sei, der ihre Gnaden zu sprechen wünsche.
Sie wurde bleich, und ihre Pupillen weiteten sich – vergewissere dich, ob er tatsächlich mich sprechen will, sagte sie; und wenn das der Fall ist, dann schicke ihn herauf.
Wie er da nun in ihrer Tür stand in diesem Kopenhagener Gasthof, am letzten Abend, nach langer Abwesenheit und nachdem so vieles geschehen war, da war es mit der gleichen

Selbstverständlichkeit, als wäre er erst vor einer Weile von ihr weggegangen, um wegen des schönen Wetters einen Spaziergang im Lustgarten des Königs zu machen.
Guten Abend, sagte er.
Er hielt seinen Hut in der Hand. Seine Kleider hatten denselben eleganten Schnitt wie früher, doch der Mann war dicker geworden und die Gesichtszüge schärfer, das Leuchten der Augen matter, wie es bei Müdigkeit geschieht. Seine silberweiße, sorgfältig gelockte Perücke glänzte.
Sie erwiderte nicht sofort den Gruß des Besuchers, wie sie da am Fenster stand, sondern warf ihrer Zofe einen raschen Blick zu und sagte:
Geh hinunter zu der Köchin, deiner Freundin, und verabschiede dich von ihr.
Er wartete vor der Türschwelle, bis die Zofe an ihm vorbei hinausgegangen war, dann trat er näher und kam zu ihr in das Zimmer. Sie ging zur Tür und machte sie zu, ging einen Schritt vor und küßte ihren Gast, ohne noch ein Wort zu ihm gesprochen zu haben: Sie legte ihm beide Arme um den Hals und preßte ihr Gesicht an seine Wange. Er strich mit der Hand über ihr dichtes, helles Haar, das anfing, fahler zu werden. Als sie eine Weile ihr Gesicht an seiner Brust vergraben hatte, blickte sie auf und sah ihn an.
Ich glaubte nicht, daß du kommen würdest, Arni, sagte sie. Und doch, ich wußte, du würdest kommen.
Manche kommen spät, sagte er.
Ich hatte ein Buch für dich, sagte sie.
Das sieht dir gleich, sagte er.
Sie bat ihn, auf einer Bank Platz zu nehmen. Dann öffnete sie die Kiste, unter deren Deckel das Buch, in rote Seide eingewickelt, lag, und gab es ihm.
Das war das Buch, das mein seliger Vater von allen seinen Büchern am liebsten hatte, sagte sie.
Er wickelte das Buch mit geschickten, aber langsamen Bewegungen aus, und sie wartete voller Neugier darauf, in seinen Augen wieder jenes Leuchten zu sehen, das ein neuentdecktes

altes Buch dort immer hervorgerufen hatte. Plötzlich hielt er mit dem Auspacken inne, schaute auf, lächelte und sagte:
Ich habe mein liebstes Buch verloren.
Welches, sagte sie.
Das Buch, das wir beide gemeinsam gefunden hatten, sagte er – im Haus Jon Hreggvidssons.
Dann berichtete er ihr mit einfachen Worten und ohne Scheu, wie ihm das Buch Skalda abhanden gekommen war.
Das war ein großer Verlust, sagte sie.
Am schwersten, sagte er, ist es, die Liebe zu verlieren, die man für ein kostbares Buch empfunden hat.
Ich glaubte, man liebe eine verschwundene Kostbarkeit genauso lange, wie man sie vermißt, sagte sie.
Man kennt die Stunde nicht, da die Sehnsucht aufhörte, sagte er. Es ist in gewisser Weise so, wie wenn eine Wunde heilt; oder wie wenn man stirbt. Man kennt die Stunde nicht, da die Wunde aufhört zu schmerzen; auch nicht jene Stunde, da man stirbt. Auf einmal ist man geheilt; auf einmal tot.
Sie sah ihn aus weiter Ferne an.
Schließlich sagte sie: Du siehst aus wie ein Verstorbener, der seinem Freund im Traum erscheint: Er ist es, und er ist es auch wieder nicht.
Er lächelte. Und in dem Schweigen, das nun entstand, begann er wieder, das Buch auszuwickeln.
Ich kenne es, sagte er und nickte, als die Seide entfernt war. Ich hatte deinem Vater angeboten, ihm für diese kleine Gesetzessammlung den Hof Holt im Önundarfjördur zu verschaffen – sie gilt nämlich als die bedeutendste Quelle, die es über die Gesellschaft der Germanen gibt, sogar noch bedeutender als die alte lex salica der Franken. Ja, das war zu der Zeit, als mein Wort bei der Rentkammer noch mehr galt als ein undichtes Dach. Ich hatte mir vorgenommen, ihm die Insel Videy anzubieten, falls er finden sollte, Holt sei keine ausreichende Bezahlung für den Fetzen. Aber obwohl er selten zu Ländereien nein sagte, wenn er sie günstig erwerben konnte, wußte er ebensogut wie ich, daß alle Herrenhöfe in Island

nicht viel wert sind verglichen mit den alten isländischen Handschriften; und es war ihm in dieser Sache nie beizukommen. Später schrieb ich ihm und erbot mich, auf sein Konto bei der Kompanie hier in Kopenhagen den Betrag in Silber oder Gold einzuzahlen, den er für das alte Buch haben wolle. Im nächsten Frühjahr schickte er mir als Geschenk eine Abschrift davon, die so gemacht war, wie es daheim üblich ist: Wenn der Schreiber nicht selber falsch liest, will er ständig den Schreiber des alten Textes korrigieren. Ich selber besaß viele bessere Abschriften des Buches.

Meinst du noch immer, es gebe kein Island mehr außer dem Island, das in diesen alten Büchern bewahrt ist, sagte sie. Und sind wir Menschen dort nur ein Schmerz in deiner Brust, den du am liebsten auf irgendeine Weise loswerden würdest; oder vielleicht nicht einmal mehr das.

Er sagte: Die Seele der nordischen Völker wohnt in isländischen Büchern, und nicht in den Menschen, die jetzt im Norden oder in Island selbst wohnen. Doch die Völva hat geweissagt, daß am Ende die goldenen Tafeln der Urzeit im Grase gefunden werden.

Wie ich höre, spricht man jetzt hier davon, uns auf die jütländischen Heiden zu bringen, sagte sie.

Wenn du willst, wird es verhindert werden, sagte er und lächelte.

Wenn ich will, wiederholte sie; was vermag eine arme Frau? Als ich dich das letztemal sah, war ich ein Bettler in Thingvellir an der Öxara.

Ich war der Diener der Wehrlosen, sagte er. Ich sah, wie du am Wegrand saßest –

– in den Lumpen derer, denen du Genugtuung verschafft hattest, fügte sie hinzu.

Er sagte mit dunkler Stimme, ohne aufzublicken, und beinahe zerstreut, als ob er einen alten Kehrreim vor sich hin sage:

Wo sind die Niedrigen, die ich erhöhen wollte? Sie sind erniedrigter als je zuvor. Und die Wehrlosen, die ich verteidigen wollte? Selbst ihre Seufzer kann man nicht mehr hören.

Du hast Jon Hreggvidsson, sagte sie.
Ja, sagte er. Ich habe Jon Hreggvidsson. Doch das ist auch alles. Und vielleicht wird er mir gehängt werden, ehe der Winter um ist.
Ach nein, sagte sie und rückte näher zu ihm heran, wo sie auf der Bank saßen. Es war nicht Jon Hreggvidsson, von dem wir sprechen wollten. Verzeih, daß ich diesen Namen genannt habe. Jetzt gehe ich und wecke den Wirt und lasse ihn eine Kanne Wein für uns bringen.
Nicht, sagte er; nicht den Wein des Wirts; nichts von irgend jemandem. Während wir hier beide sitzen, haben wir alles.
Sie lehnte sich auf der Bank zurück und wiederholte leise das letzte Wort:
Alles.
Es gibt sowieso nur eines in unserem Leben, sagte er.
Sie flüsterte: Eines.
Weißt du, warum ich gekommen bin? sagte er.
Ja, sagte sie: um mich nie mehr zu verlassen.
Sie erhob sich, ging zu einer schweren, eisenbeschlagenen Truhe und zog aus einer Beilade mehrere große Schriftstücke hervor, an denen die Siegel der höchsten Regierungsstellen hingen. Sie hielt die Dokumente, zwischen Daumen und Zeigefinger gefaßt, weit von sich ab, wie man eine Ratte am Schwanz hält.
Diese rescripta, sagte sie, Anordnungen und Vorladungen, Befreiungen und Bewilligungen, das ist nur Eitelkeit und Heuchelei.
Er trat zu ihr, und mit derselben Bewegung, mit der man eine Spinne an ihrem Faden hebt und sagt, hinauf, hinauf, wenn du Gutes bringst, hinab, hinab, wenn du Schlechtes bringst, so wog er in seiner Hand das Siegel des Königs, das an einer Schnur von einem der Schriftstücke herabhing.
Du hast eine große Sache durchsetzen können, sagte er.
Ich kam hierher, weil ich hoffte, dich zu treffen, sagte sie. Etwas anderes spielt keine Rolle. Jetzt werde ich diesen Papierplunder zerreißen.
Er sagte: Es macht keinen Unterschied, ob diese Dokumente

ganz bleiben oder zerrissen werden. Alle Verordnungen des dänischen Königs werden sowieso nicht mehr gelten in Island, ehe das nächste Althing an der Öxara zusammentritt.
Du meinst, Traum und Märchen sollen von jetzt an unser Gesetz sein, sagte sie, und ihr Gesicht leuchtete.
Ich habe die Möglichkeit, Herr über Island zu werden, sagte er; und du meine Herrin. Um dir das zu sagen, bin ich gekommen.
Landesverrat? fragte sie leise.
Nein, sagte er. Der König will Island verkaufen. Die Dänenkönige waren stets darauf erpicht, diese Besitzung zu verkaufen oder zu verpfänden, die ausländischen Fürsten hingegen fanden immer etwas daran auszusetzen; doch nun ist endlich ein Käufer gefunden. Deutsche Männer in Hamburg wollen das Land kaufen. Aber sie trauen sich nicht zu, es zu halten, wenn sie nicht einen Gouverneur bekommen, der beim Volk beliebt ist, und sie sind der Meinung, daß ich dieser Mann sei.
Sie starrte ihn lange an.
Was willst du tun? sagte sie.
Das Land regieren, sagte er und lächelte. Der erste Schritt wäre die Wiedererrichtung der Rechte des Volkes, auf ähnlicher Grundlage, wie sie damals bei dem Vertrag mit Hakon dem Alten in Norwegen Anwendung fand.
Und die richterliche Gewalt? fragte sie.
Mein zweites Werk wäre, alle Beamten des Dänenkönigs zu entlassen und einige außer Landes zu bringen, darunter den Landvogt Povl Beyer; und auch den stellvertretenden Richter Jon Eyjolfsson. Man muß die Gesetzgebung von dänischem Einfluß befreien und neue Gesetze erlassen.
Und wo willst du residieren? sagte sie.
Wo du willst, daß ich residiere, sagte er.
Sie sagte: In Bessastadir.
Wie du willst, sagte er. Das Wohnhaus soll aus Holz gebaut werden und nicht weniger prächtig sein als das Schloß irgendeines Lehnsfürsten im Kaiserreich. Ich werde eine Bibliothek aus Stein errichten lassen und die kostbaren Bücher, die ich

vor dem Untergang in dem Elend, das dort unter dem Regiment der Dänen herrschte, retten konnte, wieder in ihre Heimat zurückbringen.
Wir werden einen großen Saal für Gäste haben, sagte sie. An den vertäfelten Wänden werden die Waffen und Schilde alter Helden hängen. Deine Freunde werden abends mit dir an einem eichenen Tisch sitzen und alte Sagas erzählen und Bier aus Krügen trinken.
Die Bewohner des Landes werden nicht mehr geschlagen werden, wenn sie zu ihrem eigenen Vorteil Handel treiben, sagte Arnas Arnaeus. Nach ausländischem Vorbild gebaute Marktflecken werden um die Hafenplätze entstehen, und man wird eine Flotte für den Fischfang ausrüsten, und wir verkaufen Stockfisch und Wollwaren in den Städten auf dem Festland, wie einstmals bis zu den Tagen Jon Arasons, und kaufen dafür die Waren, die zivilisierte Menschen brauchen. Aus der Erde wird man wertvolle Bodenschätze fördern. Der Kaiser wird dem Dänenkönig die Faust zeigen und verlangen, daß er den Isländern wieder die Kostbarkeiten zurückgibt, die er aus dem Dom zu Holar, aus Munkathvera, Mödruvellir und Thingeyrar hat stehlen lassen. Ebenso werden wieder die alten Herrenhöfe zurückgegeben werden, die die dänische Krone sich nach dem Fall der isländischen Kirche aneignete. Und es wird eine stattliche Universität mit collegia in Island errichtet werden, wo gelehrte Isländer wieder ein menschenwürdiges Dasein führen können.
Wir werden Schlösser bauen, sagte sie, nicht weniger prächtig als jene, die sich der Lehnsherr Gyldenlöve für die isländischen Steuern in Dänemark gebaut hat.
Er sagte: In Thingvellir wird man ein stattliches Gerichtsgebäude errichten und eine neue Glocke aufhängen, die größer ist und schöner klingt als die, welche der König requirieren ließ und Jon Hreggvidsson auf Befehl des Henkers herunterschlug.
Das kalte Mondlicht, das sich im Ertränkungsgumpen spiegelt, wird nicht mehr die einzige Barmherzigkeit für arme Frauen in Island sein, sagte sie.

Und hungrige Bettler werden nicht mehr im Namen der Gerechtigkeit in der Almannagja aufgehängt werden, sagte er.
Alle werden unsere Freunde sein, sagte sie; denn dem Volk geht es gut.
Und die Sklavenkiste in Bessastadir wird abgeschafft, sagte er, denn in einem Land, in dem es dem Volk gutgeht, werden keine Verbrechen begangen.
Und wir reiten durch das Land auf weißen Pferden, sagte sie.

Dreizehntes Kapitel

Die Möwen schwebten noch ungestört über Straßen und Kanäle, und die Stadt lag im Schlaf, als man von draußen schwere Hufschläge und das Rattern von Wagenrädern hörte, bis eine quietschende Bremse gezogen wurde. Wenig später wurde vorsichtig an die Tür geklopft. Snaefridur guckte durch die Türöffnung, nur mit einem Nachthemd bekleidet. Ihr Gesicht war gerötet, ihre Augen hatten einen weichen Glanz, das Haar fiel offen über ihre Schultern.
Du klopfst an und bleibst draußen stehen, sagte sie. Warum kommst du nicht herein?
Ich wußte nicht, ob ich störe, sagte die Zofe.
Wen?
Seid Ihr allein?
Was sonst?
Von der Kompanie haben sie einen Wagen geschickt, um das Gepäck abzuholen, sagte die Zofe.
Wo bist du die ganze Nacht gewesen, Frauenzimmer?
Ihr sagtet gestern abend, ich solle zu meiner Freundin Trine gehen, sagte die Zofe. Ich wagte nicht, wieder hineinzugehen. Ich glaubte, es sei jemand da.
Was meinst du? Wer sollte hier drinnen sein?
Ich habe niemanden wieder hinausgehen hören.
Wer hätte denn auch wieder hinausgehen sollen?
Aber der, der kam, um das Buch abzuholen?

Was für ein Buch?
Das Buch.
Es ist niemand gekommen, um dieses Buch abzuholen, wie du sehen wirst, wenn du unter den Deckel der Kiste schaust, wo du es gestern abend hingelegt hast.
Die gnädige Frau öffnete die Kiste, damit sich ihre Zofe davon überzeugen konnte, und tatsächlich, dort lag immer noch das Buch, eingewickelt in die rote Seide.
Das hat man noch nie gehört, daß er ein Buch vergessen hat, sagte die Zofe.
Ich weiß nicht, von wem du sprichst, sagte die gnädige Frau.
Aber der Mann, der hier auf der Schwelle stand, als Ihr mich gestern abend hinausschicktet!
Es stimmt, ich habe dich gestern abend gebeten, hinunterzugehen und der Köchin des Wirts, die dir eine Freundin gewesen ist, Lebewohl zu sagen. Doch laß niemanden hören, du habest hier einen Mann gesehen, die Leute könnten glauben, du seist nicht bei Trost.
Die großen Gebäude des Islandhandels draußen auf Slotsholmen hoben sich gegen die Morgendämmerung ab. Dort lag der Islandfahrer vor Anker, der jetzt mit Notkorn vom König auslaufen sollte, um zu versuchen, die Hungersnot zu stillen.
Die Wirtsleute aus dem Haus zum Goldmacher waren trotz der frühen Stunde schon auf den Beinen. Hausknechte trugen das Gepäck der Fremden auf den Wagen hinaus, und die Wirtsfrau half ihr, die Reisekleider anzuziehen; sie weinte, daß eine Frau mit solchen Augen sich auf das schreckliche Meer hinaus begeben wollte, wo nur Gott allein herrscht, jetzt, da es auf den Winter zu ging, um in das Land zu reisen, wo die Hölle unter dem Eis brennt.
Am selben Morgen war Assessor Arnas Arnaeus schon so früh wie seit langem nicht mehr in seiner Bibliothek. Er weckte eine Magd und befahl, im Ofen Feuer zu machen und ihm heißen Tee zu bringen, gab Anweisung, den Saal und den Vorraum zu fegen und herzurichten, denn er erwarte am Vormittag einen Gast.

Als er sich rasiert und seine Perücke gekämmt und sich mit Salben und Duftwässern eingerieben hatte, wie es sich für einen feinen Herrn geziemt, begann er, nach isländischem Brauch im Zimmer auf und ab zu gehen, wobei er eine große Pfeife rauchte.
Kurz vor neun Uhr hielt ein großer, ausländischer Wagen vor der Haustür, und heraus stieg ein riesenhafter Mann in einem ungeheuer weiten Mantel; er hielt mit beiden Händen seinen Bauch und seine Hängebacken quollen über die Schultern herab: der Hamburger Uffelen. Man führte ihn in die Bibliothek des Assessors. Der Deutsche begann schon an der äußeren Tür mit seinen Verbeugungen. Arnas Arnaeus geleitete ihn herein und bat ihn, Platz zu nehmen. Sie fragten einander nach Dingen, die allen bekannt waren, und machten einander die passenden Komplimente. Dann kam der Besucher auf sein Anliegen zu sprechen. Er war wieder hergekommen, wie sie es vor einem Jahr vereinbart hatten, um eine endgültige Antwort in der Sache zu erhalten, die er damals einige Male meinem Herrn gegenüber erwähnt hatte, seine Geburtsinsel Islandia betreffend, vor allem und insbesondere die Pläne hinsichtlich der Insel, die von den Gesandten seiner Majestät des Dänenkönigs zu wiederholten Malen den Hamburgern unterbreitet worden waren und bezüglich derer nun auf eine rasche Antwort gedrängt wurde, da sich ein Krieg mit den Schweden nicht mehr aufschieben zu lassen schien. Die Hamburger hatten nun sehr sorgfältig verschiedene relationes dieses Landes untersucht, soweit sich die Möglichkeit dazu bot, und ihren früheren Beschluß bestätigt und erneuert, sich nur dann auf den Handel mit dem Dänenkönig einzulassen, wenn man einen Isländer dafür gewinnen könne, ihr Oberhaupt über Islandiam zu werden, dem die armen Bewohner der Insel vertrauten und den sie respektierten. Dieser Mann mußte auch in der Lage sein, als Repräsentant des zukünftigen Freistaates gegenüber dem Kaiser aufzutreten, der dem Namen nach die höchste Majestät über dieses Land sein würde, wie über so viele lose oder gar nicht miteinander verbundene Länder im

heiligen Kaiserreich. Uffelen sagte, sowohl er selber als auch seine collegae hätten auf Rat des Assessors versucht, einen anderen Mann unter den Isländern ausfindig zu machen, der geeigneter wäre als er, oder ebenso geeignet, aber eher bereit, den Posten des Gouverneurs auf der Insel zu übernehmen. Einen solchen Mann hatten sie nicht finden können. Sie wollten weder einem ehemaligen Beamten des Dänenkönigs dort auf der Insel ihr Vertrauen schenken, noch irgendeinen unzivilisierten Bauerntölpel in ihre Dienste nehmen, wohl wissend, daß alle vornehmen Leute der Insel aus alter Gewohnheit, durch Bestechung oder die Hoffnung auf Privilegien, von einer unzeitigen Ergebenheit gegenüber dem Dänenkönig erfüllt waren. Dagegen hatten sie zuverlässige Berichte darüber, daß mein Herr assessor consistorii der Augapfel und Liebling des hilflosen Volkes war, welches das oft genannte Eiland bewohnte und außerstande war, sich aus eigener Kraft moralisch zu erheben.
Arnas Arnaeus, der im Zimmer auf und ab gegangen war, während der Deutsche sprach, fragte nun, ob seitens der Dänen nicht über die Möglichkeit gesprochen worden sei, für die verschiedene der Herren in der Kanzlei plädierten, auch wenn sie nirgends schriftlich niedergelegt war: das hungernde isländische Volk, soweit es noch nicht ganz ausgestorben war, auf die jütländischen Heiden zu schaffen und dann das menschenleere Land zu verkaufen.
Uffelen sagte, daß man seitens der Deutschen auf so etwas nicht eingehen würde, zumal die Hamburger keine Möglichkeit hätten, von anderswoher Arbeitskräfte zu beschaffen, um die Insel nutzbar zu machen. In Island gab es, wo immer man auch suchte, keine Gebäude irgendwelcher Art, doch die Menschen, die dort geboren waren, hatten die Fähigkeit, die bei den Menschen anderer Nationen unbekannt ist, in Torfhaufen und Erdhöhlen statt in Häusern zu wohnen; es sei unwahrscheinlich, daß dort andere als der Volksstamm, der an das Land gewöhnt war, ihr Dasein fristen könnten. Hingegen würden die Hamburger bestrebt sein, den Wohlstand dieses

Volkes zu fördern und ihm so schnell wie möglich Lebensbedingungen zu schaffen, die nicht schlechter waren als jene, die damals im Lande herrschten, als die Hansa dort Handel trieb.
Arnas Arnaeus fragte, ob die Hamburger geprüft hätten, ob es nicht möglich wäre, einen Deutschen zum Gouverneur über die Isländer zu machen, wenn man einen milden und gerechten Mann dafür auswählte.
Darauf, sagte Uffelen, habe er die alte Antwort, die man in Briefen und Memoranden Heinrichs des Achten und seiner Ratgeber finden konnte, welche die mehrfach wiederholte Offerte des Dänenkönigs hinsichtlich des oft genannten Eilandes an den englischen König betrafen. Die Engländer hatten geantwortet, daß sie kein Land kaufen wollten, in dem sie eine so kostspielige Bewachung aufrechterhalten mußten wie in Island, wenn die Vertreter der ausländischen Obrigkeit dort ihres Leibes und ihres Lebens sicher sein wollten. Einer Untersuchung zufolge, welche die Ratgeber des englischen Königs über die Geschichte der Insel hatten anfertigen lassen, waren die Inselbewohner bekannt für ihre Gewalttaten gegen die ausländischen Repräsentanten der Obrigkeit, die nicht nach ihrem Geschmack waren. Dies war seit langem eine der Hauptursachen dafür gewesen, daß es für den Dänenkönig so schwierig war, das Land zu verkaufen. Uffelen kannte die Namen berühmter ausländischer Männer, die das isländische Volk ohne Recht und Gesetz getötet hatte, königliche Gesandte und Regierungsbeauftragte, Statthalter, Bischöfe und Vögte, darunter verschiedene adlige Personen. Die isländischen Frauen hatten sich bei solchen Taten immer besonders hervorgetan. Er wollte nur daran erinnern, daß eine Isländerin einen höchst vornehmen dänischen Herrn mit seinen sechzehn Dienern in Kesseln hatte sieden lassen, und es war dem Dänenkönig nie gelungen, Rache für diese Morde zu nehmen, geschweige denn die Mörder bestrafen zu lassen. Ein hochgestellter deutscher Baron, der im Dienste des Dänenkönigs gewesen war, sollte auch im Geröll verscharrt liegen wie ein

Hund, nur einen Steinwurf vom Krautgarten des Bischofssitzes in Schalholt entfernt. Ein berühmter, hochedler schwedischer Erzbischof, dessen Adelsschild noch immer im Dom zu Uppsala hing, er wurde zum Bischof in Island ernannt, doch das gemeine Volk ertränkte ihn in einem Sack wie einen Hund. Wir Hamburger, sagte Uffelen, handeln nicht mit königlichem Übermut, sondern wir sind vorsichtige Kaufleute, hegen Wohlwollen für die Isländer und möchten über ihre eigenen Freunde mit ihnen in Verbindung stehen.
Hier blieb Arnas Arnaeus vor dem Deutschen stehen und sagte:
Es gibt noch einen Grund, der es mir schwer macht, Euren Auftrag in Island anzunehmen, nämlich den, daß der, welcher das Land zum Verkauf anbietet, gar nicht sein Eigentümer ist. Es stimmt zwar, daß ich aus der Hand des Königs, den unabwendbare Ereignisse und Unglücksfälle lange vor meiner Zeit zum Herrscher über mein Vaterland gemacht hatten, ein Amt angenommen habe, wenn dies auch ohne mein Zutun geschah; doch der zweite Fehler wäre schlimmer als der erste, wenn ich jetzt auch noch der Vertrauensmann derer würde, denen er mit Unrecht dieses Land verkaufen will.
Der Hamburger antwortete: Weiß mein Herr, daß im Geheimarchiv in Hamburg die Briefe aufbewahrt werden, welche die beiden höchstgestellten Männer ihrer Zeit auf der Insel, die Bischöfe Augmundus und Jonas Aronis, und zwar jeder für sich, unserem Kaiser Karl dem Fünften löblichen Angedenkens schickten, worin sie ihn baten, ihr Helfer gegen den Dänenkönig zu werden, denn dieser König hatte damals Räuber auf Kriegsschiffen ausgeschickt, um den Isländern ihr Geld und ihre Kostbarkeiten wegzunehmen und die Ländereien der isländischen Kirche zu beschlagnahmen. In ihren Briefen ersuchen die isländischen Herren Bischöfe den Kaiser, ihr Land zu übernehmen und zu schützen, entweder als Bundesland des heiligen Kaiserreiches oder als Mitglied mit allen Pflichten und Rechten im Bund der hanseatischen Freistaaten. Eure Arbeit unter deutschem Schutz würde nichts anderes

sein als eine Fortsetzung der Bestrebungen dieser vortrefflichen isländischen Patrioten aus jener stolzen Zeit, als es noch nicht vollständig gelungen war, die Inselbewohner unter das Joch der dänischen Krone zu zwingen.

Arnas Arnaeus sagte, damals habe alles anders ausgesehen: Da kämpfte der Dänenkönig gegen eine starke einheimische und nationale Macht in Island, nämlich die isländische Kirche, eine Institution, die eine Art Äquivalent und gemeinsamer Nenner der isländischen Selbständigkeit war, und zudem ein untrennbarer Teil der universellen und internationalen Christenheit, welche die römische Kirche symbolisierte; und auf diese Weise hatte die isländische Kirche im deutschen Kaiser einen Gesinnungsgenossen, der dem Wesen und der Herkunft des Kaisertums nach mit dem Heiligen Stuhl in Rom verbündet war. Jetzt gibt es keine solche Institution mehr in Island, denn die Dänenkönige ließen die isländische Kirche als weltliche Macht vernichten und als moralische Macht aus den Herzen der Menschen vertreiben, und führten statt dessen die sogenannte Irrlehre Luthers ein, welche zum Ziel hat, die Räubereien und Plünderungen der Fürsten zu Gottes Gesetz zu machen. Und deshalb würde ich, sagte Arnaeus, in Island keine Macht, keine Institution, keine öffentliche Meinung noch irgendeinen anderen Rückhalt haben zu meiner moralischen Unterstützung oder gesetzlichen Rechtfertigung dafür, daß ich unter einer neuen ausländischen Oberhoheit diente.

Uffelen sagte, ein Isländer habe die Pflicht, sich daran zu erinnern, daß die beiden Greise, die größten Isländer ihrer Zeit, die bei Kaiser Karl dem Fünften Beistand gesucht hatten, von den Häschern des Dänenkönigs ergriffen wurden, der eine blind und hinfällig in ein fremdes Land verbannt, der andere im Alter von siebzig Jahren in seinem eigenen Land hinausgeführt und von den Dänen geköpft wurde.

Arnas Arnaeus sagte: Herr Uffelen! Mein Herz ist wahrlich gerührt, wenn es vernimmt, daß ein Ausländer so gut Bescheid weiß über das, was sich in Island zugetragen hat: Aber obwohl unser Erlöser uns viele seiner Liebesgaben vorenthal-

ten hat, glaubte ich, man könne meinen Landsleuten auf keinen Fall das gute Gedächtnis absprechen. Das Schicksal des Bischofs Ögmundur von Skalholt und des Bischofs Arason von Holar ist und bleibt dem Herzen jedes Isländers nahe, solange die Jahrhunderte vergehen. Und obwohl es dem Dänenkönig trotz allen guten Willens noch nicht gelungen ist, uns als Sklaven zu verkaufen, ist doch schon mehr als genug geschehen, damit sein allermildestes Herz seinen verdienten Platz in den isländischen Geschichten und Überlieferungen künftiger Zeiten erhalten wird.
Ein Mensch, der ein kleines Tier in seiner Faust erwürgen will, wird am Ende ermüden. Er hält es eine Armlänge von sich und drückt ihm die Gurgel zu, so fest er kann, doch es stirbt nicht, es sieht ihn an; es zeigt seine Krallen. Dieses Tier wird keine Hilfe erwarten, auch wenn ein Riese mit freundlicher Miene daherkommt und sagt, er werde es befreien. Es hofft, deshalb am Leben zu bleiben, weil die Zeit für es arbeitet und die Kraft des Feindes schwächt.
Wenn ein wehrloses kleines Volk in seinem Unglück das Glück gehabt hat, einen hinlänglich starken Feind zu bekommen, wird sich die Zeit mit ihm verbünden wie mit jenem Tier, das ich als Beispiel nannte. Wenn es sich in seiner Not unter den Schutz eines Riesen begibt, wird es auf einen Schlag verschlungen werden. Ich weiß, ihr Hamburger würdet uns Isländern Korn ohne Maden schicken und es nicht der Mühe wert halten, uns mit falschem Maß und Gewicht zu betrügen. Aber wenn an der Küste Islands deutsche Fischerdörfer und deutsche Marktflecken entstehen, wie lange wird es dann dauern, bis dort auch deutsche Festungen mit deutschen Festungskommandanten und Söldnern entstehen. Was wird dann aus jenem Volk, das berühmte Bücher geschrieben hat? Die Isländer würden bestenfalls die fetten Lakaien eines deutschen Vasallenstaates werden. Ein fetter Lakai ist kein großer Mann. Ein geprügelter Sklave ist ein großer Mann, denn in seiner Brust wohnt die Freiheit.

Vierzehntes Kapitel

In diesem Herbst und im darauffolgenden Winter traf man Arnas Arnaeus nicht mehr so häufig wie früher in seiner Bibliothek an. Er war lange Zeit ein ausgesprochener Frühaufsteher gewesen und hatte sich oft schon gegen halb fünf Uhr an die Arbeit gemacht; er sagte jedoch immer, seine Vormittage würden nicht ausreichen, um für die Nachwelt die nötigen Aufzeichnungen über Inhalt, Herkunft und Abfassung der Tausende größerer und kleinerer alter isländischer Schriften, die er aufbewahrte, zu machen. Nun geschah es an manchen Tagen, daß er erst gegen drei Uhr nachmittags in seine Bibliothek kam, und an manchen Tagen überhaupt nicht, und die Dienstboten sagten, wenn gefragt wurde, er sei krank oder sei spät zu Bett gegangen und noch nicht aufgestanden. Es geschah auch, daß man die Antwort erhielt, er sei seit gestern nicht nach Hause gekommen, man wisse nicht, wo er sich aufhalte. Er kümmerte sich nur wenig um seine Ämter, sowohl im Geistlichen Gericht, dem consistorium, wie in der Akademie, der Universität.

In der Bibliothek sitzt der studiosus antiquitatum Grindvicensis allein bei seinem Broterwerb; er schreibt zerfledderte Pergamenthandschriften ab, muß aber oft eine Pause einlegen, um verschiedene Einfälle und notata aufzuzeichnen, welche die gelehrten Schriften betreffen, die er selber in seiner Freizeit über die verschiedenartigen Naturen Islands, insbesondere seine heimlichen Mächte, verfaßt. Außerdem übt er ein Vertrauensamt aus, das schwere Verantwortung mit sich bringt und ihn Tag und Nacht nicht zur Ruhe kommen läßt, nämlich das Haus vor Jon Marteinsson zu bewachen. Dem Grindvikingur ging dadurch viel Zeit verloren, daß er so oft vom Pult weglaufen und umherspähen mußte, wenn vom Hauseingang oder an der Hintertür ein Geräusch zu hören war oder Schritte draußen vor dem Fenster. Manch eine Nacht, wenn er den Verdacht hegte, dieser ungebetene Gast könne in der Nachbarschaft herumschleichen, kam er nicht aus den Kleidern und ging nicht in sein Zimmer hinauf, um zu schlafen, sondern legte sich in der Bibliothek auf den Fußboden, mit einem dicken Folianten unter dem Kopf, eingehüllt in eine Decke aus Audnir auf der Vatnsleysuströnd, und schlief mit einem offenen Auge oder wachte bei den Büchern, die das Leben Islands und die Seele des Nordens waren.

Eines Abends saß er über seinem großen grammatischen Werk und war dabei, zu beweisen, daß es das Isländische, auch die dänische Zunge genannt, im Garten Eden noch nicht gegeben habe, sondern daß es nach der Sintflut aus dem Griechischen und Keltischen entstanden sei; er war schläfrig geworden über dieser großen Gelehrsamkeit, und hatte, mit Verlaub gesagt, den Kopf auf seine Arme gelegt, wie er am Pult saß. An diesem Abend wehte ein ziemlich steifer und kalter Westwind mit vereinzelten schwachen Schauern; das Feuer im Ofen war erloschen, und es war kalt geworden im Haus. Eine nicht richtig geschlossene Tür schlug gegen den Pfosten am Gartentor des Nachbarn, und bisweilen hörte man undeutliches Pferdegetrappel und Wagengeratter aus einer anderen Straße, wo einige von den Kriegsleuten nach Hause ritten oder der König ausfuhr, um sich zu amüsieren; und weit und breit nichts Verdächtiges; bis plötzlich draußen im Garten ein seltsames Jammern anhebt, schwach und gleichzeitig durchdringend, heiser und falsch. Der Grindvikingur zuckte zusammen und war sofort hellwach.

Kann eine Katze bei diesem Sturm auf Freiersfüßen gehen, sagte der studiosus antiquitatum besorgt und sagte unwillkürlich eine Strophe aus einem alten Choral zur Tröstung in der Not auf, den er auf dem Mutterschoß gelernt hatte:

Im schwarzen Pfuhl der Satan wohnt
mit Jammern, Zetern und Gequengel,
mein Herr im Himmelreiche thront
bei Harfenspiel und Flug der Engel.

Dann bekreuzigte er sich sicherheitshalber zum Schutz gegen Gespenster und eilte aus der Bibliothek zum Hintereingang, öffnete die Tür einen Spaltbreit und spähte hinaus. Und da stand natürlich kein anderer als Jon Marteinsson mit seinen Gaunerstreichen.
Als der studiosus antiquitatum sah, wer es war, fauchte er durch die Türöffnung gegen den Wind: Abi, scurra.
Kopenhagen brennt, murmelte der Besucher vor sich hin, und der Wind trug seine Worte davon. Doch gerade als der Mann im Haus mit dem lateinischen Spruch beginnen wollte, den er für Gelegenheiten wie diese zur Hand hatte, und schon den Mund aufgemacht hatte, um zu sprechen, da drang ein Zipfel des Windstoßes zur Tür herein und brachte ihm einen Teil der Worte des Besuchers mit. Wieder einmal war es Jon Marteinsson gelungen, Jon Gudmundsson zu überrumpeln.
Wie, was sagst du? sagte der letztere.
Gar nichts, sagte der Besucher. Ich sage nur, daß Kopenhagen brennt. In Kopenhagen ist ein Feuer ausgebrochen.
Oh, ich weiß genau, daß du lügst, du Bösewicht, es sei denn, du hast die Stadt selber angezündet, sagte der Grindvikingur.
Richte es Arni von mir aus und sage, daß ich eine Belohnung dafür haben möchte.
Sag zuerst, wo die Skalda steckt, die du sicher den Schweden für Branntwein verkauft hast.
In diesem Augenblick sah man einen Lichtschein am Himmel: Das Feuer konnte nicht sehr weit weg sein.
Kein Branntwein, sagte Jon Marteinsson. Und mir war kalt geworden, als ich draußen am Wall stand und zusah. Es ist schon nach Mitternacht. Ich schaute im Goldenen Löwen vorbei, um nach Arni zu fragen, aber die Mädchen sagten, er werde heute nacht daheim trinken, denn er sei am Morgen schlafend von dort weggefahren.
Wenn du es noch einmal wagst, den Namen meines Herrn und Meisters mit dieser Hurenkneipe in Verbindung zu bringen, werde ich den Wachtmeister rufen, sagte der studiosus antiquitatum.

So schlecht kann diese Kneipe gar nicht sein, denn eben ist der König mit vier Pferden dorthin geritten, und du wirst kaum an bessere Lokale gewöhnt sein aus Grindavik, sagte Jon Marteinsson.
Der König reitet nicht mit vier Pferden, sondern fährt vierspännig, sagte der aus Grindavik. Wer schlecht vom König spricht, wird mit achtzig Peitschenhieben bestraft.
Der Feuerschein schlug immer wieder am Himmel empor, und im Westen konnte man sehen, wie sich die Dächer der nahe gelegenen Häuser und der Turm der Kirche Unserer Lieben Frau gegen die schwache Röte der Rauchwolken in der Dunkelheit der Nacht abhoben.
Der Grindvikingur schloß sorgsam die Tür und drehte den Schlüssel um. Er ging jedoch nicht gleich zu seinem Meister, um ihm die Nachricht zu bringen, sondern zuerst dorthin, wo Jon Hreggvidsson lag, weckte ihn, befahl ihm, schnell aufzustehen und in den Garten hinauszugehen, um Jon Marteinsson zu bewachen, der Kopenhagen in Brand gesteckt habe und jetzt die Gelegenheit benützen wolle, wenn alles in Aufruhr war, dem Hausherrn Bücher und der Hausfrau Hähnchen zu stehlen. Er sagte dem Bauern, daß die Flammen schon über den Turm der Frauenkirche hinaufschlugen.
Dann ging der Grindvikingur weiter ins Haus hinein und die Treppe hinauf, bis er vor dem Schlafzimmer des Assessors stand. Die Tür war verschlossen. Er klopfte ein paarmal, doch als nicht geantwortet wurde, rief er durch das Schlüsselloch: Mein Herr, mein Herr. Jon Marteinsson ist gekommen. Es stehen Flammen über der Frauenkirche. Kopenhagen brennt.
Endlich wurde von innen der Schlüssel im Schloß umgedreht und die Tür geöffnet. Im Schlafzimmer brannte ein mattes Licht. Arnaeus stand schlaftrunken, aber unausgezogen in der Tür. Er war unrasiert und trug keine Perücke. Aus seinem Schlafzimmer drang der Geruch von Bier und kaltem Tabaksrauch. Er starrte aus seltsamer Ferne auf den Mann in der Türöffnung und schien zunächst weder zu hören noch zu verstehen, was er auf dem Herzen hatte.

Mein Herr, sagte sein famulus noch einmal: Jon Marteinsson hat die Stadt angezündet.
Was geht mich das an, sagte Arnas Arnaeus mit tiefer Baßstimme.
Es ist Feuer in Kopenhagen, sagte der Grindvikingur.
Ist das denn nicht eine der Lügen von Jon Marteinsson, sagte Arnas Arnaeus.
Der Grindvikingur antwortete, ohne Zeit zum Nachdenken zu haben: Mein Herr weiß selbst am besten, daß Jon Marteinsson nie lügt.
Na, so etwas, sagte Arnas Arnaeus.
Hingegen bin ich mir ganz sicher, daß er die Stadt angezündet hat, sagte der aus Grindavik. Ich habe selber etwas Rotes hinter der Frauenkirche gesehen. Ich habe Jon Hreggvidsson geweckt und ihm gesagt, er solle auf Jon Marteinsson aufpassen.
Mach daß du fortkommst mit deinem Gefasel über Jon Marteinsson, sagte der Assessor und wollte zumachen.
Die Bücher, die Bücher, stöhnte da der aus Grindavik im Falsett und hatte angefangen, zu weinen. Um Gottes willen und in Jesu Namen: die kostbaren membrana, das Leben Islands.
Bücher, sagte Arnaeus, was willst du mit denen? Die kostbaren membrana, laß sie in Frieden.
Sie verbrennen, sagte der Grindvikingur.
Kaum heute nacht, sagte Arnas Arnaeus. Hast du etwa nicht gesagt, das Feuer sei auf der anderen Seite der Frauenkirche?
Aber der Wind kommt von Westen, mein Herr. Sollte ich nicht versuchen, sicherheitshalber das Wertvollste gleich über den Kanal zu bringen?
Arnas Arnaeus sagte: Die Skalda ist Dieben in die Hände gefallen. Und das schöne Buch des Richters ließ ich liegen, obwohl ich es geschenkt bekam. Jetzt ist es das beste, die Götter walten zu lassen. Ich bin müde.
Wenn das Feuer aber bis zur Frauenkirche vordringen sollte, dann ist es nur noch einen Steinwurf weit von uns weg, fuhr sein famulus fort.
Geh in deine Kammer hinauf und schlafe.

Fünfzehntes Kapitel

Das Feuer war am Mittwochabend gegen neun Uhr unterhalb von Vesterport ausgebrochen, und die Ursache soll die Unvorsichtigkeit eines Kindes mit einer Kerze gewesen sein. Die Brandwachen waren bald an Ort und Stelle, doch da ein kräftiger Wind wehte, breitete sich das Feuer so rasch aus, daß man nicht dagegen ankam, die Flammen sprangen in den engen Gassen von einem Haus auf das nächste über. Zuerst fraß sich das Feuer in nördlicher Richtung am Wall entlang schräg in die Stadt hinein. Doch gegen zehn Uhr nahm der Wind zu, so daß sich das Feuer die Vestergade und die Studiestraede entlang quer in die Stadt hinein ausbreitete, und da war der Feuersbrunst bereits nicht mehr mit menschlicher Macht beizukommen. Aus unerklärlichen Ursachen entstanden jetzt an verschiedenen Stellen in der Nachbarschaft neue Brandherde, zum Beispiel brach in dieser Nacht bei den Brauern in der Nörregade ein Feuer aus, das sich ebenfalls rasch nach beiden Seiten ausbreitete, und die Arbeit der Brandwachen wurde immer schwieriger, je weiter das Feuer um sich griff. Am Donnerstagmorgen bei Tagesanbruch brannten die Häuser zu beiden Seiten der Nörregade; dann kam der Wind von Nordwesten und trieb das ganze Feuer in die Stadt hinein. Da hatte die Feuerzunge, die in der Vestergade brannte, diese Straße und die Nachbarschaft bis zum Gammeltorv völlig zerstört. Etwa zur selben Zeit erreichte das Feuer das Haus des Bischofs und griff von dort auf die Petrikirche über; viele Einwohner glaubten, der Herr werde die Kirchen verschonen, und hatten deshalb all ihre Habe dorthin geschafft, so daß sie bis oben voll waren, doch vieles davon war leicht brennbar und bot dem Feuer nur neue Nahrung. Gegen neun Uhr vormittags brannten gleichzeitig das Rathaus und das Waisenhaus, die Kinder wurden aus letzterem in die Stallungen des Königs gebracht und die Pferde nach Frederiksberg hinaus getrieben. Gegen halb elf Uhr erreichte das Feuer die Frauenkirche. Ehe man sich's versah, stiegen Rauchwolken aus ihrem

hohen Turm, und gleich danach schlugen gewaltige Flammen aus ihm heraus; wenig später stürzte der Turm samt seiner Spitze in sich zusammen. In diesem Augenblick brannten die Akademie und die Liebfrauenschule. Damit hatte das Feuer jenes Viertel erreicht, in dem die Hochgelehrten ihre Häuser hatten. Gegen drei Uhr konnte man sehen, wie verschiedene berühmte alte Gebäude und große Häuser der Stadt ein Raub der Flammen wurden, wie etwa das Wohngebäude der Studenten und collegia, und das ging den ganzen Tag so weiter; kurz vor sechs Uhr brannten die Trinitatiskirche und wenig später die kostbare und unersetzliche Bibliothek der Akademie, dann die Heiliggeistkirche mit ihrem herrlichen Musikwerk. Während der ganzen folgenden Nacht brannte das Feuer in der Köbmagergade und dann der größte Teil der unteren Stadt bis zum Gammelstrand hinunter, dort gelang es, den Brand mit dem Wasser aus dem Kanal aufzuhalten.
Die Menschen rannten voller Entsetzen durch die Stadt, wie wenn in Island die Würmer aus einem verfaulten Seehasen kriechen, der für den Hütejungen auf der Glut gebraten wird, manche mit Kindern auf dem Arm, einige mit ein paar Habseligkeiten in einem Sack, andere nackt und elend, hungrig und durstig, oder hatten den Verstand verloren und liefen verängstigt und jammernd umher; eine Frau hatte nichts außer dem Schürhaken retten können und stand ohne Kleider da; viele lagen wie das Vieh auf und neben den Wällen, wie auch im Lustgarten des Königs, bei strömendem Regen und Sturm, und manch einer würde sich dort nicht mehr erhoben haben, hätte sich seine königliche Majestät nicht der Qual und Not dieser armen Menschen erbarmt, und sein allermildestes Herz kam in eigener Person dorthin geritten, wo diese Menschen weinend auf der Erde lagen, und ließ Brot und Bier an sie austeilen, wohin er kam.
Am zweiten Tag der Feuersbrunst fanden sich früh am Morgen einige Isländer bei Arnas Arnaeus ein, sowohl Söhne aus gutem Hause, die an der Universität studierten, als auch ein paar arme Handwerksgesellen, außerdem ein armer Seemann,

und wollten den Assessor sprechen. Sie sagten, das Feuer nähere sich mit rasender Geschwindigkeit der Frauenkirche und boten ihre Hilfe an, um die berühmten isländischen Bücher in Sicherheit zu bringen. Doch Arnaeus wollte davon nichts hören, er sagte, dieses Feuer werde bald gelöscht sein, und wollte ihnen Bier anbieten. Die Männer aber waren unruhig und wollten nichts trinken; sie hatten jedoch nicht den Mut, einem so hochgelehrten und vornehmen Herrn gegenüber auf ihrem Plan zu beharren, und gingen traurig fort; aber nicht weit, sondern streiften trotz der Hitze des Feuers in der Nähe der Wohnung des Assessors herum und sahen zu, wie sich das Feuer von einem Haus ins nächste weiterfraß und immer näher kam. Als schließlich die Flammen aus dem Turm der Frauenkirche schlugen und das Feuer über das Kirchendach lief, da gingen diese Burschen wieder zum Haus Arnaei, aber jetzt ohne falsche Bescheidenheit, sondern stürmten durch den Hintereingang hinein, an der entsetzten Köchin vorbei, und hielten erst in der Bibliothek an, wo sie Jon Gudmundsson aus Grindavik fanden, der tränenüberströmt aus einem lateinischen Gebetbuch sang. Einer der Männer suchte nach dem Hausherrn und fand ihn in einem Zimmer im zweiten Stock, wo er am Fenster stand und das Feuer beobachtete. Der Mann sagte, er und seine Kameraden seien gekommen, um zu helfen. Zu diesem Zeitpunkt waren die Hausherrin und das Gesinde schon eifrig dabei, Möbel und Hausrat zu retten. Arnaeus kam schließlich zur Besinnung und sagte zu den Männern, sie sollten retten, was sie wollten und könnten.
In der Bibliothek waren alle Wände vom Boden bis zur Decke mit Regalen bedeckt, außerdem wurden in zwei Nebenräumen Bücher aufbewahrt, und dorthin eilten die Isländer, denn man wußte, daß in diesen Ecken der Bibliothek in verschlossenen Schränken nur Kostbarkeiten aufbewahrt wurden. Und jetzt mußte es so gehen, wie es immer in schlechten Träumen geht, daß die Schlüssel der Schränke nicht zu finden waren, und Arnaeus selbst ging, sie zu suchen. Da drang die Hitze des Feuers schon durch die Wände des Hauses, und da die

Burschen fürchteten, das Haus könne in Flammen stehen, bevor der Assessor seine Schlüssel gefunden hätte, gingen sie mit Knüppeln auf die Schränke los, und als sie sie aufgebrochen hatten, ließen sie sich vom Schreiber des Assessors diejenigen Bücher zeigen, die am wertvollsten waren, nahmen dann einige der berühmtesten Handschriften, in denen Sagas über die alten Isländer und die norwegischen Könige aufgezeichnet sind, in den Arm und trugen sie hinaus. Sie taten dies nur ein einziges Mal. Als sie mehr holen wollten, war das Feuer schon ins Haus eingedrungen. Schwarzer Rauch quoll aus den beiden Nebenräumen und bald leckten dunkelrote Feuerzungen aus dem Rauch. Die Burschen wollten nun das packen, was in den Regalen des Hauptsaales am bequemsten zu erreichen war, bevor auch dieser vom Feuer ergriffen würde, doch da war Arnas Arnaeus mit den Schlüsseln zu den Schränken, die jetzt unerreichbar in hellen Flammen standen, zurückgekommen. Er blieb am Eingang zu seiner Bibliothek stehen und winkte die Burschen mit der Hand zurück, hinderte sie daran, hineinzugehen. Wie die Brandung, die an einer steilen Klippe hinaufschlägt, oder die Pflanze Parmelia, die in Windeseile Wurzeln schlägt und sich im Nu nach allen Seiten ausbreitet, dort aber, wo sie zuerst gesät wurde, verwelkt, so liefen die Flammen an den kostbaren Buchrücken entlang, welche die Wände des Saales bedeckten. Arnas Arnaeus stand am Eingang und sah hinein, die Isländer standen ratlos hinter ihm in der Vorhalle. Dann wandte er sich zu ihnen um, zeigte durch die Türöffnung auf die brennenden Bücherregale und lächelte, indem er sagte:
Dort sind Bücher, die man bis zum Jüngsten Tag nie und nirgends mehr bekommt.

Sechzehntes Kapitel

Nacht. Zwei Isländer namens Jon streifen ziellos durch die brennende Stadt. Der gelehrte Grindvikingur weinte wie ein Kind. Der Bauer von Rein trottete schweigend hinterher. Das Feuer von Kopenhagen war ihnen auf den Fersen. Sie ließen sich in Richtung Nörreport treiben. Hastende Menschen zeichneten sich gegen das Feuermeer hinter ihnen ab, lebendige Schattenrisse.
Warum heulst du eigentlich, sagte der aus Akranes und vergaß völlig, seinen gelehrten Namensvetter zu siezen. Du wirst wohl kaum um Kopenhagen trauern.
Nein, sagte der Gelehrte, die Stadt, die mit dem Blut meines armen Volkes erbaut wurde, mußte zugrunde gehen. Denn Gott ist gerecht.
Na, na, ich finde, dann solltest du ihn loben, sagte Jon Hreggvidsson.
Ich würde viel darum geben, wenn ich nicht lesen könnte, wie du, Hreggvidsson, sagte der Gelehrte.
Ich glaube, es sind noch genug Scharteken auf der Welt übrig, auch wenn der Unsinn von dir verbrannt ist, falls du um ihn trauerst, sagte der Bauer.
Auch wenn mein Lebenswerk dahin ist, sagte der studiosus antiquitatum, die Schriften verbrannt, die ich in vier Jahrzehnten mit Gelehrsamkeit verfaßt habe, vor allem in der Nacht, wenn ich mein Tagewerk beendet hatte, so beweine ich nicht die armen Bücher eines armen Mannes. Ich beweine die Bücher meines Herrn. In seinen Büchern, die jetzt verbrannt sind, war das Leben und die Seele jener Völker bewahrt, die im Norden die dänische Zunge sprachen, von der Zeit der Sintflut an bis dann, als sie ihre Herkunft vergaßen und verdeutscht wurden. Ich weine, weil es jetzt keine Bücher mehr in dänischer Zunge gibt. Der Norden hat keine Seele mehr. Ich weine über den Kummer meines Herrn.
Die Leute hörten an ihrer Sprache, daß sie Ausländer waren, und glaubten, sie seien schwedische Spione, und wollten sie unverzüglich aufknüpfen lassen.

Da liefen sie plötzlich einem Mann im Frack mit hohem Hut und einem Sack auf dem Rücken in die Arme. Jon Hreggvidsson begrüßte ihn freundschaftlich, doch der Gelehrte aus Grindavik tat, als sehe er den Mann nicht, und ging weinend weiter.
Dummkopf aus Grindavik, rief ihm Jon Marteinsson nach. Willst du kein Bier und Brot?
Der dritte Jon, der sich jetzt zu ihnen gesellt hatte, war überall gleich durchtrieben. Auch hier auf dem Nörrevold wußte er von einer Frau, die den Leuten Bier und Brot verkaufen konnte.
Doch das sage ich euch im voraus, sagte er, wenn ihr nicht zu mir aufblickt wie geprügelte Hunde, während ihr das Bier trinkt, zu dem ich euch verhelfen will, dann lasse ich es euch wieder wegnehmen.
Er nahm sie mit in eine Küche zu einem Frauenzimmer und ließ sie dort auf einer Bank Platz nehmen. Jon Hreggvidsson grinste in verschiedene Richtungen, aber der aus Grindavik blickte nicht auf.
Die Frau weinte und betete laut zu Gott wegen der Feuersbrunst in Kopenhagen, doch Jon Marteinsson packte sie und tätschelte sie oberhalb der Kniekehle und sagte:
Bring diesen Bauernkerlen abgestandenes Bier in einem schlechten Krug und Branntwein in einem Zinnbecher; mir aber frisches Rostocker Bier in einem glasierten Steinzeugkrug, am besten mit silbernem Deckel und einem unanständigen Spruch von Luther darauf; und Branntwein in einem Silberbecher.
Die Frau gab dem Mann eine Ohrfeige, wurde aber dennoch etwas fröhlicher.
Prost, Freunde, und jetzt erzählt eine Lügengeschichte, sagte Jon Marteinsson. Und bring uns Brot und Wurst, gute Frau.
Sie tranken das Bier in großen Zügen.
Es ist schrecklich mit anzusehen, sagte die Frau, während sie das Brot schmierte, was Gott dem gesegneten König auferlegt.

Ich pfeife auf den König, sagte Jon Marteinsson.
Die Isländer haben kein Herz, sagte die Frau.
Gib uns genug geräucherten Speck darauf, sagte Jon Marteinsson.
Als sie den quälendsten Durst gestillt hatten, fuhr er fort:
Tja, ja, da ist es dem guten Arni also gelungen, alle Bücher Islands zu verbrennen –
Der Gelehrte aus Grindavik sah mit tränennassen Augen auf und dem Feind ins Gesicht und sprach nur dieses eine Wort: Satan.
– außer denen, die ich früh genug zu dem schwedischen Grafen du Bertelskiold und diesen Brüdern bringen konnte, sagte Jon Marteinsson.
Du hast Geschäfte gemacht mit den Leuten, die behaupten, die Bücher Islands seien westgötisch, sagte der Grindvikingur.
Trotzdem habe ich in meinem Sack etwas, das den Namen Jon Marteinssons erhalten wird, solange die Welt besteht, sagte der andere.
Eine Weile aßen und tranken sie schweigend, nur Jon Marteinsson fuhr fort, kauend mit der Frau zu schäkern. Der Gelehrte aus Grindavik hatte aufgehört zu weinen, doch an seiner Nasenspitze hing noch ein Tropfen. Als sie bereits dem dritten Krug fleißig zusprachen, war Jon Hreggvidsson so guter Stimmung, daß er daranging, an eine Strophe aus den älteren Pontus-Rimur zu denken, und begann, lauthals zu singen.
Als sie aber gegessen und getrunken hatten und die gute Stunde sich ihrem Ende zuneigte, begann der Gastgeber Jon Marteinsson, verdächtig oft unter den Tisch zu schauen, um das Schuhwerk seiner Gäste in Augenschein zu nehmen, beide waren sehr nach isländischer Art beschuht; er betrachtete auch die Knöpfe an ihren Jacken, doch da gab es weder Messing noch Silber, sondern nur Beinknöpfe. Jon Marteinsson bat die Frau um Spielkarten oder Würfel. Beide Gäste lehnten es ab, mit ihrem Gastgeber zu würfeln, doch Jon Hreggvidsson sagte, gegen Fingerziehen habe er nichts einzuwenden. Er

sagte, er sei noch so nüchtern, daß er es trotz seines Alters mit jedem aufnehmen werde, den Jon Marteinsson schicke, um ihm die Schuhe auszuziehen. Das fette Frauenzimmer, plattfüßig und X-beinig, stand am Herd und sah mit vom Weinen geschwollenem Gesicht den Männern zu. Bald begriff sie, worum es ging, hörte auf, das Unglück des Königs zu beklagen, und sagte, die verrückten Isländer seien zwar immer sich selber ähnlich, aber nie Menschen, und wer ihnen den kleinen Finger reiche, werde es am eigenen Leib zu spüren bekommen, auch wenn die Stadt in Flammen stand und die Hölle ihren Schlund öffnete, sie sagte, ihre Betrügereien und Machenschaften würden weitergehen, selbst wenn die ganze Welt zugrunde gehe. Sie ließ sich nun nicht mehr besänftigen, obwohl Jon Marteinsson versuchte, sie zu kneifen, und sagte, sie werde den Wachtmeister herbeirufen.
Schließlich sah Jon Marteinsson keinen anderen Ausweg, als seinen Sack aufzumachen und den Inhalt als Bezahlung oder Pfand für die Zeche anzubieten, zog eine große, alte Pergamenthandschrift daraus hervor und zeigte sie der Frau.
Was soll ich damit, sagte die Frau und blickte im trüben Schein der Küchenlampe verächtlich auf dieses Bündel aus schwarzen, zerknitterten und eingeschrumpften Pergamentfetzen. Womöglich steckt darin eine Seuche.
Doch nun rissen die beiden anderen Männer namens Jon ihre Augen weit auf: Der eine sah hier das verschwundene Hauptkleinod seines Meisters wieder, der andere glaubte, hier die Pergamentblätter seiner seligen Mutter aus Rein wiedererkennen zu können. Es war das Buch Skalda. Beide zogen schweigend ihre Schuhe aus.

Siebzehntes Kapitel

Das Urteil des Althings machte Jon Hreggvidsson zum Insassen von Bremerholm, weil er einst die Vorladung vor das Oberste Gericht, die durch einen Brief des Königs in seiner Sache ausgestellt worden war, unterschlagen hatte. Arnaeus

gelang es, den Alten wieder aus dem Kastell freizubekommen, als er es durchsetzen konnte, daß die ursprüngliche Sache des Bauern jetzt endlich vor dem Obersten Gericht wiederaufgenommen wurde. Während des ganzen ersten Winters, den der Bauer diesmal in Kopenhagen verbrachte, und auch während des Sommers, wurde noch einmal in seiner Sache verhandelt. Der Prozeß fand jedoch größtenteils hinter dem Rücken des Bauern statt, er wurde nur einmal vor die Richter gerufen. Er wußte alle Antworten auf die alte Anklage auswendig, er ließ sich in keinem Punkt davon abbringen. Er verstand es auch, vor den Leuten sein Elend ins rechte Licht zu rücken: Ein alter Bauersmann mit schlohweißem Haar steht mit krummgebeugtem Rücken, tränenden Auges und zitternd vor den ausländischen Richtern in einem fremden Land, überwältigt von langen und beschwerlichen Reisen einst und jetzt wegen eines längst vergangenen Mißgeschicks, das ihn ohne eigene Schuld zum Zankapfel der Mächtigen gemacht hatte.
Der Prozeß ging weiter, allerdings nicht wegen des Interesses, das in Dänemark am Schicksal eines Bauern aus Akranes bestand, sondern als Teil des Kampfes um die Macht im Reich, den zwei etwa gleich starke Parteien führten. Arnaeus führte Jon Hreggvidssons Sache mit jener unerbittlichen Logik und dem gelehrten Formalismus, die von jeher die Stärke der Isländer gegenüber dänischen Gerichten waren. In einer Sache wie dieser, wo die Anklage schon längst verjährt war und nur allgemeine Indizien, aber keine vor dem Gesetz gültigen Beweise gegen den Angeklagten ins Feld geführt werden konnten, war es für Arnaeus noch leichter als sonst, die Anklage mit Hilfe von Philosophie und Logik abzuschmettern. Die alten und neuen Akten in dieser Sache, pro und contra, waren zu einem solchen Berg angewachsen, daß es fast so schien, als habe sich hier der böse Hang der Isländer zu schlauen Streichen und juristischen Spitzfindigkeiten manifestiert, und so galt jeder Mensch als verloren, der den Versuch machte, aus ihnen die Wahrheit herauszufinden, ob der oft genannte Reg-

vidsen vor zwanzig Jahren in einer schwarzen Herbstnacht in dem schwarzen Island seinem Henker in einer schwarzen Pfütze den Garaus gemacht hatte oder nicht.

Im vergangenen Sommer hatte es eine Zeitlang so ausgesehen, als wolle diese Sache noch an Umfang zunehmen, der Kampf zwischen den beiden Gruppen auch auf diesem Schauplatz härter werden, der alte Wirrwarr so verfilzen, daß man ihn nie würde auskämmen können. Der Grund hierfür war, daß die Tochter des Richters Eydalin aus Island wollte, daß die Sache Jon Hreggvidssons zum Prüfstein für die Rechtschaffenheit ihres seligen Vaters als Richter gemacht würde. Dieser Knoten wurde von der höchsten Obrigkeit durchgehauen, die beiden Angelegenheiten auf Befehl des Königs voneinander getrennt: Das Oberste Gericht sollte, wie vorgesehen, in der Sache des Bauern von Rein entscheiden, das harte Kommissarurteil über den seligen Eydalin und weitere hohe Beamte hingegen vor das Oberlandesgericht an der Öxara kommen.

Und als es nun auf das Frühjahr zuging und das Leben der Menschen in Kopenhagen nach dem Brand wieder in den gewohnten Bahnen zu verlaufen begann, ereignete sich etwas, das viele, und vor allem die Isländer, kaum glauben konnten, daß nämlich in unserer Majestät Oberstem Gericht ein endgültiges Urteil in der so verhaßten, sich ewig hinziehenden Sache des Joen Regvidsen von Skage ergeht. Wegen mangels an Beweisen wurde der Alte darin freigesprochen von der alten Anklage der Obrigkeit, den Henker Sivert Snorresen ermordet zu haben, und damit wurden auch alle anderen Strafen hinfällig, die ihm wegen dieser seiner Sache auferlegt worden waren, und er konnte als freier Mann nach unserer königlichen Majestät Land Island zurückkehren.

Und so geschieht es eines Tages im Frühjahr in der Laksegade, wo Arnas Arnaeus nun sehr beengt wohnte, daß er seinen Holzhacker rufen läßt und ihm eine neue Jacke, Hosen und Stiefel gibt; zuletzt setzt er dem Alten einen neuen Hut auf den weißen Haarschopf und sagt, daß sie heute zusammen nach Dragör fahren werden.

Es war das erstemal, daß Jon Hreggvidsson im Wagen fuhr und nicht vorne beim Kutscher sitzen mußte. Er durfte im Innern des Wagens neben dem Gelehrten aus Grindavik sitzen, und ihnen gegenüber auf dem Rücksitz saß ihr Herr und Meister und bot ihnen, voll von lustigen Redensarten, wenn auch ein bißchen zerstreut, Schnupftabak an.
Jetzt werde ich dir eine Einleitungsstrophe aus den älteren Pontus-Rimur beibringen, die du noch nie gehört hast, sagte er.
Darauf sprach er diese Strophe:

Wundern tat in jenem Jahr
man sich daheim in Island,
als Hreggvidsson mit grauem Haar
und seinem Kopf sich einfand.

Nachdem die beiden Namensvettern die Strophe gelernt hatten, schwiegen alle. Der Wagen schaukelte hin und her, denn der Weg war aufgeweicht.
Nach einer Weile kam der Assessor wieder zu sich, sah den Bauern von Rein an, lächelte und sagte:
Die Skalda wurde von Jon Marteinsson gerettet. Du warst das einzige, das mir zuteil wurde.
Jon Hreggvidsson sagte: Soll ich nichts ausrichten, mein Herr.
Hier ist ein Reichstaler für deine Tochter in Rein, die in der Haustür stand, als du fortgeritten bist, sagte Arnas Arnaeus.
Ich verstehe nicht, wie das Mädchen den Hund hinauslassen konnte, sagte Jon Hreggvidsson. Dabei hatte ich ihr doch gesagt, sie solle auf den Hund aufpassen.
Wir wollen hoffen, daß er wieder nach Hause gefunden hat, sagte Arnas Arnaeus.
Wenn sich im Kirchspiel von Saurbaer etwas zutragen sollte, sagte der Gelehrte aus Grindavik, seltsame Träume, Riesen, Elfen, Ungeheuer oder eigenartige Mißgeburten, dann richte dem lieben Pfarrer Thorsteinn Grüße von mir aus, und er

solle es aufschreiben und mir schicken, daß ich es meinem neubegonnenen Buch de mirabilibus Islandiae: über die Wunder Islands beifügen kann.

Dann kamen sie zu dem Marktflecken Dragör. Der Islandfahrer schaukelte draußen auf der Reede und hatte schon einige Segel gehißt.

Es ist ein gutes Zeichen, von Dragör aus die Reise nach Island anzutreten, sagte Arnas Arnaeus und reichte Jon Hreggvidsson zum Abschied die Hand, als dieser in das Boot stieg, das ihn zum Islandfahrer hinausbringen sollte. Hier sind die alten Freunde der Isländer unterwegs. Es ist vorgekommen, daß Olaf der Heilige hier einem Isländer sein Schiff geliehen hat, als andere Schiffe schon abgefahren waren, vor allem, wenn er es für besonders wichtig hielt, daß unser Landsmann rechtzeitig zum Althing kam. Wenn jetzt der heilige König Olaf will, daß du vor der dreizehnten Woche des Sommers in Island ankommst, dann bitte ich dich bei denen auf dem Althing an der Öxara vorbeizugehen und ihnen deinen Kopf zu zeigen.

Soll ich etwas zu ihnen sagen, fragte Jon Hreggvidsson.

Du kannst ihnen von mir ausrichten, daß Island nicht verkauft worden ist; diesmal nicht. Sie werden es später verstehen. Dann sollst du ihnen dein Urteil aushändigen.

Soll ich niemandem einen Gruß bestellen, sagte Jon Hreggvidsson.

Dieser, dein alter, struppiger Kopf, er soll mein Gruß sein, sagte der professor antiquitatum Danicarum.

Diese sanften Winde des Öresunds spielten im weißen Schopf des alten isländischen Schurken Jon Hreggvidsson, als er im Achtersteven des Bootes stand, auf halbem Wege zwischen Schiff und Land, auf der Heimreise, und mit seinem Hut dem müden Mann zuwinkte, der zurückblieb.

Achtzehntes Kapitel

An einer Stelle in der Almannagja macht die Öxara eine scharfe Biegung, als habe sie sich erschreckt, und bricht seitwärts aus der Schlucht heraus. Dort hat sich der tiefe Gumpen der Frauen gebildet, der Ertränkungsgumpen, und nicht weit davon entfernt führt ein schmaler Pfad über die steile Felswand hinauf.

Dort auf der Wiese am Gumpen unter dem schmalen Pfad waren ein paar Verbrecher dabei, sich in der Morgensonne den Schlaf aus den Augen zu reiben. In den Buden der Vornehmen schlief noch alles, doch von der Ostseite der Ebene her wurden einige schwarze Pferde auf die Bude des Bischofs zugetrieben. Ein Mann in einer dänischen Jacke, mit einem Hut, die Stiefel über der Schulter, kommt von Süden her an den niedrigeren Rand der Schlucht herauf und sieht, wie die Morgensonne auf die schlaftrunkenen Verbrecher am Ertränkungsgumpen scheint.

Sie machen große Augen: Sehe ich recht, ist Jon Hreggvidsson vom König zurückgekommen; mit einem neuen Hut; und einer Jacke.

Er war gestern in Eyrarbakki angekommen, und als er hörte, daß nur noch ein Tag vom Thing an der Öxara übrig war, ließ er sich im Floi Schuhe machen, nahm die Stiefel über die Schultern und ging die ganze Nacht hindurch.

Er fand, daß es mit seinen alten Freunden, den Verbrechern, bergab gegangen war, da sie jetzt unter freiem Himmel lagen; damals, als er mit ihnen zusammen an diesem Ort übernachtet hatte, hatte ihnen der König ein Zelt mit darauf gestempelter Krone zur Verfügung gestellt, und die Diener des Königs hatten den Leuten Tee gebracht.

Aber sie beklagten sich nicht. Der Herr war ihnen gnädig gewesen wie schon so oft zuvor. Gestern waren auf dem Althing die Urteile verkündet worden. Die neue Herrin in Skalholt, die Eheliebste des zukünftigen Bischofs Sigurdur Sveinsson und Tochter unseres seligen Richters, hatte im vergangenen

Sommer vom König die Erlaubnis erwirkt, daß die Sache ihres Vaters vom Oberlandesgericht in Island wiederaufgenommen werden durfte: Gestern fällte der Vogt Beyer in Bessastadir mit dem stellvertretenden Richter und vierundzwanzig hohen Beamten das Urteil in der Sache. Der selige Richter Eydalin wurde von allen Anklagen des königlichen Abgesandten Arnaeus freigesprochen und erhielt nach seinem Tode Genugtuung, und sein Vermögen, darunter die sechzig Höfe, die dem König zugefallen waren, wurde wieder ihm zuerkannt und war damit das rechtmäßige Erbe Snaefridurs, der Frau des Bischofs. Das sogenannte Kommissarurteil in der Sache des Richters wurde aufgehoben und für nichtig erklärt, und der Kommissar selbst, Arnas Arnaeus, wegen Gewaltmißbrauchs und Gesetzesübertretung zu einer Geldstrafe an die Krone verurteilt. Die meisten, die Arnaeus freigesprochen hatte, wurden vom Oberlandesgericht wieder verurteilt, ausgenommen Jon Hreggvidsson, der beneficium paupertatis hatte, um seine Sache vor dem Obersten Gericht in Dänemark zu betreiben. Die Urteile Eydalins in den sogenannten Ungeheuerlichkeitsprozessen, die der Kommissar für ungültig erklärt hatte, wurden entweder wieder in Kraft gesetzt, oder es wurde festgestellt, daß sie nicht in die Zuständigkeit eines weltlichen Gerichts fielen, darunter auch die Angelegenheit der Frau, die, obwohl sie schwanger war, geschworen hatte, sie sei eine unberührte Jungfrau: Über so etwas mußte die Geistlichkeit entscheiden. Die Urteile, die der selige Richter in Sachen gefällt hatte, für die er in Wirklichkeit gar nicht zuständig war, wurden für nichtig erklärt.

Gott sei gelobt, daß man wieder jemanden hat, zu dem man aufschauen kann, sagte der alte, traurige Verbrecher, der vor einigen Jahren darüber geklagt hatte, mit ansehen zu müssen, wie einige der guten Amtmänner, die ihn hatten auspeitschen lassen, vor Gericht gezerrt wurden.

Der Heilige, der aus dem Opferstock gestohlen hatte, sagte: Nur der ist selig, der seine Strafe verbüßt hat –

– und der, der sein Verbrechen wiederbekommen hat, sagte der Mann, der eine Zeitlang sein Verbrechen verloren hatte.

Nachdem dieser Mann zehn Jahre lang ein Verbrecher gewesen war, hatte die Obrigkeit entschieden, daß eine ganz andere Frau von einem ganz anderen Mann das Kind bekommen hatte, wegen dem seine Schwester im Gumpen ertränkt worden war, weil sie es angeblich von ihm bekommen hatte. Bis zu dem Zeitpunkt gaben ihm alle Almosen. Doch nachdem ihm das Verbrechen aberkannt worden war, lachte man ihn in ganz Island aus. Man warf ihm nicht einmal ein schlechtes Stückchen Fisch zu. Man hetzte die Hunde auf ihn. Nun war die Sache vor einem neuen Gericht aufs neue untersucht worden: Er hatte unzweifelhaft dieses schreckliche Verbrechen begangen und war jetzt wieder ein wahrer Verbrecher vor Gott und den Menschen.
Jetzt weiß ich, daß mich in Island keiner mehr auslacht, sagte er. Man hetzt nicht die Hunde auf mich, sondern wirft mir ein schlechtes Stückchen Fisch zu. Gott sei gelobt.
Der blinde Verbrecher, der schweigend am Rand der Gruppe gesessen hatte, warf nun ein Wort ein, genau wie damals: Unser Verbrechen ist, daß wir keine Menschen sind, obwohl wir so genannt werden. Aber was sagt Jon Hreggvidsson.
Nichts anderes, als daß ich heute über Leggjabrjotur nach Hause gehen will, sagte er. Als ich das erstemal aus dem Ausland zurückkam, lag meine Tochter auf der Totenbahre. Vielleicht lebt die noch, die in der Tür stand, als ich zum zweitenmal fortging. Vielleicht bekommt sie einen Sohn, der dem Sohn seines Sohnes die Geschichte von ihrem Vorfahren Jon Hreggvidsson von Rein und seinem Freund und Herrn, Magister Arni Arnason, erzählt.
Jetzt konnte man hinter dem östlichen Abhang der Schlucht Pferdegetrappel hören, und als die Verbrecher zwischen den Felsen vorgingen, sahen sie einen Mann und eine Frau mit vielen Pferden und einigen Knechten auf dem Weg über die Ebene davonreiten, in Richtung auf den Kaldidalur, der die Grenze zwischen den Landesteilen bildet. Beide waren dunkel gekleidet, und ihre Pferde waren alle schwarz.
Wer reitet dort? fragte der Blinde.

Sie antworteten: Dort reitet Snaefridur Islandssol in Schwarz; und ihr Eheliebster, der lateinische Dichter Sigurdur Sveinsson, der erwählte Bischof von Skalholt. Sie wollen ins Westland, um ihr väterliches Erbe zu schätzen, das sie wieder vom König zurückerhalten hat.

Und die Verbrecher standen neben den Felsen und sahen, wie der Bischof und seine Frau dahinritten; und die taubenetzten, schwarzmähnigen Pferde glänzten im Morgenlicht.

Zur Übersetzung

Die vorliegende Ausgabe ist eine Neuübersetzung ins Deutsche und die erste deutsche Übersetzung, die direkt nach dem isländischen Originaltext angefertigt wurde. Vorlage war die dritte isländische Auflage des isländischen Textes, die 1969 in Reykjavik erschien. Auf Wunsch des Autors wurde an einigen wenigen Stellen der Textgestalt der dänischen Ausgabe von 1946–48 in der Übersetzung von Jakob Benediktsson der Vorzug gegenüber dem isländischen Urtext gegeben. Im übrigen wurde versucht, so nahe wie möglich am isländischen Text zu bleiben, auch was Syntax, Interpunktion und die Einteilung in Abschnitte betrifft. Auch der Wechsel zwischen Präsens und Imperfekt in der Erzählung und der Verzicht auf Anführungszeichen bei wörtlicher Rede gehen auf das isländische Original zurück.

Wo sich der isländische Text an einer zeitlosen gesprochenen Sprache orientiert, wurde versucht, dies auch im Deutschen durch eine ungekünstelte, am mündlichen Gebrauch orientierte Sprache wiederzugeben; wo Laxness Briefe und Gerichtsdokumente im verschachtelten Kanzleistil der Zeit um 1700 zitiert, wurde auch dies möglichst wortgetreu übersetzt. Dagegen wurde bei dieser Neuübersetzung darauf verzichtet, dem Text insgesamt durch die gehäufte Verwendung von veralteten Wörtern und Satzkonstruktionen ein künstlich antiquiertes Aussehen zu geben (wie dies die ältere deutsche Übersetzung von Ernst Harthern tut), da dies deutlich im Widerspruch zum isländischen Original stünde. Auch auf erklärende Fußnoten wurde bewußt verzichtet, da weder der isländische noch der dänische Text solche Anmerkungen hat und der Autor sich über die apokryphen Fußnoten der älteren deutschen Übersetzung sehr skeptisch geäußert hat.

Die neue deutsche Übersetzung der Islandglocke ist in dem Jahr, in dem Halldór Laxness seinen neunzigsten Geburtstag feiern konnte, entstanden. Der Übersetzer möchte diese Arbeit auch als Beitrag zu diesem Jubiläum verstanden wissen, als kleines Zeichen der Dankbarkeit für die langjährige Freundschaft mit Halldór und Audur Laxness und in der Hoffnung, daß die Islandglocke im neuen deutschen Gewand ihren Lesern noch mehr Freude bereiten möge als bisher.

Hubert Seelow

Titel der isländischen Originalausgabe:
Íslandsklukkan

Lizenzausgabe für die Büchergilde Gutenberg
Frankfurt am Main und Wien,
mit freundlicher Genehmigung des
Steidl Verlages, Göttingen

Umschlaggestaltung: Klaus Detjen
Gesetzt aus der 10 auf 11 Punkt Garamond
bei Fotosatz Otto Gutfreund GmbH, Darmstadt
Gedruckt auf 80g holzfrei gelblich-weiß Offset
der Papierfabrik M. Salzer's Söhne GmbH,
Stattersdorf/Österreich
Druck und Bindung:
Franz Spiegel Buch GmbH, Ulm
Printed in Germany
ISBN 3 7632 4335 6